CÉDRIC BANNEL

DAS KABUL KOMPLOTT

rütten & loening

CÉDRIC BANNEL

DAS KABUL KOMPLOTT

THRILLER

Aus dem Französischen
von Olaf Matthias Roth

rütten & loening

Die Originalausgabe mit dem Titel
L'Homme de Kaboul
erschien 2011 bei den Éditions Robert Laffont, Paris.

ISBN 978-3-352-00827-6 | Rütten & Loening ist eine Marke der Aufbau Verlag GmbH & Co. KG | 2. Auflage 2012 | Einbandgestaltung Büro Süd, München unter Verwendung eines Motivs von Barbara Davidson/Corbis | Gesetzt aus der Minion Pro durch Greiner & Reichel, Köln | Druck und Binden CPI – Clausen & Bosse, Leck | Printed in Germany | www.aufbau-verlag.de

Erster Teil

1

»Woran dachtest du, als du abgedrückt hast?«
»Daran, abzudrücken.«
»War dir bewusst, dass die Gefahr bestand, nicht nur den Mann zu töten, den du ins Visier genommen hattest, sondern gleich eine ganze Familie? Die zwei Frauen von Abdul starben zusammen mit ihm. Seine acht Kinder mussten ins Krankenhaus, zwei schweben in Lebensgefahr.«

»Abdul, dieser Dreckskerl, er wollte mir meinen gesamten Bestand an Stoffen stehlen«, versuchte sich der Gefangene zu rechtfertigen. »Achttausend Afghanis!«

Von plötzlicher Wut erfasst, sprang Osama Kandar, Leiter der Kriminalbehörde von Kabul, auf. Der Gefangene, der mit Handschellen an den Stuhl gefesselt war, zuckte zusammen und wäre beinahe umgefallen. Osama schenkte dem keine Beachtung. Seit langem schon achtete er nicht mehr auf die Reaktionen, die seine außergewöhnliche Körpergröße hervorrief. Osama war etwas über fünfzig und maß zwei Meter. Er war mager (er wog gerade einmal neunzig Kilo) und beeindruckte mit seinem graumelierten, kurzgeschorenen Bart und dem raspelkurzen Haar. Seine metallisch grünen Augen hypnotisierten jeden Widersacher.

»Du bist ein Vollidiot und ein Mörder! Du hast mit deiner Kalaschnikow auf eine Familie gezielt, die gerade beim Essen saß. Und das nur für ein paar Stoffballen. Ist dir wenigstens bewusst, was du angerichtet hast? Einfach nur so!«

»Nicht einfach nur so! Wegen achttausend Afghanis!«

Osama schüttelte angewidert den Kopf. Die meisten Morde, die in der Hauptstadt begangen wurden, geschahen mit der Kalaschnikow, oft infolge nicht beglichener Schulden oder Diebstähle, sofern es sich nicht um Ehrenmorde handelte. Die Schuldigen wollten nicht wahrhaben, dass sie am Ende der Galgen erwartete. Osama weigerte sich, noch länger mit einem derart idiotischen Gefangenen zu verhandeln, und rief einen seiner Assistenten, damit dieser das Verhör weiterführte, als plötzlich ein Polizist sein Büro betrat. Jung, mit den typischen Schlitzaugen eines Hazara. Eine große Narbe zog sich über seine linke Wange.

»*Qoumaandaan*, wir haben Nachricht erhalten, dass der Innenminister gerade am Ort eines Selbstmordes eingetroffen ist.«

»Ein Selbstmordattentat, meinst du?«

»*Na*, ein echter Selbstmord.«

Überrascht blickte Osama den Polizisten an. Die Sterberate war weltweit eine der höchsten, ständig gab es neue Todesfälle, aber Selbstmorde waren rar. Wer permanent von Attentaten bedroht war, von Gangs, von Auseinandersetzungen wegen nicht beglichener Rechnungen, Verbrechen im Familienkreis und Fatwas, die die Taliban verhängten – der verspürte keine große Neigung, sich selbst umzubringen. In Afghanistan war jeder Tag, an dem man mit heiler Haut davonkam, ein Geschenk Gottes.

»Was macht denn der Minister dort? Weißt du, wer der Tote ist?«

»*Na*.«

»Weißt du, wo das passiert ist?«

»Bei einem Geschäftsmann, nicht weit vom Busbahnhof in Serai Shomali. Anscheinend hat er seinen Leibwächter umgebracht, bevor er sich selbst tötete. Seine Bediensteten haben ihn heute Morgen aufgefunden.«

»Hast du seinen Namen?«

»*Na, Qoumaandaan.*«

Von plötzlicher Neugier angestachelt, zog Osama eine Schublade seines bescheidenen wackeligen Schreibtischs auf und nahm ein Mobiltelefon heraus, ein Geschenk der Internationalen Schutztruppe. Wie viele seiner Landsleute ertrug er die Anwesenheit der Schutztruppe mit ihren die Lokalbevölkerung einschränkenden Vorschriften immer weniger. Doch sie war rechtmäßig hier, und die NATO-Truppen waren aufgrund eines UN-Mandats in seinem Land, mit Billigung von offizieller Seite also. Ihnen hatte er es zu verdanken, dass er über bis dahin unbekannte technische Utensilien verfügte, vor allem aber über Mittel, mit denen er seine Leute bezahlen konnte, die nicht mehr auf Bakschisch angewiesen waren, um zu überleben.

Er steckte das Gerät in eine Tasche seines Jacketts, zog seinen *Chakman* aus grober Wolle an und setzte sein Barrett auf, denn es war für Anfang März noch ziemlich kalt. Osama kleidete sich immer auf traditionell afghanische Art, mit einem bauschigen braunen *Shalwar*, der an den Knöcheln zusammengebunden war, und der weiten Kurta, die über den Hosenbund herabhing.

»Ich fahre hin«, erklärte er dem jungen Polizisten beim Hinausgehen.

Auf dem Flur rief er Babrak Khan Wardak zu sich, seinen Assistenten, einen jungen Uniabsolventen mit mehreren Diplomen, der weiß der Himmel durch welchen Zufall bei der Polizei gelandet war. Wie so viele junge Afghanen. Babrak hatte ein glattrasiertes Gesicht, trug Jeans und hatte die Kurta auf westliche Art in den Hosenbund gestopft, was ihm während der Talibanherrschaft eine Gefängnisstrafe eingebracht hätte. Dass die Islamisten inzwischen erneut an Boden gewannen, bewies die Tatsache, dass seit einiger Zeit viele das Gewand wieder locker herabhängen ließen …

Osamas Geländewagen wartete bereits auf ihn, ein Polizist saß am Steuer. Ein dunkelgrüner amerikanischer Pick-up stand dahinter, auf der Rückbank saßen drei Männer in makelloser Uniform, mit Tarnhut, das Sturmgewehr in der Hand. Beide Wagen waren neu. Ein Geschenk der UNO, wie fast alle offiziellen Fahrzeuge, die auf den Straßen Kabuls unterwegs waren. Osama hatte von verschiedenster Seite Gerüchte gehört, wonach das Verkehrsministerium mindestens dreißig Prozent des Wertes dieser Wagen an Schmiergeldern erhalten hatte, aber er wusste nicht, ob das wirklich stimmte. In Kabul konnte man alles kaufen, angefangen bei der Familie und den Vertrauten Präsident Karzais, die ein Millionenvermögen in Dollars angehäuft hatten: Als wären der Krieg, das Elend, die Millionen von Toten und Vermissten in Afghanistan noch nicht genug, kam die Korruption in allen Bereichen als weitere Plage hinzu.

Der Fahrer brauste los. Osama ließ sich auf den Rücksitz sinken, um nachzudenken. Als Chef der Kriminalbehörde Kabuls wurde er bei allen Todesfällen in der Stadt hinzugerufen. Jedes Jahr starben Hunderte eines unnatürlichen Todes, mehr als drei Viertel der Todesfälle waren jedoch auf Terrorismus zurückzuführen und tauchten somit in der Polizeistatistik nicht auf. In diesen Fällen hielt Osama sich vorsichtig im Hintergrund und ließ den ISAF-Leuten den Vortritt. Obwohl sie sich nach außen hin freundlich gaben, misstrauten die Amerikaner ihm, wie allen Afghanen, und sein Vorname verstärkte dieses Misstrauen noch. Wie sollte er ihnen auch klarmachen, dass damals, als sein Vater Mohammed Kandar, der Dritte dieses Namens, ein Hirte und seinerseits Sohn eines belutschischen Schäfers, ihn so genannt hatte, Scheich Osama Bin Laden noch ein völlig unbekannter saudischer kleiner Junge gewesen war, allein dafür bekannt, dass er mit einem silbernen Löffel im Mund aufwuchs? Doch so war es nun einmal, und die Tatsache, dass er Osama und gleichzeitig Polizeichef in einem von

NATO-Truppen besetzten Land war, machte die Dinge nicht leichter …

Von der Rückbank aus beugte Babrak sich grinsend zu ihm vor.

»Wenn ein Minister sich dorthin bemüht, muss es sich ja um etwas wirklich Wichtiges handeln. Jedenfalls ist das der erste Selbstmord eines Mannes, mit dem ich zu tun bekomme. Bislang waren es immer nur Frauen, die sich einer arrangierten Heirat widersetzten.«

»Vielleicht war es ja ein Familienmitglied von ihm. Ich frage mich, warum er es vor uns wusste. Aber zur Vorwarnung, du wirst enttäuscht sein.«

»Weshalb?«

»Aus Sicht der Polizei sind solche Fälle ziemlich uninteressant. Dahinter stehen immer irgendwelche banalen und traurigen Familiengeschichten, zerstörte Existenzen. Und die Familien kommen nur schwer damit zurecht.«

»Ich wusste gar nicht, dass du schon mit so was zu tun hattest.«

»Während meines Aufenthalts in Moskau habe ich mehrere Selbstmorde gehabt.«

Osama war sehr sprachbegabt. Außer Dari sprach er fließend Englisch und ein wenig Türkisch. Während einer Fortbildung in Moskau, kurz vor dem Einmarsch der Sowjetunion in Afghanistan, hatte er auch Russisch gelernt. Gleich nach seiner Rückkehr in die Heimat war er zum Leiter der neugegründeten Kriminalbehörde ernannt worden.

Der Fahrer bremste scharf, Osama riss es abrupt nach vorn, und er wurde in seinen Gedankengängen unterbrochen.

»Bok soyun!«

Der turkmenische Fahrer ließ eine Serie von Flüchen auf den Minibus niederprasseln, der ihm die Vorfahrt genommen hatte. Unwillkürlich hatte sich Osama innerlich angespannt. Nicht selten endete ein Schicksal auf diese Weise: Ein Wagen schnitt einem den Weg ab, Männer sprangen heraus und ballerten mit der Kalaschnikow drauflos, oder, schlimmer noch, der Fahrer ließ seinen Gürtel mit Sprengkörpern explodieren und gönnte sich eine Fahrkarte ins Paradies, zusammen mit seinem Zielobjekt. Als Beamter der Regierung war Osama eine Zielscheibe für die Taliban, auch wenn er für seine entgegenkommende Art bekannt war. An jedem Tag, der verging, bei jedem Fauxpas, jeder neuen Erniedrigung, wuchs der Hass der afghanischen Bevölkerung auf die Schutztruppe. Treue Beamte wurden gern in die Nähe der »Kollaborateure« gerückt, und die Gefahr für sie, Opfer eines Selbstmordattentats zu werden, war hoch. Osama blieb jedoch keine andere Wahl: Er hasste die Taliban zutiefst, seit er gesehen hatte, was sie seinem Land in den fünf Jahren ihrer Herrschaft angetan hatten.

Eine halbe Stunde später blieb der Geländewagen an der Einmündung zu einer schmalen Straße stehen.

»Wir müssen zu Fuß weiter«, bemerkte der Fahrer trocken.

Er stieg sogleich aus, die Kalaschnikow in der Hand, gefolgt von Osama und seinem Assistenten. Aus dem Pick-up waren zwei weitere Männer herausgesprungen und schlossen sich ihnen an. Sie hatten deutsche Waffen bei sich, ein »Geschenk« der Schutztruppen an die Polizei in Kabul.

Frauen drängten sich an ihnen vorbei, etliche in dunkelblauer Burka, andere mit bunten Schleiern, einen Korb mit Vorräten in der Hand. Schüler strömten aus dem Unterricht auf die Straße, die Mädchen in schwarzer Uniform mit weißem Schleier, die Jungen ganz in Blau gekleidet. Einige Kinder in Lumpen verkauften Billigprodukte in der Hoffnung, damit ein paar Afghanis zu verdienen.

Nach ein paar Metern wurde die Gasse noch schmaler, und der kleine Polizeitrupp musste sich seinen Weg mit den Ellbogen bahnen. Im ganzen Viertel herrschte rege Betriebsamkeit, Männer trugen Bündel, Ballen oder Kartons auf den Schultern. Mofas, auf denen bis zu drei Personen fuhren, zwängten sich in einer Wolke aus Auspuffgasen zwischen den Menschen hindurch. Ein Duft von Gegrilltem und von Gewürzen lag in der Luft. Als sie an einer kleinen Moschee vorbeikamen, spuckte ein Mann mit finsterem Gesicht und einem buschigen Vollbart nach Art der Taliban vor Osama aus. Dieser tat, als habe er es nicht bemerkt. In diesem Teil Kabuls waren Funktionäre der Regierung, insbesondere Polizisten, nicht gerne gesehen.

Am Ende der Gasse blieb Osamas Fahrer vor einem großen Holztor stehen. Mehrere bewaffnete Männer bewachten den Eingang – einer von ihnen hatte eine RPG-7 auf seine Schulter gewuchtet. Überrascht stellte Osama fest, dass sich auch zwei bärtige Westler im schwarzen Drillich unter den Wachleuten befanden, die mit Übertragungsgeräten ausgestattet waren und einen Knopf im Ohr trugen. Die üblichen Attribute für die Mitarbeiter von Blackwater, Söldner, die von den Schutztruppen bei heiklen Aufgaben eingesetzt wurden. Nachdem sie mehrmals in Skandale verwickelt war, hatte sich die Organisation in Xe Services umbenannt, ein weniger düsterer Name, doch es waren dieselben Leute, nur unter einer anderen Bezeichnung. Niemand ließ sich allerdings täuschen, und alle Welt sprach nach wie vor von Blackwater. Als einer der Westler ihn aufhalten wollte, zeigte Osama ihm seinen Plastikausweis. Der Mann studierte ihn eingehend, bevor er Osama mit einer lässigen Handbewegung passieren ließ. Der Kommissar unterdrückte eine rebellische Aufwallung. Die Blackwater-Leute hatten theoretisch überhaupt nichts zu sagen in Afghanistan, schon gar nicht dem Chef der Kriminalpolizei von Kabul. Praktisch jedoch herrschten sie über die Stadt, niemand wagte es, sich ihnen zu widersetzen. Osama fragte sich, was sie am Ort eines Selbstmordes zu suchen hatten.

»Stammt der Tote aus dem Westen?«, fragte er Babrak.

»Nein, er war Afghane.«

Hinter den bescheidenen ockerfarbenen Mauern befand sich, wie Osama feststellte, nicht etwa die übliche erbärmliche

Behausung, sondern eine prächtige Villa. Zunächst durchquerte er einen Patio mit Marmorwänden, dann einen Raum, der mit lauter kostbaren Teppichen ausgeschmückt war.

Auf einem Sofa lag eine Leiche mit einer Kugel im Kopf. Ein Mann in einer abgewetzten alten Tunika kauerte neben ihm, er machte ein gleichgültiges Gesicht und kaute auf einer Stange Süßholz. Ein Pistolengriff ragte aus seinem *Kiyepanak*.

»Ist er das?«, fragte Osama.

Der Polizist nahm die Süßholzstange aus dem Mund und antwortete: »*Na,* der Leibwächter. Der Besitzer hat ihn erschossen, bevor er sich selbst umgebracht hat.«

Sie gingen weiter, angezogen von einer lautstarken Unterhaltung durchschritten sie einen nach westlichem Geschmack eingerichteten Raum. Er hatte Parkettboden, ein für afghanische Verhältnisse unvorstellbarer Luxus, da Holz selten und teuer war. Osama fragte sich, was den Besitzer dazu gebracht haben mochte, ein derartiges Haus in einem so einfachen Viertel zu errichten. Wozu dieses aufwendige Versteckspiel? Verwundert betrachtete er die zahlreichen Bilder, die an den Wänden hingen. So etwas hatte er noch nie gesehen. Er ließ ein weiteres Zimmer hinter sich, bis er schließlich in ein riesiges Büro gelangte. Vier Männer, darunter ein Westler im Anzug, standen um eine ausgestreckte Gestalt am Boden, die in ihrem eigenen Blut lag. Osama erkannte unter den Anwesenden Burhanuddin Khan Durrani, den Innenminister. Er war sein direkter Vorgesetzter, ein korrupter, dummer Paschtune, den Osama verachtete.

Die Miene Khan Durranis verdüsterte sich, als er den Kommissar erblickte, gleich darauf rief er ihm aber zu: »Ah, Kandar! Wir dachten, es käme ein einfacher Bezirksinspektor, Sie hätten sich nicht extra herzubemühen brauchen.«

Weshalb war dann er, ein Regierungsmitglied und Clanchef, anwesend?, fragte sich Osama, der wohlweislich keine Antwort gab. Er trat vor und versuchte, die Szene mit seinem inneren Auge zu bannen. Der auf dem Boden ausgestreckte Leichnam war der eines ungefähr fünfzigjährigen, recht beleibten Mannes, der den traditionellen *Pankan* trug. Er hielt noch eine Waffe in der Hand, die Osama als automatische Beretta identifizierte. Die Kugel war durch den Mund eingedrungen und hatte den gesamten hinteren Teil des Schädels in die Luft gejagt, das Gesicht war intakt geblieben. Blut war an die Wand und an die Decke gespritzt, vermischt mit einer grauen zähflüssigen Masse. Die Augen des Mannes waren weit aufgerissen. Er wirkte überrascht. Osama bemerkte einen dunklen Fleck auf der Vorderseite seiner Hose – Urin.

»Wer war das?«

Er hatte den Mann erkannt, wollte die Antwort aber von seinem Vorgesetzten selbst hören.

»Wali Wadi«, antwortete dieser mit verächtlichem Lächeln.

Wadi war ein ziemlich durchschnittlicher Unterhändler, den man wegen einiger Transaktionen mit den Besatzern kannte. Er hatte sich vor allem darauf verstanden, Benzin in den Militärlagern zu besorgen und es an die Tankstellen weiterzuverkaufen. Außerdem war er in einige Fälle verwickelt, bei denen es um die Veruntreuung von Lastwagen und Hilfsgütern sowie um den Handel mit Leichtwaffen ging – nichts wirklich Schlimmes also. Osama wusste, was für einen Ruf der Tote hatte. Wadi war Usbeke, mit den blutigen Auseinandersetzungen zwischen paschtunischen und tadschikischen Clans hatte er nichts zu tun. Er war immer vorsichtig gewesen, die Russen, die Westler und die Taliban schätzten ihn gleichermaßen, weil man sich auf ihn unbedingt hatte verlassen können. Ein geschickter Unterhändler, dessen Position jedoch nicht besonders exponiert war und der sich sicherlich nicht gleich umgebracht hätte.

»Gibt es Zeugen?«

»Er hat seinen Bediensteten erschossen, bevor er sich selbst umbrachte. Die anderen Mitglieder des Personals sind nachts nicht da. Und dann … wie heißt es gleich in Russland, wenn man seine Familienmitglieder tötet, bevor man sich selbst umbringt, Kandar?«

Sein kleiner Monolog auf Englisch war zu Ende. Wie immer musste er betonen, dass Osama sich längere Zeit in der UdSSR aufgehalten hatte, nur um ihn in den Augen des Westlers zu diskreditieren, der bei der Erwähnung Russlands unmerklich zusammenzuckte.

»Altruistischer Selbstmord«, erwiderte er. »Aber es handelte sich um seinen Bediensteten, nicht um ein Familienmitglied.«

»Er lebte allein. Anscheinend mochte er lieber Jungs als Mädchen. Vielleicht hat er sich deshalb umgebracht.«

»Vielleicht. Ich würde gern auch die anderen Mitglieder des Personals befragen.«

»Sie verlieren Ihre Zeit, Kandar.«

Osama biss sich auf die Lippen. Er hatte verstanden. Aus einem Grund, der ihm schleierhaft war, wollte die Regierung den Mantel des Schweigens über die Angelegenheit breiten. Khan Durrani war also hier, um seine eigenen Mitarbeiter daran zu hindern, ihre Arbeit zu verrichten.

»Gestatten Sie mir, meine Untersuchung vorschriftsgemäß durchzuführen, Herr Minister«, sagte Osama. »Ich werde aber selbstverständlich darauf achten, die Zeit meiner Mitarbeiter nicht zu verplempern.«

Khan Durrani wurde auf der Stelle umgänglicher.

»Natürlich, tun Sie nur Ihre Arbeit. Halten Sie mich auf dem Laufenden. Geben Sie mir bitte Bescheid, sobald Sie die Untersuchungen abgeschlossen haben.«

Er verließ den Raum mit raschen Schritten, dicht gefolgt von den anderen Besuchern, so dass Osama allein mit seinen Männern im Raum zurückblieb. Während der kleine Trupp von Khan Durrani an ihm vorüberging, fiel ihm ein unauffälliges Signet auf der Brust des Westlers im Anzug auf. Es war nicht das von Xe Services, sondern von DynCorp, der Organisation, die mit dem Schutz von Präsident Karzai beauftragt war, und zwar ausschließlich.

Einer seiner Mitarbeiter trat vor.

»Was machen wir jetzt, *Hajj*?«

Da er gleich zweimal die rituelle Pilgerreise nach Mekka unternommen hatte, die jeder fromme Muslim mindestens einmal im Leben absolvieren muss, hatte Osama Anrecht auf den Titel *Hajj*, »heiliger Mann«, mit dem ihn die Gläubigsten unter seinen Männern anredeten. Die Laizisten, nur eine Handvoll unter den dreißig Männern seines Stabs, zu denen auch sein Assistent gehörte, nannten ihn einfach »Chef« oder *Qoumaandaan*.

Ohne zu antworten, zog der Kommissar ein Paar Latexhandschuhe aus seiner Tasche. In Kabul hatten kriminaltechnische Untersuchungen nichts mit dem Vorgehen im Westen gemein: Hier gab es keine Überziehschuhe aus Papier, wurde die Szenerie des Verbrechens nicht festgehalten, es gab keine Entfernungsmessung per Laser, keine Proben, die dann mittels Massenspektrometrie oder unterm Elektronenmikroskop analysiert worden wären. Nein, Osama Kandar arbeitete auf traditionelle Weise, mit seinem Gehirn, mit einem Minimum an moderner Technik und mit der Erinnerung an das, was er während der Ausbildung bei der Kriminalbehörde in Moskau gelernt hatte. Man konnte den Russen manches nachsagen, aber sie waren seriös. Osama hatte viel bei ihnen gelernt, er hielt sich für ebenso kompetent wie seine Kollegen aus welchem westlichen Land auch immer.

Ein Holster ragte aus dem Hosenbein des Toten hervor. Behutsam entnahm Osama ihm die Waffe und betrachtete sie neugierig. Es war eine kompakte, leichte Pistole, aus einem Verbundstoff. So eine hatte er noch nie gesehen.

»Babrak!«, rief er.

Sein Assistent kam herbeigeeilt.

»Was ist das?«

»Eine russische GSH-18«, antwortete der junge Mann, ohne

zu zögern. »Eine Automatikwaffe, wie sie nur Spezialeinheiten benutzen.«

Osama bemerkte, dass sie entsichert war. Er ließ den Zylinder einrasten. Eine Kartusche sprang mit einem Klicken heraus.

»Er hatte sich gewappnet, sie war geladen. Zwei Waffen, die eine hier gut versteckt. Er hatte offenbar das Gefühl, in Gefahr zu schweben«, stellte der Kommissar leise fest.

Sein Assistent streifte Handschuhe über, bevor er die Leiche abtastete. Nach einigen Sekunden zog er eine dritte Waffe hervor, die in der Hosentasche gesteckt hatte.

»Was bedeutet das?«, fragte Babrak erstaunt.

»Sieh mal nach, ob du noch mehr Waffen im Haus findest«, erwiderte Osama.

Er setzte sich auf das Sofa. Diese Geschichte begann ihn zu beunruhigen. Eine Viertelstunde später tauchte Babrak wieder auf, er hatte drei weitere Pistolen, zwei Kalaschnikows, ein Jagdgewehr und mehrere Granaten bei sich. Keine ungewöhnlichen Waffen. Osama musterte sie eingehend.

»Seltsam.«

»Was denn, Chef?«

»Wadi war Kommunist. Er begann mit dem Waffenhandel in den frühen achtziger Jahren, mit Unterstützung der Russen. Ihnen verdankt er alles. Die beiden Pistolen, die er bei sich trug, waren russische Fabrikate. Alle anderen Waffen auch. Sogar das Jagdgewehr. Sogar die Handgranaten. Warum hat er sich dann aber mit einer italienischen Beretta erschossen?«

Babrak zuckte ratlos mit den Schultern.

Mittlerweile war Osama alarmiert, er schnüffelte an den Händen des Toten, nahm jedoch an der linken Hand, welche die Pistole gehalten hatte, keinen Geruch von Schießpulver wahr. An der Lippe des Toten entdeckte er die Spur eines Brandflecks, dort, wo die Automatikwaffe gezündet hatte. Vorsichtig hob der Kommissar das Hemd an und suchte nach Anzeichen für einen Kampf. Der Körper wies keinerlei blaue Flecke auf.

»Hast du etwas Auffälliges im Haus gefunden?«

»Nein, nichts.«

Osama bemerkte, dass er verlegen war und hakte nach.

»Bist du sicher?«

Babrak wurde rot und zog dann umständlich ein Päckchen aus seiner Hosentasche. Es war gepresste Heroinbase, mindestens ein halbes Kilo. Im Wert von schätzungsweise fünfzigtausend Afghanis – dafür musste man durchschnittlich acht Monate arbeiten.

»Er braucht es ja nicht mehr«, rechtfertigte sich Babrak, »außerdem ist mein Fernseher kaputt.«

Osama zuckte mit den Achseln. Egal, was er sagte, einer der anderen Polizisten würde es sowieso stehlen, da konnte ebenso gut sein Assistent davon profitieren, der kleine Kinder hatte.

»Behalte es, aber versuche herauszufinden, ob es guter Stoff ist und wo er herkommt. Meines Wissens hatte Wadi mit dem Drogenhandel nichts zu tun. Hast du andere Rauschmittel im Haus gefunden?«

»Nein, keine. Vielleicht hatte er das hier noch übrig. Es sieht eher wie eine Musterpackung aus.«

Sicherheitshalber inspizierte Osama das Haus selbst noch einmal. Das Schlafzimmer war riesig, es stand ein vergoldetes Himmelbett darin. Neben dem Bett stapelten sich Pornomagazine, es waren Schwulenzeitschriften aus dem Westen. Der Kommissar blätterte eines durch und legte es dann unangenehm berührt zurück. Auch sie würden bald gestohlen und teuer verkauft werden; es hieß, die Taliban seien besonders erpicht auf diese Art von Waren, ungeachtet der moralischen Reden, die sie schwangen.

Im Badezimmer standen zahlreiche Fläschchen mit Schönheitsprodukten französischer Herkunft. Osama fiel ein Deostick auf. Eine Zahnpastatube lag offen da. Die Zahncreme war noch nicht eingetrocknet. Er berührte vorsichtig die Zahnbürste – sie war noch feucht. Osama setzte seine Untersuchung in der

Küche fort. Dort fanden sich mehrere Dosen mit Katzenfutter, eine neue Mode in Kabul: Inzwischen gab es in jedem Lebensmittelgeschäft eine entsprechende Abteilung. Ein Haustier, und insbesondere eine Katze zu besitzen war zum *Must* der neuen afghanischen Bourgeoisie geworden. Auf einem Tablett standen ein benutzter Teller, ein Weinglas und eine angebrochene Flasche Cognac sowie Reste eines Pistazienkuchens. Der Besitz und der Genuss von Alkohol waren den Afghanen offiziell untersagt, doch es war bekannt, dass reiche Geschäftsleute ihn heimlich tranken. Selbst zu Zeiten des Talibanregimes, als bereits der Besitz mit Verstümmelung oder dem Tod bestraft wurde, war es möglich, sich Alkohol in Kabul zu beschaffen.

Osama streifte noch ein wenig durch das leere Haus und ging dann noch einmal zu dem Leichnam hin. Erneut hob er das Hemd an. Unter den Achseln entdeckte er Spuren des Deodorants, und trotz eines leichten Verwesungsgeruchs, nahm er den flüchtigen Duft des französischen Eau de Toilette auf der Haut des Toten wahr. Als er sicher war, dass er kein wichtiges Detail außer Acht gelassen hatte, erhob er sich.

»Wir fahren zurück ins Kommissariat«, sagte er zu seinem Assistenten. »Bestell die anderen Bediensteten von Wali Wadi dorthin, wir werden sie im Untergeschoss befragen.«

Die Verhörräume des Kommissariats, ohne Fenster und mit verdächtigen Spuren an den Wänden, brachten auch den widerspenstigsten Zeugen zum Sprechen.

Beim Hinausgehen fragte Babrak: »Und, was halten Sie von dem Ganzen?«

»Na, und du?«

»Nicht gerade ein Jahrhundertfall. Er hat sich umgebracht. Na ja, ich meine, es ist doch offensichtlich, dass er sich die Kugel allein in den Kopf geschossen hat.«

»Ich bin mir da nicht so sicher.«

»Aber die Waffe, der Ort, es passt doch alles zusammen … Warum zweifeln Sie daran?«

»Wali Wadi hat zu Abend gegessen, hat die Hälfte eines Pistazienkuchens verspeist, hat sich frisch gemacht, Parfum und Deo aufgelegt, die Zähne geputzt, zwei Automatikwaffen eingesteckt und sich dann mit der einzigen nicht russischen Waffe eine Kugel in den Schädel gejagt?«

»Hinter einem Selbstmord verbirgt sich oft eine recht traurige Geschichte, das haben Sie doch selber gesagt!«

»Ja, traurig schon, aber nicht unwahrscheinlich.«

*

Es gab in Bern eine äußerst unauffällig arbeitende Organisation, die in geheimer Mission ausschließlich im Dienst einiger großer multinationaler Konzerne tätig war. Sie verbarg sich hinter zahlreichen Scheinfirmen, mit denen sie sich nach außen präsentierte, Unternehmen, Non-Profit-Organisationen oder Instituten mit klangvollen Namen: Office of Strategic Affairs, Institut d'analyse du risque économique, International Investigation Company … Diese Briefkastenfirmen, allesamt Schweizer Unternehmen, besaßen zahlreiche Filialen im Ausland und konnten so weltweit agieren. Die Organisation selbst hatte keinen Namen. Wer ihre Dienste in Anspruch nahm oder dort arbeitete, sprach schlicht von der »Firma«. Seit mehreren Tagen war die Firma damit beschäftigt, den Geschäftsführer von Willard Consulting ausfindig zu machen, einer einflussreichen Interessensgruppe aus Lausanne. Der Mann war mit Daten verschwunden, die auf keinen Fall in Umlauf kommen durften. Es war zweiundzwanzig Uhr, doch wie die meisten seiner Kollegen der »Firma« arbeitete der junge Analyst Nick Snee noch; er hatte sich in eine Datenbank des schweizerischen Verkehrsministeriums vergraben.

Die Angelegenheit war mit »Dringlichkeitsstufe Rubin« gekennzeichnet, hatte also oberste Priorität. Der Sturm, der Nicks Leben in ein unsagbares Chaos stürzen sollte, kündigte sich auf die banalstmögliche Weise an, nämlich in Form eines

Telefonanrufs. Werner, Nicks Geschäftspartner, ein nervöser Dreißigjähriger mit dem Körper eines Bodybuilders und einem unverkennbar teutonischen Akzent, hatte ein paar Minuten zuvor seine Dokumente beiseitegeschoben und surfte nun zur Entspannung im Netz.

»Gehst du für mich ran?«, fragte Werner. »Ich will mir gerade ein Boot kaufen.«

»Seit sechs Monaten willst du dir ein Boot kaufen«, erwiderte Nick, »ich glaube allmählich, das ist ein Geisterschiff!«

»Du hast ganz recht – ich muss endlich mal Nägel mit Köpfen machen. Also, sei so lieb und geh für mich ran!«

Nick griff nach dem Mobiltelefon und stellte auf Mithören.

»Lucas?«, sagte eine unbekannte Stimme.

Üblicherweise gaben Mitarbeiter der Firma niemals ihren wahren Namen preis. Für die Außenwelt war Werner, wenn er tatsächlich so hieß, Lucas.

»Hallo Mickey!«, rief Werner aus dem Hintergrund.

Mickey war ein Dealer, der wegen seiner riesigen Ohren den Spitznamen Mickey hatte. Er war einer der Spitzel, die Werner – er hatte sechs Jahre beim Rauschgiftdezernat der Züricher Polizei verbracht – auf den Fall, an dem sie gerade arbeiteten, angesetzt hatte, da er von der Annahme ausging, dass ein Mann auf der Flucht Leute kontaktiert, die Kontakte zur Unterwelt haben.

»He, heute ist Weihnachten, und Onkel Mickey hat ein schönes Geschenk für euch!«

Nick spürte, wie sich sein Herz zusammenzog. Nie hätte er es für möglich gehalten, dass der Flüchtige, ein zurückhaltender, reicher und respektabler Mann, einem der üblen Typen, die sein Kollege kannte, über den Weg laufen konnte.

»Ich hab 'nen Kerl gefunden, der dem ähnelt, den ihr sucht«, berichtete der Dealer. »Ein Spießer, der auf der Flucht ist, ziemlich viel Geld hat, so 'ne Art Banker. Er hält sich in einem besetzten Haus in der Nähe von Zürich auf. Er hat 'ne Knarre und 'ne Tasche voller Dokumente bei sich. Das könnte der Typ sein, den du beschrieben hast. Interesse?«

»Na, und wie! Mickey, kannst du uns mal genauer beschreiben, in welchem besetzten Gebäude er sich aufhält?«, fragte Werner.

»Klar. In einer alten stillgelegten Fabrik. In einem Industriegebiet, ganz im Norden. Chimic Cystine. Die Junkies sprechen immer nur von der Fabrik.«

Werner streckte Nick den siegreich nach oben zeigenden Daumen hin. Sie tauschten noch ein paar Informationen aus, dann legte Werner auf, nicht ohne Mickey versprochen zu haben, ihm gleich am nächsten Tag seine Prämie zu zahlen.

»Ich geb dem General Bescheid«, sagte Werner aufgeregt.

Der General war der Gründer der Firma. Er sprach Englisch, Französisch, Deutsch und Russisch ohne Akzent, niemand kannte seine wahre Identität oder wusste, woher er eigentlich kam.

Mit enttäuschter Miene kehrte Werner nur wenige Augenblicke, nachdem er aufgesprungen war, an seinen Platz zurück.

»Er spinnt! Er will eine Spezialeinheit dorthin schicken, eine komplette K-Truppe, um den Flüchtigen einzufangen, aber er hat mich nicht gebeten, sie zu begleiten. Wir sind kaltgestellt, Partner!«

»Was haben wir denn verbrochen?«

»Du kennst doch den General, dieser Sack hat noch nie irgendeine seiner Entscheidungen begründet, oder?«

»Ich finde diese ganze Sache bizarr«, bemerkte Nick. »Es ist mir schleierhaft, weshalb sie so hoch aufgehängt ist. Dringlichkeitsstufe Rubin – als ob es das erste Mal wäre, dass so etwas passiert.«

»Jede Frage hat auch eine Antwort. Komm, wir schauen einfach selbst nach, was da los ist«, schlug Werner vor.

Nick legte die Füße auf den Tisch.

»Also, ich finde, wir sollten uns da raushalten. Mir gefällt die Geschichte nicht. Ich weiß nicht weshalb, irgendetwas ist da faul.«

»Komm schon, Nick, hör auf, dir 'nen Knoten ins Gehirn zu machen! Ich habe den Jungen aufgespürt, also habe ich auch das Recht, herauszufinden, was da vor sich geht. Los, komm mit!«

Ohne ihm Zeit zum Antworten zu geben, zog Werner seine Jacke an. Widerwillig folgte Nick seinem Beispiel, und nur kurz darauf brausten sie schon in Richtung Zürich.

»Nun hör schon auf, so ein Gesicht zu ziehen! Was ist denn los? Hast du Angst?«, fragte Werner.

»An dieser Geschichte stimmt was nicht. Ich sage dir, wir sollten uns da besser raushalten. Wir sind Programmierer, und damit basta, keine K-Truppe.«

Die K-Truppe war die Einsatztruppe der Firma. Sie umfasste etwa zwanzig Mann, die noch stärker im Verborgenen lebten als der Rest der Belegschaft. Nick hatte schon mal den ein oder anderen in der Firma gesehen, er hatte auch zig Geschichten über wahnwitzige Heldentaten gehört, die sie angeblich vollbracht hatten. Waren sie tatsächlich wahr, dann verdienten diese Männer allen Respekt. Ihr Anführer war Joseph, nach dem General die Nummer zwei der Firma, ein schweigsamer Typ, den eine geheimnisvolle, gefährliche Aura umgab.

Nick betrachtete sich im Rückspiegel: Für ein Mitglied der K-Truppe würde man ihn wohl kaum halten, so viel war gewiss. Er war mittelgroß, trieb viel Sport im Freien und wirkte wie ein in die Jahre gekommener Student, nicht wie ein Geheimagent. Seine lockigen kastanienbraunen Haare fielen ihm bis auf den Hemdkragen. Er hatte freundliche blaue Augen, die schalkhaft blitzten. Und seine Mutter hatte ihm die Grübchen vererbt, die sein Gesicht bei jedem Lächeln strahlen ließen.

Als die ersten Häuser am Stadtrand von Zürich auftauchten, veränderte sich die Landschaft allmählich.

»Ich bin aufgeschmissen. Kannst du mal in Google Maps nachschauen?«

»Klar«, erwiderte Werner und beugte sich über das Display auf seinen Knien. »Ich sag dir, wie du fahren musst.«

Mickey hatte ihnen erklärt, dass sich der Flüchtige in der ersten Etage des leerstehenden Komplexes versteckte, im »Liebeszimmer«.

»Im ›Liebeszimmer‹?«, hatte Nick gefragt.

»Ja, so nennen sie es. Das ist der Ort, an dem sich die Drogensüchtigen, die Geld brauchen, mit ihren Kunden treffen. Dort, wo sie ihre Haut für ein bisschen Stoff verkaufen.«

Während sie sich ihrem Ziel näherten, wurde die Umgebung immer schäbiger. Leere Gebäude und Lagerhallen, Autos, die ihres Innenlebens und ihrer Räder beraubt vor sich hin rosteten.

»Man könnte meinen, das hier sei Beirut«, sagte Nick angespannt.

»Die Kehrseite des Schweizer Modells, mein Freund.«

Die Straßenbeleuchtung war defekt, alles war in ein ungemütliches Halbdunkel getaucht. Obwohl die Straßen recht befahren waren, war die Atmosphäre unheimlich.

»Was sind das für Leute?«, fragte Nick.

»Kunden«, sagte Werner, der sich nicht im Geringsten unwohl zu fühlen schien. »Sie sind auf der Suche nach käuflichem Sex. Oder nach Drogen. Manchmal nach beidem.«

Schließlich baute sich eine geisterhafte Silhouette vor ihnen auf. Eine städtische Ruine, vom Regen ausgewaschen. Die Kamine aus Ziegelstein zu beiden Seiten des Gebäudes erinnerten an unnütze Galionsfiguren. Sie fuhren im Schritttempo weiter. Leere Bierdosen und weggeworfene Spritzen knirschten unter den Reifen des Wagens. Neben einem Förderwagen blieb Nick stehen und schaltete den Motor aus.

»Hier kriegt man ja richtig Schiss«, sagte er.

»Der junge Nick Snee entdeckt mit dreißig Jahren, dass die Schweiz nicht nur aus Einfamilienhaussiedlungen besteht, so wie jene, in denen er mit seiner Mama aufgewachsen ist«, spottete Werner. »Mann, das ist ein besetztes Gebäude, sonst nichts! Ein Rattenloch voll verfickter Loser!«

»Die wahrscheinlich gefährlich sind.«

»Von wegen! Sobald sie uns sehen, werden sie die Beine in die Hand nehmen, diese Angsthasen!«

»Was machen wir jetzt? Warten wir auf die Sturmtruppe?«

»Du willst doch auch wissen, weshalb der General zehn K-Leute schickt, um einen einzigen Mann einzufangen?«, erwiderte Werner. »An der Geschichte ist was faul, das hast du doch selbst gesagt!«

Nick setzte das Nachtsichtgerät an die Augen.

»Verrückt«, murmelte er. »Im gesamten Gebäude herrscht Bewegung. Da sind auch einige Lichter.«

»Sie haben ein Kabel angezapft. Das machen sie immer so in besetzten Gebäuden.«

»Nein, für Elektrizität flackert es zu sehr. Das sind Gaslampen oder Kerzen.«

Eine Stunde verging, ohne dass eine Einsatztruppe auf der Bildfläche erschienen wäre. Plötzlich griff Werner hinter sich und zog unter einer Decke eine Pumpgun hervor. Das Geräusch des Verschlusses erfüllte das Wageninnere.

»Was willst du mit dem Ding? Ohne Genehmigung dürfen wir keine Waffe benutzen!«

»Jetzt willst du mich auf den Arm nehmen, oder?«

»Werner, wir dürfen da nicht allein rein. Die Dealer werden uns massakrieren!«

»Wir gehen jetzt da rein, vertrau einem ehemaligen Polizisten. Im Handschuhfach ist eine Knarre, nimm die mit.«

»Ich bin A-na-lyst, merk dir das! Du weißt doch, dass ich total mies im Schießen bin.«

»Wir werden das Auto auf der anderen Seite der Fabrik abstellen. Der Südturm bildet eine tote Ecke, niemand wird uns sehen. Also, hör auf zu flennen, Jammerlappen!«

Gegen seine innere Überzeugung fuhr Nick langsam und

mit ausgeschalteten Scheinwerfern auf die andere Seite des Gebäudes. Aus der Nähe wirkte die verlassene Fabrik noch gruseliger.

»Die Drogenkathedrale …« Werner lachte höhnisch auf.

Als sie unter einem der Schlote geparkt hatten, warteten sie noch einige Minuten in völliger Stille ab.

»Los, wir steigen aus!«, bestimmte Werner dann, des Wartens überdrüssig. »Die K-Männer sind ja Profis im Anschleichen, da können wir warten, bis wir schwarz werden, nur um nachher festzustellen, dass sie sich den Flüchtigen längst geschnappt haben!«

Durch ein Loch in der Mauer zwängten sie sich ins Innere des Gebäudes. Nick war etwa fünfzig Meter gegangen, als er plötzlich innehielt – ein ekelerregender Geruch verschlug ihm den Atem. Auch Werner war stehengeblieben, bleich wie ein Leintuch.

»Verdammt, Werner, was ist denn das für ein Gestank?«

Er wandte sich zur Seite und übergab sich, kurz darauf tat Werner es ihm gleich. Der Geruch von Urin war derart stark, dass sie beinahe erstickten, sie schnappten nach Luft wie Fische an Land.

»Oh, Mist! Ich habe irgendwann mal einen Artikel über diese Fabrik gelesen«, erinnerte Werner sich. »Vor zwei Jahren wurde sie geschlossen. Dieses Medikament, Cystin, wird aus dem Urin von Rindern oder Schweinen gewonnen, aus Vogelfedern und anderen ekligen Dingen. Deshalb stinkt es so! Die Stadtverwaltung hat die Fabrik stilllegen lassen, sie wollen das gesamte Viertel in ein Wohngebiet umwandeln.«

»Lass uns abhauen!«, flehte Nick am Rande eines Kreislaufkollapses. »Wir müssen uns Atemschutzmasken besorgen! Komm, wir fahren zurück ins Büro.«

Beinahe hätte er seinen Kollegen überzeugt. Doch dann überlegte Werner, dass es normalerweise Aufgabe der Bundespolizei wäre, flüchtige Personen zu suchen. Wenn die Firma sich diesem Einsatz unter Aufbietung all ihrer Mittel widmete, dann konnte dies nur bedeuten, dass die Angelegenheit ein wirklich heißes Eisen war.

»Ich hab diesen Typen ausfindig gemacht, jetzt werde ich ihn dem General in Geschenkpapier verpackt übergeben«, sagte er in einem Tonfall, der keinen Widerspruch duldete.

Ein Taschentuch vor Mund und Nase, drangen sie weiter in das Gebäude hinein. Das Erdgeschoss war riesig, mehr als zweihundert Meter lang und mindestens zwanzig Meter hoch. Zahlreiche Destillierkolben, gefüllt mit einer gelblichen, stinkenden Flüssigkeit, standen noch überall herum. Große Tropfen fielen in regelmäßigen Abständen von der Decke herab. *Plock. Plock. Plock.* Nick und Werner bahnten sich torkelnd ihren Weg, sie hatten das Gefühl, dass sie im Takt der widerlichen Tropfen voranschritten, die mit der Regelmäßigkeit eines Metronoms auf dem Boden zerplatzten.

Dutzende spindeldürre Halbtote lagerten in diesem Gebäudeteil, zumeist auf Matratzen. Vor jeder Matratze brannten Kerzen. Sie gingen an einer Frau vorbei, die einmal hübsch gewesen sein musste und wahrscheinlich noch keine dreißig Jahre alt war. Sie wandte ihnen ein völlig zerfurchtes Gesicht zu. Jeder zweite Zahn war ihr ausgefallen. Die gelbliche Flüssigkeit tropfte aus einem der Destillierkolben auf sie herab, doch sie reagierte nicht einmal. Es gab Nick einen Stich ins Herz, doch er zwang sich, rasch weiterzugehen. Man konnte nichts für sie tun, zumindest *er* nicht.

Er folgte Werner durch eine Tür, sie gelangten in einen zweiten Raum, der kleiner war und wo kaum Kerzen flackerten. Diejenigen, die hier hausten, waren dem Tod noch näher und nicht mehr in der Lage, sich Erleuchtung zu verschaffen. Widerliche Abfälle verstopften die Abflüsse im Boden. Nick und Werner wateten durch gelbliche Pfützen, ihr Hosensaum wurde nass. Zwei oder drei Männer schwankten auf sie zu, doch als sie die Waffen sahen, suchten sie rasch das Weite. Plötzlich entdeckte Nick zu seiner Rechten eine Betontreppe, die nach oben führte. Hatte Mickey nicht gesagt, der Gesuchte halte sich in der oberen Etage auf? Eilig nahmen sie die Stufen, oben angekommen, blieben sie erleichtert stehen: Hier konnte man endlich wieder atmen.

»O mein Gott, frische Luft!«, rief Nick.

»Das vergisst man ganz«, ließ sich auf einmal eine Stimme hinter ihnen vernehmen.

Sie drehten sich abrupt um. Die Stimme gehörte einer abgemagerten Frau, deren Schädel mit Blutkrusten übersät war. Ihr Alter ließ sich nicht bestimmen, sie hätte ebenso gut dreißig wie sechzig sein können. Sie trug Radlershorts, die ihren Unterleib wie eine zweite Haut umhüllten, ein dreckiges Spitzenbustier, eine Windjacke und abgetragene Turnschuhe. Eine Erscheinung wie aus einem Horrorfilm.

»Was vergisst man?«, fragte Werner, der sich wieder gefangen hatte.

»Den Gestank. Unten, im Erdgeschoss, ist es nicht auszuhalten. Das ertragen nur die Zombies. Angeblich tropft es noch zwei Jahre lang, bis die Pissebehälter endlich leer sind. Hier vergisst man den Gestank irgendwann. Hier regnet's keine Pisse, und durchs Dach weht frische Luft. Das hier ist der Erste-Klasse-Bereich.«

Sie meinte das ganz ernst. Selbst in der Hölle gibt es eine erste Klasse.

»Wen suchen Sie?«, fragte sie.

»Jemanden, der sich abgesetzt hat. Einen Bankier mit ziemlich viel Kohle, der nicht nach Junkie aussieht.«

»Ach so«, sagte sie verächtlich. »Der kam gestern hier an, die ganze Zeit mault er nur rum. Er kann sich nicht an den Gestank gewöhnen. Nicht mal vögeln will der. Scheint auf was zu warten, euer Typ. Ziemlicher Spielverderber.«

»Weißt du, wo er ist?«

Die Frau streckte die Hand aus. Sie nahm den Geldschein

entgegen, den Werner ihr hinhielt, und steckte ihn in die Windjacke.

»Kommt mit!«

Im Vergleich zur unteren Ebene wirkte die obere geradezu wie ein Bienenkorb, wo sich Penner, Junkies und Dealer mischten, eine illegale Gesellschaft im Schatten der anderen. Rasch durchschritten sie einen großen Raum, bis die Frau an einer Abzweigung Nick am Ärmel zog, damit die beiden Fremden ihr in einen dunklen Gang folgten. Leicht identifizierbare Geräusche waren zu hören, ab und zu von einem Schrei unterbrochen.

»Wir müssen da langgehen«, sagte die Frau zu Nick mit einem grauenvollen Lächeln. »Du wirst sehen, dort bekommst du richtig Lust!«

Sie deutete in Richtung eines langgestreckten Raums vor ihnen, der in mehrere Alkoven unterteilt war. Die Türen fehlten, sie waren behelfsweise durch Vorhänge ersetzt worden, von denen einige jedoch nicht zugezogen waren. Ein paar Kerzen auf Mauernischen erhellten den Raum, und in einem Konzert aus obszönem Keuchen und Stöhnen bewegten sich die Schatten der Kunden auf und ab. Nick kam sich vor wie auf einem Bild von Hieronymus Bosch.

»Das Liebeszimmer«, raunte die Frau.

Sie führte Nick und Werner durch einen weiteren Gang, von dem weitere Räume abgingen. Plötzlich standen sie vor einer geschlossenen Tür – die erste, seit sie die Fabrik betreten hatten.

»Dahinter ist es«, sagte die Frau, und auf einmal verschwand sie über eine versteckte Treppe.

»Warte!«, rief Nick ihr nach.

Doch die Frau war nicht mehr zu sehen. Werner öffnete die Tür, eine mehrere Meter hohe Barriere aus Stahl. Er duckte sich und blickte vorsichtig um die Ecke.

»Was siehst du?«, flüsterte Nick.

»Einen riesigen Gang. Zwei bewaffnete Typen in dreißig

Metern Entfernung, sie sitzen an einem Tisch in der Mitte des Gangs. Sie bewachen vermutlich das Dope. Da kommt man nicht ungeschoren vorbei!«

Nick schob seinen Kopf nun ebenfalls um die Ecke. Im selben Augenblick zeichneten sich zwei rote Punkte auf den Köpfen der Männer ab.

»Laserpointer! Das ist die K-Truppe«, murmelte Werner.

Ein rascher Kugelhagel, schallgedämpft, und die beiden Dealer sanken tot vornüber.

»Sie haben ohne Vorwarnung losgeballert!«, rief Werner verblüfft und drehte sich zu Nick um.

Schon sprangen mehrere Männer von einer anderen Treppe herab. Sie waren in schwarze Overalls mit Kapuzen gehüllt, jeder hielt im rechten Winkel eine Waffe. Plötzlich drehte sich einer von ihnen zur Seite und sah Nick und Werner. Hastig richtete Werner sich auf und hielt die Hände in die Höhe.

Ein Schuss zerriss die Luft, die Kugel traf Werner in den Brustkorb. Er brach zusammen.

»Werner!«, brüllte Nick.

Wie in einem Alptraum sah er die Waffe ihn ins Visier nehmen, der schwarze Lauf war auf seinen Kopf gerichtet, der Zeigefinger des Mannes krümmte sich auf dem Abzug. Doch dann senkte sich der Lauf auf einmal. Der K-Mann gab ihm mit einem Nicken zu verstehen, dass er ihn erkannt hatte und sprach leise ein paar Worte in sein Mikrofon. Nick stürzte zu Werner hin. Sein Kollege lag mit starrem Blick da. Das Blut rann aus einer schrecklichen Wunde auf der Brust. Völlig verzweifelt griff Nick nach seiner Hand.

»Werner, bitte! Komm zu dir! Komm wieder zu dir!«

Das Kommando trat näher.

»Seid ihr völlig übergeschnappt?«, schrie Nick. »Ihr habt ihn einfach abgeknallt!«

»Ihr hättet euch zu erkennen geben müssen«, erwiderte der K-Mann kühl. »Ihr hattet die Anweisung, außerhalb des

Gebäudes zu bleiben. Jeder, der sich im Innern des Gebäudes befindet, ist eine potentielle Zielscheibe.«

Hinter der Kapuze mit Sehschlitzen sah Nick nur seine Augen. Dennoch erkannte er den Mann, von dem er nur den Vornamen wusste: Wilfried. In Wilfrieds Augen war nicht die Spur von Scham oder Bedauern zu entdecken. Als hätte er gerade ein Insekt zertreten.

»Handys funktionieren hier drin nicht!«, schrie Nick.

»Ihr hättet überhaupt nicht reinkommen dürfen! Wir haben die klare Anweisung, dass wir den Flüchtigen um jeden Preis kriegen müssen. Es darf keine Mittelspersonen zwischen ihm und uns geben.«

»Verdammt noch mal, weshalb denn? Wer zum Teufel ist der Typ?«

»Die Ergreifung des Gesuchten hat oberste Priorität und damit den Vorrang vor jeder anderen Überlegung«, wiederholte der K-Mann die Anweisungen.

Mit festem Griff packte er Nick am Kragen und zerrte ihn auf den Gang hinaus und stieß ihn unsanft auf den Zementboden. Dann warf er Nick seine Waffe zu.

»Du hast hier nichts zu suchen. Du hast keine Befugnis. Geh wieder ins Büro. Wir kümmern uns um den Flüchtigen und um Werners Leiche.«

Der K-Mann verschwand. Nick blieb auf dem Boden liegen, versuchte, wieder zu Atem zu kommen. Mühsam rappelte er sich auf die Beine, Tränen in den Augen. Was war da gerade geschehen? Eine Welt war für ihn zusammengebrochen. Taumelnd suchte er den Weg ins Freie. Im Liebeszimmer herrschte Grabesstille. Die meisten Junkies waren offenbar geflüchtet, als die Schüsse fielen, die anderen hatten sich in ihren Zellen verschanzt. Als er an einer Schlafnische aus Gipsplatten vorüberging, bemerkte Nick, dass der Vorhang, der die Nische auf dem Hinweg vor fremden Blicken geschützt hatte, zerrissen war. An der Wand stand eine Reisetasche aus Leder. Fieberhaft öffnete er sie, zum Vorschein kamen Poloshirts, Hemden, Unterwäsche, alles neu, alles teure Marken. Kein Drogensüchtiger hätte sich diese Klamotten je leisten können. Keiner jedenfalls, der hier lebte.

»Die gehört dem Typen, den du suchst.«

Nick wandte sich um – die Frau von vorhin.

»Nimm's mir nicht übel«, sagte sie. »Aber der Kerl hat mir zweihundert Franken dafür in die Hand gedrückt, dass ich alle, die hinter ihm her sind, in die falsche Richtung schicke. Dein Kumpel hat mir nur fünfzig gegeben.«

»Wo ist er jetzt?«

»Vergiss es, den holst du nie mehr ein! Und deine Kameraden auch nicht.«

Nick ließ sich wie betäubt auf die Matratze sinken.

»Der Typ muss ja wahnsinnig wichtig sein«, meinte die Frau. »deine Kameraden knallen jeden ab, der sich ihnen in den Weg stellt, nur um ihn zu finden.«

Nicks Blick fiel auf eine CD-Hülle neben der Matratze. Der Deckel war an mehreren Stellen abgesplittert, so, als hätte jemand sie hastig aufgerissen. Auf der Rückseite fand sich eine lange Buchstabenfolge: RD. JK. GN. AD. LP. OK. BR. TG. RR. OL. TA. SW. PM. ER. WAJ. GT. JKO. KL. PP. MK. JH. DF. GHJ. KLP.

Er drehte die Hülle um. Auf der Rückseite stand mit Filzstift geschrieben: *Akte Mandrake*.

2

Osama kehrte ein wenig später als gewöhnlich nach Hause zurück, gegen neun Uhr abends. Er wohnte weit entfernt vom Zentrum Kabuls, im Armenviertel Khirkoma; bei seinem Gehalt konnte er sich nichts Besseres leisten, und das, obwohl seine Frau ja auch etwas verdiente. Freilich, hätte er Bestechungsgelder angenommen oder wäre seine Frau in der Privatwirtschaft tätig gewesen, sie hätten es einfacher gehabt. Andererseits mochte er die Ausgelassenheit und die fröhliche Stimmung in seinem Viertel, wo man sich unter Nachbarn häufig besuchte, Frauen und Männer natürlich streng getrennt. Sein größtes Vergnügen bestand darin, am Samstag zu Fuß zum Panjsad-Familli-Markt ganz in der Nähe zu gehen und dort zwischen den Vogelhändlern umherzuschlendern. Die Händler kannten Osama und führten ihm immer gern und stolz ihre Neuzugänge vor. Ohne dass der Kommissar es sich recht erklären konnte, erfüllte ihn das Gefühl, eine dieser kleinen flauschigen Kugeln in seinen großen Händen zu halten, mit großer Freude.

Er grüßte den Polizisten, der vor seiner Haustür Wache stand, und betrat das Haus. Es war ein bescheidenes Heim aus Ziegelsteinen und Lehm, mit einem Flachdach, wie man es in allen einfachen Vierteln afghanischer Städte findet: nur ein Stockwerk, drei Schlafzimmer, ein großes Wohnzimmer, eine Küche – und überall hingen die Leitungen aus der Wand. Zumindest besaß das Haus fließendes Wasser; nur wenige Hundert Meter weiter, im Elendsviertel Postakacho gab es niemals Wasser. Die Frauen mussten jeden Tag zahlreiche Kilometer zurücklegen, im Winter bei eisiger Kälte, im Sommer bei glühender Hitze, um ihre Familien mit ein oder zwei Kanistern zu versorgen. Wenn Osama den Zug dieser Frauen sah, der jeden Tag ein wenig länger wurde, zog sich sein Herz zusammen.

Er legte seine Aktentasche auf dem Sofa ab und öffnete ein Fenster, um zu lüften. Die Teppiche aus Ziegenwolle auf dem Boden waren einfach, aber in gutem Zustand, er besaß mehrere Möbel, außerdem auch etliche handbemalte Schachteln für seine Wertgegenstände. Das Badezimmer verfügte – ein unerhörter Luxus – über einen alten russischen Boiler, der warmes Wasser lieferte. Allerdings hatte Osama nie genügend Geld zusammenkratzen können, um eine moderne Heizung einbauen zu lassen; sie mussten sich im Winter mit einem alten Ofen begnügen. Aus der Küche kamen Geräusche. Seine Frau war aus der Klinik zurückgekehrt. Sie betrat das Wohnzimmer in einem orangefarbenen Hausgewand, ihre langen roten Haare fielen ihr auf die Schultern; in der Hand hielt sie eine Zeitschrift – aus einem westlichen Land.

Malalai Kandar war Gynäkologin. Sie war unabhängig, emanzipiert und hatte liberale Ansichten. Ihr Medizinstudium hatte sie zum Großteil in Baku absolviert, noch zu Zeiten der Sowjetunion. Die afghanischen Moralvorschriften ertrug sie mehr schlecht als recht, ihre Aufgabe wurde insofern erleichtert, als sie ohnehin nur Frauen behandelte. Für die anderen Ärztinnen war das Leben unmöglich geworden: Sie durften keine Männer mehr behandeln und sich nicht gemeinsam mit männlichen Kollegen, Ärzten, Vorgesetzten oder Krankenpflegern in der Öffentlichkeit zeigen. Seit dem Abzug der Russen schloss sich die fundamentalistische Reuse immer enger um die Afghaninnen und verdammte sie zu einem Leben in absoluter Unterwürfigkeit.

»Wie war dein Tag?«, fragte sie.

»Interessant. Ich hab was ganz schön Seltsames erlebt.«

Obwohl sie schon dreißig Jahre verheiratet waren und zwei mittlerweile erwachsene Kinder hatten – das dritte war im Krieg gegen Russland umgekommen –, hielten sie so fest zusammen wie am ersten Tag. Osama hatte seine Frau niemals betrogen und auch nie daran gedacht, eine Jüngere zu heiraten. Das islamische Gesetz hätte ihm ermöglicht, bis zu vier Frauen zu heiraten, sofern er ihnen denselben Lebensstandard bieten konnte, doch Malalai hatte geschworen, ihm die Eier abzuschneiden, wenn er den Gedanken auch nur im Entferntesten in Erwägung ziehen sollte. Er hatte nicht weiter darauf bestanden. Mehrere seiner polygamen Kollegen machten sich hinter seinem Rücken über ihn und die Pseudoherrschaft lustig, die seine Frau in der Beziehung ausübte. Osama wusste, dass dies sein berufliches Ansehen schmälerte, doch er war glücklich mit seiner Situation, er brauchte keine vier Frauen.

»Erzählst du's mir?«

Nach kurzem Zögern berichtete er ihr über den Selbstmord Wali Wadis, seine Zweifel, die Anwesenheit des Ministers und des Amerikaners von DynCorp.

»Khan Durrani ist ein Nichtsnutz«, sagte sie verächtlich, »ein bestechlicher Trottel. Er fraß den Russen aus der Hand, dann den Taliban, jetzt den UNO-Truppen. Wenn morgen die Marsmenschen landen, wird er ihnen Datteln verkaufen. Wegen Menschen wie ihm leben wir wieder wie im Mittelalter!«

»Er ist nicht schlimmer als viele andere!«

»Das glaubst du doch selber nicht!«

»Es wird ja besser. Präsident Karzai wurde trotz des Drucks von Seiten der Taliban wiedergewählt. Die Schulen sind wieder geöffnet, die Wirtschaft erholt sich.«

»Und immer jüngere Mädchen werden gezwungen, die Burka anzulegen …«, brachte Malalai den Satz zu Ende. »Solange die Russen da waren, konnte ich mich normal anziehen, mich in ein Café setzen, mit meinen Freundinnen ins Kino oder ins Restaurant gehen, mir diese idiotischen Zeitschriften kaufen, ohne mich verstecken zu müssen. Jetzt komme ich mir vor wie eine Gefangene. Diese Stadt wird jeden Tag ein wenig mehr zum Gefängnis.«

Seit seiner Wiederwahl spielte Präsident Karzai ein gefährliches Spiel. Er gab vor, die nationale Aussöhnung mit den Ex-Taliban herbeiführen zu wollen, ließ aber zu, dass sie unter der Hand immer größeren Einfluss auf den Staatsapparat erhielten und de facto ihre Rückkehr an die Macht vorbereiteten. Minister, Abgeordnete, überzeugte Gegner der Taliban, mehrere einflussreiche Berater – alle waren sie entmachtet und durch Islamisten ersetzt worden. Der Druck auf die Frauen nahm sogar noch zu. Die Angst brachte viele dazu, die Seite zu wechseln.

»Pass auf!«, erwiderte Osama. »Sonst bist du gleich als Kommunistin verschrien.«

»Mir sind die Kommunisten lieber als die Taliban. Zumindest hatten die Frauen bei ihnen Rechte!«

Osama antwortete nicht, er wusste, dass seine Frau recht hatte. Außerdem war er noch nie besonders gut im Diskutieren gewesen, und mit Malalai hatte es gar keinen Sinn, zu diskutieren, sie fand dann doch immer irgendein Argument, das ihn mundtot machte.

»Wie wirst du verhindern, dass dieser Idiot von Minister dir Probleme schafft?«

»Ich weiß es noch nicht. Auf jeden Fall muss ich sehr vorsichtig sein, die Sache stinkt.«

»Bitte geh kein zu großes Risiko ein.«

»Ich muss meine Ermittlung zu Ende bringen. Wenn dieser Mann eines gewaltsamen Todes starb, dann muss ich den Schuldigen finden.«

»Mein armer Liebling«, sagte Malalai und zog ihn zu sich herab. »Du bist der Einzige, der in diesem Land seine Arbeit macht. Komm, wir essen zu Abend, ich habe *Qabali palaw* und pikant gewürztes *Mantu* gemacht, so, wie du es liebst.«

»Ich werde vorsichtig sein, das verspreche ich dir«, sagte Osama mit fester Stimme. »Jetzt gehe ich erst einmal beten. Wir essen später.«

*

Auf dem Rückweg ins Büro gelang es Nick nicht, seinen Chef zu sprechen, obwohl er mehrere Versuche unternahm. Jedes Mal, wenn er anrief, hieß es: »Keine telefonischen Auskünfte zu diesem Thema möglich, auch nicht verschlüsselt. Kommen Sie ins Büro.«

In der Zentrale herrschte hektische Betriebsamkeit. Im Gemeinschaftsraum wimmelte es trotz der späten Uhrzeit von Menschen – Menschen, die Nick dort nie zuvor gesehen hatte. K-Truppen-Mitglieder, die schon bereit waren für das nächste Briefing, obwohl sie gerade erst ihr Gepäck ablegten: kugelsichere Westen, Schutzhelme, Übertragungsgeräte, Sturmgewehre, Schalldämpfer. Als Wilfried, der Anführer, der Werner getötet hatte, Nick erspähte, ging er lässig auf ihn zu.

»Tut mir leid wegen deinem Kumpel«, sagte er beiläufig.

»Was ihr da getan habt, ist absolut unverzeihlich!«

»Nick, ihr habt die Sache vermasselt, du und Werner. Wir hatten euch verboten, das Gebäude zu betreten. Was hattet ihr da drinnen herumzuschnüffeln?«

»Ohne Vorwarnung loszuschießen ist ein Verbrechen! Wenn du vor dem Losballern einfach mal dein Hirn angeschaltet hättest, wäre Werner noch am Leben.«

»Ich habe mich nur an die Vorgabe gehalten. Werner und du, ihr habt euch benommen wie Amateure!«

Nick wollte auf ihn losgehen, als der General eiligen Schrittes auf sie zusteuerte.

»Schluss mit dem Kinderkram!«, zischte er.

Sein zorniger Gesichtsausdruck sprach Bände. Seit ihrer Gründung war dies der erste Fehlschlag der Firma – und zwar ein eklatanter. Er sah abwechselnd Wilfried und Nick an. Da die Zeit drängte, hatte er seine K-Truppe losschicken müssen, obwohl ihr Anführer, Joseph, nicht verfügbar war, weil er in Frankreich zu tun hatte. Er hatte Wilfried, der weniger erfahren war, die Operation durchführen lassen. Dessen Team hatte vor dem Einsatz die Pläne der Fabrik genau studiert, doch sie waren fehlerhaft und verzeichneten einige Abflussrohre nicht, durch die der Gesuchte entkommen sein musste.

Der General wandte sich an Nick. »Snee, in mein Büro. Und zwar sofort!«

Wie betäubt folgte Nick ihm.

Das Büro des Generals war das eines mächtigen Mannes: siebzig Quadratmeter groß, mit sensationeller Aussicht dank dreier riesiger Panzerglasscheiben. Für etwas Abwechslung in dem recht manieriert möblierten Raum sorgten einige Modelle von Propellerflugzeugen aus dem Zweiten Weltkrieg. Ein riesiges Ölgemälde, das eine B52 darstellte, wie sie ihre Bombenfracht über einem Reisfeld herabregnen ließ, nahm eine ganze Wandfläche ein. Eine Reminiszenz an die Anfänge seiner militärischen Laufbahn bei den Fallschirmspringern, so mutmaßte man. Nick jedenfalls hatte den deutlichen Eindruck, dass der General Flugzeuge Menschen vorzog.

»Setzen Sie sich«, herrschte der General ihn an. Obwohl er in Zivil gekleidet war, strahlte er Autorität aus. »Sie haben es vergeigt, Snee. Sie sind in diese Fabrik eingedrungen, ohne unsere Männer darüber zu unterrichten. Sie haben im Augenblick des Eingreifens dazwischengefunkt. Ein Anfängerfehler! Ihretwegen ist Werner nun tot!«

»Unsere Männer hätten das Feuer nicht ohne Vorwarnung zu eröffnen brauchen.«

»Ohne Vorwarnung? Sie träumen wohl? Es geht hier nicht um Vorwarnungen, wir sind doch keine Bullen, Snee. Wir sind Soldaten im Krieg, auch wenn wir in Zivil operieren.«

»Aber …«

»Wir werden den Angehörigen Ihres Kollegen mitteilen, dass er während einer Übung umgekommen ist. Werner war geschieden, er hatte keine Kinder. Es wird keine Untersuchung geben, und Sie werden gefälligst die Schnauze halten – das ist ein Befehl. Sollten Sie die geringsten Schwierigkeiten machen, sind Sie erledigt!«

Für den General hatte Werners Tod keine Bedeutung. Er war lediglich ein »Zwischenfall«. Nick versagte sich jeden Widerspruch und nickte stumm.

»Sagen Sie laut: ›Jawohl, Herr General!‹«, befahl sein Gesprächspartner mit fester Stimme.

»Jawohl, Herr General«, gab Nick mechanisch zurück. Großer Gott, weshalb stand er nicht einfach auf und sagte diesem Psychopathen einmal ordentlich seine Meinung? Nick verfluchte sich innerlich.

Plötzlich zeichnete sich ein Lächeln auf dem Gesicht des Generals ab. »Sie werden sehen, Snee, man lernt, solche Dinge zu vergessen. Im Krieg verliert man nun einmal Menschen. Das ist traurig, aber es ist die Realität. Wir arbeiten für die Zivilisation, wir halten westliche Werte hoch, es lohnt sich, dafür Risiken einzugehen. Und nun nennen Sie mir einen Grund, einen einzigen Grund, weshalb ich Sie nicht augenblicklich wegen Verletzung der Gehorsamspflicht aus der Firma entfernen lassen sollte.«

Nick fühlte sich von dem plötzlichen Richtungswechsel seines Chefs völlig überrumpelt. Der General hatte Werners Tod bereits unter »Gewinne und Verluste« verbucht.

»Ich kann Ihnen keinen Grund nennen. Ich habe getan, was ich für richtig hielt, und trage keinerlei Verantwortung an Werners Tod, auch wenn Sie das anders sehen. Ich hätte aber auch eine Frage. Suchen Sie zufällig ein Dokument mit dem Titel ›Akte Mandrake‹?«

Der General schnappte nach Luft.

»Was ist das für eine Frage? Wovon reden Sie?«

»Von dem hier.« Nick legte die CD-Hülle, die er in der Fabrik eingesteckt hatte, auf den Schreibtisch. Nach kurzem Zögern nahm der General sie in die Hand und sah Nick scharf an.

»Gehen Sie nach Hause, Snee.«

»Weiß man, was diese Akte Mandrake sein soll?«

»Nick, ich untersage Ihnen offiziell, über diese Sache auch nur ein Wort zu verlieren. Auch nicht gegenüber Ihren Kollegen in der Firma.«

Nick ahnte, dass er mehr wohl nicht erfahren würde. Er stand auf. Als er bereits an der Tür war, rief der General ihm nach: »Die Existenz dieses Dokuments steht unter strengster Geheimhaltung. Sogar sein Name ist ein Geheimnis. Haben wir uns verstanden?«

*

Nach einem unspektakulären Vormittag überreichte Gulbudin, der zweite Assistent Kommissar Kandars, seinem Vorgesetzten den ersten Entwurf eines Berichts über Wali Wadis Selbstmord. Der fünfundvierzigjährige Gulbudin war seit zehn Jahren Chefinspektor. Er hatte einen Fuß verloren, als er einige Jahre zuvor in den Bergen von Khawak auf eine russische Mine getreten war, bewegte sich aber sehr gewandt – dank einer Prothese, die er über ein von der UNO finanziertes Hilfsprogramm bekommen hatte. Außerdem hatte er bei der Explosion einer Granate ein Auge eingebüßt, als 1996 Massuds Truppen ein wahres Massaker bei der Bombardierung Kabuls anrichteten, worauf sie sich den Hass der Mehrheit der Bevölkerung zuzogen. Schwer verletzt, war er von Osama aufgelesen worden, der ihn trotz des Granatengewitters um sie herum selbst ins Krankenhaus gebracht hatte. Seither war Gulbudin dem Kommissar treu ergeben. Zumal er Hazara war und kein Paschtune.

Osama las den Bericht aufmerksam durch – er war perfekt. Er gab keiner Spur den Vorzug, ließ aber eben auch jede Deutungsmöglichkeit offen. Gulbudin konnte solche Berichte schreiben wie kein Zweiter. Osama, der sich in dem bürokratischen, verschraubten Milieu des Innenministeriums bisweilen nur schwer zurechtfand, war er eine wertvolle Hilfe. Die meisten jungen Polizisten entstammten einer Generation, die nichts als die Koranschule kannte, da die Taliban die weltlichen Universitäten geschlossen hatten – entsprechend beklagenswert war das Niveau ihrer schriftlichen Äußerungen. Dies war einer der Gründe, weshalb Gulbudin und Babrak, abgesehen von ihrer Treue und ihrem Menschenverstand, unverzichtbar für ihn waren: Sie waren blitzgescheit. Osama war stolz darauf, dass seine Assistenten über einen höheren Abschluss verfügten als er selbst, und er ließ keine Gelegenheit ungenutzt, sie seinen Vorgesetzten gegenüber lobend zu erwähnen.

Er trat auf den Gang hinaus und rief die anderen Mitglieder seines Stabs zu sich: Abdul, einen jungen aufstrebenden Polizisten, der zwei Jahre ein Praktikum bei der deutschen Polizei absolviert hatte, außerdem Dschihad und Rangin, zwei Fahnder um die dreißig, beide ziemlich furchterregend. Dschihad war als Sprengmeister der Nordallianz im Einsatz gewesen und einer der wenigen Paschtunen, die sich den tadschikischen Truppen Massuds angeschlossen hatten. Er stammte aus einer Familie, die Anhänger des Wahabismus war, einer der strengsten Glaubensrichtungen des Islam. Seine vier Brüder hießen Dschihad, seine fünf Schwestern Palästina. Trotzdem schwärmte Dschihad für Amerika, Hardrock und Kino. Er hielt sich an die traditionellen Gebetsvorschriften, wie man es in einem Land, in dem der Islam Staatsreligion war, eben tat – jedoch nur halbherzig. Osama hatte nicht im Geringsten das Gefühl, dass er gläubig war. Außerdem hatte Dschihad den Schädel zumeist kahlgeschoren und kleidete sich wie ein westlicher Student, mit Jeans und Turnschuhen. Rangin dagegen war der Sohn eines Nichtkonfessionellen und obendrein überzeugten Kommunisten, der zur Zeit der russischen Besatzung für den Khad, den Geheimdienst, gearbeitet hatte. Rangins Vater war von den Taliban umgebracht worden, als diese an die Macht kamen. Rangin hatte rote Haare und grüne Augen, wie etliche Afghanen aus dem Norden, aber er wirkte so slawisch, dass sein Auftauchen im Kommissariat Misstrauen erweckte: Viele hielten Rangin, da er wenige Monate nach der sowjetischen Invasion gezeugt worden war, für einen russischen Abkömmling … Im Unterschied zu Dschihad war er sehr religiös, obschon auch er sich westlich kleidete und immer ordentlich rasiert war. Rangin und Dschihad waren unzertrennlich und arbeiteten immer im Duo. Sie waren die einzigen Paschtunen in Osamas Stab, und der Kommissar vertraute ihnen blind.

»Gulbudins Bericht ist hervorragend«, verkündete Osama unvermittelt. »Jetzt können wir noch einige Tage ungestört weiterarbeiten. Bravo!«

Gulbudin senkte bescheiden den Blick.

»Was ist davon zu halten, dass der Minister in Wali Wadis Wohnung zugegen war?«, fragte Dschihad.

»Was soll man von einem Mann halten, der eine Rolex im Wert von einer Million Afghanis am Handgelenk trägt? Misstraut ihm, misstraut allen, die für ihn arbeiten, den Männern aus seinem Clan. Von heute an arbeiten wir im Geheimen, kein Wort zu euren Kollegen, keine Vertraulichkeiten. Diese Untersuchung ist top secret, verstanden?«

»Ja, *Qoumaandaan.*«

Osama wandte sich an Babrak.

»Was ist mit der Leiche?«

»Ich habe gleich eine Autopsie beantragt. *Daktar* Mimuda hat Dienst, aber da ich weiß, was Sie von ihm halten, habe ich *Daktar* Katun gebeten, sie durchzuführen. Er hat versprochen, sich der Sache anzunehmen – weil Sie es sind. Ich habe ihm versprochen, dass Sie ihm einen Korb mit Erdbeeren mitbringen, von denen er schwärmt, sobald sie auf dem Markt zu haben sind.«

Osama brummte. Das Obst aus dem Panschirtal war in der gesamten Gegend berühmt, vor allem die ersten Erdbeeren im Frühjahr. Das würde ihn mindestens fünfzig Afghanis kosten, aber sie waren ja gut angelegt. Katun war ein renommierter und angesehener Chirurg, der seine Assistenzzeit in Aserbaidschan absolviert hatte, wohingegen Mimuda, der Chefarzt der Universität, wahrscheinlich nicht einmal das Abitur hatte. Mimuda gehörte zu jener Sorte ungebildeter und hinterhältiger Menschen, die während der Talibanherrschaft groß geworden waren und die man nach deren Rückzug nicht zu entfernen gewagt hatte, man wusste ja nie …

»Bitte den *Daktar,* sich den Hals des Toten anzusehen. Ich habe keine Druckstelle entdecken können, aber wenn man ihn erwürgt hat, ist sein Kehlkopf vielleicht verletzt. Außerdem soll er nach Spuren von Haut unter den Fingernägeln suchen.«

»Du meinst, man hat ihn festgehalten, während er sich umgebracht hat?«

»Irgend so etwas in der Art. Seine Hände müssen einem Schießpulvertest unterzogen werden, ich konnte nichts riechen. Außerdem soll er seine Achseln untersuchen, seine Haut, seinen Mageninhalt, sein Zahnfleisch. Wenn wir nachweisen können, dass er sich vor seinem Tod die Zähne geputzt hat, haben wir ein unschlagbares Beweismittel. Vor allem soll er den Bericht zur selben Zeit ans Justizministerium schicken wie an mich.«

Babrak nickte wissend. Seit 2002 war die vorherige Zustimmung eines Staatsanwalts nötig, um eine kriminalistische Untersuchung durchführen zu können. Trotz ihrer Bemühungen war es den Polizisten nicht gelungen, diese abenteuerliche Vorschrift zu blockieren, die sich am italienischen Rechtssystem orientierte. Glücklicherweise hasste der Justizminister, ein Tadschike, der in Russland studiert hatte, Khan Durrani. Wenn er den Bericht erst einmal hatte, würde es schwierig für den Innenminister werden, durchzusetzen, dass er neu geschrieben würde, oder die Staatsanwaltschaft dahingehend zu beeinflussen, dass sie sich gegen eine offizielle Untersuchung aussprach.

»Was machen wir jetzt?«, fragte Gulbudin.

»Wir müssen uns mal Wadis Büros ansehen«, erklärte Osama. »Nur Gulbudin und Babrak, ihr anderen arbeitet weiter an den Akten.«

Sein Jeep wartete bereits vor der Tür, der unvermeidliche Pick-up voll finster dreinblickender Polizisten stand dahinter.

Wali Wadis Büros lagen im alten Viertel Murad Khane, unweit des Zentralkommissariats. Die Sicherheitsbestimmungen missachtend, hatte Osama das Fenster heruntergekurbelt und atmete die Gerüche der Stadt ein. Kabul war im Wiederaufbau begriffen, überall gab es Baustellen. Die ISAF ließ haufenweise Dollars auf die Hauptstadt herabregnen, die sogleich von den diversen Clans um Präsident Karzai eingesackt wurden, doch es blieb immer noch reichlich übrig, um einen Bauboom zu finanzieren, wie ihn die Stadt seit dem Einfall der Sowjets nicht mehr erlebt hatte. Außerdem waren da die Milliarden, die der Drogenhandel einbrachte, was wiederum zu einer ungezügelten Bodenspekulation führte. Wenn der Krieg von neuem begann, würden die Raketen der Taliban wieder einmal alles dem Erdboden gleichmachen, und die Stadt würde von vorn anfangen müssen. Das war entmutigend. Dennoch verspürte Osama kein Bedürfnis, woandershin zu ziehen: Kabul war seine Stadt.

Plötzlich hörte man in der Ferne eine Explosion. Mit einer Verzögerung von einem Sekundenbruchteil erzitterten die Fensterscheiben des Autos. Osama tauschte einen Blick mit Gulbudin. Noch ein Selbstmordattentat. Allein in den vergangenen zehn Tagen hatten sich zwei Talibangrüppchen mitten in der Menge in die Luft gesprengt, einmal, als gerade ein Konvoi von Bauunternehmern aus dem Westen vorbeifuhr, ein anderes Mal, um einen hohen Geheimdienstfunktionär aus dem Weg zu räumen. Kabul lebte im Rhythmus dieser zerstörerischen Überraschungsangriffe, die eine immer drückendere Atmosphäre schufen, unter der auch seine fatalistisch gestimmten Einwohner zu leiden begannen.

»Wir werden bald wissen, wer da in die Luft gejagt wurde«, sagte Babrak aufgeregt. »Bestimmt ein hohes Tier.«

Nach einer halben Stunde im dichten Verkehrsgewühl parkte der Fahrer in zweiter Reihe neben einem heruntergekommenen Neubau. In der Eingangshalle saß ein müder Wachmann, er erkundigte sich nicht einmal, wen sie denn zu sprechen wünschten. Allerdings wirkten die drei Polizisten in Zivil, die Osama begleiteten, auch nicht im mindesten abschreckend. Neben der Pförtnerloge hing ein Schild mit der Aufschrift »Wali Wadi Holding, 3. Etage«. Der Fahrstuhl war außer Betrieb, sie nahmen die schmale Treppe bis in den dritten Stock. Eine einzige Tür, daneben dasselbe Schild wie unten. Ohne anzuklopfen, trat Osama ein. Hinter der Tür bot sich ihnen ein völlig anderes Bild: edles Parkett, frisch gestrichene Wände, die moderne Gemälden dekorierten, ähnlich denjenigen, die der

Kommissar schon in Wadis Privatwohnung gesehen hatte. Ein junger Mann saß hinter einem Schreibtisch und telefonierte. Als er die bewaffneten Männer hereinkommen sah, wurde er blass und legte hastig auf. Osama zog seinen Dienstausweis hervor.

»Arbeiten Sie für Wali Wadi?«

»Ja, *Sahib,* ich war sein Privatsekretär«, antwortete der junge Mann leise. »Ich habe Sie erwartet.«

Aus der Nähe sah Osama, dass der Mann seine Augen mit Kajal geschminkt hatte – was aber nicht unbedingt etwas zu bedeuten hatte, auch die jungen Taliban schminkten sich.

»Kann ich mal sein Büro sehen?«

Der Privatsekretär nickte stumm, erhob sich und führte sie in einen riesigen Raum mit doppelten Vorhängen, die ihn in ein angenehmes Halbdunkel tauchten. Auch der Straßenlärm war nicht mehr zu hören. Gepanzerte Fensterscheiben, dachte Osama. Ein Arbeitstisch aus dunklem Holz, mehrere pompöse Sessel, zweifellos libanesischer Herkunft, ein Sofa. Wadi war wohl erfolgreicher gewesen, als er sich vorgestellt hatte.

»Sind bereits Kollegen hier gewesen?«, fragte Osama.

»Nein, niemand«, antwortete der junge Mann. »Ich habe die Nachricht vom Tod des Sahib Wadi heute Morgen im Radio gehört.«

Sie hatten demnach einen kleinen Vorsprung vor den Häschern des Innenministeriums, dachte Osama befriedigt.

»Ist alles in Ordnung? Keine Anzeichen für einen Einbruch?«

»Der Alarm war eingeschaltet, das Büro aufgeräumt. Ich habe nichts Ungewöhnliches bemerkt. Und am Safe hat sich auch niemand zu schaffen gemacht.«

»Es gibt einen Safe?«

»Hinter dem Bild.«

Der Mann hob eine Lithographie an, und es kam die Tür eines Safes von beträchtlichem Ausmaß zum Vorschein, mit einer

Tastatur und einem kleinen eingebauten Bildschirm. Osama registrierte das Logo: »Hartmann«. Ein derart modernes Modell sah er zum ersten Mal, meistens fand man nur alte russische Safes in Kabul. Er untersuchte ihn etwas genauer. Ein weit nach innen reichendes Schloss. Es sah neu aus, schien unzerstörbar zu sein.

»Sahib Wali Wadi hatte ihn erst letzten Monat erhalten«, erklärte der junge Mann. »Es ist ein europäisches Modell, er hat es extra bestellt. Es ist das einzige Modell dieser Art in Afghanistan«, fügte er stolz hinzu.

Osama fragte sich, ob Wali Wadi einen Schlüsselbund bei sich gehabt hatte, als die Leiche gefunden wurde. Er wandte sich an Gulbudin, der denselben Gedanken gehabt hatte.

»Ich hab nicht drauf geachtet, Chef. Ich überprüfe es sofort, wenn wir zurück sind.«

Osama wandte sich wieder dem jungen Privatsekretär zu.

»Kam dir dein Chef irgendwie anders vor in letzter Zeit? Als ob er Sorgen hätte oder deprimiert wäre?«

»Er hat nicht viel mit mir geredet. Die Geschäfte schienen gut zu laufen. Sogar ausgezeichnet!«

»Weshalb hat er diesen Safe angeschafft?«

»Sahib Wadi sagte mir, jetzt, wo er bei den Großen mitmische, müsse er für größere Sicherheit sorgen.«

»Sagte er tatsächlich, ›bei den Großen mitmischen‹?«

»Ja. Er kaufte auch einen für seine Wohnung.«

Erneut blickte Osama seinen Assistenten an, der den Kopf schüttelte. Der Tresor war ihrer Aufmerksamkeit entgangen. Osama fluchte innerlich. Wie hatten sie Wadis Wohnung nur so oberflächlich durchsuchen können! Sie mussten noch einmal von vorn anfangen, und zwar gründlich.

»Vor drei Monaten haben wir die Schlösser zum Büro ausgetauscht«, fuhr der junge Mann fort, »und eine Videokamera am Eingang installiert.«

»Die habe ich gar nicht gesehen.«

»Sie ist in die Decke eingelassen, nur das Objektiv ragt ein wenig hervor. Ebenfalls ein europäisches Modell.«

Osama spürte, wie sich sein Puls beschleunigte.

»Weißt du, wo die Aufnahmen gespeichert werden?«

Der junge Mann nickte. Er führte Osama in einen kleinen Raum neben der Küche. Das neueste Computermodell surrte auf einem Tisch.

»Ist alles auf der Festplatte.«

»Prima.«

Osama befahl, die Daten herunterzuladen. Die Durchsuchung des Büros brachte keine nennenswerten Ergebnisse zutage, abgesehen von einigen Flaschen Whiskey, Wodka und französischen Weinen und einem beeindruckenden Stapel aktueller Pornozeitschriften. Mit einem Blick gab Osama Babrak und Gulbudin zu ihrer großen Freude die Erlaubnis, den Alkohol mitzunehmen. Ein Festtag – sie würden ihn zu einem guten Preis an Journalisten oder UNO-Mitarbeiter aus dem Westen verkaufen.

Als seine Leute mit der Auswertung des Materials aus der Überwachungskamera kamen, war es Zeit für das Morgengebet. Osama breitete seinen Gebetsteppich mitten im Büro aus und gab sich seinem rituellen Gebet hin; vor den Augen seiner Assistenten erflehte er das Erbarmen Allahs. Gulbudin und Babrak waren, aus unterschiedlichen Gründen, nicht gläubig. Gulbudin, weil er im Grunde ein überzeugter Agnostiker war, der dem kommunistischen Regime nachtrauerte, und Babrak, weil er, wie viele junge Menschen seiner Generation, lieber westliche Musik hörte, mit Freunden wegging und im Internet surfte, anstatt zu einem Gott zu beten, der sein Land schon vor Urzeiten verlassen hatte. Osama nahm keinen Anstoß daran – er selbst aber war tiefgläubig.

3 Der General las die letzten Nachrichten aus Kabul nochmals durch. Er verstand nicht, was Kandar im Schilde führte, und das beunruhigte ihn sehr. Doch das Schlimmste war die Sache hier in Bern. Er holte Nicks Personalakte aus dem Safe und begann sie eingehend zu studieren. Neunundzwanzig Jahre. Die Mutter Schweizerin, Krankenschwester, der Vater Engländer, Strafanwalt in einer der angesehensten Kanzleien Londons, ein vier Jahre älterer Bruder, Banker in Singapur. Die Scheidung der Eltern hatte dauerhafte Spuren hinterlassen, die beiden Brüder sprachen kaum mehr miteinander, die Eltern schon gleich gar nicht. Nicks Mutter hatte wieder geheiratet, einen seltsamen Kauz, seines Zeichens Bienenzüchter, mit dem sie im Osten Frankreichs lebte. Nick hatte eine eher mittelmäßige höhere Schulausbildung durchlaufen, seit seinem vierzehnten Lebensjahr im Internat, dann ein äußerst erfolgreiches Doppelstudium in Mathematik und Orientalistik an der Universität Genf absolviert. Bereits damals war Nick durch seine Vorliebe für Extremsport aufgefallen, die so gar nicht zu seinem zurückhaltenden Wesen und dem schmächtigen Körperbau eines Intellektuellen passte. Vielleicht war dies seine Art, die Scheidung seiner Eltern zu verarbeiten, die ihn mehr oder weniger sich selbst überlassen hatten? Auf Betreiben eines seiner Professoren für seltene Sprachen bewarb Nick sich anschließend beim SND, dem staatlichen Schweizer Nachrichtendienst. Dort wurde er schon bald als »außergewöhnliches Element« wahrgenommen. Jedes Jahr belegte er den Spitzenplatz in der Analystenklasse. Drei Jahre später war er, auf direkte Empfehlung des Leiters des SND, zur »Firma« gestoßen, um dort eine Einheit zur strategischen Analyse aufzubauen. Seit er dort arbeitete, hatte Nick zwei Aktionen durchgeführt, die ihm innerhalb des Unternehmens einen legendären Ruf verschafft hatten. Die erste hieß »Air Kamikaze«, eine im Auftrag der CIA von der Firma durchgeführte Operation. Die Idee stammte ursprünglich von Nick, der sie dann auch von A bis Z umsetzte: Er baute ein Netz von Reisebü-

ros für Dschihad-Kandidaten auf, die vom Westen kontrolliert werden sollten. Eine in der Schweiz stark vertretene Bank aus der Golfregion griff bei der Finanzierung der Filialen mit Krediten und Ratschlägen unter die Arme. Die Leitung übernahmen Hardcore-Islamisten aus dem Mittleren Osten und aus Pakistan, die als gefährlich eingestuft waren. Selbstverständlich ahnten sie nicht, dass die CIA ihre Reisebüros finanzierte und organisierte und dass ihre Aktivitäten bis ins kleinste Detail mittels aller elektronischen Mittel, über die die westlichen Geheimdienste verfügten, kontrolliert wurden. Die auf diese Weise organisierten Reisebüros, insgesamt zweiundvierzig an der Zahl, hatten Flugtickets für etliche Nachwuchsterroristen ausgestellt, die überwacht wurden, sobald sie in das befreundete Land eingereist waren. Mehrere Attentate waren so in Europa und in den USA vereitelt worden, ohne dass irgendjemand Verdacht geschöpft hätte. Noch heute existierten diese Reisebüros.

Die zweite von Nick in die Wege geleitete Aktion trug den Namen »Halal – reines Schwein«. Das Ganze begann damit, dass ein Geistlicher, der Imam Sadar, in einer besonders ausführlichen Fatwa mitgeteilt hatte, dass im Gegensatz zu dem, was die meisten Moslems glaubten, das Schwein an sich nicht unrein sei; man könne es verzehren und sogar als Haustier halten, sofern es einer reinen, am Golf beheimateten Rasse entstammte, die es bereits zu Zeiten des Propheten gegeben hatte und die sich »Halal-Schwein« nannte. Sofort wurde eine »Anti-Halal-Schwein«-Website aus dem Boden gestampft, auf Arabisch, Persisch, Dari, Englisch, Französisch und in einem Dutzend weiterer Sprachen, die zum Widerstand gegen den Imam Sadar aufrief und diesen bezichtigte, ein Ungläubiger und ein Geheimagent Israels zu sein. Die Kontroverse breitete sich im Schneeballsystem aus und führte zu einem riesigen Debattenforum. Die Anti-Halal-Schwein-Website wurde zu einem Treffpunkt von Millionen Moslems aus aller Welt. In allen Internetcafés des Mittleren Orients und anderswo stürzten die Gläubigen sich auf die Site, um die von eins bis sieben eingestuften Fatwas zu unterstützen, welche vom Tadel bis zur Enthauptung des Imams Sadar reichten. Die Gläubigen konnten außerdem per SMS ihre Brüder unterstützen, welche sich bereit erklärt hatten, den Imam aufzuspüren, über den ganzen Globus hinweg zu verfolgen und dann zu töten. Hunderttausende Moslems sprachen sich für die mörderische Fatwa aus, hinzu kamen die noch zahlreicheren Befürworter, die ihre Zustimmung per SMS gaben. Die ganze Operation, die einer Farce glich, aber mittlerweile Nicks kühnste Erwartungen übertroffen hatte, war seiner fruchtbaren Phantasie entsprungen. Den Imam Sadar gab es gar nicht, und die Website, die zum Widerstand gegen ihn aufgerufen hatte, war von zwei libanesischen Analysten eingerichtet worden, die bei der Firma unter Vertrag standen. Jede Internetverbindung zu den Websites, die die Fatwa unterstützten, führte zur Versendung eines unauffälligen Cookies, das die Zurückverfolgung der jeweiligen IP-Adresse ermöglichte. Außerdem wurden die von den allzu gläubigen Gläubigen versandten SMS registriert. Nach der Aufbereitung der Daten durch die gigantischen Rechner des Echelon-Netzes wurden sie an die verschiedenen westlichen Geheimdienste verschickt und dienten diesen als wunderbare weltweite – selbstverständlich vollkommen illegale – Datenbank für islamistische Sympathisanten. Fast neunhunderttausend Personen, die als gewaltbereite Moslems eingestuft wurden, waren darin ohne ihr Wissen gespeichert. Die wenigen westlichen Führungsmitglieder, die in die Sache eingeweiht waren, sahen darin ein Beispiel für die Spionage des 21. Jahrhunderts – eine Mischung aus Kühnheit, Gewitztheit und Technologie.

Der General setzte seine Lektüre fort: Nick hatte in den vergangenen Jahren mehrere Freundinnen gehabt, soweit der Firma bekannt war. Außerdem hatte er über mehrere Monate hinweg eine heimliche Liaison mit einer etwas älteren Analystin gehabt, mit der zweiunddreißigjährigen Margaret Hoffman. Emotionale Bindungen zwischen Agenten waren zwar offiziell untersagt, doch nach dem Erfolg der Operation »Halal-Schwein« hatten die internen Sicherheitsdienste ein Auge zugedrückt. Der Personalakte zufolge hatten Nick und Margaret sich im September des Vorjahres getrennt, es waren also keinerlei Sanktionen durchgeführt worden. Der ehemalige Leiter des schweizerischen Sicherheitsdienstes hatte Nicks Fähigkeiten folgendermaßen zusammengefasst:

Nick Snee: Für den Nahkampf nur bedingt geeignet. Mäßige Leistungen beim Schießen. Mäßige Begabung für den Einsatz im Gelände. Ein sehr intelligenter Junge, ohne Zweifel, aber zu verweichlicht, er hat weder Schwierigkeiten noch Leid erfahren. Er wird sich nie zum Einsatzleiter eignen, seine Emotionalität ist zu ausgeprägt, seine Fähigkeit, Schmerzen zu ertragen, kann nur als ungenügend bezeichnet werden.

Der ehemalige Direktor des Nachrichtendienstes hingegen kam zu einem anderen Schluss:

Wenn Nicks jugendlich-ungestüme Seite ihm karrieretechnisch auch zum Nachteil gereichen mag, so verfügt er doch über eine außergewöhnliche Intelligenz und bemerkenswerte technische Kompetenzen, außerdem die Phantasie und die nötige Originalität, die alle großen Spione ausmachen. Er ist der beste Analyst, der mir je unterstand. Trotz seiner Jugend gehe ich unbedingt davon aus, dass er sich binnen kürzester Zeit für die Leitung der verantwortungsvollsten Operationen empfehlen wird.

Der General schlug die Akte zu. Nick war ein brillanter, vielversprechender Mitarbeiter, einer, und das war selten genug, der einen wirklichen neuen Blick einbrachte. Die Geschichte mit dem Halal-Schwein hatte es bewiesen. Schade, dass er die CD-Hülle mit den vierundzwanzig Initialen entdeckt hatte. Vierundzwanzig Namen, die sich niemals in einem derartigen

Bericht hätten finden dürfen, die aber nun doch darin standen. Das änderte alles.

Mit einem Seufzen ging er hinüber in den abhörsicheren Besprechungsraum. Joseph wartete bereits auf ihn; er saß an einem großen Konferenztisch. Er war ein mittelgroßer Mann, bekleidet mit einem schwarzen Rollkragenpullover, der seine schmalen Hüften und seine breiten Schultern betonte. Wie alt er war, ließ sich nicht sagen. Er hatte graue, zurückgekämmte Haare. Sein Gesicht war eigenartig, er hatte ganz glatte Kinderwangen und stahlblaue Augen, kalt wie der Tod. Die meisten Leute bekamen Gänsehaut, wenn sie Joseph ins Gesicht blickten.

In allen Geheimdienstorganisationen der Welt ist die Balance zwischen Zivilisten und Militärs eine komplexe Angelegenheit. Die Militärs zeichnen sich durch ihre Disziplin aus, ihre Zähigkeit, ihren Drill und einen stets präsenten Gehorsam. Im Unterschied dazu stellen die Zivilisten oft mehr Phantasie und Originalität unter Beweis, und sie sind in der Regel geschickter bei Einsätzen im urbanen Umfeld. Seit jeher dulden zivile und militärische Spione einander, ohne dass von einem guten Einvernehmen die Rede sein kann. Zwischen dem General und Joseph jedoch verhielt es sich anders. Der General hatte blindes Vertrauen zum Chef seiner Spezialeinheit, obwohl Joseph ein Zivilist war, und zwar schlicht deshalb, weil er ihn für den Besten seiner Zunft hielt. Joseph wiederum war zwar unfähig, irgendetwas zu empfinden, weder für den General noch für sonst ein menschliches Wesen, aber er wusste die Professionalität seines Vorgesetzten zu schätzen, seinen wachen strategischen Sinn und seinen souveränen Umgang mit Niederlagen. Er hielt den General für einen großen Kriegsherrn, der sich konservativen Werten verpflichtet fühlte und recht bodenständig wirkte, andererseits aber äußerst scharfsinnig war.

»Wie weit ist die Treibjagd?«, fragte der General. »Es sind mittlerweile vier Tage vergangen. Unser Kunde wird langsam ungeduldig.«

»Wenn Willard Consulting die Sache nicht verbockt hätte, wären wir längst so weit. Geben Sie mir die nötige Zeit.«

»Die Zeit? Was für eine Zeit?«

»Die Zeit, die es eben braucht.«

»Sie sind es nicht gewöhnt, vertröstet zu werden.«

»Angesichts des Chaos, das sie angerichtet haben, sollten sie den Mund lieber nicht so voll nehmen.«

Da hatte er recht, dachte der General voll Bitterkeit. Als sie feststellten, dass es zwei Exemplare der »Akte Mandrake« gibt, eines in Zürich, das andere in Kabul, hatten die Manager von Willard Consulting in panischer Eile eine simultane Operation durchführen lassen, was zu einem katastrophalen Ergebnis geführt hatte. Die Beseitigung ihres Finanzdirektors war gründlich gescheitert, der Mann hatte daraufhin begriffen, dass es wohl besser war, das Weite zu suchen. Und dem Hilfspolizisten, der Wali Wadi aus dem Weg räumen sollte, war es nicht gelungen, das irgendwo in Kabul versteckte Dokument ausfindig zu machen.

Ein schönes Fiasko.

»Wie bekommen wir die Sache wieder in Griff?«, fragte er schließlich.

»Indem wir für Ordnung sorgen. Hier und in Kabul.«

Joseph sog seine dünnen Lippen ein, was sein glattes Gesicht noch unheimlicher wirken ließ. Als wäre er tot – was in gewisser Weise auch zutraf. Er hatte keine Familie, keine Freunde, niemanden, auf den er sich verlassen konnte. Niemand liebte ihn, so wie er niemanden liebte. Niemand schlief abends in seinem Bett ein, und wenn er mit einer Frau zusammen war, dann handelte es sich um eine Prostituierte. Er hatte hundertmal getötet und würde es wohl noch viele Male tun. In diesem Augenblick – obwohl seine Haltung es durch nichts verriet – spürte er eine Regung, die dem Gefühl von Wut ziemlich nahekam, schuld daran war das Scheitern seiner Einsatztruppe in der Fabrik.

»Hat Nick die geringste Ahnung, was in der Akte Mandrake steht?«, fragte er ruhig.

»Nein. Aber er ist intelligent genug, um eins und eins zusammenzuzählen. Wenn er zufällig einige der Namen errät, deren Initialen darin erwähnt werden, haben wir ein Problem. Und zwar ein großes.«

»Soll ich eingreifen?«

»Nicht sofort. Erst möchte ich ihm eine größere Rolle bei der Auffindung des Flüchtigen übertragen.«

»Weshalb?«

»Ob wir wollen oder nicht: Er ist jetzt in diese Geschichte verwickelt. Werner und er haben den Flüchtigen vor allen anderen aufgespürt, das bedeutet, dass er uns nützlich sein kann. Wir brauchen ihn, er ist der beste Analyst der Firma. Vielleicht stößt er auf etwas, das allen anderen bislang entgangen ist.«

»Und wenn er etwas gefunden hat?«

Der General seufzte. Er mochte Nick, aber in diesem Fall waren Gefühle fehl am Platz.

»Wir werden sehen, ob wir Ihre Männer dann auf ihn hetzen müssen. Das hängt von vielen Dingen ab.«

Joseph beschrieb einen weiten Bogen mit der Hand. »Ich tue, was mir möglich ist.«

»Wann reisen Sie nach Kabul ab?«

»Umgehend.«

»Gut. Sorgen Sie dafür, dass nicht der Hauch einer Spur bleibt, egal, was es für Konsequenzen nach sich zieht. Niemand darf den Tod Wali Wadis mit der Akte Mandrake in Verbindung bringen. Niemals!«

»Sie wissen aber, dass eine offizielle Untersuchung im Gange ist, oder? Der Minister scheint ziemlich nervös zu sein. Es ist nicht sicher, ob sich der Polizist, der sie durchführt, davon abbringen lässt.«

Dennoch musste genau dies geschehen, um jeden Preis. Die Informatiker der Firma hatten herausgefunden, dass Wali Wadi eine Kopie der Akte Mandrake auf CD gezogen hatte. Der mit der Untersuchung befasste Polizist konnte durch einen Zufall darauf stoßen – der absolute Alptraum für Willard Consulting, aber auch für die handverlesenen westlichen Offiziellen, die den Fall verfolgten.

»Unsere Anweisungen sind unmissverständlich: Stoppen Sie ihn. Wir haben freie Hand.«

*

Am Nachmittag machte sich Osama auf die Suche nach einem Spezialisten, der in der Lage war, Wali Wadis Safes zu öffnen. Er rief Reza an, einen seiner Freunde, der die nachrichtendienstliche Abteilung der Kabuler Polizei leitete, eine kleine Konkurrenzorganisation des allmächtigen afghanischen Geheimdienstes NDS.

»Darf ich raten?«, sagte Reza, »du ermittelst in einem Selbstmord … Was ist mit Wadi geschehen? Hat er sich Aids eingefangen?«

»Ich weiß es noch nicht«, antwortete Osama. Rezas flapsige Bemerkung erinnerte ihn daran, dass Katun unbedingt eine serologische Untersuchung durchführen musste. »Die Sache scheint ziemlich kompliziert zu sein.«

»Es heißt, der Chef beobachte die Angelegenheit sehr genau. Glaubst du, sie waren gemeinsam in Geschäfte verwickelt?«

»Im Augenblick fische ich im Trüben«, gab Osama zu. »Ich versuche nur, meine Arbeit zu tun, ohne dass ich mir zu viele Fehlschüsse erlaube.«

»In deinem Fall solltest du wohl eher auf Granaten gefasst sein«, witzelte Reza. »Pass auf dich auf, ja? Also, was kann ich für dich tun?«

»Ich brauche jemanden, der sich auf das Knacken von Safes versteht. Ein europäisches Modell, neueste Technologie. Hier bei der Spurensicherung kann mir keiner helfen. Hast du nicht so jemanden an der Hand?«

»Hm, mal überlegen. Ich hatte mal einen Spezialisten, einen Jungen, der zwanzig Jahre in Deutschland verbracht hat. Aber ich habe keine Ahnung, wo er jetzt ist. Böse Zungen behaupten, er habe sich al-Qaida angeschlossen und sei möglicherweise Ende 2001 in Tora Bora umgekommen. Vielleicht verbirgt er sich auch im Stammesland. Da könnte man ebenso gut auf dem Mond nach ihm suchen …«

»Und was machst du, wenn du eine gepanzerte Tür aufbrechen willst?«

»He, Osama, wir sind hier nicht in Moskau! In den letzten beiden Jahren ist so was nie vorgekommen. Als ich das letzte Mal eine Tür aufbrechen lassen musste, kamen die Amerikaner und haben die Tür mit einem Bulldozer niedergemäht.«

»Ach so«, sagte Osama enttäuscht.

»Warte mal. Vielleicht habe ich ja doch jemanden, der dir helfen könnte. Der Typ war mehrere Jahre in Italien im Knast, wegen Einbruchs. Er soll ein Experte im Schlösserknacken sein.«

»Wo ist er?«

»Genau da liegt das Problem. Er ist in Pul-e-Charkhi. In Block 7.«

Osama ließ den Kopf sinken. Pul-e-Charkhi war das Hauptgefängnis von Kabul, und Block 7, ein Gefängnis im Gefängnis, war berüchtigt wegen der Gewalt, die dort herrschte, und der Härte der Haftbedingungen. Dorthin verbannte man nur die brutalsten und die gefährlichsten Häftlinge.

»Er hat einen UNO-Soldaten getötet. Einen Kanadier.«

Osama nickte nachdenklich. Das war das schlimmste Verbrechen, das man sich in Afghanistan vorstellen konnte. Eines jedoch, das dem Täter das Wohlwollen der al-Qaida-Sympathisanten sicherte. Pul-e-Charkhi war eine Hochburg der Taliban gewesen; bestimmt versteckten sich dort etliche Drahtzieher.

»Sag nicht, dass du jetzt denkst, was ich denke«, sagte Reza.

»Doch, genau darüber denke ich nach«, gab Osama zurück.

»Du kriegst ihn da nicht raus, auch nicht für eine offizielle Untersuchung. Nicht einmal für ein paar Stunden.«

»Ich brauche ihn aber. Wer könnte mir da helfen?«

Sein Freund überlegte.

»Der Gefängnisdirektor, erinnerst du dich an ihn?«

»Ja«, brummte Osama. »Wir sind uns im Norden begegnet, als wir Mudschaheddin waren. Er hatte sich eine Kugel in die Hand geschossen, um nicht zurück an die Front zu müssen, und mir oblag es, ihn streng zu bestrafen. Er hätte erschossen werden sollen, konnte sich aber retten.«

»Ich habe von dieser Geschichte gehört, war mir aber nicht sicher, ob sie stimmt. Er hasst dich vermutlich auch heute noch abgrundtief.«

»Ich wüsste nicht, weshalb es anders sein sollte …«

»Dann müssen wir uns wohl etwas Neues ausdenken.« Nach kurzem Schweigen fuhr Reza fort: »Wir könnten es über Mullah Bakir versuchen. Er war der offizielle Imam des Gefängnisses, wurde aber nach dem Ausbruchsversuch vom Juni 2008 wieder versetzt. Ich nehme an, er wollte diesen Posten damals unbedingt, weil er so mit vielen einsitzenden, einflussreichen Mitgliedern der Talibanclans in Kontakt kam. Kennst du ihn?«

»Vom Namen her schon.«

Mullah Bakir war eine schillernde Persönlichkeit, er moderierte eine sehr populäre Radiosendung zu Zeiten der Taliban, bevor die Medien aus geheimnisvollen religiösen Gründen verboten wurden. Jeder Afghane kannte seine eigenartige Stimme, seine schleppende, näselnde Sprechweise. Mullah Bakir war gebildet, galt als kluger Intellektueller und stand der Moschee auf dem Friedhof Shah-Do-Shamshera im Zentrum Kabuls vor. Von 1996 bis 2001 war er Mitglied des Geheimen Rats der Taliban gewesen. Man hatte ihn aber seither in Ruhe gelassen, was wohl einer finanziellen Zuwendung an bestimmte Leute aus dem Umkreis Präsident Karzais geschuldet war. Mullah Bakir stand in dem Ruf, ein aufgeklärter Taliban zu sein, wenngleich man diese Bezeichnung nur schwerlich auf Leute anwenden konnte, die eine Rückkehr zur archaischsten Form des Islam propagierten.

»Glaubst du denn, ein ehemaliger Talibananführer würde mir helfen? Ich habe viele von denen auf dem Gewissen.«

»Mullah Bakir ist anders. Mit ihm kann man reden. Glaube mir, unter den Mitgliedern des Rates gab es gewaltige Meinungsverschiedenheiten, was aber nie an die Öffentlichkeit gelangte. Ich habe eine ganze Akte über ihn, er war der Anführer der gemäßigten Fraktion, kein Zweifel. Sie waren gegen die Steinigung von Frauen, gegen körperliche Züchtigungen, gegen das Verbot westlicher Freizeitvergnügungen. Er ist außerdem der einzige hochrangige Taliban, der Mullah Omar gegenüber eine andere Ansicht vertrat, was al-Qaida und das Asyl für Bin Laden betraf. Er war gegen die Aggressionstaktik, die sie dem Westen gegenüber an den Tag legten, da er genau wusste, welche Risiken dies für das Talibanregime mit sich brachte.«

Die weitere Entwicklung hatte ihm auf grausame Weise recht gegeben … Ein derartiger Mann wurde zwangsläufig von der Geheimpolizei überwacht, dachte Osama. Er musste vorsichtig sein, wenn er ihn kontaktieren wollte, ohne dass die Mächtigen es mitbekamen.

»Inwiefern könnte er mir behilflich sein?«

»Er hat großen Einfluss auf den Gefängnisdirektor. Wenn du ihn davon überzeugen kannst, dass er dir den Häftling unbedingt ein paar Stunden lang ›ausleihen‹ muss, bin ich mir sicher, dass er ihn herausbekommt.«

»Wie kann ich vermeiden, dass der NDS Wind davon bekommt?«

Reza brach in Gelächter aus. »Es war Amrullah Saleh persönlich, der ihm den Posten zugeschanzt hat!«

»Der ehemalige Chef des NDS! Ein tadschikischer Ex-Mudschaheddin, Freund Massuds, der selbst Dutzende von Taliban getötet hat …«

»Hör auf, dir darüber den Kopf zu zerbrechen«, fiel Reza ihm ins Wort. »Ich bürge für ihn. Genügt dir das?«

»Na gut. Ich gehe nach dem Fünf-Uhr-Gebet zu ihm«, verkündete Osama.

Er legte auf und breitete seinen Gebetsteppich aus. Vor diesem schwierigen Schachzug wollte er unbedingt beten.

Die Shah-Do-Shamshera-Moschee, ein ehemals weltliches Gebäude, das zum Gotteshaus geweiht worden war, sah mit ihren blassgelb gestrichenen Wänden, ihrem steilen Dach, den runden Fenstern und den Säulen vor der Fassade mit einem einzigen kleinen Minarett darüber seltsam europäisch aus, wie ein verfallener Palast. Innen roch es nach Feuchtigkeit und Schweißfüßen. Einige Gläubige beteten auf abgewetzten Teppichen. Osama ging an ihnen vorüber, auf die Räume des Mullah am anderen Ende zu. Er war allein gekommen, im Taxi, nachdem er ein Täuschungsmanöver vorgenommen hatte, falls die Spione des Innenministers ihn bereits überwachten. Er hatte sich außerdem einen Turban aufgesetzt und einen Schal um den unteren Teil seines Gesichts geschlungen, damit er nicht erkannt wurde. Zu seinem Schutz hatte er lediglich eine Pistole und zwei Handgranaten in die Tasche seines *Jelak* gesteckt. Eine im Grunde sinnlose Maßnahme, denn gegen einen *Shahid,* der entschlossen war, sich in die Luft zu jagen, hätte ihm das nichts genützt.

Auf einen Stock gestützt, stand ein Einbeiniger vor dem Büro des Mullah. Ein Gläubiger, ein Spion des Hardcore-Flügels der Taliban oder ein Informant des NDS? Vielleicht alles zugleich. Osama hatte vorgesorgt: Er hielt ihm einen mit Klebeband versiegelten gepolsterten Umschlag hin, in dem seine Dienstmarke steckte.

»Übergib diesen verschlossenen Umschlag dem Mullah Bakir. Sag ihm, ich möchte ihn gern sprechen.«

Der Mann zog sich mit einem Bückling zurück. Nach wenigen Augenblicken kam er wieder.

»Der Mullah erwartet Euch, *Sahib*.«

Er führte Osama in einen winzigen Vorraum und ließ ihn dann in ein riesiges Zimmer eintreten, das offenkundig sowohl als Büro wie auch als Wohnzimmer, Küche und Schlafzimmer diente. In einer Ecke stand ein schmales Bett. Der Boden bestand aus gestampfter Erde, die Möbel waren wacklig und altmodisch, die Wände aus Lehm, und die rissige Decke war schmutzig. Ein riesiges Regal nahm eine ganze Wandfläche ein, und mehrere an Rechner angeschlossene Flachbildschirme thronten auf dem Schreibtisch des Mullah. Noch erstaunlicher war, dass sich überall amerikanische oder englische Zeitschriften stapelten: *Newsweek*, *Times*, *Foreign Affairs* …

Der Einbeinige zog sich zurück und schloss die Tür.

Mullah Bakir erwartete Osama vor einer Tasse dampfenden Tees. Er war ein kleiner Mann mit spöttischen Augen, zudem ziemlich fettleibig. Er erhob sich mühsam, streckte dem Kommissar seine weiche Hand hin, ein Zeichen für gute Erziehung in Afghanistan, und stimmte dann die Serie afghanischer Höflichkeitsfloskeln an.

»Ist Ihre Familie wohlauf, sind Sie bei guter Gesundheit? *Manda nabashi*. Ihr Haushalt wachse und gedeihe, und Sie mögen lange leben!«

Osama erkannte die seltsame Sprechweise des Mullah wieder, näselnd und schleppend, er betonte jede Silbe und machte nach jedem Satz eine Pause, als richtete er sich an eine Versammlung. Osama nahm ihm gegenüber Platz. Der Mullah goss ihm Tee ein und schob ein Schälchen mit Gebäck zu ihm hinüber. Osama war überrascht von seinem schalkhaften Gesichtsausdruck und der Eleganz, die er ausstrahlte, seinem schlichten Äußeren zum Trotz. Er beschloss, doppelt vorsichtig zu sein.

»Nun, was verschafft mir die Ehre Ihres Besuchs, *Qou-*

maandaan? Ich habe viel von Ihnen gehört. Viel Positives, Sie scheinen einer der wenigen in Ihrem Kommissariat zu sein, die täglich beten. Allerdings erzählt man sich, dass Ihre Frau kommunistischem Gedankengut anhängt und die Ungläubigen unterstützt. Haben sie Ihre Aufenthalte in Moskau da beeinflusst?«

»Da Sie so gut informiert sind, werden Sie auch wissen, dass meine Aufenthalte dort vor dem Einmarsch der Sowjets stattfanden. Ich war ein zwanzigjähriger Polizist. Viele Beamte nahmen damals an Fortbildungskursen in Moskau teil. Den Rest kennen Sie ja.«

»Beziehen Sie sich darauf, dass Sie den Truppen von Massud, diesem Schuft, beitraten? Ja, darüber bin ich auf dem Laufenden. Ich weiß, welche Rolle Sie bei dem Bataillon in der Schlacht von Talogan gespielt haben, Sie haben mehr als dreißig Russen an einem einzigen Tag getötet. Ich weiß aber auch, dass Sie viele der Unsrigen mit Ihrem russischen Präzisionsgewehr, Ihrer Dragunow, umgebracht haben. Wie viele waren es genau?«

»Ich werde nicht zulassen, dass irgendjemand den *Qoumaandaan* Massud als ›Schuft‹ bezeichnet. Die Taliban haben sich schuldig gemacht, als sie ihn töteten. Er war einer der größten Männer, die unser Volk je hervorgebracht hat«, ereiferte sich Osama, erstaunt, wie viel der Mullah von seiner Geschichte wusste.

»Nicht die Taliban haben ihn umgebracht, die al-Qaida war es«, erwiderte der Mullah. »Wir haben nichts damit zu tun. Aber streiten wir nicht, Bruder Osama.« Er trank einen Schluck Tee. »Ich streite mich nur ungern mit ehrbaren Leuten. Was verschafft mir die Ehre Ihres Besuches?«

Osama beruhigte sich wieder.

»Ich untersuche den Selbstmord eines Geschäftsmannes. Ich muss seine Safes öffnen lassen, und der einzige Mann, der dazu in der Lage ist, sitzt im Gefängnis von Pul-e-Charkhi ein. Er müsste für ein paar Stunden herausgelassen werden, ohne dass meine Vorgesetzten sich meinem Wunsch widersetzen können.«

»In welchem Trakt sitzt er?«

»In Block 7. Er hat einen UNO-Soldaten umgebracht.«

»Ich kenne ihn«, bestätigte der Mullah. »Er heißt Bismullah Tikrini. Der kanadische Soldat, den er tötete, hatte seine Schwester vergewaltigt, er hat aus Notwehr gehandelt. Diese Hunde hatten kein Recht, ihn ins Gefängnis zu werfen. Wenn wir sie fortgejagt haben, wird Tikrini freigelassen und wie ein Held gefeiert werden, *Inshallah*. Er kann Tresore öffnen, sagen Sie?«

»Das hat man mir versichert. Ich möchte gern wissen, ob er auch ein europäisches Modell knacken kann.«

»Ich werde ihn selbst danach fragen. Um welche Marke handelt es sich?«

»Um einen Hartmann, das neueste Modell, das sie haben.«

»Hartmann«, notierte der Mullah auf einem Stück Papier. »Ist das ein jüdischer Name?«

»Keine Ahnung, das interessiert mich auch nicht.«

»Hm. Wussten Sie, dass zwei Ihrer Männer zu der Brigade gehörten, die ihn festgenommen hat? Sie waren zu dem Zeitpunkt bei einem Einsatz in Herat.«

Osama konnte sich an diese Einzelheit nicht mehr erinnern, erwiderte jedoch: »Meine Männer taten ihre Pflicht. Wenn er unschuldig ist, wird Tikrini vor Gericht freigesprochen werden. Niemand hat das Recht, Selbstjustiz zu üben. Auch wenn ich abwesend war, übernehme ich die volle Verantwortung für seine Verhaftung.«

»Du würdest sie auch vor einem Gericht der Taliban übernehmen?«, fragte der Mullah, indem er plötzlich zum Du überging.

»Ich bin ihr Chef, und somit trage ich die Verantwortung für das, was sie während ihrer Dienstzeit tun. Und vergessen Sie nicht, dass ich auch Sie verhaften lassen kann, wenn Sie mich bedrohen, egal, ob Sie Freunde bei den Taliban oder beim NDS haben«, entgegnete Osama und spielte damit deutlich auf die zweideutigen Unterstützer Bakirs beim Geheimdienst an.

Der Mullah lachte auf.

»Kein Grund zur Aufregung, Bruder Osama. Ich will sehen, was ich tun kann. Kommen Sie morgen Vormittag wieder.«

4

Nick hatte eine dicke Akte mit der Aufschrift »Top secret« vor sich. Es war diejenige, die bei dem flüchtigen Finanzchef gefunden worden war. Der General hatte ihn zu sich bestellt und ihm erstaunlicherweise den Auftrag gegeben, selbst eine Untersuchung durchzuführen, um den Gesuchten ausfindig zu machen. Er sollte allein arbeiten, ohne Vorgesetzte und ohne Untergebene, sollte allein seine Hirnwindungen anstrengen und »querdenken«. Dass er mit dieser Aufgabe betraut war, erstaunte Nick nicht über die Maßen. Was ihn allerdings erstaunte, war die Tatsache, dass er ganz allein arbeiten sollte, ohne ein Team. Außerdem hatte der General ihm weitere Informationen verweigert: etwa, weshalb die sogenannte Mandrake-Akte der Geheimhaltung unterlag und wer den Flüchtigen eigentlich suchte. Allesamt legitime Fragen, auf die Nick gern eine Antwort gehabt hätte, bevor er mit seinen Recherchen begann.

Er stellte seine Fragen wohl oder übel vorübergehend zurück und blätterte in der Akte, die dem Flüchtigen gewidmet war. Sie bestand aus drei Teilen. Zunächst wurden seine Kindheit und sein Leben beschrieben, dann ging es um seine berufliche Tätigkeit, im dritten Teil fanden sich diverse Dokumente, die man nicht hatte zuordnen können.

Seufzend begann Nick sich ernstlich in die Lektüre zu vertiefen.

Der Flüchtige stammte aus einem kleinen Ort im Kanton Waadt. Man nannte ihn Léonard, zu Ehren seines Onkels, eines Bäckers, der es nach Meinung der Familie zu etwas gebracht hatte. Sein Vater, ein mäßig erfolgreicher Mechaniker, hatte die Familie verlassen, als Léonard gerade acht Monate alt war. Daraufhin wurde er von seiner Mutter allein erzogen, bis diese bei einem Unfall in der Federnfabrik, in der sie angestellt war, umkam. Er war damals sechs Jahre alt. Bis zum Alter von achtzehn Jahren lebte er in einem Heim. Der Akte zufolge hatte er nie über diese Zeit gesprochen, man durfte daher annehmen, dass sie schwierig gewesen war. Die Fotos von damals zeigten einen schmächtigen Jungen mit Locken, dann einen Heranwachsenden, dessen schmales Gesicht hinter großen Brillengläsern verschwand. Ausgezeichnete Schulleistungen. Er studierte an der Universität Genf, dann in Princeton in den Vereinigten Staaten, wo er einen hervorragenden Abschluss in Betriebswirtschaft ablegte. Anschließend heuerte er bei der Wirtschaftsprüfungsgesellschaft Ernst & Young an, wo er mit nur zweiunddreißig Jahren zu einem der jüngsten europäischen Teilhaber wurde. Schon zu diesem Zeitpunkt bezog er ein Gehalt von dreihundertfünfzigtausend Schweizer Franken pro Jahr. Willard Consulting wurde auf ihn aufmerksam und machte ihm ein Angebot über vierhundertfünfzigtausend Franken. Er nahm an. Während der folgenden Jahre arbeitete er für Willard Consulting, zehn davon als Mitglied des Aufsichtsrats. Vor seinem Verschwinden war er Finanzvorstand der Unternehmensgruppe gewesen, mit anderen Worten: Er hatte Zugriff auf alles gehabt. Sein Jahresgehalt betrug eine Million Schweizer Franken, hinzu kam ein entsprechender Bonus. Darüber hinaus verfügte er über eine Gewinnbeteiligung an bestimmten Deals in einer Größenordnung von bis zu siebenstelligen Summen. Kurzum, er war ein reicher Mann. Privat führte er das Leben eines von seiner Arbeit besessenen, bindungsunfähigen Einzelgängers. Zahlreiche Menschen, die ihm etwas bedeutet hatten, waren früh gestorben, woher vermutlich sein düsterer Charakter rührte. In seiner Jugend hatte er sich während einer Reise nach Tunesien unsterblich in eine junge Frau verliebt, die dann bei einem Autounfall umgekommen war. Seinen Angehörigen zufolge sprach er mit seinen Kollegen niemals über sein Privatleben; nur bei dieser allzu früh verstorbenen jungen Frau schien er einmal Gefühle gezeigt zu haben. In Zürich bewohnte er ein luxuriös eingerichtetes kleines Haus an der Goldküste, im vornehmsten Viertel der Stadt. Er fuhr ausschließlich Mercedes, zuletzt einen AMG der C-Klasse. Dieses Auto sprach Bände über sein Leben als reicher, mächtiger Mann, der ein diskretes, unauffälliges Leben führte. Die Firma hatte sein Haus buchstäblich auf den Kopf gestellt, ohne auch nur die geringste kompromittierende Kleinigkeit zu finden: keine Drogen, keine Zigaretten, keine Pornomagazine. Eine makellose Existenz, ohne Ecken und Kanten. Das Einzige, was man ihm vorwerfen konnte, war, dass er sich regelmäßig mit Escort-Damen versorgte, und zwar bei einem in der Metropole ansässigen Unternehmen namens Romance. Jeden Monat, zwischen dem 25. und dem 30., bestellte er bei Romance eine Begleitung. Sie kam gegen achtzehn Uhr bei ihm an, durfte nie bei ihm übernachten. Seit neun Jahren empfing er immer dasselbe Mädchen, eine Braunhaarige namens Jacqueline. Nick betrachtete das Foto, das dem Dossier beilag: Jacqueline war eine atemberaubend schöne Frau, dunkelhaarig, mit gezupften Augenbrauen und kleinen kreisrunden Brillengläsern, die sie seriös wirken ließen. Jacqueline hatte den Leuten von der Firma die Beschreibung eines Mannes geliefert, der sich sehr wenig aus Sex machte. Während der neun Jahre, genau dreihundert Treffen hatten zwischen ihr und Léonard stattgefunden, hatte sich das Szenario niemals verändert, nicht ein einziges Detail in der klassischen Abfolge des Abends. Sobald seine Angelegenheit erledigt war, gab er dem Mädchen einen Kuss auf die Stirn und ein Trinkgeld von hundert Franken zusätzlich zu dem offiziellen Preis, dann schickte er sie fort.

Abgesehen von Jacqueline war keine weitere ernsthafte Beziehung in Léonards Leben bekannt. Manchmal ging er mit einem Kollegen in eine Bar, er hatte aber keine Freunde, weder in dem Fitnessclub, in dem er zweimal pro Woche auf dem Laufband trainierte, noch wenn er zum Angeln fuhr, dreimal pro Jahr, immer zur selben Zeit: dritte Märzwoche, erste Septemberwoche, zweite Dezemberwoche. Er hatte einen Waffenschein für eine SIG-Sauer-Pistole. In seinem Haus war die Waffe nicht gefunden worden.

Nick machte eine Pause, um sich etwas zu essen zu holen. Seit Werners Tod hatte er keinen Appetit mehr. Er nahm ein Stück Ziegenkäse aus dem Kühlschrank, eine Scheibe Schinken, einen Vanillejoghurt, dann wandte er sich wieder seiner Lektüre zu, den Teller vor sich.

Er verbrachte den Nachmittag damit, den Teil zu lesen, der die Karriere des Gesuchten behandelte. So unscheinbar der Mann auch war, so sehr überzeugte er durch seine Talente und sein Selbstbewusstsein, er war ein Vollprofi von internationalem Zuschnitt. All seine ehemaligen Kollegen, Mitarbeiter und Mitgesellschafter hoben sein ausgezeichnetes Gedächtnis und seine außergewöhnliche Analysefähigkeit hervor. Ein Organisator, der sich auf die kniffligsten technischen Details einließ und zugleich einen Überblick behielt, über den nur erfahrene Manager verfügen. Zwei ehemalige Vorstandsmitglieder waren sich darin einig, dass Willard Consulting ihm viel verdankte, dass ohne ihn das Unternehmen niemals seine heutige Größe erreicht hätte.

Nick kritzelte seine Notizen direkt in das Dossier. Er las alle Beurteilungen, die darin aufgeführt waren, eine nach der anderen. Sie stimmten erstaunlicherweise in vielem überein: ein aufs Detail versessener Profi, der sich sehr gut in Situationen einfühlen konnte, seine finanziellen Transaktionen wie eine Schlacht plante, stets zwei bis drei Schritte voraus war. Nick blätterte noch einmal im Dossier, um nachzusehen, ob der Mann Schach spielte – was er anscheinend nicht tat. Das überraschte Nick.

Er kam zum letzten Abschnitt. Er enthielt nur ein einziges interessantes Dokument: den Polizeibericht über den Schusswechsel in dem besetzten Gebäude in Zürich. Warum versteckte sich ein überaus reicher Mann, der mit dem Milieu überhaupt nichts zu tun hatte, an einem derart heruntergekommenen Ort? Und außerdem, die entscheidende Frage: Weshalb war er in Zürich geblieben, anstatt aus der Schweiz zu fliehen?

*

Auf dem Nachhauseweg beschloss Osama, bei Katun vorbeizuschauen, um zu erfahren, wie weit die Autopsie im Fall Wali Wadi gediehen war. Da seine Frau Nachtdienst hatte, bestand keinerlei Veranlassung, bald nach Hause zurückzukehren.

»Zum Safakhana Emergency Hospital«, wies er seinen Fahrer an.

Dieses Krankenhaus im Stadtzentrum war spezialisiert auf die Behandlung von Attentatsopfern. Nach der letzten Schlacht um Kabul beinahe völlig zerstört, war es mittels Spenden der UNO wieder aufgebaut worden. Vor dem Gebäude herrschte das übliche Gewimmel von Familien, Händlern und Sicherheitskräften. Er schlängelte sich an einem Mann vorbei, der umringt von seinen beiden Frauen in Burka und seiner zahlreichen Kinderschar dastand, passierte die Sicherheitskontrollen, die Selbstmordattentate verhindern sollten, und machte sich auf die Suche nach Katun. Nachdem er eine Viertelstunde in den Gängen umhergeirrt war, fand er ihn schließlich in einem kleinen fensterlosen Büro im Untergeschoss. Es herrschte eisige Kälte, obwohl die Heizung voll aufgedreht war. Katun, ein kahler Mann mit buschigem Schnurrbart und listigem Blick, ließ seine Finger in höchster Geschwindigkeit auf der Tastatur seines Computers tanzen.

»Ah, Osama, *Khosh amadid*. Ich bin gerade dabei, dein Gutachten zu schreiben.«

»Ich wollte nicht mehr länger warten.«

»Verstehe. Deshalb habe ich mich auch hierher zurückgezogen, ich habe nämlich keinen Rechner im Gerichtsmedizinischen Institut. Wenn du wüsstest, unter welchen Bedingungen wir dort arbeiten, es ist echt eine Schweinerei und wird immer schlimmer. Möchtest du ein Sodawasser?«

»*Na,* lieber einen Tee.«

Der Arzt griff zum Telefon und bestellte zwei Tee. Während sie darauf warteten, unterhielten sie sich über dies und jenes. In Afghanistan ist es unhöflich, sich gleich in eine ernsthafte Diskussion zu stürzen, und Katun war ein gebildeter Mann, der sich an die Gepflogenheiten der Gastfreundschaft hielt. Er sah zu der alten Uhr an der Wand.

»Zeit fürs Gebet«, sagte er. »Kommst du mit? Der Gebetsraum ist gleich nebenan.«

»Gern.«

Als sie zurückkehrten, standen ein Teller mit Gebäck, eine verbeulte Teekanne und zwei Tassen auf dem Schreibtisch. Gierig schlang Katun das honigtriefende Gebäck hinunter, während Osama sich mit seinem Tee begnügte. Schließlich, nach etwa zehn Minuten, entschloss sich Katun, das Thema anzuschneiden, das Anlass für Osamas Besuch war.

»Reden wir von Wali Wadi. In meinem Bericht schreibe ich, dass er an einer einzigen 9-mm-Parabellum-Patrone starb, die aus unmittelbarer Nähe abgefeuert wurde. Das Geschoss zerriss den Cortex und einen Teil des Rückenmarks, führte also sofort zum Tode, wahrscheinlich ohne Fremdreflexe. Der Einschusswinkel des Projektils stimmt mit einer Selbsttötung durch einen Linkshänder überein, der Wali Wadi war. Auf der Unterlippe findet sich eine Brandspur, außerdem eine große Menge Schießpulver in der Nase, was beweist, dass der Lauf der Pistole tief in den Mund ragte, als der Schuss losging – es sind die Abgase des Zylinderkopfs, die zu der Verbrennung geführt haben. Das Auslösen des Abzugs hat den Gaumen zertrümmert und eine Blutung hervorgerufen, es fand sich auch Blut in der Kehle.«

»Hast du Anzeichen für einen Kampf gefunden oder einen Hinweis darauf, dass jemand anders als Wali Wadi die Waffe gehalten haben könnte?«

»Nichts dergleichen. Aber wenn die Angreifer Handschuhe aus Seide oder Latex anhatten, werden sie keine Spuren auf der Haut hinterlassen haben.«

»Verstehe. Du hast also nichts für mich«, stellte Osama enttäuscht fest.

»Warte, ich bin noch nicht fertig. Ich habe Spuren von Deodorant unter den Achseln des Toten gefunden, außerdem Spuren von Alkohol auf dem Brustkorb, an den Handgelenken und am Hals. Er hat sich direkt vor seinem Tod einparfümiert, wie du dir schon dachtest. Die Analyse seines Mageninhalts erbrachte eine noch nicht verdaute Mahlzeit, bestehend aus Lammfleisch, Reis und einem Pistazienkuchen. Der Alkoholgehalt in seinem Blut betrug 0,45 Gramm pro Liter.«

»Ist das viel?«

»Nein, er hatte zwar etwas getrunken, aber nicht genügend, um benebelt zu sein. In jedem Fall hat er sich vor dem Selbstmord nicht betrunken, wenn es das ist, wonach du suchst.«

»Klingt eher nach einem Gläschen zum Genießen. Hast du eine serologische Untersuchung durchgeführt?«

»HIV negativ, Hepatitis A ebenfalls. In drei Tagen habe ich die Ergebnisse des Hepatitis B- und C-Tests, aber seine Leber sah ganz normal aus, meiner Meinung nach war er vollkommen gesund.«

»Was wirst du in deinem Bericht schreiben?«

»Was soll ich denn schreiben?«

»Die Wahrheit, aber so formuliert, dass ich meine Untersuchungen fortsetzen kann.«

»Ich werde schreiben, dass der Betroffene an einer Kugel in seinem Kopf starb, und verschweige, dass es keine Spuren eines Kampfes gibt. Außerdem werde ich darauf hinweisen, dass die Indizien nicht für einen Selbstmord sprechen.«

»Hast du einen Schießpulvertest auf der Hand durchgeführt?«, fiel Osama plötzlich ein.

»Ich habe das Reagenzmittel nicht und bekomme auch keines. Dem Labor sind die letzten Tests ausgegangen, sie stammten noch von den Engländern.«

Das überraschte Osama nicht. Scotland Yard hatte der naturwissenschaftlichen Abteilung der Polizei im Jahr 2002 etliche moderne Untersuchungsmaterialien zur Verfügung gestellt, doch die Kooperation war nach wenigen Monaten eingeschlafen, und seitdem hatte man kein neues Material angeschafft. Die Franzosen hatten zwar die alten Gebäude renoviert, neue Techniker ausgebildet und ein modernes Labor errichtet, doch die Ausstattung ließ bislang auf sich warten.

»Wenn ich den Test durchführen soll, musst du mir das Reagenz im Ausland besorgen«, fügte Katun hinzu. »Und du musst dich beeilen, denn ich kann den Leichnam nicht mehr sehr lange im Kühlraum aufbewahren.«

»Ich versuche es.«

»Gott stehe dir bei, Osama Kandar«, sagte Katun und gab ihm einen Wangenkuss zur Verabschiedung.

Als Osama bereits am Ende des Ganges war, hörte er den Arzt hinter ihm herrufen.

»Und wenn du wiederkommst, vergiss den Korb mit den Erdbeeren nicht. Dein Assistent hat mir einen besonders schönen versprochen.«

*

Zürich, Kleinstraße. Nick eilte die Stufen zur Eingangshalle hinauf. Vor ihm türmte sich ein schmuckloser Bau mit großen Sprossenfenstern auf. Eine Alarmleuchte war oberhalb des Fensters in der ersten Etage eingelassen. Das Haus des Gesuchten wies nichts Verdächtiges auf, kein verstecktes Auto, nichts. Er ging durch den kleinen Garten um das Haus herum. Auf der Rückseite waren die Fensterläden grau gestrichen. Hinter einer Glastür befand sich die Küche. Wenige Augenblicke später stand er im Innern des Hauses.

Das Haus war luxuriös möbliert, und zwar in einer seltsamen Mischung aus Holz, Stahl und modernen Teppichen in schreienden Farben. Ein Stil, der so gar nicht zu der disziplinierten Persönlichkeit des Gesuchten passte.

Nick zog seinen Mantel aus. Er mochte als bester Analyst der Firma gelten, doch was verstand er von kriminalistischen Untersuchungen? War es vielleicht ein wenig überheblich gewesen, dass er den Auftrag seines Chefs angenommen hatte?

Er begann im Erdgeschoss mit der Suche. Hier befanden sich das Wohnzimmer, in dem er seine Sachen abgelegt hatte, ein getäfeltes, ultramodernes Esszimmer und eine riesige Küche, deren Wände und Decke in demselben dunkelgrauen Farbton gestrichen waren, die Ausstattung stammte von Boffi. Die Einrichtung musste ein Vermögen gekostet haben.

Er öffnete den Kühlschrank. Eine Flasche Champagner, einige Produkte von Fauchon, kurz vor Überschreiten des Haltbarkeitsdatums. Ob sich die Männer der Firma wohl im Vorübergehen daran bedient hatten? Nach einer Stunde erfolgloser Suche – er war nicht auf ein noch so kleines Versteck gestoßen – beschloss er, sich das Arbeitszimmer vorzunehmen, das sich über beinahe die gesamte Fläche der ersten Etage hinstreckte. Der Treppenaufgang war mit Geldscheinen aus allen Kontinenten dekoriert. Euro, Yen, Yuan, auch exotischere Banknoten waren darunter: Escudo, Dinar. Er lächelte, als er einen Geldschein mit dem Antlitz von Saddam Hussein erblickte. Wie das Erdgeschoss war auch das Arbeitszimmer mit wertvollen Möbeln bestückt; ein Regal nahm die gesamte Wandbreite ein. An der gegenüberliegenden Wand hatten die Männer der Firma – und das war das einzige Anzeichen für Anomalität – den Tresor offenstehen lassen. Die beiden Kollegen hatten den Pass des Hausbesitzers mitgenommen, außerdem dreißigtausend Dollar, die Originale diverser Abschlusszeugnisse sowie die Zugangsdaten eines Nummernkontos bei der UBS, auf dem sieben Millionen Dollar lagen.

Er ist noch immer in Europa, dachte Nick. Oder in einem Land, in das man ohne Visum gelangt, oder per Schiff, sofern man bei der Ankunft ein Schmiergeld zahlt – in Afrika vielleicht … Es sei denn, er besitzt einen weiteren Pass. Diese Überlegung verwarf Nick allerdings gleich wieder, denn dazu verfügte der Gesuchte nicht über die notwendigen Kontakte.

Er stöberte in Schubladen, blätterte sorgfältig in Aktenordnern – nichts, was Léonard in Verbindung mit einem Betrug, einem zweifelhaften Projekt gebracht hätte. Der Flüchtige umgab sich gern mit Kunst, davon zeugten moderne Gemälde an der Wand. Dasjenige, das normalerweise den Safe verdeckte, stand am Boden. Nick drehte es um, trat zurück und stellte fest, dass man vom Schreibtisch aus direkt auf den Safe blickte. Das Bild, das ihn hinter sich versteckte, unterschied sich von den anderen an der Wand, es war eine impressionistische Landschaft. Zwei Frauen waren darauf zu sehen, die im Licht der untergehenden Sonne einem See entstiegen. Die Handtücher, die sie um den Körper geschlungen hatten, klebten eng am Leib und schlangen sich um füllige, milchweiße Formen. Weitere Frauen, die in bunte Tücher gehüllt am Ufer um einen Korb standen, warteten auf sie. Das Kunstwerk strahlte eine große Sanftheit aus.

Er sah auf die Uhr. Wieder eine Stunde vorüber. Seufzend ging er die Treppe zum Schlafzimmer in der zweiten Etage hinauf. Es hatte Fenster zu zwei Seiten des Hauses, sechs insgesamt, war siebzig oder achtzig Quadratmeter groß und hatte blassgrün gestrichene Holzbalken an der Decke. Das Bett erschien Nick riesig, mindestens zwei mal zwei Meter, außerdem standen eine Couch und ein niedriger Tisch im Raum. Auf dem Boden lag ein dicker Wollteppich, über den er unwillkürlich strich. Im Nachttisch fand er eine unangebrochene Packung Präservative, eine Quittung auf blauem Papier lag bei. Der Gesuchte hatte die Packung im Oktober des Vorjahres gekauft, sie seitdem aber nicht benutzt, stellte Nick fest. Seltsam.

Der begehbare getäfelte Kleiderschrank wirkte wie ein ganzes Bekleidungsgeschäft: zwanzig Quadratmeter aus kostbarem Holz, eine Reihe schwarzer Anzüge auf Kleiderbügeln, immer in gleichem Abstand. Ein Regal für weiße Hemden, ein weiteres für blaue. Alle von derselben französischen Marke wie auch die Anzüge. Weiße Unterhosen und schwarze Socken waren jeweils in einem eigenen Schubfach untergebracht. Die Sportsachen fanden sich in einem separaten Schrank: drei Paar Schuhe, vier schwarze Shorts, acht weiße T-Shirts.

Nick ließ sich aufs Bett fallen. Dieses Haus hier war einfach nur ordentlich. Es erzählte keine Geschichte. Alles wirkte wie ein Bühnenbild. Er hatte das Gefühl, etwas Wichtiges im Arbeitszimmer übersehen zu haben, doch dieser Gedanke, so es denn tatsächlich einer war, verflüchtigte sich ebenso schnell, wie er aufgetaucht war.

*

Mit einem Ruck wachte Joseph auf, irritiert blickte er auf eine Wand aus beigefarbenem Putz. Er warf die Bettdecke zurück, während ihm sein Hirn die richtigen Informationen lieferte: Er war in Kabul. Auf der Fahrt vom Flughafen hierher, gegen zehn Uhr abends, hatte er nur eine flache Stadt ohne jegliche Straßenbeleuchtung gesehen, in der allem Anschein nach die Zeit stehengeblieben war: ungeteerte Straßen, Gebäude aus den sechziger Jahren, die Kriegsschäden aufwiesen, eine lange Reihe im Verfall begriffener Bauten, wie man sie in Vorstädten findet.

Nach einer heißen Dusche trat er, ein Handtuch um die Hüften geschlungen, in den Wohnraum der Wohnung, die er für die Zeit seines Aufenthalts im Land gemietet hatte. Sein hagerer Brustkorb war dicht mit Narben bedeckt, die Spuren von Einsätzen, bei denen es zu Gewalt gekommen war. »Oft verwundet, nie besiegt« – das war die Devise, die ihm sein Ausbilder seinerzeit eingetrichtert hatte. Er zog die Vorhänge zurück. Der Himmel war türkisfarben, majestätische schneebedeckte Berge ragten in der Ferne auf, soweit das Auge reichte. Vor dem Haus stand eine Reihe Fertighäuser, in denen Zivilisten und westliche Militärs wohnten, niedrige, schmucklose Gebäude, die rasch auf sumpfigem Gelände errichtet worden waren. Das gesamte Areal war von einer Armada privater Wachen und von bis an die Zähne bewaffneten Soldaten der ANA, der Afghan National Army, umstellt. Sein kurzes Haar war noch feucht, als er zu seinem Handy griff und die Nummer eines afghanischen Polizisten wählte, der heimlich für den BND arbeitete. Dies war der Maulwurf, der sein wichtigster Kontaktmann werden sollte. Beim zweiten Klingeln hob der Mann ab.

»*Baleh?*«

»Hamid Dostom?«

»Ja, bitte?«

»Ich bin der Freund Ihrer deutschen Freunde. Sie wissen sicher, von wem ich spreche?«

»Ich denke schon«, antwortete der Afghane vorsichtig, ebenfalls auf Deutsch.

»Unsere gemeinsamen Freunde haben mir voller Wohlwollen von Ihnen erzählt. Ich bin gerade in Kabul angekommen und glaube, wir könnten gemeinsam einige interessante Dinge auf die Beine stellen. Wäre es Ihnen möglich, mich heute zu treffen?«

»Selbstverständlich«, erwiderte der Polizist, ohne zu zögern. »Wir können uns in einem Guest House treffen.«

»Mir wäre ein ruhigerer Ort lieber. Ohne Westler.«

»Dann lassen Sie uns im Stadtzentrum treffen. Sie wissen, wo das Kommissariat ist? Gehen Sie noch zwei Blocks weiter, dann sehen Sie auf der Charahi Ansari ein Café, es heißt Kabul & Kandahar.«

»Treffen wir uns dort in einer halben Stunde.«

Joseph legte auf. Niemals würde der Maulwurf erfahren, dass er gar nicht dem deutschen Geheimdienst angehörte. Diese Irreführung war nur möglich, weil die einzelnen Geheimdienste sich voneinander abschotteten; für die Firma war sie notwendig und üblich, da sie über kein eigenes Netz von Informanten verfügte. Joseph zog sich rasch an, beigefarbene Cargohosen und eine Jacke von derselben Farbe, ein weißes Hemd, blaue Krawatte, halbhohe Schuhe. Über einer Stuhllehne hingen mehrere Holster mit automatischen Schusswaffen, die er sorgfältig anlegte – an Hüfte, Schulter und rechtem Knöchel –, um daraufhin das Ganze mit einer Stichwaffe am Handgelenk zu vervollständigen. Zum Schluss zog er seinen Steppanorak über und setzte einen *Pakol* auf den kurzrasierten Schädel. Im Treppenhaus war es eiskalt, es roch stark nach Putzmitteln. Vor der Tür wartete ein Geländewagen mit leise brummendem Motor; Amin, einer der von ihm favorisierten K-Männer saß am Steuer.

»Ins Büro?«

»Nein. Fahr zum Zentralkommissariat.«

Sie hielten am Checkpoint der Sicherheitszone an, die von nervösen Soldaten bewacht wurde.

»Kein besonderer Alarm heute Morgen?«

»Wir sollen die Umgebung des Präsidentenpalastes meiden, heißt es; angeblich will sich ein Typ dort in die Luft sprengen.«

An einer zweiten Sicherheitskontrolle der ANA wurden sie durchgewinkt. Joseph würdigte diese Afghanen keines Blickes. Für hundert Dollar im Monat verrichteten sie hier mehr schlecht als recht ihren Dienst, während das Land ringsum im Chaos versank.

Dann endlich ließen sie den überwachten Bereich hinter sich und fädelten sich in den Verkehrsfluss ein. Es war Josephs erster Besuch in Kabul, die unglaubliche Energie, die überall trotz der Armut herrschte, verblüffte ihn. Überall wurde gebaut, die Passanten drängten sich in einem unbeschreiblichen Durcheinander aneinander vorbei. Die Präsenz der UNO-

Truppen war weniger spürbar, als er gedacht hatte, wenngleich die gepanzerten Fahrzeuge nicht zu übersehen waren.

»Beherrschst du ihre Sprache ein wenig?«, fragte er den Fahrer.

»Keinen Deut, Chef. Ich komm nämlich ursprünglich aus der Kabylei, und da sprechen sie Persisch.«

»Zumindest bist du Moslem, so wie sie …«

»Scheißreligion! Ich glaub an gar nichts. Ich hab im Landesinneren zu viel Schreckliches gesehen, als dass ich noch an Gott glauben könnte. Wenn es ihn gibt, dann ist er ein dummer alter Sack, der sich da oben ins Fäustchen lacht, während er zusieht, wie wir uns hier gegenseitig abmurksen.«

»Ich teile deine Meinung ganz und gar nicht«, erwiderte Joseph eisig.

Niemand wusste, dass er strenggläubig war und jede Woche in der Kirche beichten ging. An einer Ampel blieben sie hinter einer Kolonne türkischer Panzer stehen; finster ließen die Soldaten vom Dach aus den Blick über die Gegend schweifen. Dann fuhren sie weiter und kamen an einem seitlich umgestürzten Lastwagen vorbei. Er war in ein tiefes Loch im Straßenbelag geraten, seine Vorderachse ragte schräg empor. Rauch drang aus dem Kühler, der auf den Asphalt geprallt war.

»Schon ein seltsames Land, was?«, sagte Amin. Aus den Augenwinkeln betrachtete er einen Bärtigen, der mit seinen zwei Frauen in Burka auf einem Mofa fuhr. »Sie haben die Russen ganz schön angeschmiert, diese Dreckskerle. Ich hoffe, sie machen jetzt nicht dasselbe mit uns!«

Joseph nickte. Ein schöner Schlamassel. Wie sollte er in einem derartigen Gewimmel nur je die verlorengegangene CD finden?

Osama hatte schlecht geschlafen, die vielen Fragen, die sein Fall aufwarf, hatten ihn bis tief in die Nacht gequält. Wie sollte er die Fingerabdrücke überprüfen, ohne dass sein Vorgesetzter etwas davon mitbekam? Gegen drei Uhr morgens wachte er auf und, wie so oft, war ihm während seines unruhigen Schlafes jedoch eine zündende Idee gekommen. Beinahe beschwingt stand er auf. Gleich nach seinem Eintreffen im Kommissariat versuchte er, die Telefonnummer von Galina Bosnikowa herauszufinden, einer jungen Polizistin, mit der er während seines Aufenthalts in Moskau zusammengearbeitet hatte. Eine charakterstarke Frau, die ihn sehr beeindruckt hatte. Obwohl seitdem schon viele Jahre vergangen waren, brauchte er weniger als eine Stunde, um ihr wieder auf die Spur zu kommen, denn sie arbeitete noch immer in derselben Dienststelle. Was für ein Glück! Er sprach ein stummes Dankgebet.

Galina mochte ihn, er hatte zeitweilig vermutet, dass sie ihn sogar attraktiv fand, doch hatte er derlei Gedanken schnell verdrängt, denn Untreue war in den Augen seiner Religion ein Verbrechen.

»Osama!«, rief sie, als er seinen Namen genannt hatte. »Ich habe mich oft gefragt, was wohl aus dir geworden ist. Seit dem 11. September ist dein Leben sicher die Hölle, was? Hast du den Vornamen nicht gewechselt?«

»Ich habe es nicht versucht. Ich muss mich irgendwie damit arrangieren. Klar, wenn ich in den USA lebte, wäre die Situation schwieriger …«

Galina erzählte ihm, sie sei mittlerweile zur Oberinspektorin aufgestiegen und müsse sich nun intern um eine Stelle als Kommissarin bewerben. Sie arbeite bis zum Umfallen dafür. Man hatte sie der Einheit, die sich mit Vergewaltigungen befasste, zugeteilt, was besonders anstrengend war, da infolge der Wirtschaftskrise und des zunehmenden Alkoholismus das Durchschnittsalter der Opfer immer mehr sank.

»Aber sag schon, Osama, was verschafft mir die Ehre deines Anrufs?«

»Ich brauche deine Hilfe«, gestand er ihr. »Ich stecke gerade in den Ermittlungen zu einem verdächtigen Selbstmord und möchte mit einem Test nachweisen, dass auf den Händen des Opfers kein Schießpulver zurückgeblieben ist. Mir fehlt allerdings das notwendige Material, und es dauert zu lange, bis ich es mir auf offiziellem Weg beschafft habe. Könntest du mir vielleicht die Tests besorgen?«

»Ich denke schon«, sagte Galina, nachdem sie kurz überlegt hatte. »Eine Freundin von mir arbeitet bei der Mordkommission, die haben solche Kits. Ich kann sie um ein paar davon bitten und sie dir schicken lassen. Warte, bleib mal dran, ich rufe sie von einem anderen Telefon aus an.«

Osama lehnte sich weit zurück. Wie großartig, auf die Hilfe der UNO bauen zu können. Früher hätte er niemals von seinem Büro aus einen internationalen Anruf tätigen können, während jetzt alle Fahnder in der ganzen Welt herumtelefonieren konnten. Kurz darauf war Galina wieder am Apparat.

»Ich habe sie erreicht, sie ist einverstanden. Das einzige Problem ist, dass das Haltbarkeitsdatum der Kits, die ihr zur Verfügung stehen, diese Woche abläuft. Sie meint aber, das habe keinen Einfluss auf das Ergebnis, sie blieben mindestens sechs Monate darüber hinaus haltbar. Wenn du neue Tests brauchst, könnte es mehrere Wochen dauern, du kennst ja die russische Bürokratie …«

»Das passt wunderbar«, versicherte Osama, »ich schicke dir meine Adresse hier auf dem Kommissariat. Schreibe aber bitte ›persönlich‹ auf den Umschlag.«

»Kommt die Post in Kabul denn ganz normal an? Soll ich sie dir nicht lieber per Diplomatengepäck schicken?«

»Die Post kommt ganz normal an, es gibt mehrere Flüge zwischen Kabul und Moskau, ich bekomme die Sendung ganz bestimmt.«

Osama legte auf. Es war nach wie vor ungewohnt, dass eine gewisse Normalität in seinen Alltag zurückgekehrt war: Das Telefon funktionierte ohne Zensur, die Post wurde zu festgelegten Zeiten in der ganzen Stadt ausgetragen, man konnte sich überall frei bewegen, es gab keine Bombardierungen mehr. Das war eine völlig neue Situation, nicht vergleichbar mit den Zuständen, die er seit seiner frühesten Jugend kannte. Alle Afghanen hatten sich mit einer eingeschränkten Freiheit abgefunden und damit, dass jeden Augenblick Gewalt ausbrechen konnte. Die Normalität war wie ein Nebel, ein seltsames Gefühl zwischen Fremdheit und Altbekanntem, ein fragiles Gleichgewicht, das jeden Moment wieder aufgehoben sein konnte.

Er sah auf die Uhr. Zeit, um gemeinsam mit seiner Mannschaft die neuesten Ergebnisse ihrer Recherchen zu besprechen. Er bestellte seine Mitarbeiter in den Konferenzraum neben seinem Büro, einen abbruchreifen Raum, dessen einziger Luxus ein Heizofen und ein Getränkeautomat waren.

»Babrak, fass doch mal die Ergebnisse zusammen.«

»Die Vernehmung der Hausangestellten und des Sekretärs hat nichts Nennenswertes ergeben. Wali Wadi hatte offenbar seit ein paar Wochen einen großen Fisch an der Angel, er war sehr aufgeregt.«

»Hast du eine Ahnung, um was für eine Art von Geschäft es sich gehandelt haben könnte?«

»Bisher nicht, aber ich bin mir sicher, dass Ausländer mit im Spiel waren. Er sprach häufig englisch am Telefon, erzählte mir seine Haushälterin. Oft rief er spätabends, noch nach Mitternacht, seine ausländischen Geschäftspartner an.«

»Eine andere Zeitzone also, im Westen. In Europa oder in den USA. Interessant«, sagte Osama und strich sich über den Bart. »Wie lange ging das schon so?«

»Das wissen wir nicht. Etwas anderes: Wadi hatte die Zahl seiner Sicherheitsbeamten erhöht, sowohl bei sich zu Hause als auch im Büro. Doch an dem Abend, an dem er starb, hatte er seine Bodyguards weggeschickt, bis auf seinen Nachtwächter, einen Usbeken, wie er selbst, der seit zwanzig Jahren für ihn arbeitete. Ich denke mir, er erwartete jemanden, der nicht erkannt werden wollte. Vielleicht einen hohen Beamten?«

»Oder einen Ausländer«, warf Osama ein. »War der Nachtwächter außerhalb oder innerhalb des Hauses postiert?«

»Keine Ahnung, werde ich überprüfen. Weshalb diese Frage, Chef?«

»Ich hätte gern gewusst, ob er die Nummernschilder der Besucher sehen konnte. Wenn er im Haus wachte, könnte dies bedeuten, dass Wali Wadi nicht wollte, dass seine Angestellten den Wagen seines Besuchers zu sehen bekämen.«

»Einen Wagen mit einem offiziellen Nummernschild?«

»Oder vom diplomatischen Corps«, ergänzte Osama und fügte dann hinzu: »Was hat die Festplatte der Überwachungskamera ergeben?«

»Die Daten wurden gelöscht«, sagte Gulbudin. »Um genauer zu sein, die Festplatte wurde sogar neu formatiert. Sie war völlig leer.«

»Kannst du das erklären?«

»Ich habe meinen Cousin gefragt, der als Informatiker arbeitet. Er meint, man könne Informationen auf einer Festplatte auch dann wiederherstellen, wenn sie gelöscht wurden. Außer wenn sie mit einer speziellen Software bespielt wurde, die bis in die Tiefenstruktur alles löscht und die Festplatte neu formatiert. Und genau das wurde bei dem Rechner durchgeführt.«

»Könnten Afghanen so etwas bewerkstelligen?«

Babrak, Dschihad und Rangin lächelten geduldig.

»Wir befinden uns nicht mehr im Mittelalter, Chef. Sogar mein Cousin würde das fertigbringen, es gibt wahrscheinlich Hunderte fähiger Ingenieure in Kabul, die das hinbekämen.«

»Schon gut, hab's verstanden«, sagte Osama, den es nervte, dass sein Assistent im gleichen Tonfall wie seine Frau mit ihm sprach. »Sonst noch was?«

»Ja«, sagte Dschihad, »da ist etwas, das mir ziemlich wichtig zu sein scheint. Wali Wadis Mobiltelefon wurde nicht gefunden, weder bei ihm zu Hause noch im Büro. Jemand muss es nach seinem Tod gestohlen haben.«

»Seine Anrufe lassen sich demnach nicht mehr zurückverfolgen … Wenn er ermordet wurde, hat der Mörder es mitgehen lassen, vielleicht, um eine Spur zu verwischen. Es sei denn, ein Polizist oder einer der Hausangestellten hat es an dem Morgen, als die Leiche aufgefunden wurde, entwendet.« Osama dachte laut nach. »Weißt du, bei welcher Telefongesellschaft er einen Vertrag hatte?«

»*Baleh*. In seinem Büro haben wir Rechnungen von Etisalat gefunden. Ich habe die Nummer auf der Rechnung angerufen, es ging aber nur die Mobilbox ran. Ich habe die Nachricht einem der Hausangestellten Wali Wadis vorgespielt, und er hat gesagt, das sei seine Stimme.«

»Gute Arbeit, und fix warst du auch!«, lobte Osama. »Kennen wir jemanden bei Etisalat?«

»Wollen wir keine offizielle Anfrage starten?«, fragte Babrak.

»Nein. Sie würde schließlich beim Minister landen, und der würde sie abblocken. Da gehen wir lieber ganz diskret vor. Stand etwas Wichtiges auf den Rechnungen?«

»Keine besonderen Angaben. Einer unserer Männer ist noch mal in Wadis Büro gegangen und sucht nach einer detaillierten Telefonrechnung oder anderen Informationen, die uns vielleicht entgangen sind.«

»Hat man etwas über die Beretta herausgefunden, mit der er sich umgebracht hat?«

»Nein, nichts, *Qoumaandaan*«, erwiderte Rangin. »Ein altes Modell, vielleicht fünfzehn oder zwanzig Jahre alt, eine ganz banale Waffe. Die Seriennummer wurde ausgekratzt.«

»Ist die Nummer ordentlich entfernt worden?«

»Na ja … eigentlich eher ziemlich schlampig.«

»Dann lässt sie sich vielleicht unter einem Mikroskop noch entziffern. Ich habe so etwas einmal in Moskau gesehen, auf die Art und Weise konnte sogar ein Fall geklärt werden. Schick einen Mann ins Labor der Spurensicherung.«

»Okay, Chef. Sonst noch was?«

»Das ist doch schon mal eine ganze Menge«, sagte Osama. »Meine Theorie zum jetzigen Zeitpunkt ist, dass es sich um einen als Selbstmord getarnten Mord handelt. Dieser Mord hat entweder mit Informationen zu tun, über die Wali Wadi verfügte, oder mit irgendwelchen Dingen, die er tat. Ihr müsst also seine Wohnung und sein Büro nochmals durchsuchen und seine Geschäftsangelegenheiten genau unter die Lupe nehmen. Ohne Aufsehen zu erregen, versteht sich.«

»Wonach suchen wir denn, Chef?«

»Nach etwas, das erklärt, weshalb uns der Minister persönlich Steine in den Weg legt.«

Joseph traf seine Kontaktperson im hinteren Teil des Cafés vor einem dampfenden Chai an. Der Mann war klein und dick, trug einen dichten Schnurrbart und einen kurzen Kinnbart, hatte graues Haar und eine Bürstenfrisur. Er schien sich zu freuen, dass es zu diesem Treffen kam. Bei Begegnungen mit Spionen des BND wechselte offenbar immer ein Umschlag seinen Besitzer, das Risiko dabei war minimal. Joseph legte seinen *Pakol* ab.

»Ich heiße Helmut und bin ein Kollege eines Ihrer Freunde in Berlin, ich arbeite an einem Spezialfall. Ihr Gesprächspartner, mit dem Sie sonst zu tun haben, weiß nicht, dass wir uns hier treffen. Sie müssen unbedingt Stillschweigen über unsere Begegnung bewahren.«

»Kein Problem«, erwiderte der andere mit einem Lächeln. »Ich stehe Ihnen zur Verfügung.« Sein Deutsch war von einem starken pakistanischen Akzent gefärbt. Zweifelsohne kam er aus einer der Stammeszonen. Mit einem Fingerschnippen bestellte er Tee. Der Wirt stellte ihn zusammen mit einem Korb heißer Fladen und Butter auf den Tisch. Der Polizist stürzte sich darauf, als hätte er seit zehn Tagen nichts mehr zu essen bekommen. Joseph probierte vorsichtig. Die Fladen waren wunderbar zart, aber die Butter schmeckte leicht ranzig. Er legte seinen

Fladen auf das Stück Zeitungspapier, der als Serviette diente, und fragte sich, durch wie viele Hände sie wohl gegangen war, bevor sie auf seinem Tisch gelandet war.

»Wie ist momentan die Stimmung im Kommissariat?«, fragte er, um das Gespräch wieder in Gang zu bringen.

Der Polizist wischte die geschmolzene Butter ab, die ihm übers Kinn lief.

»Gut. Wir haben jetzt viele Dinge, die wir vorher nicht hatten, Radio, Rechner, Wagen, mit denen wir auf Streife gehen können. Ich selbst habe mehrere Drogenhändler festgenommen und habe dafür von meinen Vorgesetzten eine Prämie bekommen. Der Kampf gegen die Drogen schreitet voran.«

Joseph hätte am liebsten laut aufgelacht. Sogar der Bruder von Präsident Karzai war in den Drogenhandel verstrickt, die Polizei aber verhaftete allenfalls kleine Fische, ohne sich jemals an die großen Tiere heranzuwagen. Es entspann sich eine Diskussion über die politische Situation, dann über die ISAF. Joseph hörte aufmerksam zu, trotz seiner wachsenden Ungeduld, denn er wollte seinen Gesprächspartner nicht brüskieren. Nach einer Viertelstunde hielt der Polizist inne und sah Joseph fragend an. Es war Zeit, auf das Eigentliche zu sprechen zu kommen. Joseph stellte seine Tasche auf den Tisch.

»Hier drin sind zwei Dinge, die Sie sicherlich interessieren.«

Der Afghane zögerte ein paar Sekunden, doch dann siegte die Neugier. Er sah hinein.

»Dieses digitale Aufnahmegerät ist das Beste, was es derzeit auf dem Markt gibt. Das Mikrofon ist so empfindlich, dass man damit ein Gespräch durch die Tasche eines Kleidungsstücks hindurch aufzeichnen kann, und das aus einer Entfernung von bis zu drei Metern.«

»Ich soll also etwas aufzeichnen?«

»Ja, es geht um einen Polizisten des Zentralkommissariats. Ich brauche den Klang seiner Stimme. Sie müssten sich einen Vorwand ausdenken, um mit ihm ins Gespräch zu kommen, und ihn dabei mit dem Gerät in Ihrer Tasche aufnehmen. Er wird keinen Verdacht schöpfen.«

»Na gut«, sagte der Afghane nach kurzem Zögern. »Um wen handelt es sich?«

»Um Osama Kandar.«

»Um *Qoumaandaan* Kandar? Den Chef der Kriminalpolizei?«, fragte der Polizist erschrocken.

»Um genau den. Er ist aber Oberst, soweit ich weiß, kein Kommandant.«

»Kandar war der Anführer von Massuds Scharfschützen während des Kriegs. Er ist ein Held! Deshalb nennen ihn alle bei seinem Titel, *Qoumaandaan,* und nicht bei seinem Dienstgrad, in Anerkennung seiner Vergangenheit als Kommandant der Mudschaheddin.«

Joseph schluckte. Was war ihnen bislang sonst noch unbekannt über diesen Polizisten?

»Ich bezahle Sie gut.«

Der Spitzel schien wie vom Blitz getroffen.

»Ich zahle Ihnen mehr, als Sie sich vorstellen können«, sagte Joseph mit Nachdruck. »Nehmen Sie den zweiten Gegenstand heraus.«

Der Polizist holte eine kleine Metallplatte heraus und sah Joseph fragend an.

»Ganz schön schwer. Was ist das? Eine Bombe?«

»Eine Wanze.«

»Eine Wanze? Wie in *Staatsfeind Nr. 1*?«

»Genau. Sie sendet ständig auf einer besonderen Frequenz, die nur über Satellit empfangen werden kann. Damit können wir den Weg eines Wagens verfolgen. Man klebt den Sender unter das Fahrgestell, in die Mitte, direkt unter die Antriebswelle. Dank seiner Form und seiner Farbe wird er bei herkömmlichen Sicherheitschecks nicht entdeckt. Man kann ihn mit einem an einer Stange angebrachten Spiegel nicht sehen, wie sie an den Checkpoints verwendet werden. Man müsste den Wagen auf eine Hebebühne fahren, um festzustellen, was das ist. Wir möchten, dass Sie den Sender unter Kandars Wagen befestigen.«

»Das ist gefährlich, *Sahib*!«

»Für Sie ist das ein Kinderspiel.«

»Mit einer Wanze kann man sogar den Abschuss von Drohnen auslösen«, sagte der Afghane mit erstickter Stimme. »Wollen Sie ihn töten?«

»Wir wollen Kandar nicht töten, wir wollen nur wissen, was er tut.«

Joseph zog einen prallen Umschlag aus der Tasche.

»Na komm, mach ihn schon auf«, sagte er und ging dabei plötzlich zum Du über.

Die Augen des Polizisten weiteten sich, als er sah, wie viel Geld darin war.

»Du möchtest doch eine zweite Frau. Wir würden dir gern dabei helfen, dir zum Dank für deine Dienste eine zu beschaffen. In diesem Umschlag stecken tausend Dollar. Du bekommst weitere viertausend, wenn du den Auftrag ausgeführt hast. Das ist genau der Betrag, den du für die Mitgift brauchst. Mit einer derartigen Summe wirst du eine hübsche Jungfrau bekommen. Das ist ein guter Vorschlag. Ein ehrbarer Vorschlag, obwohl ich es auch verstehen könnte, wenn du nicht den Mut aufbringst, das zu tun, was wir von dir verlangen. In dem Fall bleiben wir gute Freunde. Wir wenden uns dann eben an einen deiner Kollegen, der wird es für uns tun.«

Der Afghane setzte zu einer Erwiderung an, unterließ es dann aber. Er verschloss den Umschlag wieder und steckte ihn ein, sein Gesicht hatte sich dunkelrot verfärbt.

»In dem Augenblick, in dem du den Sender anbringst, drückst du auf das Knöpfchen hier links. Die Diode leuchtet fünf Sekunden lang auf, dann geht sie aus. Ab diesem Zeitpunkt ist der Sender in Betrieb. Die Batterie hält vierzehn Tage. Du brauchst dich um nichts weiter zu kümmern. Sollte die Mission länger andauern, bringe ich dir eine neue Batterie.«

Er schob seinem Gesprächspartner ein Blatt Papier zu.

»Hier ist die Nummer meines afghanischen Mobiltelefons, ruf mich an oder schick mir eine SMS, sobald du die Stimme aufgezeichnet hast. Es ist sehr dringend, ich brauche die Aufnahme in spätestens zwei Tagen. Dasselbe gilt auch für die Wanze, du musst sie umgehend anbringen. Hast du verstanden?«

»Ja, ich werde tun, was Sie von mir verlangen.«

5 Der Rest des Tages verging nur ganz langsam. Einige Dinge von untergeordneter Bedeutung nahmen Osama in Beschlag. Er erhielt mehrere Anforderungen, einen Bericht zu schreiben, so, als versuchten seine Vorgesetzten, ihn mit Arbeit zu überschütten, damit er dem Fall Wali Wadi nicht seine ganze Aufmerksamkeit widmen konnte. Er war nicht paranoid, dennoch spürte er einen schleichenden Druck, als würde ein Schraubstock immer fester angezogen. Er erledigte das, was man von ihm verlangte, mit der größtmöglichen Professionalität, und als er damit fertig war, stellte er fest, dass es beinahe sieben Uhr abends war. Er hatte den ganzen Tag mit Banalitäten zugebracht!

Er ging hinüber zu Babrak und Gulbudin, um ihnen mitzuteilen, dass er nun nach Hause fuhr. Kurz darauf bestieg er seinen schlammbespritzten Jeep.

Malalai war mit der Hausarbeit beschäftigt. Als sie Osama im Türrahmen stehen sah, zog sie den Stecker des Staubsaugers heraus, eines antiquierten russischen Geräts, das so viel Lärm verursachte wie eine Tupolew beim Abheben. Von ihren mageren Gehältern konnten sie sich keinen neuen kaufen, und eine Putzfrau leisteten sie sich auch nur für wenige Stunden pro Woche. Ihr altes Haus war ständig voller Staub. Malalai hatte ihr schweres Gewand, das sie auf der Straße trug, gegen eine farbenfrohe leichte Tunika aus Seide und Baumwolle getauscht, die ihre Arme freiließ und ihren Busen eher enthüllte als bedeckte. Osama spürte, dass seine Kehle ganz trocken wurde.

»Sieh mich nicht so an«, scherzte sie, »du erinnerst mich an diese Figur aus einem amerikanischen Zeichentrickfilm, den Fuchs mit der heraushängenden Zunge.«

»Das ist kein Fuchs, sondern ein Wolf.« Osama legte seinen *Chakman* ab. »Du bist der lebendige Beweis, dass Allah die Frau geschaffen hat, um den Mann in Versuchung zu führen.«

»Ich darf mich also darüber freuen, dass mein Mann mich nach all den Jahren noch mit Vergnügen ansieht?«

»Solange nur ich allein dies tue. Zum Glück sehen dich die anderen nicht so«, erwiderte er und hätte sich am liebsten auf die Zunge gebissen.

»Hör auf!«, fauchte sie und ließ den Staubsauger gegen die Wand krachen. »Ich weiß nur zu gut, dass du insgeheim die Regeln der Taliban in Bezug auf die Burka gutheißt! Bestimmt denkst du, dass es im Grunde nur zum Besten für uns Frauen ist!«

»Wir hatten diese Diskussion schon tausendmal. Die Burka ist unbequem zu tragen, das will ich nicht bestreiten, aber sie schützt euch auch vor den begierigen Blicken der Männer, das lässt sich nicht leugnen. Ich habe heute mit einer meiner ehemaligen Kolleginnen aus Moskau gesprochen, sie meinte, die Zahl der Vergewaltigungen in Moskau sei explodiert. Wenn du wüsstest, wie die Frauen sich dort anziehen, wenn sie abends ausgehen, oder im Sommer! Kein Wunder, dass es immer mehr Vergewaltigungen gibt.«

»Das ist ja nicht die Schuld der Frauen«, brach es aus Malalai heraus, »ihr Männer seid es, die ihr euch wie Tiere benehmt. Die ganze Zeit über denkt ihr an das Teil, das euch zwischen den Beinen baumelt! Wenn die Frauen euch Lust bereiten, ist das euer Pech. Ihr brauchtet ja nur mit einer Binde vor den Augen durch die Gegend zu laufen, anstatt uns Frauen aufzuerlegen, mit diesem widerlichen dunkelblauen Sack über dem Kopf auszugehen.«

»Du hast immer in der Stadt gelebt, aber die afghanische Kultur ist bäuerlich. Kabul ist nicht Afghanistan, Malalai! Auf dem Land kritisiert niemand die Burka. Das ist unsere Tradition. Der Koran schreibt es so vor.«

»Der Koran schreibt nichts dergleichen vor, das ist eine willkürliche Interpretation. In diesem Land dient doch alles dazu, uns zu unterdrücken. Im Koran steht dies, im Koran steht jenes, alles natürlich immer mit demselben Ziel: die Frauen zu unterdrücken, sie zu erniedrigen. Steht im Koran eigentlich auch, dass die Frauen staubsaugen müssen? In Amerika übernehmen das die Männer!«

»Malalai, das ist absurd. Kein Mann staubsaugt bei sich zu Hause!«

»Doch, das habe ich in einer Zeitschrift gelesen.«

»Das ist eine Lüge.«

»Nein, das habe ich gelesen, es war sogar ein Foto dabei.«

»Das war ein Homosexueller, also kein richtiger Mann.«

»Noch so eine intelligente Bemerkung, na bravo, wird ja immer besser. Osama, verstehst du nicht, dass man sich dem Diktat dieser religiösen Fanatiker widersetzen muss? Ich wünschte mir so sehr, du wärst anders als diese Männer!«

»Ich bin nicht wie sie«, protestierte Osama, »das weißt du doch!«

»Wenn du diese Feinde der Aufklärung nicht mit allen Kräften bekämpfst, dann unterstützt du sie durch deine Passivität!«

»Ich unterstütze sie nicht«, ereiferte er sich, »ich habe so viele Taliban umgebracht, dass man mich schwerlich der Feigheit ihnen gegenüber beschuldigen kann. Genug diskutiert, unser Gespräch führt zu nichts. Du liest zu viele ausländische Zeitschriften, das bringt nichts. Wo ist mein Teppich? Ich gehe jetzt beten.«

»Kommt nicht in Frage«, sagte Malalai und versperrte ihm

den Weg. »Osama«, fügte sie dann mit leiser Stimme hinzu, »lass dich nicht von diesen rückschrittlichen Ideen anstecken. Frauen haben das Recht, selbst zu entscheiden, wie sie leben wollen, wie sie sich benehmen und sich kleiden, ohne sich von den Männern etwas vorschreiben zu lassen. Wir sind keine Gegenstände, die vor ihrem eigenen Willen geschützt werden müssen. Frauen sind Männern gleichgestellt. Zum Beispiel im Beruf: Wäre ein Geburtshelfer besser als ich? Nein. Wir, die Stadtbewohner, die Frauen mit Ausbildung, müssen daran arbeiten, dass sich in der Mentalität dieses Landes etwas verändert, damit es Fortschritt geben kann. Und genau das habe ich mir heute vorgenommen.«

»Was willst du damit sagen?«, fragte Osama beunruhigt.

»Ich war bei einer Versammlung von Frauen, auf Einladung des Kulturbeauftragten der französischen Botschaft.«

»Von diesem Schwein? Das ist ein Perverser und ein Ehebrecher! Letzten Monat hat er mit seinem gepanzerten Jeep einen Autobus gerammt, die Verkehrspolizei ist überzeugt, dass er betrunken war!«

»Er ist nicht pervers. Er hat uns von einem internationalen Hilfsprogramm für Frauen erzählt. Ich werde mich einschreiben, zumal ich in den Geheimrat der RAWA gewählt wurde.«

»Was?!«, rief Osama.

Die Revolutionary Association of the Women of Afghanistan war eine Geheimorganisation von Frauen, die für die Rechte der Frauen stritt, in Afghanistan, aber auch in Pakistan. Sie funktionierte wie diverse andere Widerstandsbewegungen: Die Mitglieder ihrer einzelnen Zellen kannten sich untereinander nicht, damit im Fall einer Verhaftung oder Entführung niemand denunziert werden konnte. Ihre Gründerin Meena war während der Amtszeit von Präsident Nadschibullah ermordet worden, und es war nie geklärt worden, ob die afghanischen Geheimdienste oder die Fundamentalisten für ihren Tod verantwortlich waren.

»Dank der Hilfe Frankreichs, Japans und Italiens werden wir neue Hilfsmittel von der UNESCO bewilligt bekommen, vielleicht auch von anderen internationalen Organisationen. Auf diese Weise gelingt es uns, weitere Erzieherinnen heranzubilden, die den Frauen überall im Land einschärfen, dass sie die Tyrannei der Männer nicht dulden dürfen. Wir werden uns unsere Rechte im Alltag erkämpfen und selbständig zu denken beginnen. Wir haben beschlossen, den Kampf aufzunehmen, damit unsere Töchter auf dem Land eine Schule besuchen und aufs Gymnasium gehen können.«

»Du bist ja verrückt! Vollkommen verrückt! Die Taliban werden dich umbringen, wie Meena. Sie werden dich erstechen. Oder, schlimmer noch, vergewaltigen.«

»Das ist doch wieder mal ein kluges Wort von einem modernen, gebildeten Mann: Vergewaltigt zu werden ist schlimmer, als sich töten zu lassen? Bist du heute absichtlich so beschränkt?«

»Dreh mir nicht das Wort im Mund um. So etwas darfst du nicht tun!«

»Du bittest mich also, das Unannehmbare zu akzeptieren?«

»Das ist nun mal unsere Kultur, unsere Art, zu leben. Es ist eben so. In Afghanistan tragen Frauen schon immer Tschador und Burka.«

»Das stimmt nicht! Das war nicht immer so. Zu Zeiten Sahir Schahs war es nicht so! Und als die Khalq-Partei das Sagen hatte, auch nicht.«

»Du warst noch ganz jung, hör auf, von den Kommunisten zu reden, sie haben unser Land zerstört. Es ist alles ihre Schuld.«

»Die mittelalterliche Denkweise hat unser Land zerstört, Osama. Die afghanischen Frauen sind nicht dazu bestimmt, sich von ungebildeten Männern erniedrigen zu lassen. Meine Mission als gebildete Frau ist der Widerstand. Wenn ich das nicht tue, kann ich mich nicht mehr im Spiegel anschauen!«

»Du hast vollkommen den Verstand verloren. Du nimmst ein wahnwitziges Risiko auf dich. Außerdem kann es nur Unglück bringen, sich mit den *Kuffār* einzulassen. Nur zu leicht wird Allah dabei beleidigt.«

»Allah? Glaubst du etwa, Gott interessiert sich für unser Schicksal? Der kümmert sich nicht um uns, mein armer Osama. Schau dir an, in welchem Zustand dieses Land ist, überall nur Elend, Korruption, Gewalt und Trostlosigkeit.«

»Allahs Wege kennt nur er allein. Er hat seine Gründe, weshalb er uns so leiden lässt, es ziemt sich nicht, ihn verstehen zu wollen.«

»Unsinn. Du solltest weniger arbeiten und öfter mal nachdenken.«

Am nächsten Morgen stand Osama noch früher auf als sonst, um sicherzugehen, dass Malalai nicht vor ihm das Haus verließ. Beim Zubettgehen hatten sie erneut gestritten, obschon er zumindest erreicht hatte, dass sie ihm einen Kuss gab, bevor sie einschliefen. Diese Regel hatten sie sich selbst auferlegt, niemals einzuschlafen, bevor sie nicht Frieden geschlossen hatten. Gegen sechs Uhr sah er sie aus dem Badezimmer kommen. Sie war wie üblich gekleidet und trug eine weite Tunika aus blauer Baumwolle, einen schlichten *Karbaz* sowie ein Tuch, das ihre Haare bedeckte.

»Ich habe Tee gekocht und den Bohneneintopf aufgewärmt, wenn du möchtest.«

»Danke, ich nehme nur eine Tasse Tee.«

»Malalai, hast du über unser Gespräch gestern nachgedacht?«

»Über welches? Ich kann mich nicht erinnern, dass wir uns über irgendetwas Interessantes unterhalten hätten.«

»Um Himmels willen, hör doch bitte einmal auf mich! Tu das nicht, ich flehe dich an. Tritt nicht der RAWA bei.«

»Und wenn doch? Wirst du mich zu Hause einsperren, wie eine schlechte Frau, unter der Aufsicht eines deiner Cousins? Mich vielleicht schlagen?«, rief sie mit herausfordernder Miene.

»Jetzt bist du diejenige, die Unsinn redet. Tu es nicht, das ist alles. Vor allem auf die RAWA haben es die Taliban abgesehen. Wenn sie wieder an die Macht kommen, könnte nicht einmal ich dich beschützen. Dann müssten wir fliehen.«

»Wenn ich jetzt die Hände in den Schoß lege, wer kämpft dann für unsere Rechte? Die NATO? Mein Entschluss steht fest.«

Mit großen Schritten stürmte sie hinaus. Einige Sekunden später hörte er, wie sie den Motor ihres Rollers aufheulen ließ und davonbrauste, dass der Kies auf dem Sträßchen nur so knirschte. Dann herrschte Stille. Kurz darauf verließ auch Osama das Haus. Sein Fahrer wartete am Tor, er wirkte verlegen. Vielleicht hatte er sie zanken hören. Der Streit eines Ehepaars endete für gewöhnlich damit, dass die rebellische Ehefrau gemaßregelt wurde. Das gesamte Kommissariat, so dachte Osama, war vermutlich noch vor heute Mittag bestens über das unterrichtet, was hier vorgefallen war. Wieder würden sie sich über seine Schwäche lustig machen. Er fragte sich, was er Allah wohl angetan hatte, dass dieser ihn mit der Liebe zu einer derartigen Frau strafte!

Sein Team wartete vollständig im Besprechungszimmer auf ihn, doch er war durch den Streit mit Malalai derart verärgert, dass er sich ohne ein Wort direkt in sein Büro verzog. Dumpf grübelnd verbrachte er den halben Vormittag hinter verschlossener Tür. Malalai war sich nicht bewusst, wie ernst die Taliban es meinten. Die jungen Nachwuchs-Märtyrer stritten um die Ehre, sich inmitten einer Versammlung der RAWA in die Luft sprengen zu dürfen. Außerdem bestand die Gefahr, verraten zu werden: Die Polizei verhaftete immer mehr Frauen, die ebenfalls als *Shahid,* als Märtyrerin, sterben wollten.

Zerstreut sah Osama seine Post durch, als ein Hilfspolizist hereinkam und ihm ausrichtete, ein Botenjunge stünde vor der Tür. Der Bursche war keine zwölf Jahre alt und trug eine lange, fleckige Baumwolltunika und ausgetretene Sportschuhe ohne

Socken, auf dem Kopf trug er das Käppi eines Koranschülers. Er schien ganz verschüchtert – das Zentralkommissariat war ein Ort, der in den Augen der meisten Bewohner Kabuls einen unheilvollen Ruf hatte. Der Junge hielt Osama einen Umschlag hin. Der Kommissar öffnete ihn sofort, unter Missachtung der Sicherheitsvorschriften, denn er wusste genau, von wem der Brief stammte. Der Umschlag enthielt lediglich ein einziges Blatt, einen dicken Bogen Papier von guter Qualität. Darauf stand: *Ich erwarte Sie so bald wie möglich. Ich könnte Ihren Mann freibekommen.* Osama bedankte sich bei dem Jungen mit einem Geldschein im Wert von zehn Afghanis. Aus taktischen Gründen blieb er noch eine halbe Stunde im Büro und widmete sich dem Tagesgeschäft, dann nahm er seinen Revolver und seine Handgranate und stahl sich durch die Hintertür davon. Etwa zwanzig Minuten lang lief er aufs Geratewohl durch die Gegend. Als er sicher war, dass niemand ihm folgte, winkte er ein Taxi herbei. Derselbe Einbeinige wie beim ersten Mal führte ihn ins Büro des Mullahs. Dieser saß gerade beim Essen, eine Serviette um den Hals.

»Ah, *Qoumaandaan*! Ich esse gerade einen besonders leckeren Lammeintopf mit eingelegten Früchten. Möchten Sie probieren?«

»Danke, ich nehme nur etwas zu trinken«, erwiderte Osama.

Der Mullah machte ein enttäuschtes Gesicht. Sein Bauch wölbte sich so weit vor, dass er gezwungen war, ein wenig Abstand vom Tisch zu halten und die Arme zum Teller ausstrecken musste. Während er sich wohlig brummend vollstopfte, unterhielten sie sich ein wenig übers Wetter, über die Regierung und den jüngsten Schnitzer der ISAF. Dann wischte sich Mullah Bakir den Bart mit der Serviette ab und schob den Teller beiseite.

»Phantastisch! Schade, dass Sie nichts abhaben wollten. Als meine Frau noch am Leben war, bereitete sie den köstlichsten Eintopf von ganz Kabul zu, mit Kumin und *Massaman* und anderen Gewürzen, deren Namen ich nicht einmal kenne. Zum Glück hat eine meiner Dienerinnen ihr Rezept gefunden!«

»Gibt es bei Ihnen jeden Tag ein solches Festmahl?«

»Sooft Allah es mir ermöglicht, und das ist – Allah sei's gedankt – ziemlich oft. Ich hätte heute Vormittag an meinem Rechner arbeiten sollen«, gestand er, »doch dann konnte ich nicht widerstehen, als man mir dieses Gericht herbrachte.«

Osama hatte nicht gewusst, dass Mullah Bakirs Frau verstorben war. Er suchte die Wände vergeblich nach dem Porträt einer Frau oder eines Kindes ab. Stattdessen blieb sein Blick an dem mit lauter Antennen gespickten Internet-Router hängen, der leise auf dem Schreibtisch brummte.

»Für einen Mann, der zu den Wurzeln des Islam zurückkehren möchte, besitzen Sie aber ziemlich viel moderne amerikanische Geräte!«, spöttelte er.

»Werfen Sie mich nicht mit meinen Talibankollegen in einen Topf, Bruder Osama! Nicht alle von uns sind bereit, wieder wie im Mittelalter zu leben. Wir wollen einen *modernen* islamischen Staat. Warum sollte man zweihundert Jahre Fortschritt in den Wind schlagen und wie früher leben wollen? Warum akzeptiert man eine Kalaschnikow, nicht aber Computer, Elektrizität, die Weiterentwicklung der Sitten und Gebräuche? Und was die USA angeht, so weiß man ja, dass ich mich um gute Beziehungen zu ihnen bemühe, schon seit einigen Jahren übrigens.« Der Mullah trank einen Schluck Tee, dabei spreizte er den kleinen Finger ab. »Ich habe für den von Ihnen gesuchten Mann einen vorübergehenden Ausgang erwirken können. Der Assistent des Direktors wird ihn persönlich ans südliche Ausgangstor begleiten, und zwar heute Abend um 18 Uhr 30. Um Mitternacht muss er wieder zurück sein. In der Zwischenzeit steht er Ihnen zur Verfügung, und Sie können nach Belieben über ihn verfügen.«

»Danke. Jetzt stehe ich in Ihrer Schuld.«

»Ich weiß«, sagte der Mullah. »Genau deshalb habe ich diese

Transaktion ja auch ermöglicht. Wie heißt der Fachausdruck aus der Finanzwelt bei Ihren Freunden im Westen? Eine ›Option‹, nicht wahr? Ich baue auf Ihre Wertsteigerung, *Qoumaandaan*.«

»Ich verstehe nichts von dem, was Sie sagen.«

»Stellen Sie sich nicht dümmer, als Sie in Wirklichkeit sind. Ländlichkeit hindert einen ja nicht daran, klug zu sein, nicht wahr, denn wie wären Sie sonst zum Mudschaheddin-Kommandanten geworden?«

»Erwarten Sie nicht, dass ich strafbare oder kriminelle Handlungen Ihrer Freunde, der Taliban, decke. Ich brauche diesen Mann für eine offizielle Untersuchung, es geht hier nicht um eine persönliche Gefälligkeit.«

Mullah Bakir schüttelte den Kopf und setzte ein betrübtes Gesicht auf.

»Die Welt heutzutage besteht doch aus lauter Gefälligkeiten. Ihnen überlasse ich den Mann, Bruder Osama, nicht dem Polizeioberst dieses gottlosen, verderbten Regimes. Ich möchte Sie bei der Gelegenheit darauf aufmerksam machen, dass Sie beim Direktor eine offizielle Entlassungsurkunde unterzeichnen müssen. Somit sind Sie der Leitung gegenüber für die unbeschadete Rückkehr des Gefangenen zur vereinbarten Zeit verantwortlich.«

»Der Gefängnisdirektor …«

»… hasst Sie, ich weiß. Glücklicherweise ist die Angst, die ich ihm einflöße, größer als der Hass, den er Ihnen gegenüber empfindet. Er wird sich genau wie der kleine Pinscher verhalten, der er ist.«

»Verstehe«, sagte Osama. »Damit wollen Sie mir aber nicht etwa eine Falle stellen, sollten die Dinge schiefgehen, oder?«

»Da sieht man, dass Sie gar nicht so ländlich-unbedarft sind, wie Sie vorgeben. Man könnte es so sehen. Oder wie eine Art Sicherheit … Der Gefängnisdirektor ist nicht der mutigste Mann Kabuls. Wenn Sie auch nur ein winziges Problem bekommen, könnte er das Papier hernehmen und es an jemanden verkaufen, der dann versuchen könnte, Sie zum Singen zu bringen. An mich zum Beispiel. Oder vielleicht auch an diesen Esel von Innenminister, den Sie so sehr verachten, wie man hört. Was erwarten Sie? Niemand in diesem Land besitzt noch Anstand. Der Krieg dauert schon viel zu lange, die Afghanen haben innerhalb viel zu kurzer Zeit zu viele Zusagen gegeben: den Kommunisten, den Russen, der Nordallianz, uns, heute den Amerikanern … Sie sollten froh sein, ich hätte Sie heute Abend, am Gefängnistor, vor vollendete Tatsachen stellen können!«

»Das ist wahr«, pflichtete Osama bei. »Warum gehen Sie das Risiko ein, mir zu helfen? Ich bereite Ihnen doch nur Scherereien. Allein die Tatsache, dass ich Bescheid weiß, wie weit sich Ihre Macht erstreckt, bringt Sie doch schon in Gefahr.«

»Das haben schon ganz andere, weit Mächtigere, vor langer Zeit begriffen, Bruder Osama, und ich bin noch immer am Leben. Manchmal sind die Dinge komplizierter, als es den Anschein hat. Außerdem war Wali Wadi in seltsame Geschäfte verstrickt. Was auch immer Sie herausfinden, es könnte interessant sein, und Informationen, das haben Sie ja gleich verstanden, sind meine Leidenschaft. Meine Daseinsberechtigung, wenn Sie so wollen. Viel Glück, *Qoumaandaan*.«

*

Nachdem er erneut das Dossier von vorne bis hinten durchgelesen hatte, beschloss Nick, sich so bald wie möglich mit Jacqueline zu treffen, der Prostituierten, die der Gesuchte regelmäßig gebucht hatte. Die Fahnder der Firma hatten sie als gänzlich unwichtige Zeugin eingestuft. Aus seiner Sicht war das ein Irrtum.

Jacqueline war die einzige Frau, die in regelmäßigem Kontakt mit dem Gesuchten stand, und zwar seit neun Jahren. Léonard war ein sehr disziplinierter, prinzipientreuer Mann. Ein Mann, der in einem festen Koordinatensystem lebte. Seit neun Jahren ein und dasselbe Mädchen … Nick war überzeugt, dass er von Jacqueline wichtige Details über Léonards Persönlichkeit erfahren konnte. Außerdem hatte es sicherlich eine Vorgängerin gegeben, vermutlich über einen ebenso langen Zeitraum. Warum hatte Léonard ihr den Laufpass gegeben? Ein Mann wie er änderte nur dann etwas, wenn es einen guten Grund dafür gab.

Er wählte die Nummer des Escort-Service. Gleich darauf ertönte die Musik der Warteschleife, dann hob eine Frau ab.

»Romance Escort-Service, guten Tag, was kann ich für Sie tun?«

»Guten Tag, ich möchte gern eines Ihrer Mädchen buchen.«

»Sind Sie bereits Kunde bei uns?«

»Nein, aber einer meiner Freunde.«

»Sehr schön. Haben Sie eine bestimmte Vorliebe? Wir haben ganz unterschiedliche Damen und Herren. Europa, Asien, Afrika, Alter und Gewicht ganz nach Wunsch.«

»Ich möchte Jacqueline. Wenn es möglich ist, gleich heute Nachmittag.«

Die Frau sah in ihrem Terminplaner nach.

»Heute Nachmittag arbeitet sie nicht, mal sehen, ob sie Zeit hat. Sie kennen unsere Tarife?«

»Ja, das ist kein Problem.«

»Wie heißen Sie mit Vornamen?«

»Martin«, erwiderte Nick.

»Bleiben Sie bitte am Apparat.«

Wieder ertönte Musik, dann meldete sich die Empfangsdame erneut.

»Jacqueline hätte später Zeit, allerdings höchstens zwei Stunden. Geht das in Ordnung?«

»Wunderbar. Kommen die Kunden zu Ihnen?«

»Tut mir leid, dazu fehlen uns die räumlichen Gegebenheiten. Unsere Mitarbeiterinnen werden oft ins Winston eingeladen.«

»Neben dem Restaurant Citronnelle? Wunderbar.«

Nick kannte das kleine plüschige Hotel in der Nähe der Bahnhofsstraße, einer der teuersten Straßen der Welt, in der sich eines der angesagtesten Züricher Restaurants befand.

*

Gegen Ende des Nachmittags gab Osama das Zeichen zur Abfahrt zum Gefängnis. Es war zu riskant, diese heikle Mission allein auszuführen, daher hatte er ein Dutzend seiner fähigsten Männer zu seiner Begleitung bestellt, die den Häftling bewachen sollten. Außer Babrak, Gulbudin, Dschihad, Rangin und Abdul hatte er fünf Tadschiken aus demselben Dorf ausgewählt, Veteranen der Nordallianz. Sie zwängten sich in seinen Jeep und einen Pick-up; ein Minibus mit zwei ordentlichen Polizisten bildete das Ende des Konvois. Auf halber Strecke blieb der Minibus plötzlich stehen, während die beiden anderen Fahrzeuge mit donnernder Geschwindigkeit weiterrauschten. Aus dem Fenster gebeugt, überprüfte Osama, ob seine Unterbrechung der Kolonne funktioniert hatte. Seine Assistenten scannten derweil die Straße, die Kalaschnikow in der Hand, auf der Suche nach einem verräterischen Motorrad oder Pkw. Befriedigt kurbelte Osama das Fenster wieder hoch.

»Schön. Es ist uns also niemand gefolgt.«

»Sie riskieren einiges mit dieser Unternehmung, Chef. Wer hat denn den Freigang des Gefangenen ermöglicht?«, fragte Gulbudin.

»Das verrate ich dir lieber nicht, zu deiner eigenen Sicherheit. Babrak, bei der Gelegenheit wollte ich dir anbieten, dich in Sicherheit zu bringen, noch ist Zeit dazu. Du hast kleine Kinder, stimmt's?«

»Damit Gulbudin sich ganz alleine als Held aufspielen darf? Kommt nicht in Frage, ich bleibe bei Ihnen, Chef«, lächelte sein Assistent. »Ich befürchte, dass ich hier 'ne ganze Menge lernen kann!«

»In Kabul sind die interessanten Dinge zugleich immer die gefährlichen!«

Sie hatten die Stadt hinter sich gelassen und fuhren nun sehr rasch auf der geteerten Landstraße in Richtung Pul-e-Charkhi, das gut zwanzig Kilometer vom Zentrum entfernt lag. Dann bog der Fahrer auf einmal ab. Sie passierten eine erste Absperrung der Afghan National Army, dann eine zweite, die durch ein Dutzend leichte Panzer und zwei T72 verstärkt war. Seitdem das Gefängnis von etwa dreißig Taliban überfallen worden war, hatte man die Sicherheitsvorkehrungen beträchtlich erhöht.

»Wo wir schon mal hier so zusammensitzen, was erzählt man sich eigentlich gerade über mich?«

»Na ja, ich weiß nicht, ob ich das sagen soll …«, begann Babrak vorsichtig. Von einer Geste Osamas ermutigt, fuhr er fort: »Anscheinend ist Ihre Gattin einer Frauenorganisation beigetreten. Man munkelt, sie rede wie eine Kommunistin oder eine *Kāfir* und kritisiere offen die Mullahs. Einer der Fahrer vom Revier erzählte, sie werde von einem westlichen Diplomaten dazu ermuntert, einem Ungläubigen, der Alkohol trinkt und gottlose Orte aufsucht.«

»Diese Gerüchte machen ja sehr rasch die Runde!«

»O ja. Außerdem … Das betrifft jetzt mich selbst, und ich möchte nicht, dass Sie es von Dritten erfahren … Außerdem muss ich Ihnen sagen, dass ich eine zweite Ehefrau nehmen werde.«

»Du?«, rief Osama verblüfft.

»Meine erste Frau fängt an, mir Probleme zu machen«, gestand Babrak. »Sie wirft mir vor, dass ich zu viel arbeite, sie will nicht zu meinen Eltern gehen, sie beklagt sich über die Stromausfälle im Viertel. Der Mullah meines Viertels gab mir den Rat, eine zweite Frau zu nehmen; das sei das beste Mittel, damit die erste aufhört, mir Ärger zu machen, *Alhamdullilah*. Meine Familie zahlt die Mitgift, ich muss nichts beisteuern.«

»Ich dachte, du liebst sie.«

»Ich liebe sie ja!«

»Deine Art, zu argumentieren, ist ein wenig kurzsichtig. Stell dir vor, wie sie sich fühlen muss: Wärst du eine Frau, du wärst doch tödlich beleidigt, wenn dein Mann noch eine andere heiraten würde!«

»Das schon!«, erwiderte Babrak und brach in Gelächter aus.

Als er den Blick seines Chefs bemerkte, verstummte er abrupt.

»Hast du dir überlegt, was deine Kinder über dich denken werden?«, fragte Osama.

»Nein«, gestand Babrak.

»Das solltest du tun!«

Da sie vor dem Gefängnis angekommen waren, brachen sie die Unterhaltung ab. Das riesige, panoptische Gebäude stand auf einem mehrere Hektar großen Gelände ohne einen Baum oder einen Ort, an dem man sich verstecken konnte. Ein perfektes Beispiel für sowjetische Architektur. Seit dem Sturz der Taliban hatten die Amerikaner es übernommen, den Bau zu modernisieren, etwa mit der Installation von Video- und Infrarotkameras. Bewaffnete Soldaten lungerten auf den Ladeflächen mehrerer alter Lastwagen herum, die in der Nähe des Tores standen. Pick-ups mit einem darauf montierten Duschka-Maschinengewehr blockierten den Zugang.

»Geh du hin, mich kennen hier zu viele«, sagte Osama zu Gulbudin.

Sein Assistent gehorchte, ein paar ihrer Männer begleiteten ihn. Vor dem Gefängnistor entspann sich ein lebhafter Dialog zwischen Gulbudin und einem Wachposten in schmutziger Uniform. Schließlich kam der Assistent zurück, ein Blatt Papier in Händen.

»Sie müssen das da unterschreiben, Chef.«

Osama unterzeichnete. Kurz darauf trat Gulbudin mit einem Mann auf ihn zu, der einen zerrissenen *Shalwar qameez* trug. Er hielt die Hände, die in Handschellen steckten, auf dem

Rücken. Dass er sich plötzlich in Freiheit befand, schien ihn zu erstaunen. Auf der Stelle umringten ihn Osamas Assistenten, um jegliche Fluchtmöglichkeit zu unterbinden. Babrak ließ ihn zu Osama ins Auto einsteigen und setzte sich selbst neben ihn auf die Rückbank.

»Bist du Bismullah Tikrini?«, fragte Osama knapp.

»Ja.«

»Weißt du, weshalb du rausgelassen wurdest?«

»Nein, man hat mir nichts gesagt.«

»Du musst zwei Tresore für mich öffnen. Angeblich bist du Spezialist auf dem Gebiet, ist das wahr?«

»Ja«, bestätigte der Mann mit einem Nicken.

»Kannst du auch einen europäischen Safe öffnen, einen Hartmann?«

»Dazu brauche ich mein Werkzeug. Das habe ich zu Hause.«

»Du hast Einbrecherwerkzeug bei dir zu Hause?«

»Das habe ich mitgebracht, als ich Italien verlassen musste. Es ist wertvolles Werkzeug, und ich dachte, ich könnte es hier teurer verkaufen.«

»Gut, dann holen wir es bei dir.«

Der Häftling bewohnte ein winziges Häuschen im Osten Kabuls. Vier Polizisten, Osama selbst und seine beiden Assistenten begleiteten ihn, damit er nicht etwa versuchte, zu fliehen oder sich eine Waffe zu besorgen. Er förderte zwei Delsey-Koffer zutage, die sie mit ihm gemeinsam zum Jeep trugen und einluden.

»Wo hast du denn diese Koffer her?«, staunte Babrak.

»Die habe ich bei einem meiner Besuche in Rom mitgehen lassen. Die italienischen Polizisten glaubten, es seien meine eigenen, also durfte ich sie behalten.«

Bei Wali Wadi angelangt, schien Tikrini sich gleich in seinem Element zu fühlen. Er öffnete die beiden Koffer und breitete sein Werkzeug mit präzisen Gesten auf einer roten Filzdecke aus: eine Bohrmaschine, mehrere Pinzetten, Hebelvorrichtungen, Metallschäfte, außerdem einen Laptop, den er ans Stromnetz anschloss.

»Es ist wichtig, seine Werkzeuge ordentlich aufzureihen, immer nach demselben Schema«, erklärte er. »So hat man sie griffbereit und kann gegebenenfalls schnell abhauen.«

»Wie viele Einbrüche hast du auf dem Kerbholz?«, fragte Osama.

»Zweihundertsiebenunddreißig, darunter etwa zwanzig extrem gut gesicherte Tresore. Ich wurde nur fünfmal ertappt und zweimal verurteilt. Ich habe ein Vermögen verdient, leider hat die italienische Polizei allerdings meine sämtlichen Bankkonten aufgespürt und beschlagnahmt; ich wurde mit tausend Euro in der Tasche abgeschoben.« Er lächelte Osama an. »Ohne angeben zu wollen – Sie haben großes Glück, dass ich Ihnen helfe, niemand im Umkreis von zweitausend Kilometern hat so viel Erfahrung wie ich.«

Er setzte einen Helm mit einer leistungsstarken Lampe und seltsamen Vergrößerungslinsen auf, die sein Gesicht zur Hälfte verdeckten.

»Merkwürdig«, sagte er.

Osama trat dichter hinter ihn.

»Was ist merkwürdig?«

»Sehen Sie mal, diese Spuren hier am Schloss. Mit bloßem Auge sind sie kaum zu erkennen, aber mit den Vergrößerungslinsen sieht man sie.«

»Du meinst diese winzigen Kratzer?«

»Genau.«

»Was bedeuten sie?«

»Dass bereits jemand den Tresor geöffnet hat. Er muss ein technisch höchst raffiniertes Gerät benutzt haben, um winzige Metallstifte in das Schloss einzuführen. Ich habe so etwas noch nie gesehen, aber man erzählt sich unter Kollegen davon. Eine Art Schlüssel, der in jedes Schloss passt. Um den Code zu knacken, braucht man einen leistungsstarken Rechner, so wie meinen, und eine spezielle Software, die alle Kombinationen durchrechnet. Kein Safe hält da stand.«

»Wie viel Zeit braucht man, um einen Safe mit solchem Material zu öffnen?«

»Eine Stunde, vielleicht auch etwas weniger.«

»Und du, wie lange brauchst du?«

»Genauso lange, aber ich werde wohl die Tür zerstören müssen.«

»Mach Fotos von dem Schloss, Nahaufnahmen«, wies Osama einen seiner Mitarbeiter an. »Als Beweis für das, was wir hier gesehen haben.«

Tikrini brauchte eine Stunde, um den Tresor zu öffnen. Als die Tür endlich mit einem Kreischen aufsprang, stürzte Osama nach vorn. Reflexartig steckte er die Hand hinein. Nichts, nicht einmal ein Staubkorn.

»Los, rüber, in Wali Wadis Büro. Wir öffnen den zweiten Tresor.«

Dort wiederholte sich die Prozedur, mit demselben Ergebnis: einem leeren Safe.

»Welcher Afghane außer dir könnte diese Safes knacken, ohne eine Spur zu hinterlassen?«, fragte Osama.

»Niemand«, gab Tikrini zurück. »Das Material, von dem ich Ihnen erzählt habe, findet man nirgendwo hierzulande, und Leute, die es handhaben können, gibt es auch nicht.«

»Aber du wärst dazu in der Lage?«

»Nicht gleich, vermutlich, und nicht so unauffällig. Wer den hier geöffnet hat, hat Übung. Das ist ein Profi.«

»Verstehe«, sagte Osama. »Du hast uns sehr geholfen. Ich werde ein gutes Wort für dich bei dem Staatsanwalt einlegen, der mit deinem Fall befasst ist.«

»Mein Anwalt hat mich nie besucht, und einer der Männer vom Wachpersonal meinte, ich würde an Kanada ausgeliefert werden. Dabei habe ich doch nur die Ehre meiner Schwester verteidigt!«

»Die ISAF-Länder haben mittlerweile ein Gespür für die Fehltritte ihrer Truppen entwickelt. Ich werde darauf achten, dass du dich vor einem Mitglied der Militärpolizei oder der kanadischen Justiz verteidigen kannst.« Osama legte dem Mann die Hand auf die Schulter. »Weißt du, diese westlichen Länder, die funktionieren nicht so wie wir: Dort sind die Gerichte ehrbar und unabhängig. Wenn es sich tatsächlich so zugetragen hat, wie du beschreibst, dann sind die Kanadier die Ersten, die darauf hinwirken, dass mildernde Umstände geltend gemacht werden. Es sieht also gar nicht so schlimm aus für dich.«

Gegen elf Uhr abends lieferten sie Tikrini vor dem Gefängnis ab. Als sie ihn im Innern des düsteren Gebäudes verschwinden sahen, konnte Osama sich einer bösen Vorahnung nicht erwehren. Er ließ den Fahrer aussteigen, damit er mit seinen Assistenten ungestört reden konnte; er wollte keinen Zeugen ihres Gesprächs haben. Dann fuhr er los, gefolgt von dem Pick-up.

»Also, was meint ihr?«, fragte Babrak fast unmittelbar darauf. »Führt diese Spur weiter?«

»Wir sind einen großen Schritt weiter. Dieser Abend ist bestens für uns gelaufen!«

»Weshalb? Wir haben gar nichts. Die Tresore waren doch leer!«

»Wir haben eine entscheidende Information: Wir wissen jetzt, dass jemand diese Tresore geöffnet hat und dass dieser Jemand kein Afghane ist. Das untermauert meinen Verdacht, den ich seit meinem ersten Besuch am Tatort habe. Die Idee, einen Selbstmord zu inszenieren, kann nicht von einem Afghanen stammen. Da hat sich jemand verrechnet – ein Mord, ein Attentat hätten viel weniger Aufsehen erregt. Ich fasse zusammen: Wir haben also einen als Selbstmord getarnten Mord, der nur von jemandem aus dem Westen in Szene gesetzt worden sein kann, einen Safe, den nur jemand aus dem Westen geöffnet haben kann, und einen Minister, der von sehr einflussreichen Leuten manipuliert worden sein muss.

»Von wem denn?«

»Genau das, mein lieber Babrak, müssen wir jetzt herausfinden.«

Joseph setzte das Nachtsichtgerät ab. Er hatte beschlossen, zum Kommissariat zu fahren, um sich die Örtlichkeiten einzuprägen, damit er sich im Falle eines Einsatzes dort auskannte. Er hatte den Kommissar in dem Augenblick gesehen, als dieser in seinen Jeep einstieg, gefolgt von einem Trupp Männer, die sich auf zwei Begleitautos aufteilten. Er brauchte gar nicht auf die aus Bern gesandten Fotos blicken, er erkannte Kandar sofort: ein gemessen einherschreitender Hüne mit kurzgeschorenem Bart, zaundürr, mit einer flachen Lammfellmütze auf dem Kopf. Sie hatten sofort die Verfolgung aufgenommen und waren in einiger Entfernung hinter der seltsamen Mannschaft des Kommissars hergefahren, zunächst bis zum Gefängnis, dann zu einem Privathaus, das er bislang noch nicht identifiziert hatte, schließlich zu einem Bürogebäude.

Er wandte sich zu seinem K-Mann um. Amin wartete auf die Bestätigung der Identität des Gefangenen, den der Kommissar aus dem Gefängnis geholt hatte. Joseph verstand nicht, was Kandar im Schilde führte, und das beunruhigte ihn.

»Weißt du, wem das Haus gehört, in dem sie sich gerade aufhalten?«

»Ich warte. Wir haben die Antwort in zwei Minuten.«

Amin tippte seit über einer halben Stunde auf dem Laptop auf seinen Knien herum. Joseph seufzte und ließ sich gegen die Rückenlehne sinken. Er war es gewohnt, zu warten: Seine Arbeit bestand zu neunundneunzig Prozent aus Warten und zu einem Prozent aus Handeln. Einige Augenblicke darauf verkündete ein Piepton den Eingang einer Mail. Er richtete sich sofort wieder auf.

»Und?«

»Die Adresse stimmt mit dem Büro von Wali Wadi überein.«

Joseph sagte nichts. Das hatte er von Anfang an vermutet.

»Keine Infos über den Typen, den sie aus dem Gefängnis geholt haben?«

»Noch keine, Chef. Tut mir leid.«

Joseph blickte auf sein stummes Telefon. Er hatte seinen Spitzel im Kommissariat angerufen, gleich als er den Häftling auf Kandars Auto hatte zugehen sehen. Der Spitzel hatte ihm zugesichert, sich sofort zum Gefängnis zu begeben und Auskünfte einzuholen; seitdem hatte er jedoch nichts mehr von sich hören lassen. Plötzlich erregte eine Bewegung Josephs Aufmerksamkeit. Mehrere bewaffnete Männer traten aus dem Bürogebäude. Die Gestalt Osama Kandars überragte alle anderen um gut einen Kopf. Der Kommissar stieg in seinen Jeep, die übrigen Männer hasteten auf die beiden anderen Fahrzeuge zu, die auf der Stelle losfuhren.

»Hinterher«, befahl Joseph.

Der Peykan mit der abblätternden Lackierung brauste los. Der altersschwache Vierzylinder iranischer Herkunft war durch einen Doppel-Turbo ersetzt worden, die Aufhängung durch ultramoderne Gasstoßdämpfer, und die Karosserie mit den Scheiben aus Panzerglas vermochte die Kugeln einer Kalaschnikow abzuwehren. Dank des schäbigen Aussehens des Wagens hatte bisher niemand die Verfolger bemerkt.

Obwohl es schon sehr spät war, herrschte noch reger Verkehr: Lastwagen, Militärfahrzeuge, aber auch viele normale Pkws. Dabei war die gesamte Stadt in Dunkel getaucht – ein seltsames, unangenehmes Gefühl; ein Gefühl, als ob man sich in einem Horrorfilm befände.

»Da kriegt man ganz schön Schiss, wenn die Stadt um einen herum so im Dunkeln liegt, was?«, bemerkte Amin im selben Moment.

Sie fuhren mit hoher Geschwindigkeit, die entgegenkommenden Fahrzeuge blendeten sie mit ihrem Fernlicht, sie scherten sich nicht um die anderen Verkehrsteilnehmer.

»Alle hier haben Angst«, fuhr Amin fort. »Ich habe kein einziges Polizeiauto gesehen, das nicht mit mindestens siebzig vorbeigerauscht wäre.«

»Sie fürchten sich vor Entführungen. Nachts ist es hier gefährlich, es kann alles passieren, vor allem das Schlimmste … Kennst du den Weg? Wir fahren wieder in Richtung Gefängnis.«

»Sieht so aus, Chef.«

»Sie bringen den Gefangenen zurück, wir brauchen ihnen nicht weiter zu folgen. Wir setzen uns ab.«

Amin machte mitten auf der Fahrbahn eine Kehrtwendung, das Getriebe heulte. Joseph legte ihm beruhigend die Hand aufs Knie.

»Immer mit der Ruhe, Mann.«

Fehlte bloß noch, dass sie einen Schuss von einem Soldaten abbekamen, dem das Gewehr allzu locker saß. Ein derartiger Wagen war teuer, die Reparatur eines Panzerglases noch mehr, und er brauchte den Wagen in den kommenden Tagen.

Während sie zurück zum *Compound* fuhren, klingelte Josephs Mobiltelefon. Es war sein Maulwurf im Kommissariat. Joseph hörte schweigend zu, während der Spitzel ihm berichtete, wie er den Gefangenen dank eines entfernten Cousins, der als Aufseher in dem Gefängnis arbeitete, identifiziert hatte. Als er hörte, dass der Mann, ein gewisser Tikrini, einen Soldaten der ISAF getötet hatte, begriff Joseph, dass dies nicht die letzte Überraschung war, die dieser Fall bot. Nachdenklich legte er auf.

»Was machen wir jetzt?«, fragte Amin.

»Ich weiß nicht, was das alles zu bedeuten hat, aber es ist wichtig. Ich muss Bern informieren.«

»Verstehe. Wir fahren also ins Büro zurück, wenn ich richtig verstanden habe?«

»Ich würde den General lieber anrufen, als ihm eine Mail zu senden, selbst wenn sie verschlüsselt ist. Ich muss in die abhörsichere Zelle. Wir werden dort übernachten.«

Das provisorische Quartier, das die Firma angemietet hatte,

befand sich in einem Viertel am Stadtrand in der Nähe des Flughafens und galt als einer der bestgesicherten Orte ganz Afghanistans. Das hatte man allerdings auch von Bagram behauptet, bis eines Tages ein Dutzend Märtyrer, vom Scheitel bis zur Sohle mit Sprengstoff ausstaffiert, es angegriffen hatten. Die Wohnung lag im ersten Stock eines Fertighauses, ließ sich schlecht beheizen, war karg möbliert, aber eine Spezialfirma – natürlich aus der Schweiz – hatte dort die allerneuesten Informatik-Tools sowie eine Satellitenverbindung installiert. Außerdem hatten die Techniker auch einen Raum für verschlüsselte Kommunikation eingerichtet: eine Art Würfel von zehn mal zehn Metern, mit Metallplatten abgehängt und von Elektrokabeln durchzogen. Der Würfel sollte jegliche Überwachung elektromagnetischer Felder unterbinden, so dass Joseph gefahrlos mit Bern telefonieren konnte.

»Warum hat der Bulle diesen Typen aus dem Knast holen lassen?«, fragte Amin.

»Ich weiß es nicht. Und genau das beunruhigt mich.«

*

Die Suite, die Nick im Winston gebucht hatte, bestand aus einem großen Schlafzimmer, das mit einem überdimensionalen Spiegel gegenüber dem Bett, zwei Sesseln und einem lederbezogenen Schreibtisch ausgestattet war – den Stil hätte er nicht genau benennen können. Wahrscheinlich französisch. An den Wänden hingen elegante Lithographien und alte Bilder, die allesamt mehr oder weniger nackte Frauen darstellten. Auf einem war eine Kurtisane in orientalischem Gewand abgebildet. Darunter stand *Im Harem des Sultans von Peschawar, um 1875*. Das Winston war ein richtiger Palast oder vielmehr ein Luxusbordell. Er legte sich aufs Bett und schloss die Augen, um seinen Kopf freizubekommen.

Als es klingelte, fühlte er sich ausgeruht. Die Frau, die er in dem Dossier der Firma auf einem Foto gesehen hatte, stand auf der Schwelle. Eine sportliche Vierzigjährige, fröhliche Augen, matte Haut und schwarze, sehr lange Haare. Sie war größer, als er sich vorgestellt hatte, etwa einen Meter fünfundsiebzig. Sie hatte Klasse, das bemerkte man sofort. Nur selten war Nick einer derart umwerfenden Frau begegnet.

»Guten Tag, ich bin Jacqueline«, sagte sie, sehr natürlich, und streckte ihm die Hand hin. »Sind Sie Martin?«

Nick blieb der Mund offenstehen, er wusste nicht, wie er reagieren sollte. Jacqueline setzte ein bezauberndes Lächeln auf.

»Sind Sie schüchtern, oder haben Sie es sich anders überlegt? Darf ich hereinkommen?«

Sie sprach Deutsch mit einem leichten französischen Akzent. Nick trat zur Seite.

»Bitte sehr.«

Sie war sehr selbstsicher, wie sie da ihren Mantel aufs Sofa gleiten ließ und ein marineblaues, bis zum Knie reichendes Kleid enthüllte, das ihre Beine zeigte und ihre schlanken Fesseln sowie eine zweifellos nicht ganz echte Brust gut zur Geltung brachte. Ihr Aufzug passte nicht wirklich zu ihrer strengen Brille. Die Träger eines schwarzen BHs zeichneten sich unter dem leichten Stoff des Kleids ab. Man hätte sie für ein Topmodel aus einem Modemagazin halten können. Nick errötete und lud sie mit einer Geste ein, ihm gegenüber Platz zu nehmen. Sie schlug sehr elegant die Beine übereinander und brach dann in ein frisches Lachen aus.

»Ich bin schon vielen schüchternen Männern begegnet, aber Sie sind ja wirklich der Gipfel. Sie sind attraktiv, Sie gefallen mir. Treiben Sie Sport?«

»Ja, Skifahren und Alpinklettern.«

»Ich liiiiebe Klettern. Aus welcher Ecke kommen Sie?«, fragte sie.

»Aus Genf, aber ich wohne in Bern.«

Sie blieben eine Weile lang so sitzen und sahen sich stumm an.

»Sie sind ein seltsamer Typ … Haben Sie an irgendwas Bestimmtes gedacht, was uns angeht?« Sie beugte sich zu ihm, der Hauch eines schweren Parfums wehte ihn an. »Haben Sie bestimmte Phantasien? Ich könnte Ihnen … neue Formen des Kletterns beibringen.«

Sie lachte herzhaft, ein wohlerzogenes Lachen, so, als wäre sie selbst pikiert über ihre schlüpfrige Bemerkung.

»Um ehrlich zu sein, habe ich Sie gar nicht wegen … eines Rendezvous bestellt. Ich möchte mich gerne mit Ihnen unterhalten.«

»Worüber?«

Sie lächelte noch immer, aber ihre Haltung hatte sich verändert. Er spürte, dass sie auf der Hut war. Er hatte Verständnis für sie, denn – ob Luxusprostituierte oder Mädchen vom Straßenstrich – ein unbekannter Kunde, der nicht zur Sache kommen wollte, war meistens ein Problemkunde. Seltsamerweise machte ihn sein Geständnis locker. Er verschränkte die Hände unterm Kinn und hielt Jacquelines Blick stand.

»Über einen Ihrer Stammgäste. Sein Vorname ist Léonard.«

Sie stand auf, mit verschlossenem Gesicht.

»Ich kenne keinen Léonard. Außerdem dürfen wir sowieso keinem Kunden von einem anderen Kunden erzählen. Es erstaunt mich, dass Sie diese Regel nicht kennen.«

»Die Regel tritt außer Kraft, wenn ein Kunde in Lebensgefahr ist«, erwiderte Nick sanft. »Léonard ist auf der Flucht, man will ihn umbringen. Wenn ich ihn nicht vor seinen Verfolgern finde, ist er tot.«

Er schämte sich für diese Lüge, aber was hätte er sonst tun sollen? Jacqueline setzte sich wieder und seufzte.

»Sind Sie ein Freund von ihm?«

»Schauen Sie mich an. Sehe ich so aus, als wollte ich ihm etwas antun?«

Forschend musterte sie ihn. Seine Direktheit schien sie zu überzeugen.

»Sie wirken wie ein Polizist, sind aber keiner. Wer sind Sie also?«

Prostituierte haben einen sechsten Sinn, Polizisten und Schufte erkennen sie auf den ersten Blick. Ein Callgirl wie Jacqueline hätte niemals zehn Jahre in ihrem Beruf überlebt, wenn sie nicht diese Gabe der feinen Beobachtung und Wahrnehmung besäße.

»Ich bin eine Art Fahnder. Ein Fahnder und ein Freund. Möchten Sie mir helfen, Jacqueline?«

»Warum sollte ich das tun?«

»In finanzieller Hinsicht bringt es weder Ihnen noch mir etwas, es geht lediglich ums Prinzip. Oder um die Moral, wenn Ihnen das lieber ist. Sie treffen sich mit Léonard seit neun Jahren. Ich kann einfach nicht glauben, dass Ihnen sein Schicksal gleich ist«, wich Nick der Frage aus.

Einen Polizistentrick, den er von Werner übernommen hatte: »Wenn du willst, dass dir eine Prostituierte hilft«, hatte er immer gesagt, »behandle sie mit Respekt, wie eine Lady. Niemand behandelt Prostituierte wie Ladys, angefangen bei der Polizei.«

»Natürlich helfe ich Ihnen gerne. Aber nur, dass Sie sich keine falschen Hoffnungen machen: Ich weiß so gut wie nichts über Léonard. Ich frage mich selbst, was passiert ist, weil ich gar nichts mehr von ihm gehört habe.«

»Wirkte er bei Ihrem letzten Treffen irgendwie nervös?«

»Nein, absolut nicht.«

Sie erzählte Nick, was er schon aus dem Dossier wusste. Er machte sich Notizen und unterbrach sie hier und dort für eine genauere Nachfrage.

»Hat er versucht, Sie außerhalb Ihrer … Zusammenkünfte zu treffen?«

»Nein, nie.«

»Hat er sich bei Ihnen so verhalten wie der Mann, der er zu sein schien? Hatte er irgendwelche besonderen Angewohnheiten?«

»Manchmal hatte ich den Eindruck, dass das, was wir taten, ihm kein großes Vergnügen bereitete. Während wir miteinander schliefen, wirkte er sehr … konzentriert. Als ob er arbeiten würde. Ich glaube nicht, dass er große Lust empfand.«

»Warum zahlte er dann so viel Geld?«

»Er ist reich, Geld spielt keine Rolle für ihn.«

»Eine etwas unbefriedigende Antwort, wenn Sie erlauben.«

Jacqueline überlegte.

»Ich glaube, ich schenkte ihm Geborgenheit. Ich wirke seriös, anfangs gab ich mich als Lehrerin aus, die ihr Monatsgehalt ein wenig aufbessern will. Vermutlich hat er mir das nie geglaubt, aber das Szenario schien ihn zu erregen.«

»Zu erregen? Oder gefiel es ihm?«

»Das ist dasselbe, oder?«

»Sie haben doch selbst gesagt, er sei nicht sehr erregt gewesen«, erwiderte Nick.

»Sie haben recht. Dieses Rollenspiel erregte ihn nicht, es gefiel ihm.« Sie schaute Nick durchdringend an. »Nur ein Polizist kann derartige Fragen stellen.«

»Ich versuche, die Fragen zu stellen, die ihn mir näherbringen«, sagte er, um die Situation zu entschärfen. »Es gibt vieles an seinem Verhalten, das ich mir nicht erklären kann. Meine Fragen sind wohl eher die eines Psychologen als die eines Polizisten.«

»Ich glaube nicht, dass ein Psychologe über diesen Vergleich erfreut wäre.«

»Sie treffen sich seit neun Jahren regelmäßig mit ihm. Wissen Sie, wer Ihre Vorgängerin war?«

»Glauben Sie, dass das wichtig ist?«

»Léonard ist verschwunden. Alles ist wichtig.«

»Hm, lassen Sie mich überlegen. Ja, er hat mir von einer Frau erzählt. Das war zu Beginn unserer Beziehung, es ist sechs, sieben Jahre her. Um Weihnachten herum. Er wirkte deprimiert. Er sagte, ich hätte Klasse, das schätze er sehr an mir, und es erinnere ihn an die Frau, mit der er sich vor mir regelmäßig getroffen habe. Ich fragte ihn, weshalb sie sich nicht mehr sähen, wenn sie ihm doch so gut gefallen hätte. Ich war ein wenig verärgert und außerdem nervös, Léonard war ein guter Kunde, treu und großzügig, er schlug mich niemals, ich hatte keine Lust, dass diese andere mich ersetzte. Er lachte und sagte, ich brauchte mich nicht zu sorgen, Yasmina würde er nie wiedersehen, sie sei zwar wirklich schön, aber drogenabhängig. Er hatte wahnsinnige Angst vor Aids.«

»Yasmina? War sie Araberin?«

»Ich nehme es an. Wir haben das Thema danach aber nie wieder angeschnitten.«

Nick sah Jacqueline durchdringend an. Ihm schoss plötzlich ein Gedanke durch den Kopf.

»Verzeihen Sie, dass ich Ihnen eine persönliche Frage stelle … Sie tragen einen französischen Vornamen, aber sehen orientalisch aus. Woher stammen Sie?«

»Ich komme aus dem Libanon.«

Der weitere Verlauf des Gesprächs brachte keine interessante Information zutage. Seufzend entnahm Nick seiner Brieftasche tausend Schweizer Franken, das war der Preis für ein Schäferstündchen mit Jacqueline – genug, um eine Familie aus der Dritten Welt ein ganzes Jahr lang zu ernähren. Sie nahm die Geldscheine behutsam entgegen, steckte sie mit einer gazellenhaften Geste in ihre Tasche. Er ermahnte sie, vorsichtig zu sein, dann ließ er sie gehen.

6

Am nächsten Morgen stand Osama mit starken Kopfschmerzen auf, er hatte das Gefühl, in einen Schraubstock gespannt zu sein. Als er seine Gedanken in Worte gefasst hatte, war ihm die Tragweite der Situation bewusst geworden. An schwierige Ermittlungen war er gewöhnt, an Druck und an Drohungen, aber er spürte, dass die Risiken diesmal anderer

Natur waren. Er duschte kalt, da der Boiler kaputt war. Vor dem Fenster heulte der Wind. Er zog die Vorhänge beiseite. Ein eisiger Nordwind blies auf einmal über Kabul hinweg und hatte Schneestürme mitgebracht, die zu einem Temperatursturz von gut zwanzig Grad innerhalb weniger Stunden geführt hatten – ein für diese Jahreszeit nicht seltenes Wetterphänomen. Es war noch Nacht, die kleine Straße, in der er wohnte, lag in tiefem Dunkel, nur das eine oder andere erleuchtete Fenster und die Scheinwerfer eines Autos erhellten die Finsternis. Er bemerkte die Gestalt von Nafuz, dem Polizisten, der nachts auf sein Haus aufpasste. Mit an sich gepresster Kalaschnikow stand er da, während sein Mantel sich allmählich mit Schnee vollsog. Osama selbst schlotterte vor Kälte, obwohl er doch in den Bergen gelebt hatte: Das Haus war so gut wie nicht geheizt, und die Temperatur überschritt wohl kaum sechs oder sieben Grad. Er schlüpfte in einen Shalwar mit Innenfutter, statt der üblichen Halbstiefel zog er gefütterte russische Stiefel an. Er nahm rasch ein kleines Frühstück ein, Datteln, Ziegenkäse und Kaffee, alleine, denn Malalai hatte drei Tage hintereinander Nachtdienst in der Klinik. Die Einsamkeit stimmte ihn melancholisch, vor allem nach dem Streit mit Malalai am Vortag. Er trank einen zweiten Kaffee. Im Unterschied zu seinen Landsleuten war Osama ganz verrückt nach Kaffee. Er kaufte ihn bei einem aserbaidschanischen Händler, der ihn so fein wie Mehl mahlte und Kardamom hinzugab. Osama kochte ihn direkt im Wassertiegel auf, so, wie es bei den aus Turkmenistan stammenden Belutschen Usus war. So hatte es sein Vater immer gemacht, und als traditionsverhafteter Mensch hatte er gehofft, dass seine beiden Kinder dieses Ritual fortführten.

Während er die Blechtasse in der Spüle auswusch, hörte er, dass jemand gegen die Tür schlug, einmal und dann zwei weitere Male. Dieser Code zwischen ihm und Nafuz bedeutete, dass jemand zu Besuch kam und keine Gefahr darstellte. Er schob den Riegel beiseite. Durch den Türspalt sah er einen

Mann in einem schwarzen *Kalpan*, dessen Gesicht von einem Wollschal verhüllt war. Der Mann nahm den Schal ab, und Osama erkannte zu seiner Überraschung Mullah Bakir.

»Guten Morgen, Bruder Osama, darf ich kurz hereinkommen?«

Erstaunt öffnete Osama die Tür. Mullah Bakir klopfte den Schnee von seinem Mantel und hängte ihn sorgfältig an einen Garderobenhaken in der Diele.

»Ein herrliches Haus, Bruder Osama!«, rief er spöttisch. »Ein wahrer Palast! Das freut mich, dass es in diesem Land zumindest einen Polizisten gibt, der nur von dem Gehalt lebt, das er von der Regierung bekommt. Sie sind ein echter *al-Gaida*!«

Die Einteilung der Bevölkerung in drei Klassen war ein beliebter Spaß: al-Faida – das waren diejenigen, die sich bereichert hatten; al-Qaida – diejenigen, die kämpften; schließlich al-Gaida – diejenigen, die sich zum Narren machen ließen.

»Ich wusste gar nicht, dass Sie so viel Humor haben. Ich habe nichts Anständiges zum Essen im Haus, verzeihen Sie, aber wenn Sie einen Kaffee mögen, folgen Sie mir einfach«, brummte Osama. »Ich habe gerade welchen zubereitet.«

Er nahm eine zweite, identisch aussehende Tasse aus dem Schrank und goss den heißen Kaffee hinein. Der Mullah hielt sie einige Sekunden lang in die Luft, in Höhe seines Gesichtes.

»Standardmaterial der russischen Armee. Ihre wunderbare Gattin kann Ihnen wohl nichts Besseres bieten, oder ist das etwa ein liebgewonnenes Souvenir Ihrer Jugendjahre als Mudschahid?«

»Ja, diese Tassen stammen aus den Zeiten der Nordallianz«, gab Osama zu. »Die ersten wurden den Leichen russischer Soldaten abgenommen, später kauften wir sie ihnen dann ab. Sie waren nicht teuer, fünf Afghanis. Sie halten ein Leben lang.«

»Meinen Kaffee bitte mit viel Zucker«, sagte der Mullah. »Ich hielt es für angebracht, direkt zu Ihnen zu kommen«, meinte er dann und schlürfte seinen Kaffee, »denn der Minister hat Wind von Ihrer Eskapade bekommen. Es haben ihn Männer aus dem Westen davon in Kenntnis gesetzt, dass Sie Bismullah Tikrini für einige Stunden aus dem Gefängnis geholt haben.«

»Männer aus dem Westen? Wer könnte denn über Tikrinis Ausflug unterrichtet gewesen sein?«

»Ich weiß nicht genau, aber ich bin ziemlich sicher, dass es sich um Ungläubige handelt, um Nazarener, keine Leute vom NDS.«

»Sind Sie sicher, dass nicht der Minister selbst die Information in Umlauf gebracht hat?«

»Nein, er hat die Nachricht von den Westlern erhalten und nicht umgekehrt, dafür verbürge ich mich. Ich habe einen Informanten in unmittelbarer Umgebung von Khan Durrani.«

»Wenn er eine Kopie des temporären Entlassungsbescheids zugespielt bekommt, wird er mich suspendieren lassen. Dann entzieht man mir den Fall.«

Mullah Bakir lächelte und zog ein Blatt Papier aus seiner Tasche.

»Hier ist das Bevollmächtigungsschreiben. Ich selbst habe es mir beim Gefängnisdirektor wiedergeholt, eine halbe Stunde, nachdem Sie Tikrini mitgenommen haben.«

»Weshalb?«, fragte Osama verwundert.

»Weil ich dem Gefängnisdirektor misstraue und weil dieses Schreiben Ihnen schaden kann. Und dann natürlich auch – ich gestehe es –, weil ich meine Macht über ihn festigen möchte.«

»Glauben Sie, er war derjenige, der angerufen hat? Um sich zu rächen?«

»Von Seiten der Gefängnisleitung ist nichts durchgesickert, da bin ich sicher. Ich habe es Ihnen ja schon beim letzten Mal gesagt – der Direktor hat zu große Angst vor mir!«

Wenn das stimmte, dann bedeutete es zugleich, dass er bereits aktiv überwacht wurde, überlegte Osama, und das trotz seiner Vorsicht und Erfahrung in diesen Dingen. Wer ihn da überwachte, musste ein Profi sein. Ihm fiel ein, dass in Wali

Wadis Wohnung ein Mann aus dem Westen dabei gewesen war.

»Sie sind in die Fänge eines anderen Geheimdienstes geraten«, sagte der Mullah, als hätte er Osamas Gedanken gelesen. »In die Hände von Profis.«

»Von wem?«

»Ich weiß es nicht, es gibt so viele. Jedenfalls handelt es sich nicht um den offiziellen Trabanten der CIA oder eines großen europäischen Dienstes, meint mein Informant. Vielleicht sind es die Russen oder die SAD, vielleicht ist auch eine noch schlimmere Brutstätte im Spiel. Jedenfalls hängen Ihnen ziemlich mächtige Leute an den Fersen, die den Minister selbst bei größtem Betrieb ans Telefon bekommen.«

Osama kannte die Special Activities Division vom Hörensagen. Er wusste, dass es sich um den paramilitärischen Arm der CIA handelte, dass sie heikle Aktionen in seinem Land ausführte, die immer mit Gewalt einhergingen.

»Der Innenminister hat rasch reagiert – und brutal –, gleich nachdem die Westler ihn informiert hatten. Zwei Männer wurden im Gefängnis vorstellig. Sie hatten einen vom Minister persönlich unterzeichneten Haftbefehl gegen Tikrini in der Tasche, ich weiß nicht, wohin sie ihn brachten. Jedenfalls wollte ich Ihnen das sofort mitteilen, deshalb sitze ich jetzt hier.«

»Die Safes in Wali Wadis Büro waren leer. Tikrini konnte mir nicht helfen, der Minister regt sich also wegen nichts und wieder nichts auf«, bemerkte Osama.

»Mag sein, aber jetzt weiß er, dass Sie Ihre Ermittlungen ernst nehmen.« Der Mullah deutete mit dem Finger auf ihn. »Er weiß, dass Sie nicht davor zurückschrecken, einen wegen Mordes verurteilten Mann aus seiner Zelle holen zu lassen. Er kann diese Information nicht gegen Sie verwenden, weil Sie Tikrini noch am selben Abend wieder zurückgebracht haben, aber das Misstrauen, das er Ihnen gegenüber hegt, ist dadurch sicher nicht geringer geworden.«

»Ich werde aufpassen. Bin ja daran gewöhnt.«

»Übrigens, wie ich gehört habe, erwarten Sie eine Postsendung aus Russland. Mein Informant teilte mir mit, dass der Minister auf dem Laufenden ist und angeordnet hat, dass die Sendung abgefangen und an ihn weitergeleitet wird. Einer seiner Männer hat diesen Befehl gestern Nachmittag ans Postministerium weitergegeben.«

Diesmal war Osama sprachlos. Er wurde also nicht nur verfolgt, sondern auch abgehört – denn er war allein gewesen, als er mit Moskau telefoniert hatte. Er hatte niemandem aus seiner Mannschaft Bescheid gesagt, nicht einmal seinen Assistenten. Das Gespräch hatte er auf Russisch geführt, das Spionageteam verfügte also über mehrsprachige Experten. Ein erneuter Hinweis auf eine Organisation oder zumindest auf eine Struktur, die in der Lage war, auf weitreichende Ressourcen zurückzugreifen.

»Sie haben es mit mächtigen Leuten zu tun«, säuselte Mullah Bakir. »Darf ich fragen, was dieses berühmte Paket aus Russland enthält?«

Osama taxierte ihn einen Augenblick. Es war unmöglich, ihm die Wahrheit zu verschweigen.

»Chemisches Material, mit dem man herausfinden kann, ob Wali Wadi Schießpulver an den Händen hatte.«

»Oh, Sie glauben also, Wadi habe gar nicht Selbstmord begangen? Was für eine Überraschung!«, spottete der Mullah. Dann wurde er auf einmal ernst. »Ich kann versuchen, dieses Paket abzufangen, bevor der Minister es in die Finger bekommt, aber ich wäre in dem Fall auf die Hilfe von gewissen Leuten angewiesen, deren Methoden Sie nicht notwendigerweise gutheißen. Die Entfernung der Taliban aus allen Ämtern bei Post und Telekommunikation war … unvollständig, würde ich sagen, wir haben noch viele unserer Leute dort. Wussten Sie, dass es genauso viele Leute im Zensurbüro gibt wie zu Zeiten von Mullah Omar?«

Osama, ganz in Gedanken versunken, antwortete nicht gleich. Es gab viele Tadschiken bei der Post, wie überhaupt bei der Verwaltung, und bestimmt fand er dort Veteranen der Nordallianz, welche den Häschern des Ministers zuvorkamen. Das war viel einfacher für ihn, als sich den mehr oder weniger heimlichen Machenschaften Mullah Bakirs zu überantworten. Ihm war noch nicht klar, was der Imam davon hatte, ihm zu helfen, wo er doch die Taliban mit all seinen Kräften verfolgt hatte. Und solange er das nicht verstanden hatte, musste er auf der Hut bleiben.

»Ich danke Ihnen für Ihre Informationen, Mullah. Sie sind sehr wertvoll. Dennoch werde ich mich selbst darum kümmern, das Paket in Empfang zu nehmen.«

Der Mullah lächelte gnädig.

»Natürlich, tun Sie, was Sie für richtig halten, ich verstehe Ihre Haltung.« Er zog seinen Mantel wieder über und deutete eine Verneigung an. »Einen schönen Tag, Bruder Osama. Ich wünsche Ihnen viel Glück!«

Joseph sah zu, wie die Panzer unter seinem Fenster vorbeifuhren. Er befand sich in einer Lagerhalle der riesigen Militärbasis von Bagram, weit von den durch die Firma angemieteten provisorischen Büros entfernt, und wartete auf zusätzliches Material zur akustischen Überwachung und auf neue, technisch ausgefeiltere Waffen für sein Team. Er war wütend, weil er für die sechzig Kilometer lange Strecke mehr als zwei Stunden gebraucht hatte.

Die Taliban hatten seit mehreren Monaten das schmale Asphaltband im Visier, das nach Bagram führte. Mehrere Sprengladungen waren bereits gezündet worden, der Sprengstoff hätte sogar für die schweren Panzer der Schutztruppe gereicht. An diesem Tag herrschte ein dichtes Aufkommen an Militärfahrzeugen, und Joseph – eingezwängt zwischen einem amerikanischen und einem französischen Konvoi – war in der Überholverbotszone nur im Schneckentempo vorangekommen und hatte eine perfekte Zielscheibe abgegeben.

»Fertig!«, rief Amin, als er das verglaste Büro betrat. »Ich warte nur noch auf die Empfangsbescheinigung der Zollbehörde.« Er reichte seinem Chef sein abhörsicheres Blackberry. »Eine erste Zusammenfassung der Überwachungsprotokolle.«

Seit dem Vortag war ein Team von vier Übersetzern aus Tadschikistan am Werk. Binnen Rekordzeit hatte sein Informant die Stimmproben besorgt, die sie benötigten. Seither übermittelte das Echelon-Netz sämtliche Gespräche von Osama und seinen Assistenten, unabhängig davon, wo sie stattfanden. Joseph überflog die Zusammenfassung. Keines der Gespräche enthielt etwas Interessantes. Bis auf eines. Fieberhaft sprang Joseph auf – das war es, worauf er gewartet hatte: die goldene Gelegenheit, um sein Problem zu lösen und den Polizisten aus dem Weg zu räumen, der sie behinderte. Dass sich die Gelegenheit so rasch bieten würde, hätte er nicht gedacht.

»Amin!«, rief er. »Ich muss auf der Stelle den Minister sprechen. Ruf vom Wagen aus an und mach einen Termin mit seinem Sekretariat aus.«

»Und die Empfangsbescheinigung?«

»Ist mir egal. Beeil dich!«

Er setzte sich selbst ans Steuer und ließ eine Staubwolke hinter dem Wagen aufwirbeln, bog dann in hohem Tempo in eine Seitenstraße mit einer Reihe von Lagerhallen ein, die einen starken Geruch von Nahrungsmitteln verströmten. Amin deutete mit dem Finger auf eine der Hallen.

»Ein Marinesoldat hat mir vor kurzem erzählt, dass die Special Operations Group hier drin Verhöre abhält.«

Eine der zahlreichen paramilitärischen Organisationen der CIA, spezialisiert auf zwielichtige Befragungsmethoden.

»Die werden sich nicht lange halten«, entgegnete Joseph.

In der Tat wurde dieses schmutzige Geschäft mittlerweile in größtmöglicher Entfernung von den offiziellen Niederlassungen der westlichen Staaten ausgeübt, und zwar von den Afghanen selbst, in Gebäuden, die nicht der amerikanischen Gerichtsbarkeit unterstanden. Die neuen Anti-Folter-Gesetze entmutigten die amerikanischen Agenten, die Zulieferung der entsprechenden Materialien war rechtlich gesehen ebenso gefährlich geworden wie die unmittelbare Handlung. Die Existenz von Geheimorganisationen wie der Firma war die Antwort auf diese immer strengeren Gesetze.

Joseph bog plötzlich ab und kam schließlich wieder auf eine der Hauptstraßen, die die Militärbasis durchschnitten. Sie fuhren an einer Reihe riesiger Buffalos vorbei, der neuesten Modelle von Anti-Guerilla-Panzern. Die US-Army, hieß es, hatte gerade zehntausend Stück bestellt.

Ohne anzuhalten, fuhr der Jeep an einem Checkpoint vorbei, der den Zugang zu einer der Schutzzonen im Innern der Basis selbst markierte. Diverse amerikanische Geheimdienste hatten dort ihre Antennen, bezeichnenderweise jedoch nicht die CIA, denn diese besaß ihr eigenes Gebäude im Zentrum Kabuls, gegenüber dem Präsidentenpalast. Schließlich gelangten sie an das Eingangstor der Basis, welches Dutzende nervöse Marines auf Panzern bewachten, die den Finger am Abzug hatten. Seit ein *Shahid* die Crème de la Crème der CIA in Afghanistan ins Jenseits befördert hatte, waren die Sicherheitsmaßnahmen der NATO – von jeher drakonisch – noch verschärft worden. Dies führte dazu, dass die westlichen Agenten sich immer seltener auf das Terrain begaben und sich immer häufiger auf Afghanen zweifelhaften Rufs verließen. Unter diesen Umständen war es nicht erstaunlich, dass die Drohnen der ISAF regelmäßig Hochzeitsgesellschaften und andere zivile Versammlungen trafen anstatt Zusammenkünfte der Taliban. In diesem Krieg war jedes Mittel erlaubt; jeden Tag bewiesen die Taliban, wie gut sie es verstanden, die Sicherheitsorgane der Allianz zu infiltrieren, ja zu unterminieren.

Nach einer Stunde Fahrzeit erreichten sie Kabul. Joseph hielt sich vor Ungeduld kaum auf dem Sitz. Das Abhörprotokoll bot eine einzigartige Gelegenheit, Kandar das Handwerk zu legen.

»Sie können durchs Händlerviertel fahren«, schlug Amin vor, »das Viertel um den Präsidentenpalast scheint völlig blockiert zu sein.«

Geschickt zwängte Joseph sich zwischen den anderen Fahrzeugen durch, bis sie an einer Reihe von Marktständen vorbeikamen.

»Wir sind in der Nähe der Chicken Street«, erklärte Amin.

Kabuls Hauptstraße wirkte ziemlich heruntergekommen. Es herrschte ein dichtes Gedränge von Frauen in Burka und bärtigen Männern, kein Ausländer war darunter. Aus zahlreichen Transistorradios schallte Musik, eine wahre Kakophonie. Joseph beugte sich zu Amin hinüber.

»Ist das …«

Es gelang ihm nicht, den Satz zu vollenden. Eine entsetzliche Explosion übertönte alles. Wie in einem Alptraum sahen sie vor ihnen einen riesigen Pilz aus Feuer und schwarzem Rauch aufsteigen, menschliche Körper flogen durch die Luft. Es war, als würde die Zeit stillstehen. Bis zwei Sekunden später ein Hagel aus Projektilen den Jeep traf, das Panzerglas jedoch hielt stand. Joseph reagierte augenblicklich. Er bremste, legte den Rückwärtsgang ein, fuhr gegen einen Karren mit Gemüse, schlug das Lenkrad ein, zog die Handbremse an und ließ den Wagen eine Hundertachtzig-Grad-Wende vollziehen. Mit aufheulendem Motor brauste er in eine Seitengasse. Nach fünfhundert Metern blieb er abrupt stehen. Flammen züngelten unter der Motorhaube hervor.

»Der Wagen brennt!«, rief Amin.

Joseph schaltete den Motor ab.

»Das ist nicht schlimm«, sagte er ruhig. »Nur etwas Benzin. Uns ist nichts passiert. Wir hatten ungeheures Glück!«

Er machte die Wagentür auf, eine Maschinenpistole in der einen Hand, einen Feuerlöscher in der anderen, dessen Schaum er auf die Motorhaube und die Vorderreifen sprühte. Amin trat entsetzt neben ihn, ein beißender Geruch lag in der Luft, dunkler Rauch hüllte alles ein.

»Mann, was für ein Anschlag! Das waren mindestens fünfzig Kilo Sprengstoff!«

Nachdenklich strich Joseph über die von unzähligen Sprüngen durchzogene Windschutzscheibe.

»Projektile. Bewährtes macht Schule, wie man sieht. Die Iraker stopfen damit ihre Sprengvorrichtungen voll. Zweimal bin ich in ein Attentat wie dieses geraten, einmal in Bakuba, ein anderes Mal in Bagdad.«

»Glauben Sie, dass man es auf uns abgesehen hatte?«

»Unmöglich, wir waren von der Bombe zu weit entfernt, vor uns waren mindestens zwanzig Fahrzeuge. Und außerdem weiß niemand, dass wir hier sind. Jedenfalls hatten wir Glück. Wären wir nur drei oder vier Minuten früher von Bagram losgefahren, wären wir mitten ins Zentrum der Explosion geraten, und von uns wäre nicht mehr viel übrig, Panzerglas hin oder her!«

Völlig kopflos rannten Menschen in alle Himmelsrichtungen. Die Sirenen der Krankenwagen heulten auf, es war beängstigend.

Ihr Jeep war schrottreif. Überall hatten sich Splitter in die Karosserie gebohrt. Einer der Reifen war geplatzt. Durch die plötzliche Hitze war der Lack an den meisten Stellen geschmolzen und hatte sich in eine Art zähen Schleim mit Blasen verwandelt.

»Nimm einen anderen Weg«, befahl Joseph. »Wir haben einen Termin.«

*

Rumpelnd landete gegen Mittag das Flugzeug der Ariana aus Moskau auf dem Flughafen von Kabul. Es war eine alte Boeing 727, der es – wie übrigens allen Maschinen der nationalen afghanischen Fluglinie – nicht mehr gestattet war, in die EU zu fliegen. Mehrere Maschinen lokaler Gesellschaften, eine verrosteter als die andere, standen auf dem Rollfeld herum: eine DC 8, eine uralte Tupolew, eine Antonow 24 und sogar eine DC 3, ein Flugzeug also, das es bereits 1945 gab. Der nagelneue Airbus A 340 der Safi Airways wirkte wie ein Science-Fiction-Objekt inmitten dieser Antiquitäten. Die 727 rollte an einem Privatjet vorbei, der von Soldaten der regulären Armee bewacht wurde, die sich in ihre Parkas hüllten. Das Luxusspielzeug eines Drogenbarons. Während das Bodenpersonal die Gangway an die Ausstiegstür heranschob, öffneten weitere Angestellte die Luke zum Frachtraum und begannen die Postsäcke auszuladen. Einer der Männer war auf der Lauer. Er war jung, trug einen Schnurrbart, hatte einen *Pakol* aus Wolle auf dem Hinterkopf. Er griff sich den ersten Postsack, zog eine kleine Schere aus der Tasche seiner Jacke und schnitt das Sicherungsband durch. Er durchwühlte den Sack rasch. Wortlos reichte er ihn an seinen Kollegen weiter, der ein neues Band aus der Tasche zog und den Sack wieder zuband. Das, was er suchte, fand der Mann im fünften Sack. Ein Päckchen, leicht, weniger als ein Kilo schwer, adressiert an *Qoumaandaan* Kandar, Zentralkommissariat von Kabul. Mit einem schmalen Messer schlitzte der Mann die Sendung auf, entnahm den Inhalt und steckte stattdessen eine Koranausgabe hinein. Als auch dieser Sack wieder zugebunden war, schnippte er mit den Fingern, und die Zugmaschine setzte sich langsam in Richtung Terminal in Bewegung.

Osama war gerade dabei, einen Spieß zu verzehren, als Gulbudin sein Büro betrat.

»Ich habe Katun die Schießpulvertests geschickt. Er wird sich sofort darum kümmern.«

»Gut.«

»*Qoumaandaan*, da wir gerade allein sind … Ich habe da ein Problem …«

»Was denn?«

»Sie hatten doch gesagt, einer unserer Laufburschen habe Sie über die Ankunft des Ministers am Tatort informiert. Seit zwei Tagen versuche ich diesen Mann ausfindig zu machen, aber ohne Erfolg. Ich habe alle Polizisten überprüft, die an jenem Tag Wachdienst hatten.«

»Wie das? Ich habe mir das doch nicht aus den Fingern gesogen.«

»Das weiß ich ja. Ich frage mich, ob er nicht von außen kam.«

»Er trug eine Uniform und kam ganz normal in mein Büro. Er fragte nicht nach meinem Namen, also kannte er mich wohl vom Sehen.«

»*Qoumaandaan*, ich bin überzeugt, dass es sich nicht um einen Mann aus unserem Kommissariat handelte.«

»Seltsam. Was hast du für eine Erklärung?«

»Ich bin mir noch nicht sicher, es ist eine ungewöhnliche Situation. Erinnern Sie sich vielleicht an irgendeine körperliche Besonderheit, die mir helfen könnte, ihn zu finden?«

»Er war jung, um die dreißig, hatte leicht schlitzförmige Augen, wie ein Hazara. Eine lange Narbe auf der Wange. Auf der linken Wange.«

»Gut. Das ist ein eindeutiges Erkennungszeichen. Mal sehen, ob jemand sich an ihn erinnert.«

»Glaubst du, jemand wollte, dass ich mich für diesen Fall interessiere? Dass man mir einen falschen Boten geschickt hat, nur zu diesem Zweck?«

»Das wäre eine logische Schlussfolgerung …«

»Wer sollte daran Interesse haben? Ein Gegner des Innenministers, der nicht will, dass der Fall unter den Teppich gekehrt wird? Dies würde bedeuten, dass es eine Verschwörung gibt.«

»Oder eine Gegenverschwörung. Man kennt Ihre Aufrichtigkeit, *Qoumaandaan*. Sobald Sie einmal auf diesen Fall angesetzt waren, das wusste der- oder diejenige, würden Sie den Brocken nicht wieder hergeben.«

Osama missfiel der Gedanke, manipuliert worden zu sein, dass Mächte, die er nicht kannte, ihn instrumentalisiert haben könnten. Dennoch musste er zugeben, dass Gulbudins Theorie überzeugte, wenngleich sie eine Art paranoide Denkweise voraussetzte, die ihm fremd war.

»Du musst diesen Mann finden, koste es, was es wolle. Ich kann nicht weiterarbeiten, wenn ich nicht weiß, was hinter den Kulissen vorgeht.«

»Ich werde es versuchen, *Qoumaandaan*.«

»Versuche es nicht. Finde ihn.«

Der Innenminister bat Joseph in sein Büro, ein breites Lächeln auf den Lippen.

»Wie geht es Ihnen, mein Lieber!«, rief der Afghane mit einer Emphase, die zu überschäumend war, um aufrichtig zu sein. »Mein Sekretär hat Ihren Wagen gesehen, er hat wohl ein wenig gelitten, was? Ich hoffe, Sie waren nicht in der Nähe der Chicken Street, als sich das Attentat ereignete?«

»Doch, genau dort.«

»Da haben Sie aber Glück gehabt, dass Sie mit heiler Haut davonkamen. In diesem Land ist Glück genauso überlebenswichtig wie Talent!«

Mit übertriebener Zuvorkommenheit geleitete er ihn durch sein Büro, hin zu einer Couch, auf der er ihm einen Platz anbot – eine Ehrenbezeugung, die nur besonderen Gästen vorbehalten war. Ein reichverziertes Silbertablett mit zwei Teegläsern und einem dampfenden Teekessel stand auf dem Couchtisch. Mit einer Geste forderte der Minister Joseph auf, den Tee einzugießen. Als dies geschehen war, nahm er sein Glas in beide Hände und sog lange den Duft ein. Dann beugte er sich zu ihm vor.

»Nun? Sie sagen, Sie hätten Neuigkeiten, die Kandar Einhalt gebieten können? Ich bin schon ganz neugierig auf Ihre Informationen!«

»Wir haben ein Gespräch zwischen Kandar und seinen Assistenten aufgenommen. Sie treffen sich offenbar immer alle drei im Café, um den Jahrestag zu feiern, an dem einer von den beiden Gehilfen im Kommissariat angefangen hat.

»Welcher? Babrak oder Gulbudin?«

»Babrak.«

»Das ist der Jüngere. Ein Miststück, er weigert sich, uns auch nur die geringste Information zu geben … Die funktionieren wie eine richtige Sekte!«

Joseph nahm einen Schluck Tee.

»Sie wollen sich wieder treffen, in ihrem, ich zitiere, ›üblichen Café‹. Verstehen Sie, worauf ich hinauswill? Wir werden sie alle drei zusammen an einem öffentlichen Ort überraschen. Das ist eine goldene Gelegenheit!«

»Wollen Sie sie alle drei auf einmal beseitigen?«

»Was halten Sie davon? Ein einziges Kommando mit einem schweren Maschinengewehr. In fünfzehn Sekunden ist das Problem erledigt.«

Der Minister leerte seine Tasse mit einem Lächeln. Moralische Skrupel kannte er nicht, er lebte in einem Land, in dem seit dreißig Jahren Krieg herrschte, in dem dreißig Millionen Menschen umgekommen oder verschwunden waren. Einige Leichen mehr oder weniger würden daran nichts ändern.

»Das ist eine gute Idee.«

»Ich habe ein komplettes Team bei mir. Wir können binnen kürzester Frist reagieren, aber ich brauche logistische Unterstützung, um die Zufahrtswege zu regeln. Wir kennen Kabul nicht gut genug, um eine derartige Operation allein durchzuführen.«

»Ich werde Ihnen verlässliche Männer zur Verfügung stellen. Leute aus meinem Dorf. Allerdings kann man nicht drei Polizisten auf einen Schlag töten, ohne gewisse Vorsichtsmaßnahmen zu treffen, nicht einmal in Kabul. Der *Qoumaandaan* ist bekannter, als Sie glauben, und seine schwierige Beziehung zu mir ist es ebenfalls. Sie mit dem Maschinengewehr zu erledigen ist unmöglich, dadurch würde die Aufmerksamkeit womöglich auf unseren Fall gelenkt.«

»Haben Sie eine andere Idee?«

»Ja. Ich denke da an einen *Shahid.* Ein Märtyrer begeht Selbstmord an dem Ort, an dem sich die drei befinden. Sie sterben inmitten vieler anderer Menschen, es wird unmöglich sein, nachzuweisen, dass wir es auf sie abgesehen hatten.«

Der Minister richtete sich auf. Er war ein kühler Rechner, ganz das Gegenteil eines Menschen, der nur aus dem Instinkt heraus handelte, und dies erklärte seinen Erfolg als Politiker. Er war intelligent und hatte ein ausgezeichnetes Gespür für Situationen. Er ließ kein Detail außer Acht und traf niemals eine übereilte Entscheidung.

»Ich werde einen genauen Bericht über Babraks tägliche Gewohnheiten einfordern. Dann weiß ich, wo sie sich treffen werden, um den Jahrestag zu feiern.« Er sah auf die Uhr. »Ach, übrigens: Ich habe ein paar Leute zu Kandar geschickt, weil ich ihn ein wenig unter Druck setzen will. In einer Stunde wird er hier sein. Lustig, nicht?«

»Ist das afghanischer Humor?«

»Englischer, mein Lieber, englischer Humor. Ich habe in Eton studiert. Dort habe ich bei einem alten Professor für politische Geschichte die entscheidende Regel gelernt, die aus mir das gemacht hat, wozu ich geworden bin.«

»Darf ich erfahren, welche das ist?«

»Wer nicht käuflich ist, den musst du umlegen.«

Osama war gerade dabei, einen Bericht über die Ermordung eines jungen Mädchens durch seine Schwiegermutter zu lesen – traurigerweise ein Klassiker innerfamiliärer Gewalt –, als zwei Männer in Zivil sein Büro betraten. Gulbudin führte sie herein, sichtlich nervös. Nichts unterschied sie von den anderen Polizisten im Kommissariat, mit Ausnahme ihrer leicht herablassenden Haltung. Geheimpolizei, dachte Osama augenblicklich und legte den Bericht beiseite. Einer der Männer bestätigte seine Befürchtungen, indem er eine kleine Plastikkarte in den Farben Weiß, Grün und Rot vorzeigte, den Dienstausweis des NDS.

»Guten Tag, *Qoumaandaan,* verzeihen Sie die Störung. Wir kommen vom Innenministerium.«

»Ich schätze es nicht, wenn man hier unangekündigt hereinkommt, was wollen Sie?«, fragte Osama kühl, während er das Foto und das Hologramm auf der Karte überprüfte.

»Seine Exzellenz, der gottgefällige Burhanuddin Khan Durrani, Minister und Häuptling seines Clans, möchte Sie dringend sprechen. Er erwartet Sie in seinem Büro.«

Osama zögerte, dann erhob er sich. Der Minister war sein Vorgesetzter und ein einflussreiches Mitglied der Regierung Karzai, er hatte keine andere Wahl, als der Aufforderung Folge zu leisten.

»Ich fahre hin«, sagte er zu Gulbudin. »Arbeite weiter an dem, worüber wir vorhin gesprochen haben.«

Auf dem Flur rief er Babrak zu: »Komm mit. Und pack deine Kalaschnikow ein!«

Sich ohne Begleitung zum Minister zu begeben stand außer Frage – zu leicht konnte es zu einem Hinterhalt, einer Entführung kommen. Aus ebendiesem Grund lehnte er auch höflich das Angebot der beiden Beamten ab, in ihren Wagen einzusteigen, und kletterte stattdessen in einen Dienstwagen, einen kleinen Toyota, hinter dem der übliche Pick-up als Begleitschutz geparkt hatte.

»Was ist los?«, fragte sein Assistent besorgt. »Warum bestellt Sie der NDS zum Minister?«

»Seine Exzellenz Burhanuddin Khan Durrani scheint meinen Koran aus Moskau erhalten zu haben …«

»Einen russischen Koran? Was wollen Sie damit sagen?«

Osama erzählte ihm, wie er dem NDS auf dem Flughafen

die Tests zum Nachweis von Schießpulver vor der Nase weggeschnappt hatte. Babrak brach in Gelächter aus.

»Nicht nur, dass Sie ihm eins ausgewischt haben, nein, jetzt weiß er auch, dass Sie Bescheid wissen. Warum haben Sie das Päckchen nicht einfach verschwinden lassen?«

»Überheblichkeit«, gestand Osama ein. »Aber glaub mir, seit heute Morgen stelle ich mir unablässig vor, was für ein Gesicht er beim Auspacken macht, und das erfreut mich über die Maßen!«

»Warum hat er den NDS eingeschaltet? Der Innenminister hat den Geheimdiensten nichts zu sagen, sie unterstehen einzig und allein dem Präsidenten.«

»Um Druck auf mich auszuüben. Um mir zu zeigen, dass er alles kontrolliert. Diese Männer sind Paschtunen, sie müssen zu seinem Clan gehören.«

»Glauben Sie, er kann Sie von dem Fall abziehen?«

»Nein, das geht jetzt nicht mehr. Hier, sieh mal.«

Er zog einen Umschlag aus der Tasche. Babrak faltete das Dokument auseinander, das darin steckte, und las es konzentriert durch.

»Verstehe«, sagte er nachdenklich, »das ändert natürlich alles.«

Osamas Fahrer hielt mit Höchstgeschwindigkeit auf das elegante Viertel Shair Poor zu, wo schon das kleinste Haus mehr als drei Millionen Dollar wert war. Es herrschte dichter Verkehr auf den Straßen, doch die leicht zu identifizierenden schwarzen Nummernschilder des NDS-Wagens sorgten wie durch Zauber für eine freie Bahn.

Der kleine Konvoi passierte eine Sicherheitskontrolle und bog dann auf eine breite Straße ab, deren Durchfahrt mittels mächtiger Betonblöcke verhindert wurde. Osamas Fahrer legte den Passierschein der Polizei auf das Armaturenbrett. Fünfzig Meter weiter erreichten sie einen weiteren Checkpoint, der sehr viel beklemmender als der erste wirkte. Südamerikaner in verschlissenen Kampfanzügen bildeten zusammen mit afghanischen Soldaten eine Wache. Salvadorianer oder Nicaraguaner. Die ehemaligen Contras waren besonders beliebt als Söldner; zum einen wegen ihrer Erfahrung im Umgang mit Guerillakämpfern, zum anderen, weil sie nur geringen Sold bekamen und weil es keinen interessierte, ob sie sich töten ließen oder nicht.

Schließlich blieb der Wagen mit den Häschern des NDS vor dem Eingang zum Wohnhaus des Ministers stehen. Ein riesiges Gebäude ohne besonderen Charme aus der Zeit der sowjetischen Besetzung, in dem einmal der Bruder des Ex-Präsidenten Nadschibullah gehaust hatte. Einer der Geheimagenten hielt Osama die Tür auf. Kurz darauf befand sich der Kommissar in einem düsteren Vorzimmer, dessen Wände stockfleckig waren. Eine schlichte Lampe ohne Schirm auf einem reichdekorierten, runden Tischchen war die einzige blasse Lichtquelle in dem viel zu hohen Raum. Sicherlich würde der Minister Osama so lange wie möglich warten lassen, um ihn zu erniedrigen. Osama kauerte sich zum Gebet hin und zog seinen Koran aus der Tasche. Zu seiner großen Überraschung blieb ihm nicht einmal Zeit, ihn aufzuschlagen: Ein Dienstbote forderte ihn auf, mitzukommen. Er folgte ihm einen langen Korridor entlang, bis er schließlich vor der Höhle des Löwen stand. Das Büro war riesig. Osama staunte über die unzähligen goldverzierten Möbel; von der Decke hing ein Lüster, dessen Glühbirnen aber nur zur Hälfte intakt waren. An den cremefarbenen Wänden sah man noch die Umrisse der Bilder, die einmal dort gehangen haben mussten. Ein Apple-Computer thronte neben einer ganzen Serie Telefone, einem Stapel Aktenmappen und einem Sturmgewehr auf der Tischplatte. Mit einer Geste forderte der Minister Osama auf, Platz zu nehmen. Eine dicke Rolex funkelte an seinem Handgelenk, ein Ring mit einem protzigen Edelstein zierte den Zeigefinger der anderen Hand.

»Mein Respekt, Herr Minister«, sagte Osama.

Der Minister bedeutete dem Kommissar mit einer lässigen Handbewegung, dass zwischen ihnen übertriebene Höflichkeit nicht angebracht war. In der seltsam angestaubten Kulisse wirkte der Politiker auf Osama noch inkompetenter als sonst. Der Mann war zweifellos intelligent und gewieft, aber seine Antriebskraft war offensichtlich: Er hatte sich seit dem Regierungsantritt Karzais beträchtlich bereichert, hatte Immobilien und Baugrundstücke in Kabul gekauft und außerdem Landbesitz im Norden erworben, in der Nähe von Mazar-e-Sharif. Osama war zu Ohren gekommen, dass er auch teure Immobilien in Südfrankreich und in London besaß. Ein Tablett mit einer Teekanne und zwei Tassen stand vor Osama, eine eindeutige Aufforderung an ihn, den Tee einzugießen. In Afghanistan sind die Beziehungen zwischen Individuen streng geregelt: Der Mächtigere erhebt sich niemals als Erster in Anwesenheit eines Untergebenen, er lässt sich den Tee servieren und trinkt als Erster. Osama dachte jedoch gar nicht daran, seinem Vorgesetzten den Tee einzuschenken. Das tat er gern für die Männer in seinem Team, jenseits aller protokollarischen Vorschriften, oder für Menschen, denen er Respekt entgegenbrachte, wie Doktor Katun, nicht aber für diese Schlange von Minister. Er beschränkte sich darauf, Khan Durrani kühl anzublicken.

»Wie ich höre, laufen Ihre Untersuchungen bezüglich des Selbstmords von Wali Wadi aus dem Ruder«, begann der Minister in säuerlichem Tonfall. »Sie ergreifen da gefährliche Maßnahmen. Einen Mann aus dem Gefängnis zu holen, der eines Verbrechens gegen einen ISAF-Soldaten angeklagt ist, stellt ein besonders schweres Vergehen dar. Ich habe Präsident Karzai von diesem ärgerlichen Zwischenfall nicht unterrichtet, kann Ihnen aber versichern, dass er vor Wut toben würde.«

»Ich tat das, was ich für das Beste hielt, um den Fall rasch zu lösen. Sie wissen, dass es leider nicht viel gebracht hat, da die beiden Safes von Wali Wadi leer waren.«

»Warum verfolgen Sie die Annahme, es könne ein Verbrechen gewesen sein, so erbittert?«

»Sie erscheint mir die einzig richtige.« Osama schlug die alte Ledermappe auf, die er mitgebracht hatte und entnahm ihr zwei Dokumente, die er auf den Schreibtisch legte. »Das hier ist ein neuer Bericht des Gerichtsarztes Dr. Katun. Und das hier sind meine daraus abgeleiteten Schlussfolgerungen«, bemerkte er nur.

Der Minister zuckte unmerklich zurück, dann aber griff er zögerlich nach den Papieren und begann zu lesen. Als er sie niederlegte, verrieten seine zusammengekniffenen Lippen, wie wütend er war.

»Sie stellen krude Hypothesen auf, eine aberwitziger als die andere! Ihr Bericht ist eine Abfolge zweifelhafter Unterstellungen ohne Grundlage.«

»Der Schießpulvertest auf den Händen des Toten beweist eindeutig, dass Wali Wadi nicht mit der Waffe gezielt hat, die er in der Hand hielt. Die einzige logische Schlussfolgerung ist daher, dass jemand anders diese Waffe hielt, Wali Wadi getötet hat und sie ihm dann nach dessen Tod in die Hand drückte. Für mich heißt das: Mord.«

»Sie haben Tests ohne jegliche Gewähr ihrer Herkunft und Vertrauenswürdigkeit verwendet!«

»Diese Tests kommen aus Russland, die Moskauer Kriminalbehörde garantiert für ihre Qualität.«

Der Minister sammelte sich ein paar Sekunden lang, dann sagte er in schneidendem Tonfall: »Wann verfallen diese Tests?«

Osama verfluchte sich insgeheim, dass er diesen Einwand nicht bedacht hatte.

»Ich werde das Datum überprüfen, aber meiner Kollegin zufolge sind sie noch sechs Monate nach Ablauf des Verfallsdatums verwendbar.«

»Warum druckt der Fabrikant dann nicht gleich das endgültige Datum auf? Also, ich halte diese Tests für null und nichtig und bitte Sie, in Ihrem Abschlussbericht jedwede Schlussfolgerung zu streichen, die darauf fußt.«

Er hatte tatsächlich *Abschlussbericht* gesagt.

»Dann lassen wir uns eben andere Tests schicken.«

»Nicht nötig.« Der Minister schlug plötzlich einen versöhnlicheren Ton an. »Sie sind ein hartnäckiger Ermittler, *Qoumaandaan* Kandar, aber man darf Hartnäckigkeit nicht mit Verbissenheit verwechseln. Wenn Sie keine greifbaren Beweise für Ihre Pseudothese vom Mord finden, bitte ich Sie, diese Untersuchung zu beenden. Und zwar so bald als möglich.«

Der Minister erhob sich und hakte sich unter, um ihn zur Tür zu begleiten. Im Vorzimmer kam er mit seinem Gesicht ganz nahe heran, als wäre er Osamas bester Freund, so dass der Kommissar seinen stark nach Knoblauch riechenden Atem wahrnahm.

»Ich vermute, Sie haben auf Ihre alten Netzwerke zurückgegriffen, auf die Mudschaheddin der Nordallianz, um die Tests am Flughafen abzufangen. Sie wissen, dass die nationale Wiedervereinigung von Paschtunen und Tadschiken ein Thema ist, das dem Präsidenten sehr am Herzen liegt. Lassen Sie also nicht den Eindruck entstehen, dass Sie die Männer Ihres Clans bevorzugen, *Qoumaandaan*. Sie gefährden so unter Umständen Ihre Karriere. Wenn nicht gar Ihre Sicherheit und die Ihrer Familie.«

Mit diesen unheilvollen Worten entließ er seinen Besucher.

Der Polizist, der die Wanze an Osamas Wagen anbringen sollte, schlich mit seiner Tüte in der Hand in die Garage des Zentralkommissariats. Er hatte sein Glück schon mehrmals versucht, bislang hatte ihn jedoch die Anwesenheit zu vieler Zeugen von seinem Vorhaben abgehalten. Jetzt war die Garage zum ersten Mal verlassen – bis auf drei Mitarbeiter. Er ging auf einen der drei Mechaniker zu, mit dem er sich schon einmal unterhalten hatte, und setzte ein künstliches Lächeln auf.

»*Assalamu aleikum*. Möge dein Haushalt wachsen und gedeihen, dein Körper stark sein und Friede in deinem Heim herrschen.«

Rasch entspann sich ein Gespräch. Der Mechaniker erwies sich als äußerst redselig, sie unterhielten sich angeregt über die Entscheidung der Taliban in einer der östlichen Provinzen, wo die Höchstgrenze für die Mitgift auf tausend Dollar für die erste und auf siebenhundert Dollar für die zweite Frau festgelegt worden war. Schnell war eine große Debatte in Gang. Der Mechaniker vertrat die Ansicht, dass man nun auch den Abstand zwischen der Mitgift für eine Jungfrau und einer Ehefrau »im Sonderangebot« einander annähern müsste. Der Polizist nickte eifrig und enthüllte seinem neuen Freund, dass er gerade im Begriff sei, eine zweite Frau zu nehmen, und noch dazu eine unberührte.

»Woher hast du denn die fünftausend Dollar?«, fragte der Mechaniker erstaunt.

»Ach, die krieg ich schon irgendwie zusammen«, antwortete der Spitzel unbestimmt und lenkte das Gespräch auf die Vorzüge einer zweiten Frau im Vergleich zu einer Ehe mit nur einer Frau. Die beiden Männer stimmten darin überein, dass es gar nicht so übel war – *Inshallah* –, zur zweiten Ehefrau gehen zu können, sollte die erste ihre ehelichen Pflichten nicht erfüllen können.

»Aber was macht man, wenn beide nicht zur Verfügung stehen?«, rief der Mechaniker.

»Dann nimmt man eben eine dritte!«, erwiderte der Polizist und brach in schallendes Gelächter aus. Dann ging er aufs Ganze und warf lässig ein: »Ich hab's satt, mein Land Cruiser ist alt, erst letzte Woche hat er wieder den Geist aufgegeben. Die Chefs haben's gut, sie kriegen die neuesten und besten Wagen. *Qoumaandaan* Kandar zum Beispiel hat Anrecht auf einen GMC, wie die Minister.«

»Nein«, entgegnete der Mechaniker, »er hat einen Land Cruiser, wie alle Abteilungsleiter. Außerdem ist die Klimaanlage hinüber, die Vordertür knarrt, wir haben da ein Problem mit dem Scharnier, das wir nicht in den Griff kriegen.«

»Ich glaub dir kein Wort«, sagte der Polizist, »mein Freund arbeitet beim NDS und sagt, er fährt einen GMC.«

»Dann erzählt er Mist, und außerdem kann ich es dir beweisen, denn der Wagen steht ja hier.«

Sie gingen in den hinteren Teil der Garage, wo neben zwei Hebebühnen mehrere staubige Jeeps standen. Der Mechaniker deutete auf einen von ihnen.

»Hier, der hier ist es. Da siehst du ja: Es ist ein Land Cruiser!«

Der Jeep hatte ein weißes Nummernschild wie für Zivilfahrzeuge üblich und kein rotes Polizei-Nummernschild. Der Spitzel merkte sich das Kennzeichen: KBL 97 744 SH. Er diskutierte noch ein paar Minuten mit dem Mechaniker, dann tat er, als würde er sich verabschieden. Stattdessen jedoch schlüpfte er durch eine angelehnte Seitentür neben einer der Hebebühnen in ein kleines Treppenhaus. Kurze Zeit später hörte er, wie die Mechaniker sich in der Garage zum Gebet versammelten. Unmerklich schlich er sich zu Osamas Wagen und ließ sich daruntergleiten. Der Magnet war so stark, dass ihm die Wanze aus den Händen rutschte. Er überprüfte ihren Halt an der Karosserie, sie schien fest am Wagen zu kleben. Dann drückte er auf den Auslöser. Ein grünes Licht blinkte auf und verlöschte sogleich wieder. Mit ihrer Tarnfarbe war die Wanze, zudem vom Getriebe verdeckt, nicht zu erkennen. Befriedigt darüber, dass er sich so leicht eine neue Ehefrau verdient hatte, rappelte der Polizist sich wieder auf die Beine. Niemand hatte ihn gesehen.

7

Seit seinem Treffen mit Jacqueline hatte Nick ständig über ihre Unterhaltung nachgedacht. Vor allem ein Satz war ihm im Gedächtnis geblieben. Der Gesuchte hatte die Treffen mit Jacquelines Vorgängerin aufgegeben, weil sie Drogen nahm. Diese Information versuchte er in Einklang zu bringen mit der

Frage, die er sich seit Beginn dieser Geschichte stellte: Was hatte der Vermisste in der verlassenen Fabrik zu suchen, inmitten der Junkies? Sein Geld hätte ihm doch ermöglicht, sich überallhin abzusetzen. Daher war ihm folgende Idee gekommen: Wenn er es nun darauf abgesehen hatte, Yasmina wiederzusehen, weil er ihre Hilfe brauchte?

Der Gedanke verfolgte ihn, wenngleich er noch nicht erkennen konnte, wohin er führte. Alles im Leben des Gesuchten war bis ins Kleinste geregelt. Doch auf einmal hetzte ihm das Unternehmen, dem er sich offenbar mit Leib und Seele verschrieben hatte, Auftragskiller auf den Hals. Wie durch ein Wunder entkam er ihnen. Seine Welt brach zusammen. Er musste fliehen. Doch wo sollte er Schutz suchen? Ihm fiel die Prostituierte ein, Yasmina, mit der er jahrelang eine Beziehung gepflegt hatte. Sie war drogenabhängig, lebte mit Hausbesetzern zusammen, in einer verrufenen, abseitigen Welt. Einem besetzten Gebäude. War dies nicht der ideale Ort, um sich zu verstecken? An einem solchen Ort würde niemand einen schwerreichen Banker vermuten …

Nick ging in ein Café und bestellte einen entkoffeinierten Kaffee. Das Problem war: Wo sollte er Yasmina suchen? Die besetzte Fabrik war inzwischen geräumt worden, und die Stadtverwaltung hatte anschließend die Eingänge zumauern lassen. Er trank aus und bestellte einen zweiten Kaffee. Diese Frau arbeitete seit über zehn Jahren als Prostituierte. Die Schweizer Polizei hatte mit Sicherheit eine Akte über sie angelegt. Er sah auf seine Armbanduhr. Heute Abend war es schon zu spät, er würde der Sache gleich am nächsten Morgen nachgehen.

*

Osamas kleines Haus wirkte traurig und verlassen ohne seine Frau, die noch immer Nachtdienst im Krankenhaus hatte. Er legte eine CD von Ahmad Zahir ein und bereitete Eier zu, die er in einer Kasserole zusammen mit ein wenig bereits gekochtem Reis erhitzte. Die Unterredung mit dem Minister wollte ihm nicht aus dem Kopf gehen. Die Art, wie Khan Durrani ihn – ohne es direkt auszusprechen – bedroht hatte, widerte ihn an.

Er hielt sich für einen loyalen Diener seines Landes, allen politischen Wechselfällen zum Trotz. 1992, als die Mudschaheddin Kabul eingenommen hatten, war er als Kommissar des 11. Polizeidistrikts angetreten. Man hatte ihn als Kriegshelden gefeiert. Der anschließenden Hexenjagd auf ehemalige prokommunistische Khalq-Mitglieder hatte er sich stets verweigert. Zahlreiche Kollaborateure der Russen, Menschen, die unter ihrer Besatzung gut gelebt hatten, wuschen sich rein, indem sie sich an der allgemeinen Lynchjustiz beteiligten. Häuser, Betriebe und Geschäfte wurden unter dem Deckmantel der Säuberung beschlagnahmt. Skrupellose Männer bereicherten sich binnen weniger Wochen durch die illegale Inbesitznahme fremder Güter, deren Eigentümer man henkte oder steinigte. Nachdem die Taliban 1996 die Herrschaft über Kabul übernommen und Präsident Nadschibullah gelyncht hatten, war Osama im Hintergrund geblieben und hatte versucht, das alte weltliche Strafgesetz so gut wie möglich anzuwenden. Als ein neuer Codex islamistischer Ausrichtung eingesetzt wurde, gab er schweren Herzens seinen Posten auf und schloss sich, wie bereits zwanzig Jahre zuvor, seinen Freunden bei der Nordallianz an, um gegen die Taliban zu kämpfen. Als er nach ihrem Sturz erneut nach Kabul kam, wurde er wie ein Befreier bejubelt. Dem neuen Regime mangelte es an erfahrenen Polizisten, und so hatte man ihn am selben Tag, an dem sein Vorgänger hingerichtet wurde, weil er sich an allgemeinen Grausamkeiten beteiligt hatte, zum Chef der Kriminalbehörde ernannt.

Osama seufzte. Was für ein Leben! Er hatte während des Kriegs einen Bruder und einen Sohn verloren, die Hälfte seiner Familie lebte noch immer im Exil – und die Cousins und Onkel, die bei den Kämpfen ums Leben gekommen waren, hatte er nicht einmal gezählt. Gab es ein Land mit einer bewegteren Geschichte als das Afghanistan der letzten dreißig Jahre?

Als er aufgegessen hatte, spülte er seinen Teller und das Besteck und dachte grimmig an den Minister. Bis heute hatte er es geschafft, sich nicht vereinnahmen zu lassen, und er würde sich weigern, nun damit anzufangen. Er ging ins Schlafzimmer hinüber. Der Betonboden unter seinen Füßen war eisig, die Bettdecke kalt und hart wie Stein. Zum ersten Mal seit langer Zeit legte er ein Automatikgewehr mit geladenem Magazin und zwei Handgranaten direkt neben das Bett.

Joseph betrat den strahlend erleuchteten Salon des Ministers. Es war beinahe Mitternacht. Khan Durrani saß in einem tiefen Sessel und bot ihm einen Platz auf dem Sofa gegenüber an. Eine Teekanne aus massivem Silber stand auf dem Tisch, außerdem zwei Gläser mit goldverziertem Rand. Es stand auch eine Flasche Whiskey bereit, ein unglaublicher Luxus in Kabul. Joseph nahm Platz, lehnte aber ein Glas Whiskey ab. Er trank niemals auch nur einen Tropfen.

»Wir sind einverstanden mit Ihrem Plan«, erklärte er.

»Ausgezeichnet. Ich bin in der Zwischenzeit gut vorangekommen. Meine Männer haben herausgefunden, wo sie sich treffen, um den Jahrestag zu feiern. Babrak geht regelmäßig in ein Café, das vor allem von Jugendlichen besucht wird. Es heißt Hamad Café. Seit zwei Jahren gibt es dort jeden Freitag Live-Musik. In den letzten drei Jahren haben sich Osama, Gulbudin und er dort getroffen. Ich glaube nicht, dass Osama es dort besonders gut gefällt, aber er schätzt seinen Assistenten so sehr, dass er ihm zuliebe wohl hingegangen ist.«

»Wie lange halten sie sich normalerweise in dem Laden auf?«

»Letztes Jahr ist Kandar wohl nur eine Stunde dort geblieben. Gulbudin etwas länger. Babrak hat das Lokal erst im Morgengrauen verlassen.«

»Das ist ein Zeitfenster, das uns genügend Spielraum lässt. Können wir da ohne Probleme eine Bombe hineinschmuggeln?«

»Am Eingang wird nicht besonders streng kontrolliert. Es ist also möglich.«

»Gut. Wissen wir genau, wer dort verkehrt? Meine Vorgesetzten haben dem Plan nur unter der Bedingung zugestimmt, dass kein Westler bei der Explosion getötet wird.«

»Verstehe, Sie wollen also keine Nazarener massakrieren? Nur Afghanen?«, bemerkte der Minister ironisch.

»Darum geht es nicht. Die Leute, für die wir arbeiten, möchten kein Blut von Europäern oder Mitarbeitern humanitärer Organisationen an den Händen haben, das ist alles.«

»Glauben Sie mir, es besteht keinerlei Risiko. Wie Sie feststellen werden, wenn Sie ein wenig länger in Kabul bleiben, haben Afghanen zu den meisten Orten, an denen Westler verkehren, keinen Zutritt, und umgekehrt. Wegen des Alkohols. Und dieser Ort wird ausschließlich von Afghanen besucht.«

»Dann wäre das erste Problem geregelt. Nun kommt das zweite: Meine Vorgesetzten haben mir untersagt, persönlich einzugreifen. Zu gefährlich, falls es zu Schwierigkeiten kommt. Ich werde Ihnen also das nötige Material liefern: Zünder, Funkgeräte. Es handelt sich um tschechische und russische Geräte, deren Herkunft sich nicht so leicht nachweisen lässt. Nicht unbedingt der letzte Schrei, aber doch so wirksam, dass sie zum gewünschten Ergebnis führen werden. An Sprengstoff bekommen Sie dafür das Beste vom Besten, C 5, zehnmal stärker als C 4. Er stammt aus einem Bestand der indischen Armee. Unmöglich, danach die Spur bis zu uns zurückzuverfolgen.«

»Einverstanden. Sie wünschen also, dass sich meine Leute der technischen Durchführung annehmen? Das ist möglich, aber …«

»Um ganz ehrlich zu sein, dachte ich an das Team, das sich um Wali Wadi gekümmert hat. Die Berichte über die Männer sind ausgezeichnet, obwohl es ihnen nicht gelungen ist, das Dossier ausfindig zu machen, nachdem wir suchen. Mit unserer Hilfe wird es ihnen gelingen, diese Operation durchzuführen.«

»Ein ausgezeichneter Vorschlag«, pflichtete der Minister bei.

»Haben Sie eine Idee, wer die Bombe tragen könnte?«

Khan Durrani schob seinem Gesprächspartner einen kartonierten Schnellhefter zu.

»Ich habe den perfekten Kandidaten. Ein Dummkopf, der nicht die geringste Ahnung hat, dass wir ihn manipulieren. Männer aus meinem Clan haben ihn bereits angesprochen. Er wird das tun, was wir von ihm wollen und wann wir es wollen, ohne irgendwelche Fragen zu stellen.«

»Wunderbar!«, sagte Joseph und steckte den Schnellhefter ein. »Das Attentat wird ihn berühmt machen. Mit drei Kilo C 5 kann man in einem geschlossenen Raum fünfzehn oder zwanzig Leute erledigen, vielleicht noch mehr. Sind Sie sicher, dass Sie die Konsequenzen im Griff haben werden?«

»Attentate finden hier jeden Tag statt«, erwiderte der Minister unbekümmert. »Dieses hier wird die Aufmerksamkeit nicht mehr auf sich ziehen als jedes andere. Was die polizeilichen Untersuchungen angeht, so wird es ein, zwei Tage ein wenig Wirbel geben, dann geht man wieder zur Tagesordnung über.«

»Gut, ich vertraue Ihnen.«

Joseph stand auf. Sein Blick streifte das beinahe leere Bücherregal des Ministers. Die Taliban hatten die Bücher verbrannt, die einmal darin gestanden hatten, weil sie gottlos waren. Überhaupt existierten fast keine Bücher mehr in dieser Stadt, abgesehen vom Koran.

»Heute ist Mittwoch. Kandar und seine beiden Assistenten treffen sich morgen Abend. Schaffen Sie das bis dahin?«

»Ja.«

Am nächsten Morgen hatte der Südwind das Tief weggeblasen, das den Schneeregen der vergangenen Tage gebracht hatte, über Kabul strahlte eine herrliche Spätwintersonne. In dem Wagen, der ihn zum Kommissariat brachte, freute sich Osama, dass die Luft an diesem Tag so klar war. Schon bald, ab April, würde die Temperatur steigen und sich eine beißende Staubwolke bis Herbst über Kabul legen. Da die Shiyasuddin Wat wegen eines Unfalls zwischen einem Minibus und einem mit Melonen beladenen Eselskarren gesperrt war, bog sein Fahrer abrupt in die Jad-e-Koloa Pushta ein, was einen Umweg von mehr als einem Kilometer bedeutete. Als Osama endlich im Kommissariat ankam, waren die meisten seiner Mitarbeiter bereits eingetroffen. Babrak erwartete ihn aufgeregt vor der Tür zu seinem Büro. Osama hängte seine Mütze an einen Garderobenhaken.

»Du hast aber gute Laune!«, stellte er fest.

»Ich habe gute Nachrichten. Einer unserer Männer hat einen Freund, mit dem er manchmal *Buzkashi* spielt und der bei Etisalat arbeitet. Er ist dort bei der Auskunft tätig und hat Zugang zu den Daten aller Kunden.«

»Weißt du, wie er heißt?«

»Noch besser. Ich treffe mich mit ihm zum Essen!«

»Bravo!«

»Wir müssten ihn allerdings ein wenig motivieren.« Babrak machte die entsprechende Geste. »Wie viel ist noch in der Spionenkasse, *Qoumaandaan*?«

Die »Spionenkasse« war eine kleine Blechdose, in die alle leitenden Angestellten der Kriminalbehörde das Geld einwarfen, das sie bei Verhaftungen »einbehielten«. Dieses Geld war dazu bestimmt, Informanten zu bezahlen oder sich bei Zivilisten für die Hilfe bei Recherchen zu bedanken.

»Es ist fast nichts mehr drin«, gestand Osama. »Weniger als fünfhundert Afghanis. Wir haben fast alles für die Bande von Babur ausgegeben.«

Der Kommissar spielte auf eine Bande an, die sich auf die Entführung von reichen Mitbürgern spezialisiert hatte. Sie folterten ihre Opfer, bis sie verrieten, wo sie ihre Ersparnisse aufbewahrten, dann töteten sie sie und plünderten ihr Haus. Das Villenviertel Babur, eine der wenigen Touristenattraktionen Kabuls, war ihr bevorzugtes Revier gewesen – bis es Osama nach achtmonatiger Fahndung gelungen war, ihnen das Handwerk zu legen. Er hatte sie alle verhaften lassen, vier von ihnen wurden zum Tode verurteilt und erschossen, die anderen vegetierten in Pul-e-Charkhi dahin.

»Er ist ziemlich jung, anscheinend will er ins Ausland emigrieren. Er wird nichts rausrücken, wenn wir ihn nicht bezahlen.«

»Machen wir es doch anders. Hast du den Alkohol verkauft, den wir bei Wadi gefunden haben?«

»Noch nicht, ich treffe mich morgen mit einem Ausländer im Serena Hotel, aber das wird uns nicht genügend einbringen.«

»Dann müssen wir uns etwas anderes einfallen lassen.«

Babrak grinste.

»Ich habe eine Idee, *Qoumaandaan*. Erinnern Sie sich an die vielen Pornozeitschriften, die Wali Wadi in seinem Büro und bei sich zu Hause aufbewahrte? Es sind bestimmt fünfzig Stück. Da niemand gewagt hat, sie zu stehlen, könnte ich sie heute Nacht einfach mitnehmen.«

»Aber das sind Schwulenzeitschriften!«

»Na und? Sie sind viel wert. Damit können wir Tausende von Afghanis verdienen!«

Osama schockierte der Gedanke, sich dieser verderbten Zeitschriften bedienen zu müssen. Aber er musste zugeben, dass der Zweck die Mittel heiligte. Sein Assistent wartete geduldig ab, er wusste, wie Osamas Antwort ausfallen würde.

»Eine gute Idee«, sagte Kandar schließlich. »Du bist ganz schön gerissen!«

»Könnten Sie mir dabei helfen, einen guten Preis zu erzielen?«

»Ruf Kommissar Abdullah Kratin Balla vom Sittendezernat an und grüße ihn von mir. Er wird dir einen Mittelsmann nennen können.«

»Das mache ich sofort.«

»Du kannst das Geld für den Alkohol für dich selbst behalten.«

»Danke, *Qoumaandaan*. Ich wollte es mit Gulbudin teilen, sein Motorrad braucht ein neues Hinterrad.«

»Sieh dich vor«, sagte Osama. »Der Besitz dieser Zeitschriften kann dich ins Gefängnis bringen, womöglich sogar an den Galgen. Pass auf, dass dir niemand vom NDS folgt. Such dir einen zuverlässigen Mann aus und mach ein paar Umwege vom Kommissariat aus.«

»In Ordnung, Chef.«

»Vergiss auch nicht, alle Zeitschriften abzuwischen, die du angefasst hast. Benutze Äther, keinen normalen Lappen, sonst bleiben Fingerabdrücke haften. Wenn du die Zeitschriften verkauft hast, kommst du wieder her und holst mich ab.«

*

Nick hatte den Peugeot, der ihm als Dienstwagen diente, gegen sein kleines Mazda-Cabrio eingetauscht, um zum Zentralkommissariat nach Zürich zu fahren. Von Bern aus brauchte man eine knappe Stunde. Zu dieser frühen Uhrzeit herrschte nicht viel Verkehr. Normalerweise liebte er es, ungehindert über eine verlassene Autobahn zu brausen. Nicht jedoch an diesem Tag. Er fühlte sich elend, obwohl seine Recherchen doch spannend waren. Er hatte das unbestimmte Gefühl, dass die Dinge nicht so liefen, wie sie sollten. Dass seine Vorstellung vom Leben sich gerade radikal wandelte. Er fragte sich, wie seine Zukunft wohl aussehen würde. Ob noch einmal ein professioneller Skisportler aus ihm werden würde? Oder würde er sich wegen seiner außergewöhnlichen Sprachkenntnisse von einer internationalen Organisation anwerben lassen? Die Zeit, in der er mit Feuer und Flamme für den Geheimdienst gearbeitet hatte, waren jedenfalls vorbei. Der Tod seines Freundes Werner hatte ihm die Augen geöffnet. Er spürte weder den Kitzel der ersten Jahre noch das berauschende Gefühl, einer edlen, exklusiven Sache dienen zu dürfen. Er war vom Glauben abgefallen. In Wahrheit verspürte er leisen Ekel.

Doch wie konnte man eine Organisation wie die »Firma« verlassen? Wie brachte man einem Mann wie dem General bei, dass man gehen wollte? Hatte er Anrecht auf eine ordentliche Kündigung mit Zeugnis, oder drohte ihm dann der plötzliche, unauffällige Tod, indem er von einer Brücke stürzte oder einen Verkehrsunfall hatte? Offiziell arbeitete er für ein Forschungsinstitut für internationale Beziehungen, eine der zahlreichen Deckorganisationen der Firma. Vielleicht konnten sie sich gütlich einigen. Vielleicht aber auch nicht.

Eines war gewiss: Die Firma entsprach nicht dem Bild, das er sich immer von ihr gemacht hatte. Die Analysten, die sich den Kopf darüber zerbrachen, wie man etwa gewaltbereite Islamisten aufhalten konnte – das war nur die eine Seite. Entscheidend war eine andere, die wesentlich geheimere Kernorganisation. Die K-Truppe. Er hatte inzwischen begriffen, dass die K-Männer das Herzstück der Firma bildeten. Eine wenig romantische Vorstellung. Er stand also im Dienst einer völlig anderen Organisation, als er sich immer erhofft hatte. Einer Struktur, die von Gewalt geprägt war, nicht von Intelligenz.

Und das war es definitiv nicht, was er aus seinem Leben hatte machen wollen.

Die Ankunft in Zürich riss ihn aus seiner nachdenklichen Stimmung. Er fand sofort einen Parkplatz vor dem Kommissariat, einem großen alten Gebäude, das berühmt wegen seines Giacometti-Saals war. Das Sittendezernat befand sich in der zweiten Etage. Auf dem Flur hielt er einen Inspektor auf, der mit kugelsicherer Weste und Shotgun in der Hand gerade zu einem Einsatz aufbrechen wollte.

»Wer ist der letzte Neuzugang hier im Team?«

»Inspektor Binterchrüp. Letztes Büro.«

Binterchrüp war ein junger Polizist mit offenem Blick, er trug einen Dreitagebart und Straßenkleidung, was ihn sofort als Zivilpolizisten auswies. Er teilte sein winziges, fensterloses Büro mit drei anderen Kollegen, die jetzt am Morgen noch nicht anwesend waren. Nick hatte nach dem jüngsten Kollegen gefragt, weil junge Polizisten in der Regel kooperativer waren als die altgedienten Inspektoren. Er zeigte einen gefälschten Ausweis des Eidgenössischen Justizministeriums vor und erklärte, er sei mit einem Fall im Umfeld von Heroindealern betraut. Binterchrüp schien nicht sehr beeindruckt, forderte ihn jedoch auf, Platz zu nehmen.

»Wie kann ich Ihnen helfen?«

»Ich habe gehört, eine Prostituierte könnte mir eventuell Informationen über eines der Mitglieder des Netzwerks geben. Eine gewisse Yasmina. Sie verkehrte in dem besetzten Gebäude in der Langstraße, in dem es zu einer Schießerei gekommen ist.«

»Die Fabrik mit den Drogensüchtigen? Ich sehe mal nach, was wir über sie haben«, sagte Binterchrüp, auf einmal sehr interessiert.

Er tippte ihren Namen in den Computer.

»Wir haben fünfundachtzig Yasminas hier im Verzeichnis.«

»Ich hätte nicht gedacht, dass es so viele sind«, erwiderte Nick enttäuscht.

»Zürich ist zwar eine der sichersten Städte weltweit, aber das Geld zieht Prostituierte an wie der Honig die Fliegen. Wir versuchen sie zu beschützen, aber wir haben dieselben Probleme wie überall auf der Welt. Ist Ihr Mädchen eine Schwarze oder eher arabischer Herkunft?«

»Arabisch.«

Er wusste es eigentlich nicht, aber Jacqueline war Libanesin, und er konnte sich den Gesuchten nicht mit einer farbigen

Prostituierten vorstellen. Vielleicht hatte er ja eine Vorliebe für Mädchen aus dem Orient.

»Wie alt ist sie?«

Nick überlegte. Der Gesuchte hatte seine Treffen mit Yasmina vor zehn Jahren aufgegeben. Jacqueline, die sie dann ersetzte, war damals bereits eine erwachsene Frau gewesen. Wenn es ein Schema gab, dann würde er sich wohl nicht mit einem blutjungen Mädchen einlassen.

»Sie ist mindestens vierzig, aber es würde mich nicht überraschen, wenn sie sogar noch älter wäre«, sagte er.

»Mal sehen, was wir da haben … Ah ja, ich habe drei Namen hier. Yasmina Hat Yaha, vierunddreißig Jahre. HIV-positiv, geht in der Nähe vom Friedhof Fluntern anschaffen. Sie kam vor fünf Jahren nach Zürich.«

»Nein, das ist sie nicht. Die Frau, die ich suche, ist seit über zehn Jahren in dem Metier tätig.«

»Ich habe hier eine Yasmina Sitruk. Aus guter Familie. Ist mittlerweile dreiundvierzig. Wurde im Alter von acht Jahren von einem Nachbarn vergewaltigt, die Eltern haben Anzeige erstattet. Nach einem Verkehrsunfall zur Vollwaise geworden. Kam zu einem Onkel und einer Tante. Nahm mit sechzehn erstmals Drogen, ging mit neunzehn auf den Strich. Heute hält sie der Wodka am Leben, trinkt mehrere Liter täglich.«

Er drehte den Bildschirm herum, damit Nick ihr Foto sehen konnte. Es war eine stark übergewichtige Frau, deren zerstörtes Gesicht zur Hälfte von ungepflegten Haaren verdeckt wurde. Natürlich richteten Drogen einen Menschen zugrunde, und sicherlich hatte die Frau anders ausgesehen, als sie jung war, aber Nick brachte sie beim besten Willen nicht in Zusammenhang mit Léonard.

»Das ist sie nicht.«

»Tja, dann hätte ich hier nur noch ein Fohlen im Stall«, sagte der Inspektor und klickte ein weiteres Foto an. »Yasmina Fatma, sechsundvierzig. Kam mit achtzehn aus Algerien, hat im

Heim gelebt. Ausbildung zur Buchhalterin. Erstmals 1988 wegen Prostitution festgenommen. Dann nichts mehr bis 2000, als sie im Rahmen der Ermittlungen zu einem ihrer Kunden festgenommen wird. Damals war sie ganz oben, gehörte zu einem Ring von Callgirls, die man telefonisch buchte, die Nummer zu fünfhundert Dollar. Sie fing sich Hepatitis C ein, wurde rausgeschmissen, stand plötzlich auf der Straße. Von da an rutschte sie immer tiefer hinab. Pumpte sich mit Amphetaminen voll, mit Cannabis, ein bisschen Heroin, sniffte es erst, spritzte es sich schließlich, dann Crack. Jetzt kriegt man sie für zwanzig Franken.«

Er zeigte ihm ein Foto. Die Frau sah völlig fertig aus und hatte den leeren Gesichtsausdruck eines Junkies, aber da war noch etwas von *früher*. Kein Zweifel, sie musste einmal atemberaubend schön gewesen sein.

»Das könnte sie sein, die Frau, die ich suche, war Callgirl. Könnte ich einen Ausdruck davon haben?«

»Selbstverständlich.«

»Wo ist sie zu finden?«

»Früher ging sie ziemlich diskret hinterm Limmatplatz anschaffen. In der Akte steht, dass sie das letzte Mal am Letten verhaftet wurde.«

Nick kannte das verrufene Viertel vom Namen. Anfang der neunziger Jahre hatten die Behörden dort die Entwicklung einer Art offener Zone für Junkies zugelassen, die Zulauf von Drogenabhängigen aus ganz Europa fand. Von einem auf den anderen Tag hatten sie die Zone dann geräumt, erschrocken über die Resonanz, die dieses traurige Experiment weltweit in den Medien fand. Die Fotos der Junkies aus dem »Schweizer Paradies«, die auf einem mit Spritzen übersäten Bürgersteig hockten und sich am helllichten Tag einen Schuss setzten, waren rund um den Globus gegangen.

»Ist das noch ein Umschlagplatz für Drogen?«

»Ja. Nicht zu vergleichen mit früher, aber es gibt unter der

Kornhausbrücke immer noch einen Haufen Dealer und jede Form von Prostitution. Kleiner Ratschlag: Nehmen Sie lieber eine Knarre zu viel als zu wenig mit und verriegeln Sie Ihre Türen schön von innen. Das ist eine der wenigen Ecken Zürichs, an denen man echt Schiss bekommen kann.«

*

Babrak bog in die kleine betriebsame Seitenstraße ein. Einer seiner Männer folgte ihm diskret in hundert Metern Abstand, um sicherzugehen, dass er nicht doch überwacht wurde. Er hatte einen langen Umweg gemacht, hatte ein klassisches Täuschungsmanöver eingelegt, indem er in Richtung Salang Wat gefahren war, nachdem der Wagen eines Komplizen die Zufahrt zu der kleinen Parallelstraße versperrt hatte, in die er eingebogen war. Er überprüfte die Notizen, die er sich auf einem Zettel gemacht hatte. Der Mann, mit dem er verabredet war, war zu Zeiten des Talibanregimes ein berühmter Mittelsmann für diejenigen gewesen, die pornographisches Material oder den Kontakt zu recht zugänglichen Männern suchten. Zahlreiche Talibananführer, so ging das Gerücht, waren den *Batchas* sehr zugetan, den traditionellen jungen afghanischen Tänzern, die mit ihren lasziven Posen keinen Hehl aus ihrer sexuellen Orientierung machten. Was dieselben Menschen nicht daran hinderte, das Laster zu geißeln und die Sodomiten zu steinigen oder zu amputieren. Babrak hatte die Talibanherrschaft fünf Jahre lang erduldet und konnte noch immer nicht die Widersprüchlichkeit ihrer Denkweise und ihres Tuns begreifen.

Wie ein Echo seiner Gedanken kam er an einem Verkaufsstand mit traditioneller Arznei vorbei. Ein Banner spannte sich über die gesamte Vorderfront, es warb mit einem verlockenden Preis für Rhinozeroshornextrakt. »Sei stark, sei ein echter Afghane!«, hieß es auf dem Plakat. Sex spielte tatsächlich eine große Rolle im Leben der Afghanen, ob er nun erlaubt war oder nicht. Babrak wusste, dass die Amerikaner seit einigen

Monaten Viagratabletten verteilten, um sich das Wohlwollen der Dorfvorsteher zu sichern, was damit weit besser gelang als mit den üblichen finanziellen Zuwendungen. Dank der blauen Pillen kamen sie ihren ehelichen Pflichten regelmäßig nach, das ganze Dorf wusste, dass ihr Anführer Potenz und Stärke besaß, was seine Autorität maßgeblich untermauerte. Babrak erkundigte sich zweimal nach dem Weg und blieb dann vor einem kleinen Lädchen ohne Schild stehen, das sich zwischen eine Mechanikerwerkstatt und einen Reifenhändler zwängte. Die Vitrine war bis auf einige Musikinstrumente und ein altes Konzertplakat leer. Niemand achtete auf ihn. Als er eintrat, ertönte eine Klingel. Ein Mann erhob sich von einem Schemel, auf dem er gesessen hatte. Er trug einen Turban und einen langen, ungepflegten Bart. Babrak bemerkte, dass ihm sämtliche Finger der linken Hand fehlten. Verstümmelten Menschen begegnete man allenthalben in Afghanistan, die einen waren Kriegsversehrte, die anderen hatten die Taliban wegen eines Verstoßes gegen islamisches Recht bestraft.

»*Assalamu alaikum*«, sagte der Mann mit sanfter Stimme. Anstelle des Paschtunischen hatte er Dari benutzt, wie die meisten ungebildeten Afghanen. »Mögest du dich nicht um deine Gesundheit sorgen müssen.«

»*Wa alaikum assalam*«, erwiderte Babrak. »Möge dein Körper stark sein, dein Heim wachsen und gedeihen und du lange leben auf Erden.«

Der Mann schielte auf die Tasche, die Babrak auf die Erde gestellt hatte.

»Darf ich dir einen Tee bestellen?«, fragte er.

»Gern.«

Der Mann klatschte in die Hände, und ein etwa zwölfjähriger Junge trat hinter einem Vorhang in Erscheinung. Er trug eine bauschige Hose und ein weit ausgeschnittenes Oberteil, das seine glatte Brust sehen ließ; Babrak fragte sich, ob er als *Batcha* arbeitete. Mit spröder Stimme bestellte der Mann zwei

Tee. Sie warteten auf ihr Getränk und unterhielten sich einstweilen über die Geschäfte, die niemals so gut gelaufen waren in Kabul, *Inshallah*.

Dann, als der Tee serviert worden war, erklärte Babrak: »Ich bin Polizist, Ihren Namen habe ich von einem Kollegen aus dem Kommissariat bekommen. Im Rahmen eines Einsatzes habe ich etliche westliche Zeitschriften beschlagnahmt, die, wie ich glaube, sehr wertvoll und interessant sind.«

»Darf ich sie sehen?«

Babrak öffnete seine Tasche und zog den Stapel Magazine heraus. Sein Gesprächspartner machte große Augen, während Babrak sie auf dem Tisch ausbreitete. Bedächtig blätterte der Händler mit seiner gesunden Hand darin, mit dem Stummel hielt er sie fest. Rasch erkannte Babrak, dass er die Hefte auf zwei Stapel sortierte; auf dem einen landeten die Zeitschriften, in denen nur Männer zu sehen waren, auf dem anderen die mit Männern und Frauen. Drei Sado-Maso-Hefte legte er gesondert ab. Als er die letzte Zeitschrift gemustert hatte, war beinahe eine Viertelstunde verstrichen.

»Eine schöne Sammlung!«, bemerkte der Händler. »Die Fotomodelle sind jung und kommen aus dem Westen, das Material ist neu, man sieht, dass es mit dem Flugzeug importiert wurde. Ich würde es Ihnen gerne abkaufen. Wie viel wollen Sie dafür?«

»Wie viel geben Sie mir dafür?«

»Für die russischen und die europäischen kann ich Ihnen hundert Afghanis pro Stück geben. Für die amerikanischen zweihundert Afghanis. Für die Fetisch-Magazine würde ich ebenfalls zweihundert Afghanis zahlen.« Er nahm seinen Taschenrechner zur Hand. »Es sind insgesamt sechsundfünfzig Magazine, da könnte ich also tausendfünfhundert Afghanis anbieten.«

»Sie machen wohl Witze!«, rief Babrak, »die sind fünfmal so viel wert!«

Dies war der Beginn eines ganz normalen Verhandlungsgesprächs. Sie feilschten zwanzig Minuten lang, dann einigten sie sich auf die Summe von fünfundzwanzigtausendzweihundert Afghanis. Der Mittelsmann zog ein Bündel verknitterter Geldscheine aus seiner Tunika, wie ein Taschenspieler. Er zählte die Summe sorgfältig ab, Babrak zählte sicherheitshalber nach.

»*Allahu Akbar,* Gott wollte, dass wir dieses Geschäft tätigen, mein Bruder, du und ich. Möge Allah mit dir sein«, rief ihm der Kaufmann nach, als Babrak an der Tür war. »Möge er deine Schritte wieder zu mir lenken, damit du mir noch oft so schöne Zeitschriften bringst!«

Babrak verabschiedete sich, noch ganz verblüfft über diese Begegnung und die Summe, mit der er den Laden verließ.

Das Restaurant Herat, in dem sich Osama mit dem Techniker von Etisalat verabredet hatte, befand sich im Zentrum Kabuls, in der Nähe des Cinema Park, eines beliebten Treffpunkts für Familien. Es war ein weit luxuriöseres Restaurant als diejenigen, die er für gewöhnlich besuchte. Er ging durch den Hauptraum zum Garten auf der Rückseite. Zwischen den noch unbelaubten Bäumen waren unter Zeltplanen Tische und daneben, als Heizung, Kohlebecken aufgestellt worden. Hühner gackerten in Käfigen, die an der Wand standen. In einem kleinen Gehege mitten im Garten fraßen ein kleiner Damhirsch und ein Zicklein Körner, bis sie irgendwann im Kochtopf landen würden. Osama setzte sich an einen Tisch und wartete darauf, dass der Techniker sich zu erkennen gab. In seine Tasche hatte er die fünfundzwanzigtausend Afghanis gestopft, die ihm Babrak übergeben hatte. Das war mindestens das dreifache Monatsgehalt ihres Gastes, daher war er sicher, dass dieser in das Geschäft einwilligen würde. Babrak kam hinzu, nachdem er das Auto geparkt hatte. Er legte seine Kalaschnikow mit klappbarem Kolben auf den Tisch, wie es die Hälfte der Gäste im Restaurant tat, und stürzte sich begeistert auf die Speisekarte.

Einige Minuten später tauchte ein junger Mann auf, er hatte lange Haare und einen Schnauzbart, trug eine westliche Hose und ein abgetragenes Hemd, das er in den Bund gestopft hatte, darüber eine braune Lederjacke mit der Aufschrift »Nike by Adidas«, ein typischer Markenfake von den Basaren in Peschawar oder Islamabad.

»Das ist er«, sagte Babrak.

Als der Mann Osama und Babrak entdeckte, verzog der Mann den Mund zu einem schiefen Lächeln und kam mit kleinen Schritten näher. Osama stand auf.

»Ich bin *Qoumaandaan* Osama Kandar.«

Der junge Mann schien verlegen, Polizisten der Kriminalbehörde vor sich zu haben.

»Danke, dass du unserer Einladung gefolgt bist«, begann Osama. »Wenn Gott will, wird mit deiner Hilfe vielleicht ein Mord aufgedeckt. Babrak und ich arbeiten gerade an dem Fall.«

»Es würde mich sehr freuen, wenn ich der Polizei dabei helfen könnte, mit der Hilfe Gottes einen Verbrecher festzunehmen.«

»Hast du unsere Informationen?«

»Ja, ich habe alles bei mir.«

Osama begriff, dass der junge Mann darauf wartete, dass er nun das Geld auf den Tisch legte.

»Ich habe das Geld hier in meiner Tasche. Lass mal sehen, was du uns zu bieten hast, bevor wir es dir geben.«

»Ich möchte nach Kanada auswandern«, sagte der junge Mann zur Entschuldigung, »ich brauche viel Geld für das Flugticket und den Start meiner neuen Existenz.« Er zog einen braunen Umschlag aus seiner Jacke. »Hier, das ist alles, was ich habe. Wir können die Daten nur zwei Monate lang speichern, weil wir nicht genügend Speicherplatz haben, um sie länger aufzubewahren.«

Osama überflog die acht Seiten lange Liste. Wali Wadi hatte offenbar Tag und Nacht telefoniert, er würde sein ganzes Team benötigen, um die Rufnummern auszuwerten. Sehr rasch bemerkte er aber, dass bestimmte Nummern immer wieder auftauchten, und zwar sehr häufig. Drei Nummern in Afghanistan, die mit 079 begannen, der Vorwahl für Kabul. Er setzte seine Lektüre fort. Sein Herz schlug schneller, als er die internationalen Nummern in Augenschein nahm. Es waren lediglich zwei. Die erste begann mit 4122, die zweite mit 964. Er hielt dem jungen Mann das Blatt hin.

»Was für Länder sind das?«

»Das erste ist die Schweiz, 22 ist die Vorwahl von Genf. Das zweite ist der Irak. Es ist eine Nummer in Bagdad.«

»Kann man herausfinden, welche es ist?«

Der junge Mann zuckte mit den Achseln.

»Ich habe nachgesehen. Es ist die Nummer des Ministeriums für den Wiederaufbau.«

»Und die Schweizer Nummer?«

»Das ist eine Geheimnummer.«

Osama wusste nicht, wie er diese überraschenden Informationen einordnen sollte. Die Schweiz war ein wichtiger Finanzplatz, wo viele heikle Transaktionen getätigt wurden, es war nicht erstaunlich, dass ein Mittelsmann dort geschäftlich zu tun hatte. Aber der Irak? Er zog das Bündel Geldscheine aus der Tasche.

»Du hast gute Arbeit geleistet, hier ist dein Geld. Ich brauche wohl nicht extra zu betonen, dass du über dieses Gespräch absolutes Stillschweigen zu bewahren hast. Möchtest du mit uns essen?«

»Lieber nicht«, stammelte der junge Mann. »Ich könnte gesehen werden …«

Überstürzt brach er auf und verließ das Restaurant, als wäre ihm der Teufel auf den Fersen. Osama schaute ihm kopfschüttelnd nach.

»Hast du Hunger?«

»Und wie!«, rief Babrak.

»Pass auf, übernimm dich nicht. Denk an das Abendessen im Hamad Café.«

»Wie könnte ich das vergessen?«, entgegnete Babrak. »Aber ich verlass mich auf Gulbudin: Wenn ich etwas auf dem Teller lasse, isst er es mit Sicherheit auf. Er glaubt wohl, nach wie vor in den Bergen zu leben, als er noch Mudschaheddin war.«

»Wir hatten nichts zu essen«, erwiderte Osama, den Blick in die Ferne gerichtet. »Das hat viele von uns nachhaltig beeinflusst. Einige sind ganz bescheiden geblieben. Andere dagegen …«

Er gab die Bestellung auf. Pilaw-Reis mit gegrilltem Huhn und Hammelfleisch-Ravioli für Babrak, Linsensalat mit Lammnieren und Spinat für sich selbst. Man brachte ihnen die Gerichte mit Fladenbrot und hausgemachtem Joghurt, der sich als köstlich erwies. Auch in diesem edlen Lokal gab es kein Besteck, es wurde mit den Fingern gegessen.

»Also, was halten Sie davon?«, fragte Babrak mit vollem Mund. »Irak, die Schweiz, wir verlassen unseren gewohnten Wirkungskreis.«

Osama ließ sich Zeit mit einer Antwort. Genüsslich kaute er auf einem Stück Lammfleisch.

»Zwei Monate lang gab es mindestens dreißig Anrufe, einen alle zwei Tage«, sagte er schließlich. »Vielleicht handelte es sich um eine gemeinschaftliche Aktion der beiden Länder mit demselben Handelspartner oder Mittelsmann?«

»Denken Sie, dass Wali Wadi Informationen über eine Operation suchte, die im Irak stattfand, um sie kopieren zu können?«, fragte Babrak.

»Nein, das glaube ich nicht. In dem Fall hätte er nicht so oft angerufen, er wäre ein-, zweimal hingeflogen.«

Sie unterbrachen ihr Gespräch, um ihre Mahlzeit zu beenden. Das Essen war pikant gewürzt und schmeckte vorzüglich. Die Reiskörner waren ungewöhnlich lang. Noch nie hatte Osama einen derart feinen Reis gegessen. Geld zu haben war schon eine angenehme Sache. Babrak schlang in seiner Begeisterung alles hastig hinunter und schmatzte lautstark. Osama lächelte. Der Junge kam aus einer schiitischen Familie, die noch ärmer war als seine eigene und in der niemand lesen konnte. Dass er vor diesem Hintergrund eine derart solide Ausbildung gemacht hatte, kam einem kleinen Wunder gleich.

»Wer könnte uns helfen?«, fragte Babrak, als ihre Teller leer waren und er sich die von der Soße tropfenden Finger abgeleckt hatte.

»Eigentlich sollte ich bei der Schweizer Botschaft nachfragen oder, was den Irak angeht, beim FBI. Er besitzt eine Antenne bei der amerikanischen Botschaft, die zur International Contract Corruption Task Force gehört.«

»Werden Sie Kontakt mit denen aufnehmen?«

»Nein«, sagte Osama. »Es ist zu früh dafür. Zuerst möchte ich wissen, wohin die Reise geht. Hinter dieser Affäre stehen mächtige ausländische Interessen. Leute, die alles daransetzen, um unsere Untersuchungen zu behindern.«

Babrak trocknete sich das Kinn, von dem noch immer die Soße tropfte.

»Diese Westler sind ganz schön beschränkt, Chef!«

»Nein, ganz im Gegenteil. Sie sind klug, und zwar sehr. Alle, die sie unterschätzt haben, mussten es bereuen. Sieh dir die Taliban an – sie wurden innerhalb von drei Wochen weggefegt.«

Osama fiel es ein wenig schwer, sich an diese junge Generation zu gewöhnen, die anders redete als er, sich anders kleidete und – häufig – so dachte wie Westler. Anfangs hatte ihn das schockiert. Dann aber fing er an, die geistige Lebendigkeit zu schätzen, die Ungezwungenheit, ja Lässigkeit, die charakteristisch für sie war. Diese jungen Leute waren vielleicht egoistischer, aber sie wollten Frieden, gaben ihr Geld lieber für elektronisches Spielzeug aus als für die Kriegsführung. Selbst das brutale Spiel *Buzkashi* verlor zugunsten der zivilisierteren Freizeitbeschäftigungen wie Fußball und Baseball an Beliebtheit. Diese Jugendlichen waren das einzige Bollwerk der Zukunft gegen die Generation junger ungebildeter und gewalttätiger Taliban.

Der vom Minister bestimmte Ex-Taliban, der das Hamad Café in die Luft sprengen sollte, wischte sich den Schweiß ab, der ihm in die Augen lief. Abdul Hakat, so hieß er, konnte es immer noch nicht fassen, dass er für diese Mission ausgewählt worden war. Dass die Sache schiefgehen könnte, machte ihm ein wenig Angst: Was, wenn es ihm nicht gelang, in das Café hineinzukommen – bekam er dann trotzdem die versprochene Summe?

Seit er zwei Jahre im Gefängnis verbracht hatte, löste das kleinste Missgeschick eine veritable Panikattacke bei ihm aus. Er war kein exponierter Taliban, den man nach Guantánamo geschickt hätte, aber er war gefoltert worden, bevor man ihn ins Gefängnis gesteckt hatte, und trug noch die Spuren der Misshandlungen durch den NDS. Manchmal bekam er den Auftrag, für eine Handvoll Afghanis jemanden zu denunzieren, oft waren es Leute, die sich gar nichts vorzuwerfen hatten und anschließend unter größten Schwierigkeiten den Regierungsbeamten gegenüber ihre Unschuld beweisen mussten. Diesmal hatte er den Auftrag, den formellen Beweis zu erbringen, dass der Pächter des Hamad Cafés die Sicherheit seiner Gäste nicht gewährleisten konnte. Dazu hatte man ihm die Attrappe eines Sprengstoffgürtels mitgegeben. Die sollte er auf der Toilette des Cafés liegen lassen. Anschließend würde ein Polizist auftauchen und sie dem Pächter als Beweisstück zeigen. Abdul Hakat war von einem wichtigen Polizisten in die Zentrale des NDS bestellt worden, einem angeblichen Freund des Besitzers des Hamad Cafés, welcher wiederum mit den Sicherheitsmaßnahmen des Pächters nicht einverstanden war. Abdul Hakat misstraute ihm, da Sicherheitsmaßnahmen Gegenstand täglicher Debatten in Kabul waren: Zu strenge Vorkehrungen führten zu endlosem Schlangestehen, was die Kunden vergraulte, während zu laxe die Kunden ebenfalls verunsicherten. Er versteckte sich in einer Nische zwischen zwei Häusern. Er war viel zu früh dran, das Hamad Café öffnete erst um 20 Uhr, aber er hatte auch keine Lust, Geld beim Warten in einem anderen Café auszugeben. Er rollte sich in eine Decke, um sich vor der Kälte zu schützen, und wartete.

Am späten Nachmittag, nachdem das Tagesgeschäft ihn drei Stunden lang in Anspruch genommen hatte, verließ Osama unauffällig das Kommissariat. Etwa zwanzig Minuten ging er durch die engen Straßen des Viertels, wechselte immer wieder unvermittelt die Richtung, wie er es in Moskau gelernt hatte, dann rief er ein Taxi. Sobald er darin saß, wickelte er sich einen Schal um die untere Hälfte seines Gesichts und setzte einen *Pakol* auf. Mitten in einem Stau stieg er aus, und nahm ein anderes Taxi in die entgegengesetzte Richtung.

»Zum ehemaligen Königspalast!«, wies er den Fahrer an.

Die Fahrt dauerte länger als erwartet, da entlang der Straße gebaut wurde. Die Arbeiter schufteten hier wie zur Steinzeit für einen Hungerlohn: Ohne moderne Maschinen hackten sie die Erde mit einfachsten Werkzeugen auf. Für die Arbeit armer Auswanderer, die Tag und Nacht in Bunkern im Stadtzentrum hausten, kassierte der amerikanische *Contractor,* der sich den Auftrag gesichert hatte, Tausende von Dollars pro hundert Meter. Nachdem sie an den Ruinen des ehemaligen Schlosses vorbeigefahren waren, das noch immer stolz aufragte, bogen sie vor dem Museum ab, einem mickrigen Bau in einem Park, in dem bizarrerweise das Gerippe einer Dampflokomotive stand. Sie befanden sich nun auf einer staubigen unbefestigten Straße.

»Sind Sie sicher, dass wir richtig sind?«, fragte er Osama beunruhigt.

»Ganz sicher.«

Chilstone war eines von Kabuls ärmlichsten Vierteln. Kein fließendes Wasser, keine Müllabfuhr, keinerlei Infrastruktur. Osama ließ den Fahrer an einem Lebensmittelladen an einer

Ecke anhalten und verschwand in einer übelriechenden, vermüllten Gasse. Niedrige Häuser aus Strohlehm klebten eng aneinander, immer wieder durch kleine Grundstücke getrennt, die als improvisierte Friedhöfe dienten. Anstelle von Grabsteinen hatten die Leute schlichte abgeschliffene Steine benutzt, da sie zu arm für einen echten Grabstein waren. Grüne Fähnchen wehten über den Gräbern derjenigen, die eines gewaltsamen Todes gestorben waren, Opfer von Attentaten oder von Gewalttaten der Taliban. Fast jedes zweite Grab war damit geschmückt. Eine Friedhofsparzelle, ein Haus, eine Friedhofsparzelle, ein Haus, eine gute Viertelstunde marschierte Osama in dieser bedrückenden Umgebung vorwärts. Dieses armselige Viertel war beinahe ausschließlich von Aimaken bewohnt, einem der ärmsten Volksstämme Afghanistans. Die Aimaken waren Nomaden mongolischer Herkunft und vor allem im Zentrum und im Westen des Landes ansässig. Osama war Belutsche; die Belutschen stammten ursprünglich aus Persien und lebten fast nur im Südwesten des Landes, doch in Chahar Borjak, wo er aufgewachsen war, hatte er sich durch die Zufälle des Lebens mit ein paar Aimaken angefreundet. Mit einigen von ihnen verband ihn heute noch eine enge Freundschaft, so auch mit dem Mann, den er nun treffen wollte. Osama strebte immer weiter in das Viertel hinein, bemüht, nicht auf den bestialischen Gestank zu achten, der ihn einhüllte. Zwei Gerbereien, eine mehrere Hektar große Müllhalde und ein Schlachthof befanden sich in der Nähe. In Gräben verwesten die Gerippe der Hammel und Rinder unter freiem Himmel, ohne dass die Stadtverwaltung etwas dagegen unternahm. Er fragte sich, wie die Leute im Sommer atmen konnten, wenn die Temperatur bis auf vierzig Grad anstieg.

Nach einer Weile fragte er ein Kind am Straßenrand: »Weißt du, wo sich die Kanzlei von Sahib Kalkana, dem öffentlichen Schreiber, befindet?«

Das Kind deutete auf eine kleine schräg verlaufende Gasse, die im Halbdunkel der beginnenden Nacht kaum zu sehen war.

»*Nazdik.*«

»Nicht weit« – das konnte alles bedeuten. Die Kanzlei konnte in hundert Metern Entfernung liegen oder in zwei Kilometern. Schließlich erreichte Osama ein verfallenes Gebäude, dessen Tür offenstand. Zwei Petroleumlampen erhellten ein düsteres Zimmer, in dem ein Dutzend Männer warteten. Er musste sich beim Eintreten ducken, weil der Türstock so niedrig war. Drinnen war der Gestank noch schlimmer. Osama grüßte und ging auf einen kleinen Flur hinaus. Ein alter Mann saß an einem wackligen Schreibtisch, er war so dünn, dass seine Haut auf seinen Knochen zu kleben schien. Eine Kerze flackerte auf dem Pult. Osama beugte sich zu ihm hinunter.

»Ich bin ein Freund von Sahib Kalkana. Sag ihm, Osama möchte ihn sprechen.«

Der Sekretär verstand nichts, Osama musste den Satz mehrfach wiederholen. Als er die Nachricht endlich begriffen hatte, erhob sich der Alte unter Schmerzen und verschwand hinter einem Vorhang. Eine Minute später kam er mit einem Mann zurück, der im Vergleich zu Osama ein Zwerg war. Abdul Kalkana hatte sehr dunkle Haut, einen dichten Bart und die für die Aimaken typischen mandelförmigen Augen. Er umarmte Osama herzlich.

»Du hier? Was für ein Glück, gerade ist ein Auftrag fertig geworden, da habe ich bisschen Zeit. Ich freue mich, dich zu sehen! Komm mit.«

Kalkana führte ihn in ein kleines Kabinett, das nur mit einem Holztisch, zwei Stühlen und einem überbordenden Regal eingerichtet war. Ein Rechner und ein Laserdrucker, Kalkanas Werkzeuge, standen ausgeschaltet auf dem Tisch. In diesem Viertel Kabuls gab es nur ein, zwei Stunden pro Tag Strom. Osama bemerkte diverse Nippesfiguren auf den Regalen, altmodisches Schreibzeug, Gänsefedern, Tintenfässer aus aller Herren Länder. Kalkana war ein leidenschaftlicher Sammler. Neben Dingen, die mit seinem Beruf zu tun hatten, entdeckte

Osama kuriosere Dinge. Er besah sich eine Reihe von Puppen. Malalai hatte ihm einmal erklärt, was sie bedeuteten. Man benutzte sie früher zur Diagnostik bei Frauen, die nämlich auf die Stelle zeigten, wo es ihnen wehtat, damit der *Daktar* sie nicht zu berühren brauchte. Seit die Taliban an der Macht waren, hatten die Puppen ausgedient, denn kein Mann durfte sich einer Frau nähern, auch nicht mittels einer Puppe. Sie waren nur noch das Zeugnis einer vergangenen Zeit.

»Du bist ja immer noch nicht umgezogen, und renoviert hast du auch nicht«, stellte Osama fest. »Du könntest dich doch mal von hier wegbewegen!«

»Die Mieten sind teuer«, sagte sein Freund. »Außerdem, du weißt ja, dass ich keine Lust habe, mich von meinen Brüdern zu entfernen. Ich fühle mich wohl an diesem Ort.«

Als öffentlicher Schreiber verfasste Kalkana alle Arten von Dokumenten für die Analphabeten, die sich an ihn wandten: Beschwerdebriefe an die Verwaltung, Eheverträge, Arbeitsgesuche, Testamente, Mitteilungen an weit entfernte Familienmitglieder. Manchmal waren die Wünsche ausgefallener: Kalkana hatte sich einmal Osama gegenüber damit gebrüstet, die schönsten Liebesbriefe ganz Afghanistans zu verfassen. Leider nahmen immer weniger Kandidaten diesen Dienst in Anspruch – die jungen Menschen telefonierten lieber, als Briefe zu verschicken, oder sie schrieben SMS, die vor Fehlern nur so strotzten. Nachdem er einmal den Entschluss gefasst hatte, sein Leben den Aimaken zu widmen, war Kalkana stets seiner Berufung als öffentlicher Schreiber nachgekommen, obwohl er mit seinem Talent auch hätte Lehrer werden oder sogar an einer Universität hätte unterrichten können. Er war eine reine Seele, und Osama bewunderte ihn sehr.

»Was möchtest du trinken?«, fragte er.

»Einen Tee.«

Kalkana drehte sich zu einem Gasöfchen um.

»Meinen Sekretär bitte ich lieber gar nicht darum, man muss

ihm alles dreimal sagen. Er war ein großer Musiker, aber deine Freunde haben dafür gesorgt, dass er beinahe taub ist.«

»Das habe ich bemerkt. Was ist passiert?«

»Er hat ein Trommelfell eingebüßt, als deine Kollegen von der Nordallianz 1996 eine Granate zündeten. Ein direkter Angriff auf dieses Viertel, von dem alle Welt wusste, dass hier nicht ein einziger Kämpfer lebte! 1999 haben ihn die Taliban festgenommen, weil sein Bart nicht lang genug war, und da er nicht hörte, was sie sagten, schlugen sie ihn so heftig mit einem Elektrokabel, dass auch das andere Ohr ertaubte und er außerdem ein Auge verlor. So ist unser Land: Dieser unschuldige Mann, dieser hochbegabte Musiker, der überall bekannt war, wurde in jedem verdammten Lager gepeinigt, ungeachtet seines Ansehens. Dieses Land ist verrückt, Osama, ich glaube, der Krieg wird niemals aufhören.«

»Und du wirst niemals aufhören, dich zu empören. Du bist der beste Beweis dafür, dass es für dieses Land noch Hoffnung gibt.«

Sein Freund verschwand und kam kurz darauf mit einer Teekanne zurück.

»Lass nur«, sagte Osama. »Ich gieße dir ein.«

»Nein, ich dir.«

»Ich bestehe darauf, es ist eine Ehre, dich zu bedienen.«

»Du bist mein Gast, also werde ich es tun.«

Ihr symbolischer Streit um die Teekanne ging noch ein wenig hin und her, bis Osama schließlich die Tasse nahm, die sein Freund ihm hinhielt.

»Es ist Zeit fürs Gebet«, sagte er. »Darf ich dich ein paar Minuten allein lassen?«

»Aber bitte!«

Osama zog die Schuhe aus, griff sich einen an der Wand lehnenden Teppich und begann zu beten. Als er sich wieder aufrichtete, fühlte er sich ruhiger.

»Ich bin gekommen, weil ich dich um etwas bitten möchte.«

»Du, der mächtige *Qoumaandaan* Kandar, solltest der Hilfe eines kleinen öffentlichen Schreibers der Aimaken bedürfen? Was ist los, Osama? Hast du Ärger?«

»Nun, ich bearbeite einen heiklen Fall, und einige Personen, darunter mein Vorgesetzter, sähen es lieber, wenn ich ihn nicht löste. Verstehst du?«

»Was soll ich tun?«

»Du sagtest mir, dass einer deiner Cousins als Gerichtsmediziner in der Türkei arbeitet. Ist das noch der Fall?«

»Qassam? Ich glaube schon. Wir haben uns im Januar gesprochen, damals arbeitete er noch in Istanbul, in einer großen Klinik. Was brauchst du von ihm?«

»Ich möchte, dass du ihn umgehend anrufst. Ich brauche ein Testset, mit dem man Schießpulver auf den Fingern nachweisen kann. Er verwendet sie bestimmt regelmäßig. Ich brauche ein Set einer bekannten Marke, dessen Verfallsdatum noch nicht abgelaufen ist. Und wenn möglich, bräuchte ich gleich zwei.«

»In Ordnung, ich frage ihn. Soll ich sie dir ins Büro schicken lassen?«

»Nein, hierher. Ich brauche sie ganz dringend!«

»Die Post kommt nicht hierher, Osama«, bemerkte sein Freund. »Aber ich habe ein Postfach auf der Hauptpost, ich kann das Päckchen dort abholen.«

»Bitte deinen Cousin, es per Express zu schicken. Ich weiß noch nicht, wie und wann ich dir das Geld zukommen lasse, aber ich kümmere mich darum.«

Osama drückte ihn an sich. »*Lotfan,* mein Freund. Es ist sehr wichtig.«

Kurz darauf verließ er das Haus mit etwas leichterem Herzen.

Gegen acht Uhr abends verließ Babrak seine Wohnung, er freute sich, Gulbudin und seinen Chef zu treffen. Gerade hatte er sich heftig mit seiner Frau gestritten, die ihm das Leben zur Hölle machte, seit er ihr mitgeteilt hatte, eine zweite Frau nehmen zu wollen. Sie hatte angedroht, ihn zusammen mit den beiden Kindern verlassen zu wollen, was zu einem Streit geführt hatte, wie sie ihn noch nie erlebt hatten. Es war natürlich nur eine leere Drohung, denn das Gesetz untersagte es einer Frau, das gemeinsame Zuhause zu verlassen. Sie hatten sich wüst beschimpft, und Babrak war sich seiner Sache auf einmal gar nicht mehr so sicher. War es wirklich richtig, eine zweite Frau zu nehmen, wenn die erste sich so heftig dagegen wehrte? Er liebte sie und wollte nicht, dass sie unglücklich war, aber sich mit Frauen auszukennen war eine Kunst, sie waren so voller Widersprüche! Nachdem zunächst bestimmt worden war, dass Frauen neue und eigene Gesetze brauchten, weil sie dem Mann nicht gleichgestellt waren, hatte die Regierung Karzais kürzlich ein neues Gesetz eingebracht, das einem Ehemann ermöglichte, seine Frauen ohne irgendeine finanzielle Entschädigung zu verstoßen, wenn diese sich weigerten, ihren ehelichen Pflichten nachzukommen. Es legte außerdem fest, was die Gatten tun durften und was nicht, auch im Bereich der Sexualität. Und plötzlich wusste niemand mehr genau, welche Rechte und Pflichten die Frauen tatsächlich hatten – wie sollte er, ein einfacher Polizist, da den Überblick behalten?

Er schwang sich auf sein Motorrad und reihte sich in den Verkehr ein.

Osama und Gulbudin saßen in der VIP-Nische im Hamad Café, die man ihnen bei ihrem Eintreffen zugewiesen hatte. Einen Mangosaft vor sich, warteten sie auf Babrak, doch Gulbudin hatte sein Glas nicht angerührt. Er verzog das Gesicht vor Schmerzen.

»Geht es dir nicht besser?«, fragte Osama beunruhigt.

»Nein, *Qoumaandaan*. Tut mir leid.«

Gulbudin hatte mehrere Splitter im Körper, ein Überbleibsel der Granate, die ihm das rechte Bein abgerissen hatte. Manchmal bewegte sich einer von ihnen – sie saßen dicht an der

Wirbelsäule – um wenige Millimeter und verursachte entsetzliche Rückenschmerzen. In diesen Momenten litt Gulbudin Höllenqualen. Diese Krisen tauchten urplötzlich, ohne jegliche Vorwarnung auf.

»Hast du Morphin bei dir?«

»Nein, das liegt zu Hause.«

Er war weiß wie ein Leintuch, große Schweißtropfen bedeckten seine Stirn. Osama tupfte sie ihm mit der Serviette ab.

»So kannst du nicht hierbleiben. Ich fahre dich nach Hause.«

»Aber … Babrak …«

»Er wird Verständnis haben. Verschieben wir es auf morgen Abend.«

Die Anfälle waren zwar heftig, vergingen aber auch rasch wieder. Meistens hielten sie nur ein paar Stunden an.

»Einverstanden«, murmelte Gulbudin. »Ich rufe ihn auf dem Handy an, um es ihm zu erklären.«

»Ich helfe dir beim Gehen.«

»*Qoumaandaan*, ich habe einen Polizisten aus dem Kommissariat in der Nähe des Eingangs gesehen. Können wir den Hinterausgang nehmen? Ich möchte nicht, dass einer unserer Männer mich so sieht.«

»Keine Sorge. Mein Jeep steht sowieso hinter dem Gebäude. Ich werde den Wachposten bitten, uns zu öffnen.«

Babrak brauchte weniger als eine halbe Stunde bis zu seiner liebsten Musikkneipe. Unauffällig verstaute er seinen Revolver und seine beiden Granaten unter dem Sitz. Er hatte zwar keine Angst, doch Osamas Bedenken beunruhigten ihn ein wenig. Zum ersten Mal in seinem Leben hatte er es mit einem Fall zu tun, in den ein mächtiges Mitglied der Regierung verwickelt war. Dass außerdem im Hintergrund der Westen agierte, steigerte seine Nervosität. Wie zahlreiche seiner Landsleute spottete Babrak in der Öffentlichkeit über sie, fürchtete aber insgeheim ihre Macht.

Fahrräder und Mofas standen überall vor dem Café, das durch Sicherheitsschranken abgeriegelt war. Er zeigte seine Dienstmarke vor, weshalb ihm eine ausgiebige Durchsuchung erspart blieb, und betrat das Café. Offensichtlich waren nur Männer anwesend. Es herrschte eine fröhliche Stimmung, obwohl nur Fruchtsäfte und Mineralwasser konsumiert wurden. Ein nicht zensierter Videoclip von Lady Gaga flimmerte über den Bildschirm. Die Sängerin nahm obszöne Posen ein, die mit lautem Gejohle der Gäste quittiert wurden. Babrak blickte sich suchend nach Osama und Gulbudin um.

Abdul Hakat sah auf die Armbanduhr. Es war so weit. Er legte den Gürtel an. Er war schwer, viel schwerer, als er gedacht hatte, wohl an die drei Kilo. Er sah seltsamerweise tatsächlich aus wie ein echter, so, wie sie in den Revolverblättchen beschrieben wurden. Natürlich fehlte seinem Gürtel die Zündkapsel, aber … Ein entsetzlicher Zweifel befiel ihn. Er hob die Umhüllung an: der Gürtel war mit einem gräulichem Kitt gefüllt. Misstrauisch zog er ein Messer heraus, brach ein Stück heraus und hielt es an sein Feuerzeug.

Der Auftragskiller, der Wali Wadi umgebracht hatte, verfolgte jede Bewegung Abdul Hakats vom Rückspiegel seines großen gepanzerten Jeeps aus. Er hatte in etwa hundert Metern Entfernung geparkt, einer seiner Männer, ein spanischer Sprengstoffexperte, saß ebenfalls im Wagen. Er hatte erst Osama und Gulbudin, dann Babrak hineingehen sehen und wartete nun, dass der *Shahid* zur Tat schritt.

»Was macht er denn, dieser Idiot?«, knurrte er.

»Was glaubst du?«, fragte der Spanier. »Das errätst du nicht!«

»Ich hab keine Lust auf deine Ratespielchen.«

»Mir scheint, er versucht, das C 5 mit seinem Feuerzeug anzuzünden.« Er lachte höhnisch auf. »*Maricón!* Das kann er lange versuchen, C 5 entzündet sich nicht, selbst wenn er es an einen Flammenwerfer hält. Ohne Sprengknopf kein Knall. *Nada.*«

Plötzlich warf Hakat das Stück Sprengstoff weg und rieb sich mit schmerzverzerrtem Gesicht die Hand.

»Er hat sich verbrannt, dieser Volltrottel«, sagte der Spanier.

»Na, da haben wir uns ja den richtigen Kandidaten ausgesucht. Was für ein Loser! Er soll jetzt ins Café gehen, dann sind wir ihn gleich los! Es reicht mir jetzt!«

Sie sahen, wie Abdul Hakat sich den Mantel wieder überzog, aus dem Schatten trat und auf das Café zusteuerte.

»Warte mal, Sekunde. Er sollte sich doch westlich kleiden!«

»Er ist doch westlich gekleidet: Jeans, Turnschuhe, T-Shirt, genau, wie du gesagt hast.«

»Ja, er hat westliche Klamotten an, aber total versiffte! Schau ihn dir an, man könnte ihn für einen Penner halten. So kommt er nie durch die Kontrolle! Was fällt dir eigentlich ein, wieso hast du dich nicht selbst davon überzeugt, wie er aussieht?!«

»Diese Typen sehen doch immer scheiße aus, sogar in Prada-Klamotten!«

»Los, ruf ihn zurück. Schnell! Ich verstecke inzwischen die Sprengvorrichtung.«

Kurz darauf kam der Spanier mit dem Taliban zu dem Jeep zurück. Der Killer kurbelte das Fenster herunter.

»Sprichst du Englisch?«

Der Mann verstand nur Dari.

»Schuhe. T-Shirt. Nicht gut«, versuchte der Spanier zu radebrechen, indem er auf seine Kleidung deutete.

Da Hakat nichts begriff, verlor der Killer die Geduld.

»Verdammte Scheiße, was für eine Schuhgröße hast du?«, fragte er den Sprengstoffexperten.

»Sechsundvierzig.«

Der Killer blickte wieder zu Hakat. Seufzend zog er seine sauberen Schuhe und sein T-Shirt aus und reichte ihm beides.

»Er soll das anziehen. Den Mantel offen lassen, damit man das T-Shirt gut sehen kann.«

Mit den roten New Balance an den Füßen und in dem Abercrombie-T-Shirt sah Abdul Hakat endlich aus wie ein junger westlich orientierter Kabuli. Ein Stil, der bei der Einlasskontrolle keinerlei Verdacht hervorrufen würde. Begeistert streckte Hakat den Daumen in die Höhe.

»*Goot goot!*«

»Genau, *good*. Idiot! Los, er soll sich in die Luft jagen lassen«, befahl der Killer, wütend darüber, dass er seine neuen Schuhe hatte hergeben müssen.

Hakat lief auf den Eingang des Cafés zu.

»Zum Glück hat er nichts verstanden«, sagte der Spanier. »Westler sind die Könige in Kabul, er denkt bestimmt, dass wir die Sicherheit des Hamad Cafés testen wollen, bevor wir es kaufen. Jedenfalls ist dieser Mantel perfekt, man sieht nichts.«

»Yep.«

Der Sprengstoffgürtel war so konzipiert, dass er nur aus zwei Schulterriemen unter dem T-Shirt und einem schmalen Streifen am Gürtel bestand. Die drei Kilo Sprengstoff, die in der Mitte des Rückens, entlang der Wirbelsäule angebracht waren, würden bei der Kontrolle am Eingang nicht auffallen, wenn der Türsteher ihm, beruhigt durch Hakats Aussehen, lediglich Beine, Gürtel, Brustkorb und Hüften abtastete. Der Spanier zog die Fernbedienung unter dem Sitz hervor und betätigte einen Hebel. Mit einem klangvollen Piepen ging ein grünes Licht an. Der Killer grinste.

»Meine Güte, eine ferngesteuerte Zündung, die einen derartigen Krach macht, können auch nur die Russen erfinden!«

Abdul Hakat war nun an der Eingangskontrolle. Er hielt den Atem an. Zehn Sekunden später ließ ihn der Türsteher hinein. Der Killer startete die Stoppuhr. Abdul hatte den Auftrag, ein Getränk zu bestellen und die Quittung aufzubewahren, als zusätzlichen Beweis für seinen Aufenthalt vor Ort. Der Killer wartete vierzig Sekunden, bis Hakat am Tresen in der Mitte des Cafés angelangt war. Egal, wo Kandar und seine Männer saßen, die Wucht der Bombe würde sie direkt treffen. Der Killer schaute zum Sprengstoffexperten hinüber. Dieser nickte. Er drückte auf den Knopf der Fernbedienung. Unter höllischem Donnern flogen das Dach und die Wände des Cafés in einem Flammenmeer in die Luft.

Er fuhr an. Auftrag ausgeführt.

8 Gegen ein Uhr nachts fuhr Osama aus dem Schlaf hoch. Er richtete sich im Bett auf. Seine Frau schüttelte ihn wie einen Pflaumenbaum.

»Was ist los, *Azizam,* mein Schatz?«

»Dein Telefon. Es klingelt die ganze Zeit.«

Tastend stand Osama auf. Die Nachttischlampe funktionierte nicht mehr, und weder er noch Malalai hatten Zeit gehabt, eine neue Glühbirne zu kaufen. Er stieß gegen einen Stuhl. Fluchend humpelte er ins Wohnzimmer, wo er sein Mobiltelefon gelassen hatte.

»Hallo?«

»*Qoumaandaan* Kandar?«

Es war eine Frauenstimme, die er nicht kannte. Osama nahm Panik in ihrer Stimme wahr.

»Ja, das bin ich. Mit wem spreche ich?«

»Ich bin die Frau von Babrak, Ihrem Assistenten.«

»Was ist passiert?«

»Wollte Babrak nicht heute Abend etwas mit Gulbudin und Ihnen im Hamad Café trinken gehen?«

»Ja, aber wir mussten gleich wieder gehen, noch bevor wir Babrak dort getroffen hatten. Warum? Ist er nicht nach Hause gekommen?«

Sie brach in Schluchzen aus.

»Ich habe im Radio gehört, dass es im Hamad Café eine Explosion gegeben hat.«

Oft waren Explosionen in der ganzen Stadt zu hören. Manchmal ließ die Druckwelle mehrerer Detonationen an verschiedenen Orten sogar die Scheiben klirren. Osama hatte in jener Nacht nichts gehört, aber Kabul mit seinen drei Millionen Einwohnern dehnte sich sehr weit aus.

»Ich werde mich erkundigen«, sagte er mit gepresster Stimme.

Fieberhaft schaltete er sein Funkgerät ein.

»Zentrale?«

»Guten Abend, *Sahib,* was kann ich für Sie tun?«

Osama erkannte die etwas arrogante Stimme Nuoras, einer Tadschikin, die nachts die Funkaufsicht innehatte. Ihr Mann, ein wohlhabender Kaufmann, war von den Taliban erschossen worden, seine gesamte Habe hatten Kollaborateure des Regimes gestohlen. Sie hatte ihr Haus nie wiederbekommen und kam nun dank ihrer anstrengenden Tätigkeit einigermaßen über die Runden. Sie war berühmt im Kommissariat, weil sie, aus einem der vornehmen Viertel Kabuls stammend, ein geschliffenes Dari sprach, das etliche Polizisten, die nur ein einfaches Paschtunisch beherrschten, nicht verstanden.

»Hier ist Osama Kandar.«

»Oh, guten Abend, *Qoumaandaan.* Freut mich, dass Sie anrufen, wir haben uns lange nicht gesprochen. Was kann ich für Sie tun?«

»Anscheinend hat es ein Attentat gegeben?«

»Ja, im Hamad Café, vor zwei Stunden. Ein Mann hat sich inmitten der jungen Leute in die Luft gesprengt. Ein wahres Gemetzel. Nach ersten Berichten gibt es fünfundzwanzig Tote und achtzig Verletzte. Wieder einer von diesen verrückten Taliban!«

»Wissen Sie, ob jemand von unseren Leuten unter den Opfern ist?«

»Mir liegt nichts Genaues vor. Soll ich Sie mit jemandem vor Ort verbinden? Der Geheimdienst ist dort.«

»Nein, danke. Ich gehe selbst hin.«

Unter den ängstlichen Blicken seiner Frau kleidete er sich

hastig an. Sie hatte Babrak nie kennengelernt, wusste aber, wie sehr Osama ihn schätzte. Er nahm seine üblichen Waffen mit, außerdem sein Gewehr, denn er hatte keinen Begleitschutz für diesen unvorhergesehenen Ausflug angefordert. Eine Sekunde lang überlegte er, ob man ihm womöglich eine Falle gestellt hatte, damit er ohne Bodyguards das Haus verließ, doch es blieb ihm keine andere Wahl. Der Wachposten, der Nachtdienst hatte, stand in zwei Mäntel gehüllt vor der Tür und grüßte ihn überrascht.

»Fahren Sie weg, *Hajj*?«

»Ja, in der Stadt hat es ein Attentat gegeben. Es war doch niemand an meinem Wagen, oder?«

»Niemand.« Der Wachposten spuckte auf den Boden. »Ich habe ihn keine Sekunde aus den Augen gelassen.«

Osama fuhr los. Gleich darauf kreuzte ein Krankenwagen mit blinkendem Blaulicht seinen Weg, er beschloss, ihm zu folgen. Schon bald tauchte ein weiterer Krankenwagen auf. Ein schlechtes Zeichen: Vermutlich war das Gebäude eingestürzt, und die Opfer wurden zwei Stunden nach dem Attentat noch immer unter den Trümmern hervorgezogen. Er fuhr an der Charahi Haji Yagub vorbei, dann durch Straßen mit modernen Häusern. Die meisten waren bei den Bombardements von 1996 in Mitleidenschaft gezogen worden, und einigen Zimmern fehlten sogar die Außenwände, obwohl darin Familien lebten. Der Anblick dieser von Lichtflecken erleuchteten Wohnhöhlen hatte etwas Erschreckendes. Ein paar Augenblick später sah er eine ganze Ansammlung von Blaulichtern vor sich. Nervöse Militärs riegelten die Straße ab, den Finger am Abzug. Er ließ seinen Wagen stehen und ging zu Fuß weiter. An einer zweiten Straßensperre zeigte er seine Dienstmarke vor und wurde durchgewinkt. Je mehr er sich dem Ort des Attentats näherte, desto deutlicher wurde das Ausmaß der Katastrophe. Sanitäter und Polizisten rannten wild durcheinander, Blaulicht blinkte. Fünfzig Meter vor dem Hamad Café wurde er durch eine weitere

Sperre aufgehalten. Hier standen die Soldaten der ANA Seite an Seite mit den ISAF-Soldaten, Amerikanern und Türken. Überall liefen Agenten des NDS in Zivil herum, leicht zu erkennen an ihren sichtbar getragenen Revolvern. Einer von ihnen erkannte den Kommissar und ließ ihn durch, ohne dass er sich ausweisen musste. Entsetzt blickte Osama auf eine fensterlose Fassade, rußgeschwärzt. Überall lagen Bauschutt und abgetrennte Körperteile herum, welche die Rettungsmannschaften noch nicht weggeschafft hatten. Er bahnte sich seinen Weg durch die Trümmer. In der Luft schwebte der charakteristische Geruch von C 5. Die Pakistani verteilten es unter Terroristengruppen, obwohl sie den Amerikanern gegenüber das Gegenteil behaupteten. Doch nur die gut organisierten Talibangruppierungen benutzten es, denn im Unterschied zu Schießpulver, das mit einer simplen Zündschnur funktionierte, brauchte es bei C 5 eine richtige Sprengvorrichtung. Osama machte seinen Kollegen Reza ausfindig, den Chef des Geheimdienstes.

»Was machst du denn hier?«, fragte Reza überrascht.

»Ich war gestern Abend mit Gulbudin hier. Wir wollten uns mit meinem Assistenten Babrak treffen, mussten aber gehen, bevor er kam. Babrak ist nicht nach Hause zurückgekehrt.«

Der Chef des Geheimdienstes machte ein besorgtes Gesicht, doch er hatte in seinen dreißig Dienstjahren zu viele Tote gesehen, als dass ihm ein einzelnes Schicksal wirklich naheging.

»Wir haben noch nicht mit der Identifizierung begonnen. Die Leichen haben wir in der kleinen Seitenstraße hinter dem Gebäude aufgebahrt, wenn du nachsehen möchtest … Osama, du bist dir im Klaren, in welchem Zustand sie sind, nicht wahr?«

Osama nickte stumm und steuerte auf die Gasse zu, auf die Reza deutete. Er ging an Sanitätern vorüber, die sich um Verletzte bemühten, die noch nicht fortgebracht worden waren. Die meisten hatten Verbrennungen oder waren verstümmelt. Manche trugen eine blutdurchtränkte Binde über den Augen, die durch die Explosion oder durch Splitter aufgeplatzt waren. Überall hörte man Schmerzensschreie. In ein paar Metern Entfernung hatte man zahlreiche Leichen behelfsmäßig in alte, nun blutbefleckte Laken gewickelt. Osama fiel ein Leichnam ohne Kopf auf, ein Stück abseits, über den sich einige Zivilpolizisten beugten. Der Kopf, fürchterlich zugerichtet, lag daneben. Der Kopf eines *Shahid* wurde immer vom Rumpf getrennt, weil die Explosion so stark war. Aus diesem Grund ließen sie sich leicht identifizieren. Hier war es anders. Osama hatte noch nie einen derart übel zugerichteten Schädel gesehen. Er ging an den nebeneinanderliegenden Leichen vorbei, beugte sich über jede von ihnen, hob das Laken an, mit dem sie zugedeckt waren. Ein entsetzliches Schauspiel. Beim achten Leichnam blieb ihm das Herz beinahe stehen. Ein Arm ragte hervor, und das Blau der zerrissenen Lederjacke. Das Laken bildete eine seltsame Form, als läge nur ein halber Körper darunter. Langsam hob Osama es an, er wusste bereits, was ihn erwartete. Babrak lag auf dem Rücken. Der Oberkörper war intakt geblieben, aber der ganze untere Teil war in Höhe des Beckens abgetrennt. Ein Glassplitter hatte ihn am rechten Auge getroffen und war ins Gehirn eingedrungen. Er wirkte ruhig, entspannt, nur die schrecklichen Wunden bezeugten seinen gewaltsamen Tod. Osama griff nach seiner Hand. Er fühlte sich wie versteinert, konnte nur mit Mühe atmen, sein Herz krampfte sich zusammen. Babrak war wie ein Sohn für ihn gewesen. Und nun, nun war er tot. Wer hatte ein derartiges Gemetzel begehen können?

Stockend sprach er das Totengebet, dann erhob er sich, eine kalte Wut erfasste ihn. Der Leiter des Geheimdienstes schalt gerade einen seiner Assistenten, weil er noch nicht mit den Arbeiten begonnen hatte, die der Identifizierung des Märtyrers dienten.

»Reza, hast du mal eine Minute?«

»Ja …« Als er Osamas kreidebleiches Gesicht sah, verstummte er.

»Dein Assistent? Ist er unter den Opfern?«

Osama nickte.

»Er war auf der Stelle tot, ein Splitter hat ihn im Auge getroffen. Er hat nichts mitbekommen. Hast du schon was herausgefunden?«

»Ein wenig.« Reza zog Osama ein Stück beiseite. »Der Typ hat sich in die Luft gesprengt, das ist sicher. Und er agierte am Tatort offenbar allein. Der Mann von der Security, der ihn hereingelassen hat, ist auf wundersame Weise davongekommen. Er hat die Leiche anhand der Kleidung wiedererkannt – der Mann trug Jeans, einen Blouson, ein enganliegendes T-Shirt, rote Turnschuhe, westliche Kleidung also. Der Typ von der Security sagte, er habe ihn normal durchsucht.«

»Glaubst du ihm das?«

»Ja. Er ist zu durcheinander, um Lügengeschichten zu erfinden.«

»Seltsam«, sagte Osama, »der Kopf ist völlig zerfetzt.«

»Ah, das ist dir also auch aufgefallen! Was hältst du davon?«

»Er trug die Bombe also nicht um die Hüfte. Vielleicht an den Beinen oder am Rücken.«

»Das würde erklären, weshalb der Wachposten nichts gefunden hat.«

»Hat man ihn identifiziert?«

»Er hatte seine Papiere bei sich, aber die wurden bei der Explosion zerfetzt. Ich werde das Labor bitten, ob sie versuchen können, sie wiederherzustellen, aber große Hoffnungen habe ich nicht. Ich vertraue lieber auf die Fingerabdrücke und das Gesicht, beziehungsweise auf das, was davon übrig ist.«

»Er muss doch in der Vergangenheit als Taliban registriert worden sein«, meinte Osama. »Gibst du mir Bescheid, wenn du was rauskriegst?«

»Klar.«

»Darf ich dich um einen Gefallen bitten? Lass den besten Gerichtsmediziner die Autopsie machen.«

»Verstehe, du möchtest nicht, dass … Aber wen willst du dann?«

»*Daktar* Katun. Könntest du das für mich tun?«

»Geht in Ordnung. Ich rufe ihn gleich an.«

»Ich sehe mir den Körper des *Shahid* noch mal an.«

Osama ging zu dem Leichnam hinüber. Er schickte die Polizisten fort, die um ihn herumstanden. Angesichts seiner ernsten Miene entfernten sich sogar die Männer des NDS. Er zog Handschuhe über und kniete sich hin. Der Märtyrer war durch die Explosion entzweigerissen worden. Ohne den Kopf wäre es unmöglich gewesen, ihn zu identifizieren, und selbst jetzt war es schwierig. Osamas Blick verweilte auf der Hose des Mannes, einer Jeans voller Löcher, und auf seinen Schuhen. Sie waren beinahe neu, ihr helles Rot erinnerte an das überall verspritzte Blut. Trotz der Kälte trug der Märtyrer keine Socken, der Fuß starrte vor Dreck. Osama erhob sich wieder und fuhr, ohne sich von jemandem zu verabschieden, nach Hause.

In dieser Nacht schlief Osama schlecht, die Erinnerung an das entstellte Gesicht Babraks, so gelassen im Tod, verfolgte ihn. In den ersten Morgenstunden drückte ihn Malalai an sich.

»Ob das denn niemals aufhört? Das ist nicht gerecht.«

»Er war erst dreißig. Ein intelligenter und sympathischer Junge. Ein phantastischer Polizist. Für mich war er unser Sohn.«

Osama hatte Tränen in den Augen, aber er versuchte, die Fassung zu bewahren. Seine Trauer wandelte sich in Wut.

»Niemand ist mehr sicher. Überall sprengen sie sich in die Luft! Was kann man gegen diese Verrückten unternehmen, Osama? Soll man sich zu Hause einschließen?«

»Ein seltsamer Zufall, findest du nicht?«

»Glaubst du, sein Tod hat mit deinem Fall zu tun?«

»Das frage ich mich die ganze Zeit. Es scheint ein Attentat ohne einen bestimmten Hintergrund gewesen zu sein, dennoch finde ich es eigenartig, dass ein Typ sich an dem Ort in die Luft sprengt, an dem Babrak, Gulbudin und ich uns verabredet haben.«

»Du machst mir Angst«, flüsterte Malalai.

Osama stand auf. Die Fliesen waren kalt, obwohl Malalai Scheite in den Holzofen gelegt hatte. Draußen goss es in Strömen, was nicht oft geschah, nicht einmal zu dieser Jahreszeit. Er nahm eine Dusche und dachte dabei an die Reaktion von Babraks Frau, als er ihr um vier Uhr morgens alles erzählt hatte. Sie war ohne einen Laut, ohne zu weinen in sich zusammengesackt, hatte still am ganzen Körper gezittert. Ihre beiden Kinder waren wach gewesen, trotz der späten Stunde, und er hatte das Entsetzen in ihren Augen lesen können, als hätten sie begriffen, dass sie ihren Vater nie wiedersehen würden. Die kleine Tochter hatte einen Stoffesel fest an sich gepresst gehalten.

Osama verscheuchte die düsteren Gedanken, zog ein neues Hemd an und band sich eine Krawatte um, was er seit einem Jahrzehnt nicht mehr getan hatte. Unter Tränen sah Malalai ihm beim Ankleiden zu, wie er dann sein Gewehr nahm und das Magazin überprüfte. Sie schlang ihre Arme um ihn, und lange hielten sie einander stumm im Arm.

»Ich will versuchen herauszufinden, was passiert ist«, sagte Osama knapp, als er sich aus Malalais Umarmung löste.

Sein Fahrer und der Pick-up als Begleitschutz warteten bereits mit laufenden Motoren vor der Tür. Die Männer waren ernst, nervös. Die Nachricht vom Tod seines Assistenten hatte bereits die Runde im Kommissariat gemacht; Babrak war sehr beliebt gewesen. Als Osama im Kommissariat ankam, dämmerte es gerade. Er begab sich direkt zur Abteilung Nachrichtendienst, wo er seinen Kollegen Reza antraf, unrasiert und übernächtigt.

»Guten Morgen, Osama.« Er schob ihm eine Tasse dampfenden Tee zu. »Ich habe auf dem Feldbett geschlafen. Nicht besonders lange, wie du dir denken kannst.«

»Hast du was Neues?«

»Wir haben den *Shahid* identifiziert. Er heißt Abdul Hakat. Ein ehemaliger Taliban, saß nach dem Sturz des Regimes zwei Jahre im Gefängnis.«

»War er bekannt?«

»Ja und nein. Bekannt genug, um aktenkundig zu werden, aber nicht bekannt genug, um ständig überwacht zu werden. Er diente dem NDS manchmal als Informant und hat etwa ein Dutzend Personen denunziert.«

»Was hat dir der NDS erzählt?«

»Du kennst sie ja. Diese Schweinehunde erzählen mir nie etwas. Sie würden um keinen Preis zugeben, dass dieser Typ nach seiner Entlassung aus dem Gefängnis für sie gearbeitet hat. Hakat spielte vielleicht ein doppeltes oder sogar ein dreifaches Spiel. Oder seine Talibanfreunde von früher haben ihn verpfiffen.«

»Hast du schon damit begonnen, seine Angehörigen zu verhören?«

»Die ganze Familie ist unten, in den Zellen. Sie üben gerade ein wenig Druck auf seinen Bruder aus, das ist auch einer von diesen Talibansäcken. Der wird seine ganzen Zähne ausspucken, das kannst du mir glauben! Wir haben drei Tage Zeit!«

Die gültige Rechtsordnung war eine seltsame Mischung aus afghanischer Tradition und westlichem Recht: Die Untersuchungshaft war gesetzlich auf zweiundsiebzig Stunden beschränkt, doch nichts untersagte *de facto,* die Verdächtigen in dieser Zeit zu foltern – was die Polizei sich nur selten entgehen ließ, wenn es sich um Terrorismus handelte.

»Hat er schon was gesagt?«

»Er schwört, dass sein Bruder kein echter Taliban war, dass er sich niemals in die Luft gesprengt hätte. Von wegen! Möchtest du ihn sehen?«

»Ja.«

Sie gingen ins Untergeschoss hinab. Eine schmale Treppe führte auf einen breiten Korridor aus blankem Beton, der alle zehn Meter von einer Neonröhre an der Decke erhellt war. Die Atmosphäre war beklemmend, der Gestank beinahe unerträglich. Zu jeder Seite des Korridors führten Türen – einige vollständig aus Eisen, andere mit einer Gitteröffnung – in Vernehmungsräume und Zellen. Einen der Räume betraten Reza und Osama, er war zwanzig Quadratmeter groß, fensterlos. In der Mitte ein schwerer Holztisch mit Halterungen auf jeder Seite, um einen Menschen darauf mit ausgebreiteten Armen festzuschnallen. Wacklige Stühle standen herum. An einen von ihnen hatte man einen nackten Mann gefesselt, die Hände auf dem Rücken; zwei Polizisten beugten sich über ihn. Der Mann hatte eine gebrochene Nase, Blut lief ihm übers Gesicht, ein Auge war angeschwollen. Seine Füße waren von den vielen Schlägen mit dem Ochsenziemer violett angelaufen. Er war mit Erbrochenem, Urin und seinen eigenen Exkrementen besudelt. Die Polizisten des Geheimdienstes waren nicht gerade zimperlich. Einer der beiden holte gerade mit dem Ochsenziemer aus und drosch dem Gefangenen damit ins Gesicht. Blut spritzte, der Mann stieß einen Schrei aus.

Reza nahm einen der Polizisten beiseite.

»Und, kriegt ihr was raus?«, flüsterte er.

»Nichts Neues. Dieser Dreckskerl schwört, sein Bruder sei kein Taliban mehr gewesen, er hätte es nur wegen des Geldes gemacht und nicht aus Überzeugung. Er selbst wird allerdings als gefährlich eingestuft. Wir beobachten ihn seit geraumer Zeit.«

»Verheimlicht er uns etwas?«

»Ich glaube nicht. Wir werden trotzdem weiterarbeiten.«

Auf dem Weg zurück in ihre Büros sagte Reza: »Wir fahren zu ihm. Du kommst mit.«

Abdul Hakat wohnte in einem paschtunischen Armenviertel im Süden der Stadt. Sein Haus, eine Bruchbude aus Lehm, vor der sich ekelerregende Abfälle häuften, wurde von finster dreinblickenden Polizisten bewacht. Eine Gruppe ebenso finster dreinblickender Männer mit langen struppigen Bärten schlich in der Nähe umher; von Zeit zu Zeit stießen sie drohende Verwünschungen aus.

»Das hier ist ein Talibanviertel«, bemerkte Osama.

»Scheiß drauf. Wenn diese Dreckskerle glauben, wir würden Sie höflich bitten, unsere Arbeit tun zu dürfen, dann täuschen sie sich«, sagte Reza.

Osama betrat das Haus als Erster. In einer Ecke saßen mehrere in ihre Burka gehüllte Frauen. Fünf blaue Silhouetten, dieselbe Größe, derselbe Körperumfang. Das Gitter vor den Augen machte es unmöglich, festzustellen, wer sich darunter verbarg. Ein mit einer Kalaschnikow bewaffneter Soldat bewachte sie, den Finger am Abzug.

»Wer sind diese Frauen?«

»Die Mutter von Abdul Hakat, die beiden anderen Frauen seines Vaters, die beiden Frauen seines Bruders«, sagte Reza.

»War Abdul nicht verheiratet?«

»Nein.«

»Wo ist der Vater?«

»Er hatte während des Verhörs einen Herzanfall, meine Männer haben ihn wohl etwas heftig angepackt. Er ist im Krankenhaus.«

»Wie geht es ihm?«

»Schlecht. Der Arzt, der ihn untersuchte, meinte, er würde sterben.«

Osama entdeckte einen Brief auf einer Werkbank aus Holz.

»Ist das der Abschiedsbrief?«

»Ja. Seine Mutter sagt, jemand muss ihn für ihn geschrieben haben, er konnte nicht schreiben.«

Es war eine kurze Nachricht auf Paschtunisch, in der es im Namen Allahs hieß, die *Kuffār* und die schlechten Muslime hätten zu verschwinden. Der Brief schloss mit der Gewissheit, ins Paradies zu gelangen und dort von herrlichen Jungfrauen umgeben zu sein. Keine außergewöhnlichen Zeilen, sie ähnelten in allem dem, was Osama bislang in diesen Fällen gelesen hatte. Wenn es sich um Analphabeten handelte, was beinahe immer der Fall war, schrieb ihn ein Mullah für sie.

»Es ist kein einziger Grammatikfehler darin. Derjenige, der ihn verfasst hat, ist ein gebildeter Mann.«

»Nicht alle Taliban sind ungebildet«, erwiderte Reza. »Das genügt nicht, um herauszufinden, wer ihn geschrieben hat. Wir werden die Nachbarn befragen, um in Erfahrung zu bringen, welche Moschee er besuchte.«

»Kann ich mal sein Zimmer sehen?«

Es war ein winziger Raum. Die Mitarbeiter des Nachrichtendienstes hatten bereits alles auf den Kopf gestellt.

»Haben wir inzwischen etwas gefunden?«, fragte Reza streng.

»Nichts, *Qoumaandaan*«, gab einer seiner Männer zurück. »Keine Talibanpropaganda.«

»Kein Wunder, er konnte ja nicht lesen«, brummte der Abteilungsleiter.

Osama durchsuchte die Kleidung des Toten. Alles war in miserablem Zustand, ein Paar Rangers pakistanischer Herkunft fiel beinahe auseinander. Alle Kleidungsstücke waren schmutzig, abgetragen und, zumindest dem entsetzlichen Geruch nach zu urteilen, nie gewaschen worden.

»Seit zehn Minuten durchwühlst du nun schon diese Lumpen«, bemerkte Reza. »Irgendwas Verdächtiges?«

»Es finden sich nur afghanische Klamotten hier, zum Zeitpunkt des Attentats war Hakat aber westlich gekleidet. Seine Schuhe sahen brandneu aus, es handelte sich außerdem um ein edles Fabrikat, während all dies hier alt und schmutzig ist. Außerdem stinkt alles dermaßen, dass einem speiübel werden könnte.«

»Vielleicht hatte er sich extra seine schönsten Sachen angezogen?«

»Von welchem Geld hat er die denn gekauft? Amerikanische Schuhe, wie er sie trug, kosten Tausende von Afghanis. Irgendwas passt da nicht zusammen.« Osama blickte sich prüfend um.

»Gehen wir ins Krankenhaus«, schlug Reza vor. »Katun hat sicher schon mit der Autopsie begonnen.«

Daktar Katun erwartete sie bereits in den Räumlichkeiten, wo Osama ihn auch beim letzten Mal getroffen hatte. Sie schüttelten sich lange die Hand.

»Tut mir leid wegen deines Assistenten.«

»Hast du Neuigkeiten?«

»Ich bin fertig. Um schneller voranzukommen, habe ich die Autopsie gleich hier und nicht im gerichtsmedizinischen Institut durchführen lassen. Keine optimale Situation, weil sie quasi unter den Augen des Staatsanwalts stattfand, aber ich denke, man wird mir diesen Ausrutscher verzeihen.«

Osama und Reza nahmen dem Arzt gegenüber Platz. Katun zog ein Blatt Papier aus dem Drucker hinter seinem Schreibtisch.

»Viel habe ich nicht, nur eine untere Körperhälfte und einen Kopf. Der Mann starb sofort in Folge der Explosion einer Ladung von zwei bis drei Kilo starkem Sprengstoff, den er am Körper trug. Der Geruch ist typisch für Nitropenta, meiner Meinung nach war das C 5, wie Sie bereits vermuteten. Ich glaube, er trug es am Rücken, was die Deformation des Körpers erklärt und die Tatsache, dass die Haut des Bauchs am Unterleib hängenblieb und wie ein Tischtuch vor den Schenkeln herabhing. Anstatt vertikal in die Luft geschleudert zu werden und anschließend wieder auf den Boden zu fallen, wurde der Kopf in einem Winkel von etwa fünfundvierzig Grad fortgeschleudert. Er traf mit voller Wucht auf eine Wand, was seinen schlimmen Zustand erklärt.«

»Der Mann von der Security hat bestätigt, dass er die Wirbelsäule der Kunden nicht abtastet. Die Ladung war außerhalb der Körperzonen platziert, die normalerweise gefilzt werden.«

»Das ist neu. Ist dir das vorher schon mal begegnet?«, fragte Osama.

»Nein. Ich habe daraufhin sogar im Internet recherchiert, dort aber nichts gefunden, auch nicht in Bezug auf den Irak oder auf Pakistan.«

»Eine neue Vorgehensweise, in der Tat«, fügte Reza hinzu. »Sie werden von Tag zu Tag besser.«

»Bedenken Sie, dass mir kein Organ zur Überprüfung zur Verfügung stand, da der Rumpf völlig fehlte. Zu Ihrer Information: Der Körper war äußerst ungepflegt und schmutzig, dieser Mann hatte seit drei oder vier Wochen nicht mehr gebadet.«

»Seltsam«, bemerkte Osama. »Normalerweise waschen sie sich besonders sorgfältig, bevor sie sich in die Luft sprengen, nicht wahr?«

»Nicht immer«, erwiderte Reza. »Ich habe zwei Fälle von *Shahids,* die sich hygienisch nicht darauf vorbereitet hatten. *Daktar,* hatte er sich die Schamgegend rasiert?«

»Nein.«

Osama sah den Leichnam wieder vor sich. »Ich hatte den Eindruck, dass seine Jeans sehr eng saß. Trug er Schutzbinden oder mehrere Schichten an Unterwäsche?«

»Kein besonderer Schutz, nur eine Unterhose, genauso schmutzig wie seine übrige Kleidung.«

Osama und Reza blickten sich an. Für gewöhnlich schützte ein Selbstmordattentäter seine Genitalien, damit sie im »Leben danach« intakt waren, wenn er auf die zweiundsiebzig Jungfrauen im Paradies traf.

»Er erwähnt die Jungfrauen in seinem Abschiedsbrief, schützt seine Genitalien aber nicht«, stellte Osama fest.

»Dieser Typ war ein richtig mieser Kerl. Einfach nur ein

Stück Scheiße«, sagte Reza. »Davon kannst du gar nichts ableiten.«

Da bin ich mir nicht sicher, dachte Osama.

Später, in seinem Büro, ging Osama die Fotos des Leichnams von Abdul Hakat durch, die er gemacht hatte, bevor sie sich von Katun verabschiedet hatten. Er stellte sich vor, wie der Kopf im Augenblick der Explosion wie ein Fußball davonschoss. Er hatte einmal eine DVD gesehen, auf der ein Mitglied des Schin Bet, des israelischen Inlandsgeheimdienstes, einen palästinensischen Märtyrer verhörte, dessen Bombe nicht explodiert war. Als der Mann die Fotos von anderen Märtyrern sah, deren Köpfe intakt geblieben waren, während ihr Körper – einschließlich der Genitalien – eine nicht mehr wiederzuerkennende breiige Masse war, schien er verblüfft. Plötzlich wurde ihm bewusst, was für Auswirkungen seine Handlung auf seinen Körper gehabt hätte.

Osama griff nach der Großaufnahme eines der Schuhe von Abdul Hakat. Wieder blieb er an diesem Detail hängen, es wurmte ihn. Wie konnte ein so bettelarmer und noch dazu so schmutziger Mensch sich diese Schuhe kaufen? Das Material und die strahlende Farbe ließen darauf schließen, dass es sich um ein teures Modell handelte, nicht um eine Billigimitation aus Pakistan. Mit Hilfe einer alten Lupe studierte er die Marke eingehender. New Balance. Er kannte sie nicht. Er rief einen seiner Fahrer zu sich, einen jungen Mann Anfang zwanzig, der bekannt dafür war, modisch auf dem neuesten Stand zu sein.

»Ahmad, kennst du eine Schuhmarke namens New Balance?«

»Nein, *Qoumaandaan*.«

»Erkundige dich bei anderen jungen Männern in deinem Alter und berichte mir dann, ob jemand anders sie kennt.«

Zwei Stunden später bestätigte ihm der Fahrer, dass niemand von dieser Marke je etwas gehört hatte. Osama beschloss, sich selbst zu erkundigen, als auf einmal der kleine Junge wieder in seinem Büro auftauchte, den Mullah Bakir ihm bereits beim ersten Mal geschickt hatte. Er verstand die Botschaft, nickte und zog seinen Mantel über.

*

Es schneite in Bern, doch in dem abgesicherten Konferenzraum der Firma bekam man gar nicht mit, was für ein Wetter draußen herrschte. Es war ein fensterloser Raum, dessen Wände mit Kupfer und anderen seltenen Metallen versiegelt waren und der durch ein komplexes System von Störschutzfiltern vor elektronischen Interferenzen geschützt wurde. Der General schilderte die einzelnen Etappen der Treibjagd auf den Flüchtigen. Am anderen Ende der Welt saß Joseph in dem abgeschirmten würfelförmigen Bau in Kabul. Es gab keine guten Nachrichten. Die beiden Männer sprachen mit gedämpfter Stimme, sie waren nervös und angespannt.

»Er ist einfach schon viel zu lange verschwunden. Seit er sich in Genf in Luft aufgelöst hat, haben wir keine ernstzunehmende Spur mehr. Ich glaube nicht, dass wir seiner noch mal habhaft werden.«

»Ich begreife nicht, wie es dazu kommen konnte!«

»Ich ebenso wenig. Unsere Männer haben alle Flüge aufs Genaueste durchkämmt. Sein Name tauchte nirgendwo auf. Er verfügt nicht über die Kontakte, um sich einen gefälschten Pass zu besorgen, daher nehme ich an, dass er sich immer noch in der Schweiz aufhält. Oder in einem der Anrainerstaaten, den er über den Landweg erreichen konnte, Frankreich, Italien, Österreich, er hat die Qual der Wahl. Wenn er es bis an eine Küste geschafft hat, wird er vielleicht ein Boot gechartert haben und in ein anderes Land geflüchtet sein, womöglich sogar nach Afrika, wo wir ihn nie finden werden.«

»Was ist mit Privatflügen?«

»Die haben wir auch unter die Lupe genommen, einen nach dem anderen. Es gab mehrere Hundert, seit er verschwunden ist. Zehn Männer waren seit seinem Verschwinden mit nichts anderem beschäftigt. Viele Privatflugzeuge werden von Firmen gechartert, die ihren Sitz in Steuerparadiesen haben. Es ist nicht leicht, festzustellen, wer im Einzelnen damit fliegt und wohin genau. Dies bleibt ein schwarzes Loch im Sicherheitssystem aller unserer Länder. Wenn er in einem Nachbarland ein Privatflugzeug bestiegen hat, sind die Chancen, ihn ausfindig zu machen, noch geringer. Dieser Mann ist intelligent, reich und gut organisiert.«

»Ich hoffe ja, dass Nick eine Spur findet, die uns entgangen ist.«

»Machen Sie Witze? Er wird nichts finden.«

»Was folgern Sie daraus? Lassen Sie mich Ihre Meinung hören.«

»Hören wir auf, uns den Kopf zu zerbrechen, und sehen wir den Dingen ins Auge. Er ist uns entwischt. Das war's dann eben.«

Die Komplizenschaft zwischen Joseph und dem General duldete keine falschen Zwischentöne. Sie nahmen kein Blatt vor den Mund. Bei jedem anderen seiner Männer wäre der General jetzt ausgerastet, nicht jedoch bei Joseph.

»Wenn man einen Flüchtigen nicht innerhalb der ersten zweiundsiebzig Stunden gefunden hat, tendieren die Chancen, ihn doch noch zu ergreifen, laut Statistik gegen null«, fügte Joseph noch hinzu. »Eine erneute Möglichkeit bietet sich erfahrungsgemäß nach vierundzwanzig Monaten, wenn der Flüchtige Heimweh bekommt: Dann begeht er Fehler, und man kann ihn sich schnappen.«

»Vierundzwanzig Monate? Sie sind ja verrückt! Wir können doch nicht zwei Jahre warten, bis wir ihn dingfest machen!«

»Warum nicht? Die Tatsache, dass nichts durchgesickert ist, beweist doch, dass dem Flüchtigen nicht daran gelegen ist, den Bericht öffentlich zu machen. Die beiden Psychiater, die sein Profil erstellt haben, sind der Ansicht, dass er mit der Akte nur im Extremfall an die Öffentlichkeit gehen wird, wenn er nämlich in die Enge getrieben wird. Das ist ein stolzer Mann, ein Perfektionist, er glaubt, er könne mit uns spielen. Außerdem hätte er ja selbst eine ganze Menge zu verlieren, wenn er den Bericht an die Öffentlichkeit bringt.«

»Ein derartiges Risiko können wir nicht eingehen.«

»Es ist ein begrenztes Risiko. Solange er die Kontrolle behält, wird der Flüchtige den Bericht unter Verschluss halten. Und das ist unser oberstes Ziel, nicht wahr?«

»Oberstes Ziel ist es, ihn wiederzufinden. Und Sie, mein bester Mann, schlagen vor, die Suche einfach aufzugeben.«

»Wir sind nicht die Einzigen, die ihn suchen, wenn ich es recht verstanden habe. Warum sollten wir dort Erfolg haben, wo alle offiziellen Geheimdienste versagt haben? Ich kann auch nicht zaubern. Richten wir eine zehn Mann starke Überwachungseinheit ein. Wenn er einen Fehler begeht, und das wird er zwangsläufig, packen wir ihn. Einstweilen stoppen wir die aktive Fahndung, sie führt zu nichts.«

»Das ist nicht der Auftrag, den ich habe.«

»Es gibt keine andere Lösung. Er wird den Ort wechseln, er wird früher oder später einen Fehler begehen. Es ist nur eine Frage der Zeit.«

Der General gab einen verärgerten Laut von sich. Die von Joseph vorgeschlagene Lösung war am vernünftigsten, aber es fiel ihm schwer, seine Niederlage einzugestehen.

»Unsere Auftraggeber sind über die Situation in Afghanistan beunruhigt«, sagte er schließlich. »Wie groß ist das Risiko, dass Kandar die Wahrheit herausfindet?«

»Er ist der beste Polizist des Landes. Die Russen haben ihn ausgebildet, und er ist unbestechlich. Im Augenblick entwirrt er das Knäuel, Zentimeter um Zentimeter. Ich glaube, bald wird die Situation eskalieren.«

»Es reicht mir mit dieser Geschichte, wir haben nichts unter Kontrolle! Damit muss jetzt Schluss sein, ein für alle Mal!«

»Sie wollen das eine und zugleich das Gegenteil davon. Wie kann ich Ihnen gewährleisten, dass die Arbeit zu Ihrer Zufriedenheit erledigt wird, wenn ich mich auf Mitarbeiter von außen verlassen muss, die es nicht einmal fertigbringen, im richtigen Augenblick abzudrücken?«

»Ich möchte Sie nicht unnötig der Gefahr aussetzen.«

»Mit dem Erfolg, dass unsere Operationen missglücken.«

»Fangen Sie noch mal an. Er muss sterben. Aber nicht direkt durch uns. Sie müssen ein gutes Team finden.«

*

Mullah Bakir leierte die üblichen Grußformeln herunter, diesmal aber die ausführliche Version auf Dari, und hielt dabei die ganze Zeit über Osamas Hand. Sein Blick verriet aufrichtiges Mitleid, während er Osama auseinandersetzte, wie sehr er seinen Schmerz teilte.

»Möchten Sie, dass wir gemeinsam *Ahadith* zum Gedenken an diesen Jungen rezitieren?«

»Gerne.«

Der Mullah entrollte einen an der Wand lehnenden Gebetsteppich und richtete ihn nach Mekka aus.

»Er kommt aus Jerusalem«, sagte er, »ich benutze ihn nur zu besonderen Gelegenheiten.«

Als sie sich wieder erhoben, waren lange Minuten verstrichen.

»Was halten Sie von diesem Attentat?«, fragte Osama.

»Mein Bruder, ich habe noch keine Informationen. Die ersten Fragen, die ich gestellt habe, blieben unbeantwortet. Niemand kannte diesen Abdul Hakat. Im Gefängnis hat er keine bleibende Erinnerung hinterlassen. Die Taliban misstrauten ihm.«

»Stand er in Kontakt mit irgendwelchen Talibanzellen in Kabul?«

»Ich hatte keine Zeit, diesbezüglich etwas in Erfahrung zu bringen. Die Sicherheitsmaßnahmen Ihrer Freunde zwingen die Rebellen dazu, auf einer anderen Ebene zu operieren, mit unabhängigen Zellen. Da etwas herauszubekommen, braucht viel Zeit, für eine umfassendere Recherche würde ich mehrere Tage benötigen.«

»Sie haben also keine zuverlässige Information?«

»Die Tatsache, dass ich keine habe, ist bereits eine Information, Bruder Osama. Dieser Abdul Hakat stand mit keiner der wichtigen Zellen der Taliban in Kontakt.«

»Dennoch hat er eine hochentwickelte Sprengvorrichtung und den allerneusten Sprengstoff – C 5 – benutzt.«

Mullah Bakir wischte das Argument mit einer lässigen Handbewegung beiseite.

»Das bekommen Sie überall, daraus können Sie gar nichts folgern. Er kann es sich sogar im Stammesgebiet besorgt haben.«

»Wie das? Er besaß doch keinen Heller.«

»Sie sind der Polizist. Sie müssen weiterforschen, bevor Sie Ihre Schlüsse ziehen.«

»Wann werden Sie die Wahrheit herausgefunden haben?«

»Vielleicht niemals. Ich erfahre ja auch nicht alles. Einige meiner Rebellenbrüder wissen, dass ich die Methode des Selbstmordattentats offiziell missbillige. Abgesehen davon, dass sie den Wert des Lebens unserer Kämpfer in Frage stellt, sehe ich darin auch einen Widerspruch zur Lehre des Islam, denn der Koran untersagt den Mord unschuldiger Zivilisten.«

»Selbst der Nazarener? Eure Männer waren nicht so rücksichtsvoll, als sie an der Macht waren«, erwiderte Osama scharf.

»Der Ungläubige muss eine echte Chance haben, zum wahren Glauben überzutreten, ihn inmitten einer Volksmenge zu töten, ermöglicht ihm dies nicht«, sagte der Mullah. »Ich habe mehrere Fatwas zu diesem Thema geschrieben, darunter eine, die von meinen Brüdern der Großen Moschee in Kairo übernommen wurde. Sie gilt heute für die ägyptischen Imame als bindend, was mich mit aufrichtiger Freude erfüllt. Ist Ihnen schon mal aufgefallen, dass es bei den muslimischen Brüdern niemals zu einem Selbstmordattentat kam? Was ich sagen will, ist, dass einige der radikalen Mitglieder der Rebellion nicht gerne mit meinen Boten sprechen.« Der Mullah ließ sich in seinen Sessel sinken. »Aber selbst wenn man nicht die ganze Wahrheit kennt, kann man sich ihr doch annähern. Uns wird bald eine Meinung über den Ursprung dieses Attentats vorliegen, sei sie nun fundiert oder nicht.«

»Was aber ist ganz spontan die Ihre, Mullah? Ihre ureigene Intuition, mit den wenigen Fakten, die Ihnen augenblicklich zur Verfügung stehen?«

Mullah Bakir sah Osama aus seinen dunklen Augen an. Aus seinem Blick war jegliche Freude gewichen.

»Ich denke, dass dieses Attentat nicht von unseren Leuten begangen wurde. Ich finde es seltsam, dass ein Mann, der zu keiner geheimen Gruppierung zu gehören scheint, plötzlich beschließt, sich in die Luft zu jagen, das dazu nötige Material findet und seinen Plan an einem streng abgesicherten Ort zur Ausführung bringt. Der Imam seiner Moschee wird im Augenblick von Ihren Kollegen verhört, sie foltern ihn, damit er gesteht, was man von ihm hören will. Ich kenne ihn, es ist ein gemäßigter Mann, der sich jeder Form von Gewalt widersetzt – niemals hätte er einen *Shahid* ausgebildet. Außerdem fehlt ihm das Zeug zum Manipulator. Die Ausbildung eines Märtyrers braucht viel Zeit, es ist eine totale Gehirnwäsche. Man nimmt einem Menschen nach und nach die Kontrolle über seinen Willen, bis man ihn schließlich auch noch dessen beraubt, was am tiefsten in uns verankert ist: die Lust zu leben. Dieser Imam ist dazu nicht imstande.«

»Ging Abdul Hakat vielleicht zu einem anderen?«

»Soweit ich weiß, nein. Ich muss allerdings hinzufügen, dass mein Bote keine Zeit hatte, das Gespräch zu vertiefen, weil die

Häscher Ihres Kommissariats mit all der Finesse, die sie auszeichnet, die Tür eintraten. Sie packten den Imam, bevor die Unterhaltung beendet war …«

Osama stand auf und verneigte sich leicht.

»Danke für Ihre Informationen, Mullah. Sie sind von großem Wert für mich.«

Als er schon an der Tür war, sagte der Mullah noch: »Dass Sie sich mit Ihren beiden Assistenten direkt vor der Explosion in diesem Café befanden, kann kein Zufall sein. Hätte Gulbudin nicht seine Rückenschmerzen gehabt, wären Sie alle drei tot. Ich glaube nicht an derartige Zufälle.«

Osama wandte sich um.

»Ich auch nicht.«

»Werden Sie diese Untersuchung fortsetzen?«

»Haben Sie Zweifel daran?«

»Unsere arabischen Freunde haben ein wunderbares Sprichwort: Es ist besser, ein lebender Hund zu sein, als ein toter Löwe.«

»Die Geschichte, die sich hinter dem Tod Wali Wadis verbirgt, muss riesengroß sein, wenn sie diejenigen, die sie vertuschen wollen, zu derart entsetzlichen Aktionen zwingt.«

Der Mullah seufzte.

»Sie sind ein mutiger Mann, Bruder Osama. Versuchen Sie, noch ein paar Tage am Leben zu bleiben. Ihre Recherchen interessieren mich.«

»Und warum, wenn ich fragen darf?«

»Weil ich wie Sie das Gefühl habe, dass die Nazarener darin verwickelt sind, und wissen möchte, ob es die Russen, die NATO oder jemand anders ist. Denn diese Marionettenregierung und diese bunt zusammengewürfelte Militärkoalition werden eines Tages von einer neuen, hoffentlich gemäßigten Talibanbewegung hinweggefegt werden. Die UNO muss uns an die Macht kommen lassen, zugleich aber mit den Tadschiken und den Hazara verhandeln, damit es keinen Bürgerkrieg gibt.

Diese Blankovollmacht können wir auf verschiedenen Wegen erhalten. Durch Verhandlungen. Durch Terrorangriffe. Durch die Schaffung gemeinsamer Interessen.«

»Oder durch Erpressung …«

Der Mullah deutete ein Lächeln an.

»Erpressung, was für ein hässliches Wort. Eines ist sicher, Bruder Osama, wir kommen bald an die Macht. Nur wie wir an die Macht kommen, ist noch nicht sicher. Ich will Leben retten, neue Massaker vermeiden, unsere Bewegung auf eine gute Basis stellen, indem wir die verführerischen Beziehungen zu al-Qaida kappen und gleichzeitig einen Nichtangriffspakt mit der Nordallianz schmieden. Nur die westliche Allianz kann mir dabei helfen.«

»Ich verstehe Ihre Strategie nicht.«

Der Mullah blickte sinnend in die Ferne.

»Politik ist die Kunst der Ausführung, und die Grundlage dafür gehorcht bisweilen recht komplexen Strukturen. Grob vereinfachende Pläne funktionieren niemals. Viel Glück, Bruder Osama. Meine Gedanken begleiten Sie.«

Osama beschloss, noch einmal den Gerichtsmediziner aufzusuchen. *Daktar* Katun befand sich im Operationssaal, Osama ordnete an, man möge ihn holen. Kurz darauf kam Katun angelaufen, den weißen Kittel und die Handschuhe voller Blutspritzer.

»Ich brauche noch einmal deine Hilfe«, sagte Osama.

»Alles, was du willst, aber beeil dich. Ich war gerade dabei, einem meiner Patienten eine Zyste von der Größe einer Zitrone zu entfernen.«

»Du musst mir einen der Schuhe des *Shahid* geben. Ich bringe ihn dir später wieder.«

»Und wenn sie die Habseligkeiten des Toten haben wollen?«

»Wenn es der NDS ist, sag ihnen, du hättest sie dem Geheimdienst übergeben, und wenn es die Polizei ist, behaupte das Gegenteil.«

»Gut, gut«, brummte der Arzt. »Warte hier.«

Einige Augenblicke später streckte er Osama einen sterilen Beutel hin, darin war der Schuh.

»Ich habe den hier genommen, weil er noch heil ist.«

»Danke. Du hast etwas gut bei mir!«

*

Auf dem Letten herrschte reger Betrieb. Die Prostituierten standen in einer langen Schlange und warteten auf den nächsten Kunden, während blitzblanke Autos langsam heranfuhren. Nick beobachtete den Ort seit einigen Stunden, bislang ohne Erfolg. Allmählich hatte er genug, doch jedes Mal, wenn er beschloss aufzuhören, dachte er an Werner. Er war es ihm schuldig.

Nick bedauerte, mit seinem kleinen Cabrio hier zu sein – es war zu niedrig. Er musste den Hals verdrehen, um die Prostituierten auf dem Bürgersteig im Blick zu haben.

Einer heimlichen Ordnung folgend, standen zuvorderst die Hübschesten, dann die weniger Verführerischen, diejenigen, die schon zu lange ihrem Job nachgingen. Zum Schluss die Transvestiten, die unter dicken Schminkschichten vergeblich versuchten, sprießende Bärte zu überdecken. Nick fuhr langsam an der Reihe der Mädchen vorüber, Yasminas Foto in der Hand. Keine ähnelte ihr, nicht einmal aus der Entfernung. Er parkte am Straßenrand und tastete nervös nach der Waffe an seiner Hüfte. Als er ausstieg, wurde er Zeuge von leise geführten Verhandlungen: »Fünfundzwanzig mit allem.« – »Nein, zwanzig.« – »Okay, für dreißig, aber ohne Gummi.«

Er steuerte ein Mädchen in einer Nische an. Sie war ziemlich jung, schien aber völlig fertig zu sein, sie schwankte mit halbgeschlossenen Augen vor und zurück.

»Komm, Schatz, ich mach's dir für dreißig Franken.«

»Nein, danke.«

Er ging um sie herum, weil er eine andere Frau gesehen hatte, die deutlich älter war und sich im Hintergrund hielt.

»Komm schon, zwanzig Franken«, beharrte die erste Nutte, »ich blas ihn dir, und dann steckst du ihn bei mir rein.«

»Nein, danke«, sagte Nick erneut.

Das Mädchen kam hinter ihm her.

»Na los, zehn Franken, ohne Gummi, ich brauch 'nen Stein.«

Einen Stein. Crack. Dabei war sie schon total am Ende. Nick ging weiter, doch das Mädchen klammerte sich an ihn und schluchzte.

»Bitte, bitte, ich brauch Stoff, unbedingt! Einen Franken, ich mach's dir für einen Franken, nur einen Franken!«

Voller Panik bei dem Gedanken, dass sie ihn zerkratzen könnte, machte Nick sich los. Er hielt ihr einen Fünf-Franken-Schein hin, den sie ihm aus der Hand riss. Sie stürmte davon. Die andere Frau, die er ansprechen wollte, lachte höhnisch auf.

»Arme Marylin, die ist total hinüber. Von den fünf Franken kauft sie sich einen halben Stein Crack, die hält ja nicht mal 'ne Stunde durch.«

Nick zog einen Zwanzig-Franken-Schein aus der Tasche und schwenkte ihn vor ihrem Gesicht.

»Ich brauche eine Auskunft.«

»Aber gerne doch, Schätzchen. Du bist hübsch, du gefällst mir.«

Die Frau trat hervor. Sie steckte in viel zu engen Klamotten, Lederhose und Lederjacke. Doch sie schien bei guter Gesundheit und gepflegt zu sein. Wie Nick von weitem gemutmaßt hatte, war sie schon Anfang sechzig, vielleicht sogar noch älter. Sie kannte Yasmina möglicherweise, vielleicht war es eine Kollegin von ihr. Er zog das Foto aus der Tasche.

»Erinnert Sie diese Frau an jemanden?«

Die Prostituierte kam etwas näher. Nick roch ein billiges Parfum.

»Vielleicht. Was krieg ich noch, außer den zwanzig Franken?«

Nick steckte den Geldschein wieder ein.

»Du gibst mir die Auskunft, ich gebe dir zwanzig Franken. Sonst vergessen wir das Ganze.«

»Warte doch, reg dich nicht gleich auf, Schätzchen.«

Nick bekam es mit der Angst zu tun, er fragte sich, wie glaubwürdig er als harter Macho wirkte. Vermutlich überhaupt nicht.

»Das Mädel heißt Yasmina. Sie ist eine der Ältesten hier.«

Nick spürte, wie sein Herz plötzlich schneller schlug.

»Weißt du, wo ich sie finden kann?«

»Zum letzten Mal habe ich sie gesehen, als sie sich direkt am Fluss einen Schuss setzte, hinter der Käsefabrik im Kreis 10, zur Limmat hin. Die Fabrik ist riesig, du siehst sie schon von weitem, der Geruch ist unverkennbar. Es gibt eine Reihe besetzter Gebäude und eine große unbebaute Fläche mit Wellblechhütten für die Penner. Dort geht sie anschaffen, auf dem Brachland. Bei der kannst du deine großen Scheine schön stecken lassen, Schätzchen, die bläst dir einen für fünf Euro, und die ganze Nummer kostet nur zehn. Wenn sie's ganz dringend braucht, kriegst du noch einen Rabatt obendrein.« Die Prostituierte stieß ein freudloses Lachen aus. »Beeil dich, sie hat Aids und Hepatitis, das wissen hier alle. Bald ist sie tot.«

*

Anstatt ins Kommissariat zurückzukehren, fuhr Osama mit dem Taxi zum Souk. Das Gewimmel in dieser Gegend war unbeschreiblich, ein großer Teil der drei Millionen Einwohner Kabuls erledigte hier regelmäßig seine Einkäufe. Tausende Frauen in Burka drängten sich in den verstopften Straßen aneinander vorbei, einige auf Eseln sitzend, die von ihrem Ehemann oder Bruder geführt wurden. Überall liefen Händler durcheinander, von allen Seiten wurden lautstark Waren feilgeboten. Man hielt

Osama eine neue Burka für seine Frau hin, empfahl ihm neue Schnabelschuhe für ihn selbst, lockte mit gerösteten Pistazien oder Gewürzen. Sein Kopf ragte aus der Menge heraus, und er befürchtete, ein Spion des NDS, von denen sich etliche hier herumtrieben, könnte ihn entdecken. Nachdem er zum Schein zwei, drei Geschäfte betreten hatte, blieb er vor einer neonbeleuchteten Auslage stehen. Das Geschäft hieß Parise-Kabul, neben der Inschrift auf Dari prangte ein plumper Eiffelturm. Osama trat ein und wandte sich an einen der Verkäufer. Kaum zehn Sekunden später stürzte der Besitzer auf ihn zu. Er war einer der wichtigsten Händler des ganzen Souk, ein Mann, der sich auf den Import westlicher Mode und Parfums spezialisiert hatte. Seltsamerweise hatte sein Geschäft während der Talibanherrschaft nicht gelitten, ganz im Gegenteil: seine Pseudo-Pariser Turbane von »Christian Bior« oder »Chamel« gingen weg wie warme Semmeln. Der Händler forderte Osama auf, in seinem besten Sessel Platz zu nehmen, und schnippte mit den Fingern, damit ihnen Tee mit frischer Minze serviert wurde, die in Kabul schwer zu bekommen war. Osama hatte den Laden noch nie betreten und war beeindruckt. Es war das größte Geschäft, das er je gesehen hatte, selbst das Gum in Moskau war nicht so groß. Es erstreckte sich über drei Etagen, es war das Einzige seiner Art in Kabul. Es gab sogar eine Rolltreppe, die – voller Stolz von ein paar Scheinwerfern beleuchtet – im Erdgeschoss ächzend ihre Arbeit leistete. Tausende von Tschadors und Burkas hingen von der Decke herab, inmitten eines Sortiments europäischer Kleidung – das grenzte an Provokation. Der Händler folgte Osamas Blick.

»Es gibt Frauen, die sich zu Hause gerne europäisch anziehen. Sie besuchen sich gegenseitig, schminken sich, tragen das Haar offen und entblößen große Teile ihres Körpers, wie zu Zeiten des Schahs. Als Einziger auf dem gesamten Markt vertreibe ich übrigens auch Burkas aus italienischem Stoff. Es ist ein wunderbarer Stoff, er kommt aus Modena.«

Osama griff nach dem sterilen Beutel mit dem Schuh in seiner Umhängetasche.

»Ich möchte meinem Sohn gern ein Paar solcher Schuhe schenken, wenn er zu Besuch kommt. Diese Marke gefällt ihm nämlich sehr. Verkaufen Sie die auch?«

Der Händler nahm den Beutel, begutachtete den Schuh durch das Plastik hindurch und machte ein betrübtes Gesicht.

»Das sind New Balance. Nein. Nein, *Qoumaandaan* Kandar. Die werden nicht importiert. Ich könnte welche bekommen, müsste sie aber in den Vereinigten Arabischen Emiraten bestellen. Das wird teuer werden, sehr teuer.«

»Wie teuer? Tausend Afghanis?«

Der Händler schüttelte den Kopf.

»Viel mehr als das, *Qoumaandaan*, viel mehr. Diese Schuhe kosten mindestens zweihundert Dollar vor Ort. Mit der Kommission für den Zwischenhändler, den Transportkosten, der Diebstahlversicherung und der Gewinnspanne verdoppelt sich der Preis bestimmt. Das heißt zwanzigtausend Afghanis, mindestens.«

Die Höhe der Summe verblüffte Osama. Der *Shahid* war nur ein armer Tropf, nie im Leben hätte er sich eine derartige Ausgabe leisten können.

»Solche Schuhe bekommt man auch nicht in Peschawar?«

»Sie finden dieses Fabrikat nicht in Pakistan, allenfalls in den Luxusboutiquen von Islamabad, aber da kosten sie noch mehr als am Persischen Golf.«

»Und ein Imitat?«, hakte Osama nach.

»Diese Marke ist nicht bekannt genug. Niemand würde Kopien davon anfertigen, sie würden sich nicht verkaufen. Sollte es dennoch welche geben, würde man nicht denselben Preis wie für die Marke Nike oder Cardin erzielen. Warum sollte man also das Risiko auf sich nehmen und sie herstellen?«

Osama hielt ihm erneut den Beutel mit dem Schuh hin.

»Schauen Sie sich ihn noch einmal genau an – sind Sie sicher, dass dieser Schuh keine Imitation ist?«

»Ich brauche ihn mir nicht noch einmal anzusehen, *Qoumaandaan*. Dieser Schuh ist ein Original, das bestätige ich Ihnen, keine Imitation hätte diese Materialqualität.« Er breitete die Arme aus und deutete auf die Kleidungsstücke um ihn her. »Ich verkaufe zahlreiche Imitate, ich weiß, wovon ich rede.«

Osama hatte zunächst geglaubt, dass der *Shahid* sich die Schuhe von dem Geld gekauft hatte, das er für den Auftrag bekommen hatte. Jetzt musste er komplett umdenken. Sein Gehirn arbeitete mit Höchstgeschwindigkeit, es stellte unterschiedliche Hypothesen auf, während er sich seinen Weg durch den Basar bahnte. Jemand hatte dem Kamikaze-Attentäter diese Schuhe gegeben, damit er am Türsteher des Hamad Cafés vorbeikam. Entweder waren die Schuhe einem Westler, ob tot oder lebendig, geklaut worden, oder ein Westler, der als Komplize fungierte, hatte sie ihm gegeben. In beiden Fällen waren seine Fingerabdrücke darauf.

*

Nick saß am Steuer, seine Augen waren vor Müdigkeit gerötet. Dieser Abstieg in die Eingeweide Zürichs hatte ihn erschöpft. Alle Menschen, denen er begegnet war, waren verkommen – körperlich oder moralisch. Prostituierte ohne Zukunft, sexgierige Kunden, die sie wie Objekte behandelten, völlig gefühllose Drogensüchtige und Zuhälter. Wollte er sein Leben etwa auf diese Art verbringen? Indem er mit dem Bodensatz der Menschheit verkehrte? All dies wegen einer absurden Ermittlung. Vor dem erstbesten Café hielt er an. Er hatte Lust auf ein Bier. Seufzend ließ er sich auf eine Sitzbank sinken. Er hatte einige einzelne Dokumente aus der Akte mitgenommen. Zwar war es theoretisch untersagt, derartige Unterlagen aus dem Büro zu entwenden, aber befolgte man die Sicherheitsvorschriften der Firma sklavisch, galt selbst das Toilettenpapier als »top secret« … Er resümierte für sich selbst den Stand der Dinge: Der Gesuchte arbeitete seit zwanzig Jahren für Willard Consulting, eine einflussreiche und geheime Gruppe von Lobbyisten, von deren Existenz Nick erst seit kurzem wusste. Er fuhr oft in den Irak und nach Afghanistan, was die häufigen Flugreisen belegten, die er in den vergangenen fünf Jahren in diese Länder unternommen hatte. Er hatte seinen Arbeitgeber verraten, aber wie und weshalb, wusste Nick nicht.

Die ganze Firma wusste, dass Joseph mit mehreren Männern auf einer Mission in Afghanistan unterwegs war. Einige seiner Analystenkollegen hatten den Fall eines seltsamen Mittelsmannes übernommen, der einige Tage zuvor plötzlich verstorben war. Nick war kein Idiot: Selbst wenn man ihm nichts sagte, konnte dies kein Zufall sein. Die beiden Angelegenheiten mussten irgendwie verknüpft sein. Ungeachtet der Frage, in welche Richtung sich seine Untersuchung entwickelte, musste er in Erfahrung bringen, was man vor ihm verbarg. Und dafür gab es unglücklicherweise nur eine einzige Lösung: die Büros der Firma zu durchsuchen, mit all den Risiken, die dies mit sich brachte.

Er trank sein Bier aus, den Blick ins Leere gerichtet. Dieser Fall bereitete ihm zunehmend Unbehagen. Er hatte das Gefühl, in einem stockfinsteren Tunnel zu tappen. Und er fragte sich, ob er den Mut haben würde, ihn bis ans Ende zu gehen.

9

Kaum war er im Büro, bestellte Osama Gulbudin, Dschihad, Rangin und Abdul zu sich. Gulbudin wirkte völlig niedergeschlagen, der Verlust seines Kollegen und Freundes war ein harter Schlag für ihn.

»Von heute an übernimmt Gulbudin die gesamte Arbeit von Babrak am Fall Wali Wadi. Ich möchte, dass er sich völlig darauf konzentrieren kann. Teilt seine anderen Aufgaben unter euch auf.«

»Geht klar, *Qoumaandaan*«, erwiderten die anderen im Chor.

Osama erklärte ausführlich, was er von ihnen erwartete, während Gulbudin Notizen in Steno machte, das gesunde Auge auf Osama gerichtet. Zum Schluss sagte er nur: »Wird gemacht.«

»Ihr alle werdet uns bei der Untersuchung des Attentats im Hamad Café helfen, ich möchte, dass wir dem Nachrichtendienst zur Hand gehen.«

»Dieser Fall hier geht uns alle persönlich an. Womit soll ich anfangen?«, fragte Dschihad.

Osama hielt ihm den Beutel mit dem Schuh hin.

»Zieh dir Handschuhe an und verschaffe mir eine umfassende Aufstellung der Fingerabdrücke auf diesem Schuh. Nimm dir anschließend so viele verlässliche Männer, wie du brauchst, und leite die Fingerabdrücke an die Datenbank weiter.«

»Nach wem suchen wir?«

»Sage ich dir später.«

Nachdem er seine Post gelesen und sich auf den aktuellen Stand der laufenden Untersuchungen gebracht hatte, besuchte Osama ein zweites Mal Babraks Witwe. Sie empfing ihn in Gesellschaft ihrer gesamten Familie, die aus der Region Zaranj gekommen war, um ihr beizustehen. Der größte Raum der Wohnung – die Decke war so niedrig, dass Osama sie beinahe mit dem Kopf berührte – war mit einem großen Tuch in zwei Räume getrennt worden; auf der einen Seite befanden sich die Männer, auf der anderen die Frauen. In der Mitte war ein Buffet aufgebaut. Die Frauen trugen bunte Kleider und einen dünnen Schleier, der nur ihre Haare bedeckte. Keiner der Männer trug einen Turban oder einen langen Bart. Alle waren erschüttert vom Tod des jungen Polizisten. Eine schöne Frau mit blauen Augen und mit schwarz nachgezeichneten Augenbrauen bestand darauf, dass er etwas aß. Er nahm ein wenig von dem Hammelfleisch, das wunderbar fett war, und etwas Reis mit gewürztem Joghurt.

Als er den Joghurt aufgegessen hatte, wollte eine andere Frau seinen Teller unbedingt erneut füllen. Er aß ohne Widerrede, um sie nicht zu kränken, obwohl er nicht im mindesten Hunger verspürte. Er war überrascht, dass die Männer immer wieder in den Bereich der Frauen kamen und Männer und Frauen ohne Rücksicht auf das Geschlecht miteinander redeten. Noch nie hatte er an einer derart gemischten Zusammenkunft teilgenommen: An sich durften Frauen keine anderen Männer sehen oder berühren, nur ihre Väter, Brüder oder Söhne. Hier aber hatten sie selbst mit den entferntesten Cousins Kontakt. Hatte es damit zu tun, dass die meisten Personen im Raum Schiiten waren? Ein Mann, der etwas älter war als die übrigen, trat auf Osama zu. Sein dichtes Haar verhüllte nur unzureichend die Narben zu beiden Seiten des Kopfes. Er erklärte Osama, dass die Taliban ihm die Ohren abgeschnitten hatten, weil er sich ihrer Meinung nach gegenüber der sunnitischen Religion versündigt hatte.

»Ich bin zufrieden«, sagte er abschließend, »ich hatte Glück – anderen wurde die Nase abgeschnitten, oder man durchtrennte ihnen gleich die Kehle.«

Osama nickte und wandte sich bald zum Gehen. Er fühlte sich unwohl in dieser tristen Atmosphäre. Er nahm die Witwe beiseite, um ihr mitzuteilen, dass er beschlossen hatte, die Untersuchung der Explosion im Hamad Café zusammen mit der Antiterror-Einheit selbst zu übernehmen.

»Werden Sie die Taliban finden, die die Bombe gelegt haben?«

»Ja, ich finde sie«, sagte Osama, »aber ich bin mir nicht mehr sicher, ob die Schuldigen Taliban sind.«

»Das verstehe ich nicht. Wer denn sonst?«

»Ich frage mich, ob das Hauptziel dieses Attentats nicht Babrak, Gulbudin und ich selbst waren. Wegen der Recherchen, die wir im Augenblick durchführen.«

Osama trat ein wenig näher, hielt aber einen schicklichen Abstand ein.

»Diejenigen, die diesen Mord begangen haben, werden teuer dafür bezahlen«, murmelte er. »Das schwöre ich bei Allah!«

»Ich habe diese Gewalt so satt! Ich will keine Toten mehr«, sagte die Witwe tonlos. »Ich will nur, dass mein Mann in Frieden ruht, dass dieses Land endlich wieder ein normales Land wird.«

Sie ging zu einer schäbigen Anrichte aus Resopal, zog eine Schublade heraus und entnahm ihr einen Zettel.

»Babrak hat zahlreiche Anrufe getätigt, bevor er wegging. Er suchte eine Kontaktperson für Sie, am Flughafen. Schließlich fand er jemanden, den Mann einer meiner Freundinnen. Er schien sich sehr zu freuen.«

Auf dem Zettel stand nur ein Name: Muhammad Taraki. Osama steckte das Stück Papier ein.

»Babrak war ein guter Ehemann und ein guter Vater«, sagte die Witwe, als der Kommissar sich verabschiedete. »Wir liebten uns von Herzen. Ich glaube, ich hatte ihn beinahe so weit, auf eine zweite Ehefrau zu verzichten.«

Bei diesen Worten brach sie in Schluchzen aus. Osama verharrte einen Augenblick stumm auf der Schwelle, jedes Wort wäre fehl am Platz gewesen.

Nachdem Osama eine halbe Stunde lang durch Straßen ohne Namen geirrt war, nahm er schließlich die zweite Abfahrt nach Bagram, die über die Shomali-Ebene führte. Eine sehr dicht befahrene Straße. Unvermittelt wendete er und brauste aufs Stadtzentrum zu. Einige Kilometer weiter hielt er wieder Kurs auf den Flughafen, zufrieden mit seinem Täuschungsmanöver: Niemand konnte ihm gefolgt sein. Er kreuzte und überholte Truppentransporte oder Laster mit Verpflegung der ISAF. Alle drei, vier Kilometer überwachte ein Trüppchen Elitesoldaten aus Kabul, in makelloser Uniform und mit Militärhut, den Verkehr, manchmal im Verbund mit Polizisten. Schließlich, nachdem er zwei Kontrollpunkte passiert hatte, erreichte er den Flughafen. Vor den Betonbarrieren, die Kamikaze-Fahrern Einhalt gebieten sollten, warteten verloren ein paar Taxis auf die seltenen Kunden. Etwas abseits standen einige gepanzerte Jeeps auf dem VIP-Parkplatz, in Erwartung westlicher Besucher oder Bauunternehmer, die sich einen derartigen Schutz leisten konnten. Zivilpolizisten und mit Waffen ausgerüstete Militärs streiften umher, auf der Suche nach einem Verdächtigen. Osama parkte seinen Jeep auf einem für offizielle Fahrzeuge reservierten Parkplatz, zeigte seinen Dienstausweis vor und betrat die Abfertigungshalle, die vor kurzem von den Japanern instand gesetzt worden war. Kaum Menschen, abgesehen von wenigen Reisenden und den Leuten vom Sicherheitsdienst. Kein Café, kein Geschäft. Es war sauber, ordentlich, gut organisiert – ein Modell dessen, was das neue Afghanistan dank internationaler Hilfe sein konnte.

Osama kannte niemanden in der Dienststelle für Immigrationsangelegenheiten, als einziges Zauberwort hatte er einen Namen: Muhammad Taraki. Er fragte sich, ob dieser Mann mit dem Taraki verwandt war, der in den 1970er Jahren Anführer der Khalq gewesen war, einer der beiden kommunistischen Parteien. Nachdem er mehrere Minuten in den Gängen umhergeirrt war, stieß er endlich auf sein Namensschild. Es handelte sich um den Leiter der Reinigungsabteilung des Flughafens! Obwohl er zornig war, den weiten Weg umsonst gemacht zu haben, sprach Osama bei ihm vor. Taraki hatte ein winziges Büro, das mit säuerlich riechenden Reinigungsmitteln vollgestopft war. Durchs Fenster sah man einen deutschen Panzer und, weiter entfernt, ein zum Abflug bereites Flugzeug.

»*Sahib* Taraki?«

»Ja, bitte?«

Er war ein alter Mann, der erschöpft vom Leben und seinen Qualen schien und in einem schlechtsitzenden, löchrigen *Shalwar qameez* steckte. Da es in seinem unbeheizten Büro schneidend kalt war, hatte er einen groben braunen Umhang um die

Schultern gelegt. Er sprach Paschtunisch, nicht Dari, hatte aber einen *Pakol* auf, wie ein Tadschike. Seine Aussprache war die eines gebildeten Menschen. Als er hörte, mit wem er es zu tun hatte, wurde er sehr freundlich.

»Ich kannte Babrak nicht persönlich«, sagte er, »aber meine Frau arbeitet zusammen mit seiner auf dem Gesundheitsamt, sie sind Freundinnen, obwohl Babraks Frau Schiitin ist. Wir standen uns daher sehr nahe.«

»Was für eine Abteilung im Gesundheitsamt ist das?«

»Die zahnärztliche Abteilung für Frauen. Meine Frau ist Abteilungsleiterin«, fügte Taraki voller Stolz hinzu. »Babraks Frau hat unter all den Frauen dort als Einzige studiert, abgesehen von einer Zahnärztin aus Pakistan. Sie ist die Assistentin meiner Frau. Sie sind wie Mutter und Tochter.«

In Afghanistan war die Familie ein wesentlicher Baustein des sozialen Lebens. Auf dem Land, in den kleinen Dörfern, heirateten oft Cousins und Cousinen ersten Grades einander, was die Bedeutung der Clans noch verstärkte. Freundschaften zwischen verschiedenen Clans oder Ethnien gab es nur in den Städten, dort, wo ein differenzierteres soziales Gefüge vorherrschte. Taraki erkundigte sich, ob sich schon neue Details zu dem Attentat abzeichneten, und Osama erwiderte, die Untersuchungen seien im Gange, der Durchbruch stehe jedoch noch aus. Taraki nickte, es schien ihn nicht sehr zu erstaunen.

»Es ist mir eine Ehre, Babraks Bitte zu entsprechen, vor allem jetzt, wo er mit den Gläubigen im Paradies ist, *Inshallah.*«

»Ich hatte ihn gebeten, die Liste aller ausländischen Passagiere aufzutreiben, die in den drei Tagen vor dem 4. März in Kabul angekommen sind und es zwischen dem 5. und dem 7. wieder verlassen haben.«

»Ganz recht.«

»Wissen Sie, wer mir hier auf dem Flughafen dabei helfen könnte, eine derartige Liste zu bekommen?«

»Ich. Ich habe diese Liste.«

Osama sah ihn überrascht an.

»Ich habe die Liste aller Passagiere mit Angabe ihrer Nationalität sowie ihre Ankunfts- und Abreisedaten. Die Schnittmenge müssen Sie selbst herausfinden.«

»Wie kommen Sie an eine solche Liste?«

»Meine Männer sind für die Reinigung der Büros verantwortlich. Sie gehen nachts durch, wenn sie leer sind. Ihre Kollegen von der Grenzpolizei sind nicht besonders umsichtig, *Qoumaandaan*, sie werfen Dokumente einfach in ihre Papierkörbe.« Taraki schob den Ärmel seines Umhangs hoch und enthüllte eine goldene Armbanduhr. »Viele Leute interessieren sich für diese Informationen, wie Sie sich vorstellen können. Ich bewahre alles auf. Normalerweise muss man für diese Information zahlen, aber für Sie, zum Gedenken an Babrak, ist sie kostenlos.«

Er zog eine Schreibtischschublade auf und entnahm ihr einen Stapel Papier – ein klassischer Ausdruck auf Lochpapier, mindestens zwei Zentimeter dick.

»Danke«, sagte Osama. Er war in einer Verlegenheit. Von einem rein rechtlichen Standpunkt aus betrieb Taraki da etwas, das man eigentlich als Spionage ahnden musste. Er hätte aufstehen und den Mann auf der Stelle anzeigen müssen. Indem er es nicht tat, lieferte er sich Taraki aus.

»Ich habe wenige Freunde«, sagte der Mann, als könnte er Gedanken lesen, »aber ich bin ihnen treu, so, wie sie mir auch treu sind. Ich darf doch mit Ihrer Verschwiegenheit rechnen?«

Osama begriff, dass Taraki fest im Sattel saß und sicherlich Beziehungen zu allen Lagern hatte, wahrscheinlich ebenso zu den Taliban wie zu den Spionen benachbarter Länder. Vielleicht sogar zu den Russen, was seine Unbekümmertheit erklärte.

»Sie können sich darauf verlassen.«

Er verabschiedete sich und ging hinaus, die kostbare Liste unterm Arm. Er fragte sich, wie vieler Ausdrucke es wohl bedurft hatte, damit Taraki sich seine goldene Armbanduhr hatte leisten können.

Als er den Flughafenbereich verließ, fiel Osama ein Minibus auf, der sich konstant einige Meter hinter ihm hielt. Man hatte ihn entdeckt. Jetzt wurde er also vom Minister überwacht oder von seinen geheimnisvollen westlichen Kontrahenten. Zum Glück war er diskret vorgegangen, er glaubte nicht, dass man herausfinden konnte, welcher Grund ihn hergeführt hatte. Er fuhr direkt zum Kommissariat. Gulbudin kam zu ihm ins Büro, setzte sich und legte seine Prothese mit einem Ächzen auf einem Stuhl ab. Solange er sich erinnern konnte, hatte Osama ihn nie klagen hören, nicht einmal, als er tödlich verwundet auf die Ladefläche eines Lieferwagens geschleudert worden war.

»Wir haben die Liste mit den Fingerabdrücken. Vier unterschiedliche Abdrücke, darunter die von Abdul Hakat, den wir dank der Polizeiakte offiziell ermitteln konnten. Die drei anderen sind unbekannt. Wie wollen Sie vorgehen?«

Es gab keine automatisierte Datei für Fingerabdrücke, wenngleich die Russen vor ihrem Abzug daran gearbeitet hatten. Die Amerikaner behaupteten, ein derartiges System einrichten zu wollen, um die Bekämpfung der Islamisten voranzutreiben, es würde aber Jahre dauern, bis es im Einsatz war. Osama wusste, dass diese Fingerabdrücke ihm vielleicht bei den weiteren Untersuchungen dienlich waren, dass sie ihm aber keinen direkten Namen liefern konnten.

»Hast du Spuren von dem Rußpulver auf dem Schuh hinterlassen?«, fragte er Gulbudin.

»Ja.«

»Versteck ihn gut in einem unserer Schränke im Untergeschoss. Und dann fahr ins Krankenhaus und übergib *Daktar* Katun diesen Brief. Persönlich.«

Als Gulbudin draußen war, sondierte Osama seinen Posteingang. Reza hatte ihm die jüngsten Untersuchungsergebnisse geschickt. Begierig las er sie durch. Der Bericht über das Verhör des Bruders des *Shahid* umfasste zwei Seiten. Auch nach einer Nacht in den Gewölben unter dem Kommissariat blieb er bei seiner Zeugenaussage, die als glaubwürdig eingestuft wurde. Sein Bruder Abdul sei nicht besonders gläubig gewesen, behauptete er. Er wisse von keiner Verbindung Abduls zu irgendeiner fundamentalistischen Gruppierung seit seiner Entlassung aus dem Gefängnis. Er bestätigte, dass Abdul an Gebetskreisen teilgenommen hatte, er sei jedoch mehr an der Speisung durch die Moschee als an einer tatsächlichen Vertiefung seines Glaubens interessiert gewesen. Osamas Miene verfinsterte sich, dieser Bericht bestätigte seine Vermutungen. Das zweite Dokument war Katuns Autopsiebericht. Osama fiel auf, dass er äußerst knapp ausfiel. Er verglich ihn mit dem Bericht, den Katun nach Wali Wadis Autopsie erstellt hatte. Die Fonts und die Schriftgröße waren anders. Er hatte den Verdacht, dass der NDS dieses Dokument neu verfasst hatte. Es fehlte der Hinweis darauf, dass Abdul Hakat nur eine Unterhose getragen und sich die Schamhaare nicht rasiert hatte. Seufzend ging Osama zum nächsten Dokument über. Es war eine Analyse der technischen Labors in Bezug auf die Bombe. Sie bestätigte, dass es sich bei dem Sprengstoff um C 5 handelte, die chemische Zusammensetzung ließ ein in Indien hergestelltes Fabrikat vermuten. Von der manuellen Sprengvorrichtung hatten sich keine Überbleibsel gefunden, dafür aber ein Stück eines Tragriemens mit einer Antenne daran, was darauf hindeutete, dass die Explosion per Fernsteuerung ausgelöst worden war. Osama war überrascht, dass der NDS einer Weitergabe dieser Zeilen zugestimmt hatte. Die Antenne entsprach dem Typus, den die sowjetischen Spezialeinheiten verwendeten. Der Techniker ging davon aus, dass in diesem Fall derjenige, der auf den Knopf gedrückt hatte, sich in einem Umkreis von weniger als hundert Metern vom Hamad Café befunden hatte.

Osama legte den technischen Untersuchungsbericht beiseite und widmete sich der Zeugenbefragung durch den Geheimdienst. Der Mann vom Sicherheitsdienst und ein Nachbar gaben an, dass ein schwarzer Jeep kurz nach der Explosion davongefahren war. Der Nachbar zeigte sich erstaunt darüber – das Hamad Café brannte bereits lichterloh! Er hatte das Nummernschild des Wagens aber nicht erkennen können. Vergeblich suchte Osama nach dem Namen dieses Zeugen. Da er ihn nicht fand, beschloss er seufzend, ihn aufzusuchen.

Die Gegend um das Hamad Café vermittelte den Anschein der Normalität, obschon die Polizei noch vor Ort war. Zwei ihrer Wagen standen vor den Ruinen. Der Gemüsehändler von gegenüber hatte wieder geöffnet, ebenso der Fleischer und das Geschäft für Fernsehreparaturen. Maurer besserten die Schäden der am ärgsten in Mitleidenschaft gezogenen Läden aus, angetrieben von den Geschäftsinhabern, die so rasch wie möglich ihren Handel wieder aufnehmen wollten. Osama brachte eine halbe Stunde mit der Befragung der Nachbarn zu, bis er endlich denjenigen fand, der den Jeep gesehen hatte. Es war ein alter Mann, dessen Turban und langer Bart einen deutlichen Hinweis auf seine Überzeugungen gaben. Er bat Osama in sein Wohnzimmer. Ein Foto, das ihn in Mekka zeigte, stand auf der Anrichte, dem einzigen Möbelstück im Raum, und bewies, dass der Mann ein *Hajj* war. Osama gab sich ebenfalls als solcher zu erkennen, was seinen Gastgeber augenblicklich auftauen ließ.

»Erzählen Sie mir doch bitte von dem Abend des Attentats.«

Als die Explosion stattfand, war der Mann gerade dabei gewesen, mit zwei Freunden Tee zu trinken und ein Würfelspiel zu spielen. Die Scheiben seines Ladens waren zersplittert, sie blieben jedoch unverletzt. Gegenstände seien durch die Luft geflogen und krachend auf dem Dach gelandet. Die Rettungsmannschaften hatten später Möbelstücke aus dem Hamad Café aufgesammelt, außerdem Leichenteile. Der Mann gab an, sofort zusammen mit seinen Freunden auf die Straße gerannt zu sein, um nachzusehen, was los war.

»Ich dachte sofort ans Hamad Café, weil sie dort gottlose Musik spielen und Haschisch rauchen. Manche behaupten auch, es werde dort heimlich Alkohol serviert.« Er spuckte auf den Boden. »Schlechter Ort, schlechte Menschen. Schlechte Moslems.«

»Was fiel Ihnen auf, als Sie auf die Straße rannten?«

»Ich sah, dass das Hamad Café in Flammen stand. Ich sah, wie Menschen durcheinanderrannten. Ich sah einen Mann, der in Flammen stand. Er starb dort drüben.« Er deutete auf einen schwarzen Fleck auf dem lehmigen Gehweg.

»Und dann, was ist dann passiert?«

»Neben dem Haus fuhr ein Wagen an.«

»Wie sah dieser Wagen aus?«

»Groß. Schwarz. Das Auto voller *Kuffār*.«

Ein Auto voller Ungläubiger. Osama dachte an die gepanzerten Jeeps, die von afghanischen Beamten und der Schutztruppe gefahren wurden. Ihre Chevrolets und GMCs waren meistens schwarz, die von den NGOs eingesetzten japanischen Fahrzeuge eher weiß oder grau. Plötzlich kam ihm eine Idee.

»Haben Ihre Freunde das Fahrzeug gesehen?«

Der Zeuge nickte heftig. »*Baleh*. Aber ja, Sie haben es gesehen.«

»Wohnen Sie in der Nähe?«

»*Baleh*. Nicht weit.«

»Bringen Sie mich hin.«

Der Alte warf sich einen Umhang aus löchriger Wolle um, stieg in russische Stiefel und folgte Osama auf die Straße hinaus. Nach dreihundert Metern gelangten sie an ein kleines einstöckiges Haus. Der Mann klopfte an die Tür und trat ein. Die Fensterscheiben waren zerbrochen und die Fensterläden geschlossen, um die Kälte abzuhalten. Eine verschleierte Frau, von der nur die Augen zu sehen waren, steckte den Kopf zum Zimmer herein und verschwand gleich wieder. Der Zeuge richtete ein paar knappe Worte auf Paschtunisch an sie. Kurz darauf erschien ein alter Mann. Osama stellte sich als Polizist vor, gab aber weder seinen Namen noch seine Dienststelle an. Die Befragung erbrachte nicht viel, der Mann war zweifellos ein guter Würfelspieler, vermochte darüber hinaus aber nichts zu begreifen. Osama dankte ihm und bat seinen anderen Zeugen ohne Umschweife darum, nun den dritten Würfelspieler sprechen zu dürfen. Sie irrten durch ärmliche Gassen, während es anfing zu regnen und der Erdboden sich in eine schlammige Kloake verwandelte. Ein strenger Geruch stieg vom Boden auf. Die meisten Häuser waren nicht an die Kanalisation angeschlossen, Exkremente wurden oft einfach auf der Straße entsorgt, wenn die dafür vorgesehenen Gräben überquollen. Osama drängte zur Eile. Schließlich blieb der Würfelspieler Nummer eins vor einer bescheidenen Unterkunft stehen, die dem ersten Häuschen beinahe aufs Haar glich, allerdings keine zerbrochenen Fensterscheiben hatte. Eine junge Frau erschien auf der Schwelle, um den beiden Fremden Einlass zu gewähren und huschte dann schnell ins Nebenzimmer, um sich vor ihrem Blick in Sicherheit zu bringen. Osama hatte dennoch ihre großen Augen gesehen und ihr wunderschönes Gesicht.

»Das ist die Schwester der Frau meines Freundes«, sagte der erste Zeuge, ihm war Osamas Blick nicht entgangen. »Die Frau meines Freundes ist im Krankenhaus gestorben. Und da hat mein Freund ihre jüngere Schwester geheiratet. Sehr jung, viel schöner! Sie wollte meinen Freund nicht heiraten, aber er hatte Vorrang, und er zahlte ihren Eltern etwas. Er hat großes Glück!«

Er beendete seinen Redeschwall mit großem Gelächter, als hätte er den besten Witz der Welt gemacht. Die Möglichkeit, die Schwester der verstorbenen Frau zu ehelichen, war Gegenstand endloser Debatten, seit jeher gab es unterschiedliche Interpretationen der entsprechenden Stelle im Koran zu diesem Thema. Osama fragte sich, was wohl Mullah Bakir darüber dachte, und wurde derweil in ein Wohnzimmer geführt, das sehr eigenwillig mit Postern amerikanischer Autos tapeziert war. Corvette, Mustang, Cadillac, alle großen Namen der Autoindustrie Detroits schillerten an den Wänden. Der dritte Würfelspieler erwies sich als bucklig und zahnlos und hatte schon seit langer Zeit nicht mehr gebadet. Osama tat die junge Frau leid, die keine andere Möglichkeit gehabt hatte, als dieses Monster zu heiraten. In jedem anderen Land der Welt hätte eine derartige Schönheit einen jungen attraktiven Mann geheiratet.

Man bot Osama den besten Sessel an, dann stritten der erste Zeuge und ihr Gastgeber sich um die Ehre, dem Kommissar den Tee eingießen zu dürfen. Endlich konnte Osama mit der Befragung beginnen. Sein dritter Gesprächspartner zeigte sich deutlich intelligenter als seine beiden Freunde. Geduldig hörte Osama sich zum dritten Mal eine Schilderung derselben Szene an. Was ihn interessierte, war der Wagen, aber er wollte seinen Gastgeber nicht brüskieren.

»Dann sahen wir das Auto wegfahren. Es war ein Jeep Grand Cherokee, das neueste Modell.«

»Sind Sie sicher?«

»Ganz sicher.« Der Mann deutete auf die Poster an den Wänden. »Das neueste Modell. Ich habe den Klang des Motors erkannt, der Wagen war mit einem V 8 ausgestattet. Er war natürlich gepanzert, lag also ein wenig tiefer, ich hörte, wie die Achsen knarrten, als sich die Räder in Bewegung setzten.«

»Wie weit waren Sie von dem Wagen entfernt?«

Der Mann zeigte auf die gegenüberliegende Wand. »Vier Meter.«

»Haben Sie das Nummernschild erkannt?«

»Ja, es begann mit KBL, es war ein Wagen aus Kabul. Dann kam eine 7. Es war eine 7 dabei.«

»Konzentrieren Sie sich«, sagte Osama. »Schließen Sie die Augen, versetzen Sie sich zurück, denken Sie nicht nur an den Wagen. Lassen Sie die ganze Situation Revue passieren. Von dem Augenblick an, als Sie auf die Straße rannten.«

Der Mann schloss die Augen, konzentriert legte er die Stirn in Falten.

»Ich sehe eine 27, keine 7. Es waren auch noch andere Zahlen dabei, aber ich erinnere mich nicht daran.«

»Denken Sie nach«, sagte Osama.

»Die letzte Ziffer ist dieselbe wie die letzte auf dem Nummernschild von diesem Mustang hier!«, rief der Mann auf einmal und deutete auf eines der Poster an der Wand.

»Eine 5 also?«, fragte Osama sicherheitshalber.

Osama setzte die Befragung noch ein paar Minuten fort. Dann dankte er dem Mann und verabschiedete sich, nachdem er mit unbeteiligter Miene seine Daten aufgenommen hatte. Eine präzise Adresse gab es nicht, da die Straße keinen Namen hatte, aber er zählte die Häuser bis zur nächsten Kreuzung.

Die Kfz-Meldestelle der Präfektur von Kabul lag in einem alten Gebäude, das noch die Spuren des Geschützfeuers der Schlacht von 1996 trug. Die Innenräume waren unbeheizt, die Angestellten hasteten, in unzählige Kleiderschichten und Decken gehüllt, vorüber. Es waren viele Frauen darunter, einige unverschleiert, andere nur mit einem dünnen Schleiertuch. Keine trug eine Burka. Osama dachte an Malalai, sie hatte in diesem Augenblick eine Versammlung der RAWA an einem geheimen Ort. Er erkundigte sich nach dem Büro des Leiters der Kfz-Meldestelle. Im zweiten Stock, hieß es vage. Dort fragte Osama sich weiter durch und landete schließlich im Büro einer Frau, die sich ihm als neue Leiterin vorstellte. Sie hatte weiße Haut, rabenschwarzes Haar und eine sehr gerade Nase. Sie trug nur einen symbolischen Schleier, der ihre Schultern und einen Teil des Haars bedeckte. Eine widerspenstige Strähne fiel ihr ins Gesicht. Sie war wunderschön, strahlte Energie und Stärke aus und machte Osama verlegen. Er wagte nicht, ihr ins Gesicht zu sehen. Die Frau hingegen gab sich ungezwungen, wartete, bis er sein Anliegen vorgebracht hatte. Er bemerkte plötzlich, dass ihr der Zeigefinger der linken Hand fehlte. Sie folgte seinem Blick.

»Ein Geschenk der Taliban, die fanden, einer Frau, die sich die Nägel anmalt, sollte zur Strafe der Finger abgehackt werden. Ich hatte Glück, sie haben mir nur einen einzigen abgehackt. Das war 1999.«

Die talibanischen Polizeieinheiten zur Unterdrückung des Lasters und zum Schutz der Tugend schnitten ihren Opfern in der Regel alle Finger ab, seltener kam es vor, dass sie sich mit einem oder zweien begnügten – aus Mildtätigkeit oder weil das Opfer einwilligte, mit ihnen zu schlafen. Er befürchtete, dass Letzteres bei dieser wunderschönen Frau der Fall gewesen war.

»Ich weiß, was Sie denken, *Qoumaandaan*. Für mich bedeutete dies nichts, ich hätte alles getan, um meine Hände zu retten. Zum Glück waren es nur drei.«

Osama zupfte sich an der Nase, ihre Direktheit war ihm peinlich. So etwas erwähnte man normalerweise nicht.

»Zwei von ihnen wurden anscheinend 2001 von den Amerikanern getötet, aber vor zwei Jahren bin ich dem dritten auf dem Basar begegnet. Er trug die neue Polizeiuniform und hatte seinen Bart gestutzt – aber er war es. Ich werde sein Gesicht nie vergessen. Mein ganzes Leben lang werde ich seinen Gesichtsausdruck vor Augen haben, wie er die Heckenschere in der Hand hält. Er sah so glücklich aus, während er mich verstümmelte.«

Sie unterdrückte ein Schluchzen.

Das Opfer, das seinem Henker begegnet. Osama hatte diese Geschichte tausendmal gehört.

Die Leiterin der Behörde fasste sich jedoch rasch wieder. »Was kann ich für Sie tun, *Qoumaandaan*?«

»Ich arbeite gerade an einem größeren Fall und brauche eine Auskunft.«

»Ist es üblich, dass der Leiter der Kriminalbehörde selbst Erkundigungen einholt?«

»In wichtigen Fällen schon.«

»Was verstehen Sie unter ›wichtig‹?«

Osama blieb die Spucke weg, dass eine Frau wagte, so mit ihm zu sprechen. Er beschloss, ganz offen zu antworten.

»Anscheinend sind hochrangige Persönlichkeiten darin verwickelt. Ich denke da zum Beispiel an den Innenminister.«

»Verstehe«, sagte seine Gesprächspartnerin und rümpfte die Nase. »Sie haben demnach keine Anweisung von oben, um diesen Fall aufzuklären?«

»Nicht ausdrücklich«, gestand er ein.

Die Leiterin der Kfz-Zulassungsstelle ordnete mit einer anmutigen Geste ihre Haare.

»Korruption ist ein Krebsgeschwür. Wenn wir nichts tun, wird sie diejenigen wieder an die Macht bringen, die den Frauen die Finger abhacken.«

Osama dachte an Mullah Bakir. Die Taliban waren seine Leute, so fortschrittlich er sich auch gab. War es nicht naiv von ihm, Osama Kandar, sich mit einem Mann zu verbünden, dessen Freunde derartige Grausamkeiten deckten?

»Ich werde Ihnen helfen«, sagte die Frau schließlich. »Erzählen Sie noch einmal genauer: Sie wollen wissen, wem ein Fahrzeug gehört, nehme ich an?«

»Ja, ich kenne die Marke und zumindest einen Teil des Kennzeichens. Es geht um einen Jeep, einen Grand Cherokee. Das Auto ist in Kabul zugelassen, das Nummernschild enthält eine 27 am Anfang und endet mit einer 5.«

»Es gibt nicht viele Cherokee-Jeeps. Sie werden alle von afghanischen Beamten oder Ausländern gefahren.« Sie lächelte und enthüllte dabei eine Reihe Goldzähne. »Die Amerikaner haben uns eine Software zur Verwaltung der Kennzeichen installiert, die sehr gut funktioniert. Ich kann direkt von diesem Rechner aus eine Recherche unter der Eingabe dieser Marke starten.«

Fasziniert sah Osama zu, wie ihre Hände über die Tastatur flogen. Sie hatte eine kleine Henna-Tätowierung, die durch die Bewegung ihres Armes ab und zu sichtbar wurde.

»Na bitte«, sagte sie plötzlich. »Ich habe vierundzwanzig Jeeps Grand Cherokee. Welche Farbe hat der Wagen, den Sie suchen?«

»Schwarz.«

»Da habe ich zweiundzwanzig. Ich drucke Ihnen die Liste aus.«

Osama brauchte nur wenige Sekunden, bis er gefunden hatte, wonach er suchte. KBL 27 645 SH. Obwohl das Fahrzeug als SH, *Sharsi*, also als Fahrzeug einer Einzelperson immatrikuliert war, gehörte es einer Gesellschaft: ASP, Aid Service Protection Afghanistan.

»Dieser Wagen wurde vor zwei Jahren gekauft und angemeldet. Ich schreibe Ihnen die im Kfz-Schein angegebene Adresse auf. Es ist im Zentrum, nicht weit vom Hotel Serena.«

Osama griff mechanisch nach der Liste. Mit einem mulmigen Gefühl im Magen verließ er das Gebäude.

Joseph hatte soeben die per Satellit ermittelten Ortswechsel Osama Kandars studiert. Die Wanze funktionierte perfekt, sie übermittelte kontinuierlich, bis auf den Meter genau, wo sich sein Auto befand. Er ging zum Abhörraum hinüber.

»Nichts Neues?«

»Doch«, sagte einer der Techniker. »Wir haben ein interessantes Gespräch zwischen dem Assistenten des Kommissars und einem Verantwortlichen der Spurensicherung abgehört. Setzen Sie mal den Kopfhörer auf, ich spiele es Ihnen vor.«

»Spurensicherung«, verkündete eine Männerstimme.

»Ich möchte gern mit dem Kollegen Kalandarish sprechen.«

Joseph erkannte sofort die brummige Stimme Gulbudins.

»Wer will ihn sprechen?«

»Inspektor Gulbudin Heykmat. Kriminalpolizei.«

»Einen Augenblick, ich verbinde Sie.«

Kurze Stille, dann ließ sich eine junge Stimme mit deutlichem pakistanischem Akzent vernehmen. »Kalandarish am Apparat. Ich wollte Sie schon anrufen.«

»Sind Sie weitergekommen?«

»Ja, einer meiner Techniker hat die Seriennummer der Beretta mühevoll rekonstruiert.« Er lachte. »Die Franzosen haben uns das ganze Gebäude wieder aufgebaut und uns letzten Monat angeboten, neues Material zu beschaffen. Das müssen Sie sich mal ansehen!«

»Das werde ich. Was ergibt die Nummer?«

»Die Waffe ist nicht in Afghanistan registriert. Ich habe unseren Militärattaché in Italien angerufen, er kannte sich mit der Beretta aus und konnte ihren Ursprung zurückverfolgen.«

»Und, weiß man, woher sie stammt?«

»Ja. Sie wurde in den USA unter Lizenz hergestellt. Es ist ein Militärmodell.«

»Ein Militärmodell?«

»Eine 92 F, eine von der amerikanischen Armee in den achtziger Jahren bei Beretta georderte Waffe. Diese hier ist eine der ersten. Sie wurde zweifellos ausgemustert und an einen Sammler weiterverkauft. Oder sie wurde von einem Soldaten gestohlen.«

»Eine Waffe der amerikanischen Armee!«, rief Gulbudin.

»Warum interessieren Sie sich so sehr für diese Pistole?«

»Eine laufende Untersuchung. Ich darf Ihnen nicht allzu viel darüber sagen.«

Joseph drückte auf die Stopptaste. In Afghanistan waren Millionen Waffen in Umlauf, allein in Kabul Zehntausende, doch die Tatsache, dass man Wali Wadi mit einer frisierten Waffe aus dem Vorrat der amerikanischen Armee umgebracht hatte, war kein bloßer Zufall – der Auftragskiller, der Wali Wadi umgelegt hatte, hatte sieben Jahre lang für den National Clandestine Service der CIA gearbeitet. Sein Gegner hatte also gerade das erste ernstzunehmende Indiz entdeckt, das die Ermordung Wali Wadis mit der Schutztruppe in Beziehung setzte. Und genau das hatte es unbedingt zu verhindern gegolten.

Mürrisch griff Joseph nach seinem Telefon.

Auf dem Weg zum Kommissariat wurde Osama bewusst, dass den Männern, die er verfolgte, trotz ihres ausgeklügelten Vorgehens gravierende Fehler unterliefen. Und das, so war er sicher, aus einem einzigen Grund: Sie verachteten die Afghanen. Dies ließ sie unachtsam werden. Ein Auto zu benutzen, ohne die Nummernschilder auszutauschen, oder dem *Shahid* Schuhe zu geben, die nicht importiert wurden, das waren grobe Schnitzer, die nur daraus resultieren konnten, dass man glaubte, es werde keine ernstzunehmende Untersuchung durchgeführt. Er dachte an den Innenminister, der alles daransetzte, ihm Steine in den Weg zu legen, und lächelte trotzig. Gleich bei seinem Eintreffen im Kommissariat suchte er die Geheimdienstabteilung auf. Sein Freund Reza war allein in seinem Büro, Osama schloss die Tür hinter sich.

»Ist dieser Raum sicher?«

»Er wird regelmäßig überprüft, zum letzten Mal vor etwa zehn Tagen. Setz dich, wir können ganz offen sprechen, es gibt kein Mikro.«

»Ich brauche Informationen über eine westliche Organisation hier in Kabul. Eine Gesellschaft oder ein Verbund, ich weiß es nicht.«

»Wie heißt sie?«

»Aid Service Protection. ASP.«

Reza wies einen jüngeren Kollegen an, ihnen sofort die entsprechende Akte zu bringen.

»Fragst du gar nicht nach, ob es überhaupt eine Akte gibt?«

»Ich habe eine Akte über alle und jeden, Osama. Sogar über dich.«

»Da kann ja nicht viel drinstehen.«

»Kommt drauf an, für wen … Warum interessierst du dich für sie?«

»Ich habe sie im Verdacht, das Hamad Café in die Luft gesprengt zu haben. Um uns zu töten, mich und meine beiden Mitarbeiter. Ich glaube, dass man unsere Untersuchungen zum Fall Wali Wadi stoppen wollte und dass der Minister involviert ist.«

Reza wurde bleich.

»Bist du dir im Klaren darüber, was du da behauptest? Hast du Beweise?«

»Ein paar schon.«

Osama gab seinem Freund einen detaillierten Bericht über die Recherchen. Geduldig warteten sie auf die Akte, die man ihnen kurz darauf hereinreichte.

»Was für eine seltsame Firma«, sagte Reza, als er die Akte überflog. »Sie wurde 2007 mit einem Kapital von lediglich fünftausend Dollar gegründet. Zunächst verhielt sie sich unauffällig, trat im ersten Jahr fast nicht in Erscheinung, bis sie schließlich aufblühte. Sie mietete Büroräume an, kaufte Autos, die auf Leute, die ausgewandert waren, zugelassen wurden – all das innerhalb von drei Tagen, was offenbar damals unsere Aufmerksamkeit auf sie zog. Zweifelsohne ein großer Fisch.«

»Was ist denn ihre offizielle Tätigkeit?«

»Wie alle verkaufen auch sie Sicherheitsdienstleistungen. Trotzdem ist es ein kleines Unternehmen, zehn Leute: zwei Deutsche, zwei Engländer, ein Spanier, ein Südafrikaner, ein Franzose und drei Afghanen, allesamt Usbeken.«

»Haben sie Waffenscheine?«

»Ja, alle zehn.«

»Welche Waffen haben sie deklariert?«

»Seit wann werden in diesem Land irgendwelche Waffen deklariert? Niemand respektiert das Gesetz. Sie hoffen wohl, dass man sie für eine NGO hält. Sie wollen uns wirklich für dumm verkaufen. Möchtest du die Fotos sehen? Ich habe eine ganze Serie davon.«

Osama sah die Abzüge durch, es waren gut hundert, auf drei Bildtafeln. Eines der Fotos war auf dem Land aufgenommen worden, die anderen im Zentrum Kabuls, alle mit Teleobjektiv.

»Deine Männer haben schnell und gut gearbeitet«, sagte Osama anerkennend. »Ich hätte nicht gedacht, dass deine Dossiers so umfangreich sind.«

»Du vergisst, dass die Stasi und der KGB mein Team ausgebildet haben. Der KGB der siebziger und achtziger Jahre, das war schon was! Ich habe bei den Chinesen gelernt, den Polizisten in Peking, wie du dich vielleicht erinnerst, und damals war mit der chinesischen KP nicht zu spaßen. Die Ausbilder meines Teams waren die besten der Welt, wir konnten es locker mit vielen westlichen Polizisten aufnehmen.«

Drei oder vier Aufnahmen zeigten einen großgewachsenen jungen Mann mit arrogantem Gesichtsausdruck, der gerade in einen Jeep Cherokee einstieg.

»Wer ist dieser Typ?«, fragte Osama. »Er ist der Einzige, der am Steuer des verdächtigen Wagens fotografiert wurde.«

»Kein kleiner *Asgar*. Er spielt den Chef der Bande. Ein Deutscher, sieh ihn dir an, diesen aufgeplusterten Pfau. Als befände er sich auf erobertem Terrain.«

»Wie heißt er?«

»Michael Dortmund.«

»Ist er wirklich der Einzige, der diesen Wagen fährt?«, fragte Osama nach.

»Anscheinend schon.«

Osamas Blick ruhte lange auf einem der Fotos – so musste er sich also den Mörder Babraks vorstellen: arrogant und breit grinsend. Er spürte, wie die Wut in ihm aufstieg.

»Du glaubst, er ist derjenige, der Babrak getötet hat?«

»Hast du Neuigkeiten in Bezug auf den Fall?«, wich Osama aus.

»Abdul Hakats Profil bereitet mir weiterhin Kummer. Zum ersten Mal können wir einen *Shahid* nicht mit einer bestimmten islamistischen Gruppierung in Verbindung bringen. Mir liegt auch der Bericht des NDS über den Imam der Moschee vor, die er besuchte, er war niemals aufgefallen. Der Imam hatte im Übrigen auch nicht das Format eines Mannes, der Märtyrer schmiedet.«

»Warum sagst du ›hatte‹, ist er tot?«

»Meine Männer sind ein wenig heftig vorgegangen«, sagte Reza. »Er ist während des Verhörs in der Wanne ertrunken.«

Osama schüttelte den Kopf. Ein weiteres unschuldiges Todesopfer.

»Du weißt ja, wie's läuft«, fuhr Reza entschuldigend fort, »der Minister hat mir wahnsinnigen Druck gemacht. Für ihn ist die Untersuchung abgeschlossen, wir haben einen Schuldigen und ein Motiv, und er wird von den Amerikanern noch mehr Geld im Kampf gegen die Taliban in Kabul fordern.«

»Deren größter Teil in seine Tasche wandert. Ja, ich glaube, ich weiß, wie's läuft«, seufzte Osama. »Und der Bruder, was sagt der?«

»Er wurde an irgendeinen geheimen Ort geschickt, in ein Gefängnis des NDS. Wahrscheinlich nach Kandahar. Absolute Nachrichtensperre. Von dem hören wir nichts mehr. Wer weiß, vielleicht wurde er bereits gehenkt.«

»Wir müssen darauf reagieren. Wir können derartige Vorgänge nicht ungestraft lassen!«

»Ich stimme dir zu. Was willst du tun?«

»Diesen Dreckskerlen eine Falle stellen. Und du wirst mir helfen.«

10

Die Nacht war hereingebrochen, eine eisige, regnerische Nacht. Ohne Sterne. Nick fuhr durch eine triste Vorstadtlandschaft. Beton, Graffiti, verlassene Gebäude. Orte des Unglücks, dachte er.

Die Käsefabrik, von dem die Prostituierte ihm erzählt hatte, lag weniger als eine halbe Autostunde vom Letten entfernt. War der Letten das Fegefeuer, so stellte dieser vom übrigen Zürich abgeschnittene Zipfel industriellen Brachlands die Hölle selbst dar. Nick konnte nicht begreifen, was einen Kunden dazu veranlassen mochte, hierherzukommen, den Junkies auf Turkey zu begegnen, den Gaunern, den aidskranken Mädchen. Er parkte den Wagen unter der einzigen funktionierenden Straßenlaterne der Umgebung, packte seine Waffe und machte sich auf die Suche nach Yasmina.

Es war eine nervtötende Suche. Alle fünf Meter stellte er dieselbe Frage: »Wissen Sie, wo Yasmina ist?«, um unweigerlich dieselbe Antwort zu erhalten: »Nein.« Endlich, nach einer Stunde, gelangte er zum Ufer der Limmat. Das Ende der Reise, für Drogenabhängige wie für Transvestiten. Er sah sich um und entdeckte eine Gestalt auf einem Felsen. Als er näher kam, begann sein Herz schneller zu schlagen. Es war Yasmina. Aus der Nähe wirkte sie noch ausgemergelter als auf dem Foto.

»Guten Tag, Yasmina«, sagte Nick und begegnete ihrem leeren Blick.

Der Satz brauchte ein paar Sekunden, um das zusammengeschnurrte Gehirn der Prostituierten zu erreichen.

»Tag, mein Kleiner«, erwiderte sie schließlich mit heiserer Stimme. »Was willst du? Bumsen?«

»Nein. Ich will mit dir reden. Ich suche einen deiner Freunde.«

Ihr Lachen klang wie ein knarrendes Scharnier.

»Einen Freund? Ich habe keine Freunde, Herzchen.«

»Einen zumindest hattest du. Er kam neulich zu dir, in das besetzte Gebäude in der Langstraße. Dein ehemaliger Kunde.«

Ihr Blick veränderte sich. Nick hatte den Eindruck, dass auf einmal ein Hauch von Melancholie darin lag.

»Ach, Léonard …!«

»Ja.«

»Warst du mit bei den Dreckskerlen, die dort die Razzia veranstaltet haben?«

»Ich möchte Léonard wiederfinden, bevor sie ihn umbringen.«

»Léonard …«, sagte sie, den Blick in die Ferne gerichtet. »Das war mein bester Kunde. Ob du mir's glaubst oder nicht, damals war ich ein hübsches Mädchen, ich las Bücher, ich schminkte mich, ich trug die hübschesten Kleider. Sechs Jahre lang war ich Léonards Geliebte. Bis zu dem Tag, an dem mich so ein Arsch Crack probieren ließ. Jetzt bin ich bei fünf Franken, und das sind noch die netten Kunden. Manchmal mach ich's schon für zwei.« Sie brach in Tränen aus. »Ich werde sterben, wie eine alte Aids-Schlampe. Es ist schrecklich, das Leben ist nicht gerecht!«

Nick wusste nicht, was er darauf sagen sollte. Ratlos trat er von einem Fuß auf den anderen.

»Weißt du, wo Léonard ist?«, fragte er dann.

»Er ist verduftet, als das Einsatzkommando das Gebäude gestürmt hat. Ich habe nichts von ihm gehört. Und das werde ich auch nicht mehr.«

»Warum kam er zu dir?«

»Weil ihn irgendwelche Typen verfolgten, die es auf ihn abgesehen hatten. Er wusste nicht mehr, wo er sich verstecken sollte. In dem besetzten Gebäude blieb er zwei Tage, ohne ein Auge zuzudrücken. Er hatte Angst, inmitten all der Junkies auf Turkey. Aber er hatte eine Knarre, und ich beschützte ihn. Niemand ist ihm zu nahe getreten.«

»Worauf wartete er denn?«

»Auf einen neuen Ausweis.«

»Bist du sicher?«

»Ganz sicher. Er fragte mich, ob ich jemanden wüsste, der ihm falsche Papiere besorgen könnte. Und tatsächlich kenne ich einen Typen, der auf Dokumentenfälschung spezialisiert ist. Léonard hat mir zum Dank fünftausend Franken zugeschoben.« Erneut brach sie in Schluchzen aus. »Ich wollte abhauen, in eine Klinik, wo sie Leute wie mich behandeln. Ich wollte mir nur noch einen letzten Schuss setzen, einen allerletzten. Und dann kam dieser Dreckskerl. Er hat mich zusammengeschlagen und mir die fünftausend Franken geklaut.« Sie heulte wieder. »Ich bin am Ende!«

»Wer hat Léonard den Pass besorgt?«

»Ein Grieche. Stavos irgendwas. Ein alter Kunde von mir. Er treibt sich in der Nähe von Unterstrass rum.«

»Wo genau?«

Yasmina schniefte. Die Tränen hatten lange schwarze Streifen auf ihrem geschminkten Gesicht hinterlassen.

»Es gibt dort ein Café. Es heißt Istanbul. Dort hängt er von morgens bis abends rum.«

Nick steckte ihr einen Zwanzig-Franken-Schein in die Hand. Erleichtert ließ er diesen trostlosen Ort hinter sich.

*

Khan Durrani sah wie jeden Morgen seine Post durch. Er hatte um Einsicht in alle Dokumente gebeten, die mit dem Attentat auf das Hamad Café zu tun hatten, und studierte sie nun mit großer Aufmerksamkeit. Zufrieden stellte er fest, dass die Polizisten völlig im Dunkeln tappten: Niemand konnte sich vorstellen, dass jemand anders als die Taliban oder al-Qaida das Attentat begangen hatten. Der NDS schlug eine riesige Razzia in den islamistischen Milieus vor. Mit blauer Tinte schrieb der Minister an den Rand: *Einverstanden. Razzia in großem Umfang. Mich über die dabei erhaltenen Informationen in Kenntnis setzen. Nicht zimperlich bei den Verhören sein.*

Er überflog den technischen Bericht des Nachrichtendienstes, die Art von Dokument, die er normalerweise nicht las. In der Mitte der zweiten Seite erregte ein unterstrichener Absatz seine Aufmerksamkeit: *Die von dem Attentäter benutzten Schuhe wurden nicht in Afghanistan gekauft, es handelt sich um ein nicht importiertes westliches Modell. Dies bedeutet, dass Abdul Hakat mit ausländischen Personen oder Institutionen in Kontakt stand. Wir glauben nicht, dass es sich dabei um pakistanische*

Personen oder Institutionen handelt, denn diese Schuhe sind in Pakistan wahrscheinlich gar nicht erhältlich. Vermutlich sind es Kontakte, die zur Golfregion führen oder sogar nach Europa. Sollte sich diese Spur als richtig erweisen, wären wir in der Lage, mittels der Fingerabdrücke auf den Schuhen arabische oder sonstige terroristische Elemente zu beschuldigen.

»Was soll das heißen?«, brummte der Minister.

Umgehend bestellte er Michael Dortmund zu sich, es handele sich um eine Angelegenheit von höchster Wichtigkeit. Weniger als eine Stunde später stand der Deutsche auf seiner Türschwelle. Er schien sehr verärgert über diese plötzliche Einbestellung.

»Was ist los?«, fragte er ohne jedwede Begrüßung.

Der Minister hielt ihm wortlos die Unterlagen hin. Seit langem schon achtete er nicht mehr auf die schlechten Manieren der *Kuffār*. Im Umgang mit ihnen zählten nur das Geld und die Macht.

»Ich spreche kein Dari, das müssen Sie mir übersetzen.«

»Natürlich. Tut mir leid.«

Während Dortmund die Übersetzung hörte, wurde er blass – was der Minister mit heimlicher Freude registrierte. Endlich blieb diesem arroganten Kerl einmal die Spucke weg.

»Woher stammen diese Schuhe?«, fragte er.

»Es waren meine«, sagte Dortmund mit dünner Stimme. »Dieser Trottel hatte keine Sportschuhe, da haben wir ihm ein Paar gegeben, um ihm einen moderneren Look zu verpassen. Wir wollten, dass er leichter an der Sicherheitskontrolle vorbeikommt. Mein Sprengmeister hat riesige Quadratlatschen, da musste ich ihm meine geben.«

»Wie ärgerlich. Ich nehme an, Ihre Fingerabdrücke sind drauf?«

»Na klar sind die drauf! Was für Fingerabdrücke sollen denn sonst drauf sein? Die von Karzai?«

»Wie ärgerlich«, wiederholte der Minister nur.

»Ich bin hier in keiner Datei verzeichnet«, sagte Dortmund.

»Anscheinend hat sich Kandar an den Ort des Dramas begeben. Wir können nicht ausschließen, dass jemand Sie gesehen hat, dass man die Spur bis zu Ihnen zurückverfolgen kann. Wenn dies der Fall ist, werden diese verdammten Schuhe Ihnen zum Verhängnis.«

»Wir müssen diese Treter wiederbekommen, und zwar so schnell wie möglich!«

»Ich werde meine Männer losschicken.«

»Nein, ich kümmere mich selber darum«, erwiderte Dortmund schroff.

*

Nick hatte schlecht geschlafen, immer wieder hatten ihn Alpträume geplagt. Nach der Episode am Limmatufer war er zum Café Istanbul gefahren, das aber geschlossen hatte. Daraufhin war er erschöpft nach Hause zurückgekehrt, obwohl er dem Gesuchten dichter auf der Spur war als irgendjemand sonst von der Firma. Doch das beruhigte ihn nicht.

Was hatte die Flucht des Gesuchten ausgelöst? Was trieb einen Menschen wie Léonard dazu, von einem auf den anderen Tag alles stehen- und liegenzulassen?

Nick fiel plötzlich ein Satz ein, den Jacqueline während ihrer Unterredung gesagt hatte. Er fuhr an den Straßenrand und zog die Karte des Escort-Service Romance aus seiner Tasche, die sie ihm gegeben hatte. Er ließ sich mit ihr verbinden.

»Jacqueline, ich möchte auf einen Punkt in unserer Unterhaltung zurückkommen. Der Präzision halber. Sie sagten, Sie hätten seit langem nichts mehr von Ihrem ehemaligen Kunden gehört – bitte erwähnen Sie seinen Namen nicht am Telefon. Was meinen Sie genau mit ›seit langem‹?«

»Seit letztem November.«

Er atmete tief. »Ist es schon mal vorgekommen, dass er so lange nichts von sich hören ließ?«

»Nein, wir trafen uns immer sehr regelmäßig. Er fuhr immer zur selben Zeit weg, und normalerweise haben wir uns in der Woche vor seiner Abfahrt und am Tag nach seiner Rückkehr getroffen. Manchmal verschob er unser Rendezvous, aber höchstens um ein paar Tage, niemals vergingen sechs Monate, ohne dass wir uns gesehen hätten.«

»Jacqueline, Ihr Kunde ist vor wenigen Tagen verschwunden. Zuvor war er ganz normal ins Büro gegangen. Nichts hatte sich in seinem Leben geändert. Nur das, was Sie betrifft. Der Abbruch des Kontakts zu Ihnen ist die einzige größere Veränderung in seinem Leben.«

»Das verstehe ich nicht.« Sie wirkte enttäuscht.

»Entschuldigen Sie, dass ich darauf herumreite, aber wie war Ihr Kunde bei Ihrem letzten Treffen? War er anders?«

»Jetzt, wo Sie das sagen – vielleicht. Er wollte nicht, dass wir … nun ja, Sie wissen schon. Wir haben uns einfach nur bei einem Tee unterhalten und über dies und jenes geplaudert.«

»Worüber denn?«

»Ich weiß nicht mehr genau. Tut mir leid. Er war sehr guter Laune, wo er doch sonst immer ziemlich unnahbar blieb.«

Nick bedankte sich und legte auf.

Das war kein Zufall und auch keine nebensächliche Information. Es war ein entscheidendes Indiz.

Er begriff jetzt, weshalb der Gesuchte den Kontakt zu Jacqueline abgebrochen hatte. Dies eröffnete ihm den Weg zu neuen Leidenschaften. Neuen Möglichkeiten. Wenn man sie denn zu nutzen wusste.

*

Mühsam zwängte sich der Jeep Cherokee durchs Kabuler Verkehrsgewühl. Dortmund, auf dem Beifahrersitz, schäumte vor Wut. Ein Lieferwagen blieb plötzlich mitten auf der Straße stehen und versperrte ihnen den Weg. Zwei Arbeiter stiegen aus, entschlossen, ihre Lieferung auszuladen, Metallrohre für eine

Baustelle. Bevor seine Männer Zeit hatten, zu reagieren, sprang Dortmund aus dem Wagen, die Waffe in der Hand. Er schlug einem der Arbeiter mit dem Pistolengriff heftig ins Gesicht, dann zertrümmerte er die Fensterscheibe auf der Fahrerseite und bedrohte den Fahrer des Lieferwagens. Dieser fuhr augenblicklich los, als er diesen Verrückten sah, und ließ seine beiden Kollegen einfach zurück. Knapp zwanzig Minuten später parkte Dortmund unter Missachtung des absoluten Halteverbots vor dem Krankenhaus. Er zog das Blatt Papier aus der Tasche. *Doktor Katun* stand darauf, *Gerichtsmedizin*. Er wandte sich an den Afghanen auf der Rückbank.

»Geh zu diesem Arzt. Sag ihm, der NDS schickt dich. Lass die Waffe deutlich aus dem Holster ragen. Ich möchte, dass du alle Gegenstände des Märtyrers aus dem Hamad Café mitbringst. Du sagst, es würden weitere Untersuchungen durchgeführt. Sieh zu, dass beide Schuhe dabei sind. Es sind rote Sportschuhe.«

»Und wenn er sich weigert?«

»Dann benutzt du deine Fäuste, aber du bringst mir diese Treter, hast du verstanden?«

»Ja, Chef.«

Der Afghane stieg aus, nur allzu froh, der schlechten Laune seines Vorgesetzten entronnen zu sein. Eine halbe Stunde später kehrte er zurück. Mit leeren Händen.

»Ich habe ihn nicht gleich gefunden, er war in einem Opparetionssaal.«

»Ist mir scheißegal, du Idiot, wo er war. Warum hast du die Treter nicht dabei?«

»Er ging weg, um sie zu holen, sie sind in einem Departmint, zu dem Fremde keinen Zugang haben.«

»Geh da sofort wieder rein. Und bring sie mit, verstanden?«

Als er den Afghanen davonrennen sah, zeichnete sich ein spöttisches Lächeln auf dem Gesicht des Deutschen ab.

»Opparetionssaal … Departmint … Diese Typen sind doch

wirklich zu bescheuert. Mein Gott! Man sollte das ganze Land niederbrennen und noch mal bei null anfangen.«

Zehn Minuten vergingen. Dann zwanzig. Warum brauchte der Blödmann denn so lange? Gerade als Dortmund aussteigen wollte, kam ihm der Afghane entgegen. In der Hand hielt er eine durchsichtige Plastiktüte, die er triumphierend schwenkte. Dortmund entdeckte die Umrisse von zwei roten Schuhen darin. Er stieß einen Seufzer der Erleichterung aus. Der Afghane ließ sich auf den Rücksitz gleiten.

»Die Tüte«, befahl Dortmund. »Her damit!«

Er öffnete sie hastig. Als er die Sportschuhe sah, glaubte er, das Opfer einer Halluzination zu sein. Wie in einem Alptraum zog er sie heraus. Es waren nicht seine New Balance, es waren plumpe Imitationen mit dem üblichen Logo »Nike by Adidas«.

»Das ist unmöglich«, murmelte er.

Während er noch versuchte, zu begreifen, was geschah, wurden alle Türen des Wagens zugleich aufgerissen. Eine Hand griff nach ihm und riss ihn auf die Straße. Von allen Seiten hörte er Rufe: »Polizei, Polizei!« In Sekundenschnelle wurden ihm Handschellen angelegt. Man verfrachtete ihn hinten auf einen Kastenwagen. Auf der Straße sah er einen riesigen Mann mit Barett auf dem Kopf, einem schwarzen, von grauen Strähnen durchzogenen Vollbart und grünen Augen, flimmernd wie die einer Schlange. Der Mann kam langsam näher, den Blick undurchdringlich auf den Deutschen gerichtet.

»Ich bin Osama Kandar, Chef der Kriminalpolizei in Kabul. Sie sind verhaftet.«

Bevor Dortmund etwas antworten konnte, bekam er einen Schlag mit einem Stock auf den Schädel, die Türen schlossen sich, und das Fahrzeug fuhr an.

Gleich nach der Ankunft im Kommissariat wurde Dortmund aus dem Kastenwagen gezerrt und in einen Raum geführt, um verhört zu werden.

»Dazu habt ihr kein Recht«, brüllte er. »Ihr habt kein Recht dazu, ich will sofort die deutsche Botschaft sprechen!«

Als einzige Antwort erhielt er einen weiteren Stockhieb auf den Schädel und außerdem eine Reihe Schläge in die Magengrube. Er sackte zusammen. Dschihad und Rangin fesselten ihn unsanft an einen Stuhl. Dschihad durchsuchte Dortmund sorgfältig, er legte einen nach dem anderen Gegenstand, den er zutage förderte, auf eine Ablage: Papiere, ein Blackberry, einen 38er Revolver, den die Polizisten bei der Kontrolle übersehen hatten, einen Pass, ein Bündel mit Afghanis und eines mit Dollars. Ein Ladegerät. Und am Ende fanden die Polizisten noch ein Wurfmesser in einem Futteral an der Wade. Rangin verpasste Dortmund eine letzte Ohrfeige, dann verließ er den Raum. Kurz darauf trat Osama zu dem Gefangenen, gefolgt von Gulbudin. Mit kühlem Blick maß er Michael Dortmund.

»Gulbudin«, sagte er, »nimm ihm die Fingerabdrücke ab.«

Sein Assistent sagte etwas auf Dari, woraufhin zwei Polizisten in Uniform – es waren Usbeken, zwei wahre Schränke – Dortmund die Handschellen abnahmen. Dortmund wagte einen Fluchtversuch, vergeblich, die beiden Afghanen waren zu stark für ihn.

»Hören Sie auf, sich zu wehren«, sagte Osama. »Das ist idiotisch, das bringt Ihnen gar nichts.«

Einer der beiden Polizisten zwang Dortmund, den Arm auszustrecken. Dortmund spuckte aus und versuchte sich zu entwinden.

»Sie werden sich den Arm brechen«, meinte Osama ruhig. »Wollen Sie, dass wir Sie in eine Gemeinschaftzelle stecken, der einzige Europäer unter hundertzwanzig Afghanen, mit gebrochenem Arm?«

Das Argument brachte Dortmund zur Räson. Gulbudin ergriff ein mit Tinte getränktes Schwämmchen und nahm ihm die Fingerabdrücke ab, eine Hand nach der anderen. Dann wischte er die Hände des Deutschen mit einem schmutzigen Tuch ab und ging hinaus, seine wertvollen Platten mit den Abdrücken unterm Arm. Dortmund wurde wieder an den Stuhl gefesselt. Mit einer Bewegung des Kinns entließ Osama die beiden Usbeken. Dann nahm er Dortmunds Pass zur Hand.

»Sie heißen Michael Dortmund, wurden am 14. Dezember 1978 in Bonn, in der Bundesrepublik Deutschland, geboren«, begann er in seinem holperigen Englisch. »Offiziell sind Sie Sicherheitsbeauftragter und leiten die Aid Service Protection. Sie fahren einen schwarzen Jeep Cherokee mit dem Kennzeichen KBL 27 645 SH.«

»Mach mich los, du Dreckskerl«, stieß Dortmund hervor. »Ihr habt nicht das Recht, mich festzunehmen. Ich habe Diplomatenstatus!«

Osama wedelte mit dem Pass vor seiner Nase.

»Das hier ist ein normaler Pass. Wo ist Ihr Diplomatenpass?«

»In meinem Büro. Mach mich verdammt noch mal los, du Scheißkerl!«

»Hören Sie auf, mich zu beleidigen, oder Sie werden es bereuen. Sie kommen hier ganz schnell raus, das verspreche ich Ihnen. Aber ich bezweifle, ob Sie es als freier Mann tun.«

Osama baute sich vor ihm auf, sein Kopf berührte beinahe die Decke des niedrigen Raumes. Schweißperlen standen dem Deutschen auf der Stirn, und er verströmte einen beißenden, säuerlichen Geruch, der Osama nur zu gut bekannt war: Angst.

»Der Wagen, in dem Sie sich befanden, wurde in der Nähe des Hamad Cafés gesehen, das am Abend des Attentats vollständig zerstört wurde«, sagte er dann.

»Ich kenne dieses Ahmed Café nicht!«

»Es ist ein bei jungen Leuten sehr beliebtes Café, das ein Dreckskerl in die Luft gejagt hat, indem er einem armen Teufel, der wie ein *Shahid* aussehen sollte, drei Kilo C 5 auf den Rücken gebunden hat. Jetzt wissen Sie, was das Hamad Café ist«, sagte Osama. »Sie wissen auch, welche Strafe in Afghanistan auf eine terroristische Tat steht, nehme ich an?«

Es klopfte an der Tür. Gulbudin kam herein, so schnell, wie es sein einziger gesunder Fuß zuließ. Aufgeregt flüsterte er Osama etwas ins Ohr. Dieser wandte sich wieder an Dortmund, Wut und Verachtung sprachen aus seinen Gesichtszügen.

»Es sind Ihre Fingerabdrücke, die auf den Schuhen gefunden wurden, die der *Shahid* trug. Es waren also Ihre Schuhe!«

»Das ist ein abgekartetes Spiel! Du Arschloch, ich sage gar nichts!«

Gulbudin schwang den Stock, um ihm einen neuen Hieb zu versetzen, doch Osama hielt ihn zurück. Im Gang waren Stimmen zu hören. Schreie ertönten. Ein paar Sekunden später betraten mehrere Männer in Zivil den Raum. Einer von ihnen wedelte mit einer Karte, die ihn als Mitglied des Stabs des Innenministers auswies.

»Was tun Sie da?«, bellte er. »Sie verhaften ein Mitglied eines NATO-Staates, ohne uns darüber zu informieren? Sind Sie verrückt geworden!«

Osama trat einen Schritt zurück.

»Wir wussten nicht, dass dieser Mann Deutscher ist, als wir ihn festnahmen.«

»Lüge! Lassen Sie ihn auf der Stelle frei. Wir kümmern uns um ihn!«

»Dann können Sie ihn ja gleich selbst losbinden«, erwiderte Osama scharf.

Er warf die Schlüssel für die Handschellen auf den Boden, schubste den Bärtigen beiseite und stürmte nach draußen. Er lächelte. Er hatte die Fingerabdrücke, einen offiziellen Beweis dafür, dass der Deutsche in den Tod Wali Wadis verwickelt war. Er brauchte Dortmund nicht mehr.

Joseph beendete seine Serie Liegestütze, wischte sich die schweißnassen Haare ab. Natürlich gab es in Kabul kein Studio, das Besuchern aus dem Westen zugänglich gewesen wäre, abgesehen von denjenigen in den Militärbasen und in den Luxushotels; daher hatte er beschlossen, täglich eine Stunde auf dem Teppichboden in seinem Büro zu trainieren. Er trocknete sich ab, zog ein sauberes Hemd an, schnupperte an seinem Körper. Er duftete nicht gerade nach Rosen und hätte wohl besser erst geduscht, aber es blieb keine Zeit dafür. Er warf einen Blick auf seine Mails und griff zum Telefon.

»Komm mit Peter und Marco.«

Keine höfliche Anrede. Es war nicht nötig. Kurz darauf betrat Amin den Raum, in Begleitung seiner beiden Kollegen.

Joseph streckte die Hand nach einem Schälchen mit Trockenobst aus. Er nahm sich eine Handvoll Mandeln. Amin und seine beiden Kollegen sahen, wie seine kräftigen Kiefer mahlten. Das Geräusch war unangenehm, es hallte im ganzen Raum wider. Der Killer nahm eine zweite Handvoll. Schweigen. Mahlgeräusche. Schlucken. Endlich wischte er sich den Mund ab.

»Der General hat soeben das Einverständnis zu meinem neuen Plan gegeben. Wir sollen ihn zur Strecke bringen. Und diesmal richtig, lautet die Anweisung.«

Er schob Amin ein Blatt Papier zu.

»Für dich. Mach ihn ausfindig.«

Es stand nur ein Name drauf, Abdullah Nassim Darani, außerdem eine Adresse und eine Telefonnummer, die mit der Vorwahl für Kabul begann. Amin sah seinen Chef fragend an.

»Um wen handelt es sich?«

»Um einen Ex-Mudschaheddin. Er ist der Anführer einer Bande, die mit allen Wassern gewaschen ist. Sie sind für Entführungen zuständig, für Erpressungen, Drogenhandel. Ein Mitglied seiner Familie wurde letztes Jahr in Lausanne im Rahmen einer Schutzgeldaffäre verhaftet. Woraufhin unser Mann den Besitzer eines Restaurants mit einem Schweißbrenner folterte, weil der den Beamten der Bundespolizei von seinem netten Onkel erzählt hatte.«

»Was hat er mit uns zu tun?«

»Der General möchte noch immer nicht, dass wir uns selbst

um Kandar kümmern«, sagte Joseph. »Er möchte, dass Leute von hier diese schmutzige Arbeit erledigen. Anscheinend spricht der Typ Arabisch. Du wirst übersetzen.«

»Zu Befehl, Chef.«

Joseph griff erneut in das Schälchen.

»Nimm dreißigtausend Dollar aus dem Safe. Wir fahren sofort zu ihm.«

Zwei Wagen warteten bereits mit laufenden Motoren vor dem Gebäude. Joseph stieg zusammen mit Amin in den ersten ein, die beiden anderen K-Männer gesellten sich zu zwei im zweiten Wagen wartenden Uniformierten.

»Woher wissen wir, dass er im Augenblick zu Hause ist?«, fragte Amin.

»Wir haben sein Telefon seit gestern abhören lassen. Bern hat mir bestätigt, dass er in den letzten zwei Stunden mehrere Telefongespräche geführt hat.«

Der ehemalige Mudschaheddin wohnte in einem paschtunischen Ortsteil neben dem Tadschikenviertel Karte Parwan im Norden Kabuls. Schon bald hatten sie sich in dem Gassengewirr verfahren, es gab kein einziges Straßenschild. Der Fahrer hielt den Wagen an.

»Chef, so kommen wir nicht weiter.«

Joseph wandte sich an Amin.

»Klopf einfach irgendwo. Finde jemanden, der uns zu ihm bringt.«

»Es wird uns niemand öffnen. In einer Stunde wird es dunkel.«

»Ist mir egal! Los, mach schon, wir verlieren Zeit!«

Amin rief eine Gruppe Jungen zu sich. Sie sprachen einen schwierig zu verstehenden Dialekt, eine Mischung aus Dari und Paschtu, doch einen Zehn-Dollar-Schein später lief einer von ihnen davon. Einer der K-Männer – schwarze Schutzbrille, kugelsichere Weste, mehrere Handwaffen am Gürtel, ein schwarzes Maschinengewehr in der Hand – stieg aus dem

Begleitfahrzeug aus, um den rückwärtigen Teil der Straße zu sichern. Der Junge kam wieder, einen keuchenden Alten im Schlepptau – der Alte kenne die Straße, die sie suchten, und spreche sogar ein wenig Englisch.

»Ich suche eine Adresse hier im Viertel«, sagte er zu dem Alten, das Wörterbuch Arabisch-Dari in der Hand. »Können Sie mir helfen? *Ke maara koumak metonaa?*«

»*Khou, farq namey kouna.*«

»In welche Richtung? *Koudam taraf?*«

»Ich kann Ihnen den Weg zeigen«, sagte der Alte schließlich in gut verständlichem Englisch, öffnete die Wagentür und nahm neben Amin Platz.

Er stank bestialisch, eine Mischung aus altem Schmutz, kaltem Tabak, Knoblauch und Parfum mit Rosenwasseraroma. Joseph kurbelte wortlos das Fenster herunter und gab Gas; hinter ihm setzte sich auch der zweite Wagen in Bewegung. Sie drangen immer tiefer in den Slum aus alten Lehmhäusern ein. Die Straßen waren mit Abfällen übersät, und mit Autowracks. Hier trug keiner einen *Pakol,* aber es gab viele Bärte – offensichtlich ein paschtunisches Viertel. Die bärtigen Anwohner warfen den beiden Fahrzeugen finstere Blicke zu, vermutlich hielten sie ihre Insassen für Soldaten der Internationalen Schutztruppe. Der Alte schien sich unbehaglich zu fühlen.

»Wir müssen uns beeilen«, erklärte Amin, »sie mögen keine *Kuffār* hier. Sie werden uns lynchen!«

Im selben Augenblick traf ein Stein auf der Windschutzscheibe des gepanzerten Wagens auf.

»Gefahr. *They shoot us!*«, kreischte der alte Mann.

»Du gehst mir allmählich auf die Nerven. Hör auf!«

Nach einer Viertelstunde zupfte der Alte Amin am Ärmel und deutete auf ein Haus, das zwischen zwei Verkaufsständen eingezwängt war.

»Wenn wir alle dorthin gehen, könnte uns unser Mann mit den NATO-Soldaten verwechseln und Angst bekommen.

Amin, wir gehen allein dorthin«, befahl Joseph. »Ihr anderen passt auf, aber im Wagen.«

Sobald sie ausgestiegen waren, rannte der alte Mann davon, so rasch ihn seine Beine trugen. Als Amin ihm nachsetzen wollte, hielt Joseph ihn zurück.

»Lass ihn. Den brauchen wir nicht mehr.«

Joseph zog eine Waffe hervor und hielt sie an seinen Oberschenkel gepresst, eine lange Pistole mit einem riesigen Schalldämpfer. Auf ein Zeichen des Kopfes in Amins Richtung klopfte dieser an die Tür.

»Wer ist da?«, rief eine Stimme von innen.

»Wir kommen als Freunde«, erwiderte der Algerier auf Arabisch. »Wir möchten Ihnen einen Job anbieten.«

»Ich brauche keinen Job!«

»Für den hier bekommen Sie zehntausend Dollar.«

Hinter der Tür raschelte es ein paar Sekunden. Dann sprang die Tür auf. Ein Mann stand im Türspalt, er trug eine traditionelle braune Hose und ein Unterhemd. Kahl, mit Schnurrbart, Bauchansatz. Er hielt eine Waffe auf Amins Kopf gerichtet, die Hand, die sie hielt, zitterte nicht.

»Verdammt, wer bist du? Ich kenne dich nicht!«, bellte er. »Was willst du von mir? Bist du Amerikaner? Russe?«

»Ich bin mit einem Freund hier. Ich habe Geld für dich.«

Joseph trat aus der Deckung, die Pistole an die Hüfte gepresst und auf den Gangster gerichtet.

»Sag ihm, er soll seine Waffe sinken lassen. Dass er sie nicht brauchen wird.«

Amin übersetzte. Er habe kein Vertrauen, erwiderte der Gangster.

»Sag ihm, in den Autos dort drüben seien vier Kommandos. Hätte man ihn töten wollen, wäre er jetzt schon tot.«

Amin übersetzte wieder. Der Mann blickte in Richtung des Fahrzeugs, zögerte einen Augenblick. Die Gelassenheit seiner

Gesprächspartner überzeugte ihn, er ließ die Waffe sinken und forderte sie dann auf, hereinzukommen.

Für Kabuler Verhältnisse war das Haus groß und mit Truhen, Teppichen, einer altmodischen Sitzgruppe und einem Videogerät, das an eine Stereoanlage mit riesigen Boxen angeschlossen war, äußerst luxuriös eingerichtet. Ein RPG-Raketenwerfer und mehrere Kalaschnikows standen an die Wand gelehnt.

»Die Geschäfte gehen gut, wie ich sehe«, sagte Joseph.

Ein flüchtiges Lächeln glitt über das Gesicht des Ganoven, als er die Übersetzung hörte. Er deutete auf das Sofa und ließ sich in den Sessel sinken.

»He, ihr Frauen!«, brüllte er.

Im Nebenraum regte sich etwas, und zwei Gestalten erschienen im Flur, ohne jedoch das Zimmer zu betreten. Das absolute Kontaktverbot zwischen Fremden und Frauen hielt der Hausherr streng ein.

»Tee«, befahl der Mann, ohne seine beiden Frauen eines Blickes zu würdigen.

Die beiden Gestalten verneigten sich und huschten davon.

»Was wollen Sie?«, fragte der Ganove unvermittelt.

»Du übersetzt nach und nach«, wies Joseph Amin an. Dann wandte er sich wieder dem Afghanen zu. »Wir haben einen Auftrag für dich. Du sollst einen Offiziellen des Regimes ausschalten, einen Polizisten. Fünftausend Dollar bekommst du sofort, fünftausend, wenn du den Auftrag erledigt hast. Der betreffende Mann hat Bodyguards.«

»Wie viele?«

»Zwischen drei und fünf.«

»Dann wird es also gefährlich. Ist sein Wagen gepanzert?«

Joseph sah Amin fragend an. »Wissen wir das?«

»Nein.«

»Wer ist dieser Polizist?«

»Osama Kandar.«

Der Ganove spuckte auf den Boden.

»Dieser Mistkerl. Einmal hat er versucht, mich festzunehmen, dieser Sohn eines Esels, aber er hatte nichts gegen mich in der Hand, keinen Beweis, und so musste er mich laufenlassen. Sein Wagen ist nicht gepanzert. Ich kann das erledigen, aber ich muss meine Männer mitnehmen. Haben Sie seine Adresse?«

»Ja.«

»Wo ist das?«

Sie wurden durch eine der Frauen unterbrochen, die das Tablett auf der Türschwelle abstellte, indem sie peinlich genau darauf achtete, nicht von den fremden Männern gesehen zu werden. Der Ganove stand auf.

»Also, wo ist das?«, wiederholte er und brachte den Tee.

Amin sagte es ihm. Der Mann schüttelte den Kopf.

»Unmöglich, es gibt dort eine Kaserne, überall Polizisten. Zu gefährlich.«

»Und wenn wir dir mehr Kohle geben?«

»Nein. Da käme man nicht mehr mit heiler Haut raus. Suchen Sie sich jemand anderen.«

Das war kein Verhandlungsversuch, der Ton war unmissverständlich. Joseph überlegte kurz.

»Wenn es Ihnen gelänge, Kandar an einen Ort zu locken, der Ihnen vertraut ist, würden Sie es dann tun?«

»In dem Fall, ja. Aber für vierzigtausend Dollar.«

»Zwanzigtausend.«

Schließlich einigten sie sich auf fünfundzwanzigtausend, die Hälfte davon sofort.

»Wie kann ich ihn dorthin locken, wo ich will?«, fragte der Gangster.

»Schicken Sie einen kleinen Jungen zu ihm mit einer anonymen Botschaft: Sagen Sie, Sie wüssten etwas über Wali, und geben Sie den Ort an, an dem Sie sich treffen wollen. Egal, wo das ist, er wird kommen.«

»Wali? Welcher Wali?«

»Sagen Sie einfach Wali. Ich verspreche Ihnen: Er wird kommen. Sie müssen sich beeilen. Morgen oder übermorgen müssen Sie zuschlagen.«

»Geht klar. Wie komme ich an die zweite Hälfte des Geldes ran?«

»Wir werden ja erfahren, wann Sie den Auftrag ausgeführt haben. Jemand wird den Rest dann hier abgeben.«

»Ist das ein Witz? Wer sagt mir denn, dass ich Ihnen trauen kann?«

»Niemand. Aber haben Sie eine andere Wahl?«

Auf ein Zeichen Josephs warf Amin das Bündel Geldscheine auf den Tisch. Der Ganove stürzte sich darauf, um es einzustecken. Joseph kam mit seinem Gesicht ganz nah an das des Afghanen. Seine wässrigen Augen schimmerten bösartig.

»Mich versucht man nicht reinzulegen. Wer das tut, dem heize ich mit dem Flammenwerfer ein, ihm, seiner Familie und allen, die ich finde. Frag ihn, ob er mir glaubt.«

»Ist gut«, gab der Afghane ruhig zurück. »Ich habe verstanden.«

Joseph erhob sich.

»Er soll es ja nicht vermasseln!«

Osama fuhr nach Hause, weil er einen Abend mit Malalai verbringen wollte. Er wusste, dass Dortmund auf Khan Durranis Drängen hin schon bald entlassen werden würde, aber er hatte sein Ziel erreicht: nachzuweisen, dass Dortmund eindeutig mit dem Pseudo-*Shahid* zu tun hatte. Wenn sich Dortmunds Fingerabdrücke bei Wali Wadi fanden, würde sich der Kreis schließen, und es läge auf der Hand, dass die beiden Fälle miteinander zu tun hatten. Als er, dicht umringt von seinen Bodyguards, aus dem Auto ausstieg, bemerkte er, dass der diensthabende Polizist vor seinem Wohnhaus nicht allein war. Zwei weitere Männer standen neben ihm und hielten Wache, bewaffnete Soldaten mit Sturmgewehren. Einer der beiden trug sogar das Abzeichen der Fallschirmspringer, eine Seltenheit in Afghanistan.

»Was machen Sie hier?«, erkundigte er sich, nachdem er die übliche Begrüßungsformel vorgebracht hatte.

»Man hat uns beauftragt, herzukommen«, sagte einer von ihnen.

»Wer?«

»Unsere Vorgesetzten.«

»Weshalb?«

»Um Sie zu beschützen, *Hajj*. Wir geben unser Leben für Sie.«

»Zu welchen Clans gehört ihr?«

»Zum Clan Sawak aus Faizabad«, sagte der eine.

»Zum Clan Alqiti aus Jumm«, erwiderte der andere.

Sie waren Tadschiken. Seine Feinde hätten Paschtunen geschickt. Jemand hatte begriffen, was für ein Risiko er einging, und beschlossen, ihn zu beschützen. Aber wer? Osama betrat das Haus. Malalai erwartete ihn bereits, sie wirkte erschöpft. Er küsste sie.

»Dir scheint's ja nicht besonders gutzugehen.«

»Ich habe heute zwei Mädchen behandelt, sie kamen aus Dschalalabad. Eine, sie ist erst zwölf, ist Opfer eines Säureattentats der Taliban geworden, weil sie sich geweigert hatte, einen Fünfzigjährigen zu heiraten. Aus Rache haben ihre Brüder ein Mädchen aus der anderen Familie entführt und ihr die Nase und die Spitzen der Brüste abgeschnitten. Diese beiden unschuldigen Mädchen sind Opfer ein und derselben Barbarei! Anstatt das Ganze in einer offenen Auseinandersetzung zu regeln, haben die Männer sie benutzt. Man hat sie wie ein Stück Fleisch behandelt, weniger noch als Fleisch.« Malalai brach in Schluchzen aus. »Ich weiß nicht, ob ich so weitermachen kann, Osama!«

Osama schloss sie in seine Arme. Sie zitterte am ganzen Leib.

»Die Versammlung der RAWA konnte nicht stattfinden«,

fuhr sie fort. »Wir hatten den Verdacht, dass die Taliban uns überwachen. Da haben wir das Treffen lieber abgesagt. Eines unserer Mädchen hat beschlossen aufzuhören, sie hat zu große Angst. Ich hoffe, dass ich nicht einknicken werde!«

Lange Zeit blieben sie eng umschlungen stehen. Dann löste Malalai sich aus seiner Umarmung.

»Jetzt bereite ich dir das Abendessen zu. Du sollst nicht unter meinen Launen leiden.«

Als sie schlafen gingen, hörte Osama den rasselnden Husten eines der Fallschirmspringer, die ihn bewachten. Er musste an die amerikanischen Satelliten denken, die über seinem Kopf kreisten, in sechsunddreißigtausend Kilometern Entfernung, und all seine Gespräche belauschten. An die mit Exkrementen übersäte Straße in dem Slum, durch die er am Vortag gegangen war. An den Bericht, den er im Fernsehen gesehen hatte, in dem eine Frau gezeigt wurde, der europäische Chirurgen ein neues Gesicht transplantiert hatten, an das Mädchen in Dschalalabad, das gerade verstümmelt worden war. An den Mann, den man manipuliert hatte, damit er sich in die Luft sprengte, und an andere Männer, die sich freiwillig in die Luft jagten, um möglichst viele Unschuldige zu töten. Und er musste an Babrak denken, der das Leben so geliebt hatte und nun tot war. Und er fragte sich, warum Gott all diese Dinge zuließ.

*

Nick ließ sich ins Auto gleiten. Es war ein langer Tag gewesen, ungeduldig hatte er darauf gewartet, seine Recherche voranzutreiben. Die letzten Stunden hatte er sich zum Schein mit anderen Aufgaben beschäftigt, um keinen Verdacht zu erregen. Warum er seinem Arbeitgeber nicht die Wahrheit sagte, was seine Nachforschungen betraf, war ihm selbst nicht klar. Vielleicht, weil man ihn nicht darüber unterrichtet hatte, dass Joseph in Kabul war. Solange man ihm nicht eröffnete, dass es da eine Verbindung gab, musste er auf der Hut bleiben. Es gab zu viele Tote, zu viele Geheimnisse, zu viele Dinge, die man verheimlichte – ihm und anderen. Er öffnete seine Tasche, in der eine automatische Waffe steckte. Eine sehr imposante Waffe, mit ihrem Gewehrkolben aus schwarzem Komposit und dem durch einen viereckigen Schalldämpfer verlängerten Lauf. Er mochte Waffen nicht, dennoch steckte er sie ein.

Trotz der Lichterkette über dem Eingang war nicht zu übersehen, was das Café Istanbul tatsächlich war: ein elendes Loch, in dem Alkoholiker sich billigen Fusel hinter die Binde kippten, bevor sie nach Hause wankten. Nick parkte ein paar Meter flussaufwärts und schaltete dann den Motor ab. Zum ersten Mal in seinem Leben schritt er zur Tat, allein, ohne Sicherheitsnetz. Er streckte die Hände aus: Sie zitterten leicht.

Hoffentlich halte ich überhaupt durch, dachte er, als er ausstieg.

Im Inneren des Cafés herrschte dieselbe Atmosphäre wie in allen Bars dieser Welt. Ein müder Barkeeper, der hinter seinem Tresen Gläser trocknete, vier oder fünf traurige Gäste vor ihrem Getränk am Tresen, leise Hintergrundmusik. Nick trat von der Seite auf den Barmann zu, damit ihn keiner der Gäste hörte. Diskret zog er den Dienstausweis des Schweizerischen Justizdepartements hervor, in der Hoffnung, dass die Karte mit dem weißen Kreuz auf rotem Grund Eindruck machte.

»Ich suche Stavos«, sagte er.

»Den habe ich heute Abend nicht gesehen.«

»Wo ist er?«

»Ich weiß es nicht.«

»Hör zu, mein Freund«, sagte Nick, »ich möchte wirklich gern mit ihm reden, und zwar heute Abend. Ich will ihm nicht an den Kragen gehen, aber wenn er mir entwischt, werden bestimmte Leute große Probleme bekommen, angefangen bei dir. Sehr große Probleme, wenn du verstehst, was ich meine.«

»Um diese Uhrzeit spielt Stavos Karten bei Hans«, sagte der Kellner tonlos.

»Hans?«

»Eine Bar ein Stück weiter unten, im nächsten Häuserblock. Im Hinterzimmer gibt es einen inoffiziellen Spielsalon. Du klopfst an die rückwärtige Tür, die blaue, zweimal, dann dreimal.«

»Danke«, sagte Nick. »Du hast die richtige Entscheidung getroffen.«

Draußen hatte der Regen aufgehört. Er beschloss, zu Fuß zu gehen. In diesem Viertel gab es viele Spirituosengeschäfte, kleine Buden und Lebensmittelgeschäfte. Vor einem Café ohne Ladenschild blieb er stehen. Durch die Scheibe entdeckte er im Hintergrund eine blaue Tür. Entschlossen betrat er das Lokal und durchschritt den Raum, ohne mit irgendjemandem zu sprechen, gab das vereinbarte Klopfzeichen an der Tür. Ein stämmiger Typ in Jeans und Unterhemd, mit Dreitagebart, öffnete ihm. Hinter dem Mann tat sich ein verrauchtes Nebenzimmer auf, in dem fünf Tische standen, allesamt besetzt. Wieder zeigte Nick seinen gefälschten Dienstausweis.

»Ich suche Stavos.«

»Nicht hier«, brummte der Stämmige.

»Hör zu«, erwiderte Nick. »Ich möchte mit Stavos sprechen, und wenn du mich hier verarschst, lasse ich dein Rattenloch schließen und buchte dich ein.«

Die Gespräche in dem Raum waren verstummt. Nick wurde auf einmal unbehaglich zumute. Doch der Stämmige zuckte nur mit den Achseln und deutete auf einen Mann, der an dem Tisch direkt vor ihm saß. In den Dreißigern, schmale Schultern.

»Was wollen Sie von mir?«

»Komm mit«, befahl Nick.

Zögernd erhob sich Stavos und zog einen Mantel über. Es herrschte Totenstille, bis ein anderer Spieler zu einer Zigarette griff und seinen Nachbarn um Feuer bat. Mit einem Mal belebte sich der Raum wieder, und die Karten gingen von Hand zu Hand. Stavos ging hinaus, gefolgt von Nick.

»Sie sind ein Bulle?«, fragte er. »Von der Bundespolizei?«

»Halt's Maul«, sagte Nick. »Du sollst nur reden, wenn du gefragt wirst.«

Nick streifte Stavos ein Paar Plastikhandschellen über, bevor er ihn auf die Rückbank drängte. Je näher sie den düsteren Industrieanlagen zufuhren, desto unruhiger wurde Stavos.

»Wo bringen Sie mich hin?«

Statt einer Antwort zog Nick seine Waffe hervor und richtete sie auf den Mann auf dem Rücksitz.

»Du stellst hier keine Fragen, kapiert?«

Nick fuhr durch die verlassenen Straßen um die Käsefabrik. In einem dunklen Abschnitt, dicht am Fluss, schaltete er den Motor aus. Der Regen hatte während der Fahrt wieder eingesetzt und trommelte aufs Dach. Mit grimmiger Miene zerrte Nick seinen Fahrgast ins Freie und bohrte den Schalldämpfer der Waffe in seine Stirn.

»Mein Gott, was wollen Sie denn von mir?«, stammelte Stavos.

»Das werde ich dir verraten. Eine Nutte hat einen Freier zu dir gebracht. Sie heißt Yasmina, sie ist drogenabhängig, hat in dem besetzten Gebäude in der Langstraße gelebt, in dem es die Razzia gegeben hat.«

»Das Gebäude mit den Junkies?«

»Korrekt. Ihr Freier wollte einen Pass. Ein Mann, in den Fünfzigern, klein, Brille, schon ziemlich kahl. Ein Kerl, der Geld wie Heu hat. Wir wollen wissen, welchen Namen er für den Pass angegeben hat. Wenn du mir weiterhilfst, kannst du gehen.«

»Nein, Sie werden mich umlegen, sobald ich Ihnen den Namen genannt habe.«

»Überleg's dir. Ich will einfach nur den Namen wissen.«

Stavos schluckte. »Milton. Ich habe ihm einen Pass auf den Namen Lionel Milton angefertigt.«

Nick atmete tief durch.

»Siehst du, war doch gar nicht so schwer, oder?«, sagte er. »Los, steig ein, ich bring dich zurück.«

»Lassen Sie mich bitte zwei Straßen vorher raus«, knurrte Stavos. »Ich will nicht von einem Bullen vor der Tür abgesetzt werden.«

Nick erwiderte nichts, tat Stavos jedoch den Gefallen. Er hatte, was er wollte. Als er wieder allein war, überlegte er, wie er diese Information wohl verwenden würde. Seit dem 11. September hatte er Zugriff auf die Passagierlisten der Fluglinien: Diese waren angehalten, dem SND die Namen aller Passagiere mitzuteilen, die die Schweiz verließen oder dort einreisten. Die Firma besaß einen Zugang zu dem Rechner, der dieses Programm verwaltete. Wenn er sich allerdings unter seinem Namen einloggte, würde er unweigerlich eine Spur seiner Recherchen hinterlassen – und das musste er unbedingt vermeiden.

*

Osama wachte um drei Uhr auf, rollte seinen Teppich aus und verrichtete sein Morgengebet, in dem er Allah darum bat, ihm bei seiner Suche nach der Wahrheit zu helfen. Der Boden unter dem Gebetsteppich war hart, und seine Knie nach dem Aufstehen ganz steif. Malalai schlief noch, er achtete darauf, so wenig Lärm wie möglich zu verursachen, um ihr noch ein wenig Ruhe zu gönnen; durch die Nachtwachen im Krankenhaus war ihr Organismus darauf getrimmt, sofort nach dem Aufwachen zu funktionieren. Er stellte die Heizung im Zimmer höher, damit es wärmer war, wenn Malalai sich ankleidete. Im Badezimmer wusch er sich mit einer Seife, die härter war als Holz und nach Rosen duftete. Er hasste es, wenn er nach Rosenduft roch und verwünschte diese verwestlichte Stadt, in der man keine schlichte Seife mehr fand, die einfach nur sauber roch und nach nichts anderem. Er zog sich rasch im Dunkeln an und trat, in Stiefeln und mit einem Gewehr ausgerüstet, vor die Tür. Die plötzliche Kälte ließ seine noch feuchten Haare erstarren; er hielt einen Moment inne, um die Morgenluft tief einzuatmen. Mehr als alles liebte er diese Jahreszeit, diese letzten Wintertage vor dem Frühling, der bereits die erstickende Hitze des Monats Juni ankündigte. Sein Geländewagen und der begleitende Pick-up warteten in der Dunkelheit. Mit einem Quietschen öffnete sich die rechte Vordertür des Geländewagens, Gulbudin stieg aus, in seinen alten sowjetischen Armee-Parka gehüllt, dessen Kragen bereits ganz zerfasert war.

»Alles fertig, *Hajj*.«

Er klatschte mehrmals in die Hände, um sie zu wärmen, und öffnete dann die Heckklappe. Zwei Tiegel mit Spurensicherungspulver, neue Pinsel, Handschuhe – die notwendige Ausrüstung, um bei Wali Wadi Fingerabdrücke zu nehmen. Osama nahm vorne Platz, Gulbudin stieg hinten ein. Der Fahrer kaute getrocknete Datteln, eine Thermoskanne mit Tee war zwischen die Vordersitze geklemmt. Im Wagen herrschte eisige Kälte, da Osama darum gebeten hatte, die Nachbarn nicht durch den laufenden Motor zu stören. Der Konvoi setzte sich in Bewegung. Die Straßen waren leer, nur vereinzelt sahen sie einen Militärtransport oder einen Lieferwagen. Sie brauchten weniger als fünfzehn Minuten, bis sie in die kleine Straße bogen, in der sich Wali Wadis Palast befand. Osama riss das Absperrungsband an der Tür ab. Der Nachtwächter, ein Polizist im Ruhestand, schlief tief und fest, eingehüllt in seinen Umhang. Gulbudin klopfte ihm auf die Schulter, damit er wach wurde und Bescheid wusste, dass sie hineingingen. Der Mann nickte, schlief aber gleich wieder ein. Im Gänsemarsch betraten sie das Haus. Die Gasheizung war in Betrieb, es herrschte eine angenehme Temperatur. Ein wenig neidisch dachte Osama, dass Wali Wadi trotz des Krieges zweifellos niemals hatte frieren müssen.

»Wo suchen wir?«, fragte Gulbudin.

»An den Stellen, die Dortmund berührt haben könnte, als er hier war. Im Arbeitszimmer. Im Wohnzimmer. In der Küche. Im Grunde überall.«

Die Männer verteilten sich, jeder einen Pinsel in der Hand und ein Säckchen mit reichlich Spurensicherungspulver in der Tasche. Osama nahm sich das Arbeitszimmer vor. Fingerabdrücke fanden sich überall. Er verteilte das Pulver auf den Flächen, und wenn sich ein Abdruck abzeichnete, verglich er ihn mit dem Foto von den Fingerabdrücken Dortmunds. Nach einer Stunde kannte er die Rillen und Furchen des Deutschen auswendig und konnte sofort sagen, ob ein neu entdeckter Fingerabdruck von diesem stammte oder nicht; nach zwei Stunden konzentrierte er sich auf den Safe. Er zweifelte nicht mehr daran, dass Dortmund Wali Wadi aufgesucht hatte, doch noch fehlte ihm der Beweis. Das Glück lächelte ihm schließlich gegen halb sieben Uhr morgens, als die fahle Morgendämmerung durchs Fenster linste. Im Innern des Safes fand sich ein Abdruck der Innenseite von Dortmunds linkem Zeigefinger. Vermutlich hatte er ihn hinterlassen, als er noch einmal prüfen wollte, ob Gegenstände im Innern zurückgeblieben waren. Osama fand einen zweiten auf der Innenseite der Tür, vom Daumen.

Kurz darauf stürzte Gulbudin herein und verkündete aufgeregt: »Wir haben einen Abdruck des Deutschen auf der Toilette gefunden!«

Osama folgte ihm. Der Raum war großzügig, die Wände verziert, die Decke handbemalt. Der Halter für das Toilettenpapier hatte die Form einer goldenen Ente, der Wasserhahn die eines Schwans.

»Nicht schlecht, was?«, sagte Gulbudin.

Wali Wadi entstammte einer armen Familie vom Land, wo nach wie vor mehr als die Hälfte der Bevölkerung lebte. Dort gab es weder Badezimmer noch Toiletten, Männer und Frauen erleichterten sich in der Umgebung ihrer Häuser, wischten sich mit Sand oder einem flachen Stein ab. Diese groteske Toilette erschien ihm wie Wali Wadis Rache am Leben.

Die Wände waren nun förmlich eingestaubt mit dem Pulver

für die Spurensicherung. Gulbudin deutete auf eine Stelle neben dem goldenen Toilettenrollenhalter.

»Hier. Dortmund hat sich im Sitzen an der Wand abgestützt.«

Osama nickte zufrieden. Drei Fingerabdrücke Dortmunds, mehr, als nötig war, um ihn mit dem Mord an Wali Wadi in Verbindung zu bringen.

Um neun Uhr gab er das Zeichen zum Aufbruch.

11

Osama saß im Verhörraum. Ihm gegenüber ein Mann, angeklagt, einen Nachbarn mit einer Hacke erschlagen zu haben. Auslöser des Verbrechens war ein Gemüsekarren gewesen, den der Mörder in seinen Besitz bringen wollte, um selbst ein Geschäft im Viertel zu betreiben. Er leugnete die Tat, obwohl man Blutspuren an seiner Kleidung und die Hacke in einem Zimmer seines Hauses gefunden hatte. Er hätte sie wegwerfen sollen, doch sie hatte fünfhundert Afghanis gekostet, da wollte er sie lieber behalten. Nun würde er dreißig Jahre in Pul-e-Charkhi einsitzen, wenn ihn das Gericht nicht gleich zum Tod durch den Strang verurteilte. Osama erhob sich und ließ Rangin das Verhör zu Ende bringen, für ihn war die Sache abgeschlossen. Er ging durch den Warteraum, in dem zwei weitere Männer in Handschellen saßen, der eine, weil er seine Frau zu Tode geprügelt, der andere, weil er einen Bauern in den Kopf geschossen hatte. Er bat Dschihad, den Bauernmörder in sein Büro zu führen.

»Der Mann, den du erschossen hast, kanntest du den?«, fragte Osama.

»*Na.*«

»Du hattest ihn noch nie gesehen?«

»*Na.*«

»Warum hast du ihn erschossen?«

»Ich wollte mein Gewehr ausprobieren.«

»Erklär mir das«, befahl Osama entsetzt.

»Ich habe mit einem Freund um fünfhundert Afghanis gewettet, dass ich mit meinem alten Gewehr, einem Lee Enfield, und mit Gottes Hilfe ein Ziel aus fünfhundert Metern Entfernung treffe. Dieser Mann saß ungefähr dreihundert Meter entfernt auf einer Anhöhe und bewegte sich nicht. Ich hab nichts anderes im Umkreis von fünfhundert Metern gefunden, da habe ich eben auf ihn gezielt.«

»Es war ein Hirte, er hütete seine Schafe.«

»Ich hab keine Schafe gesehen, sonst hätte ich auf die geschossen. Der Hirte war ein schwieriges Ziel. Ich hab ihn gleich beim ersten Mal voll am Kopf erwischt«, sagte der Mann stolz.

»Er hieß Nureddin Malkiour. Er war vierundvierzig Jahre alt, er ist tot, seine Frau ist jetzt auf sich allein gestellt, mit sieben Kindern, die sie durchbringen muss!«

»Sie hat ja noch die Schafherde, da wird sie schon nicht verhungern, *Inshallah*.«

Osama musterte den Mann, um herauszufinden, ob er ihn bloß provozierte, aber es schien ihm völlig ernst damit. Er suchte nach einem winzigen Hinweis auf Reue in seinem Blick – nichts. Schließlich rief er Rangin herein.

»Steck ihn wieder in die Zelle.«

»Worauf lautet die Anklage?«

»Vorsätzliche Tötung. Ruf im Büro des Staatsanwalts an.«

Der Mann konnte von Glück reden, wenn er dem Strang entging.

»*Qoumaandaan!* Da ist jemand für Sie am Empfang«, meldete ein Polizist.

Osama überließ Rangin den Schützen und ging zum Empfang hinüber. Dort erwartete ihn Kalkana, der öffentliche Schreiber. Schüchtern saß er neben den Wachen auf einer wackeligen Bank, eine Tasche auf den Knien. Osama schloss ihn in die Arme.

»Ich freue mich, dich zu sehen. Ich habe einen Wahnsinnstag

hinter mir, man könnte meinen, die größten Dummköpfe Kabuls hätten beschlossen, es mir heute mal so richtig zu zeigen!«

»Ich habe das, was du wolltest«, sagte sein Freund. Er zog ein Päckchen aus der Tasche. »Zwei Spurensicherungssets, türkisches Fabrikat. Sehr vertrauenswürdig, so scheint es. Noch mehr als neun Monate haltbar.«

Dortmund lag in einer scheußlichen Zelle des NDS, irgendwo in einem Kellergeschoss ihres Dienstgebäudes. Er streckte sich und trank einen Schluck Wasser. Seitdem er den Polizisten des Ministers übergeben worden war, hatte man ihn relativ gut behandelt: keine Stockschläge mehr, man hatte ihm die Handschellen abgenommen, zu essen und zu trinken gegeben, und zwar Mineralwasser, nicht das Wasser aus der Leitung, von dem man Durchfall bekam. Er war nicht sonderlich beunruhigt, er hatte bereits für die Amerikaner, die Franzosen und die Engländer gearbeitet, und nun für diese seltsamen Schweizer: Er wusste zu viele Dinge, als dass man ihn in einer afghanischen Gefängniszelle umkommen lassen würde.

Ein Schlüssel drehte sich im Schloss.

»Los, du frei, schnell raus«, sagte der Beamte des NDS, der ihn aus dem Kommissariat geholt hatte, in seinem holperigen Englisch.

Er musste kein Dokument unterzeichnen, es gab kein Gegenverhör und erst recht keinen Anwalt. Man händigte ihm seine persönlichen Dinge aus, mit Ausnahme der Geldscheinbündel, die sich auf dem Weg vom Zentralkommissariat zum NDS in Luft aufgelöst hatten. Er verstaute seinen Pass in der Hosentasche und trat vor das Gebäude. Zwei Geländewagen warteten dort, die Tür des zweiten Fahrzeugs öffnete sich. Er stieg ein.

»Für einen Mann, der gerade einem afghanischen Gefängnis entkommen ist, wirken Sie ziemlich frisch«, bemerkte Joseph, der auf der Rückbank saß.

Sein sehniger Körper steckte in einem schwarzen Kampfanzug, ein Revolver in einem Holster über der Brust.

»So, und was machen wir jetzt?«

»Unsere Freunde in Bern sehen nicht viele Lösungsmöglichkeiten. Sie müssen das Land verlassen.«

»Ich dachte, ich hätte noch einen Auftrag.«

»Finden Sie nicht, dass Sie zu engen Kontakt mit den Bullen hatten? So gut wie überall haben Sie Spuren hinterlassen, die Sie belasten. Es bleibt kein anderer Ausweg, als Sie zurück nach Europa zu schicken. Meine Firma zahlt die Reise für Willard Consulting, Sie sollten froh sein, dass wir Sie aus diesem Haifischbecken herausholen!«

»In Europa habe ich keine Arbeit! Hier verdiene ich mehr als achttausend Dollar pro Monat. Dieser Scheißbulle, dieser Kandar, er hat mir alles vermasselt!«

»Ich weiß.«

»Was werden Sie tun?«

»Ihn umbringen. Ihr Freund, der Innenminister, wird uns dabei behilflich sein. Aber das ist jetzt nicht mehr Ihr Problem. Ihr Problem ist es, nach Europa zurückzukehren und für einige Zeit unterzutauchen.«

Zwei Männer beschimpften sich am Straßenrand, sie stritten um die Vorfahrt. Joseph seufzte. Dieses Land widerte ihn an. Der Geländewagen fuhr rechts ran.

»Los, packen Sie Ihre Sachen. Einer unserer Männer wird Sie dann in Ihr Büro begleiten, wir wollen sichergehen, dass die Hausaufgaben in Ihrem Dossier ordentlich erledigt sind. Ich hole Sie heute Abend selbst ab und fahre Sie zum Flughafen.«

»Und meine Fingerabdrücke? Wir müssen die Proben vernichten, die dieser Drecksbulle genommen hat!«

»Ich sagte: Packen Sie Ihre Sachen.«

Der junge Polizist legte das Papier auf Osamas Schreibtisch.

Ich weiß, woran Wali arbeitete, stand da. *Das, wonach Sie suchen, befindet sich in seinen Büros, im letzten Raum, unter der vierten Planke des Parkettbodens.*

»He, Bursche!«, rief Osama.

Der Hilfspolizist kehrte um und stand stramm.

»*Qoumaandaan!*«

»Wer hat dieses Blatt hier abgegeben?«

»Ein Kind. Ich habe es ihm aus der Hand genommen.«

»Wie sah es aus?«

Das Kind ähnelte nicht demjenigen, das Mullah Bakir für gewöhnlich zu ihm schickte. Osama wusste nicht, wie er diese geheimnisvolle Botschaft zu deuten hatte. Es konnte eine Falle sein. Vielleicht aber auch nicht. Er misstraute seinen Feinden, aber wenn er in Erfahrung brachte, was Wali Wadi getrieben hatte, würde dies seine Untersuchungen entscheidend vorantreiben. Er beschloss hinzugehen. Im Flur rief er nach seinem Assistenten.

»Gulbudin, wir müssen zu Wali Wadis Büros fahren. Nimm ein paar Männer zum Schutz mit.«

»Na ja … also …«

»Gibt es ein Problem?«

»Ja. Unsere Männer sind bei einem Besuch des UNO-Generalsekretärs im Einsatz. Rangin und Dschihad sind auswärts zu Ermittlungen unterwegs. Muhammad ist bei einem Fortbildungskurs im Schießen bei den Engländern.«

»Zu dumm, dann müssen wir wohl ohne Begleitschutz auskommen.«

Osama stieg in seinen Geländewagen ein und setzte sich neben den Fahrer, einen Mann, den er noch nicht kannte.

»Wer bist du?«, fragte Osama.

»Ich war im 6. Distrikt, ich wurde heute Morgen ins Zentralkommissariat versetzt«, erklärte der Fahrer.

Gulbudin ließ sich auf den Rücksitz gleiten, ihm folgte einer der wenigen Beamten, die verfügbar gewesen waren. Der Chauffeur fuhr los. Osama tastete nach der Granate in seiner

Tasche. Er hatte einen Revolver bei sich, Gulbudin und der andere Kollege jeweils eine Kalaschnikow, der Fahrer einen alten amerikanischen Karabiner. Osama fragte sich, ob der Fahrer und der andere Kollege wohl gut zielen konnten. Er schaltete das Radio ein und drehte sich zu Gulbudin um. Dabei entdeckte er hinter ihnen einen alten Wolga aus der Sowjetära. Die Windschutzscheibe war so verdreckt, dass er nicht sehen konnte, wie viele Männer darinsaßen. Vor ihnen blockierte ein Lieferwagen eine Straße, sie bogen in eine Seitenstraße. Osama bemerkte, dass der Fahrer nervös war, ununterbrochen fuhr er sich mit der Zunge über die Lippen und schaute dabei in den Rückspiegel. Osama legte die Hand auf den Lauf seiner Pistole.

»Was hast du denn?«, fragte er laut.

Der Fahrer antwortete nicht. Er beschleunigte, riss abrupt das Steuer nach rechts und lenkte den Jeep in eine Sackgasse. Er öffnete die Tür, sprang ins Freie, während der Wagen weiterrollte.

»Los, raus hier!«, brüllte Osama.

Der Wolga war an der Zufahrt zu der Sackgasse stehengeblieben. Sieben bewaffnete Gestalten stürzten heraus. Augenblicklich prasselte ein Kugelhagel auf den Geländewagen der Polizei nieder. Gulbudin antwortete darauf mit einer Salve aus seiner Kalaschnikow, worauf einer der Angreifer zu Boden ging, während der junge Polizist sich neben Osama vor den Motor kauerte und den Inhalt seines Magazins blindlings in die Gegend feuerte. Osama setzte seinen Revolver an und gab mehrere Schüsse ab; er zwang die Angreifer in Deckung zu gehen. Die Scheiben des Wolga zersplitterten, einer der Angreifer erwiderte das Feuer. Osama erkannte den charakteristischen rauen Klang eines AKM. Kurze, präzise Salven. Ein Profi, daran gewöhnt, seine Munition zu zählen. Der junge Polizist sackte zusammen, er war am Kopf getroffen worden. Osama robbte zu ihm hinüber, nahm ihm die Waffe ab, deren Verschluss in offener Position blockiert war, und durchsuchte ihn nach Ersatzmunition. Fehlanzeige.

»Hast du Munition für mich?«, fragte er Gulbudin.

»Nein, ich habe nur noch drei Kugeln in meinem Gewehr und ein einziges Magazin für meinen Revolver, Chef.«

»Mist. Ich auch.«

Osama überdachte die Lage. Ihre Angreifer blockierten die Gasse. Sie waren noch zu sechst, allesamt gute Schützen und noch ordentlich mit Munition ausgerüstet. Wenn sie auf die Dächer der umliegenden Häuser stiegen, konnten sie auf Gulbudin und ihn feuern, ohne dass sie beide etwas mit ihren Handfeuerwaffen ausrichten konnten, die nicht so weit reichten. Gulbudin, kriegserfahren, wie er war, hatte die Situation ebenfalls genau eingeschätzt. Er drehte sich mit bleichem Gesicht zu Osama um.

»Chef, wir sind erledigt.«

»Noch nicht.«

Osama entsicherte seine Granate. Er sprach im Stillen ein kurzes Gebet und schleuderte sie dann zu den Angreifern hinüber. Die Granate rollte unter den Wolga, hinter dem sich die Männer verschanzt hatten. Osama spannte seine Muskeln an, in Erwartung der Explosion. Fünf Sekunden vergingen, dann zehn. Die Granate explodierte nicht. Gulbudin schüttelte den Kopf.

»Verdammt. Ist das eine von den Pakis?«

Osama nickte. Mehrere Gedanken schossen ihm durch den Kopf. Er hatte keine Zeit gehabt, sich von seiner Frau oder seinen Kindern, Nita und Ramazan, zu verabschieden. Wer würde für Malalai sorgen, wenn er es nicht mehr tun konnte? Würde man sie zwingen, einen Mann aus Osamas Familie zu heiraten, gegen ihren Willen? Seinen Bruder oder einen seiner Cousins, allesamt deutlich älter als sie? Nein, sie würde emigrieren oder sich umbringen, alles lieber, als mit einem Mann zu leben, den sie nicht gewählt hatte!

Wie in einem Traum sah er die Männer sich strategisch verteilen, die Waffen an den Schultern auf sie gerichtet, und er wusste, dass er in dieser öden Straße würde sterben müssen, im Kugelhagel seiner Feinde. Gulbudin gab vier Schüsse ab, die kleine Stücke aus der Mauer neben dem Kopf eines der Männer herausbrachen, ihn jedoch nicht trafen. Osama erwachte jäh aus seiner Benommenheit und gab ebenfalls zwei vergebliche Schüsse ab. Plötzlich nahm er aus den Augenwinkeln eine Bewegung wahr. Links von ihm, auf einem Dach, waren mehrere Männer in langen Gewändern und mit schwarzen Turbanen aufgetaucht. Sie hatten Kalaschnikows mit klappbarer Schulterstütze gezückt. Ein Kugelhagel ging auf die Angreifer aus dem Wolga nieder. Zwei von ihnen brachen zusammen, dann ein dritter. Ein paar längere Salven brachten Nummer vier und fünf zu Fall. Dem sechsten gelang es, zu flüchten, doch gerade als er das Ende der Sackgasse erreicht hatte, stürzten sich zwei Turbanträger auf ihn. Der Mann stieß einen erstickten Schrei aus, während einer der Turbanträger ein gebogenes Messer aus seinem Umhang zog.

»*Allahu Akbar!*«, brüllte der Krieger, indem er mit einem einzigen Streich seinem Gefangenen die Kehle durchschnitt.

Genauso schnell, wie sie aufgetaucht waren, verschwanden die Retter wieder. Gulbudin wartete einige Sekunden, dann richtete er sich auf, den Revolver in der Faust. Sirenen heulten in der Ferne.

»Bei Allah!«, rief er. »Was für Männer waren das, denen wir unser Leben verdanken?«

»Freunde eines Freundes«, erwiderte Osama. Er dachte an Mullah Bakir.

Ein amerikanischer Panzer tauchte am Eingang der Sackgasse auf. Schwerbewaffnete Marines, mit Helmen und in dicken kugelsicheren Westen, sprangen auf die Straße und richteten die Sturmgewehre auf sie. Osama warf seinen Revolver von sich, sofort folgte Gulbudin seinem Beispiel. Es hatte keinen

Sinn, sich nach der Schlacht aus Versehen umbringen zu lassen.

»Egal, was passiert«, befahl Osama, »sage niemandem, dass diese Männer einen Turban trugen.«

Eingeschlossen in seinem Büro, lauschte Joseph zum zweiten Mal dem Abhörprotokoll. Gleich nach dem Schusswechsel hatte Gulbudin aufgelöst im Kommissariat angerufen und Hilfe angefordert. Aus den Gesprächsfetzen zwischen ihm und drei oder vier verschiedenen Polizisten hörte er heraus, dass die afghanischen Gangster ihre Mission verfehlt hatten: Kandar und sein Assistent waren ohne einen Kratzer davongekommen. Hingegen waren alle Angreifer getötet worden, zumindest das. Tote konnten nicht mehr reden. Eine Mischung aus Glück und Kaltblütigkeit hatte Kandar und seinem Assistenten das Leben gerettet. Abgesehen von dem unerwarteten Eintreffen der mysteriösen Helfer, über die Gulbudin am Telefon nicht viele Worte verloren hatte. Trotz des Hasses, den er ihm in beruflicher Hinsicht einflößte, nötigte dieser Kommissar ihm zunehmend größten Respekt ab.

Er bereitete sich einen Kaffee zu und versuchte das Geschehene einzuordnen. Dann rief er die tadschikischen Übersetzer an, um sie anzutreiben. Er hatte die neuesten Berichte des NDS, die von den großen Ohren des Echelon aufgefangen wurden, von der Datenbank der Firma angefordert.

Die Aktion zur Rettung der Polizisten bereitete Joseph Kopfzerbrechen. Dem NDS zufolge waren zehn Männer wie aus dem Nichts aufgetaucht und hatten seinen siebenköpfigen, sehr erfahrenen Trupp binnen weniger Sekunden ausgeschaltet. Die Zeugen sprachen von Afghanen. Zehn bewaffnete Männer – das konnte kein Zufall sein. Es musste sich um eine im Vorfeld zusammengestellte Schutztruppe handeln. Belutschen aus Kandars Clan? Hazara aus dem Clan seines Assistenten?

Ein Piepton unterrichtete ihn über den Eingang der Übersetzung eines neuen Berichts. Er überflog ihn, bis er nachdenklich an einem der Zeugenberichte hängenblieb. Ein Lebensmittelhändler erklärte, die Retter Kandars hätten einen Turban und mindestens zwei von ihnen lange Bärte getragen. Joseph lächelte. Ein Gedanke keimte in ihm auf, ein neuer Plan, um diesen Bullen endgültig loszuwerden.

Der Einbeinige ließ Osama in Mullah Bakirs Arbeitszimmer eintreten. Mehr als zwei Stunden waren seit dem Mordversuch vergangen. Im Zimmer herrschte beinahe völlige Dunkelheit, nur eine kleine Petroleumlampe auf dem Tisch gab ein wenig Licht ab. Mullah Bakir lag im Bett.

»Verzeiht, dass ich mich nicht erhebe, Bruder Osama«, sagte er mit kaum hörbarer Stimme, »aber es geht mir heute nicht gut.«

»Soll ich lieber morgen früh wiederkommen, Mullah?«

»Nein, im Gegenteil, ich freue mich sehr, dass Sie hier sind. Ich bitte Sie zu entschuldigen, dass ich Ihnen den Tee nicht selbst servieren kann, es wäre mir eine Ehre gewesen!«

»Ich bin es, der sich geehrt fühlt.«

Er hielt dem Mullah sein Glas hin. Als er sich vorbeugte, sah er, dass der Mullah eine feuchte Stirn hatte, er zitterte am ganzen Körper.

»Gestern habe ich bei einem sehr armen Bruder ein Glas Wasser getrunken, das verseucht war«, sagte der Mullah. »Morgen wird es mir schon wieder besser gehen.«

Die Anstrengung verlieh seiner Stimme einen beinahe feierlichen Tonfall, als betete er einen Text herunter. Sie tranken schweigsam ihr Wasser, die Stille wurde nur durch ihre Schlürfgeräusche unterbrochen.

»Ich bin froh, dass Sie diesem Attentat entkommen sind.«

»Ich nehme an, die Retter haben Sie mir geschickt.«

»Bei ihrem Einsatz, mitten in Kabul, haben sie enorme Risiken auf sich genommen. Sie werden nun von der Internationalen Schutztruppe wegen ihrer Beziehungen zu den Taliban gesucht.«

»Sie haben mir das Leben gerettet.«

»*Allahu Akbar,* Sie sind unverletzt. Wer waren Ihre Angreifer?«

»Ehemalige Mudschaheddin, Mitglieder von Elitetruppen, die in Kabul gekämpft haben. Ein Wunder, dass wir ihnen entkommen sind.«

»Woher stammten sie?«

»Die meisten aus Kabul, nur einer war aus Kandahar.«

»Und der Fahrer, was weiß man über ihn?«

»Er war der Bruder eines der Bandenmitglieder. Ein Polizist.«

»Um eine derartige Aktion auf die Beine zu stellen, braucht man Geld«, bemerkte Mullah Bakir mit schwacher Stimme. »Viel Geld.«

»Wir haben bei dem Anführer des Kommandos mehr als zwölftausend Dollar gefunden.«

»Ein Afghane hätte Afghanis gegeben. Es handelt sich demnach um Ausländer.«

»Sehr gut beobachtet, Mullah Bakir. Ein Nachbar bestätigt, dass die Fremden gestern den Anführer des Kommandos aufgesucht haben. Sie kamen mit zwei Fahrzeugen zu ihm, zwei gepanzerten Geländewagen.«

»Das deckt sich mit meinen eigenen Erkundigungen. Einem meiner Informanten zufolge hat sich Minister Khan Durrani in den letzten Tagen mehrmals mit einem Ausländer getroffen, mal bei diesem selbst, mal im Ministerium. Er hat außerdem zahlreiche Telefonate auf Englisch ins Ausland geführt.«

»War dieser Fremde Russe oder Amerikaner? Können Sie da Genaueres herausfinden?«

»Unmöglich. Mein Spitzel hat keinen Zugang zu dieser Art von Informationen. Die Anrufe werden in keiner Liste gespeichert, und der Minister löscht jeden Abend die Daten des jeweiligen Tages. Er ist vorsichtig wie eine Schlange.«

Osama verbarg seine Enttäuschung. Er schlug mit dem Kopf gegen die Wand.

»Dank meines Informanten wusste ich ohne den Schatten eines Zweifels, dass Sie das Ziel eines Attentatsversuchs werden sollten«, fuhr der Mullah fort. »Der Minister spricht viel über Sie, es grenzt schon fast an Besessenheit. Aus diesem Grund habe ich eine Schutzzone eingerichtet. Mein Kommando hielt sich ständig in der Nähe des Kommissariats bereit. Sie haben Sie beschattet, ohne dass Sie es bemerkten. Außerdem habe ich vor Ihrem Haus Wachposten abgestellt.«

»Die Soldaten, die letzte Nacht mein Haus bewacht haben? Ich dachte, das hätte ich dem Innenminister zu verdanken.«

»Nein, mir. Der Chef ihrer Einheit schuldet mir einen großen Gefallen. Dabei ist er ein Oberst der ANA, ein ungläubiger Hazara, der niemals betet und viele Talibanbrüder umgebracht hat.«

»Ich verstehe das nicht. Weshalb haben Sie Kontakt zu einem Mann wie ihm?«

»Ich bin nun einmal … flexibel. Dieser Oberst erledigt seine Arbeit sehr ordentlich. Wir respektieren uns. Ich hoffe, er wird mir auch in Zukunft behilflich sein. Wir könnten richtige Soldaten an der Spitze der Armee gebrauchen, kompetente Leute, keine Imame – und seien sie durch den Zwang, sich zu verstecken, noch so abgehärtet –, denn die verstehen nichts von militärischen Dingen.«

Osama seufzte. Diese Unterhaltung erschien ihm mit einem Mal ein wenig irreal.

»Das einzig Gute an der ganzen Sache ist, dass dieses verhinderte Attentat mir einige Tage der Ruhe gewährt.«

»Verlassen Sie sich nicht darauf. Der Minister redet schon davon, wieder weiterzumachen. Man heckt bereits etwas Neues gegen Sie aus. Was genau, weiß ich noch nicht.«

»Ich werde den Justizminister bitten, mir einen Geleitschutz zur Verfügung zu stellen. Das ist sicher unauffälliger als Ihre

Männer, wenn es darauf ankommt. Könnten Sie eine entsprechende Anweisung geben?«

»Wie es Ihnen beliebt.«

Der Mullah hustete und übergab sich dann plötzlich in eine große Wanne am Fuß seines Bettes. Osama nahm sie wortlos und ging hinaus, um den Inhalt in die Toilette zu kippen.

»Das ist der Vorteil Afghanistans«, sagte der Mullah, als Osama wieder hereinkam. »Wer weiß, was morgen geschieht? Männer, die doch offensichtlich Karzai-Anhänger sind, dienen sich Männern wie mir an, um ihre Haut für den Fall zu retten, dass wir wieder an die Macht kommen.«

»Wenn Sie an die Macht kommen, fallen wir zurück in die Steinzeit.«

»Ich stehe für eine Strömung, die sich gegen ein Musikverbot ausspricht, gegen Gewalt an Frauen, gegen juristische Schnellverfahren und andere … Exzesse unserer Bewegung. Sie vergessen, dass wir in diesem Land die Ordnung wiederhergestellt und den Mohnanbau abgeschafft haben.«

»… und al-Qaida unterstützen. Und Zehntausende von Unschuldigen massakrierten. Und eine strenge, absurde Scharia eingeführt haben. Wollen Sie, dass wir gemeinsam die Liste Ihrer Irrtümer und Verbrechen aufstellen? Gehen Sie nicht allzu rasch über das hinweg, wofür die Taliban verantwortlich sind.«

»Nicht alle, Bruder Osama. Lediglich die maßlos religiösen Mitglieder, die sich von grausamen Anführern haben mitreißen lassen. Anfangs herrschte tatsächlich ein Gleichgewicht unter den Taliban, es gab die Harten um Mullah Omar und die Gemäßigten, deren Anführer ich war. Die unvorhersehbare Machtergreifung der Gewalttätigsten aus der Schule Deobandis war es, die zu den Auswüchsen führte, die Sie benennen. Die Regierung der Taliban, die ich mir erträume, hat keinerlei Gemeinsamkeiten mit derjenigen, die ihr vorausging. Es wird keinen Platz mehr geben für ungebildete Menschen wie Mullah

Omar. Und noch weniger für die fanatisierten und grausamen Araber der al-Qaida. Ich träume von einer neuen afghanischen Bewegung – national, liberal und islamisch. Einer neuen Ordnung, in der der Glaube dazu dient, den Menschen zu bilden, in der die Tradition respektiert wird, ohne dass man dem Fortschritt abschwören muss, und in der die menschliche Würde geschützt wird.«

»Ich bin nicht sicher, ob ein derartiges Programm mit der Scharia vereinbar wäre, die Sie propagieren.«

»Die Scharia, aber welche Scharia denn? Es gibt so viele Interpretationen unseres heiligen Buches! Für mich existiert die Scharia nicht als absolute Richtschnur, Bruder Osama. Ich bin kein Verfechter der traditionellen Ansicht, der zufolge sie wörtlich genommen werden muss. Das ist eine realitätsferne, dumme Sicht des Dogmas. Die Scharia ist eine Interpretation, die sich notwendigerweise im Laufe der Zeit, je nach Ort und je nach Interpret ändern muss. Unter diesen Bedingungen kann ich mir eine modernisierte Scharia vorstellen. Das ist übrigens auch das Hauptanliegen meines Projekts für Afghanistan: eine Scharia des einundzwanzigsten Jahrhunderts zu schaffen.«

»Dieses Projekt hat aber keine besonders große Schnittmenge mit dem Ansinnen der Taliban.«

»Noch einmal: Mullah Omar hat nicht das alleinige Anrecht auf das Gedankengut der Taliban. Ich gebe gern zu, dass er Charisma besitzt, aber im Grunde ist er doch ein dummer Grobian.«

»Ich kann über diese Themen keine klugen Gespräche mit Ihnen führen, meine politische Bildung reicht dafür nicht aus«, erwiderte Osama.

»Bleiben Sie am Leben, das wäre schon einmal ein guter Anfang.«

Osama verabschiedete sich von dem mutigen Mullah. Auf dem Rückweg fragte er sich, was er seinen Vorgesetzten wohl erzählen sollte, um die unerhoffte Hilfe zu rechtfertigen. Wenn die geheimnisvollen Westler, die ihn töten wollten, erfuhren, dass ihn – den Leiter der Kriminalbehörde von Kabul – ausgerechnet die Taliban gerettet hatten, dann geriet er direkt ins Auge des Zyklons.

Joseph saß im Kubus und wählte sich ein, nachdem er den Sicherheitscode eingegeben hatte. Das Gesicht des Generals flimmerte über den Bildschirm.

»Wie konnte Kandar entkommen?«, bellte der General ohne jede Vorrede.

»Ich weiß es noch nicht«, gab Joseph zu.

»Wer ist ihm zu Hilfe gekommen?«

»Der Minister hört sich gerade um. Zeugen sprechen von Bärtigen mit Turban.«

»Taliban?«, fragte der General mit eisiger Stimme.

»Möglicherweise. Der Gedanke ist mir auch schon gekommen. Es passt zwar nicht zu seiner Persönlichkeit, aber in diesem Land hier …«

»Das ist mir egal. Es muss eine neue Lösung gefunden werden, um ihn aus dem Weg zu räumen.«

»Ich wünsche ebenfalls, dass er verschwindet. Aber sehen Sie: Bereits zweimal wurde auf Außenstehende zurückgegriffen anstatt auf meine Leute, und zweimal ging die Sache schief. Lassen Sie mich und meine K-Truppe das erledigen, und in drei Tagen sind Sie den Bullen los.«

»Nein, Joseph.«

»Er muss sterben, das haben Sie selbst gesagt. Jetzt, wo die Entscheidung gefallen ist, müssen wir sie auch professionell in die Tat umsetzen. Hatte ich je einen Misserfolg? Ich habe es satt, immer mit Leuten von außen arbeiten zu müssen, die das Ganze dann vermasseln.«

Der General überprüfte nervös, dass alle elektronischen Sicherheitsvorkehrungen getroffen waren. Was sie da besprachen, hätte sie ins Gefängnis gebracht, trotz des Schutzes, den sie genossen. Der General wusste, dass er den Bogen schon seit geraumer Zeit überspannt hatte.

»Kommt nicht in Frage. Sie dürfen nicht direkt in diese Geschichte verwickelt werden, Joseph. Das Risiko, dass Sie ausfindig gemacht oder verhaftet werden, ist zu groß.«

»Ich garantiere Ihnen einen hundertprozentigen Erfolg, wenn ich mich selbst der Sache annehme«, wiederholte Joseph.

»Unmöglich. Nicht in Kabul, wir haben nicht genug Kontrolle über das Terrain. Es sind zu viele Geheimdienste vor Ort. Die Pakistanis. Die Russen, die alles mitbekommen. Ich darf sie nicht direkt agieren lassen.«

»Was ist los, General? Ich erkenne Sie nicht wieder. Ist es nicht die Aufgabe der Firma, zu agieren, wenn niemand anders dazu fähig ist? Das ist doch unsere Daseinsberechtigung!«

»Ich habe nein gesagt.«

Joseph ließ sich nicht beirren.

»Nun, dann fahren wir eben alles auf, was die Technik zu bieten hat! Mir kam da ein Gedanke, als ich entdeckte, dass Kandar von Männern mit Turban gerettet worden war. Sie wissen ja, dass ich an seinem Wagen einen Peilsender habe anbringen lassen. Wir wissen zu jeder Sekunde, wo er sich befindet … Machen wir uns doch einfach die Methode der NATO zunutze, wenn sie sich eines Talibananführers entledigen will!«

»Eine Drohne?«

»Genau. Ein einziger Raketenabwurf. Und schon sind wir das Problem los!«

»In Kabul! Sie sind wohl völlig übergeschnappt!«, rief der General empört.

»Wir können ihn ja aus der Stadt locken. Das wäre eine saubere, ordentliche Aktion. Der Peilsender funktioniert noch ein paar Tage lang, wir können zuschlagen, wann wir wollen und wie wir wollen. Die Spur wird nicht zurückzuverfolgen sein!«

»Nur die US-Armee besitzt Drohnen, ich habe keine Befugnis, sie um Hilfe zu bitten.«

»Da bin ich mir nicht sicher«, entgegnete Joseph. »Ich habe gehört, dass es Tarnkappen-Drohnen geben soll, die sich angeblich nach einem Zusammenstoß selbst zerstören und die bei heimlichen Missionen zum Einsatz kommen.«

»Hm. Sie haben recht«, gab der General zu, nachdem er kurz überlegt hatte. »Ich weiß, dass Blackwater heikle Einsätze auf diese Weise durchgeführt hat!«

»Sehen Sie!«

Die Drohnen kamen Tag für Tag in Afghanistan wie auch in Pakistan zum Einsatz. Sie dienten zu Aufklärungs- und Spionageflügen, außerdem wurden Angriffe auf Islamisten mit ihnen geflogen. In dem Fall bestückte man sie mit Raketen. Die Israelis hatten diese Strategie mit großem Erfolg bei Mitgliedern der Hamas verwendet, und die Amerikaner waren ihrem Beispiel gefolgt, wobei sie die Anzahl der Drohnen allerdings beträchtlich erhöht hatten. Eine Methode, die ihnen ermöglichte, »sauber« zu töten und auf den Einsatz von Bodentruppen zu verzichten. Eine Rakete zielte natürlich nicht so präzise wie ein Heckenschütze, aber die Kollateralschäden wurden als akzeptabel eingeschätzt im Vergleich zu dem Vorteil, die Amerikaner nicht in gezielte Tötungsaktionen am Boden hineinziehen zu müssen.

»Ich revidiere mein Urteil. Eine Tarnkappen-Drohne ist eine gute Idee«, stimmte der General schließlich zu.

»Könnten Sie mir eine besorgen, ohne Nellis einzubeziehen?«

Joseph bezog sich auf die riesige Militärbasis der US-Army in Nevada, wo das Hauptquartier der Drohnen stationiert war.

»Ich denke schon. Ich muss mich erkundigen.«

Mit diesem letzten Satz erlosch der Bildschirm.

*

Nick wartete im Vorzimmer des Generals darauf, dass dieser ihn empfing. Er wurde bereits eine gute halbe Stunde auf die Folter gespannt, als die Tür seines Chefs plötzlich aufging. Er fuhr hoch.

»Kommen Sie herein.«

Ohne Umschweife fragte der General, wie weit er mit seinen Recherchen sei. Nick schilderte ihm seine Nachforschungen bei den Prostituierten, ohne zu enthüllen, was er über den gefälschten Pass wusste. Solange man ihm etwas verheimlichte, sah auch er sich nicht gezwungen, die Karten auf den Tisch zu legen. Der General schien sich kaum für seinen Bericht der Treffen mit Jacqueline und Yasmina zu interessieren.

»Haben Sie etwas Neues in Bezug auf seine Persönlichkeit herausgefunden?«

»Nein, im Grunde nicht. Ich habe den Eindruck, ein wenig auf der Stelle zu treten. Aber ich mache weiter.«

Der General schien enttäuscht zu sein. Nick passte den Augenblick ab, um ihm die Frage zu stellen, die ihm auf den Lippen brannte.

»Wie ich höre, wird parallel zu meiner Untersuchung eine in Kabul durchgeführt. Dürfte ich erfahren, wie die Geschehnisse in Zürich in Verbindung mit denen in Afghanistan stehen? Das könnte mich bei meinen Recherchen weiterbringen.«

»Nein«, sagte der General in entschiedenem Ton.

»Ich habe nur einen Teil der nötigen Informationen. Wie soll ich da vorankommen?«

»Ich denke, ich habe mich klar ausgedrückt, Nick. Was in Kabul passiert, hat nichts mit Ihrer Abteilung zu tun. Ende der Debatte!«

Nick verabschiedete sich missmutig. Sein ursprünglicher Plan kam ihm unwillkürlich in den Sinn: Da man ihm die Wahrheit verheimlichte, würde er sie eben allein herausfinden. Anstatt in sein Büro zurückzukehren, ging er zu Margarets Arbeitszimmer hinüber. Sie war gerade zum Mittagessen rausgegangen, aber zwei andere Analystinnen waren da, die ebenfalls als Übersetzerinnen arbeiteten – die eine für Arabisch, die andere für Russisch. Er setzte sich kurz zu ihnen, um mit ihnen zu plaudern, behielt dabei aber das Glasfenster in der Tür im Auge. Während sie sich unterhielten, stellte er bestürzt fest, dass Margaret ein Foto von ihm als Bildschirmschoner benutzte. Er schämte sich. Vor ein paar Monaten hatte er ohne wirklichen Grund mit ihr Schluss gemacht, vielleicht, weil sie sich zu gut verstanden, so dass ihr Zusammenleben fast schon eine Selbstverständlichkeit schien. Er hatte es vorgezogen, sich in sein egoistisches Schneckenhäuschen zurückzuziehen, dachte er voll Bitterkeit. Ihm wurde bewusst, dass Dinge, die ihm früher nicht wichtig gewesen waren, plötzlich von entscheidender Bedeutung waren, zum Beispiel die Tatsache, dass man jemandem voll und ganz vertrauen konnte.

Er war seit ungefähr zehn Minuten in dem Büro, als ein großer Schatten an der Tür vorüberging. Es war die schlanke Gestalt des Generals, kahler Schädel, tadelloser schwarzer Anzug. Nick wartete ein paar Sekunden und blickte dann unauffällig auf die Straße. Der General stieg in seinen Audi und fuhr los.

Das war die Gelegenheit, auf die er gewartet hatte.

Er verabschiedete sich von den beiden Kolleginnen und schlich zum Büro des Generals. Er wusste, dass seine Sekretärin immer zur selben Zeit wie ihr Vorgesetzter Mittagspause machte. Die Tür war verschlossen. Eine massive Holztür, die wie alle Büros der Firma durch ein ausgeklügeltes System der Iriserkennung gesichert wurde.

Allerdings war das System an diesem Morgen ausgeschaltet worden, wie Nick mitbekommen hatte. Es funktionierte nicht zufriedenstellend und sollte im Laufe des Tages durch ein einfacheres und schneller reagierendes System ersetzt werden, das auf der Erkennung von Fingerabdrücken basierte. Nick sprach ein stummes Gebet und drückte dann die Klinke herunter.

Der Computer war noch eingeschaltet und verlangte nicht die Eingabe eines Passworts, was einen klaren Verstoß gegen die Sicherheitsregeln der Firma bedeutete: Sie verpflichteten jeden User, den Computer so zu konfigurieren, dass der Computer nach sechzig Sekunden Untätigkeit automatisch in den Sicherheitsmodus verfiel. Der General gehörte zu denen, die glaubten, Regeln seien für alle, nur nicht für sie selbst da.

Mit einem Klick öffnete sich die Mailbox. Posteingang und -ausgang waren mit einem speziellen Sicherheitscode geschützt, doch die bereits vorhandenen Mails ließen sich lesen. Nick beschloss, sich auf die Korrespondenz zwischen dem General und Joseph zu konzentrieren. Sofern es einen Schlüssel zu der geheimen Verbindung zwischen der afghanischen Ermittlung und den Geschehnissen in Zürich gab, würde er ihn hier finden.

Mit klopfendem Herzen ging er Josephs Nachrichten durch. Was er las, entsetzte ihn.

Kandar und seine beiden Assistenten in zwei Tagen an gemeinsamem Treffpunkt. Möglichkeit, das gesamte Team mit einem Schlag auszuradieren. Erwarte grünes Licht von Ihnen.

Minister im Prinzip einverstanden, spricht sich aber gegen militärische Intervention aus. Schlägt Selbstmordattentat vor, größere Risiken ziviler Verluste. Bestätige Abwesenheit westlicher Staatsangehöriger vor Ort.

Selbstmordattentat hat Ziel verfehlt. Kandar ist davongekommen. 30 Tote – umsonst. Erwarte Ihre Anweisungen.

Untersuchung im Fall Wali Wadi noch im Gange. Kandar scheint über Rolle Dortmunds Bescheid zu wissen. Unsere Mandanten müssen informiert werden.

Vorbereitung einer neuen Aktion zur Beseitigung Kandars. Einsatz lokaler Mittel bestätigt. Erwarte grünes Licht.

Dortmund muss beseitigt werden. Habe Lösung per Drohne für Kandar vorbereitet. Erwarte grünes Licht.

*

Eine Reisetasche in der Hand, stieg Michael Dortmund in den Wagen ein und setzte sich neben den Fahrer. Es überraschte ihn, dass er bei Einbruch der Dunkelheit abgeholt wurde: Wegen der immer heftigeren Angriffe durch Terroristen mieden die Westler die Straße zum Flughafen nach achtzehn Uhr. Einige mit al-Qaida verbundene Sprengmeister waren aus Bagdad herübergekommen, um die Taliban in alle Feinheiten der IED einzuweisen, jener ferngesteuerten Sprengvorrichtungen, die im Irak für Angst und Schrecken sorgten. Seit ein paar Monaten hatten die Explosionen zugenommen. Zweite Überraschung: Dortmund stellte fest, dass Joseph auf dem Rücksitz saß.

»Sie schon wieder?«

»Ich hatte Ihnen ja gesagt, dass ich mich gar nicht mehr von Ihnen trennen kann«, spöttelte Joseph. »Ich begleite Sie zum Flughafen. Der General möchte, dass Sie Begleitschutz haben, für den Fall, dass die Afghanen Dummheiten machen.«

»Ich bin noch in der Lage, allein ein Flugzeug zu besteigen«, erwiderte Dortmund.

Amin fuhr los und schlängelte sich geschickt zwischen den anderen Fahrzeugen durch. Er bog in Richtung Cinema Zaina ab und folgte dann der Strecke nach Surobi, anstatt nach links in Richtung Flughafen abzubiegen.

»Fliege ich von Bagram ab?«, fragte Dortmund überrascht.

»Selbstverständlich, Sie nehmen ein Militärflugzeug, das ist diskreter.«

Sie fuhren weiter. Dortmund entspannte sich. Er hatte keine Zeit mehr, um Angst zu haben. Er spürte, wie auf einmal ein kalter Gegenstand seinen Nacken berührte, dann traf ihn eine elektrische Ladung.

Joseph setzte die Elektroschockpistole ab, zog ein Futteral aus der Innentasche seiner Jacke und entnahm ihm eine bereits aufgezogene Spritze. Ohne zu zögern, rammte er sie dem Deutschen bis zum Anschlag in den Hals und drückte dann auf den Kolben – zwanzig Milliliter Wasserlösung mit zehn Gramm Kaliumchlorid. Zehn Sekunden später hatte Dortmunds Herz zu schlagen aufgehört. Der Killer packte die Spritze wieder ein.

»Fertig?«, fragte Amin.

»Fertig.«

Sie fuhren gut eine halbe Stunde durch eine Landschaft, die sich in eine Wüste verwandelte; hier und dort tauchte ein verfallenes Gebäude im Lichtkegel der Scheinwerfer auf.

Joseph wies Amin an, in einen Feldweg abzubiegen.

»Sind Sie sicher, dass es hier keine Minen gibt?«, fragte Amin nervös.

»Ich habe diese Strecke heute Nachmittag von einem Buffalo der Armee abfahren lassen.«

Wie zur Bestätigung seiner Worte kamen sie an einer Reihe rot angestrichener Steine vorbei, die Minen entlang der Straße anzeigten. Nach fünfhundert Metern verschwanden die Felsblöcke. Der Geländewagen drang tiefer in das Bergmassiv ein, immer an der Steilwand entlang. Joseph hatte sich für diese Strecke entschieden, weil die Russen vor zwanzig Jahren die beiden einzigen Orte der Umgebung dem Erdboden gleich gemacht hatten, um hier die Abschussrampe für Katjuschas zu stationieren. Alle Einwohner waren massakriert worden, niemand lebte mehr in diesem Winkel. Vor vier Jahren hatte die NATO eine Operation gegen versprengte Taliban durchgeführt, ohne die Spuren menschlicher Behausungen zu finden – er hatte die Berichte gelesen.

»Chef, es ist Wahnsinn, um diese Uhrzeit hierherzukommen«, sagte Amin.

»Hör schon auf. Was sollen wir denn mit der Leiche machen, du Dummkopf? Sollen wir Sie mit DHL ins Fundbüro schicken?«

Er sah auf sein Mobiltelefon. Kein Empfang. Schließlich, nach einer weiteren halben Stunde, hielten sie an. Amin nahm eine Schippe und begann ein Loch am Straßenrand zu graben. Als es groß genug war, rollten sie Dortmunds nackten Leichnam hinein.

12

Am nächsten Morgen bat Osama auf dem Weg ins Büro darum, am Shafakhana Emergency Hospital abgesetzt zu werden. Obwohl es noch früh war, halb acht, drängte sich eine wütende Menge in der Eingangshalle. Ein vollbesetzter Bus war am Ortseingang von Kabul in eine Schlucht gestürzt, es gab ein Dutzend Tote und mehr als fünfzig Verletzte.

Es herrschte ein scharfer Ton zwischen den Familien der Verwundeten und dem Krankenhauspersonal, ein Krankenpfleger stöhnte am Boden, zwei Polizisten hantierten mit Gummiknüppeln. Osama sah eine Frau auf einer Trage, sie lag in einer riesigen Blutlache. Ein Mann, augenscheinlich ihr Ehemann, schrie wie am Spieß.

»Was ist hier los?«, fragte Osama einen Zeugen, den er erkannt hatte, einen Professor der Universität Kabul.

»Diese Frau verliert sehr viel Blut, sie saß auch in dem Bus. Sie schwebt in Lebensgefahr, aber ihr Mann will nicht, dass sich ihr ein männlicher Krankenpfleger nähert. Es haben sich nun zwei Krankenschwestern im Krankenhaus gefunden, aber eine andere Familie hat sie daran gehindert, die Frau zu behandeln, weil sie nicht genügend verschleiert seien … Sie sollen eine Burka suchen gegangen sein, kommen aber nicht wieder.«

Osama betrachtete den Blutfleck, der unter der Trage immer größer wurde. Eine Frau heftete sich an seine Fersen.

»*Dokter, Dokter*, wird mein Sohn überleben?«

Er blieb stehen. Die Frau trug eine schwere Burka, durch den dicken Stoff konnte er kaum ihre Stimme hören, ihr Blick blieb ihm verborgen.

Drei kleine Kinder mit schreckgeweiteten Augen klammerten sich an sie. Eine Paschtunin vom Land, die nicht wusste, wie man auf Dari korrekt »Doktor« sagte.

»Ich weiß es nicht. Entschuldigen Sie, *bakhena ghuarum*, ich bin kein Arzt.«

Er ging weiter. Überall warteten Verletzte auf Liegen darauf, dass sie in den Operationssaal geschoben wurden. Osama bahnte sich einen Weg zu Katuns Büro. Es war leer. Er hielt einen Krankenpfleger auf, der gerade den Gang entlangging, und zeigte ihm seinen Dienstausweis.

»Hol bitte *Daktar* Katun her.«

»Er ist beim Direktor.«

»Hol ihn trotzdem.«

Der Krankenpfleger gehorchte, Osama schämte sich ein wenig, unter diesen Umständen auf seiner Forderung zu bestehen. Kurz darauf erschien Katun in blutigem Arztkittel.

»Beeil dich, Osama. Ich war gerade in einer Krisensitzung. Wir müssen uns um die Verletzten aus dem Bus kümmern.«

»Tut mir leid. Hast du den Spurensicherungstest an Wadis Leiche durchgeführt?«

»Ja. Er ist negativ.«

»Besteht absolut kein Zweifel?«

»Absolut keiner. Mein Bericht liegt irgendwo auf meinem Schreibtisch, nimm ihn dir, er ist für dich.«

Osama nahm die Hand seines Freundes.

»*Tashakor.*«

Er fand den Bericht inmitten eines unbeschreiblichen Durcheinanders von Papieren. Es war genauso, wie er es erwartet hatte. Beim Hinausgehen sah er, dass die verletzte Frau auf der Trage mit einem Tuch abgedeckt war. Ihr Mann weinte. Zwei Sanitäter erschienen, packten die Trage mit der Leiche und entfernten sich.

»Jetzt dürfen sie sich ihr nähern?« Osama konnte nicht umhin, dem Mann diese Frage zu stellen.

»Jetzt ist sie tot, da ist es nicht schlimm, wenn sich ein Mann um sie kümmert«, erwiderte der Mann tonlos.

Auf diesen Wahnsinn gab es keine Antwort. Osama verließ den Ort, er fragte sich, was Malalai wohl in einer solchen Situation getan hätte.

*

Allein und in Gedanken verloren joggte Nick um den See. Die Entdeckung des Mailwechsels zwischen Joseph und dem General hatte ihm zugesetzt. Den Rest des Tages hatte er damit verbracht, Informationen über den berüchtigten Wali Wadi zu sammeln, von dem in den Mails die Rede war, hatte vom Computer der ahnungslosen Margaret aus einige diskrete Recherchen in diversen Datenbanken gestartet. Er hatte nicht viel gefunden, abgesehen von dem Beweis, dass Léonard und ein Mittelsmann sich regelmäßig trafen, fast einmal im Monat, in Europa oder in Pakistan. Sie arbeiteten gemeinsam an irgendeinem Projekt, und zwar seit mindestens fünf Jahren. Doch woran? Er hatte nicht die leiseste Ahnung.

Er ließ sich auf eine Bank sinken. Die Luft war eisig, er dampfte förmlich nach dem raschen Zwanzig-Kilometer-Lauf. Normalerweise beruhigte ihn die wunderbare Landschaft, diesmal jedoch nicht. Wieder zu Hause, hatte er das Internet nach Informationen zu dem von Joseph in die Wege geleiteten Selbstmordattentat durchforstet. Dreißig Tote, achtzig Verletzte, darunter etliche Schwerverletzte. Unschuldige, die sinnlos erblindet, verkrüppelt waren. Wegen der Firma. Wegen seiner Kollegen.

Wütend ließ er den Blick über die Landschaft schweifen.

Er konnte ja verstehen und sogar akzeptieren, dass gewisse Aktionen nicht ohne Gewalt durchzuführen waren. Aber eine Bombe in einem Café voller Zivilisten zu zünden – das ging zu weit. Jetzt blieb ihm keine andere Wahl. Entweder musste er die Firma verlassen, oder er musste kämpfen. Kämpfen, das bedeutete, die Wahrheit herauszufinden. Die Beziehungen zwischen Wali Wadi und dem Flüchtigen aufzudecken. Aufzuklären, was es mit der Mandrake-Akte auf sich hatte. Den Flüchtigen wiederzufinden.

Er schwor sich, die Sache durchzuziehen, egal, um welchen Preis.

*

Osama kehrte ins Kommissariat zurück, Katuns Analysebericht hatte er in der Tasche. Der technische Teil seiner Untersuchung war beendet, er hatte alle Beweise, die er brauchte, nun gab es nur noch eine – allerdings beträchtliche – Unbekannte: das Motiv. Warum hatten die Westler Wali Wadi umgebracht? Er verfasste einen kurzen Bericht, in dem er die Ergebnisse der neuerlichen Spurensicherung darstellte sowie die zusätzlichen Indizien auflistete, die zu der Schlussfolgerung führten, dass es sich um einen als Selbstmord getarnten Mord an Wali Wadi handelte. Sein Hauptverdächtiger war ein deutscher Staatsangehöriger, Michael Dortmund, dessen Fingerabdrücke am Tatort gefunden worden waren. Nach kurzem Zögern fügte er noch einen Absatz hinzu, in dem er erklärte, dass Michael Dortmund aller Wahrscheinlichkeit nach der Urheber des Attentats auf das Hamad Café war, dem sein Assistent, ein Inspektor der Kriminalbehörde von Kabul, zum Opfer gefallen war und das vermutlich den Zweck hatte, die Aufdeckung des Mordes an Wali Wadi zu bremsen. Er verlangte daher einen Haftbefehl gegen Michael Dortmund wegen mehrfachen Mordes und der Verschwörung im Rahmen eines terroristischen Attentats sowie die Gewährleistung aller staatlichen Mittel, die zur Ergreifung des Verdächtigen führten. Bevor er seinen Bericht unterzeichnete, zeigte er ihn Reza von der Geheimdienststelle.

»Du gehst aufs Ganze, Osama!«

»Was hältst du von diesem Bericht?«

»Die Fakten sprechen eine klare Sprache.« Er klopfte ihm bewundernd auf die Schulter. »Du hast großartige Arbeit geleistet, Kumpel. Ich bin übrigens ganz deiner Meinung, was das Hamad Café betrifft.«

»Und würdest du das auch schriftlich bezeugen?«

»Du möchtest also wirklich, dass ich meine Stelle verliere?«

»Ich mache keine Witze. Antworte!«

Reza lehnte sich in seinem Schreibtischstuhl nach hinten.

»Der Innenminister ist mächtig, ich bin zwar Paschtune, aber aus einem ganz kleinen Clan. Außerdem genießt er das Vertrauen Karzais. Deine Geschichte legt die Beteiligung eines Westlers nahe, sie bringt die Internationale Schutztruppe in eine peinliche Lage. Vergiss nicht, dass die Deutschen die Sicherheit des Flughafens garantieren: Hunderte von Soldaten, ultramoderne Panzer, elektronische Gegenangriffe. Karzai will Probleme mit einem großen europäischen Land wie Deutschland vermeiden. Nach dem, was bei den letzten ›Wahlen‹ passiert ist, besitzt er keinerlei Legitimität, hat keinerlei Einfluss mehr. Er existiert nur durch die ISAF. An dem Tag, an dem er denen nicht mehr passt, wird er verschwinden, so einfach ist das. Mein lieber Osama, wenn du glaubst, Karzai könnte dich unterstützen, obwohl es den Westlern nicht passt, dann bist du verdammt naiv!«

»Ich weiß noch nicht, wer in diese Affäre verwickelt ist und wer nicht. Wenn du recht hast, wären die Leute aus dem Westen *unberührbar.*«

»Ist das nicht so?«

»Dortmund ist kein Funktionär, er arbeitet selbständig. Wir haben keinerlei Beweise, dass er Kontakt mit den Offiziellen unterhielt oder dass er irgendjemandes Befehl ausführte, als er diesen Mord beging.«

»Und meine Mutter ist Mullah Omar, ja? Hör auf, mich zu verarschen, Osama. Dein Fall stinkt zum Himmel. Du wirst überwacht und belauscht, und zwar von Leuten, die einen langen Arm haben. Sie haben Zugang zu Kommunikationssatelliten, zu Übersetzerteams, die Dari und Russisch beherrschen. Sie sind mächtig genug, um Ex-Mudschaheddin einzuspannen oder ein vollbesetztes Café in die Luft zu sprengen, nur weil sie dich töten wollen. Sie sind in der Lage, sich C 5 und Material der ehemaligen Roten Armee zu beschaffen. Siehst du denn nicht, was das bedeutet? Dortmund ist nur eine Marionette. Ich spüre die Hand einer großen Organisation hinter alldem.«

»Im Augenblick ist nur ein Ausländer in die Geschichte verwickelt. Ich bin allerdings erst am Anfang meiner Recherchen«, gab Osama zu.

»Du kämpfst gegen jemanden, der stärker ist als du. Gegen Deutsche. Schweizer. Seit wann mischen sich Schweizer Bürger in Kriegshandlungen ein? Es ist doch ein neutrales Land. Deine Typen arbeiten für jemand anderen, das ist offensichtlich. Jemanden sehr Mächtigen. Hast du dich schon mal gefragt, ob es nicht die Amerikaner sind?«

»Nein. Momentan ist da nur Dortmund, gegen den ich etwas in der Hand habe.«

»Überleg doch mal.«

»Ich weiß nicht, weshalb Wali Wadi getötet wurde, warum hier jemandem so sehr daran gelegen ist, die Untersuchungen zu stoppen. Ich weiß auch nicht, was Wali Wadis Safes enthielten, aber mein Instinkt sagt mir, dass hier der Schlüssel zu allem zu finden ist.«

»Also, mein Instinkt sagt mir, dass der Angriff, dessen Ziel du werden solltest, bestimmt nicht der letzte war und dass du rascher unter der Erde liegst, als dir lieb ist, wenn du noch tiefer bohrst.«

»Der Justizminister wird mir dabei behilflich sein, den Fall abzuschließen. Er wird mich schützen.«

»Er hat uns nicht auf unsere Posten berufen, und außerdem ist er ein Tadschike. Sieh doch nur, wie Karzai Amrullah Saleh gefeuert hat. Wie einen Hund. Entschuldige, dass ich das sage, aber wenn's drauf ankommt, zählen doch nur die Paschtunen etwas in diesem Land.«

»Reza, ich verstehe, was du mir sagen willst, aber ich werde die Sache durchziehen, koste es, was es wolle. Du dagegen hast nur am Rande mit diesem Fall zu tun. Du kannst dir einen mächtigeren Beschützer als den Justizminister suchen, damit du nicht in Gefahr kommst.«

»Ach ja? Und wer ist denn dieser seltene Vogel, an den ich noch gar nicht gedacht habe? Komm mir ja nicht mit Abdullah Abdullah, der hat die Wahl verloren, damit wird es schon mal nichts.«

»Ich dachte an den Handelsminister. Er ist ein Ghilzai«, erwiderte Osama leise. »Ich weiß, dass du ihm letztes Jahr das Leben gerettet hast, als du ihn vor einem Attentat gewarnt hast, das gegen ihn angezettelt wurde. Er schuldet dir einen großen Gefallen.«

»Woher weißt du das?«, brummte Reza.

Die Ghilzai waren ein paschtunischer Clan, ebenso mächtig wie die Durrani, und der Handelsminister der aufstrebende Star der Regierung Karzai. Er war nicht bestechlich. Das Geld, das er veruntreute, so, wie alle das taten, kam dem Unterhalt seines Dorfes, seines Clans und seiner Getreuen zugute. Er selbst lebte sehr bescheiden.

Da sein Freund zögerte, es zuzugeben, half Osama nach.

»Hast du dich nicht gefragt, was ich von der Tatsache hielt, dass dein eigener technischer Dienst die Wahrheit über die Sprengvorrichtung der Bombe herausgegeben hat?«

»Hm.«

»Los, sag schon.«

»Man kann das Spiel des Innenministers ja nicht einfach so mitspielen«, räumte Reza ein. »Es gab zu viele Tote bei diesem Attentat. Meine Männer haben so getan, als würden sie das Ganze unter den Teppich kehren, indem sie den Autopsiebericht abgeändert haben, aber sie wussten genau, was sie taten, als sie den unzensierten technischen Bericht herausgaben.«

»›Sie‹, das heißt gar nichts. Du, der Chef. Du hast das extra getan, um mir zu helfen. Stimmt doch, oder?«

»Ich habe nur meine Arbeit getan, unsere Freundschaft hat damit nichts zu tun.«

Osama legte seinem Freund eine Hand auf die Schulter.

»Du hast getan, was nötig war, und dafür danke ich dir. Hör auf, den desillusionierten Bullen zu spielen.«

»In dieser Geschichte bin ich nicht der Gute, Osama. Darf ich dich daran erinnern, dass ich zum Beispiel keine einzige Zeile an dem fingierten Autopsiebericht über Abdul Hakat geändert habe?«

»Der Autopsiebericht ist egal, du schreibst einfach in deinem eigenen Bericht, dass der *Shahid* nur eine einzige Schicht Unterwäsche trug, dass er sich nicht die Schamhaare rasiert und auch nicht gewaschen hatte. Das werden alle verstehen.«

»Na ja.«

»Gehe ich also recht in der Annahme, dass du mir etwas schreiben wirst?«

»Schon gut, schon gut«, seufzte sein Freund. »Ich werde das schreiben, was ich glaube: Dieser *Shahid* war gar keiner. Er war ein armer Kerl, den man ohne Zweifel manipuliert hatte, um ihn gegen seinen Willen in die Luft zu sprengen. Aber den Namen Dortmund werde ich nicht erwähnen.«

»Nicht nötig, das reicht vollkommen«, sagte Osama.

Reza setzte sich an seinen Computer. Er hatte die Zeilen rasch niedergeschrieben, stempelte das Ganze und unterzeichnete. Er rief einen Hilfspolizisten herbei, damit er ihm mehrere Kopien machte.

»Was wirst du jetzt tun?«, fragte er Osama.

»Ich werde beim Justizminister vorbeischauen. Wenn er damit einverstanden ist, uns zu helfen, kann die Untersuchung nicht einfach eingestellt werden.«

»Und Dortmund?«

»Er wird das Land verlassen haben. Ich werde einen internationalen Haftbefehl beantragen. Ich werde höchstpersönlich zum Leiter der Kriminalbehörde für Internationale Zusammenarbeit gehen.«

Reza schien sich auf einmal unbehaglich zu fühlen. Osama fragte sich, ob es daher kam, dass er Angst hatte, den Innenminister auf diese Weise indirekt anzugreifen. Eine Antwort auf diese Frage erhielt er nicht, dennoch kehrte er zufrieden in sein Büro zurück. Dort rief er beim Sekretär des Justizministeriums an, der einen Termin mit dem Minister am späten Nachmittag für ihn vereinbarte. Gegen sechs Uhr zog er sich ein sauberes Hemd an – davon hatte er immer eines im Büro – schlüpfte in einen Anzug und verließ heimlich das Kommissariat.

Das Justizministerium war eines der wenigen beeindruckenden Gebäude Kabuls. Der massive Quaderbau, vor gut fünfzig Jahren entstanden, war von den Taliban mehr oder weniger vernachlässigt worden; ihr Verständnis von Justiz wurde jenseits ehrwürdiger Mauern im kurzen Prozess in die Tat umgesetzt: Steinigung bei Ehebruch, Abhacken der Hand bei Diebstahl, die schlichte Exekution bei anderen Verbrechen. Die Urteile wurden vom Imam gefällt und von Brigaden zum Schutz der Tugend und des Kampfes gegen das Laster ausgeführt. Der neuen Regierung fiel es schwer, eine Justiz auf die Beine zu stellen, die diese Bezeichnung verdiente, mit Richtern, Gerichtsschreibern, Fahndern, kurzum allem, was den Justizapparat eines Staates ausmachte. Amerikaner und Italiener hatten beträchtliche Summen beigesteuert, um das Ministerium instand zu setzen, damit die Justizverwaltung wieder Recht sprechen konnte. Osama ließ seine Bodyguards vor der Tür stehen und betrat das Gebäude. Die Treppe in der Mitte war beeindruckend, ein riesiger roter Stern war noch immer in den Steinboden eingelassen, außerdem eine stilisierte Sichel und ein Hammer. Sie hatten mit der Kalaschnikow darauf gefeuert, doch der Schaden hielt sich in Grenzen. Osama wurde direkt in das Büro des Ministers geführt, ohne im Vorzimmer warten zu müssen. Der Minister erhob sich, um ihn zu begrüßen, und nahm seine Hände in die seinen.

»*Qoumaandaan*, ich bin so froh, dass Sie dem Attentat entkommen sind!«

Der Justizminister war klein, hager und hatte vorstehende Augen. Seine hellen Haare färbten sich schon weiß, er trug einen kurzen Bart. Er war einer der tadschikischen Gewährsleute der neuen Regierung und wurde oft als Symbol der wiedergefundenen Einheit des Landes zitiert. Osama klärte ihn rasch über den Fall auf, der ihn gerade beschäftigte, und reichte ihm dann seinen Bericht, außerdem den des Nachrichtendienstes. Der Minister drückte auf die Gegensprechanlage.

»Ich möchte in den nächsten fünfundvierzig Minuten unter keinen Umständen gestört werden!«

Er setzte eine kleine Brille mit runden Gläsern auf und vertiefte sich in die Lektüre der beiden Dokumente. Beim Lesen machte er sich Notizen in seiner kleinen, gedrängten Schrift. Osama bemerkte, dass er von links nach rechts schrieb, und nicht auf Arabisch. Er hatte zwanzig Jahre im Exil verbracht und die Gewohnheit seiner langjährigen Aufenthalte in London und den Vereinigten Staaten beibehalten, in lateinischer Schrift zu schreiben. Als er zu Ende gelesen hatte, setzte er die Brille ab und rieb sich die Augen. Der Blick, den er auf Osama ruhen ließ, war ernst und gefasst.

»Zunächst möchte ich Sie zu dieser außergewöhnlichen Ermittlungsarbeit beglückwünschen, Sie haben Großes geleistet.«

Osama räusperte sich, er fühlte sich unwohl. Instinktiv misstraute er dieser Art von Komplimenten.

»Was, glauben Sie, werden die weiteren Schritte sein?«

»Ich bin mir nicht sicher, ob es da weitere Schritte geben wird.«

»Können Sie das etwas genauer erläutern?«

»Wir werden natürlich versuchen, Dortmund zu verhaften. Aber Sie werden sicher auch der Meinung sein, dass er das Land mittlerweile bereits verlassen hat. Wenn wir nun einen internationalen Haftbefehl erlassen und die deutschen Behörden offiziell um Hilfe bitten wollen, müsste ich mich an Präsident Karzai wenden. Und der wird sich weigern, davon bin ich überzeugt.«

»Weshalb?«

»Weil Sie an ein heikles Thema rühren, *Qoumaandaan*. Mein Kollege aus dem Innenministerium ist nervös, die Leute im Umfeld von Präsident Karzai sind nervös. Diese Geschichte lässt viele nervös werden. Zu viele.«

»Verstehe«, sagte Osama.

»Ich bin mir nicht sicher, ob Sie mich tatsächlich verstehen, *Qoumaandaan*. Niemand hat augenblicklich ein Interesse daran, dass zu viele Regierungsmitglieder nervös werden. Weder die internationale Gemeinschaft, noch die NATO oder die UNO. Und das afghanische Volk wohl auch nicht.«

»Wenn man dieser Argumentation folgte, sollte man dieses Ministerium hier am besten gleich schließen«, erwiderte Osama schneidend. »Aufgabe der Justiz ist es, Verbrecher ›nervös‹ werden zu lassen, wie Sie es nennen. Das ist sogar ihre Existenzgrundlage. Meine Rolle ist es, diese Ermittlungen zu Ende zu bringen, egal, welche Leute dabei nervös werden.«

»Ich habe nicht gesagt, dass Sie Ihre Recherchen einstellen sollen«, sagte der Minister versöhnlich.

Osama überlegte.

»Stellen wir uns vor, ich setze meine Arbeit fort. Darf ich das so verstehen, dass ich keine offizielle Unterstützung bei meinen Ermittlungen zu ausländischen Staatsangehörigen bekäme?«

»Keine offizielle Unterstützung, womöglich aber eine halbamtliche.«

»Wird denn die Staatsanwaltschaft zustimmen, den Fall neu aufzurollen?«

»Im Augenblick wohl nicht. Aber wenn Sie zusätzliche Informationen beibringen würden, warum nicht?«

»Was für zusätzliche Informationen?«

»Was Wali Wadi tat. Solange Sie nicht herausgefunden haben, worin er verstrickt war und mit wem er arbeitete, bleibt Ihr Gedankengerüst fragil, den faszinierenden Indizien, die Sie bereits entdeckt haben, zum Trotz. Das *ganze* System muss sichtbar gemacht werden.«

Der Minister erhob sich und schüttelte Osama die Hand.

»Setzen Sie Ihre Untersuchung fort. Ich garantiere Ihnen Schutz, ich habe Vertrauensmänner. Aber es wird kein internationales Mandat und auch keine Intervention bei der deutschen Botschaft geben. Vergessen wir Dortmund und alles, was der internationalen Schutztruppe einstweilen Verdruss bereiten könnte. Ah, Sie brauchen natürlich Geld, um diese Recherchen zu Ende zu bringen, Sie werden Leute bestechen, vielleicht auf Reisen gehen müssen.« Er hielt ihm einen Umschlag hin. »Hier drin sind fünftausend Dollar. Dieses Geld stammt aus geheimen Rücklagen, die mir die Schutztruppe zukommen lässt. Verwenden Sie es sorgsam!«

Osama steckte den Umschlag ein. Der Minister trat ganz nahe an ihn heran.

»Ich habe volles Vertrauen zu Ihnen«, raunte er dicht an seinem Ohr. »Setzen Sie Ihre Arbeit fort, aber im richtigen Rhythmus. Finden Sie das Geheimnis Wali Wadis heraus.«

»Wir werden sehen, ob *mein* Rhythmus und *meine* Art, dies zu tun, sich mit den Ihren vertragen«, gab Osama zurück und sah den Minister dabei direkt an.

»Das hoffe ich von ganzem Herzen, *Qoumaandaan*. Bleiben Sie vor allem auf der Hut, Ihr Leben hängt nur an einem seidenen Faden.«

Die ganze Rückfahrt über dachte Osama an seine Unterredung mit dem Justizminister. Vermutlich hatte auch er ein Eigeninteresse an diesem Fall. Obwohl er Tadschike war, stand er in dem Ruf, von bestimmten Paschtunen sehr geschätzt zu werden, denn er hatte niemals ein gutes Verhältnis zu Massud gehabt. Er war prowestlich eingestellt, hatte aber milde Strafen für die moderaten Taliban gefordert und sogar zum Dialog mit Mullah Omar aufgerufen. Es ging sogar das Gerücht, er habe einigen von ihnen zur Flucht verholfen, zugleich aber die Todesstrafe für diejenigen gefordert, die sich für die Machtergreifung der arabischen Islamisten starkgemacht hatten. Stürzten prominente Mitglieder der Regierung Karzai wegen Korruptionsaffären, so konnte er seine Macht ausbauen, im Zuge der nächsten Loja Dschirga kandidieren und einen Ministerposten oder sogar das Amt des Präsidenten anstreben. Osama seufzte. Er, der Politik doch immer verabscheut hatte, steckte nun bis zum Hals in ihrem Sumpf.

13

Nick starrte zum finsteren Himmel über Bern empor. Seit seinen jüngsten Entdeckungen hatte sich seine Laune kaum gebessert. Voll heimlicher Furcht beobachtete er seine Kollegen und fragte sich im Stillen, wer wohl darüber Bescheid wusste, was in der Firma tatsächlich ablief. Ihm war bewusst, dass seine Recherchen nun zum Stillstand zu kommen drohten. Zwar hatte er die falsche Identität des flüchtigen Léonard herausgefunden, aber das war eine unzureichende Angabe. Während er ein Croissant verzehrte, las er wieder und wieder die verschiedenen Berichte. Die einzige noch unerforschte Spur war die eines Geistlichen, der Léonard im Verlauf der letzten Monate bei seinen spirituellen Erkundungen zur Seite gestanden hatte. Der Mann, der den Auftrag hatte, ihn zu verhören, war ein ehemaliges Mitglied der Spezialeinheit. Nicht unbedingt das Profil eines Spezialisten für psychologische Verhörtaktik.

Nachdem er seinen Kaffee getrunken und die Tasse in der Spüle ausgewaschen hatte, stieg Nick ins Auto. Allmählich gewöhnte er sich an die Strecke Bern–Zürich. Die Gemeinde lag im Norden Zürichs, in Saatlen. Der Geistliche Kingston Dana war ein ehemaliger Häftling, dessen Strafregister mit fünfzehn schon randvoll gewesen war: Beamtenbeleidigung, Graffiti, Diebstähle, Einbrüche, Gewalttätigkeiten … Mit sechzehn wurde Dana wegen eines bewaffneten Überfalls auf ein Spirituosengeschäft in Lausanne verhaftet. Er bekam fünf Jahre, von denen er wegen seines jugendlichen Alters zum Zeitpunkt des Verbrechens und seiner guten Führung nur zwei Jahre absitzen musste. Im Gefängnis fand er schließlich zum Glauben und auch zu seiner wahren Berufung. Er zog von Lausanne nach Zürich, wo ihn eine protestantische Kirchengemeinde aufnahm. Im Seminar fiel er positiv auf, und so schloss er seine Priesterausbildung mit Auszeichnung ab und betreute seit zehn Jahren eine eigene Gemeinde. Wie viele andere Kirchenmänner, die Minderheiten entstammten, versuchte er, Jugendliche, die in Schwierigkeiten geraten waren, wieder in die Gesellschaft einzugliedern. In dem Bericht der Firma, der ihm gewidmet war, fand sich der Hinweis, den Zeugen besonders vorsichtig anzufassen, da er gute Kontakte zu den Medien hatte und ihm die Polizei nicht sonderlich am Herzen lag.

Nick hielt vor einem weißgestrichenen Gebäude aus Beton an, das ein kümmerlicher Garten umgab. In der Umgebung standen Arbeiterhäuschen und mehrere verfallende Sozialwohnungsblocks. Er stieß die Tür zum Innenraum der Kirche auf.

»Was kann ich für dich tun, mein Bruder?«, ertönte eine tiefe Stimme aus dem Dunkel.

Ein Mann trat auf ihn zu, das schwarze Gewand bis zum Hals zugeknöpft. Er war riesig, fast zwei Meter lang, hatte einen enormen Bauchumfang und ein feistes Gesicht. Er musste mindestens hundertfünfzig Kilo wiegen, es ging eine unheimliche körperliche Kraft von ihm aus, so, als steckte in dem Geistlichen noch immer der ehemalige Knastbruder.

»Sind Sie Pater Kingston Dana?«

»Der bin ich. Und du, wie heißt du?«

»Nick. Verzeihen Sie, ich bin zum ersten Mal in einer protestantischen Kirche. Wie darf ich Sie ansprechen? Vater oder Bruder?«

»Rede mit mir, wie dein Herz es dir befiehlt. Was tust du hier in unserem Gotteshaus?«

Nick beschloss, dem Pater die Wahrheit zu sagen und nicht um den heißen Brei herumzureden.

»Ich suche einen Ihrer Gläubigen.«

»Um wen handelt es sich denn?«

»Léonard.«

Das Gesicht des Pastors zeigte keinerlei Reaktion, doch nach mehreren Jahren beim Geheimdienst hatte Nick eine spezielle Antenne entwickelt. Dana hatte unmerklich reagiert, als er den Namen genannt hatte.

»Er zählt zu meinen Schäfchen, aber ich habe ihn lange nicht mehr gesehen. Du bist kein Freund von ihm, nicht wahr?«

»Ehrlich gesagt, nein.«

»Das habe ich gespürt. Ich habe ein feines Gespür dafür, um Polizisten zu erkennen, wissen Sie.«

»Ich bin kein Polizist und auch nicht Léonards Feind. Können wir uns irgendwo ungestört unterhalten?«

»Über welches Thema? Ich glaube nicht, dass ich dir irgendetwas zu erzählen hätte.«

»Aber ich habe Ihnen etwas zu erzählen.«

Nach kurzem Zögern gab Dana ihm ein Zeichen, er möge ihm folgen. Der Geistliche führte Nick in einen kleinen, spärlich möblierten Raum und bat ihn, Platz zu nehmen. Ein altes Sofa, ein Holztisch und Plastikstühle standen herum, die Wände waren mit ein paar schlichten Plakaten auf Deutsch und auf Französisch dekoriert. Nichts war schön oder ausgefallen, und doch fühlte sich Nick auf der Stelle wohl.

»Lass hören.«

Ohne die Identität seines Arbeitgebers zu enthüllen, erzählte Nick ihm die Geschichte von dem Schusswechsel in dem besetzten Gebäude. Als er geendet hatte, ging Dana zu einem kleinen Getränkeschrank hinüber. Er entnahm ihm zwei Flaschen französisches Bier und stellte sie auf den Tisch.

»Hast du Durst?«

»Ja, danke.«

»Du spielst ein gefährliches Spiel. Du bist mutig. Sofern du dir überhaupt bewusst bist …«

»Ich habe schon Schlimmeres erlebt. Die Nordwand des Mont Blanc, mitten im November, ganz allein.«

»Hier handelt es sich nicht um Sport, sondern um Politik. Du bist noch jung, zweifellos zu jung für eine Angelegenheit dieser Tragweite. Du scheinst die Konsequenzen deines Handelns nicht völlig zu begreifen.«

»Das ist eine Frage, die ich mir erst stelle, wenn ich die ganze Wahrheit kenne. Im Augenblick bin ich noch viel zu weit davon entfernt.«

»Was wirst du tun, wenn du Léonard gefunden hast?«

»Ich weiß noch nicht. Ich möchte erfahren, was hinter alldem steckt. Damit mein Freund Werner nicht umsonst gestorben ist.«

»Glaubst du, Léonard würde dir dabei helfen wollen?«

»Er kann nicht bis ans Ende seiner Tage untertauchen. Es wäre besser für ihn, wenn er alles enthüllte, was er weiß. Ist die Wahrheit erst einmal ans Licht gekommen, wird niemand mehr ein Interesse daran haben, nach ihm zu suchen, um ihn umzubringen.«

»Da täuschst du dich. Léonard ist ein überaus intelligenter Mensch. Sie werden ihn niemals finden.« Der Riese schüttete einen großen Schluck Bier in sich hinein. »Deine Kollegen sind mächtig, aber dumm«, sagte er dann. »Es war ein Mann hier, der sich für einen Polizisten aus Lausanne ausgab, aber ich weiß, dass dies nicht stimmte. Er war ein ehemaliger Militärangehöriger mit den Augen eines Killers. Er spielte das unschuldige Lämmchen, aber ich habe lange genug im Knast gesessen, um einen echten Schurken zu erkennen, wenn ich einen sehe. Schließlich war ich seinerzeit ja auch einer.« Er nahm wieder einen tiefen Schluck. »Léonard hatte Angst, er kam hierher, nachdem er untergetaucht war. Einmal übernachtete er sogar hier im Pfarrhaus, aber er blieb nicht lange, er wusste, dass diese Hundesöhne hier nach ihm suchen würden. Ich schlug vor, ihn mit Leuten zusammenzubringen, die ihm helfen könnten, aber er kannte jemanden, von dem er mir nichts erzählt hat. Er verschwand noch am selben Tag, und ich habe seitdem nichts mehr von ihm gehört.«

»Ich weiß, wer das war. Yasmina, die ehemalige Prostituierte. Ich habe sie ausfindig gemacht.«

»Du bist gewiefter als deine Kameraden.«

»Ich kenne den Namen, unter dem Léonard sich jetzt versteckt hält. Doch das reicht mir nicht.«

Nachdem er seine Bierdose geleert hatte, drückte Dana sie wie ein Blatt Papier zusammen und warf sie in einen Mülleimer. Die Dose landete exakt in der Mitte der Rundung, was die Andeutung eines zufriedenen Lächelns auf seinem Gesicht hervorrief.

»Was willst du denn noch?«

»Das, was an eurer Geschichte fehlt.«

»Und zwar?«

»Die Frau.«

Ein Leuchten durchzog Danas Blick. Nick begriff sofort, dass er ins Schwarze getroffen hatte. Es gab tatsächlich eine

Frau, und der Geistliche kannte sie! Dana starrte an die Decke, als würde er das Für und Wider abwiegen.

»Ja, es ist eine Frau im Spiel«, gab er schließlich zu. »Wie bist du darauf gekommen?«

»Durch die Veränderung in Léonards Verhalten kurz vor seinem Verschwinden. Er traf sich seit vielen Jahren mit einer Prostituierten, eine Beziehung, die ihn vollauf zufriedenstellte. Er hätte nicht aufgehört, sich mit ihr zu treffen, wenn es nicht einen zwingenden Grund dafür gegeben hätte. Und warum war er in Zürich geblieben, trotz der Gefahren dort? Das ergab keinen Sinn. Ich habe viel über diese beiden nicht ins Bild passenden Dinge nachgedacht und bin zu dem Schluss gekommen, dass die einzig stichhaltige Erklärung dafür die Existenz einer dritten Person sein muss. Da Léonard keine Kinder hatte, konnte es sich nur um eine Frau handeln.«

Der Geistliche lächelte.

»Eine Frau anstelle einer Hure?«

»Ganz einfach eine Frau. Ein empfindsames Wesen für einen Mann, der sich niemals anderen mitgeteilt hatte. Ein Mann, der von seinem bisherigen Leben genug hatte.«

»Du bist intelligent. Deine Art, den Dingen auf den Grund zu gehen, beeindruckt mich.«

»Also habe ich recht?«

»Ja, das hast du. Léonard lernte eine Frau kennen, das stimmt. Sie verliebten sich Hals über Kopf ineinander.« Dana seufzte. »Sie war viel jünger als er und mit einem gewalttätigen, dummen Mann verheiratet, der ihr das Leben zur Hölle machte. Du siehst, die Geschichte ist ganz einfach, sie hat sich seit Anbeginn der Menschheit schon Millionen Mal so zugetragen.«

»Demnach sind sie zusammen geflohen.«

»Mit Léonards Geheimnis. Seinem Bericht. Den deine Freunde suchen.«

»Wissen Sie, was drinsteht?«

»Nein, und ich bin sehr froh, dass ich es nicht weiß. Léonard hatte mir erzählt, dass er mit seinem Material etliche Regierungen ruinieren könnte. Hier und in anderen Teilen der Welt. Das ist wohl der Grund, weshalb einige zu allem bereit sind, nur um ihn zu finden.«

»Was für eine Frau ist sie?«

»In jedem Fall eine Frau, die man nicht so leicht vergisst … Ich habe noch nie solche Augen gesehen. Ohne zu zögern, würde ich sie als eine der schönsten und außergewöhnlichsten Frauen bezeichnen, die ich je gesehen habe.«

»Was tat sie in Ihrer Gemeinde?«

»Letztes Jahr hatte sie unsere Religion entdeckt. Außerdem wollte sie sich bald taufen lassen. Léonard und sie waren einander zufällig begegnet. Es war Liebe auf den ersten Blick. Einige Wochen nach ihrer Begegnung überzeugte sie ihn, dass er meine Bekanntschaft machen müsse. Ihr zuliebe willigte er ein. In jener Phase seines Lebens war Léonard durch und durch Materialist, er glaubte an nichts und niemanden mehr. Er hatte dem Gott des Geldes gedient, bis dieser Moloch sein Herz zu verschlingen drohte. Dann kam er in meine kleine Kirche und begegnete Jesus. Glaube mir, ob du nun ein erfolgreicher Banker oder ein einfacher Dealer bist, manchmal kommt der Moment, in dem du nicht mehr an das Geld glaubst. Oder in dem du deinem Leben einen Sinn geben, nicht mehr nur an dich selbst denken möchtest, an den Zaster, den du machen wirst. Léonard war an diesem Scheidepunkt angelangt. Ich erkannte es vor ihm. Léonard und ich sind uns im Geiste ganz ähnlich. Er sprach von einer Schicksalsgemeinschaft. Der arme Schwarze und der reiche Weiße, zwei Schurken, die eines Tages Gott begegnen und mit klarem Blick ihr Schurkenleben betrachten. Sie war es, die diese Umkehr bei ihm ausgelöst hat.«

Schweigend trank Nick sein Bier aus. Er brauchte mehr. Namen, persönliche Daten.

»Wie heißt die junge Frau?«

»Ihr Vorname ist Zahra. Ihren Nachnamen kenne ich nicht.«

»Wie? Sie ist Muslimin?«

»Natürlich ist Zahra Muslimin. Sie hatte vor, zum christlichen Glauben überzutreten, und wollte sich taufen lassen. Zahra ist Afghanin.«

*

Osama fuhr direkt nach Hause, ohne noch einmal im Kommissariat vorbeizuschauen. Die beiden Fallschirmspringer, die am Vortag dort aufgetaucht waren, standen noch immer Wache. Er stieß die Tür auf. Es war angenehm bei ihm zu Hause, Malalai hatte den Kohleofen auf Hochtouren gebracht. Ein angenehmer Duft nach *Shorwa* und knusprigem *Nan* durchzog die Luft, ihm lief das Wasser im Mund zusammen. Malalai hatte ein buntes Bauernkleid aus schlichter Baumwolle an.

»Wo hast du dieses Kleid gekauft? Es steht dir großartig!«

»Das habe ich gerade geschenkt bekommen. Bei der RAWA.«

»Hat eure Versammlung endlich stattgefunden?«

»Ja. Ich wurde in den Verwaltungsrat gewählt, einstimmig. Das ist mein Willkommensgeschenk.«

Osama versuchte, seine Besorgnis zu verbergen.

»Was habt ihr beschlossen?«

»Unsere Aktion zur Gewinnung weiterer Mitglieder wird nun wie vorgesehen starten. Ich wurde mit der Auswahl der Ausbilderinnen beauftragt. Die ersten Informationsveranstaltungen werden am Wochenende stattfinden.«

Osama schüttelte den Kopf.

»Ich versuche nicht mehr, dich davon abzuhalten, ich habe eingesehen, dass es nichts bringt. Wirst du mir zumindest versprechen, vorsichtig zu sein?«

Malalai schmiegte sich an ihn.

»Sei unbesorgt, mein großer *Qoumaandaan*. Ich werde sehr vorsichtig sein.« Sie legte die Hand auf den Schulterriemen ihres Kleides. »Ich habe mich heute Morgen wachsen lassen. Wollen wir das nicht feiern?«

Osama lächelte, er ließ sich gern von seiner Frau verführeren. Mit der Leidenschaft eines Zwanzigjährigen riss er ihr beinahe das Kleid vom Leib. Später lagen sie nebeneinander auf dem Bett und genossen diesen Augenblick der Ruhe. Osama hörte Malalais Herz an seinem Körper schlagen. Er schämte sich fast ein wenig, so viel Glück zu empfinden. Er hatte eine schöne und intelligente Frau, die er liebte und die er aus freien Stücken gewählt hatte, nicht weil sie ihm von der Familie aufgedrängt worden wäre. Er hatte eine Arbeit, war angesehen, hatte eine Küche, ein Gehalt, von dem er sich zweimaliges Duschen pro Tag und gesundes Essen leisten konnte, während die meisten seiner Mitbürger nur von Zeit zu Zeit Fleisch aßen und sich den ganzen Winter über nicht wuschen. Seine beiden Kinder hatten gute Jobs, sie waren im Ausland in Sicherheit, er hatte nur einen Sohn verloren, der den Heldentod im Kampf gestorben war, während ganze Familien vom Krieg dezimiert worden waren.

Malalai drückte sich leise schluchzend an ihn.

»Was ist los?«, murmelte er.

»Es ist so ein Glück, dass ich dich habe«, sagte sie. »Ich weiß nicht, wie ich ohne dich leben würde. Vielleicht in einem Dorf ohne Strom, ich würde Feldarbeit verrichten und einen ungebildeten und schmutzigen Ehemann mit drei anderen Ehefrauen teilen.«

Gerührt schloss Osama sie noch fester in die Arme. Eng umschlungen schliefen sie ein.

*

Nick parkte vor einem kleinen Terrassencafé in der Nähe des Großmünsterplatzes. Er hatte das Bedürfnis, mit jemandem über das zu sprechen, was er bislang herausgefunden hatte – doch mit wem? Er war nicht daran gewöhnt, allein zu arbeiten, ohne seine Überlegungen mit jemandem teilen zu können. Diese Einsamkeit, die seit Werners Tod zugenommen hatte, belastete ihn. Kurz überlegte er, ob er Margaret anrufen solle, doch dann ließ er es bleiben. Es hatte keinen Sinn, sie da hineinzuziehen. Er bestellte einen Salat mit Hähnchenbruststreifen und ein Glas Rotwein. Eine phantastisch aussehende junge Frau, schlank und hochgewachsen, mit schulterlangen blonden Haaren bediente ihn. Einige Wochen zuvor hätte er nicht gezögert, sie anzusprechen. Doch plötzlich sah er keinen Sinn mehr in einer flüchtigen Bekanntschaft.

Er seufzte und sah auf die Uhr. Er würde sich in die Firma schleichen, wenn alle Kollegen nach Hause gegangen waren, und sich mit Hilfe von Margarets geheimen Zugangsdaten in die Datenbanken des Eidgenössischen Verkehrsministeriums einloggen. Vielleicht hatte er Glück und Léonard tauchte auf einer Passagierliste auf. Doch womöglich hatte er seinen falschen Pass in der Schweiz gar nicht benutzt. Wenn er über Osteuropa entkommen war, hatte er möglicherweise dort eine Fluggesellschaft aufgetan, die keine Passagierlisten an die NATO-Staaten weiterleitete. Eine der zahlreichen Gesellschaften der Ex-UdSSR zum Beispiel oder eine afrikanische oder eine aus dem Nahen Osten. Die Staaten, die keine Beziehungen zu den Vereinigten Staaten oder der Europäischen Union hatten, weigerten sich, ihre Daten weiterzuleiten, ungeachtet der Sanktionen, die ihnen dabei drohten.

Nervös massierte er sich den Nacken. Ein köstlicher Duft aus der Küche wehte zu ihm herüber. Er sah nach draußen. Eine Frau führte ihren Hund aus. Ein Wagen der Stadtreinigung fegte das Trottoir. Die Normalität, weit weg von den K-Männern und der trüben, unterirdischen Welt der »Firma«.

Er musste an Zahra denken, die neue Frau an der Seite des Mannes, den er suchte. Wer war sie wirklich? Sich vom Glauben loszusagen, wurde in Afghanistan mit dem Tod bestraft, wie in der Mehrzahl der muslimischen Länder. Abgesehen von ihrer atemberaubenden Schönheit, auf die der Pastor angespielt hatte, musste diese Frau zudem sehr mutig sein.

Er aß ein Stück Apfelkuchen zum Nachtisch, ohne ihn richtig genießen zu können. Es musste Hunderte Zahras in der Schweiz geben, aber, so dachte er plötzlich, wenn sie tatsächlich so schön war, wie der Geistliche behauptete, bestand vielleicht die Chance, sie mittels der Datensätze der Eidgenössischen Immigrationsabteilung ausfindig zu machen.

Sie enthielten nämlich immer Fotos.

*

Joseph und Amin stiegen in den alten, total verbeulten Shiguli ein. Der neue Motor des Paykan war ausgefallen, und so hatten sie sich dazu durchringen müssen, diesen Wagen zu benutzen, der nicht einmal gepanzert war. Sie trugen die landestypische Kleidung, *Shalwar qameez*, braune Kurta und *Pakol*. In diesem Aufzug und noch dazu mit einem Dreitagebart musste man schon genau hinsehen, um zu erkennen, dass sie Ausländer waren. Zwischen die Vordersitze hatte Joseph ein mit einem Granatenwerfer bestücktes Sturmgewehr geklemmt. Als sie nach Kabul hineinfuhren, standen sie schon bald im Stau. Joseph schloss die Augen, als würde er schlafen. Amin fand seine Ruhe beeindruckend. Auch jetzt, als sie sich unter lauter bärtigen Männern mit finsteren Gesichtern befanden, zeigte Joseph nicht das geringste Anzeichen von Nervosität, während Amin der Angstschweiß den Rücken hinablief. Jeder Fußgänger konnte ein *Shahid* sein, in jedem Auto konnte ein Talibankommando sitzen.

»Entspann dich«, sagte Joseph, die Augen weiterhin geschlossen, als könne er seine Gedanken lesen. »Mit mir passiert dir nichts. Beruhige dich, fahr vorsichtig.«

»Wie schaffen Sie das nur, so ruhig zu bleiben? Haben Sie niemals Angst oder so?«

Ein feines Lächeln huschte über Josephs Gesicht. Er schlug die Lider auf, und Amin erschrak, als er die leblosen Augen sah, zwei feuchte Flecken.

»Angst, das ist ein Geisteszustand.«

»Das hat mir mein Ausbilder im Aurès-Gebirge auch immer gesagt. Und dann haben sie ihm die Kehle durchgeschnitten, wie einem Schwein.«

»Angst zu haben ist nicht schlimm, Amin. Alle guten Soldaten haben Angst. Die, die keine Angst haben, werden schneller als andere umgelegt.«

Sie fuhren am Chirahi-Pul-Artan vorbei, wo Afghanistans erste Ampel installiert worden war; staunend hatte sich eine Gruppe Männer vom Land davor versammelt. Ein leichter Panzer bewachte symbolisch den Ort. Joseph ließ Amin nach links auf einen übersichtlichen, breiten Zubringer abbiegen. Nach einer halben Stunde gelangten sie zu der Straße, in der Kommissar Kandar wohnte. Joseph griff nach seiner Kamera und lichtete den Ort in allen Einzelheiten ab, er notierte noch die unbedeutendste Kleinigkeit. Die Behörden hatten die Überwachung von Kandars Wohnhaus ernster genommen, als er sich vorgestellt hatte. Ein Jeep, ein Pick-up, ausgerüstet mit einem 12,7-mm-Maschinengewehr, mehrere Männer in neuen Kampfanzügen, die Kalaschnikow stets schussbereit. Um das Haus zu erstürmen, hätte es ein ganzes Kommando gebraucht. Im Fall einer Schießerei wäre es äußerst schwierig gewesen, sich zurückzuziehen. Außerdem stand am Eingang zur Straße ein Polizeiposten, in ungefähr fünfhundert Metern Entfernung. Wenn es zu einem Schusswechsel kommen würde, blieben ihnen maximal zwei Minuten Aufschub, und eine Fluchtmöglichkeit gab es nur in die Gegenrichtung. Er verzog schmerzlich das Gesicht. Nicht gerade ermutigend, das Ganze. Er inspizierte die unmittelbare Umgebung. Es war möglich, über die Dächer zu entkommen, alle Häuser waren recht niedrig. Er tippte alle Details in sein I-Pad und überlegte, dass man sich einen Überblick über die Zugänge zum Haus am besten aus der Luft verschaffte.

»Gleich fliegen wir auf«, sagte Amin plötzlich beklommen. »Die Nachbarn werfen uns bereits neugierige Blicke zu. Wir fallen zu sehr auf hier im Viertel, ich glaube, die kennen sich alle untereinander.«

»Okay, kehren wir um.«

In nur sechshundert Metern Entfernung von Kandars Haus, entdeckten sie eine lange Mauer. Eine Kaserne des ANA. Das erschwerte den Rückzug zusätzlich.

»Haben Sie die gesehen?«, fragte Amin und deutete auf die Wachtürme, welche die Kaserne überragten.

»Natürlich! Ihn zu Hause zu überfallen wird kein Kinderspiel. Jetzt verstehe ich, warum der Bandenführer hier nicht eingreifen wollte. Ganz schön gerissen, dieser Bulle.«

»Heißt das, Sie blasen die Aktion ab?«

»Du glaubst ja wohl nicht, dass wir innerhalb Kabuls eine Rakete zünden werden? Ich wollte mich nur vergewissern, dass tatsächlich keine Alternative zu einer Drohne besteht.«

»Und nun?«

»Du hast es ja selbst gesehen. Er ist zu gut bewacht, wir bräuchten Dutzende von Männern und schwere Bewaffnung. Die Antwort lautet: nein.«

»Wenn Sie ihn in Kabul nicht angreifen können, wie wollen Sie es dann bewerkstelligen?«

»Warten, bis er Kabul verlässt. Oder darauf einwirken, wenn er es nicht von sich aus tut.«

»Wie wollen Sie ihn herauslocken, ohne dass es auffällt?«

»Ich weiß es noch nicht. Aber ich werde eine Lösung finden.«

*

Der General ging langsam auf den Mann zu, mit dem er sich verabredet hatte. Sie trafen sich alle sechs Monate hier, am Ufer des Genfer Sees, wo niemand sie vermutet hätte. Wie immer war der Mann direkt vom Flughafen hergekommen, ohne Bodyguard, in einem schlichten, unauffälligen Wagen, nachdem er in einem Privatjet den Ozean überquert hatte. Ohne übertriebene Herzlichkeit schüttelten sie sich die Hand.

Der Mann war groß und kräftig, er hatte einen dichten schwarzen Haarschopf. Er stand in dem Ruf, integer zu sein. Ein Mann, dem an Intrigen nichts lag. Ein Mann, der zwanzig Jahre lang hinter den Kulissen der Politik verhandelt hatte, erst im Kongress, dann in der Regierung, immer in dem Bestreben, seinem Land zu dienen. Der neue Präsident hatte ihn mit den »Spezialfällen« beauftragt und ganz nebenbei auch damit, die Scherben aufzukehren, die sein Vorgänger hinterlassen hatte. Er hatte seit dem Antritt seines Postens etliche heikle Dossiers entdeckt, doch die Akte Mandrake sprengte den Rahmen. Der Mann brüstete sich damit, vor nichts und niemandem Angst zu haben, und dennoch fürchtete er die Akte Mandrake. Er hatte sich inzwischen damit abgefunden, dass der Gesuchte sich irgendwo auf der Welt versteckt hielt und dass keine Fluchtgefahr bestand. Von ihm aus sollte er in der Hölle schmoren. Den Gedanken dagegen, dass ein zusätzliches Exemplar der Akte Mandrake in Umlauf war, hielt er für unerträglich.

»Guten Tag, General.«

»Guten Tag, Robert.«

»Also, wie weit sind Sie?«, fragte der Mann in schleppendem, typischem Südstaatler-Tonfall.

»Wir stecken fest«, musste der General zugeben. »Es fehlt ein Exemplar dieses verdammten Berichts, und wir wissen immer noch nicht, wo Wali Wadi es versteckt hat.«

»Das ist ärgerlich«, sagte sein Gesprächspartner, dem das Understatement zur zweiten Natur geworden war.

»Fürs Erste haben wir die Löcher gestopft. Wir haben alles wieder eingetrieben, was vonnöten war, trotz der Ihnen bekannten schwierigen Umstände. An dem Tag, an dem unser Mann wieder auftaucht, werden wir ihn uns sofort schnappen. Wir müssen nur noch das in Afghanistan versteckte Dokument wieder in unseren Besitz bringen, und dann ist der Fall abgehakt.«

»Sie verkaufen Ihre mageren Ergebnisse in Afghanistan als große Siege, und das Hauptziel Ihrer Mission stellen Sie als Errungenschaft dar, während wir doch an einem toten Punkt angelangt sind. Haben Sie denn wenigstens die Untersuchungen zum Tod der Mittelsmänner stoppen können?«

»Im Irak ja, der Fall ist endgültig abgeschlossen. In Afghanistan arbeite ich gerade daran.«

»Muss ich das etwa so verstehen, dass die Untersuchung zu Wali Wadi nach wie vor läuft?«

»Ja, der Kriminalbeamte, der sie durchführt, ist ein Besessener.«

»Das ist äußerst ärgerlich«, sagte der Mann. »Allmählich tut es mir leid, dass ich mich an Sie gewandt habe.«

»Alle Ihre offiziellen Dienste konnten den Flüchtigen nicht auffinden, trotz der enormen Anstrengungen, die dazu unternommen wurden. Was Kabul betrifft, so tue ich, was in meiner Macht steht, um die Situation wieder ins Lot zu bringen – möglichst, ohne Spuren zu hinterlassen. Ich bin in keiner Weise für den Brand verantwortlich, den zu löschen Sie mich auffordern. Im Augenblick schwelt das Feuer, das ist richtig, aber es flammt nicht mehr auf. Das ist doch genau das, was Sie wollten, oder?«

»Ich will den Bericht. Alle Exemplare, ohne Ausnahme.«

»In Anbetracht der Situation wären wir gezwungen, sehr brutal vorzugehen.«

»Sie haben freie Hand. Deshalb wurde die Firma ja gegründet, deshalb existiert sie, deshalb zahlen wir so viel Geld für sie. Sie sind ihr Chef, also verhalten Sie sich auch dementsprechend.«

»Genau das tue ich.«

»Und, wo ist dieser verdammte Bericht?«

Seit er wusste, was in der Akte Mandrake stand, hatte der Mann keine ruhigen Nächte mehr. Er war ein aufrichtiger Christ, er konnte nichts für diese Situation, doch seine Aufgabe bestand nun darin, sie zu bereinigen. Egal, um welchen Preis. Hätte er das vor den Wahlen gewusst, hätte er den Posten nicht angenommen, doch für Bedauern war es nun zu spät. Er setzte seinen Hut wieder auf.

»Ich verabschiede mich jetzt. Ich möchte kein schwelendes Feuer mehr, um Ihren Ausdruck zu gebrauchen, ich möchte auch keine kalte Asche. Ich will, dass diese Affäre endlich vom Tisch ist, verstehen Sie? Und in Zukunft tun Sie mir den Gefallen und verschonen Sie mich mit Ihren schiefen Vergleichen, die von einem pensionierten Feuerwehrmann stammen könnten!«

Der Mann ging zurück zu seinem Wagen. Voller Bitterkeit starrte der General auf den See. Wie konnten derart mächtige Männer, die doch zumindest theoretisch hochintelligent waren, so unvorsichtige Entscheidungen treffen und ihn zwingen, nichts als verbrannte Erde zu hinterlassen? Zum ersten Mal stellte er sich die Frage, ob die Firma, sein Baby, diesen Fall überleben würde.

*

Erstaunt stellte Osama fest, dass Gulbudin in seinem Wagen vor dem Haus auf ihn wartete. Das Begleitfahrzeug war nicht der übliche Pick-up, sondern ein nagelneuer Ranger, auf dessen Ladefläche ein riesiges russisches Maschinengewehr zur Flugabwehr befestigt war, ein DSchK auf einem Dreifuß. Ein ANA-Soldat war mit Gurten daran festgeschnallt, er trug eine kugelsichere Weste und einen Militärhut der amerikanischen Armee. Drei mit Patronengurten ausgerüstete Soldaten in tadelloser Uniform standen neben ihm.

»Diese Männer sind seit heute Morgen da«, sagte Gulbudin.

Osama ging auf den Ranger zu.

»*Assalamu aleikum, manda nabashi*. Friede sei mit euch. Möget ihr niemals müde werden. Langes Leben!«

Er begrüßte jeden Soldaten auf diese Weise und bekam die traditionelle Grußformel zur Antwort. Schließlich fragte er den ersten Soldaten:

»Woher kommst du, Bruder?«

»Aus Tutachi. Ich heiße Abdul Khorosan. Ich kämpfe bis zum Tod für dich.«

»Und ihr«, fragte er die beiden anderen, »woher kommt ihr?«

»Aus Mari Chaq.«

»Aus Bala Murghab. Auch wir werden wie die Löwen für dich kämpfen.«

»Ich habe vier Russen im Krieg getötet«, sagte der erste.

»Und ich drei Taliban«, sagte der zweite. »Zwei habe ich abgeknallt, dem dritten habe ich die Kehle durchgeschnitten.«

»Ich habe noch niemanden getötet«, sagte der dritte, ein junger Mann, »aber ich habe keine Angst vor dem Tod.«

Voller Stolz, gleichsam als Beweis seiner Redlichkeit, schwenkte er sein Gewehr, das mit einem Zielfernrohr ausgestattet war.

Ein Belutsche und zwei Turkmenen. Osama hatte sich gleich gedacht, dass kein Paschtune unter ihnen war, denn als er aus der Tür getreten war, hatte sich einer der Männer die Hose zugeknöpft, vermutlich, weil er soeben an eine Wand uriniert hatte – etwas, das Paschtunen streng verboten war. Der Justizminister hatte ihm also Soldaten geschickt, die Minderheiten entstammten, denen der mögliche Druck der Paschtunenclans gleichgültig war. Ein geschickter Schachzug. Offenbar war ihm tatsächlich daran gelegen, dass Osama am Leben blieb, um seine Ermittlungen zu Ende zu bringen. Zumindest einstweilen.

Sie brachen auf. Das riesige Maschinengewehr auf dem Begleitfahrzeug machte entsprechend Eindruck auf den verstopften Straßen, die anderen Fahrzeuge schoben sich unwillkürlich zur Seite, um ihnen Platz zu machen. Sie brauchten gut eine Viertelstunde weniger als sonst zum Kommissariat. Da diese Form des Begleitschutzes jedoch bei den Kollegen Eifersucht wecken konnte, wollte Osama ihn so rasch wie möglich loswerden. Am Fuß der Treppe blieb er stehen, um auf Gulbudin zu warten, der langsam hinterherhinkte.

»Was ist los?«, fragte Osama.

»Gestern wurde ich auf der Straße angegriffen. Eine Gang. Sie warteten zu fünft vor meiner Haustür. Sie schlugen mir mit einem Stock auf den Kopf und stahlen mir meine Prothese. Auf dem Schwarzmarkt ist sie zehntausend Afghanis wert. Ich hatte nicht einmal Zeit, meine Waffe zu ziehen.«

Er war den Tränen nahe.

»Wenn dieser Fall gelöst ist, werde ich beantragen, dass man dir eine neue Prothese zahlt«, sagte Osama mit zusammengebissenen Zähnen.

Er half ihm die Stufen hinauf. Ohne seine Prothese, ein Modell aus dem Westen, wirkte Gulbudin wie ein Schwerbehinderter. Sie nahmen in Osamas Büro Platz, Dschihad und Rangin stürzten sofort herein.

»Hast du den Haftbefehl gegen Dortmund erlassen?«, fragte Osama Dschihad.

»Gestern Abend, gleich als sie aus dem Büro des Ministers kamen. Ich habe bei der Immigrationsbehörde nachgefragt, er hat das Land nicht verlassen. Zumindest nicht per Flugzeug. Gegen Mitternacht habe ich eine Staffel zu seiner Wohnung geschickt, dort war er nicht. Es fehlten seine Papiere, ein Teil seiner persönlichen Dinge. Der Nachtportier des gegenüberliegenden Gebäudes erzählte mir, er habe ihn in einen Geländewagen einsteigen sehen.«

Osama schob die Lippen nach vorn.

»Er will sich klammheimlich aus dem Staub machen, mit einem gefälschten Pass. Hast du die Zollstationen am Boden gewarnt?«

»Ja, er ist nirgendwo registriert worden.«

»Diese ganze Geschichte erinnert an eine Verschwörung«, sagte Osama. »Der Justizminister hat recht: Wir müssen wieder an den Ausgangspunkt zurückkehren und herausfinden, was Wali Wadi im Schilde führte.«

»Dann setzen wir alle Einheiten wieder auf Wadi an?«

»Ja, wir fangen wieder bei null an. Wir befragen die Zeugen. Wir gehen durch, wer sich hinter den Telefonnummern verbirgt, die in die Schweiz, nach Bagdad und hierher nach Kabul führen. Wir durchsuchen noch einmal die Büroräume und das Haus Wali Wadis, mit so vielen Leuten wie nötig. Stell ein Team zusammen, dann fangen wir bei seinem Haus an. Lass uns auf der Fahrt weiterreden.«

Kurz darauf lenkte Gulbudin Osamas Wagen geschickt durch den Kabuler Verkehr. Hinter ihm saßen Dschihad, Rangin und Abdul, der Kommissar hatte auf dem Beifahrersitz Platz genommen. »Erzähl mir noch mal, was ihr über die Telefonate Wadis herausgefunden habt«, bat Osama.

»In Kabul haben wir acht interessante Rufnummern ausgemacht. Wali Wadi stand in Kontakt mit Ministerien, die militärische Aufträge hatten, was für ihn neu war. Jeden Tag telefonierte er mit dem Verteidigungs- und dem Innenministerium. Er rief bei der Zentrale an und ließ sich dann verbinden, daher weiß ich nicht, mit wem er sprach.«

»Ich habe mir gestern Abend die Rezeptionistinnen vorgenommen«, sagte Dschihad, »und ihnen die Stimme Wali Wadis vorgespielt, so, wie sie auf seinem Anrufbeantworter zu hören ist, aber keine von ihnen hat sie erkannt.«

»Was ist mit der irakischen Nummer?«

»Lässt sich nicht identifizieren.«

Osama legte seinen Stift nieder.

»Wie oft hat Wali Wadi dort angerufen?«

»Sechsunddreißigmal in zwei Monaten«, sagte Gulbudin.

»Es ging um Geschäfte«, überlegte Osama laut. »Fragt sich nur, um welche.«

»Die Schweizer Rufnummer führt ins Leere. Ich habe sie selbst angewählt, wurde dann aber aufgefordert, einen Sicherheitscode einzugeben. Es handelt sich um einen sicheren Server, der einen nur zur gewünschten Rufnummer weiterleitet, wenn man den Sicherheitscode eingetippt hat.«

»Das wird immer seltsamer«, stellte Osama fest. »Diese Leute sind sehr mächtig, aber sie tun alles, um im Schatten zu bleiben. Du hast gute Arbeit geleistet, Gulbudin.«

Er wandte sich an Rangin.

»Was wissen wir von den letzten Geschäften, die Wali Wadi getätigt hat?«

»Der Abteilung Nachrichtendienst zufolge hatte er mit Lieferverträgen des Verteidigungsministeriums für Munition zu tun, außerdem mit solchen, bei denen es um Zivilausstattung in großem Umfang ging, aber all dies ist sehr undurchschaubar. Er war ein sehr verschwiegener Mann. Einen konkreten Hinweis auf seine Tätigkeit haben wir nicht.«

Osama kam ein Gedanke, als er das Wort Munition hörte. Niemand konnte die Kugeln zählen, die Soldaten tatsächlich verfeuerten. Diese Verträge waren ein perfektes Schutzschild, um gewisse Summen zu unterschlagen. Sein Blick kreuzte sich mit dem von Gulbudin.

»Ich weiß, was Sie denken, aber ich glaube nicht daran«, sagte der Assistent. »Munition kann man zwar veruntreuen, aber nur in Maßen, davon wird niemand reich. Und es erklärt nicht die heftige Reaktion des Innenministers.«

»Es gibt anscheinend noch viele Dinge, die wir nicht wissen«, stellte Dschihad fest.

»Wir haben den Beweis, dass das, was wie ein Selbstmord dargestellt wurde, in Wirklichkeit ein Mord war«, entgegnete Osama. »Wir haben den Mörder identifiziert, auf der Flucht, was schon mal nicht schlecht ist. Unser Auftrag besteht jetzt darin, herauszufinden, wer der Auftraggeber war, und weshalb ein so großes Interesse an unseren Ermittlungen besteht.«

»Woher wollen Sie wissen, dass es da noch etwas aufzudecken gibt?«

»Es gibt Leute, die für meinen Geschmack zu viel Energie darauf verwenden, uns Steine in den Weg zu legen. Sie haben Angst vor uns, dabei wissen wir doch gar nichts.«

»Derjenige, der die Fäden der Marionette Dortmund hielt, ist ein *Kāfir*«, wandte Rangin ein. »Glauben Sie, wir haben genügend Macht, um zu handeln? Entschuldigen Sie, dass ich so direkt bin, *Qoumaandaan,* aber alle Polizisten unseres Kommissariats sind überzeugt, dass man Sie kaltstellen wird, und zwar bevor dieser Fall gelöst ist.«

Inzwischen hatten sie das Domizil Wali Wadis erreicht. Im Innern des Hauses herrschte eine angenehme Temperatur, der Heizkessel war noch immer in Betrieb. Alles war so, wie sie es zurückgelassen hatten. Ein leichter Schweißgeruch lag in der Luft, wegen all der Techniker, die dort ihre Arbeit verrichtet hatten. Gulbudin und ein Inspektor knöpften sich die Bibliothek vor. Die anderen Männer verteilten sich im Rest des Hauses. Nach drei Stunden unterbrachen sie ihre Arbeit. Osama blickte sich ratlos um und ging dann noch einmal ins Schlafzimmer hinüber. Seine Männer hatten alles auf den Kopf gestellt, aber seine Intuition ließ ihm keine Ruhe. Erneut begann er, alles zu durchsuchen. Plötzlich fiel sein Blick auf ein Holzkästchen auf einem runden Tischchen. Es war die Art von Gegenstand, wie man ihn wohl in jeder afghanischen Behausung fand, schlicht, grobschlächtig bemalt, es passte überhaupt nicht zu dem übrigen Interieur der Wohnung. Neugierig untersuchte er es. Es war leer. Als er es wieder schließen wollte, bemerkte er, dass da etwas klemmte.

»Da ist nichts drin«, sagte Dschihad, »ich hab schon nachgesehen.«

»Ich auch«, bestätigte Rangin.

Misstrauisch betrachtete Osama das Kästchen von allen Seiten. An einer Stelle war es dicker, was das Innere verkleinerte. So, als gäbe es darin ein Geheimfach.

»Dschihad«, rief er schließlich, »hast du ein Messer?«

Das Holz war weich, das Messer drang problemlos ein. Plötzlich spürte Osama, wie ein Mechanismus einrastete. Das zu dicke Seitenteil sprang auf. Osama deutete ein triumphierendes Lächeln an. Mit der Messerspitze hob er das Holzteil komplett heraus, eine zylindrische Öffnung, die ins Holz eingekerbt war, verbarg sich darunter. Darin steckte ein fein gearbeitetes Zigarrenetui mit einem Schraubverschluss, das eine kleine Papierrolle enthielt.

Er streifte Handschuhe über und entrollte das Blatt. Seine Männer standen neugierig neben ihm, nur zwei Zeilen waren auf dem Papier zu lesen:

Akte Mandrake
31"10'50.15'N. 66'11'06.92'E'

Mit pochendem Herzen reichte Osama Gulbudin das Blatt.

»Das sind wahrscheinlich GPS-Koordinaten«, sagte er. »Ein Breitengrad und ein Längengrad, oder?«

»Ganz genau«, bestätigte Gulbudin. »Das ist in Afghanistan, ich bin mir ziemlich sicher. Ich war schließlich Schütze unter Massud, wir hatten ausgezeichnete südafrikanische Granatwerfer mit einem lasergesteuerten Fernmessgerät, bei dem man den Breiten- und den Längengrad eingeben musste … Soll ich mal auf Google Earth nachsehen, welcher Ort das ist?«

»Ja, aber sei vorsichtig«, sagte Osama, der nicht wusste, was Google Earth war.

»Akte Mandrake. Versteht ihr, was das bedeuten soll?«

»Ganz und gar nicht. Immerhin muss sie so wichtig sein, dass Wadi dieses Papier in einem Geheimfach versteckt hat, das bei zwei kompletten Durchsuchungen unentdeckt geblieben ist. Wir sind ganz dicht dran.«

Die folgenden zwei Stunden verbrachten sie damit, das gesamte Haus nach weiteren Hinweisen zu durchkämmen, erfolglos. Schließlich gab Osama das Zeichen zum Aufbruch. Unablässig spukte ihm der Name im Kopf herum. Akte Mandrake. Was hatte das bloß zu bedeuten?

14

Es herrschte eine seltsam nervöse Stimmung im Zentralkommissariat. Männer vom NDS streiften mehr oder weniger offen in der Umgebung herum, offenbar hatte man bereits vom erneuten Besuch Osamas und seines Stabs in Wali Wadis Wohnsitz berichtet. Außerdem war Osama auf dem Rückweg gewarnt worden, dass man einen Trupp Geheimagenten zu den Büroräumen des Geschäftsmanns geschickt hatte, um den Ort zu sichern und das erneute Eindringen seiner Männer zu verhindern. Ihm war es egal. Er hatte nun eine Spur.

»Was ist hier los?«, fragte er einen seiner Mitarbeiter auf dem Flur.

»Die Zentralheizung ist außer Betrieb, *Qoumaandaan*.«

In der Tat, in den Büros erreichte die Temperatur nicht einmal zehn Grad. Die Polizisten hatten sich stoisch in Decken gehüllt, doch besonders vergnügt wirkten sie dabei nicht. Osama ließ einen Kohleofen im Konferenzraum aufstellen, der aus einer Gemeinschaftskasse gespeist wurde, zu der jeder seiner Männer beisteuerte. Als er den Raum betrat, hatte sich bereits das Gros der Mitarbeiter dorthin geflüchtet.

»Aha, der Konferenzraum steht heute mal ganz oben«, witzelte er. »Tut mir leid, wir müssen über eine vertrauliche Angelegenheit diskutieren, ich nehme ihn eine halbe Stunde lang in Beschlag.«

Brummend zogen sich die Polizisten zurück und ließen ihn allein mit Gulbudin, Dschihad, Rangin und Abdul. Dschihad stürzte sich sogleich auf den Rechner.

»Ich seh mal bei Google nach.«

Er gab »Mandrake« ein. Zu ihrer großen Überraschung tauchten zehntausend Einträge auf. Hauptsächlich handelte es sich um Artikel, die sich auf einen amerikanischen Comichelden bezogen, einen berühmten Zauberer. Weder Osama noch seine Männer hatten je von dieser Figur gehört, doch der Menge an Ergebnissen nach zu schließen, war sie sehr populär. Dschihad erweiterte seine Recherche auf die Suchbegriffe

»Mandrake + Wali Wadi«. Er versuchte anschließend noch andere Kombinationen, mit mehreren Suchbegriffen.

»Wir landen immer nur bei dieser Comicfigur!«, rief er schließlich. »Was sollen wir tun, *Qoumaandaan*?«

»Dschihad, such mal nach einem Online-Exemplar dieses Comics und drucke es mir aus. Vielleicht steckt ein geheimer Sinn dahinter, den wir erst begreifen, wenn wir den Comic vor uns sehen.«

»Gut, mach ich.«

»Rangin, finde du heraus, auf welchen Ort sich die GPS-Koordinaten beziehen. Zumindest wissen wir dann, wo wir suchen sollen, wenn wir schon nicht wissen, was wir suchen. In Ordnung?«

»Klar, Chef. Ich sehe gleich bei Google Earth nach.«

Rangin fand rasch, wonach sie suchten. Die Stelle lag ungefähr achtzig Kilometer im Süden von Kabul, auf der Straße nach Quetta, am äußersten Rand der Provinz Helmand. Die wüstenartige Region, ein Schlupfwinkel der Taliban, lag direkt an der südöstlichen Grenze zu Pakistan, also in der Gegend, die von den Westlern oft als »Stammesgebiet« bezeichnet wurde. Sie war vorwiegend von Paschtunen besiedelt, die dem Regime zum Teil überaus feindlich gesinnt waren, aber im äußersten Süden fanden sich dort auch einige Nischen mit Belutschen und Brahui.

»Nicht gerade ein idealer Ferienort«, bemerkte Gulbudin düster.

»Wir brauchen genauere Details«, sagte Osama. »Handelt es sich um ein Dorf, um eine Militärbasis? Rangin, geh mal zum Generalstab rüber. Bring Karten mit.«

»Ich werde die Autos durchchecken lassen«, sagte Gulbudin. »Wenn wir in die Wüste fahren, sollten wir Pannen vermeiden.«

Joseph hatte die Augen geschlossen. Ein nervöser Tick ließ sein rechtes Lid zucken, während sich sein Gesicht ab und an zu einer Grimasse verzog.

»Chef! Chef!«

Er schlug die Augen auf. Es war einer der Tadschiken aus dem Abhörteam.

»Was ist los?«

»Wir haben eine Nachricht abgefangen, die Sie interessieren wird. Kommen Sie! Ich glaube, es ist sehr wichtig.«

Joseph ging in den Abhörraum hinüber. Der Tadschike hielt ihm ein Paar Kopfhörer hin und drückte auf eine Taste des Aufnahmegeräts.

»Garage?«

Gulbudins Stimme, ganz aus dem Zusammenhang gerissen. Joseph hatte inzwischen das Gefühl, den Afghanen lange und gut zu kennen, schließlich hörte er seine Stimme ohne Unterlass. Er kannte sogar den Namen seines Lieblingsrestaurants in Kabul.

»Ja. Wer ist da?«

»Ich bin der Assistent von Kommissar Kandar.«

»Und ich der des Garagenleiters. Abdullah, aus dem Dorf Almitia. Können Sie sich an mich erinnern?«

»Natürlich. Friede sei mit dir, mein Bruder. Hör zu, wir brechen morgen zusammen mit dem *Qoumaandaan* und einigen Männern in die Wüste auf. Können Sie die Autos noch mal durchchecken? Den Geländewagen des Chefs und den Ranger mit dem Maschinengewehr Kaliber 50, der als Begleitschutz mitfährt.«

»Gut, machen wir. Fahren Sie weit?«

»Ja, ziemlich. Wir brauchen Reservekanister und Wasser. Etwa hundert Liter.«

»Haben wir da. Brauchen Sie Waffen, sollen wir Ihnen welche besorgen?«

»Wäre das möglich?«

»Wenn's für *Qoumaandaan* Kandar ist, dann schon. Was hätten Sie gerne?«

»Einen Kurzwellen- und einen Langwellenempfänger, Verteidigungsgranaten, ein paar AK 74 mit Granatenwerfer, ein Heckenschützengewehr mit Fernrohr, Ersatzmagazine für die Kalaschnikows und die Handfeuerwaffen. Außerdem zwanzig Schachteln mit dreihundert Kartuschen für die 50er.«

»Fahren Sie in eine von den Taliban kontrollierte Zone?«

»Ich rechne mit Ihrer Verschwiegenheit.«

»Selbstverständlich. Niemand wird etwas davon erfahren, das schwöre ich bei Gott.«

»Danke, mein Bruder.«

Der Techniker stoppte die Aufnahme bei einer neuerlichen Suada von Grußformeln.

»Interessant, nicht wahr?«, fragte der Techniker.

»Sehr«, bestätigte Joseph. »Danke.«

Er ging in sein Büro zurück, dessen Tür er sorgsam schloss, um sich anschließend in seinen Sessel sinken zu lassen. Endlich war die lang ersehnte Gelegenheit da. Osama war tot.

Da es mindestens zwei Stunden dauern würde, bis er die Karten bekam, beschloss Osama, sich lieber in die zahlreichen Akten auf dem Stapel vor ihm zu vertiefen, als sich beim Warten zu zermürben. Der jüngste Fall, an dem seine Männer arbeiteten, war der einer jungen Frau, die sich angeblich umgebracht hatte. Wie gewöhnlich bei Selbstmorden sehr junger Frauen hatte Osama den Verdacht, dass hier die Vergewaltigung durch einen Angehörigen oder ein Ehrenmord verdeckt werden sollte: Meistens wurden die jungen Frauen mit Benzin übergossen und bei lebendigem Leib verbrannt, weil sie sich weigerten, in eine arrangierte Heirat mit einem älteren Mann einzuwilligen. Die junge Frau, um die es hier ging, war im Krankenhaus gestorben, ihr Körper war zu neunzig Prozent verbrannt. Osama hatte den Vater, den älteren Bruder und die Mutter festnehmen lassen, aber keiner von ihnen hatte ein Geständnis abgelegt. Er gab die Anweisung, nach Spuren von Alkohol auf dem Kleid zu suchen und das Verhör von einem erfahrenen Inspektor –

nämlich Gulbudin – durchführen zu lassen. Mit einem Seufzer widmete er sich anschließend einem Stapel Quittungen, die abgezeichnet werden mussten – allesamt von seinen eigenen Männern –, außerdem der Klage eines Händlers, die einen jungen Inspektor aus seinem Team betraf, der angeblich achttausendfünfhundert Afghanis von dem Händler erpresst hatte. Osama zögerte. Der Inspektor, erst seit kurzem bei ihnen im Kommissariat, verrichtete gute Arbeit. Aber achttausendfünfhundert Afghanis waren eine erkleckliche Summe. Als er sich in die vom Justizministerium zusammengestellte Akte vertiefte, musste er zur Kenntnis nehmen, dass der Polizist nachweislich angedroht hatte, die ganze Familie des Händlers umzubringen und seine zehnjährige Tochter zu vergewaltigen. Ohne zu zögern, unterzeichnete er den Suspendierungsbefehl. Er warf einen letzten Blick in die Akte und stellte fest, dass der Mann Paschtune war und aus derselben Gegend wie Präsident Karzai kam. Er überprüfte den Geburtsort: auch der Präsident stammte von dort. Wenn der Polizist Mitglied desselben Clans war, brachte eine Suspendierung überhaupt nichts, der Mann würde sofort in einem anderen Kommissariat unterkommen und alle kompromittierenden Hinweise würden unauffällig aus seiner Akte getilgt werden. Osama fügte eine handschriftliche Anordnung hinzu, den Polizisten sofort einzusperren und weitere Ermittlungen durchzuführen. Er seufzte, wusste er doch, dass diese Entscheidung ihm vermutlich neue, mächtige Feinde einbrachte. Er sah auf die Uhr, Dschihad war seit mehr als einer Stunde weg, es blieb wohl noch ein wenig Zeit. Er nutzte sie, um den Rentenantrag der Witwe Babraks zu prüfen – Papierkram, den er über alles hasste, aber es war seine Pflicht, sich darum zu kümmern, ansonsten verschwand das Gesuch in den Gewölben der afghanischen Bürokratie. Er trug sich selbst als rechtlichen Vormund der Witwe ein, für den Fall, dass ein Familienmitglied mit bösen Absichten sich in den Kopf setzte, sie ihrer Rente zu berauben oder ihr eine Wiederheirat aufzuzwingen. Er fügte noch ein Schreiben an den Leiter der Allgemeinen Dienste bei, in dem er anregte, der Witwe einen Posten in der Verwaltung zu geben, wo sie mehr verdiente als bei ihrer jetzigen Firma. Und schließlich schrieb er auch noch ein paar Zeilen an das Büro des Sozialministers, damit die Witwe eine spezielle Prämie beim Ableben ihres Mannes bekam. Es gab diese Regelung, aber sie wurde nie angewandt, das Geld sackten skrupellose Beamte ein. Osama bestand darauf, dass sie diesmal angewandt wurde.

Dschihad und Rangin stürzten herein, als er gerade ein letztes Schreiben auf den Stapel im Ausgangskörbchen legte. Rangin hatte den Arm voll zusammengerollter Landkarten.

»Hier, *Qoumaandaan*. Ich habe die Karten.« Er legte sie auf den Schreibtisch. »Mann, ganz schön schwer.«

»Ruf Gulbudin dazu. Er soll sich gleich an die Arbeit machen.«

Die Karten waren nicht geordnet, und da die Beschriftung in kyrillischen Lettern schon teilweise abgeblättert war, mussten sie die Karten eine nach der anderen entrollen, um diejenige zu finden, die mit dem Gebiet übereinstimmte, nach dem sie suchten. Endlich verkündete Gulbudin:

»Ich glaub, ich hab's!«

Die Koordinaten stimmten mit einem namenlosen Dorf überein, Osama wusste nicht, ob es paschtunisch oder Brahui war; in beiden Fällen würde man ihn dort nicht willkommen heißen. Zum Glück schienen die Ortsnamen darauf hinzuweisen, dass ein Stück weiter westlich eine mehrheitlich belutschische Zone lag. Dort würde er möglicherweise Unterstützung finden, aber in einer derart abgelegenen Region stellte jedes Tal ein Gebiet für sich dar. Er schloss die Augen, um sich besser konzentrieren zu können. Er musste unerkannt durch Kandahar fahren, ein Gebiet, das von regimefeindlichen Taliban besetzt war. Die Amerikaner hatten im Westen Kandahars mehrere umfangreiche Militäraktionen durchgeführt, hoffentlich war die letzte noch nicht beendet. In dem Fall befanden sich die amerikanischen Streitkräfte nämlich weit von ihrem eigentlichen Bestimmungsort entfernt. Anschließend ging es auf der Straße nach Quetta weiter, einer Region, in der es von Märtyrer-Kandidaten nur so wimmelte. Sicherlich musste er die Reise auf dem Eselsrücken beenden, um die Minenfelder zu umgehen, und all dies ohne die Hilfe der Internationalen Schutztruppen oder der afghanischen Armee. Kein kleines Unterfangen. Er musste ein paar Männer mitnehmen, Lebensmittelvorräte, sie würden in Dörfern übernachten müssen statt in einem Guesthouse, um keine Aufmerksamkeit zu erregen. Mindestens zwei Tage für die Hinfahrt, vielleicht auch drei, und genauso lange für die Rückfahrt. Die einzig gute Nachricht war, dass es sich um eine relativ flache Gegend mit maximal fünfhundert Meter hohen Erhebungen handelte.

»Was wollen Sie jetzt tun, *Qoumaandaan*?«, fragte Gulbudin.

»Ich glaube, uns bleibt gar nichts anderes übrig, als dorthin zu fahren. Dschihad, Rangin und Abdul begleiten uns. Ich nehme auch meinen Neffen und einen seiner Freunde mit, sie können das Maschinengewahr auf dem Pick-up bedienen, das DSchk. Lass dir in der Waffenkammer des Kommissariats Waffen aushändigen und bring den Geländewagen zur Inspektion. Besorg uns außerdem einen Kurzwellenempfänger für den Fall, dass wir die Armee zu Hilfe rufen müssen.«

»Ich habe schon das Nötige veranlasst. Geht klar, Waffen und Autos«, sagte Gulbudin.

»Wann fahren wir los, *Qoumaandaan*?«, fragte Rangin.

»So rasch wie möglich. Morgen bei Tagesanbruch, sofern der Geländewagen bereitsteht. Abfahrt um halb fünf.«

»Um diese Uhrzeit sind die Anti-Minen-Suchmaschinen der ISAF noch nicht vorbeipatrouilliert!«

»Ich weiß, aber wir können nicht bis neun Uhr warten, ich will, dass wir Kabul verlassen haben, bevor irgendjemand bemerkt, was wir da tun. Wir gehen das Risiko ein.«

Gulbudins Gesicht verfinsterte sich, aber er nickte stumm.

»Ich weiß nicht genau, was wir finden werden und wo wir landen«, fügte Osama hinzu. »Ich weiß nur, dass Wali Wadi dort ein äußerst wichtiges Dokument versteckt hat, für den Fall, dass ihm etwas zustößt, und dass er Vorkehrungen getroffen hat, damit man es nötigenfalls auch findet. Ich hoffe, dort liegt der Schlüssel zu allem. Wenn wir ihn finden, war der Tod Babraks nicht vergeblich.«

»Ich kümmere mich um die Reise, Chef. Morgen früh um halb fünf steht alles bereit.«

»Wir müssen unser Ziel geheim halten. Lasst eure Frauen im Ungewissen. Nein, sagt ihnen, wir würden nach Norden fahren.«

Osama öffnete die Schublade seines Schreibtischs und nahm den Umschlag mit den Dollars heraus, den ihm der Justizminister übergeben hatte. Auf dieser Fahrt würde er dieses Geld ohne Zweifel gut gebrauchen können. Nach kurzem Zögern packte er auch sämtliche Landkarten des Generalstabs ein. Niemand sollte wissen, wo er hinfuhr.

*

Am anderen Ende der Welt, im Hauptquartier der Firma in Bern, blinkte ein Alarmzeichen auf dem Bildschirm eines Operators auf. Der Computer informierte ihn, dass eine afghanische IP-Adresse sich von Kabul aus mit dem Internet verbunden und auf Google verschiedene Suchanfragen gestartet hatte, in denen ein als »Alert Red« gekennzeichnetes Suchwort vorkam. Der Operator las die Datei durch, schrieb einen kurzen Bericht und schickte diesen mit dem Vermerk »Flash« an seinen Vorgesetzten, ohne zu ahnen, dass er dadurch eine Lawine in Gang setzte. Ein paar Minuten später las der Abteilungsleiter für Innere Sicherheit, der eilends geweckt worden war, die mit höchster Dringlichkeit gesandte Nachricht.

Umgehend griff er zu seinem verschlüsselten Telefon.

»Verzeihung, dass ich Sie stören muss, General. Könnten Sie bitte Ihren Störsender einschalten?«

Er hörte Stimmen im Hintergrund, das fröhliche Geplauder einer Cocktailparty. Es vergingen ein paar Sekunden, dann war nur noch das beruhigende Brummen des Störsenders zu hören.

»Was ist los?«, fragte der General.

»Jemand hat vom Zentralkommissariat in Kabul aus eine Suchanfrage mit dem Begriff ›Mandrake‹ gestartet. Gerade wurde Alarm geschlagen.«

Für einen Moment waren nur die Atemgeräusche der beiden Gesprächsteilnehmer zu hören.

»General?«

»Ich denke nach. Welche Begriffe wurden denn genau eingegeben?«

Es gab keinen Zweifel. Das war kein Zufall, und auch nicht die Recherche eines Comic-Freundes. Der General legte auf und rief augenblicklich Joseph an.

»Stellen Sie Ihren Störsender an«, befahl er, sobald er ihn an der Strippe hatte.

Als das vertraute Brummen im Hörer erklang, berichtete er, was vorgefallen war.

»Das könnte mit dem zusammenhängen, was ich gerade erfahren habe«, sagte Joseph. »Der Assistent Kandars hat Vorkehrungen für eine längere Fahrt außerhalb von Kabul getroffen. Er hat darum gebeten, den Wagen vollzutanken und den Motor zu überprüfen, außerdem hat er Munition und Benzin angefordert. Ich wollte Sie gerade um die Erlaubnis bitten, ihn und seine Männer mit einer Drohne beschießen zu dürfen, doch Ihre Information ändert die Sachlage.«

»All dies bedeutet, dass sie die CD noch nicht gefunden haben«, bemerkte der General. »Sie wissen nur, wo sie aufzufinden ist. Und nun haben sie Kabul verlassen, um sie zu holen.«

Diese Überlegung beruhigte ihn ein wenig. Die Situation stellte sich weniger dringlich dar, als er zunächst gedacht hatte.

»Geben die Abhörprotokolle Aufschluss über ihr Ziel?«

»Nein. Sie haben sich äußerst bedeckt gehalten. Aber Sie könnten dank Ihrer Kontakte bei der NSA erwirken, dass sie einen Satelliten auf sie richtet«, schlug Joseph vor. »Der Peilsender, den mein Maulwurf am Wagen angebracht hat, funktioniert auch im Gebirge und hat eine Reichweite von dreißig Kilometern. Wir folgen ihnen in einiger Entfernung mit einer unbewaffneten Beobachtungsdrohne und warten, bis sie die CD gefunden haben. Anschließend greife ich mit meiner K-Truppe ein. Wir schnappen uns die CD und töten Kandar.«

Der General überlegte. Was Joseph vorschlug, war die beste theoretische Option. Genau das hätte er in einem zivilisierten Land getan. Aber in Afghanistan war alles anders. Das Land war ein einziges Pulverfass. Man musste mehrere Beobachtungsdrohnen einsetzen, außerdem Helikopter, ohne sich orten zu lassen. Das afghanische Terrain war schwierig, überall musste man mit terroristischen Gruppen rechnen, die binnen weniger Minuten aus Grotten oder sonstigen Verstecken auftauchen konnten. Was würde passieren, wenn seine Eingreiftruppe Kandar verfehlte? Wenn sie von Taliban angegriffen würde? Das schlimmste Szenario, das man sich ausmalen konnte, wäre, dass die CD ihren Feinden in die Hände fiel.

»General, was sollen wir tun?«

»Kein unnötiges Risiko eingehen. Schlimmstenfalls bleibt die CD dort versteckt, wo sie eben ist. Wir müssen jetzt zuschlagen, Joseph. Schnappen wir uns Kandar, sobald er Kabul verlassen hat.«

»Gut.«

»Und, Joseph: Keine Spuren. Der Angriff darf nicht den geringsten Verdacht erregen.«

»Ich habe mich bereits darum gekümmert.«

*

Den Abend vor der Reise verbrachte Osama mit Malalai. Seine Frau war sehr beunruhigt, dass er in eine Gegend fuhr, die für ihre Unwegsamkeit berüchtigt war, was in einem Land wie Afghanistan keine Worthülse darstellte. Osama lag neben ihr und genoss die Wärme, die ihr Körper ausstrahlte. Seltsamerweise fühlte er sich wohl, er hatte keine Angst. Diese Reise war der Abschluss seiner Ermittlungen. Malalais Haare rochen nach Honig und außerdem wunderbar mild nach getrockneten Früchten, er konnte den Duft nicht eindeutig identifizieren. Auf einmal bemerkte er, dass sie zitterte.

»Was ist los?«, fragte er. »Sag bloß, du hast Angst um mich?«

»Natürlich habe ich Angst! Diese Gegend wimmelt nur so von Taliban. Das sind wilde Tiere. Hast du vergessen, wie sie neulich drei Männer vor den Augen von Abdullah Abdullahs Wahlkampfbeauftragten enthauptet haben? Letztere sollen verrückt geworden sein!«

»Du musst keine Angst haben. Wir sind ja zu mehreren unterwegs. Zumindest fahren wir nicht durchs Hochgebirge. Natürlich werden wir auf Taliban stoßen, aber die fürchte ich weniger als Schnee. Ich habe meine verlässlichsten Leute dabei.«

»Hör auf, Blödsinn zu reden, Osama Kandar! Diese Taliban sind zu allem fähig, und du begibst dich mitten in ihr angestammtes Gebiet!«

»Was ich da tue, ist gar nicht so gefährlich. Auch nicht gefährlicher, als für die RAWA zu arbeiten. Erzähl mir lieber, wie das mit deinen Freundinnen läuft.«

»Der Druck auf uns wächst ständig«, murmelte sie. »Diejenigen, die Meena umgebracht haben, sind noch immer auf freiem Fuß, und ich weiß, dass sie nie gefasst werden. Eine der Frauen aus unserer Vereinigung wurde heute Morgen auf offener Straße in Faisabad mit dem Messer attackiert. Sie dachte, in der tadschikischen Zone sei sie in Sicherheit, doch die Taliban haben sie auch dort aufgespürt. Sie wurde von zwei Kaufleuten gerettet, Soldaten hatten die beiden Aggressoren einfach laufen lassen.«

Osama atmete tief das nach frischen Blumen duftende Parfum ein, das seine Frau immer vor dem Zubettgehen auftrug, eine Sitte, welche die Favoritinnen von Reza Schah den gebildeten Afghaninnen beigebracht hatten.

»Ich habe heute Nachmittag mit unserer Tochter gesprochen«, sagte Malalai schließlich. »Ich sage es dir ungern, aber sie will sich scheiden lassen.«

»Scheiden lassen? Aber … was ist denn passiert?«

»Nichts, zumindest nichts, was Charles zu verantworten hätte. Sie ist seiner einfach nur überdrüssig. Sie liebt ihn nicht mehr.«

»Das ist sehr schlimm. Sie sind doch erst seit drei Jahren verheiratet! Eine Frau darf ihren Mann nicht so zurückweisen, wenn er sich nichts hat zuschulden kommen lassen. Dazu hat sie nicht das Recht! Das ist absurd!«

Malalai schmiegte sich an ihn.

»Die jungen Leute sind nicht mehr so wie wir, Osama. Das ganze Leben zusammenbleiben – das wollen sie gar nicht mehr. In Montreal ist sowieso alles anders, das Leben hat einen schnelleren Rhythmus, die Frauen sind autark und wollen ihr Leben nach ihren eigenen Vorstellungen gestalten. Eine Scheidung ist heutzutage etwas ganz Normales.«

»Ich bin schockiert!«, stieß Osama hervor. »Was wird aus unserer Enkelin?«

»Sie wird bei ihrer Mutter bleiben. Charles wird für ein paar Monate eine Wohnung in der Nähe von Nita nehmen, und dann weiß ich auch nicht. Er wollte immer in Asien leben, ich weiß nicht, ob er in Montreal bleiben wird, um in der Nähe seiner Tochter zu sein.«

»Ich schäme mich.«

»Dir hat nicht gepasst, dass sie einen Christen geheiratet hat. Du solltest dich freuen!«

»Darum geht es nicht, er ist ihr Mann, sie darf ihn nicht ohne einen triftigen Grund verstoßen. Das verbietet unsere Religion!«

»Sie hat es aber getan. Sie hat ihre Gründe, das reicht.«

»Und wovon will sie leben? Von welchem Geld?«

Malalai stieß das glucksende Lachen aus, das Osama so sehr an ihr liebte.

»Unsere Tochter ist soeben befördert worden, sie ist jetzt Titularprofessorin an der Universität. Mit den Aufträgen im Privatsektor verdient sie viel Geld, viel mehr als wir beide zusammen.«

»Und unser Sohn, hast du von ihm was gehört?«

»Ramazan geht es gut. Er arbeitet demnächst an dem Projekt einer Firma für Wasseraufbereitungsanlagen im Süden Australiens mit. In Tasmanien, glaube ich. Er freut sich darauf.«

»Immer noch keine Heiratspläne?«

»Osama! Er ist gerade mal dreißig. Soll er sich doch noch ein wenig amüsieren!«

Osama murmelte eine undeutliche Antwort, in der von Jugendlichen die Rede war, die nicht wüssten, was für ein Glück sie hatten. Er streckte den Arm aus, um nach einem Glas Wasser zu greifen. Bei dieser Bewegung fiel das Gewehr um, das er neben das Bett gestellt hatte. Malalai schrak zusammen. Osama setzte sich auf die Bettkante und hob das Gewehr auf.

»Ärgerst du dich über die Nachrichten von deiner Tochter?«, fragte Malalai.

»Soll ich mich denn darüber freuen? Eine junge Muslimin sollte sich nicht so benehmen. Das ist nicht in Ordnung!«

»Sei nicht so hart. Unsere Kinder leben so sorglos wie alle jungen Menschen im Westen, nicht mehr und nicht weniger. Sie können sich einfach nur um sich selbst kümmern und müssen sich nicht ständig fragen, ob sie morgen wohl noch am Leben sein werden. Darin besteht ihr Glück. Sie haben die Schrecknisse dieses Landes vergessen und glauben, dass alles selbstverständlich ist. So sollte auch das Leben aller Afghanen sein, findest du nicht?«

»Ich sehe die Dinge nicht so wie du. Der Westen hat unsere Kinder verdorben, sie haben die Vorschriften unserer Religion vergessen. Ich finde, sie haben ein schlechtes Benehmen. Ich schäme mich für sie.«

»Aber nicht doch. Sie sind jung und frei!«

»Du bist doch auch frei.«

»Du machst wohl Witze! Ist es Freiheit, in einem Haus zu leben, das von bewaffneten Männern bewacht wird, oder von jenen Verrückten bedroht zu sein, die wollen, dass wir wieder wie im Mittelalter leben?! Weißt du«, sagte Malalai mit trauriger Stimme, »manche träumen von Luxusautos, von marmornen Fußböden und Kreuzfahrten rund um die Welt … Ich dagegen möchte einfach nur mit meinem Mann im Bett liegen können, ohne dass ein Gewehr oder eine Granate in Reichweite ist.«

»Nicht in diesem Leben«, erwiderte Osama. »Aber das ist nicht meine Schuld.«

»Ich weiß.«

Osama schlug die Bettdecke zurück. »Ich werde jetzt beten.«

Malalai klammerte sich an seinen Rücken und zog ihn fest an sich. »Osama, bleib bitte hier! Diese Nacht gehört uns. Vielleicht ist es die letzte! Du kannst morgen vor der Abfahrt beten.«

Nach kurzem Zögern legte Osama sich wieder hin. Später, als er nicht einschlafen konnte und der regelmäßige Atem seiner Frau die Stille des Raumes erfüllte, spukte der Satz unentwegt in seinem Kopf: »Diese Nacht gehört uns.« Ob er weitere Nächte wie diese erleben durfte? Im Dunkel sagte er leise sein Gebet auf und flehte Allah an, er möchte ihm bei der Erfüllung seiner Mission beistehen.

15

Inmitten der amerikanischen Basis in Bagram gab es eine geschützte Zone. Nur bestimmte Soldaten der Spezialeinheiten, der CIA oder anderer Spionagedienste mit einer besonderen Erlaubnis durften das Areal hinter der doppelten Betonmauer mit dem Stacheldraht betreten. Eine Tür mit einem Erkennungssystem mittels Fingerabdruck war der einzige Zugang, der Tag und Nacht von bis an die Zähne bewaffneten Rangers bewacht wurde. Dahinter, in einem unscheinbaren Gebäude, das mit sandverfugten Platten bedeckt und mit Antennen ausgerüstet war, verfolgte eine handverlesene Schar von Bediensteten die geheimen Erkundungs- und Einsatzflüge der Predator-Drohnen. Etliche davon waren lediglich mit Kameras ausgestattet, andere hatten dagegen auch ein oder zwei hochentwickelte Hellfire-Raketen an Bord, die selbst einen Panzer zerstören konnten. In einem Raum der Kommandozentrale hatte ein Operator seit zwei Tagen die Aufgabe, die Verfolgung eines Fahrzeugs zu überwachen. Er wusste weder, um welche Art von Fahrzeug es sich handelte, noch wer am Steuer saß, er hatte noch nie etwas von *Qoumaandaan* Kandar gehört, das Fahrzeug war für ihn lediglich eine Ziffernkombination, AXX 74. Er warf einen Blick auf die Wanduhr. Um diese Uhrzeit war es sicherlich möglich, eine Rakete abzufeuern, ohne einen Kollateralschaden zu riskieren. Eine phantastische Gelegenheit. Er rief einen zweiten Mann zu sich herüber, der ebenfalls im Raum war, einen jungen Mann Anfang zwanzig mit kahlrasiertem Schädel.

»Bryan, ist Wega 31 bereit zum Abflug?«

»Auf Stand-by im Emergency-Modus. Wie immer.«

»Lass ihn starten.«

In diesem Moment ging die Tür auf. Joseph trat ein, gefolgt von Amin. Joseph zog ein Blatt Papier aus der Tasche, auf dem eine Serie mit Ziffern und Buchstaben stand. Der Geheimcode der Operation. Der Operator überprüfte ihn, dann blickte er zu den gerade hereingekommenen Personen auf.

»Ich rufe meinen Supervisor an. Setzen Sie sich.«

Der Operator griff nach seinem Telefon. Sie hörten ihn leise in den Hörer sprechen.

»Sir, erbitte Schießerlaubnis für ein nicht militärisches Ziel mit *Top Priority*. Habe gerade einen *Finder* mit der Genehmigung eines Oberbefehlshabers erhalten. Zwei Zivilisten mit einem Zugangscode sind gerade hereingekommen.«

»Ich bin in fünf Minuten da«, ließ der Mann am anderen Ende der Leitung vernehmen.

Der Verantwortliche war ein Afroamerikaner in den Vierzigern, er trug eine Uniform, hatte ebenfalls einen rasierten Schädel und einen dichten Schnurrbart und war kräftig gebaut. Seine Uniform wirkte neutral und gab keinen Aufschluss über seinen Dienstgrad. Nachdem er Joseph und Amin mit einem Kopfnicken begrüßt hatte, las er interessiert den Abschussbefehl durch. Er kam von seinem direkten Vorgesetzten, einem ehemaligen Offizier im Rang eines Obersts, der absolute Befugnis hatte, eine »schmutzige« Operation, das heißt eine zielgerichtete Ermordung, durchzuführen. Das Dokument war ein sogenanntes weißes Blatt, ein Befehl ohne offiziellen Briefkopf, ohne Stempel, ja selbst ohne die unerlässliche Archivierungsnummer. Er verstand sofort, worum es sich handelte: Das Dokument würde nach dem Raketenabwurf vernichtet werden, was bedeutete, dass die Aktion niemals stattgefunden hatte.

»Welche Drohne kommt zum Einsatz?«, fragte er den Operator, obwohl er die Antwort bereits kannte.

»Wega 31. Sie ist gerade gestartet und jetzt im Warteflug.«

Eine Angriffsdrohne, die angeblich ein paar Monate zuvor abgestürzt war. Sie befand sich mittlerweile in einer Art No Man's Land für Geheimoperationen, von denen die Agenten bisweilen mit ehrfürchtigem Tremolo in der Stimme sprachen.

»Wissen Sie, wer das Ziel ist?«, fragte er Joseph.

»Ein Maulwurf der al-Qaida in den afghanischen Sicherheitsorganen. Ein absolutes Dreckstück.«

Gelassen steckte der Offizier das Dokument ein.

»Na schön, lassen wir uns die Gelegenheit nicht entgehen, ihm den Garaus zu machen. Ich bestätige den Abwurfbefehl. Leiten Sie den Predator um, bringen Sie ihn hinter dem Fahrzeug in Position, minimale Geschwindigkeit, Flughöhe sechstausend Kilometer.«

»Verstanden, Sir«, sagte der Operator.

Joseph zog Amin unauffällig am Ärmel zu einem der Pulte hin. Eine ausgefeilte Apparatur mit Mikrofon, Kopfhörer, einer Kamera und zwei weiteren kleineren Bildschirmen – fünf Zoll – war über dem Hauptbildschirm angebracht. Eine Reihe von Ziffern und Buchstaben erschien, gleich darauf reale Bilder, die der Predator aufgenommen hatte. Die Infrarotkameras zeigten ihnen die beiden Fahrzeuge, die rasch dahinfuhren, einen Geländewagen und einen Pick-up.

Der Operator, ganz auf den Bildschirm konzentriert, rief munter: »Da sind sie. Sind Sie bereit?«

»Ja«, sagte Joseph.

»Wie wollen Sie eine derartige Aktion vertuschen?«, flüsterte Amin. »Der Beschuss wird Spuren hinterlassen. Die Afghanen werden die Trümmer untersuchen.«

Joseph bedachte ihn mit einem Blick aus seinen stechenden Augen.

»Wir verwenden Vikhr, russische Flugkörper, anstelle der üblichen Hellfire-Raketen. Das sind sehr leistungsstarke Panzerabwehrraketen. Sie fliegen sechshundert Meter pro Stunde und haben einen ganz besonderen Sprengstoff an Bord, den nur die Russen produzieren. Auf diese Weise fällt bei einer Untersuchung kein Verdacht auf uns.«

»Haben Sie keine Angst vor Journalisten?«

Joseph lächelte. »Wir werden die Spuren der Operation tilgen. Ich habe bereits alles in die Wege geleitet. Wir bezahlen etwa dreißig Leute aus dem Kontingent der Albaner dafür. Sie haben die Ausrüstung für eine komplette Reinigung. Ich habe die Männer und ihr Material angemietet. Zweitausend Dollar pro Mann, dreißigtausend für ihren Hauptmann, siebzigtausend für den Oberst an der Spitze ihres Regiments. Alles cash. Das ist genügend Kohle, damit sie tun, was ich will, aber nicht so viel, damit sie begreifen, wie wichtig die Operation im Grunde ist. Sie werden von fünf K-Männern flankiert. Wir werden die Leichen und die Fahrzeugwracks einsammeln und gehen dann noch einmal mit dem Hochdruckreiniger darüber. Auf diese Weise wird niemand erfahren, was passiert ist.« Er sah auf die große Wanduhr. »Sie sind vor einer Stunde losgefahren. Die Reinigungsfahrzeuge sind langsamer als Kandars Konvoi, aber sie werden in weniger als fünfundvierzig Minuten an der Stelle des Angriffs sein. Die Operation ist komplett durchgeplant, Amin. Davon kannst du was lernen!«

»Ja, Chef!«

»Ziel auf dem Radar«, meldete der Operator plötzlich. »Bereit zum Beschuss. Ich sehe ein DSchk auf der Ladefläche des hinteren Fahrzeugs. Es ist ein Begleitfahrzeug, im vorderen Fahrzeug muss ein Offizieller sitzen. Sind Sie sicher, dass das unser Ziel ist?«

»Ziel bestätigt. Der Wagen ist seit Tagen mit einem Peilsender ausgestattet«, erwiderte Joseph mit eisiger Stimme.

»Abschussvorrichtung ausfahren«, befahl der Verantwortliche. »Drohne auf tausend Meter Flughöhe absenken.«

»Vikhr bereit«, teilte der Operator mit.

»Wir können die aktive Phase einleiten«, sagte der Verantwortliche. »Bitte bestätigen.«

Auf dem Bildschirm waren die beiden Fahrzeuge am Straßenrand stehen geblieben – ihr Todesurteil war besiegelt.

»Schießen!«, befahl Joseph.

»Wega 31 feuerbereit, entsichert. Bestätige den simultanen Abschuss der beiden Vikhr«, meldete der Operator mit neutraler Stimme. Er öffnete eine Plastikklappe über seiner Abschusskonsole. Dahinter befand sich ein simpler Schalter aus glänzendem Metall. Joseph verfolgte alles mit seinem starren Blick, er wirkte wie hypnotisiert. Der Operator wusste, dass seine bevorstehende Handlung den Abschuss einer Rakete mit hoher Sprengkraft auslöste, deren Stahlhülle in Tausende weißglühender Splitter zerbarst, die scharf wie Rasierklingen waren. Er drückte auf den Schalter.

»Raketenabschuss erfolgt«, meldete er in einem Tonfall, der diesmal eine gewisse Erregung spüren ließ.

Wie in einem Hollywoodfilm hüllten zwei Kondensstreifen den Predator ein. Die russischen Raketen schossen auf ihr Ziel zu.

Osama war auf dem Beifahrersitz des Geländewagens eingenickt. Dschihad saß am Steuer, da er der beste Fahrer des Teams war, Gulbudin und Rangin schliefen tief und fest auf dem Rücksitz, ihr Gewehr im Arm. Als Begleitschutz folgte ihnen der Pick-up; Abdul und ein Polizist saßen im Fahrerhaus, die beiden Mudschaheddin-Cousins von Osama auf der Ladefläche. Plötzlich stieß Dschihad einen Fluch auf Dari aus.

»Was ist los?«, fragte Osama.

»Das linke Vorderrad schlingert.«

Dschihad parkte am Straßenrand. Rangin und Gulbudin fuhren alarmiert aus dem Schlaf hoch, als Osama ausstieg, und folgten ihm. Der Geländewagen neigte sich stark zu einer Seite hin, der Vorderreifen war vollkommen aufgeschlitzt.

»Wir müssen über ein Metallteil gefahren sein«, brummte Dschihad. Sein Blick fiel auf das Wrack eines russischen Panzers. »Wahrscheinlich mal wieder ein Stück von einer Panzerkette, das schneidet sich in die Reifen, als wären sie aus Butter.«

Osama streckte sich. »Ich werde beten gehen, heute Morgen werden wir nicht mehr oft Gelegenheit dazu haben. Wer kommt mit?«

Abdul und die drei Hazara entschuldigten sich, da sie Dschihad beim Reifenwechsel helfen wollten. Osama entfernte sich, gefolgt von Gulbudin und Rangin. Osama breitete seinen Gebetsteppich in einiger Entfernung von den beiden Fahrzeugen aus, besann sich dann aber. Der Lärm der Männer beim Reifenwechseln war der Sammlung zum Gebet nicht gerade förderlich.

»Lasst uns nach dort drüben gehen und passt auf, wegen der Minen«, sagte Osama. »Bleibt dicht bei mir, auf der Straße.«

Nach fünfzig Metern blieb er stehen, befand die Stelle für geeignet, rollte seinen Teppich aus und kniete sich nieder. Seine beiden Mitarbeiter folgten seinem Beispiel. Sie hatten kaum die Augen zum Gebet geschlossen, als eine riesige Explosion ertönte. Die heiße Druckwelle warf sie nieder, während der Knall ihre Trommelfelle beinahe platzen ließ. Osamas *Shalwar qameez* fing Feuer. Er konnte gerade noch die Flammen ersticken, indem er sich auf dem Boden hin und her wälzte, dann verlor er das Bewusstsein. Als er wieder zu sich kam, standen die beiden Fahrzeuge in Flammen. Panisch schüttelte er Rangin.

»Was ist passiert?«, stöhnte sein Mitarbeiter benommen.

»Wir wurden angegriffen«, sagte Osama.

Mit schmerzverzerrtem Gesicht rappelte Rangin sich hoch. Die Umgebung war menschenleer, niemand war gekommen, um ihrem Leben ein Ende zu machen. Sie waren nicht in einen Hinterhalt der Taliban geraten. Eine Mine oder ein IED kamen auch nicht in Frage, denn sie standen ja immer noch auf zwei Beinen. Auf einmal begriff er: Sie mussten von dem Geschoss einer Drohne oder eines Helikopters getroffen worden sein. Eine beliebte Methode – unzählige Taliban waren auf die Art und Weise ausradiert worden. Man hatte sie unterschiedslos wie gemeine Terroristen beschossen, während sie doch nur ihre Arbeit verrichteten. Er beugte sich über den reglos daliegenden Gulbudin.

»Gulbudin, wach auf!«

Als sein Assistent nicht antwortete, drehte Osama ihn um. Gulbudin hatte kein Gesicht mehr: Ein Metallteil war ihm in den Schädel eingedrungen und hatte ihm ein Auge und den Kiefer weggerissen. Entsetzt ließ er den Leichnam los.

»*Hajj,* was sollen wir tun?«, schrie Rangin völlig außer sich.

Die beiden Fahrzeuge waren zerstört, zwei brennende Wracks.

»*Qoumaandaan,* was sollen wir jetzt tun?«, wiederholte er keuchend.

Osama ließ den Blick über die grauenvolle Szenerie schweifen. Im Umkreis von zehn Metern lagen überall verstreut Körperteile, zwei schwarze Silhouetten verbrannten im Pick-up, die Flammen prasselten, immer wieder platzte glühendes Plastik mit einem Knallen. Plötzlich hörte er ein leises, kaum wahrnehmbares Brummen. Die Drohne kam wieder zurück!

Er warf sich auf Rangin und drückte ihn zu Boden.

»Beweg dich nicht!«, befahl er. »Sie kommen zurück, um nachzusehen, ob wir auch wirklich tot sind.«

»Wer denn?«, schrie Rangin.

»Sei still, sonst sind wir tot.«

In der Kommandozentrale wandte sich der Operator an Joseph.

»Melde zwei Treffer. Soll ich die Drohne umkehren lassen?«

»Nein, sie soll ganz nah heranfliegen, wir wollen sichergehen, dass niemand überlebt hat.«

»Okay, Sir. Das ist für die Maschine ein Kinderspiel.«

Der Operator griff nach dem Joystick und ließ den Predator eine große Schleife fliegen. Zwei Minuten später flog die Drohne direkt über den beiden Fahrzeugwracks. Wegen des Rauchs, der von ihnen aufstieg, war die Sicht mittelmäßig.

»Man sieht gar nichts«, brummte Joseph.

»Das ist immer so. Ich sehe aber genug, um bestätigen zu können, dass beide Fahrzeuge getroffen wurden. Sie sind komplett zerstört.«

»Sehen Sie Leichen?«

»Nicht so einfach bei dem Rauch, sie hatten vermutlich Kanister mit Diesel bei sich. Ich kann aber einzelne Leichenteile sehen«, sagte der Operator. »Schauen Sie hier, das sind Beine. Und das da, ein Rumpf.«

»Hm.«

Der Predator flog eine zweite seitliche Schleife. Der Rauch hatte sich ein wenig verzogen.

»Vor dem ersten Fahrzeug sehe ich drei Körper.«

»Bewegen Sie sich?«

»Nein. Sie sind tot.«

»Lassen Sie den Predator noch ein Stück tiefer fliegen«, befahl Joseph. »Wenn sie noch am Leben sind, werden sie in Panik geraten.«

Der Operator bediente den Joystick. Sie sahen auf dem Bildschirm, wie die Drohne langsamer wurde und dann steil nach unten flog. Der riesige Flugkörper schwebte nur wenige Meter über den Körpern vorbei. Die Drohne vollführte eine weitere Schleife, um eine Reihe von Fotos schießen zu können.

»Sie haben sich nicht bewegt«, teilte der Operator mit. »Nichts, keine einzige Bewegung. Sie waren auf der Stelle tot.«

»Gut. Dann haben sie das bekommen, was sie verdienten«, sagte Joseph.

»Lassen wir die Drohne auf der Stelle umkehren«, verkündete der Verantwortliche. »Wir können nicht das Risiko eingehen, dass jemand sie ortet.«

Zum ersten Mal zeigte Joseph Anzeichen von Nervosität.

»*No, Sir*. Sie muss warten, bis die Bodentruppe eingetroffen ist.«

»Die Russen und die Chinesen überwachen diese Gegend, mal ganz abgesehen von den Pakistanis, den Türken und den Iranern. Die Franzosen haben zwei Flugzeugträger und können Flugzeuge abfangen. Diese Maschine hier gibt es offiziell gar nicht. Sie müssen sie so schnell wie möglich zur Basis zurückkehren lassen, bevor sie irgendjemand entdeckt.«

»Wir können das Risiko nicht eingehen, dass ein Verletzter

entkommt. Warten wir, bis meine Truppen eintreffen, sie werden in einer halben Stunde da sein.«

»So ist nun mal die Vorschrift, Sir«, erwiderte der Offizier, »ich habe die Anweisung, sie zu befolgen. Auch bei Operationen, die offiziell nie stattgefunden haben, gibt es Vorschriften.«

»Eine absurde Vorschrift!«, fauchte Joseph.

»Ich habe sie nicht erfunden.«

Joseph spürte, dass er ihn nicht umstimmen konnte. Er machte auf dem Absatz kehrt.

»Es wird, wie vorgesehen, keinen offiziellen Bericht geben«, rief der Offizier in seinem Rücken. »Sie werden die Informationen, welche auch immer, selbst an Ihre Vorgesetzten weitergeben!«

Amin folgte Joseph. Der Verantwortliche zerriss gerade ostentativ den Befehl in kleine Konfettischnipsel. Er sah zu, wie sie in einem kleinen Wirbel im Papierkorb landeten.

Osama ließ Rangin wieder los und atmete tief durch. Es hatte ihn Kraft gekostet, seinen jungen Kollegen zu Boden zu drücken. Doch er hatte gut daran getan: Er war überzeugt davon, dass die Drohne zurückgeflogen war, um Bilder von ihnen aufzunehmen; mochte man sie für tot halten. Langsam erhob er sich. Sie sahen erbärmlich aus in ihren zerrissenen Kleidern, mit ihren von Blut und Schweiß verschmierten Gesichtern.

»Bist du verletzt, Rangin?«

»Nein, *Qoumaandaan*.«

»Wir haben keine Waffen mehr«, stöhnte Osama. Immerhin aber war seine kleine Reisetasche auf wundersame Weise der Explosion entgangen – und damit der Umschlag mit den Dollars, die ihm der Justizminister gegeben hatte. Er sah sich um und erblickte einen kleinen Feldweg, der auf einen Hügel führte.

»Gehen wir da lang, vielleicht liegt dort ein Dorf. Ich möchte nicht auf der Landstraße weitergehen.«

Die beißende Kälte erleichterte ihnen den Aufstieg nicht unbedingt, und der Kummer über den Verlust ihrer engsten Kollegen lähmte sie. Nach einigen Hundert Metern brach Rangin schluchzend zusammen.

»Dschihad – er war wie ein Bruder für mich. Er hat es nicht verdient zu sterben, und ich verdiene es nicht, am Leben zu sein!«

Osama half ihm auf.

»Wir werden unsere Freunde später beweinen, *Inshallah*. Im Augenblick müssen wir uns in Sicherheit bringen. Los, komm!«

Osamas grüne Augen leuchteten unglaublich intensiv. Rangin spürte die wilde Entschlossenheit seines Chefs, sie übertrug sich auf ihn. Wie elektrisiert hastete er hinter ihm den steilen Hang hinauf. Nach einem halbstündigen strammen Marsch erreichten sie den Gipfel des Hügels. Osama hielt einen Moment lang inne, gepackt vom Anblick der grandiosen Landschaft, die sich vor ihnen erstreckte. Ockerfarbene Berge, soweit das Auge reichte, im Licht der aufgehenden Sonne nahmen sie einen purpurnen Schimmer an. Er deutete auf Scheinwerfer, die in einigen Kilometern Entfernung unten im Tal das Dunkel durchbohrten: eine Kolonne von etwa zehn Fahrzeugen.

»Schnell, wir müssen auf die andere Seite hinüber.«

Auf der Rückseite des Hügels lag ein armseliges Dorf, das ein paar Bauernhäuser und eine kleine Moschee zählte. Osama fiel ein alter Lada Shiguli auf. Mit diesem Wagen könnten sie vielleicht nach Kandahar gelangen und dort einen Geländewagen leihen, der sie an ihr Endziel brachte. Sie beschleunigten ihre Schritte, getrieben von Wut und dem Drang, sich vor ihren Verfolgern in Sicherheit zu bringen. Nach zwanzig Minuten, die sie beinahe gerannt waren, erreichten sie das Dorf. Osama war kaum außer Puste, während Rangin die dünne Luft im Gebirge schwer zu schaffen machte, er keuchte heftig. Osama ging auf das größte Haus zu, das nicht weniger verfallen war als die übrigen. Eine Frau war gerade dabei, ihre Notdurft zu verrichten, eine Handvoll flacher Steine in Reichweite. Als sie die beiden Männer erblickte, bedeckte sie ihr Gesicht mit dem Schleier, ohne jedoch ihre Tätigkeit zu unterbrechen. Osama hatte einmal einen Bericht aus der Feder eines englischen Diplomaten gelesen, in dem es hieß, das einzig moderne Element in diesem Afghanistan sei die Kalaschnikow. Das Afghanistan der Berge war eine rohe, gewalttätige Welt. Osama klopfte an die Tür. Kurz darauf erschien ein feindseliges Gesicht im Türspalt.

»*Salamu alaikum, manda na bashi.* Der Friede sei mit dir, mögest du niemals müde sein. Dein Körper sei stark, deine Familie kräftig«, begann Osama.

Der Mann antwortete ihm, die Hand aufs Herz gelegt. Als sie ihre Begrüßungsformeln ausgesprochen hatten, zog der Mann die Tür ein wenig weiter auf.

»Ich komme aus Kabul«, erklärte Osama, »ich bin *Qoumaandaan* einer Polizeieinheit. Auf meinen Wagen wurde eine Rakete abgeschossen, die meine Männer getötet hat.«

»Warum wollte man dich töten? Bist du ein Taliban?«, fragte der Mann.

»Nein. Ich bin nur ein *Pules,* der versucht, seine Arbeit zu tun. Man will mich daran hindern, aber ich habe nichts mit den Taliban zu tun. Und auch nicht mit der Regierung Karzai.«

»Werden die *Kuffār* hierherkommen?«

»Vielleicht.«

Der Mann ließ sie eintreten. Sie folgten ihm ins Wohnzimmer. Der Dorfälteste klatschte in die Hände, sogleich erschien ein Kind und nahm den Befehl entgegen, Tee, Brot und gesalzenen Joghurt zu bringen. Mit einer Geste forderte der Alte Osama und Rangin auf, sich zu setzen.

»Wenn die Soldaten hierherkommen, verstecken wir euch in einem Geheimraum, unter der Küche«, verkündete der Mann, der ihnen Einlass gewährt hatte. »Viele Männer haben sich während der russischen Besatzung dort versteckt.«

Sie tranken den Tee und verschlangen gierig das Brot und

den Joghurt, den man ihnen servierte. Allmählich kehrte wieder Farbe in Rangins Gesicht zurück, und Osama entspannte sich ein wenig. Die Möblierung in dem Haus war armselig, Teppiche aus grober, farbloser Wolle lagen auf dem Boden, es gab eine Truhe, abgewetzte Kissen, einige bemalte Holzkisten, in denen der Koran und die wenigen kostbaren Objekte der Familie Platz fanden. Ein einziges Foto hing an der Wand, auf dem zwei traditionell gekleidete junge Männer posierten, die Kalaschnikow über der Schulter, im Hintergrund Soldaten auf einem Panzer. Alle lächelten ins Objektiv.

»Meine Söhne«, sagte der Dorfälteste, der Osamas Blick gefolgt war. »Sie sind beide tot.«

Eine Stunde nach ihrer Ankunft stürzte ein Nachbar herein und flüsterte dem Dorfvorstand aufgeregt etwas ins Ohr.

»Die beiden Wagen am Straßenrand, die in Flammen aufgegangen sind, waren das eure?«, fragte der Alte.

Osama nickte.

»Sie wurden offenbar von einigen Männern inspiziert, die in mehreren Lastwagen kamen. Es sind Nazarener, aber keine amerikanischen Soldaten, sie tragen dieselben Uniformen wie die russischen Speznas. Einige sind unterwegs ins Dorf, sie werden in zehn Minuten hier sein, ihr müsst euch verstecken.«

Der Alte führte sie in die Küche. Zusammen schoben sie den Heizkessel beiseite, der mit Kuhfladen beheizt wurde. Der beißende Geruch war unerträglich. Eine Falltür kam zum Vorschein. Osama stieg als Erster hinab, Rangin hinterdrein. Das Versteck war winzig, maximal fünf Quadratmeter. Es lagen abgenutzte, modrige Decken herum. Rangin kniete sich mit einer schmerzverzerrten Geste hin, während sich über ihnen die Falltür schloss. Dann wurde der Kessel mit einem schabenden Geräusch wieder an seinen Platz gerückt. Nun war es stockfinster. Wenig später hörten sie über ihren Köpfen die Schritte von schweren Stiefeln. Jemand sprach Englisch mit einem eigenartigen Akzent, den Osama nicht identifizieren konnte. Nach einer Weile verebbten die Stimmen und Geräusche, bis sie schließlich völlig verstummten. Viel später wurde der Ofen geräuschvoll beiseitegeschoben und die Falltür geöffnet. Osama blickte in das vergnügte Gesicht des Dorfältesten.

»Ihr könnt wieder herauskommen.«

»Sind sie weg?«, fragte Rangin.

»Sie suchen in der Umgebung nach euch. Sie sagen, zwei Terroristen seien entflohen.«

»Haben Sie unsere Namen genannt?«, fragte Osama.

»Nein, sie haben nur von zwei Taliban gesprochen.«

Osama klopfte sich den Staub ab. Die Killer wussten also nicht, wer überlebt hatte, die Leichen am Schauplatz waren zu verstümmelt gewesen, um sie zu identifizieren.

Doch sie waren Profis, und sie würden die ganze Gegend nach ihnen abkämmen. Rangin und er würden eine parallele Straße einschlagen müssen, was länger dauerte und ein erhöhtes Risiko bedeutete, auf eine Mine zu stoßen. Doch es blieb ihnen keine andere Wahl. Sie mussten dieses Risiko in Kauf nehmen, wollten sie nicht aufgespürt werden.

»Ich muss nach Kandahar«, sagte Osama schließlich. »Kannst du mir dein Auto leihen und einen Fahrer zur Verfügung stellen? Ich zahle dir das Benzin und eine Entschädigung.«

Er brauche keine Entschädigung, rief der Dorfälteste, er sei stolz darauf, seinem in Not geratenen Bruder helfen zu dürfen. Er beauftragte seinen Sohn, dem das Auto gehörte, die beiden zu fahren. Sie brachen sofort auf. Von dem Sohn erfuhr Osama, dass er bei einem Fleischhändler in Kabul arbeitete und sein Job darin bestand, die Hirten der Umgebung abzuklappern und ihnen Fleisch abzukaufen, das weniger kostete als auf dem Viehmarkt. Er war in den Vierzigern, hatte einen schlauen Blick und zwei Frauen. Die zweite hatte er von seinem Lohn gekauft, tausendfünfhundert Dollar und nur zwei Ziegen, denn sie war günstig angeboten worden: Sie hinkte, und es fehlten ihr fünf Zähne.

Nachdem sie mit zwanzig Stundenkilometern eine halbe Stunde über holprige Pisten gefahren waren, erreichten sie die asphaltierte Straße, die zum Ort des Überfalls führte. Osama stellte überrascht fest, dass die beiden Wracks entfernt worden waren. Die Straße war gründlich gesäubert worden, lediglich ein einsames rußgeschwärztes Metallstück hatte man übersehen. Natürlich besaß der ANA eines seiner Hauptquartiere in wenigen Hundert Kilometern Entfernung, aber nur die NATO verfügte über die erforderlichen logistischen Mittel, um so rasch und effizient eingreifen zu können. Die Soldaten, die sie verfolgt hatten, sprachen jedoch mit Akzent und trugen keine offiziellen Uniformen. Wer waren sie? Spezialeinheiten, die anonym vorgingen, oder Söldner?

»Wie weit ist es bis Kandahar?«, fragte er.

»Knapp fünfhundert Kilometer. Man braucht acht oder neun Stunden auf der normalen Straße, und die Nebenstraße ist nicht gut befahrbar, vor allem anfangs«, antwortete der Sohn des Dorfältesten.

Die Fahrt auf der mit Schlaglöchern übersäten Nebenstraße war noch schlimmer als angekündigt. Mehrere Male hielten sie an, um zu beten und sich zu erholen. Gegen achtzehn Uhr fragte der Sohn, ob sie in Qalat übernachten wollten. Osama hatte kein großes Bedürfnis, in diese Stadt zu fahren, die nicht sehr weit vom Ort des Überfalls lag. Möglicherweise wartete man dort auf sie. Er bat darum, ein verlassenes Dorf zu suchen. Sie befanden sich in einer Gegend, die nur von Paschtunen bewohnt war, und die galten unbestritten als das gastfreundlichste Volk der Afghanen. Doch es tat sich kein Dorf in der Nähe der Straße auf, und so entschied Osama, dass sie alle im Auto übernachteten. Er schlief schlecht. Er hoffte, dass die Nachricht von seinem Tod nicht zu Malalai gedrungen war. Vor seiner Abreise hatte er sowohl seiner Frau als auch Reza mitgeteilt, dass er vier oder fünf Tage nicht anrufen werde, damit seine Feinde ihm nicht auf die Spur kamen.

Am nächsten Morgen, sobald es hell wurde, setzten sie die Fahrt fort.

Sie ließen zunächst Qalat hinter sich, eine bedeutende Stadt, verfügte die Armee doch dort über eine große Garnison. Dann Jaldak, das nur ein verschlafener Marktflecken war, auch wenn die Taliban vor 2001 dort eines ihrer Hauptquartiere hatten. Die Straße war noch von den wilden Kämpfen gezeichnet, die einst stattgefunden hatten. Schließlich, kurz nach vierzehn Uhr, passierten sie die Stadtgrenze von Kandahar, der alten Hauptstadt der Taliban. Seit jeher war die Stadt ein Schlupfwinkel islamistischer Milizionäre, daran hatten auch die vielen Millionen nichts geändert, die in den Wiederaufbau gepumpt worden waren. Osama fragte sich, wie viel davon wohl in die Taschen des Innenministers und anderer korrupter Politiker gewandert war, die das Land schamlos plünderten. Die Spannung war mit den Händen greifbar. Überall sah man Soldaten, hingegen kaum eine Frau, die wenigen, die sich auf die Straße trauten, hasteten stets paarweise vorüber, den Kopf unter ihrer Burka gesenkt. Die Zivilisten wirkten feindselig oder eilten mit angsterfülltem Gesichtsausdruck vorbei. In Kandahar hatten die Taliban bereits gewonnen: Die Stadt gehörte ihnen, den offiziellen Fahnen, die überall wehten, zum Trotz.

»Wohin wollen Sie?«, fragte der Fahrer.

Osama wusste es selbst nicht genau. Er hatte noch nie so viele buschige Bärte gesehen, seine Feinde waren überall. Sehr rasch stellte er fest, dass hier keine einzige Frau Auto fuhr. Kandahar war die strengste Stadt Afghanistans, eine Hochburg des konservativsten Islamismus. Niemals würde er unauffällig einen Wagen mieten können. Als er an ein Gespräch dachte, das er kürzlich mit Malalai geführt hatte, kam ihm plötzlich ein Gedanke.

»Fahren Sie zum Kommissariat«, befahl er.

»Aber Sie sagten doch, wir sollten es meiden«, wandte Rangin ein.

»Ich habe es mir anders überlegt. Vertrau mir.«

Der junge Polizist machte ein mürrisches Gesicht. Inmitten dieser Volksmenge, der jede Art von Modernisierung ein Dorn im Auge war, fühlte er sich mit seinem westlichen Haarschnitt, seinem glattrasierten Gesicht und dem in die Hose gestopften Hemd sehr fremd.

»Zieh deine Kurta heraus«, sagte Osama zu ihm. »Ich werde uns einen Turban besorgen.«

Er kaufte zwei Umhänge, zwei Gebetsketten und zwei Turbane in einem kleinen Lädchen an der Herat Sarak, der großen Arterie, welche die Stadt zweiteilte. Wenig später hielt ihr Fahrer vor dem Kommissariat. Eine nagelneue Inschrift auf dem Giebel verkündete auf Englisch »ANP, *Afghan National Police*«. Osama bemerkte, dass das Schild von Kugeln durchsiebt war. Eine nette Nachbarschaft … Er betrat das Gelände.

»Ich möchte mit Frau Hauptmann Kukur sprechen.«

»Wer will sie sprechen?«

»Der Ehemann von Malalai, ihrer Freundin aus Kabul.«

Kukur war die einzige Frau bei der Polizei in Kandahar. Mehrmals war sie den Taliban entkommen, die versuchten, sie zu töten, um ein Exempel zu statuieren. Nach dem Sturz des Regimes war es ihr gelungen, ihren Job wieder anzutreten, und sie war sogar befördert worden, weshalb sie nun den Rang eines Offiziers innehatte. Sie trug stets einen Schlagstock und einen Revolver bei sich, sah sich aber, wie alle Frauen in Kandahar, zum Anlegen einer Burka verpflichtet, sobald sie das Hauptquartier der Polizei verließ. Ihr Kampf für die Frauenrechte war im ganzen Land bekannt. Malalai hatte ihr erzählt, dass sie Mitglied der RAWA geworden war, die beiden hegten großen gegenseitigen Respekt und bewunderten einander für ihr Engagement.

Osama wurde in einen winzigen Raum geführt. Officer Kukur saß hinter einem Holzschreibtisch. Osama fiel sofort die Pistole neben dem Rechner auf, der mit einem Wifi-Router verbunden war. Das Geld der Schutztruppe gelangte also nicht nur nach Kabul. Officer Kukur trug einen schlichten *Hijab* und ein weites Gewand, das ihre Formen verhüllte. Ihre Hände waren mit zahlreichen Ringen bestückt, einer davon war mit Henna tätowiert. Sie wirkte sehr dynamisch, mutig und intelligent, aber wie konnte es auch anders sein bei einer Frau, die es wagte, den Taliban mitten auf ihrem Gebiet die Stirn zu bieten?

»Können wir offen sprechen?«, fragte Osama leise. »Es ist sehr wichtig.«

Sie musterte ihn überrascht.

»Ja. Meine Gegner sind zahlreich, aber sie sind technisch nicht gut genug ausgestattet, um Mikrofone einzusetzen. Übrigens ist ihnen egal, was ich sage oder tue, denn ich bin ja nur eine Frau, ein minderwertiges Wesen. Was zählt, ist lediglich meine Existenz, weshalb sie mich früher oder später auch umbringen werden.«

Osama musste schlucken. Er lehnte die Tür an, weil er nicht wollte, dass man ihr Gespräch mithörte, doch sie zu schließen war unmöglich, denn eine Frau und ein Mann, die nicht verheiratet waren, hatten nicht das Recht, sich in ein und demselben Raum einzuschließen. Er setzte sich auf einen wackeligen Stuhl.

»Sind Sie Malalais Ehemann?«, murmelte sie.

»Ja, der bin ich. Osama Kandar, *Qoumaandaan* des Hauptkommissariats von Kabul«, antwortete er so leise, dass sie sich vorbeugen musste, um ihn zu verstehen.

»Malalai hat mir erzählt, Sie seien der schönste Mann Afghanistans. Ich muss sagen, das stimmt!«

Osama spürte, wie er errötete. Officer Kukur brach in Lachen aus.

»Was wollen Sie? Und weshalb so geheimnisvoll?«

Vorsichtig schilderte Osama ihr seine Situation, ohne zu erwähnen, wohin er unterwegs war. Als er seinen Bericht beendet hatte, wusste er sofort, dass sie ihm helfen würde.

»Sie lieben die Gefahr, *Qoumaandaan*!«

»Mir bleibt keine andere Wahl.«

»Verstehe.« Sie breitete die Arme aus und deutete auf das nackte Büro, in dem sie arbeitete. »Vielleicht entsteht im Zuge unserer Aktion ein neues Afghanistan. Ein freies, der Moderne zugewandtes Land, ohne Fundamentalisten, ohne Korruption.«

»Jetzt spielen Sie aber mit dem Feuer!«

Sie mussten beide lachen. Doch dann wurde Kukur wieder ernst.

»Ich nehme an, Sie brauchen einen Geländewagen, einen Fahrer, ein oder zwei Bodyguards?«

»Genau so ist es.«

»Der Wagen, das ist kein Problem, da nehmen Sie einfach meinen. Was den Fahrer und die Bodyguards angeht, so ist das schon schwieriger. Niemand ist hier wirklich sicher. Aber ich kenne einen jungen Mann, der ihnen helfen könnte. Auf den kann man sich verlassen, er ist Paschtune.«

»Wer ist es?«

»Mein Sohn.«

Osama zuckte zusammen.

»Was ich vorhabe, ist sehr gefährlich, ich wurde ohne Vorwarnung angegriffen. Ihr Sohn riskiert sein Leben. Ich halte das nicht für eine sehr gute Idee.«

»Mein Sohn ist permanent in Gefahr, schon deshalb, weil er mein Sohn ist. Mehrere Talibangruppen würden ihn zu gern umbringen, nur um damit mir zu schaden. Ihnen zu helfen ist nicht gefährlicher, als Tag für Tag in dieser Stadt zu leben.«

»Was ist er von Beruf?«

»Bäcker.« Kukur lächelte. »Er macht die besten Fladen von Kandahar, wahrscheinlich sogar im ganzen Umkreis. Vor seinem Geschäft stehen die Leute fast immer Schlange. Er ist ein braver Junge, der noch nie in seinem Leben ein Gewehr angefasst hat. Er hat nur eine einzige Frau, die ist Grundschullehrerin, und zwei wunderbare Kinder. Ich bin stolz auf ihn!«

»Gut, ich nehme Ihre Hilfe an. Ich werde Ihnen sagen, wohin ich fahre.«

Sie griff nach einer Generalstabskarte der Region, die beinahe so detailliert war wie diejenige, die Osama in Kabul benutzt hatte. Er bemerkte, dass sie in kyrillischer Schrift verfasst war.

»Die Karte diente den russischen Spezialeinheiten«, erklärte Kukur. »Sie stammt aus der Zeit kurz vor ihrem Abzug, vielleicht von 1987 oder 1988. Seitdem hat sich kaum etwas verändert, es wurde keine Straße gebaut, die Dörfer sind dieselben. Das allein reicht schon zur Beschreibung der Zustände in diesem Land seit zwanzig Jahren: Es gibt nichts, was so bedeutsam ist, dass man es in eine Karte eintragen müsste …«

»Dieses Dorf da«, sagte Osama. »Pamni Lilu. Kennen Sie es?«

»Nein. Es scheint winzig zu sein. Es liegt mitten in der Stammeszone.«

»Kontrolliert die Armee dieses Gebiet?«

»Die Armee kontrolliert nichts außer dem Parkplatz dieser Kaserne hier. Und selbst dabei …«

»Glauben Sie, ich kann hinfahren?«

»Es ist gefährlich. Selbst mit meinem Sohn laufen Sie Gefahr, hingerichtet zu werden. Ihr Bart ist nicht dicht genug, es wird nicht lange dauern, und Sie gelten als Ungläubiger.«

»Es gibt kein Zurück mehr«, erwiderte er. »Ich muss diese Akte nach Kabul bringen. Aber ich darf Ihren Sohn nicht in Gefahr bringen, leihen Sie mir einfach einen Wagen, Rangin und ich, wir werden allein zurechtkommen.«

»Alleine finden Sie das nie. Und außerdem sprechen Sie Paschtunisch mit dem typischen Dari-Akzent aus Kabul, man wird sofort merken, dass sie nicht aus der Region stammen. Sie brauchen jemanden, der sich in der Gegend auskennt. Ich werde meinen Sohn anrufen, in einer Stunde ist er hier. Lassen Sie mich nur machen.«

Osama bot ihr kein Geld an, da er sicher war, dass Kukur tödlich beleidigt gewesen wäre. Er fragte sie aber, wo er Waffen und ein Scharfschützengewehr kaufen konnte.

»Wozu?«

»Für mich. Ich war Scharfschütze bei der Nordallianz.«

»Davon hat Malalai mir gar nichts erzählt.«

»Ich bin nicht gerade stolz darauf. Männer zu töten ist nichts, dessen man sich rühmen sollte.«

»Dieses Land zwingt uns, Dinge zu tun, auf die wir nicht stolz sind«, gab sie zu bedenken.

Sie schrieb einen Namen und eine Adresse auf ein Stück Papier.

»Dieser Mann wird ihnen alle Waffen besorgen, die Sie brauchen. Er arbeitet sowohl für die Taliban als auch für die Armee, also sehen Sie sich vor, er ist eine wahre Schlange.«

Osama dankte ihr aufrichtig. Rangin wartete in dem Café gegenüber dem Kommissariat auf ihn. Er hatte eine Cola vor sich, ein Getränk, das sich bei den Taliban größter Beliebtheit erfreute, seit ein Werk in Pakistan eröffnet worden war. Osama ließ Kukurs Geländewagen zunächst vor dem Kommissariat stehen, er wollte lieber mit dem Taxi zu dem Waffenhändler fahren, denn er kannte sich in Kandahar nicht aus. Die Stadt entsprach dem, was er von ihr gehört hatte: Sie war hässlich, flach, laut und schmutzig. Sie brauchten mehr als vierzig Minuten bis zu dem Ort, den ihnen Officer Kukur angegeben hatte, dabei waren es weniger als fünf Kilometer. Das Taxi hielt vor einem kleinen Souk an.

»Wo genau ist es?«, fragte Osama.

Der Taxifahrer deutete verächtlich und vage auf den Basar. Dort herrschte eine seltsame Atmosphäre. Osama hatte das Gefühl, dass die Händler so taten, als sähen sie ihn nicht. Als er sich zu Rangin umdrehte, bemerkte er, dass der Assistent seinen *Pakol* aufgesetzt hatte, die typische Kopfbedeckung der Tadschiken, welche die Paschtunen im Süden ungefähr genauso hassten wie die Amerikaner.

»Steck deine Kopfbedeckung wieder ein!«, befahl er wütend. »Warum setzt ausgerechnet du, ein Paschtune, einen tadschikischen *Pakol* auf, hier im Schlupfwinkel der Taliban! Was hast du mit deinem Turban angestellt?«

»Den habe ich im Café vergessen«, gestand Rangin. »Ich bin es nicht gewohnt, einen Turban zu tragen. Verzeihung, *Qoumaandaan*.«

Nachdem Rangin seinen Kopf entblößt hatte, entspannte sich die Situation wieder. Mehrere Händler riefen sie zu sich, um ihnen Obst, Burkas, Munition oder sexuelle Stärkungsmittel anzubieten. Auf diesem Basar gab es alles, selbst die verbotensten Dinge. Sie ließen das Budengewirr hinter sich und standen schließlich vor dem Laden, dessen Namen Kukur aufgeschrieben hatte. Osama befahl Rangin, vor der Tür zu warten.

In dem Geschäft wurden Töpfe und Patronen verkauft, außerdem militärische Ausrüstung, amerikanische, russische und pakistanische Uniformen. Viele Kufiya-Tücher, ein Zeichen dafür, dass die arabischen al-Qaida-Kämpfer sich hier ausstatteten, denn sie waren die Einzigen, die sie in Afghanistan trugen. Osama fragte sich, weshalb der NDS einen derartigen Handel mitten in Kandahar duldete. Der Händler begrüßte Osama. Er reichte dem Kommissar gerade einmal bis zur Schulter und war sichtlich beeindruckt von der Stattlichkeit seines Besuchers.

Nach einer Reihe gedrechselter Formeln fragte der Händler Osama, was er denn wünsche.

»Ich möchte zwei Rucksäcke, zwei Feldflaschen, Handschuhe, Mützen, zwei Schlafsäcke, zwei Taschenlampen und eine Schaufel«, zählte Osama auf.

»Ich habe Schlafsäcke der russischen Armee, aber die sind nicht von bester Qualität. Ich habe etwas Besseres, aber das ist auch teurer.«

»Kann ich mal sehen?«

Der Händler kam mit zwei zusammengerollten Schlafsäcken in Schutzhüllen zurück. Eine davon war stellenweise durchlöchert.

»Material der italienischen Armee, aus der Gegend von Herat«, sagte der Händler. »Das ist das Beste, was es derzeit auf dem Markt gibt, noch besser als das Zeug der Amerikaner, sie statten damit ihre Gebirgsjäger aus.«

Osama deutete auf die Löcher.

»Einschusslöcher?«

»Ich weiß es nicht, edler Besucher. Vielleicht wollten diese Italiener ihren Schlafsack nicht hergeben? Vielleicht wurden sie von den Taliban getötet? Niemand kennt die Antwort. Dreitausend Afghanis für beides zusammen.«

Osama handelte den Händler auf hundertzwanzig Dollar für die gesamte Ware herunter.

»Ich benötige noch etwas anderes«, sagte Osama. »Material, das im Handel nicht zu bekommen ist.«

Der Händler spitzte die Ohren.

»Ich kann Dinge auftreiben, die andere nicht bekommen können. Was suchen Sie?«

»Eine Kalaschnikow mit klappbarem Kolben. Eine Dragonow mit Munition. Granaten.«

»Das ist machbar. Wie zahlen Sie?«

»In Dollar«, erwiderte Osama und dankte im Stillen dem Justizminister für seinen Weitblick.

»Dann gibt es zwanzig Prozent Rabatt. Fünfhundert Dollar für die Dragunow, hundert für die Kalaschnikow und fünfzig Dollar für zehn Magazine.«

Sie einigten sich schließlich auf dreihundertachtzig Dollar. Osama hielt die Scheine hin, die der Händler mit übertriebener Ehrerbietung entgegennahm. Er verschwand im Hinterzimmer des Ladens und tauchte einige Augenblicke später mit einer Decke wieder auf, die er vor Osama ausbreitete. Die Dragunow war gebraucht, aber in gutem Zustand. Osama überprüfte den Schlagbolzen, den Verschluss und das Zielfernrohr, ein Weiss, das Beste, was es gab. Die Granaten waren ein russisches, in Pakistan hergestelltes Fabrikat. Er hätte lieber original russische gehabt, aber das war vermutlich hier in Kandahar zu viel verlangt.

»Wunderbar, könnte ich vielleicht eine etwas neutralere Verpackung bekommen?«, fragte Osama.

Durch die Gepäckstücke behindert, bemerkten Osama und Rangin nicht den jungen Mann, der ihnen im Auftrag des Händlers folgte, nachdem sie den Laden verlassen hatten.

16

Da Margaret in geheimer Mission auswärts unterwegs war, konnte Nick mittels ihrer Zugangscodes in aller Ruhe mehrere Stunden die Daten der Einwanderungsbehörde auswerten. Das Ausbleiben von Reaktionen auf seine Recherchen der letzten Tage bewies, dass er mit seiner ursprünglichen Vermutung recht gehabt hatte: Die Innere Sicherheit der Firma registrierte die von ihm besuchten Seiten im Internet mittels seiner Log-ins, konnte aber nicht alle Rechner gleichzeitig überwachen. Außerdem hatte er zwei Sitzungen parallel geöffnet, eine von seinem Computer mit seinen Zugangsdaten, die andere von Werners Rechner mit den Zugangsdaten Margarets.

Trotz seiner Anstrengungen hatte er noch nicht die geringste Spur der Frau gefunden, nach der er suchte. Es gab einfach zu viele Zahras.

Es war ärgerlich. Er besaß potentiell explosive Informationen, war aber allein nicht in der Lage, sie einzusetzen, um die Personen zu finden, die er suchte.

Schließlich schaltete er die beiden Rechner aus. Anstatt sich weiterhin im Kreis zu drehen, wollte er lieber noch einmal nach Zürich fahren, ins Haus des Gesuchten. Er hatte das Gefühl, bei seinem Besuch dort etwas Wichtiges übersehen zu haben.

In dem Haus in der Kleinstraße hatte sich nichts verändert. Seine dreistündige Suche förderte keine neuen Erkenntnisse zutage. Seufzend ließ er sich auf einen Schreibtischstuhl sinken. Er kam einfach nicht weiter.

Mechanisch ließ er den Blick durch den Raum schweifen. Bis ein Detail plötzlich seine Aufmerksamkeit auf sich zog. Interessiert trat er näher. Um den Rahmen herum war die Wand etwas dunkler, als hätte hier bislang ein anderes, größeres Bild gehangen.

Bedächtig fuhr er mit dem Finger über die Signatur. Ein Manet. Das Bild musste ein Vermögen gekostet haben. Er machte sich auf die Suche nach einer Rechnung, die er dann tatsächlich auch fand. Das Bild war 2002 gekauft worden, bei Christie's in London, zu einem Preis von fünfzehn Millionen Pfund.

Seltsam, dachte er. Der Gesuchte hatte dieses Bild ein paar Jahre zuvor gekauft. Warum hatte er es offenbar erst kürzlich hier aufgehängt, anstelle eines anderen Bildes? Fieberhaft begab sich Nick auf einen Rundgang durchs Haus, auf der Suche nach Hinweisen, wo das Bild vorher gehangen haben könnte. Er kam zu keinem schlüssigen Ergebnis. Was konnte das bedeuten?

Schließlich entschied er sich zu einer neuerlichen systematischen Durchsuchung. Er begann im Keller, wo er sich beim ersten Mal nicht lange aufgehalten hatte. Der Zugang war durch eine gepanzerte Tür mit doppeltem Riegel und ein ausgeklügeltes Alarmsystem gesichert, das glücklicherweise ausgeschaltet war. Hinter der Panzertür befand sich ein großes Gewölbe, an die hundert Quadratmeter. Eine Klimaanlage sorgte für zwölf Grad Raumtemperatur. Ihn fröstelte. An den Wänden standen Weinregale, in denen die Flaschen seltsamerweise parallel und nicht rechtwinklig zur Wand lagerten, was erlaubte, ihre Etiketten zu lesen. Es war ein riesiger Weinkeller mit bestimmt zweitausend Flaschen erlesenster Tropfen: Mouton-Rothschild, Latour, Petrus.

Er ging auf ein beinahe leeres Regal zu, das ihm bei seinem

ersten Besuch nicht aufgefallen war. Hier lag kein Staub, als hätte erst vor kurzem jemand das Regal saubergewischt. Er nahm eine von den drei einsamen Flaschen in die Hand, die dort lagerten. Château Talbot 1952. Der Flüssigkeitsstand in der Flasche war sehr niedrig, vermutlich konnte man den Wein nicht mehr trinken. Er nahm die zweite Flasche heraus. Château Palmer 1943. Auch hier war der Flüssigkeitsstand weit unterhalb des Flaschenhalses. Die dritte Flasche war ein Château Margaux, ebenfalls nicht mehr genießbar, mutmaßte Nick. Er legte sie zurück. Dann ging er nach oben, um die Quittungen zu suchen.

Léonard hatte während der letzten fünf Jahre ein Vermögen für französische Weine ausgegeben. Zweitausend Flaschen für einen Durchschnittspreis von fünfhundert Schweizer Franken, insgesamt also über eine Million Schweizer Franken. Hinzu kamen die hundert Flaschen Cheval Blanc von 1947, die dreihundert Petrus von 1982 und die zweihundert Romanée-Conti, die er für eine ähnliche Summe ersteigert hatte. Diese Flaschen allerdings befanden sich nicht im Weinkeller, da war Nick sicher. Wo mochten sie sein? In dem ausführlichen Bericht der Firma stand, dass der Gesuchte niemals ausging, niemanden zum Abendessen bei sich zu Hause einlud. Er hatte wohl kaum sechshundert Flaschen allein ausgetrunken. Kurz dachte Nick an einen Diebstahl. Dann fiel es ihm wie Schuppen von den Augen.

Es war so unglaublich, dass er lachen musste. Kein Wunder, dass seine Kollegen das übersehen hatten!

»Léonard, du bist ein Genie!«, murmelte er.

Er ging auf das Bild zu und nahm es ab.

*

Der Sohn von Officer Kukur erwartete Osama und Rangin in der Garage des Zentralkommissariats vor einem staubbedeckten Toyota-Geländewagen. Er hieß Abdullah, hatte eine Adlernase und einen ansehnlichen Bauchumfang. Seine strubbeligen Haare und sein dichter rötlicher Bart verliehen ihm ein jugendliches Aussehen.

»Meine Mutter hat mir von Ihrer Suche erzählt«, begann er. »Ich bin mir der Gefahr bewusst und werde Ihnen helfen, so gut ich kann.«

»Danke. Kennst du die Gegend, in die wir fahren?«

»Oberflächlich. Ich hatte mal mit dem Gedanken gespielt, auch dort meine Fladen zu verkaufen, aber die Dorfbewohner haben nur selten Bargeld, und ich hatte keine Lust, mich auf Tauschgeschäfte einzulassen. Ich bin seit bestimmt zehn Jahren nicht mehr da gewesen. Außerdem, je näher man an Quetta herankommt, desto dichter dringt man in eine Stammeszone vor. Weder die Armee noch die Polizei begibt sich jemals in diesen Winkel, nur die Taliban und Schmuggler wagen das.«

»Was glaubst du, wie sie uns empfangen werden?«

»Keine Ahnung«, gestand Abdullah. »Das hängt von den Dorfältesten ab. Einige sind sehr freundlich, andere können ziemlich aggressiv sein …«

»Wir werden so vorsichtig wie möglich sein. Lass uns jetzt losfahren«, bestimmte Osama. »Wir wollen hier nicht Wurzeln schlagen.«

Der Wagen war so alt, dass er nicht einmal eine Klimaanlage hatte, die Sitze und das Armaturenbrett waren stark abgenutzt, aber der Motor lief rund. Binnen kurzem lag Kandahar hinter ihnen, sie fuhren an Takteh Pol vorbei und bogen schließlich auf eine Staubstraße ab. Die Berge, hier viel niedriger als im Norden des Landes, liefen im Südosten in sanften Hängen aus und mündeten in eine Halbwüste an der Grenze zum Iran. Schon bald sah sich Abdullah jedoch gezwungen, langsamer zu fahren, weil die Straße so holprig war. Nichts wuchs auf diesen einsamen Ebenen, die sich kilometerlang hinzogen. Alles war hellbraun – es war der einzige Farbton der Gegend. Hier und dort taten sich die Ruinen der von den Russen oder der ISAF zerstörten Dörfer auf. Zwischen den Schlaglöchern und dem

Graben, der die Straße flankierte, kamen sie nicht schneller als mit dreißig Stundenkilometern voran. Zumindest schneite es nicht. Der Himmel war wolkenlos und das Wetter milder als in Kabul. Gegen sieben Uhr abends musste Osama einsehen, dass sie unmöglich im Dunkeln weiterfahren konnten, sie riskierten jeden Augenblick, einen Abhang hinunterzustürzen. Widerwillig bat er Kukurs Sohn, anzuhalten. Sie verriegelten ihre Türen, rollten sich nach einem kleinen Imbiss in ihre Schlafsäcke und bereiteten sich auf die Nacht vor.

Aufmerksam lauschte der Händler dem Bericht des Jungen, der bisweilen in seinem Auftrag Kunden verfolgte. Die Informationen gab der Händler eifrig weiter – entweder an die Taliban oder an den NDS. Der Mann, der das Scharfschützengewehr gekauft hatte, war zuerst wieder zu seinem Kameraden gegangen, dann hatten sie einen weiteren Mann getroffen, vor dem Hauptkommissariat. Sie waren in einen verbeulten Geländewagen eingestiegen und in Richtung Süden losgefahren. Der Junge hatte einen Motorradfahrer am Straßenrand für ein paar Afghanis angeheuert, dem Geländewagen unauffällig zu folgen. An der Einfahrt eines Feldwegs hatte der Motorradfahrer den Geländewagen aus den Augen verloren, dreißig Kilometer südlich von Kandahar.

Der Händler breitete eine Karte aus. Er war überrascht, welche Richtung sein Kunde eingeschlagen hatte. In jener entlegenen Gegend gab es ein paar Weiler, so winzig, dass niemand es für nötig hielt, ihnen einen Namen zu geben. Wenn die Reisenden diesen Weg nahmen, waren sie auf sich selbst gestellt. Sie würden den Richtungsangaben der alteingesessenen Landbevölkerung folgen müssen, Anweisungen wie: »Nach dem vierten blauen Berg, hinter der Schlucht auf der linken Seite der Straße, stößt man auf einen Weg. Nach zwanzig Stunden Wegstrecke kommst du über eine Furt, das Dorf liegt auf der Rechten, an einem anderen Weg, in drei Stunden Wegstrecke.«

Er schüttelte den Kopf. Was diese Reisenden wohl dort vorhatten? Der Riese, der ihm das Scharfschützengewehr abgekauft hatte, war daran gewohnt, Befehle zu erteilen, das hatte er gleich erkannt, seine gebieterische Art duldete keinen Widerspruch. Der Mann hatte die Autorität eines Talibanherrschers, aber er trug den Bart kurz und gepflegt. Er fühlte sich nicht wohl mit seinem Turban, als hätte er ihn extra für diese Gelegenheit aufgesetzt. Der Händler überlegte, ob es sich um einen Agenten des NDS handeln könnte, doch er besaß nicht deren unerträgliche Arroganz, vermutlich war er ein Funktionär. Seine Kleidung war sauber, seine Hände wiesen keine Schwielen auf. Ein Schmuggler? So wirkte er nicht. Außerdem sprach er Paschtunisch mit einem leichten Dari-Akzent. Der Händler musste eine Entscheidung treffen: Entweder behielt er die Information für sich, oder er zeigte den Mann beim NDS an, oder er informierte die Taliban. Drei vollkommen unterschiedliche Optionen. In den letzten Monaten hatte er viele an den NDS verraten. Allerdings gewannen die Taliban jeden Tag größeren Einfluss in der Region, da konnte es sich auszahlen, wenn man sich ihnen andiente. Wenn dieser geheimnisvolle Mann weder ein Schmuggler noch ein Geheimagent war, dann war er vielleicht ein Spion der Internationalen Schutztruppe. Die Taliban wären hocherfreut, einem Verräter dieses Kalibers die Kehle durchzuschneiden. Er zog einen *Patou* über und setzte einen Turban auf und begab sich eilig zu einer kleinen Moschee in der Nähe seines Ladens.

Der Mullah, der ihn empfing, war jung, er hatte blaue Augen, sehr helle Haut und helle Haare – wie man sich einen Engländer vorstellte. Doch damit hörten die Ähnlichkeiten auch schon auf, denn der Mullah war ein Fanatiker. Alle Welt wusste, dass er in Kandahar gegen Ende des Talibanregimes schreckliche Grausamkeiten begangen und Menschen, die eines Verstoßes gegen islamisches Recht angeklagt waren, grausam exekutiert oder verstümmelt hatte. Nach 2001 war er, wie so viele, nicht verhört worden, sondern hatte sich in seine Moschee geflüchtet. Obwohl sie von seinen Gräueltaten wussten, gingen die Polizisten und Militärs ihm aus dem Weg, und die Offiziellen des Regimes hörten über seine zornentflammten Predigten hinweg. Der Händler erzählte ihm seine Geschichte, unterstrich dabei das gepflegte Aussehen seines Besuchers und die guten Kenntnisse, die er über Waffen besaß.

»Wie hat er dich bezahlt?«, fragte der Mullah. »In Afghanis oder in Dollars?«

»In Dollars.«

»Zeig mir die Scheine.«

Widerwillig zog der Händler das Bündel hervor. Der Mullah musterte es eingehend.

»Diese Scheine sind nagelneu«, sagte er, »und die Nummern folgen aufeinander.«

»Was bedeutet das?«

»Dass sie direkt aus der Bank kommen, die sie drucken lässt. Das sind Scheine, die von den amerikanischen Behörden stammen.«

»Glauben Sie, es handelt sich um einen Spion, Mullah?«

»Natürlich ist das ein Spion, was denn sonst? Und nun erzähle mir noch mal genau, auf welcher Straße sie dein Junge hat verschwinden sehen.«

Der Händler breitete seine Karte aus. Der Mullah machte sich ein paar Notizen auf einem Blatt voller Fettflecken, er schrieb langsam und umständlich. Er war beinahe ein Analphabet, was die Mehrzahl seiner Gläubigen jedoch nicht wusste. Als er fertig war, schob er dem Händler die Karte hin, die Geldscheine hingegen steckte er in die eigene Tasche.

»Du hast gut daran getan, zu mir zu kommen, *Allahu Akbar*. Ich behalte das Geld, denn Gott würde es nicht dulden, dass du dich bereicherst, indem du Waffen an einen Feind des wahren Islam verkaufst. Da bist du doch einer Meinung mit mir, oder?«

»Natürlich«, murmelte der Händler und verwünschte seinen Leichtsinn.

»Wir werden niemals vergessen, was du heute getan hast, Bruder. Ich werde augenblicklich unsere Brüder in den Bergen in Kenntnis setzen. Wir werden diese Männer fangen und sie befragen.«

*

Die Galerie hieß Joseph Stipowitz & P. Golan, eine der schönsten Galerien für alte Gemälde in Zürich, wie Nick nach einer kurzen Recherche bei Google herausgefunden hatte. Eine bezaubernde junge Frau mit haselnussbraunen Augen und kastanienfarbenem Haar nahm Nick in Empfang und führte ihn quer durch die Galerie bis zu einem mit Intarsien verzierten Schreibtisch, wo sie ihn Platz nehmen ließ.

»Was kann ich für Sie tun?«, fragte sie.

Sie trug ein schlichtes Kostüm, eine weiße Bluse, eine Perlenkette und Perlenohrringe. Nick zog seine gefälschte Karte heraus, die ihn als Mitarbeiter des Schweizer Justizdepartments auswies.

»Ich würde gern Ihre Meinung zu diesem Bild hier hören.«

Vorsichtig schlug er die Tücher zur Seite, in die er das Bild aus Léonards Haus eingehüllt hatte.

»Ein Manet! Zeigen Sie mal«, rief sie überrascht.

»Es handelt sich um ein wichtiges Werk. Wäre es nicht besser, es Monsieur Joseph Stipowitz zu zeigen? Oder Monsieur Golan?«

»Es gibt keinen Monsieur Golan, es gibt nur Mademoiselle Patricia Golan, nämlich mich«, erwiderte die junge Frau kühl. »Ich habe einen Doktortitel in Kunstgeschichte mit Auszeichnung von der Universität Zürich, außerdem habe ich Kurse zur Weiterbildung an der Sorbonne und der London School of Art absolviert. Reicht Ihnen das?«

»Entschuldigen Sie«, sagte Nick. »Es tut mir leid.«

Die Expertin betrachtete das Bild eingehend und ließ es nach weniger als zwei Minuten enttäuscht wieder sinken.

»Das ist eine Fälschung.«

»Sind Sie sicher?«, fragte Nick der Form halber.

Er hatte sich also nicht getäuscht. Léonard hatte sich mit dem Wein und seinen Lieblingsbildern aus dem Staub gemacht und eine schlechte Kopie hinterlassen. Alles war demnach von langer Hand vorbereitet. Die Firma suchte nach einem Mann, der sich gehetzt und in die Enge getrieben fühlte, dabei hatte sie es doch mit einem durchtriebenen Kerl zu tun, der genau wusste, wie er vorging.

»Um ehrlich zu sein, ist es eine ziemlich gute Imitation, dennoch zeugt sie weder von der Präzision noch besitzt sie die Patina eines echten Manet. Die Pigmente, selbst wenn es naturechte sind, haben nichts mit denen gemein, die die französischen Maler damals benutzten, sie glänzen ein wenig zu stark. Der Rahmen ist modern, er wurde mit einer Säure künstlich auf alt getrimmt. Das Holz ist ein wenig zu leicht, es ist nicht die massive Eiche, die man in Frankreich verwendete. Die Signatur ist dicht am Original … Ich muss zugeben, eine überzeugende Arbeit.«

»Verstehe«, sagte Nick. »Wie viel würde eine derartige Fälschung kosten?«

»Zwanzig- bis dreißigtausend Franken, vielleicht mehr. Der Fälscher hat Talent!«

»Ist das Original noch immer so viel wert wie um das Jahr 2000 herum?«

»Durchaus, die Preise für Unikate sind seit der Krise kaum gefallen. Immer mehr Käufer kommen aus Asien.«

»Wenn jemand das Original besäße, brauchte er dann eine Erlaubnis, um es zu exportieren?«

»Nein. Sein Besitzer kann ganz nach Wunsch darüber verfügen, sofern dem Bild das Echtheitszertifikat beiliegt, das im Fall einer Grenzkontrolle unabdingbar ist. Außerdem müsste er das Bild während des Transports versichern und einen versierten Experten zur Hand haben; das Risiko, dass das Bild Schaden nehmen könnte, ist zu groß, als dass man diese Details vernachlässigen könnte.«

Nick spürte, wie sein Herz schneller schlug.

»Gibt es viele Spezialisten auf dem Gebiet?«

»Nicht sehr viele, und nicht alle sind seriös. Für Waren wie alte Gemälde gibt es in der Schweiz nur zwei Agenturen, die sich wirklich auskennen. Die eine sitzt in Lausanne, die andere hier in Zürich. Die kümmern sich um alles, wenn Sie ein Kunstwerk exportieren wollen: Verpackung, gesicherten Transport, Lieferung durch spezialisierte Umzugsfirmen, Versicherung … Soll ich Ihnen ihre Adresse geben?«

Nick frohlockte, allmählich kam er dem geheimnisvollen Verschwinden Léonards auf die Spur. Léonard hatte seine Flucht also seit langem geplant. Er hatte sich vor seinem Verschwinden um alles gekümmert – nur dass Willard Consulting, sein Arbeitgeber, ihn unvorhergesehen aus dem Weg räumen wollte und ihn so zur Flucht zwang, bevor er das Problem mit dem Pass hatte regeln können.

Das ließ die Angelegenheit in anderem Licht erscheinen: Welche Geheimnisse es auch waren, die der Flüchtige bei sich bewahrte, er hatte beschlossen, mit seinem früheren Leben zu brechen und mit seiner neuen Partnerin zu fliehen, vermutlich weit weg. Wenn Nick entdeckte, wohin das Bild geschickt worden war, hatte er sein Ziel fast erreicht. Wenn er den Namen herausfand, unter dem er sich versteckt hielt, und den Ort, dann wäre die Treibjagd beendet. Für einen Einzelkämpfer hatte er sich wacker geschlagen; Pech für die Firma, dass er nicht vorhatte, sie in seine Entdeckungen einzuweihen.

Er fuhr zunächst zu dem ersten Experten, doch bei diesem fand sich kein Hinweis auf eine derartige Verschickung. Er musste nach Lausanne fahren.

Dort parkte er seinen Wagen vor einem hohen Steingebäude: Der Bel-Air-Turm war der erste Wolkenkratzer der Schweiz, ein beeindruckendes Gebäude. Die Büroräume der Agentur nahmen die gesamte 15. Etage des Turms ein. Durch die Trennscheiben sah Nick junge Leute in eleganten Anzügen ernst und konzentriert an Bildschirmen arbeiten. Nick zeigte seine Karte am Empfang vor und bat darum, mit einem leitenden Angestellten sprechen zu dürfen. Beinahe umgehend wurde er ins Büro von Michel Louvin geführt, dem Generaldirektor. Louvin war ein Mann von kräftiger Statur mit einem Bürstenhaarschnitt, der eher an einen ehemaligen Militär denn an einen Kunsthändler erinnerte. Er war Nick auf der Stelle sympathisch. Aufmerksam studierte er Nicks Karte, dann bat er ihn, Platz zu nehmen.

»Ich hatte bereits mit Kollegen der Genfer Polizei im Hinblick auf den Transport gestohlener Gemälde zu tun«, begann er. »Arbeiten Sie mit ihnen zusammen?«

»Diese Ermittlungen werden strikt auf Bundesebene durchgeführt. Wir kämpfen gegen ein Syndikat von Geldwäschern aus Europa, den USA und Asien, das keine Kunstwerke stiehlt, sondern schmutziges Geld verwendet, um sie zu kaufen.«

»Verstehe«, sagte der Mann und entspannte sich. »Ich stehe Ihnen zur Verfügung.«

»Wir haben insbesondere einen Finanzier aus Zürich im Visier, der vermutlich mit Geld aus dem Drogengeschäft Kunstwerke und alte Weine kauft, um sie dann außer Landes zu schaffen.«

Der Mann verzog das Gesicht.

»Manchmal kommen gestohlene Gemälde auf den Markt, die Amateure gekauft haben, aber Geldwäsche … Der Erwerb von Kunstwerken ist eine komplexe Angelegenheit. Käufe im großen Stil zu tätigen ist nicht einfach, zumal wenn man bar zahlen will. Theoretisch ist das bei privaten Käufern möglich, außerhalb der Auktionen, doch es kommt seltener vor, als man glaubt. Wer Geld mit Drogen verdient, investiert in Villen oder in Schiffe, nicht in Kunstwerke. Mit Wein ist es einfacher, aber da erreichen die Summen nicht dieselbe Höhe. Für welchen Versand interessieren Sie sich denn besonders?«

»Ein Bild von Manet und beinahe sechshundert Flaschen großer französischer Weine. Sie müssen vor ein paar Wochen oder einigen Monaten mit unbekanntem Ziel verschickt worden sein. Der Name des Absenders war Milton. Lionel Milton. Er ist im Besitz eines Schweizer Passes.«

»Ein Manet und alte Weine, das erinnert mich an etwas. Wir hatten so einen Fall, es ist noch nicht lange her.«

Er tippte etwas in seinen Computer.

»Hier … Da habe ich es. Wir haben für Ihren Mann, diesen Lionel Milton, einen gesicherten Transport durchgeführt. Fünfhundertfünfundsiebzig Flaschen großer französischer Crus im Wert von zwei Millionen fünfhunderttausend Franken. Äußerst seltene Flaschen, selbst in Frankreich findet man die nicht. Das Bild war ein Manet, versichert im Wert von vierzehn Millionen Pfund … Der Titel des Bildes ist: *Baignade au bord du lac.*«

»Wann und wohin haben Sie es geschickt?«

»Am 25. Februar. Wir haben es nach Australien geschickt. Eine Adresse in Perth, der Name war Zahra Kimzi.«

*

Am nächsten Morgen brachen Osama und seine zwei Kameraden wieder auf. Sie fuhren über eine vom Wind gepeitschte Ebene, bis sie schließlich an einem Hügel entlang in ein breites und nicht sehr tiefes Tal gelangten. Dort floss ein Bach, es gab ein paar Bäume, Weiden und Ulmen. Je höher die Sonne stieg, desto höher stiegen auch die Temperaturen, schon bald mussten sie trotz des Staubs die Fenster herunterkurbeln, weil das Wageninnere kochend heiß wurde. Nach etwa zehn Kilometern bemerkte Osama, dass sich ihr Wagen nach rechts neigte.

»Irgendwas ist mit dem Reifen«, sagte er.

Der Reifen verlor zusehends Luft. Sie mussten anhalten, und während sie mit dem Reifenwechsel beschäftigt waren, kamen ein paar Kinder auf sie zu. Eines von ihnen warf einen Stein, der Rangin an den Kopf traf. Er taumelte vor Schmerzen und wollte zu seinem Gewehr greifen. Doch Osama packte ihn am Handgelenk. »Lass es. Es hat keinen Sinn, dass wir die Dorfbewohner gegen uns aufbringen.«

Sie brachten das Ersatzrad an und verschnauften kurz. Gerade als sie wieder aufbrechen wollten, sah Osama eine Gruppe von Männern mit Turbanen näher kommen. Sie waren armselig gekleidet, trugen aber jeder eine Kalaschnikow am Schulterriemen. Abdullah wurde bleich. Osama legte ihm die Hand auf die Schulter.

»Bleib ruhig. Ich werde mit ihnen sprechen.«

Sie waren ein gutes Dutzend. Lange buschige Bärte, schmutzige Turbane, finstere Gesichter. Offensichtlich waren Osama und seine Gefährten hier nicht willkommen. Ihr Anführer hielt sich in der Mitte, ihm fehlte ein Teil des Gesichts, die Nase war schief und schlecht angenäht worden, und dort, wo sein rechtes Auge gewesen war, hing ein verbrannter Hautlappen herab. Er war schrecklich anzusehen.

»Bakhena ghuarum«, begann Osama diplomatisch auf Paschtunisch. »Ein langes Leben, mögen euer Leib stark und eure Familie robust sein!«

»Wer seid ihr?«, fragte der Mann unvermittelt. »Was habt ihr hier zu suchen?«

»Wir fahren in ein bestimmtes Dorf. Es liegt fünf Stunden von hier auf der anderen Seite der Hügel, Richtung Süden. Wir müssen euer Gebiet durchqueren, um auf die andere Seite zu gelangen.«

»Das geht nicht. Kein Fremder darf das. Ihr müsst auf der Stelle umkehren. Oder ihr kommt mit uns nach unten an den Fluss, dort können wir in Ruhe reden.«

Bei diesen Worten traten einige der Bewaffneten vor und machten Anstalten, sich strategisch zu verteilen. Osama hatte keinen Zweifel mehr, dass er einen Talibanchef vor sich hatte.

»Wir haben nicht die Absicht, hinunter zum Fluss zu gehen«, erwiderte er. »Wir wollen nämlich hinauf auf diesen Hügel, um ins nächste Tal hinunterzufahren.«

»Am Fluss ist es angenehm«, beharrte der Anführer. »Wir werden uns dort sehr wohlfühlen.«

Osama hatte das unbehagliche Gefühl, dass der Taliban sie in eine Falle locken wollte; sie mussten beisammenbleiben, und zwar in der Nähe des Wagens. Mit herrischer Stimme entgegnete er: »So achtet also ein Anführer das Gesetz der *Melmastia*? Haben die Paschtunen dieser Gegend ihre Tradition vergessen? Ist die Gastfreundschaft, die Fremden entgegengebracht wird, der Feindseligkeit gewichen? Haben euch die Ausländer die Regeln unserer Kultur ausgetrieben?«

Das Gesicht des Anführers verdüsterte sich. Die *Melmastia,* das Gebot, einen Besucher würdig zu empfangen und ihm zu helfen, sollte er in Schwierigkeiten sein, war das Herz der paschtunischen Tradition. Sich dies von diesem Riesen mit den seltsam grünen Augen in Erinnerung rufen zu lassen kehrte das Kräfteverhältnis um und diskreditierte ihn gleichzeitig vor seinen Männern. Er zögerte.

»Ich brauche eure Hilfe«, sagte Osama schließlich. »Ihr müsst eurem in Not geratenen afghanischen Bruder helfen.«

»Du kannst weiterfahren«, rang sich der Anführer durch. »Ich sehe an deiner Haltung, dass du ein Mann der Wahrheit bist. Möchtest du einen Tee mit uns trinken?«

»Ich danke dir für deine Gastfreundschaft, Bruder«, sagte Osama, »aber wir haben einen langen Weg vor uns, und es gibt Leute, die uns nur zu gern aufhalten würden, bevor wir unser Ziel erreicht haben. Es ist klüger, für uns und für euch, wenn wir unseren Weg ohne Unterbrechung fortsetzen.«

»Wie du meinst«, sagte der Anführer. »Mögest du lange leben!«

Er begleitete Osama persönlich zurück zum Geländewagen. »Was ist da unten am Fluss?«, fragte Osama, als er die Wagentür öffnete.

»Dort richten wir unsere Feinde hin, denn der Fluss wäscht das Blut ab«, sagte der Taliban ohne Umschweife. »Ihr habt gut daran getan, es abzulehnen, *Allahu Akbar*!«

Osama stieg in den Wagen ein. Ein säuerlicher Geruch stieg ihm in die Nase. Der Geruch nach Angst.

Nach acht anstrengenden Stunden Fahrt über unzählige identisch aussehende kahle Hügel und Pfade, so schmal, dass der Geländewagen jeden Augenblick ins Leere abzustürzen drohte, erreichten sie ein neues Tal. Je weiter sie in das Tal hinabfuhren, desto trostloser wurde die Landschaft, ohne irgendeine Spur von Leben. Seit dem frühen Morgen hatten sie keinen Baum mehr gesehen. Schließlich deutete Osama auf einen zusammengewürfelten Haufen Häuser in der Ferne.

Als sie auf dem Dorfplatz parkten, kam eine Schar Kinder schreiend herbeigelaufen, um zu sehen, was los war. Frauen in Burkas tauchten auf, sie verschwanden jedoch, sobald die drei Männer den Fuß auf die Erde setzten. Kurz darauf trat ein Mann auf sie zu. Er trug eine in Wadenhöhe abgeschnittene Hose, man sah seine vor Schmutz starrenden Füße, die in Schuhen ohne Schnürsenkel steckten. Drei weitere Männer folgten ihm in respektvollem Abstand. Von der Schulter hing jedem von ihnen, wie Osama feststellte, eine Lee-Enfield, englische Waffen, die schon hundert Jahre alt waren und deren sich die Mudschaheddin zu Beginn des Kriegs gegen die Russen bedient hatten. Nicht einmal eine Kalaschnikow war in dieses Dorf gelangt, das wollte schon etwas heißen! Osama stellte sich dem Anführer der Dorfgemeinschaft als Freund Wali Wadis vor, der gekommen war, um ein Päckchen abzuholen, das dieser hier für ihn zurückgelassen hatte. Der Anführer legte angestrengt die Stirn in Falten.

»Ich kenne keinen Wali Wadi«, sagte er. »Das ist kein gebräuchlicher Name. Ein Tadschike?«

»Ein Usbeke«, erwiderte Osama enttäuscht – sollten sie den ganzen Weg umsonst gemacht haben?

»Hier gibt es nur Paschtunen«, sagte der Mann.

Osama überlegte. Er war sicher, dass die Koordinaten, die sie bei Wali Wadi gefunden hatten, dieses Dorf bezeichneten.

»Wali Wadi wohnte in Kabul«, bestätigte er. »Vielleicht kannte er jemanden im Dorf, dem er die Dokumente anvertraute, nach denen ich suche. Ein Freund, der sie dann hier für ihn hinterlegt hat.«

»Ich glaube nicht, dass diese Person jemanden hier im Dorf kannte«, erwiderte der Dorfvorsteher mit einem verräterischen Leuchten im Blick. »Wir sind sehr arm, es fehlt uns an allem. Glaubst du, wir würden so leben, wenn wir jemanden in Kabul kennen würden?«

Osama begriff, dass der Mann ein wenig Geld verdienen wollte. Er zog ein Bündel Dollarscheine hervor.

»Ich bin wegen dieser Dokumente von weit her gekommen. Ich würde dich gerne für deine Hilfe entschädigen.«

Er legte dem Anführer die Scheine in die Hand. Der zählte das Geld sorgfältig durch. Davon konnte er das Dorf mehrere Tage lang ernähren, er konnte neue Ziegen kaufen.

»Einer unserer jungen Männer ist vor sieben Jahren nach Kabul gegangen. Vor ein paar Wochen kam er zurück, er ist sehr krank. Vielleicht kannte er deinen Freund?«

»Kannst du mich zu ihm bringen?«

Der Mann nickte und führte sie zu einem kleinen Haus am Rande des Dorfes. Er trat ein, ohne anzuklopfen. Eine Frau kniete auf dem blanken Boden neben einer länglichen Form auf dem Teppich. Als Osama näher trat, bemerkte er, dass die in Decken gehüllte Gestalt ein junger Mann war. Er war abgemagert, aber sehr schön, sein Gesicht erinnerte an ein wildes Tier, er hatte helle Augen und schwarze Haare, die ihm schweißnass an der Stirn klebten. Hohes Fieber schüttelte ihn.

»Was hat er?«, fragte Osama. »Er muss ins Krankenhaus gebracht werden.«

»So ist es schon seit Tagen«, sagte die Frau mit abgewandtem Blick. »Man kann nichts machen. Er hat sich in Kabul eine Krankheit eingefangen. *Deveney naroghey.*«

Eine Erkrankung des Blutes. Osama beugte sich über den jungen Mann.

»Hörst du mich?«

»Ja«, antwortete er mit schwacher Stimme.

»Was hast du? Wir können dich nach Kabul bringen.«

»Es ist zu spät. Ich werde bald sterben.«

»Was hast du?«, wiederholte Osama und fürchtete, die Antwort bereits zu kennen. Das abgezehrte Gesicht, das Fieber, der Allgemeinzustand des Mannes – alles erinnerte ihn nur allzu deutlich an Krankheitsfälle, die Malalai ihm geschildert hatte.

»*Eydz*«, flüsterte der junge Mann.

Aids. Der Junge kam wieder zu Atem und griff nach Osamas Hand. In Anbetracht seines Zustandes verfügte er über eine erstaunliche Kraft.

»Ich habe es mir in Kabul eingefangen. Es ist aus für mich.«

Osama ließ seine Hand in der seinen. Sie war kochend heiß. Homosexualität war strengstens verboten in Afghanistan, wie in allen islamischen Ländern, dennoch wurde sie von vielen jungen Männern praktiziert, weil es so schwierig war, vor der Heirat mit jungen Frauen in Kontakt zu kommen. Da es jedoch niemand zugab und die Mullahs gegen den Gebrauch von Präservativen wetterten, die nur Ungläubige verwendeten, konnte sich das Virus leicht ausbreiten. »Was wollen Sie?«, fragte der junge Mann mit heiserer Stimme.

»Das, was Wali Wadi dir gegeben hat.«

»Wo ist er? Warum holt er es sich nicht selbst?«

»Er wurde ermordet. Ich bin mit den Ermittlungen beauftragt. Man hat ihn wegen des Dokuments getötet, das ich suche.«

»Wali ist tot?«

»Ja. Es tut mir leid, diese Nachricht überbringen zu müssen.«

Der junge Mann lag reglos da, wie vom Blitz getroffen, dann begann er leise zu wimmern.

»In meiner Tasche, dort drüben«, flüsterte er dann undeutlich. »Es ist eine CD-ROM.«

Osama fand sie sofort. Auf der Hülle stand in westlicher Schrift: *Bestandteile Akte Mandrake*.

»Die hier?«

»Ja.«

»Weißt du, was drauf ist?«

»Nein, ich habe sie nie angerührt.«

»Viele Menschen sind bei dem Versuch, in ihren Besitz zu gelangen, gestorben.«

Der junge Mann stöhnte und schloss die Augen. Osama steckte die CD ein, drückte dem Jungen ein letztes Mal die Hand und erhob sich. Als er bereits an der Tür war, hörte er eine schwache Stimme fragen:

»War Wali … auch krank?«

Osama dachte an den HIV-Test, den sein Freund Katun durchgeführt hatte.

»Nein. Er war gesund. Von ihm hast du diese Krankheit nicht.«

Ein Lächeln schien über das Gesicht des Sterbenden zu huschen. Draußen war es bereits dunkel geworden. Abdullah und Rangin kamen herein, angespannt und unruhig.

»Und, was ist?«

Osama holte die CD hervor. »Wir haben, wonach wir suchen.«

»Was ist da drauf?«

»Ich habe keine Ahnung«, gestand Osama. »Wir brauchen

einen Rechner, um das in Erfahrung zu bringen. Das machen wir in Kandahar, bei deiner Mutter.«

»Sollen wir gleich aufbrechen?«, fragte Abdullah.

Osama sah zum Himmel, an dem die ersten Sterne funkelten. Nachts auf den Straßen zurückzufahren, die sie hergeführt hatten, war kompletter Wahnsinn.

»Wir werden hier im Dorf übernachten«, beschied er. »Im Morgengrauen brechen wir auf.«

Der Anführer des Dorfes bezeugte gestenreich seine Freude, als sie ihm ihre Entscheidung verkündeten, bei ihm übernachten zu wollen. Während sie ein Stück abseits warteten, reinigten zwei Frauen das Gästezimmer, eine dritte setzte Wasser auf. Es wurden ihnen weichgekochte Eier, Brot und Joghurt mit Kräutern serviert. Das Brot enthielt kleine Kiesel, denn es war nur grob gemahlen worden, zweifellos mit einer Steinmühle. Das Brot war voller Getreidekäfer, die unter den Zähnen knirschten, doch Rangin und Abdullah hatten großen Hunger und aßen mit herzhaftem Appetit, was dem Dorfanführer sichtlich Freude bereitete. Osama musste an den jungen Mann denken, der ein paar Häuser weiter im Sterben lag, er rührte seinen Teller kaum an. Ein Nachbar kam herein und flüsterte dem Dorfanführer etwas ins Ohr, während der Tee serviert wurde.

»Der Junge ist gerade gestorben.«

Als Osama aufstand, fragte der Anführer überrascht: »Wo gehst du hin?«

»Ich werde ihm die letzte Ehre erweisen.«

Der Mann lachte. »Nicht doch! Das war kein Mann, sollen die Frauen sich um ihn kümmern.«

Osama verließ wortlos das Haus.

Die Mutter des jungen Mannes zeigte sich erstaunt, als sie ihm die Tür öffnete. Eilends hängte sie ein Laken auf, um den Raum zwischen ihm und den anderen Frauen abzutrennen.

Osama kniete neben dem Lager nieder. Er sprach Verse aus dem Koran. Was hätte Wali Wadi zu diesem armseligen Haus gesagt, am Ende dieses gottverlassenen Dorfes, er, der in seinem Palast lebte, einen Sportwagen fuhr und einen grotesken Toilettenpapierhalter in Form einer goldenen Ente benutzte? Hatte er auch nur im Mindesten geahnt, wohin er seinen Geliebten zurückschickte? Warum hatte er ihn nicht nach Russland oder Pakistan in eine Privatklinik gebracht?

Nachdem er eine Stunde neben dem Leichnam verbracht hatte, kehrte Osama zu seinen Kameraden zurück, müde und deprimiert, trotz seines Fundes. Gegen neun Uhr gingen sie schlafen. Osama schloss die Augen und beglückwünschte sich im Stillen für Rangins und Abdullahs Mut.

*

Zufrieden verließ Joseph die Sporthalle der Firma. Das Training, das er gerade absolviert hatte, hatte ihn kaum angestrengt. Er war in Topform. Er freute sich, wieder in Bern zu sein und Afghanistan den Rücken gekehrt zu haben. Er duschte, zog sich an und spürte, wie das Adrenalin durch seine Blutbahnen jagte. Er genoss diesen Zustand nach intensivem Krafttraining, er war aufgekratzt, energiegeladen, hellwach.

Mit großen Schritten steuerte er auf sein Büro zu, das gleich neben dem des Generals lag. Auf dem Schreibtisch lagen einige Dokumente, in die er sich sofort vertiefte. Plötzlich klopfte es an seiner Tür.

Sein Besucher, Johannes Gobler, war der Leiter der Abteilung Innere Sicherheit – ein Mann, dem er voll und ganz vertraute. Gobler war ehemaliger Sicherheitsbeauftragter einer Züricher Privatbank, ein versierter Profi, dessen Diensteifer beinahe schon an Paranoia grenzte. In der Firma erfüllte er eine doppelte Funktion: Er bürgte für den störungsfreien Zustand ihrer Räume sowie sämtlicher Kommunikationswege, kontrollierte aber auch alle Teams im Hinblick auf eventuelle Abweichungen. Joseph warf ihm einen fragenden Blick zu.

»Was ist los?«

Gobler saß ihm mit reglosem Gesicht gegenüber. Er hatte eine kleine runde Metallbrille, einen schmalen grauen Schnurrbart, eine kerzengerade Haltung. Er stellte einen Laptop auf die Schreibtischplatte und drehte ihn zu Joseph um, damit er den Bildschirm sehen konnte.

»Erinnern Sie sich an die Überwachungskameras, die ich letztes Jahr in den Büros habe installieren lassen?«

»Natürlich«, brummte Joseph.

»Sie sind an Bewegungsmelder gekoppelt. Ich habe Ihre Anweisungen befolgt, und daher sind sie in Ihrem Büro und in dem des Generals nur außerhalb der Arbeitszeiten, von zwanzig Uhr bis sieben Uhr und während der Mittagspause aktiviert. Sehen Sie sich doch bitte mal an, was Kamera Nummer 3 kürzlich aufgenommen hat.«

Er drückte auf eine Taste. Ein Video begann über den Bildschirm zu flimmern. Das Büro des Generals. Uhrzeit und Datum standen in der rechten Ecke des Bildschirms. 13 Uhr 12. Die Sekunden rauschten vorbei. Plötzlich öffnete sich die Tür. Nick trat ein. Er blickte sich um und setzte sich dann auf den Platz des Generals. Sofort begann er auf der Tastatur von dessen Computer zu tippen. In der Bildschirmecke lief weiterhin die Zeit.

»Wie ist er hereingekommen?«

»An dem Morgen ließ der General das Sicherheitssystem an seiner Tür deaktivieren. Es nervte ihn seit geraumer Zeit.«

»Wie dumm. Wie kann man nur ein derartiges Risiko eingehen?«

»Ich habe eindringlich auf die Gefahren aufmerksam gemacht, die wir dabei eingehen, aber er ist der Chef und ließ sich nicht überzeugen. Er versprach mir, sein Büro abzuschließen. Doch das hat er nicht getan.«

»Absurd! Und das Passwort des Computers, wie kam Nick da ran? Nur der General weiß es.«

»Der General hat wahrscheinlich meine Anweisungen bezüglich der Einstellungen nicht beachtet«, bemerkte Johannes. »Wahrscheinlich hat er seine Sitzung gar nicht beendet. Sie wissen ja, dass er kein großes Verständnis für EDV-Dinge hat.«

»Verdammter Mist!«, platzte Joseph heraus. »Weiß man, was Nick da getrieben hat?«

»Nein. Ich habe keinen Zugriff auf die Datenbewegungen des Computers im Büro des Generals.«

Das Video lief weiter. Es zeigte Nick, wie er auf den Bildschirm starrte. Nach zehn Minuten stand er auf. Die Kamera fing sein unbewegliches Gesicht ein, dann verschwand er. Johannes Gobler drückte auf die Stopptaste.

»Zehn Minuten, da hatte er genügend Zeit, um die gesamten Mails durchzulesen. Oder eingehend alle möglichen Dateien zu durchforsten. Ich dachte, das könnte Sie interessieren. Soll ich Nick rufen?«

»Sind Sie verrückt? Lassen Sie mich erst mit dem General sprechen.«

Sein eisiger Tonfall verbarg die Wut, die in ihm kochte. Gobler nickte und verließ den Raum. Kurz darauf ging Joseph zum Büro des Generals hinüber.

»General, wir haben ein Problem.«

Hin- und hergerissen zwischen Aufregung und Furcht vor dem, was er entdeckt hatte, fuhr Nick in einem deprimierenden Nieselregen dahin. Er fragte sich, weshalb er ständig unter diesem bleigrauen Himmel leben musste, in der erstickenden Atmosphäre dieser engmaschigen Landschaften, die zunehmend der Urbanisierung zum Opfer fielen. Er war ein Bergbewohner und liebte nichts mehr als Skifahren und Klettern. Für dieses Leben war er einfach nicht geschaffen.

An einer Ampel blieb er hinter einem Dreißigtonner stehen. Bald würde er Bescheid wissen. Jetzt, wo er eine Adresse in Australien, den falschen Namen des Gesuchten und die richtige

Identität seiner Lebensgefährtin herausgefunden hatte, mussten sie ihm ins Netz gehen.

Er fand einen Parkplatz in der schmalen Straße auf der Rückseite des Gebäudes, in dem die Firma ihren Sitz hatte. Bei Nacht war die Straße beinahe verlassen, nur zwei oder drei Passanten hasteten vorbei, mit gesenktem Kopf versuchten sie, dem Regen und dem Wind zu trotzen. Die Eingangshalle, ein großer rechteckiger Raum, die Wände und der Fußboden aus Marmor, strahlte kühle Geschäftsmäßigkeit aus. Allein ein paar anämische Grünpflanzen heiterten die Atmosphäre auf. Er grüßte den Nachtportier und steckte seine Karte ins Lesegerät, sogleich sprang die Plexiglastür zurück. Die Büros der Firma befanden sich in den beiden oberen Etagen. Dort gab es eine weitere Sicherheitsschranke, eine Schleuse aus opakem Panzerglas, an Eingang und Ausgang mit Kameras ausgestattet. Nick betrat die Schleuse, legte seine Hand auf eine Glasplatte. Mit einem dumpfen Geräusch öffnete sich die zweite Tür. Möbel, Teppichboden, Stiche an der Wand, alles war funktional. Der Mann am Empfang sah von seiner Zeitschrift auf.

»Guten Abend, Arthur«, sagte er und ging weiter in das Büro, das er sich mit Werner geteilt hatte.

Wie an den Tagen zuvor startete er eine Sitzung mit seinem eigenen Zugangscode, dann eine zweite auf Werners Rechner mit dem von Margaret. Nach dreißig Minuten hatte er die Gewissheit, dass Zahra noch nicht offiziell nach Australien zurückgekehrt war. Natürlich war theoretisch eine Rückkehr per Schiff denkbar, doch schien dies in Anbetracht der Effizienz der australischen Einwanderungsbehörde recht unwahrscheinlich. Niemals hätte ein derart vorsichtiger Mensch wie Léonard das Risiko auf sich genommen, dass seine Lebensgefährtin festgenommen würde. Aber wo waren die beiden?

Nach einer Stunde stieß Nick plötzlich auf die Information, die er suchte. Sie fand sich in einer Datenbank der Einwanderungsbehörde, eine Korrespondenz per Mail. Der australische Minister für Einwanderungsangelegenheiten hatte von seinem Schweizer Amtskollegen Auskünfte über Zahra Kimzi angefordert. Alle afghanischen Staatsbürger, die ein Langzeitvisum beantragten, mussten sich einem speziellen Sicherheitscheck unterziehen, zahlreiche Papiere vorlegen sowie ein Empfehlungsschreiben der Behörden jener Länder, in denen sie zuvor gelebt hatten. Der Schweizer Beamte antwortete, dass er einige der von den Australiern geforderten Dokumente nicht beibringen konnte, was Nick nicht erstaunte. Die Kontrollen waren schärfer geworden, es war viel schwieriger für Zahra, heute nach Australien einzureisen als 1999 in die Schweiz. Der 11. September hatte seine Spuren hinterlassen, selbst in Ozeanien. Das Verwaltungsproblem wurde – nach einem entsprechenden Schriftwechsel mit dem afghanischen Konsulat – vom Schweizer Ministerium bestätigt. Die Antwort der Australier war eindeutig: Ohne diese Dokumente konnte keine Einreise gestattet werden. Die perfekte Antwort eines Bürokraten.

Die beiden hielten sich also nicht in Australien auf, denn Zahra konnte dort nicht legal einreisen, solange sie nicht über die geforderten offiziellen Papiere verfügte: ein Familienbuch und vor allem eine Originalgeburtsurkunde, die weniger als sechs Monate alt war und die sie nur in ihrem Ursprungsland bekam. Die Schlussfolgerung lag auf der Hand: Sie musste dort sein. In Afghanistan. In der Höhle des Löwen, mit ihrem Geliebten.

Als guter Soldat hätte er nun die Information an den General weitergegeben, und die Firma hätte binnen kurzem Léonard und Zahra dingfest gemacht. Die Anerkennung seiner Vorgesetzten wäre ihm sicher gewesen, die Angelegenheit für ihn erledigt. Er hätte sich verdient gemacht, vielleicht wäre er befördert worden.

Und doch …

Und doch hatten ihn seine Chefs von Anbeginn angelogen. Und sie waren in Gräueltaten verwickelt wie die Ermordung von Funktionären eines befreundeten Landes und die Planung eines Attentats mitten in Kabul. Sie waren Zyniker, grausame Zyniker. Er vertraute ihnen nicht mehr. Er wollte sie in ihrem Wahnsinn stoppen. Er hatte Lust, sie zu zerstören.

Plötzlich ging die Tür zu seinem Büro auf.

»Margaret! Was machst du denn hier?«, rief er.

Sie wirkte besorgt. Da niemand sie sehen konnte, gab sie ihm einen flüchtigen Kuss auf den Mund.

»Nick, ich habe ein Gespräch auf dem Flur mitangehört. Scheint so, als suchen sie nach dir.«

»Wer, ›sie‹?«

»Drei K-Männer. Joseph will dich sprechen. Sie hatten Waffen bei sich und wirkten äußerst übellaunig. Was hast du getan?«

»Nichts … Bist du sicher, dass sie zu dritt sind?«

»Ja.«

Nick war wie versteinert. Joseph hatte keinen Grund, ihm zu misstrauen, er hatte keinerlei Spuren seiner Recherchen hinterlassen. Warum waren sie hinter ihm her? Schweiß trat ihm auf die Stirn.

»Was hast du? Bist du krank?«

»Nein, ich hab Angst«, gab er zu. »Hör zu, sag nicht, dass du mich hier gesehen hast. Kann ich mich auf dich verlassen?«

»Ja, aber …«

»Es ist wichtig! Versprichst du mir es?«

»Du machst mir Angst, Nick.«

Langsam ging er zur Tür. Alles drehte sich in seinem Kopf. Er blickte zum Eingang am Ende des Flurs. Der Empfang hatte gewechselt, ein junger Mann saß nun dort, den er nicht kannte. Er schlich unbemerkt in die Küche, zwei Kollegen aus dem Wirtschaftsanalyseteam unterhielten sich dort bei einem Kaffee. Er spürte, wie ihm das Herz in der Brust schlug, versuchte, sich zu beruhigen, ohne dass es ihm gelang. Wenn er die Hintertreppe nahm, konnte er das Gebäude ungesehen verlassen, doch was dann? Auf einmal wurde ihm bewusst, dass er in einer Sackgasse steckte. Hatte die Firma ihn erst einmal im Visier, würde sie ihn bis ans Ende der Welt verfolgen. Er hätte lediglich nach London ausbüchsen und bei seinem Vater Unterschlupf suchen können, um dann die englischen Behörden um Schutz zu bitten.

Er ging zurück in sein Büro. Niemand wartete dort auf ihn. Er zog eine Schreibtischschublade auf: Seine Dienstwaffe war verschwunden. Zum Glück wussten seine Vorgesetzten nicht, dass er eine weitere Waffe in seiner Aktentasche verbarg, die große Automatikwaffe, die er bei seiner Suche nach Yasmina benutzt hatte. Er vergewisserte sich, dass sie geladen war, und steckte sie dann in die Jackentasche. Der Haupteingang wurde von einem K-Mann bewacht, unmöglich, sich dort unbemerkt hinauszubewegen. Er schlug die Gegenrichtung ein, zum Notausgang. Auch die Firma musste sich an die Sicherheitsbestimmungen der Stadt Bern halten, die regelmäßig Brandschutzkontrolleure schickte, um die Gebäude zu überprüfen. Und das war die Schwachstelle: Die Sicherheitsvorkehrungen zielten zwar darauf ab, den Zugang zur Firma zu erschweren, konnten aber nicht das Hinauskommen verhindern. Er öffnete die Tür, die auf die Fluchttreppe hinausging, und stand auf einem Treppenabsatz. Über ihm war eine Kamera angebracht. Mit einem leisen Summen begann sie herumzuschwenken, der Bewegungsmelder hatte Nick aufgespürt. Nick blieb nicht viel Zeit. Vor ihm lag eine gepanzerte Tür. Er wusste, dass auf der anderen Seite weder eine Klinke noch ein Schloss angebracht waren. Es sei denn, ein Alarm wurde ausgelöst … Kurzentschlossen drückte er die Klinke hinunter – keine Sirene ertönte. Er sprang die Stufen hinunter, doch plötzlich hielt er inne. Ein Geräusch. Jemand kam die Treppe hochgerannt. Hastig tastete er nach seiner Waffe, entsicherte sie, hetzte weiter nach unten. Auf einmal stand er zwei Männern gegenüber. Kurzgeschorene

Schädel, undurchdringliche Gesichter, eiskalte Blicke. K-Männer. Er richtete seine Waffe auf sie.

»Keinen Schritt weiter!«, keuchte er.

»Du wirst gesucht, Nick«, erwiderte einer von ihnen ruhig. »Joseph will dich sprechen. Steck deine Waffe ein und komm mit.«

»Aus dem Weg!«, brüllte Nick.

»Was ist los mit dir?«, sagte der andere. »Komm schon …«

Der K-Mann machte einen Schritt nach vorn. Nick drückte ab. Kleine Gipsstücke und eine geborstene Neonröhre fielen herunter.

»Hände über den Kopf!«

»Ganz ruhig bleiben, Junge«, sagte einer der beiden, folgte aber dem Befehl. »Sie wollen nur reden. Der General hat ein paar Fragen an dich.«

»Hinlegen! Los, legt euch sofort auf den Boden!«

Die beiden Männer tauschten einen Blick. Nick schoss erneut, diesmal traf er einen der K-Männer am Schenkel. »Scheiße! Nick!«

Er verzog kaum das Gesicht, zeigte keine Spur von Angst oder Emotion. Nichts. Der Treppenabsatz war groß, aber Nick musste dennoch dicht an den K-Männern vorbeigehen, wenn er weiter nach unten wollte.

»Näher an die Wand«, befahl er mit fester Stimme. »Gesicht zur Wand. Los, schneller!« Er versuchte sich daran zu erinnern, was man ihm bei seinem Eintritt in den SND beigebracht hatte. »Und jetzt die Arme ausbreiten. Noch weiter. Genau so. Die Hände nach außen drehen!«

Den Lauf seiner Waffe an den Brustkorb gepresst, damit sie ihm nicht so leicht aus der Hand geschlagen werden konnte, schob Nick sich an den beiden Agenten vorbei. Sein Puls raste. Als er den Treppenabsatz hinter sich gebracht hatte, rannte er panisch die Stufen hinab. Er hörte, wie sich der unverletzte K-Mann hochrappelte. Zwei Schüsse ertönten, doch das Treppenhaus war zu eng, so dass sich kein guter Schusswinkel ergab, die Kugeln flogen weit an ihm vorbei. Ein weiterer Schuss. Diesmal streifte die Kugel seinen Arm. Er durfte nicht anhalten, er wusste, dass er es mit einem K-Mann nicht aufnehmen konnte. Wenn er aus der Deckung trat, um zu schießen, würde der andere ihn mit Sicherheit treffen. Er flog über die Stufen und riss die Tür zum Notausgang im Erdgeschoss auf. Mit einem dumpfen Geräusch stieß sie gegen Kartons, die sich vor einer Ziegelsteinmauer stapelten. Er befand sich in einer schmalen Straße zwischen zwei Gebäuden. Schweißgebadet rannte er zu seinem Auto, es stand direkt vor dem Feinkostladen. Plötzlich hörte er hinter sich zwei gedämpfte Schüsse. Er drehte sich um, schoss ebenfalls, die Kugel traf den K-Mann in die Brust. Der Mann brach zusammen, es gelang ihm aber noch, eine Kugel abzufeuern. Nick stockte der Atem, er hatte das Gefühl, jemand hätte ihm mit einer Eisenstange zwischen die Beine geschlagen. Er fiel hin, gegen einen Mülleimer voll verfaulter Früchte. Er blutete, doch mit letzter Kraft erreichte er das Auto. Er stürzte sich hinein. Niemand verfolgte ihn. Er fuhr los.

Der Schmerz war höllisch.

Einen Kilometer weiter entdeckte er ein Parkhaus, er lenkte den Wagen bis zur vorletzten Etage hinauf, schaltete den Motor aus. Er atmete tief durch, dann zog er die Hose herunter. Die Kugel hatte ihn lediglich gestreift, eine nicht sehr tiefe Linie zog sich über seine Haut. Die Wunde blutete stark, war aber doch nur oberflächlich, wie er feststellte. Nur eine Kugel vom Kaliber 22 konnte eine derart saubere, feine Wunde hinterlassen. Ihm wurde klar, dass der K-Mann ihn nicht hatte töten wollen.

Die Wunde würde rasch vernarben. Man musste sie nur desinfizieren und verbinden. Er versuchte anzufahren, doch seine Hände zitterten so sehr, dass es ihm nicht gelang, den Kontakt mit dem Schlüssel herzustellen.

»Komm schon, beruhige dich«, beschwor er sich mit zusammengebissenen Zähnen.

Endlich gelang es ihm, zu starten. Doch wohin sollte er fahren? Sicher warteten sie schon vor seiner Wohnung auf ihn. Außerdem kannten sie die Namen all seiner Exfreundinnen. Plötzlich kam ihm eine Idee. Langsam und darauf bedacht, die Geschwindigkeitsbeschränkung einzuhalten, hielt er sich in Richtung seines Sportstudios. Nach einer gefühlten Ewigkeit tauchte ein hell erleuchtetes Gebäude vor ihm auf. Eine Gruppe Jugendlicher stand vor dem Eingang, Sporttaschen über der Schulter.

Er schaltete die Warnblinkanlage ein. Der Lauf des Revolvers in seiner Manteltasche war noch heiß. Es waren nur noch vier oder fünf Kugeln übrig, damit würde er einem entschlossenen Einsatzkommando nicht beikommen. Einige Monate zuvor hatte er seinen gefälschten Zweitpass in dem Studio versteckt. Damals hatte es eigentlich keinen Grund dafür gegeben, es war lediglich eine Vorsichtsmaßnahme: In seinem Metier wusste man nie, was einen am nächsten Tag erwartete. In der technischen Abteilung des SND hatte er gelernt, wie man ein offizielles Dokument herstellte. Er hatte einfach aus einem Haufen belgischer Pässe einen herausgefischt. Mit den offiziellen Stempeln und allem Notwendigen, das er dort zur Verfügung hatte, war es ein Kinderspiel gewesen.

17

Osama erwachte als Erster. Lautlos schlüpfte er aus dem Haus. Die Sonne war noch nicht über die Berge gestiegen, auf denen sich jedoch bereits ein rosiger Morgenschimmer abzeichnete. Er nahm seinen Teppich, da er plötzlich ein Bedürfnis verspürte, oben auf dem Hügel über dem Dorf zu beten, dort, wo er einen großartigen Blick über die ganze Umgebung hatte. Als er dort ankam, hatte sich der Morgendunst aufgelöst, und die Sonne warf ihr Licht auf die nackten Berge, die sich orange und grau färbten. Eine herrliche Landschaft, schweigend betrachtete er sie; er empfand ein Gefühl tiefer Dankbarkeit. Allah hatte diese Schönheit geschaffen, wie schade, dass die Afghanen sie nicht einfach genießen konnten, in Frieden. Bald würde er nach Kabul zurückkehren und Wali Wadis CD lesen. Da er diese Informationen nicht aufbewahren konnte, ohne sein Leben aufs Spiel zu setzen, würde er sie dem Justizministerium überantworten oder sie sogar im Internet veröffentlichen: Sobald die Daten aller Welt zugänglich waren, durfte er sich in Sicherheit wiegen. Er dachte an Mullah Bakir, der diese Informationen haben wollte, an die Westler, die versucht hatten, ihn dafür zu töten. Er musste wissen, was sich auf der CD befand, vorher konnte er nichts unternehmen und auch keine Konsequenzen in Betracht ziehen.

Während er zum Beten niederkniete, bemerkte er eine Bewegung in der Ferne. Er kniff die Augen zusammen. Es waren die Silhouetten von bewaffneten Männern, die durch die Berge zogen. Sie mussten an die zwanzig sein, einige zu Fuß, andere zu Pferd. Vielleicht sogar fünfundzwanzig. Nur die Taliban waren imstande, sich so im Gebirge fortzubewegen, zu Fuß und zu Pferd. Osama verspürte ein leichtes, aber deutliches Unbehagen. Sogleich rollte er seinen Gebetsteppich zusammen und sprang den Hang hinab, um zurück ins Dorf zu gelangen. Rangin war dabei, sich das Gesicht mit dem Wasser aus seiner Feldflasche zu waschen.

»Was ist los?«, fragte er, alarmiert von Osamas Nervosität.

»Eine Gruppe bewaffneter Männer, weniger als eine Stunde Fußmarsch von hier entfernt. Sie haben Pferde, wir müssen fort von hier. Wo ist Abdullah?«

»Der schläft noch.«

»Weck ihn auf, wir fahren auf der Stelle los.«

Osama begab sich auf die Suche nach ihrem Gastgeber. Er fand ihn hinter dem Haus, bei der Verrichtung seiner Notdurft.

Osama räusperte sich. »Die Straße ist nicht sicher in Richtung Osten«, verkündete er nach einer höflichen Pause. »Ich habe eine Gruppe Männer dort gesehen. Wir müssen sofort in eine andere Richtung aufbrechen.«

Osama rief sich die Landkarte in Erinnerung, die er in Kandahar zusammen mit Officer Kukur studiert hatte. Im Südwesten der Gegend, in der sie sich augenblicklich befanden, lag eine belutschische Zone. Dorthin würden ihn die paschtunischen Taliban nicht verfolgen.

»Wie kommt man nach Südwesten«, fragte er schließlich, »zur belutschischen Zone? Gibt es einen Weg, den man mit dem Auto befahren kann?«

Der Anführer überlegte.

»Es gibt eine Schotterpiste vom Dorf aus, dort unten. Folgt ihr zwei Stunden lang. Dann kommst du zur Kuppe eines Hügels, dem höchsten weit und breit. Anstatt wieder ins Tal hinunterzufahren, musst du rechts in Höhe des Hügels weiterfahren. Vielleicht trägt der Weg deinen Wagen, vielleicht auch nicht. Nach einem halben Tag Fahrzeit gelangst du zu einem weiteren Kamm, noch höher als der vorherige, du wirst ihn erkennen, man nennt ihn die blaue Hügelkette. Hütet euch vor den Minen, die Russen haben Hunderte in diesen Bergen abgeworfen. Springminen und Spielzeugminen, viele Männer, Frauen und Kinder kamen durch sie um. Nach dem Hügelkamm folgt eine Hochebene. Dort leben die Belutschen, aber seid vorsichtig, sie kennen nicht die Gastfreundschaft der Paschtunen. Wie es heißt, schlitzen sie Fremden, die sich verirrt haben, die Kehle auf.«

»Wir werden uns schon durchschlagen«, sagte Osama.

Wenig später holperten sie über eine Schotterpiste, noch schlimmer als die auf der Hinfahrt, der Toyota konnte sich nur im Schritttempo vorwärtsbewegen.

»Was meinte er genau, als er uns vor den Springminen warnte?«, fragte Rangin. »Und was sind Spielzeugminen? Ich dachte, alle Minen funktionieren nach dem gleichen System.«

»Springminen sind spezielle Minen, die die Russen gegen Ende des Kriegs abgeworfen haben«, erläuterte Osama. »Sie sind durch Wind und Wetter von Staub und Sand bedeckt, bleiben aber lange Zeit aktiv. Wenn man drauftritt, werden sie von einer Feder in die Luft geschleudert und explodieren. Anstatt einem das Bein abzureißen, bohren sich die Splitter in Kopf und Brust. Die Spielzeugminen sind Modelle im Taschenformat aus farbigem Plastik, die speziell für Kinder angefertigt werden. Sie fühlen sich von den kräftigen Farben angezogen. Wenn ein Kind eine aufhebt, wird ein Detonationsmechanismus ausgelöst. Hier in diesen Bergen gibt es viele Kinder, denen eine Spielzeugmine die Hand oder den Arm abgerissen hat. Widerwärtig.«

Rangin schwieg schockiert. Er war ein junger Mann aus der Hauptstadt, der nicht Bescheid wusste über all die Grausamkeiten, die auf dem Land begangen worden waren, sowohl von den Russen als auch von den Taliban. Osama beneidete ihn um die Fähigkeit, sich noch entrüsten zu können. »Ich habe Angst, dass sie uns einholen. Fahren wir denn schneller, als ein Mensch zu Fuß geht?«, fragte Rangin nach einer Weile beunruhigt.

»Nur unwesentlich«, erwiderte Osama.

Als sie auf der Spitze des ersten Hügels waren, griff Osama nach dem Fernglas. Die Taliban hatten inzwischen beinahe das Dorf erreicht.

»Sie werden doch nicht alle umbringen?«, fragte Rangin voller Sorge.

»Nein. Hier auf dem Land ist die *Melmastia* oberstes Gebot. Man kann diesen Dorfbewohnern nicht verübeln, dass sie anderen Muslimen Gastfreundschaft gewährt haben.«

Ein Schuss, dem weitere folgten, widerlegte Osamas Worte. Leichenblass griff er erneut zum Fernglas. Er sah, wie die Krieger die Dorfbewohner aus den Häusern scheuchten und sie zu Boden warfen.

»Mein Gott, sie werden sie doch nicht umbringen, diese Dreckskerle!«, rief Rangin. »Wir müssen hin, um ihnen zu helfen!«

»Wir sind zu dritt, und sie sind mehr als zwanzig. Alles, was wir erreichen werden, ist, dass sie uns auch umbringen.«

Osama hoffte, dass sie die Frauen wenigstens sofort umbrachten, obwohl er nur zu gut wusste, dass es anders laufen würde. Sie würden sie erst foltern und vergewaltigen, ehe sie sie töteten. Nach ihrer Untat würden sie die Häuser anzünden und anschließend die ISAF-Schutztruppe des Verbrechens bezichtigten, ein Attentat der Alliierten sei fehlgeschlagen, behaupteten sie dann. Einige Journalisten glaubten ihnen, andere nicht, obwohl sie die Nachricht dennoch brachten, denn ein Krieg, bei dem keine Unschuldigen ums Leben kamen, interessierte niemanden. Viele Massaker der Taliban waren den amerikanischen Bombern in die Schuhe geschoben worden und hatten die Ressentiments einer unzureichend informierten Bevölkerung geschürt, die stets bereit war, zu glauben, dass die Besatzungsmächte für die Gräueltaten verantwortlich waren.

Zwei Stunden fuhren sie unbehelligt weiter, mit derselben nervtötenden Schrittgeschwindigkeit. Ab und zu prüfte Osama mit dem Fernglas die Lage. Der Abstand zwischen ihnen und ihren Verfolgern hatte sich kaum verringert. Wenn sie jetzt eine Panne hatten, wären sie verloren. Gleichsam als Echo auf seine Gedanken stieß Abdullah plötzlich einen Fluch aus.

»Was ist los?«, fragte Osama.

»Wir haben einen Platten.«

In fiebriger Hast wechselten sie den Reifen. Die Bolzen hatten sich verklemmt, sie dachten schon, sie könnten das Rad niemals abschrauben. Endlich fuhren sie weiter, nachdem sie mehr als eine halbe Stunde gestanden hatten. Der Pass, den der Dorfälteste erwähnt hatte, ragte vor ihnen auf. Plötzlich tauchten zwei Männer wie aus dem Nichts auf dem Kamm auf. Männer mit Turbanen und einem Gewehr in der Hand.

»Halt an«, befahl Osama.

Er stieg mit der Dragunow aus. Das Gewehr mit dem charakteristischen massiven Holzkolben und dem riesigen Zielfernrohr war ihm vertraut, er hatte jahrelang damit gelebt, hatte damit gekämpft, es nachts an sich gedrückt, hatte es beim Schießen an seine Wange gepresst und jedes Mal sein Zittern gespürt, wenn sich der ohrenbetäubende Schuss löste. Während er eine Kugel in den Gewehrlauf steckte, erinnerte er sich voll Bitterkeit daran, dass er sich geschworen hatte, nie mehr ein Gewehr mit Zielfernrohr zu benutzen. Doch was galt schon ein Versprechen in Afghanistan? Er verfluchte die Taliban und stützte sich mit dem Gewehr auf das Autodach. Die Silhouette des ersten Mannes war deutlich im Visier zu sehen. Er drehte am Schärferegler. Der Mann war ungefähr tausend Meter weit weg, es wehte ein heftiger Wind, seine Zielobjekte waren in ständiger Bewegung. Ein kniffliger Schuss, der nur ganz wenigen Scharfschützen unter diesen Bedingungen glückte.

Die Detonation hallte wie Kanonendonner in der Stille des Tales wider. Eine der beiden Gestalten bäumte sich auf und wurde dann wie eine Marionette nach hinten gerissen. Osama ließ dem zweiten Taliban keine Zeit zum Überlegen, er lud durch, drückte ab. Ein neuerliches Grollen. Auch die zweite Gestalt ging zu Boden.

»*Alhamdullilah,* Sie haben sie beide erwischt. Aus fast einem Kilometer Entfernung!«, stieß Rangin entsetzt und doch erleichtert aus.

»Los, fahren wir weiter!«, sagte Osama knapp.

Oben am Kamm angekommen, sahen sie die beiden toten Taliban am Wegrand liegen. Die Kugeln der Dragunow hatten ihnen keine Chance gelassen. Rangin stieg aus, um ihnen die Waffen abzunehmen, alte pakistanische Kalaschnikows, vor allem aber das Radio, das er im Wagen verstaute. Einer der Männer trug einen gekrümmten Dolch bei sich, die bevorzugte Waffe der Taliban, mit denen sie ihren Feinden die Kehle durchschnitten. Er warf ihn in den Graben.

»Wenn wir an jedem Gebirgspass erwartet werden, kommen wir nie weiter«, sagte er.

»Wir befinden uns in einer Gegend, die zum größten Teil eine Wüstenlandschaft ist, ich glaube nicht, dass sie hier so ohne weiteres viele Männer postieren können«, erwiderte Osama. »Wir haben also eine Chance.«

Plötzlich gab es einen ohrenbetäubenden Krach. Der Geländewagen schoss wie von einer Riesenhand angeschoben nach vorn, bis er unter Knirschen und Quietschen stehen blieb. Sie stiegen aus, um den Schaden zu begutachten. Die Schotterpiste hatte nachgegeben, der Toyota steckte in einem Loch, die Hinterreifen hingen in der Luft. Abdullah besah den Wagen von unten.

»Die Vorderachse ist verbogen. Wir brauchen eine Winde, um den Wagen wieder herauszukommen. Der ist hinüber!«

»Gehen wir zu Fuß weiter«, entschied Osama. »Wir sind nicht mehr weit von der belutschischen Hochebene entfernt.« Er deutete auf die Bergspitze. »Sie liegt hinter dem Kamm. Bis dorthin sind es noch drei Stunden Fußmarsch, vielleicht auch nur zwei.«

Sie deckten sich mit reichlich Wasser, Lebensmitteln und Munition ein und marschierten los.

»Sehen Sie nur!«, schrie Rangin plötzlich.

Osama drehte sich um. Die Reiter hatten sich von der Gruppe gelöst und kamen im Galopp auf sie zu. Er überlegte nur kurz. Dann hielt er Abdullah die CD hin.

»Ich werde sie mit der Dragunow in Schach halten. Du bist Paschtune, vielleicht lassen sie dich weiterziehen. Wenn du durchkommst, übergib diese CD deiner Mutter, sie soll sie dem Chef des Nachrichtendiensts bei der Polizei in Kabul zuspielen. Es ist ein Freund von mir, er heißt Reza, er weiß, was damit zu tun ist. Dann geh bitte zu meiner Frau, sag ihr, dass ich sie liebe und dass es mir leidtut, mein Leben nicht an ihrer Seite beenden zu können.«

Er umarmte die beiden Männer, stellte sich in Positur, das Gewehr auf einen Felsen gestützt, und wartete. Er musste ihre

Verfolger näher herankommen lassen, bis sie in Schussweite waren. Die Sonne wärmte sein Gesicht, Schweißtropfen liefen ihm ins Auge. Keine zwanzig Minuten später sah Osama, dass sie die richtige Entfernung hatten. Einen Kilometer. Er sah sich nach seinen beiden Gefährten um. Sie liefen auf den Kamm zu, sie hatten keine Chance, den Reitern zu entkommen. Er ging in Schussstellung und zielte auf den Kopf des ersten Reiters. Eine krachende Detonation. Er setzte auf den zweiten Reiter an, der dritte versuchte hastig, sein Pferd zu wenden, doch Osama ließ ihm keine Gelegenheit mehr dazu. Seine Kugel traf den Mann im Rücken und ließ ihn seitlich vom Pferd stürzen. Schweißgebadet richtete Osama sich wieder auf, die drei Pferde waren unruhig stehen geblieben. Er konnte sie nicht am Leben lassen, sie kämen der Nachhut der Reiter gelegen. Die Tiere waren zu weit weg, als dass er sie zu Fuß hätte einfangen können, und er konnte nicht abschätzen, wie schnell die anderen Verfolger zu Fuß waren. Daher erschoss er sie mit einer genau platzierten Kugel. Ihn überkam tiefe Traurigkeit, als er die Dragunow wieder über die Schulter legte und seinen Kameraden in strammem Tempo hinterherlief, die jenseits des Kamms warteten. Als er kurz innehielt, blickte er auf eine immense, mit Büschen und einzelnen spärlichen Bäumchen bestandene Hochebene. Sie erstreckte sich kilometerweit vor seinen Augen. Dahinter erkannte man ein Dorf, überragt von dem Minarett einer Moschee. Belutschen, Männer seines Volkes. Sie waren gerettet. Osama eilte auf seine beiden Kameraden zu. Plötzlich sah er, wie der junge Abdullah den Weg verließ und auf einen großen Felsen in einigen Hundert Metern Entfernung zusteuerte.

Er brüllte aus Leibeskräften. »Abdullah! Nein! Bleib, wo du bist!«

Als er ihn rufen hörte, blieb der junge Mann stehen, doch er war zu weit, um ihn verstehen zu können. Er winkte Osama freundlich zu und marschierte zu dem Felsen hinüber, während er sich die Hose aufknöpfte. Fieberhaft zurrte Osama am Haltegurt seines Gewehrs. Er musste unbedingt Abdullahs Aufmerksamkeit auf sich ziehen. Im selben Augenblick hörte er ein trockenes Knacken. Wie in einem Alptraum sah er eine Art graue Scheibe in die Luft steigen, über den Kopf des jungen Mannes. Die Scheibe explodierte und traf Abdullah direkt im Gesicht. Der junge Mann vollführte eine makabre Pirouette. Als Rangin ihm zu Hilfe eilen wollte, schoss Osama zweimal in die Luft. Rangin stockte und blickte sich um. Osama hielt die Hände oberhalb seines Kopfes über Kreuz, das Zeichen, sich nicht von der Stelle zu bewegen.

»War das eine Springmine?«, fragte Rangin leichenblass. Er zitterte am ganzen Leib.

»Ja, bleib hier. Ich werde zu Abdullah hinübergehen, indem ich in seine Fußstapfen trete.«

Der Leichnam bot kein schönes Bild. Osama musste sich überwinden, ihn zu durchsuchen. Die CD, er brauchte die CD. Als er sie schließlich entdeckte, wollte er seinen Augen nicht trauen. Das Plastik war geschmolzen. Verzweifelt senkte Osama den Kopf. Es gab keine CD mehr. Es gab keine Spur mehr. Er hatte verloren.

Osama starrte auf Abdullahs Blut, das ihm von den Händen tropfte. Überall war Blut. Abdullahs Blut. Babraks Blut. Gulbudins Blut.

Zum ersten Mal seit dem Tod seines Sohnes begann er, hemmungslos zu weinen.

Zweiter Teil

18

Der alte Geländewagen fuhr quietschend auf dem Parkplatz des Grenzpostens in Torkham vor – einer heruntergekommenen Stadt mit Häusern aus Lehm und hässlichem Beton, die durch die Präsenz der paschtunischen Militärs mit ihren geschulterten Kalaschnikows furchterregend wirkte.

»Gehen wir was trinken, bevor wir die Grenze passieren«, schlug Nicks Führer vor. »In der Mittagspause sind weniger Agenten vom pakistanischen ISI unterwegs, die unliebsame Fragen stellen könnten.«

»In Ordnung«, sagte Nick.

Die Reise hatte ihn erschöpft, und die Wunde an seinem Bein schmerzte immer noch. Nach seiner Flucht war er mit dem Auto über die italienische Grenze gefahren. Dort hatte er einen Bus nach Mailand genommen und sich dort behandeln lassen – ein Haushaltsunfall, so hatte er behauptet. Der junge Chirurg war ihm gleich sympathisch gewesen, ein Senegalese, der gerade sein Studium an der Universität Dakar abgeschlossen hatte und perfekt Französisch sprach. Nachdem er genäht worden war, hatte Nick unter falschem Namen ein Flugzeug nach Dubai bestiegen, dann ein weiteres nach Islamabad. Ein normaler Reiseverlauf für Geschäftsleute, Journalisten und Leute im Dienst humanitärer Organisationen, nichts, was große Aufmerksamkeit auf sich zog.

Obwohl er sich inzwischen pakistanische Kleidung zugelegt und sich seit zwei Tagen nicht rasiert hatte, sah man Nick an, was er war: ein junger Westler, der verloren wirkte in einem Land, in dem er sich nicht auskannte. Man musterte ihn verstohlen, bisweilen auch feindselig. Zum Glück verhinderte die Kalaschnikow, die ihm am Schulterriemen baumelte, lästige Nachfragen. In Islamabad hatte er sich von einem Taxifahrer, der kein Wort Englisch sprach, nach Peschawar fahren lassen, der Hauptstadt von Ost-Pakistan. Mitten in der Stadt war er ausgestiegen, um ein weiteres Taxi zu nehmen und einen Führer zu finden, der ihn an sein endgültiges Ziel brachte. Er hatte einen speziellen Erlaubnisschein kaufen müssen, der es ihm gestattete, die Stammeszone zu betreten. Die Erlaubnis gab es eigentlich kostenfrei, aber das Home Department of Tribal Affairs war so korrupt, dass er beinahe zweihundert Rupien hatte hinlegen müssen, um das Dokument sofort zu erhalten. Vorsichtshalber hatte er fünf Kopien des Passierscheins und seines Passes angefertigt und jeder einen Hundert-Rupien-Schein beigelegt. An den vier Kontrollposten, an denen er zwischen Peschawar und der Grenze angehalten wurde, wirkten die Fotokopien wahre Wunder: Die pakistanischen Militärs steckten das Geld ein und winkten sie ohne weitere Fragen durch. Am Checkpoint Michni bewunderte er das atemberaubende Panorama. Die Gegend war gefährlich, aber sein bewaffneter Führer – jeder Westler, der Peschawar verließ, musste einen haben – wirkte vertrauenswürdig. Er war Mitglied der Khyber Agency, der offiziellen Organisation, die das Monopol für den Begleitschutz der Reisenden aus dem Westen innehatte. Nick hatte sich als belgischer Arzt ausgegeben, der für eine humanitäre Organisation arbeitete. Sein Führer schien es ihm abzunehmen, hatte aber dennoch darauf bestanden, ihn zum Souk von Peschawar zu bringen, zweifellos dem weltweit größten Waffenmarkt unter freiem Himmel, wo alles produziert und verkauft wurde, von der als Füller getarnten Pistole bis zum

Raketenwerfer. Er schien enttäuscht, als Nick sich weigerte, eine Waffe zur Selbstverteidigung zu erstehen.

Schweigend trank Nick seine lauwarme Cola und genoss diesen Augenblick der Ruhe vor dem letzten Teil seiner Reise. Zwischen Torkham und Kabul lagen mindestens zehn Stunden Autobahn, wenn alles gutging. Auf der anderen Seite der Grenze warteten unzählige Taxis auf afghanische und pakistanische Händler, die diese strategische Route täglich nahmen. Trotz seiner Müdigkeit spürte Nick eine leichte Erregung beim Gedanken daran, den berühmten Khaiberpass zu überqueren, eine schmale Lücke im Massiv des Hindukusch, dem höchsten Gebirge Afghanistans, durch das sich schon Generationen von Abenteurern gezwängt hatten.

»Glauben Sie, dass der Rest der Fahrt genauso ruhig verlaufen wird?«, fragte er den Führer, als sie ausgetrunken hatten.

»Die Strecke ist sehr gefährlich«, erklärte dieser in seinem bruchstückhaften Englisch. »Wir warten lieber auf einen militärischen Konvoi.«

Die Region war paschtunisch und den Machthabern gegenüber feindlich gesinnt, die Taliban bewegten sich zu beiden Seiten der Grenze frei. Die Achse Peschawar–Dschalalabad–Kabul war eine der wichtigsten im ganzen Land und wurde streng kontrolliert: im Osten von der pakistanischen Armee, im Westen von der afghanischen und nun von der NATO. Dennoch kam es ständig zu Überfällen. Wich man nur ein paar Kilometer von der Straße ab, befand man sich auf feindlichem Terrain.

Sie warteten zwei Stunden, bis mehrere weiße Geländewagen mit dem Emblem der UNO auftauchten. Sein Führer erkundigte sich. Ein paar Minuten später kehrte er zurück, ein zufriedenes Lächeln auf dem Gesicht.

»Sie fahren nach Kabul. Ich habe ihnen gesagt, dass Sie Arzt sind, und sie haben sich bereit erklärt, Sie mitzunehmen. Sie müssen auf der anderen Seite auf sie warten.«

Nick verabschiedete sich von seinem Führer. Dann setzte er den Rucksack auf und ging zwischen großen Pfützen mit geschmolzenem Schnee zum Grenzposten hinüber. Er zahlte zwei ärmlich gekleideten pakistanischen Zöllnern fünfhundert Rupien, sie winkten ihn wortlos durch. Auf afghanischer Seite herrschte ein entsetzliches Durcheinander. Soldaten schliefen direkt auf dem Boden, in Decken eingerollt, um gegen die Kälte anzukämpfen. Überall warteten aufgebrachte paschtunische Händler darauf, die Grenze passieren zu dürfen, andere diskutierten leise mit den finster dreinblickenden Grenzern und zahlten Bakschisch in Höhe von ein paar Hundert Afghanis, um den Prozess ein wenig zu beschleunigen. Er steckte einem Mann zwanzig Dollar zu, worauf dieser ihm sofort ein Dreimonatsvisum für humanitäre Zwecke ausstellte. Zehn Minuten später fand er sich auf einem steinigen Parkplatz wieder.

*

Seit seiner Rückkehr hatte Osama die meiste Zeit bei sich zu Hause verbracht, er wollte niemanden treffen.

Nach dem Verlust von Abdullah waren Rangin und er freundlich in dem belutschischen Dorf aufgenommen worden. Man hatte ihnen eine Gruppe belutschischer Krieger als Geleitschutz für ihre Route durch feindliches, ödes Gebiet an die Seite gestellt. Und so waren sie nach fünf Tagen wieder in Kabul angekommen – mit Zwischenstationen in Kajaki Dam, dann in Kandahar, wo Osama Officer Kukur die Nachricht vom Tod ihres Sohnes hatte überbringen müssen. Sie, die seit Jahren Todesdrohungen, Mordversuche und Einschüchterungsversuche aushielt, ohne mit der Wimper zu zucken, war in Tränen ausgebrochen; er hatte sie nicht trösten können. Als er daran dachte, wurde ihm übel.

In jedem anderen Land hätte das Wiederauftauchen zweier als verschwunden deklarierter Polizisten großes Echo in der Bevölkerung gefunden und vielleicht sogar eine erregte Debatte ausgelöst. Seine Zeugenaussage wäre auf der Titelseite der Zeitungen gelandet. Nichts dergleichen war geschehen. Der Innenminister hatte sein übliches doppeltes Spiel getrieben. Während Osamas Abwesenheit hatte er rasch ein Gerücht in Umlauf gebracht: Er ließ alle Mitarbeiter des Kommissariats glauben, Osama und seine Männer seien von einer Gruppe Taliban angegriffen worden, die ihnen die Autos gestohlen und die Verletzten dann entführt und zu Tode gemartert hätten. Ihre leibhaftige Rückkehr war wie eine Bombe eingeschlagen, doch folgenlos geblieben.

Osama hatte insgeheim auf ein Wunder gehofft, als er die Überbleibsel der von der Springmine zerstörten CD den Leuten von der Spurensicherung übergeben hatte. Das Ergebnis war indes zweifelsfrei gewesen: Die Bruchstücke erwiesen sich als unbrauchbar. Der *Qoumaandaan* hatte vehement erklärt, von einer Drohne angegriffen worden zu sein und nicht von Taliban, doch es half nichts, es fehlten die Beweise. Die Wracks der beiden von den Geschossen zerstörten Wagen hatten sich in Luft aufgelöst, waren wahrscheinlich bereits an einen Schrotthändler verkauft worden.

Osama hatte eine mächtige politisch-militärische Maschinerie gegen sich aufgebracht, indem er die Verhaltensregeln missachtet hatte. Natürlich hatte er im Sinne der Ermittlung gehandelt, doch was unter dem Strich herausgekommen war, war erschreckend: Er hatte seine fünf besten Männer verloren, darunter seine beiden Assistenten, mehrere Unschuldige waren umgekommen, und die Akte Mandrake gab es nicht mehr. Mit einem Wort: Er hatte versagt.

Völlig versagt.

Als wäre dies nicht genug, hatte der Minister eine Untersuchung gegen ihn eingeleitet, weil er sich den Dienstvorschriften widersetzt hatte. Bald würde man ihn suspendieren, kein Zweifel.

Er brütete gerade über seinem Fehlschlag, als es an seiner

Tür klopfte. Ein Junge überbrachte ihm einen Brief: der Bote Mullah Bakirs. Osama setzte sich, um den Brief zu lesen, der in eleganter Handschrift auf schönem Papier verfasst war.

Qoumaandaan,

mein Informant teilte mir mit, dass der Minister sich anschickt, einen Haftbefehl gegen Sie zu erlassen, der Ihnen in wenigen Stunden zugestellt werden wird. Der Minister bereitet diesen Schachzug seit mehreren Tagen vor. Er hat lediglich so lange gewartet, bis sein Kollege aus dem Justizministerium heute Morgen nach Europa geflogen, also außer Reichweite ist. Ein Staatsanwalt von Seinen Gnaden wird Ihren Haftbefehl unterzeichnen. Der Gegenstand der Anklage ist vielfältig. Zum einen klagt man Sie an, Kabul mit Ihren Männern verlassen und somit Ihren Kompetenzbereich überschritten zu haben, und zwar ohne einen entsprechenden Auftrag und auf einer Straße, die nicht zuvor von der Armee gesichert wurde; außerdem werden Sie des heimlichen Einverständnisses mit den Taliban bezichtigt, was erklären würde, weshalb Sie als Einziger zusammen mit Ihrem Kollegen Rangin mit dem Leben davongekommen sind.

Man wird Sie heimlich in Bagram inhaftieren, ohne dass irgendjemand Sie besuchen darf, ein Anwalt schon gar nicht. Zwei neue Assistenten werden Gulbudin und Babrak ersetzen. Der eine ist ein Turan aus Kandahar und steht dem Minister nahe, der andere ein Paschtune, der Sie verachtet. Die beiden haben den Auftrag, Ihre Abteilung gründlich »auszumisten«.

Widerstand zu leisten oder auf Ihre Unschuld zu pochen wäre in dem Fall völlig nutzlos.

Ich rate Ihnen, sich zu verstecken, bis wir etwas klarer sehen. Schicken Sie Ihre Frau aufs Land. Wenn Ihre Mittel zur Neige gehen, kann ich Ihnen schicken, was Sie brauchen, auch Waffen und Geld.

Verlieren Sie keine Zeit! Sie sind diesem Land nützlicher, wenn Sie am Leben bleiben, statt in dem düsteren Verlies, das Ihnen bestimmt ist, ›unglücklicherweise‹ umzukommen.

Es bleibt noch Hoffnung. Kämpfen Sie!

Ihr Freund,

Mullah Muhammad Bakir

Die Botschaft war niederschmetternd, aber nicht überraschend. Schnell fasste Osama sich wieder. Er packte ein paar persönliche Dinge in eine Reisetasche, steckte das gesamte Geld ein, das in der ganzen Wohnung auf diverse Schatullen verteilt war. Eine Pistole, mehrere Ersatzmagazine, Granaten, seine treue Kalaschnikow, seinen Koran. Viel mehr besaß er nicht. Dann entriegelte er die Tür zur Rumpelkammer. Er schob einen Haufen Kartons beiseite, um an die rückwärtige Wand zu gelangen. Mit dem Messer kratzte er den groben Mörtel ab, der ein Geheimfach in einem hohlen Ziegel verdeckte. Darin lagen zwei usbekische Pässe, die er 1998 einem Händler abgekauft hatte, damals, als die Taliban unbesiegbar zu sein schienen. Der erste Pass war auf den Namen Hamid Kadenis ausgestellt, der zweite auf Malalai Kadenis. Nachdenklich betrachtete er das gefälschte Dokument seiner Frau. Er hatte ihr nie etwas von diesem Pass erzählt, er hatte ihr ein Foto abgeluchst, ihn heimlich anfertigen lassen und dann versteckt. Sie wusste nicht, dass er damals daran gedacht hatte, mit ihr zu fliehen. Er hatte sich geschämt, so zu handeln, schämte sich bis heute für diesen Kleinmut, obwohl er sich dann ja entschieden hatte, Kabul den Rücken zu kehren und in den Bergen den Kampf gegen die Taliban aufzunehmen. Er nahm die beiden Pässe, brachte das Versteck wieder in Ordnung und kehrte zurück ins Haus.

Er war bereit zum Gehen.

Genau in dem Augenblick klopfte es an der Hintertür, die auf die kleine Straße hinausging und nie benutzt wurde. Neugierig, aber nicht sehr beunruhigt, griff Osama nach einer Waffe. Die Häscher des NDS hätten die Eingangstür eingetreten. Die Kamera, die er diskret auf dem Dach des Nachbarhauses hatte anbringen lassen und die auf seine Tür gerichtet war, sandte das Bild eines jungen Mannes, der allein, in Jeans und Sportjacke vor der Tür stand. Osama öffnete, die Waffe in der Hand.

»Kommissar Kandar?«, fragte der Fremde mit sanfter Stimme. Er war jung, ein Westler, hatte tiefblaue Augen und gelockte, ein wenig zu lange Haare.

»Ja. Wer sind Sie?«

»Ich heiße Nick Snee. Darf ich reinkommen?«

»Wozu?«, entgegnete Osama kühl.

»Ich würde gern mit Ihnen über Mandrake sprechen.«

Osama war sprachlos. Dann ließ er Nick eintreten.

»Wir haben nur sehr wenig Zeit. Ich muss fort von hier.«

»Sie sind im Begriff zu fliehen?«, fragte Nick überrascht.

»Das geht Sie nichts an. Wer sind Sie, und was wollen Sie?«

»Ich habe für eine Schweizer Organisation gearbeitet, die sich auf besonders heikle Missionen spezialisiert hat. Eine Geheimorganisation, die wir ›Die Firma‹ nennen.«

»Das sagt mir nichts.«

»Kein Wunder. Dennoch ist sie verantwortlich für das Leid, das man Ihnen in den vergangenen Wochen zugefügt hat, für die Angriffe, diverse Attentate. Minister Khan Durrani ist nur eine Schachfigur. Das Selbstmordattentat im Hamad Café. Die Mudschaheddin, die Sie auf dem Rückweg von Wali Wadis Büros überrascht haben. Die Drohne. Hinter alldem steckt die Firma.«

Osama stand auf, er war leichenblass geworden.

»Dreckskerl! Was fällt Ihnen ein, herzukommen und mich zu verhöhnen! Verlassen Sie auf der Stelle mein Haus!«

»Ich habe nichts mit diesen niederträchtigen Aktionen zu tun! Ich bin nur Analyst und habe der Firma den Rücken gekehrt, seit ich diesen schmutzigen Machenschaften auf die Spur gekommen bin. Ich kann Ihnen helfen. Aus dem Grund bin ich hier. Damit wir gemeinsam gegen diese Mörder kämpfen.«

»Ich verstehe nichts von dem, was Sie da erzählen. Ich frage Sie erneut: Was wollen Sie?«

»Dass wir gemeinsam vorgehen.«

»Gemeinsam vorgehen? Wobei denn?«

»Dabei, Mandrake wiederzufinden.«

Osama lachte bitter auf. »Sie sind nicht auf dem neusten Stand, junger Mann. Meine Fahrt war ein Misserfolg. Die Akte Mandrake ist vernichtet. Meine Chefs haben mich angezeigt. Es ist alles aus! Tut mir leid. Sie sollten zurück in Ihr Land fahren und diese Geschichte vergessen. Ich jedenfalls habe damit abgeschlossen. Definitiv.«

»Mandrake ist nicht nur der Name einer Akte, sondern auch der eines Mannes auf der Flucht. Der Verfasser des Dossiers, das seinen Namen trägt. Und eben diesen Léonard Mandrake möchte ich ausfindig machen. Ich weiß, dass er sich hier versteckt hält, in Afghanistan.«

Mandrake … Osama war nie auf den Gedanken gekommen, dass es sich bei Mandrake um eine Person handeln könnte. Ein weiterer Fehler, der ihm unterlaufen war. Er hatte wirklich viele Informationen übersehen bei der Bearbeitung dieses Falls. Zu viele. Eingehend musterte er Nicks staubbedecktes Gesicht. Der junge Mann sah erschöpft aus, er wirkte aufrichtig. Nicht nur seine Tätigkeit bei der Polizei, auch die Jahre im Krieg hatten Osamas Blick geschärft. Oft war er gezwungen, rasch Verbündete zu finden, mehrmals hatte er dabei sein Leben aufs Spiel gesetzt.

»Wieso glauben Sie, dass er hier in diesem Land ist?«

Nick berichtete von seinen Recherchen.

»Wir müssen los«, sagte Osama, als Nick geendet hatte. »Ich werde festgenommen, wenn ich nicht von hier verschwinde.«

»Was ist passiert …?«

»Das erkläre ich Ihnen später.«

*

Joseph wartete in seinem kleinen Büro, dass seine Männer Nicks Spur aufnahmen. Seit zwei Tagen war er in Alarmbereitschaft, versuchte aber, so gelassen wie möglich zu wirken. Wer ihn nicht kannte, hätte beim Anblick seines völlig neutralen Gesichtsausdrucks glauben können, er sei gelangweilt. Nicks Flucht hatte diverse Konsequenzen. Zum einen war klar, dass er die Manipulation, deren Opfer er geworden war, durchschaut hatte. Schlimmer war, dass er ebenfalls begriffen zu haben schien, dass die Firma mit dem Mordversuch an Kommissar Kandar einen schweren Gesetzesbruch begangen hatte. Joseph wusste nicht, was Nick in den Computerdateien des Generals entdeckt hatte, aber er konnte es sich gut vorstellen. Es würde reichen, um einen enormen Skandal zu provozieren und sie alle ins Gefängnis zu befördern.

Er musste ihn wiederfinden und töten, bevor es zu spät war.

Wie hatte Nick, ein Analyst, der keinerlei Erfahrungen mit militärischen Operationen besaß, einfach untertauchen können? Noch hatte Joseph keine Antwort darauf, was einen weiteren beunruhigenden Faktor darstellte. In seinem Beruf entstanden aus solchen Details oft die größten Katastrophen. Unbedeutende Ereignisse, die im Zusammenspiel die Situation total außer Kontrolle geraten ließen. Es klopfte an seiner Tür, ein Mann legte ein Blatt auf seinen Schreibtisch. Jede Stunde reichte einer seiner Mitarbeiter eine Zusammenfassung der bisherigen Ergebnisse herein. Bislang hatten sie nicht viel herausgefunden. Fest stand, dass Nick nach Italien gefahren war, denn sein Wagen war auf einem Langzeitparkplatz auf der anderen Seite der Grenze gefunden worden. Im Wageninneren waren Blutspuren sichergestellt worden. Die Spurensicherung hatte eine DNA-Analyse durchgeführt, mit deren Ergebnissen in zwei Stunden zu rechnen war. Natürlich konnte dies eine falsche Spur sein, ein eigens für sie ausgelegter Köder, doch hatte Joseph seine Zweifel daran. Eine Staffel K-Männer mit Helikopter war in Mailand postiert worden und konnte im

Bedarfsfall einen Großteil des italienischen Territoriums abdecken. Der Gedanke, dass Nick schlauer gewesen sein könnte als er, rief kalte Wut in Joseph wach. Er hasste Misserfolge. Jetzt musste er ihn unbedingt finden. Sein einziger Trost war, dass Nick nicht unbemerkt ein Flugzeug besteigen konnte. Er hatte diesen Gedanken noch nicht zu Ende gedacht, als eine andere Überlegung ihn durchzuckte. Er rief einen seiner Männer.

»Wo werden die unbenutzten Pässe gelagert?«

»Im Tresor.«

»In der Abteilung Logistik und technischer Support?«

»Ja, Chef.«

»Nick hat bei seinem Eintritt in die Firma sechs Monate in dieser Abteilung gearbeitet. Sehen Sie mal nach, ob einer fehlt.«

Ein paar Minuten später kam der Mann zurück, einen Karton in Händen.

»Hier drin sind vierundzwanzig Pässe, ich weiß nicht, ob einer fehlt.«

»Idiot! Es ist doch alles digital gespeichert.«

Sie gingen zu einer Programmiererin hinüber, einer fülligen Blondine, die eine Verbindung zum zentralen Server der Firma herstellte.

»In dem Karton müssten fünfundzwanzig Pässe sein«, verkündete sie.

»Suchen Sie den fehlenden Pass«, befahl Joseph.

»Es ist die Nummer 5678XV79«, teilte die Programmiererin wenige Augenblicke später mit. Ein belgischer Pass.

»Überprüfen Sie, ob er bei einer Fluggesellschaft registriert wurde.«

Sie öffnete ein neues Fenster, um sich in den Zentralrechner des Eidgenössischen Verkehrsdepartements einzuloggen, welches wiederum mit den meisten europäischen Ländern verbunden war. Es tauchte auf der Stelle ein Ergebnis auf. Ein Flug nach Dubai von italienischem Territorium aus.

»Ist das ein Irrtum?«, fragte der K-Mann, der ihr über die Schulter blickte.

»Nein. Nein, das ist kein Irrtum!«, rief Joseph. »Zeigen Sie mal das Passfoto.«

Sie klickte auf einen Thumbnail, um das Einreiseformular aufzurufen, das mit dem Pass verknüpft war.

Mit dem neuen biometrischen System war das Ganze ein Kinderspiel geworden. Gleich darauf füllte ein Foto den Bildschirm aus. Es war Nick.

»Suchen Sie mir alle Strecken heraus, die mit diesem Pass benutzt wurden. Sehen Sie sich auch die Eintragungen zu Nicks offiziellem Pass an, und finden Sie heraus, ob es Anschlussflüge bei Fluggesellschaften gibt, die ihre Passagierlisten nicht von sich aus veröffentlichen.«

Die Blondine begann mit Höchstgeschwindigkeit zu tippen. Gut zehn Minuten später drehte sie den Bildschirm zu ihnen hinüber.

»Ich habe einen einzigen Anschlussflug gefunden. Dubai–Islamabad mit Fly-Dubai, einem lokalen Billigunternehmen.«

»Was zum Teufel will er in Pakistan?«, fragte der K-Mann.

»Da fährt er nur durch, du Idiot. Er will nach Afghanistan. Über den Khaiberpass.«

»Aber … was will er dort?«

Auf einmal fiel es Joseph wie Schuppen von den Augen. Es war unglaublich. Völlig unerwartet.

»Kandar! Er will sich mit Kandar treffen!«

*

Osama fand es aberwitzig, dass die Kabuler Polizei, der er doch jahrelang treu gedient hatte, nun Jagd auf ihn machte. An den Kreuzungen standen noch mehr Soldaten und Polizisten und überwachten sie. Im Radio war ein Anschlag auf eine Kaserne gemeldet worden. Zwölf *Shahids* hatten sich einer nach dem anderen in die Luft gesprengt, drei Kämpfer waren daraufhin durch die Löcher in der Einfriedung auf das Gelände gestürmt und hatten mit Automatikwaffen auf alles gezielt, was sich bewegte. Die Taliban setzten ihr kleines makabres Katz-und-Maus-Spiel fort.

»Wohin fahren wir?«, fragte Nick.

Osama legte den Finger auf die Lippen: Er hatte das Gefühl, dass der Taxifahrer Englisch verstand, obwohl er es verneint hatte. Sie ließen das Taxi vor einem kleinen Café in der Nähe des Krankenhauses anhalten, in dem Malalai arbeitete. Sie suchten sich einen ruhigen Tisch, und als sie Platz genommen hatten, bat Osama Nick um einen möglichst vollständigen Bericht über seine Untersuchungen und Entdeckungen; nur gelegentlich unterbrach er ihn und stellte eine Frage.

»Haben Sie nichts Genaueres herausfinden können, was die Beziehungen zwischen Léonard Mandrake und Wali Wadi angeht?«

»Nicht mehr als das, was ich Ihnen erzählt habe. Mandrake reiste oft nach Pakistan, mehrmals pro Jahr, ich nehme an, dass er sich dort mit Wadi traf. Außerdem verabredeten sie sich auf der ganzen Welt zu heimlichen Treffen. Ich habe diverse Datenbanken durchschnüffelt und dabei festgestellt, dass Wadi nach Paris, London und Frankfurt flog und Mandrake genau zur selben Zeit an dieselben Orte reiste.«

»Mandrake war im Besitz von höchst sensiblen Daten, und irgendwie muss auch Wali Wadi darauf Zugriff gehabt haben«, sagte Osama nachdenklich. »Hat er sie gestohlen, oder haben sie sie ausgetauscht?«

»Niemand weiß es. Sicher ist nur, dass die Geschäftsleitung von Willard Consulting Panik ergriffen hat, als sie erfuhr, dass geheime Informationen in Umlauf waren. Man versuchte, die Angelegenheit allein zu erledigen.«

»Dortmund hatte den Auftrag, Wali Wadi in Kabul umzubringen, während ein anderes Team sich um Mandrake in Zürich kümmern sollte«, schlussfolgerte Osama. »Nachdem diese Unternehmungen zum Teil schiefgegangen waren, trat die Firma auf den Plan, und damit auch Sie.«

»Ich glaube, wir wissen jetzt, wie es weiterging. Ich muss Sie nun ganz direkt fragen: Sie sind auf der Flucht, Ihre Vorgesetzten haben einen Preis auf Ihren Kopf ausgesetzt. Können Sie mir noch helfen, Léonard und Zahra zu finden?«

Osama lächelte traurig.

»Meine Situation ist so, wie sie nun mal ist, aber dieses Land ist mein Land. Ich habe überall ein Netzwerk von Freunden. Wo sie sich auch verstecken mögen, wir werden sie finden.«

Er ließ Nick am Tisch sitzen und überquerte die Straße. Malalais Abteilung war leer. Er rief eine Krankenschwester, gab sich zu erkennen. Diese bat ihn, in ihrem Büro Platz zu nehmen, bevor sie seine Frau suchen ging. Zehn Minuten später kam Malalai herein.

»Entschuldige, ich war gerade im OP-Saal. Eine Entbindung. Wie nett, dass du vorbeischaust. Guck mal, ich habe auch eine Überraschung für dich.« Sie wühlte in einer Schublade und zog dann ein Stück Seife hervor, dessen Farbe an Lokum erinnerte und das sie triumphierend schwenkte.

»Sieh mal!«, verkündete sie stolz. »Ich bin beim Souk vorbeigegangen und habe Rosenseife gekauft, die magst du doch so gerne, nicht?«

Osama lächelte, während Malalai wieder ihre sterile Haube aufsetzte.

»Ach, und übrigens habe ich mich von einem Taliban beschimpfen lassen, weil ich nur einen *Hijab* trug und keine richtige Burka. Dieser nette Mensch hat mich als Hure bezeichnet und als Geschöpf des Teufels. Er drohte mir an, mir mit einer Schere das Gesicht zu zerkratzen. Ich habe ihn bei der Polizei angezeigt, doch die haben mich nur ausgelacht! Sie haben nicht einmal Anstalten gemacht, ihn zu verfolgen, dabei hätten sie ihn ohne Weiteres erwischen können!«

»Hoffentlich haben Sie dir nicht weh getan?«

»Nein, sofern es einem nicht weh tut, wenn man beim Einkaufen beleidigt wird. Wir haben gestern mit meinen Kolleginnen bei der RAWA darüber gesprochen. Wusstest du, dass es keine Vorschrift im Strafgesetzbuch gibt, die es Männern untersagt, Frauen zu beleidigen?«

Osama verneinte. Als sie sein besorgtes Gesicht sah, beugte Malalai sich zu ihm vor.

»Was ist los, Osama?«

In kurzen Worten berichtete er, was sich seit dem Morgen ereignet hatte.

»Glaubst du, du kannst dich vor dem NDS in Kabul verstecken?«

»Einige Zeit bestimmt. Außerdem weiß ich nicht, ob Mandrake in Kabul ist, vielleicht muss ich die Stadt verlassen, um ihn ausfindig zu machen.«

»Muss ich mich auch verstecken?«

»Es wäre besser. Melde dich krank.«

»Ich werde bei einer Freundin unterschlüpfen. Das ist klüger als bei meiner Familie.«

»Du solltest dein Telefon hierlassen. Man könnte dich sonst auffinden. Wenn du mit mir sprechen möchtest, hinterlässt du der Kollegin, die dir am vertrauenswürdigsten erscheint, eine Nachricht. Wie heißt sie?«

»Amina. Und ich, wie kann ich dich erreichen?«

»Über Mullah Bakir.«

Sie küsste ihn.

»Sind die Aussichten, diesen Schurken, den Mördern deiner Männer, das Handwerk zu legen, jetzt besser dank dieses jungen Mannes aus dem Westen?«

»Ich glaube schon.«

»Finde sie, Osama, und wenn du sie gefunden hast, dann bestrafe sie!«

Mit Tränen in den Augen nahm Osama Abschied von seiner Frau. Nick wartete bereits ungeduldig im Café auf ihn.

»Wie gehen wir jetzt vor?«, fragte er. »Statten wir Ihrem Freund Reza einen Besuch ab?«

»Nein.«

»Weshalb nicht?«

»Er hat einen wichtigen Posten, und es ist bekannt, dass wir Freunde sind. Ich möchte ihn nicht grundlos in Schwierigkeiten bringen. Wir müssen weniger offensichtliche Quellen nutzen.«

Er brauchte Zeit zum Nachdenken. Zeit und viel Koffein. Er bestellte einen doppelten turkmenischen Kaffee, eine Rarität in Kabul.

»Wir werden jemanden treffen, der uns helfen kann«, sagte er, nachdem er seine Tasse in einem Zug geleert hatte. »Und nur damit Sie Bescheid wissen, er ist ein Imam. Ein Mann, der im Lager Ihrer Feinde war.«

Nick wurde blass. »Ein Taliban?«

»Ein gemäßigter. Aber dennoch ein Taliban.«

»Kennen Sie niemand anderen?«

»Ich habe viele Freunde, auf die ich mich verlassen kann, ehemalige Mudschaheddin oder Leute aus dem Kommissariat, aber ich fürchte, sie werden streng überwacht. Der NDS ist sehr straff organisiert. Mullah Bakir lässt sich am leichtesten kontaktieren. Er hat mir das Leben gerettet, als Ihre Freunde mir einen Trupp Killer schickten, um mich zu ermorden.«

»Warum sollte uns ein Taliban helfen, und sei es ein gemäßigter?«

»Ich weiß es nicht. Fragen Sie ihn selbst!«

Sie riefen ein Taxi. Auf der Fahrt zur Moschee verharrten sie in Schweigen, ermüdet durch den Ernst der Situation. Kurz bevor sie an der Moschee ankamen, erblickte Osama ein Geschäft am Straßenrand, dessen Inhaber gerade das Rollgitter herablassen wollte. Er bat den Fahrer anzuhalten.

»Was haben Sie vor?«, fragte Nick.

»Sie können nicht so in die Moschee gehen. Spione des NDS

könnten in der Umgebung herumstreifen. Sie müssen sich verkleiden.«

»Aber ich bin doch schon wie ein Afghane angezogen!«

»Sie sehen ebenso sehr nach einem Afghanen aus wie ich nach einem Trader von der Wall Street!«, erwiderte Osama. »Sie müssen unsichtbar werden.« Er wies mit dem Kopf auf die Auslage: Variationen von Burkas. »Wenn Sie das überziehen, ist die Tarnung perfekt!«

»Oh nein!«

Osama ließ ihn auf dem Bürgersteig stehen und erstand eine Burka mit Tunika und Hose.

»Ziehen Sie sich rasch in einer Seitenstraße um. Es ist schon fast dunkel, niemand wird Sie bemerken.«

Widerwillig hüllte Nick sich in die Burka, unsicher wankte er über den unebenen Boden.

»Geht's?«, fragte Osama ironisch. »Fühlen Sie sich wohl?«

»Was soll das«, protestierte Nick, »man sieht ja gar nichts mit diesem Gitter vor den Augen! Wie kann man nur Leute zwingen, sich so anzuziehen? Das ist unmenschlich.«

»Die Afghaninnen schaffen das recht gut, Sie werden sich auch daran gewöhnen«, erwiderte Osama zögerlich und dachte dabei an Malalais Proteste.

Er selbst hatte nie eine anprobiert, auch nicht, um zu wissen, wie es sich anfühlte, wenn man so herumlaufen musste.

Sie gingen zu Fuß weiter, Nick konnte kaum Schritt halten mit Osama, wie eine unterwürfige Ehefrau, die ihrem Mann in einiger Entfernung folgte. Die Moschee war beinahe leer, ein paar wenige Gläubige beteten schweigend auf ausgebreiteten Teppichen. Der Einbeinige erkannte Osama. Er schien Nick daran hindern zu wollen, ihm zu folgen, doch Osama hielt ihn mit einer Geste zurück.

»Sie kommt mit mir.«

Mullah Bakir sah freundlich von seiner Arbeit am Computer auf, als sie eintraten; es war ohne Zweifel aufrichtig gemeint.

»Bruder Osama, ich bin so glücklich, Sie heil wiederzusehen. Wirklich, was für eine Freude!«

Sie umarmten sich. Dann wandte sich der Mullah an Nick.

»Ihre Gattin Malalai? Man sagt ihr doch nach, sie sei allergisch auf die Burka?«

»Sie können Ihre Verkleidung abnehmen«, sagte Osama.

Verblüfft sah Mullah Bakir, wie Nicks Gesicht auftauchte. Es war ganz rot vor Hitze.

»Wer ist das?«

»Ein Schweizer Freund. Ich meine, bei meinem ersten Besuch englische Zeitschriften bei Ihnen gesehen zu haben, Sie sprechen es vermutlich.«

»Aber sicher! Willkommen in Afghanistan«, begrüßte der Mullah Nick. »Als ich jung war, habe ich in Genf studiert und in Cambridge.«

Er sprach perfekt Englisch, näselnd-arrogant, wie es sich für einen Absolventen einer Eliteuniversität gehörte.

»Was haben Sie in Europa studiert?«, fragte Osama.

»Zellmikrobiologie. Ich glaube, ich habe es sogar bis zum Doktortitel gebracht …«

»Aber … weshalb sind Sie dann zum Taliban geworden?«, fragte Nick ungläubig.

»Die Taliban von 1995, das war etwas ganz anderes als die von 2001. 1995 hielt man uns für eine Intellektuellenbewegung. Es stimmt, Mullah Omar, der, wie ich vermute, nicht einmal lesen kann, und ich hatten zum Schluss ein ziemlich schwieriges Verhältnis. Aber bitte, nehmen Sie doch Platz, ich werde Ihnen gleich den Tee servieren.«

Osama ließ ihn gewähren. Schweigend warteten sie, bis der Tee abkühlte.

»Sie haben gut daran getan, mich gleich aufzusuchen«, sagte Mullah Bakir. »Der Minister hat erklärt, Sie hätten sich in die Berge geflüchtet und Ihre Männer im Stich gelassen, als diese massakriert wurden.«

»Was für eine feige Lüge!«, ereiferte sich Osama. »Ich, ein Mudschaheddin, hätte mich vor dem Kampf gedrückt?«

»Alle, die Sie kennen, wissen es besser, angefangen bei Ihren eigenen Männern. Aber was vermögen schon ein paar ehrliche *Pules* gegen die Staatsgewalt? Übrigens weiß ich nur zu gut, dass es auf jener Straße in den vergangenen zwei Wochen keinen Angriff der Taliban gegeben hat.«

»Meine Freunde werden mir helfen.«

»Die wird man zum Schweigen bringen.«

»Wer ›man‹?«

»Die Leute, die der ISAF nahestehen«, erwiderte der Mullah und warf Nick dabei einen Seitenblick zu. »Amerikaner, Franzosen, Engländer, vielleicht erfahren wir es eines Tages. Jedenfalls bin ich sicher, dass der Westen seine Hand im Spiel hat. Nette Leute, so zivilisiert … Natürlich, jemanden mit einem fünfhunderttausend Dollar teuren Geschoss umzubringen, das von einer ultramodernen Drohne aus abgefeuert wird, ist politisch weitaus korrekter, als jemandem die Kehle aufzuschlitzen, wie es meine Talibanfreunde tun. Die Ungläubigen, vor allem die Amerikaner, lieben die Technik über alles. Jemanden mit einem technisch ausgefeilten Objekt zu töten – das ist in ihren Augen kein Mord … Aber ist es moralisch besser? Denken Sie ruhig mal über diese interessante Frage nach.«

»Warum helfen Sie uns?«, fragte Nick.

»Wer sagt Ihnen, dass ich das tun werde? Sie sind ja schließlich nur ein Nazarener.«

»Hören Sie auf mit Ihren Spitzfindigkeiten.«

Ein Lächeln zeichnete sich auf Mullah Bakirs Gesicht ab.

»Sie haben recht. Ich habe nichts gegen die Ungläubigen, sollen sie doch ihren Gott anbeten, oder auch gar keinen, wie es derzeit in Europa Mode zu sein scheint. Ich respektiere den Glauben aller, solange man uns so leben lässt, wie wir es für richtig halten, als korangläubige Muslime. Was wissen Sie über die Beziehungen zwischen den Taliban und dem Westen?«

»Sie haben Bin Laden und seine Bande aufgenommen. Sie haben ihm dabei geholfen, die Attentate auf den Westen vorzubereiten, darunter auch das vom 11. September, bei dem Tausende von Amerikanern umkamen. Das ist es, was ich über die Beziehungen der Taliban zum Westen weiß!«

»Stellt sich Ihr Freund nur so dumm oder ist er es tatsächlich?«, fragte Mullah Bakir, an Osama gewandt.

»Die Attentate vom 11. September haben den Westen sehr nervös gemacht«, beschwichtigte Osama. »Und ganz so unrecht hat er nicht mit dem, was er sagt.«

»Das stimmt«, pflichtete der Mullah bei. »Sie sind jung und wissen über bestimmte, lokal begrenzte Gegebenheiten nicht Bescheid. Nun, bevor Mullah Omar den unverzeihlichen Fehler beging, al-Qaida und deren arabische Freunde mit offenen Armen zu empfangen, war unser Regime von den westlichen Regierungen wohlgelitten, wir hatten äußerst korrekte Beziehungen zu ihnen. Bis 1997 wurden wir sogar von Washington finanziert. Wussten Sie das nicht? Als wir damals an die Macht kamen, herrschte innigstes Einverständnis zwischen uns und den Vereinigten Staaten. Wir hatten die Opiumproduktion beinahe völlig abgeschafft, während dieses Land mittlerweile dank der Internationalen Schutztruppe und des korrupten Karzai-Regimes fast achtzig Prozent der Weltproduktion erzeugt. Wir hielten regelmäßigen Kontakt zu einflussreichen westlichen Persönlichkeiten, außerdem zu einigen internationalen Organisationen, die große Projekte in unserem Land verwirklichen wollten. Unsere Revolution hatte die Ordnung in einem Land wiederhergestellt, das Gleichgültigkeit, Warlords, Analphabetismus und Drogenhandel zerstört hatten.«

»Die Ordnung wurde wiederhergestellt, indem Frauen versklavt und dieses Land in die Steinzeit zurückgeführt wurde«, erwiderte Nick in schneidendem Tonfall.

»Dieses Land lebte bereits wieder in der Steinzeit, bevor wir die Macht übernahmen. Seit Kaiser Mogul Babur verjagt wurde, genauer gesagt im fünfzehnten Jahrhundert eures gottlosen Kalenders. Was die Auswüchse unserer Herrschaft angeht, so handelte es sich um eine Revolution … und alle Revolutionen haben ihre Auswüchse.«

»Nicht so sehr wie die Ihre!«

»Die unsrige war eine der unblutigsten der vergangenen Jahrhunderte. Denken Sie an die Franzosen. An die dreißig oder vierzig Millionen Toten der chinesischen Kulturrevolution. Das hindert Ihre Regierungen nicht daran, ihre chinesischen Amtskollegen mit allen Ehren zu empfangen. Aber unterscheiden sich die chinesischen Machthaber von heute so sehr von denjenigen vor vierzig Jahren? Nein. Studieren Sie lieber die Geschichte, die Sie nicht kennen, junger Mann, als hier moralische und stark vereinfachende Reden zu schwingen! Nur weil ich einen Turban trage, bin ich noch lange nicht beschränkt. Die Dinge sind immer komplizierter, als sie scheinen in dieser grausamen, multikulturellen Welt, wie die westlichen Kommentatoren sie nennen.«

Nach diesen großen Worten goss Mullah Bakir sich selbstzufrieden einen Tee ein, ohne seinen Gästen nachzuschenken.

»Nick, Mullah Bakir ist unser Freund. Sie können ihm vertrauen. Ich bürge für ihn.«

»Einverstanden«, brummte Nick.

»Was brauchen Sie?«, fragte der Mullah und füllte nun auch ihre leeren Gläser wieder. »Ich kann Ihnen dabei helfen, unterzutauchen, kann Informationen für Sie einholen. Und Ihnen Waffen besorgen. Kurzum, alles, was Sie wollen.«

»In Kabul haben wir alles, was wir brauchen«, entgegnete Osama. »Aber ich werde auf Sie zurückkommen, denn wenn wir in die paschtunische Zone fahren, benötigen wir sicher Hilfe. Danke, Mullah, dass Sie mich gewarnt haben, ohne Sie wäre ich verhaftet worden.«

Osama stand auf und umarmte den Mullah. Dieser wirkte winzig, wie er so an Osamas hünenhafte Gestalt gepresst dastand. Er schüttelte Nick höflich die Hand und sah ihnen nach, als sie den Raum verließen. Ein feines Lächeln umspielte seine Lippen.

»Und, was denken Sie?«, fragte Nick, wieder unter seiner Burka, als sie draußen auf der Straße waren.

»Er will wissen, was in dem Mandrake-Dokument steht. Weshalb, werden wir erst später begreifen.«

»Um der NATO eins auszuwischen, das ist doch klar!«, empörte sich Nick.

»Da bin ich mir nicht sicher. Mullah Bakir ist eher ein Revolutionär, ein gläubiger Nationalist als ein Islamist. Er ist der Überzeugung, dass das aktuelle Regime sich auflösen wird, und hofft, dass er am Tag der Rückkehr einer gemäßigteren Taliban-Regierung eine große Rolle spielen wird. Informationen über die Amerikaner oder irgendein anderes großes NATO-Mitglied zu besitzen könnte ihm dabei helfen, im geeigneten Augenblick ihre Unterstützung zu bekommen.«

»Die Schweiz ist kein NATO-Mitglied und gehört auch nicht zur ISAF.«

»Mit der Schweiz hat diese Sache nichts zu tun. Die Schweiz leiht der Firma ja keine Drohne, um mich umbringen zu lassen. Nur die Länder der Schutztruppe besitzen Drohnen.«

»Ach, darum geht es? Mullah Bakir braucht Unterstützung bei der Erstellung eines Dossiers, das die NATO kompromittiert?«

»Das werden wir noch erfahren. Erst einmal müssen wir unsere Unschuld beweisen. Wenn die Akte Mandrake veröffentlicht worden ist, können wir uns reinwaschen und die Machenschaften derjenigen aufdecken, die versucht haben, uns zu töten.«

»Wenn Sie meinen … Wo gehen wir jetzt hin?«

»Wir gehen zu Abdul Dost, einem Freund von mir. Er ist schon in Rente, aber wir haben lange zusammengearbeitet.

Er war der Leiter des Kabuler Rauschgiftdezernats. Ein unbescholtener Mann, er war ein großartiger, von allen geachteter Polizist.«

Osama rief ein Taxi, das sie ins Viertel Karte Parwan brachte. Das Fehlen jeglicher Straßenbeleuchtung wurde hier durch die zahlreichen Kohlenbecken kompensiert, die an den Marktständen glimmten. Eine unglaubliche Menschenmenge drängte sich auf den Gehsteigen. Sie fuhren noch einen Kilometer weiter, bis sie in eine verwahrloste, in Dunkel getauchte Gegend gelangten. Vor einem Haus, das noch die Einschusslöcher der Kämpfe von 1995–96 trug, ließ Osama den Fahrer anhalten. Ein Schornstein rauchte auf dem Dach. Die Tür öffnete sich, und ein rundlicher Afghane mit einem dichten graumelierten Schnauzbart stand im Eingang.

»Du? Komm rein, schnell.«

Nick folgte Osama in einen kleinen Flur, dann in ein verräuchertes Zimmer, das zugleich als Wohnzimmer und als Essraum diente. Der Mann deutete auf ein paar Kissen.

»Soll sich meine Frau um die deine kümmern?«

Nick legte die Burka ab.

»Ein Freund aus der Schweiz. Wir haben Probleme«, kommentierte Osama nüchtern. »Wir müssten hier übernachten.«

»Ich weiß Bescheid, der NDS kam her und hat mich über dich ausgefragt. Sie wissen, dass wir Freunde sind, heute stand ein Spion vor meiner Tür, du hast Glück, dass du im Dunkeln gekommen bist. Morgen früh verschwindet ihr am besten durch die Hintertür.«

Osamas Gesicht verdüsterte sich. Abdul Dost war einer seiner alten Freunde, doch sie hatten sich seit einem Jahr nicht mehr gesehen. Wenn der NDS ihn ins Visier genommen hatte, so standen alle seine Freunde und Kollegen unter Beobachtung.

»Du wirst ihnen kaum entkommen können, wenn du in der Stadt bleibst«, fügte der ehemalige Polizist hinzu, als hätte er seine Gedanken gelesen. »Du solltest Kabul verlassen. Versteck dich in Farah oder in der Nähe der iranischen Grenze, auf belutschischem Gebiet. Die Spione des NDS werden dort gelyncht, wenn sie sich nach dir erkundigen.«

»Erst muss ich hier noch eine Aufgabe erfüllen. Wir suchen ein Paar, das sich irgendwo in Kabul versteckt. Einen Schweizer und eine Afghanin. Kannst du mir helfen?«

»Wenn sie in einem Hotel oder einem Guest House sind, werde ich sie finden. Ansonsten habe ich nicht mehr viele aktive Kontakte, ich bräuchte mehr Zeit – und Geld.«

»Sie kennen niemanden in Kabul. Versuch also erst mal die Hotels. Die Frau bemüht sich um Dokumente für die Beantragung eines Visums nach Australien.«

»Hast du ihre Namen?«

»Der Mann besitzt vermutlich einen falschen Pass auf den Namen Lionel Milton. Die Frau benutzt vermutlich ihren richtigen Pass auf den Namen Zahra Kimzi.«

»Ich werde sehen, was ich tun kann. Morgen, spätestens gegen Mittag, habe ich die Informationen beisammen. Einstweilen müsst ihr euch verstecken. Ihr könnt in Hamids Zimmer übernachten.«

Osama wusste, dass sein Freund nie über den Verlust seines einzigen Sohn hinweggekommen war. Hamid war zwanzig Jahre zuvor vom KGB ermordet worden, weil er an der Seite der Mudschaheddin im Widerstand gekämpft hatte. Abdul führte sie in ein kleines Zimmer, in dem die Zeit stehengeblieben zu sein schien: Poster längst vergessener afghanischer Sänger hingen an den Wänden, Modelle von russischen MiGs und sogar sorgfältig zusammengelegte Kleidungsstücke fanden sich in den Regalen. Ganz so, als würde Hamid jeden Tag zurückkehren.

»Ich schlafe auf dem Boden, auf dem Teppich«, sagte Osama.

»Nein, lassen Sie mich dort schlafen«, widersprach Nick. »Nehmen Sie das Bett, dort haben Sie es bequemer.«

Abdul Dost legte Nick die Hand auf die Schulter.

»Sie sind ein mutiger junger Mann, und ich bin stolz, dass Sie an der Seite Osamas für uns kämpfen. Nehmen Sie das Bett meines Sohnes, ich freue mich, dass jemand wie Sie darin schläft.«

Während Nick auf der Stelle einschlief, fand Osama keine Ruhe. Er fühlte sich in seiner eigenen Stadt gefangen. Selbst zu Zeiten der Sowjets und dann der Taliban hatte er niemals dieses schreckliche Gefühl gehabt, in den Klauen einer ähnlichen Maschinerie zu stecken, die menschliche Netzwerke mit den geheimsten Technologien verband.

Der Jet setzte morgens um vier Uhr dreißig auf der Landebahn von Bagram auf. Es war ein dreistrahliges Flugzeug, das die Strecke Zürich–Kabul nonstop fliegen konnte. Zwanzig Personen waren an Bord. Die Maschine war in Panama registriert, bei einer Briefkastenfirma, gehörte aber in Wirklichkeit der Firma. Nun rollte sie über den Asphalt und blieb dann ein wenig abseits stehen. Der Flughafen war ruhig um diese Zeit, nur Drohnen und Aufklärungsflugzeuge waren unterwegs. Eine Hercules C-130 CANON knatterte startbereit. Die Gangway des Jets wurde heruntergeklappt, und die Männer begannen auszusteigen, Joseph an der Spitze. Neben vierzehn Killern zweier K-Truppen, jeder mit zwei großen Taschen für die Waffen beladen, gehörten auch zwei Programmierer und Informatikspezialisten zur Mannschaft. Die Männer verteilten sich auf fünf Geländewagen, die augenblicklich losfuhren. Ein Agent der Firma hatte ein *Safe House* für sie gemietet. Die Männer bezogen rasch ihre Unterkunft, doch sie hatten während des Flugs geschlafen und waren bereit, falls nötig, auf der Stelle einzugreifen. Alles war vorbereitet: Sie fanden gut fünfzehn Rechner mit gesicherter Internetverbindung vor, verschlüsselte Mobiltelefone, Ausrüstung fürs Gebirge. Joseph gab diverse Anweisungen. Ein Team sollte sich in die Datenbanken der Hotels und Guest Houses in Kabul einloggen, damit man feststellen konnte, wer zurzeit dort wohnte. Ein anderer Mann sollte eine Leitung zum NDS aufbauen und sich alle Kontakte durchgeben lassen, die Kandar nach seiner Rückkehr vermutlich aktivieren würde. Er sah auf seine Armbanduhr. Sofern Nick sich in dieser Stadt versteckte, würde er ihn aufspüren. Ungeduldig wartete er darauf, dass es hell wurde.

Abdul Dost verfügte weder über eine gesicherte Internetverbindung noch über Computer, aber er verstand sich auf die Arbeit nach herkömmlicher Manier, und zwar rasch und gut. Als Erstes suchte er das Hotel Intercontinental in Kabul auf, das beste Hotel der Stadt. Es lag auf einem Hügel, von wo aus die Gäste einen unverbaubaren Blick genießen konnten. Allerdings hatte diese Abgeschiedenheit auch eine Kehrseite: Das Hotel war eine bevorzugte Zielscheibe, so dass drei Radpanzerfahrzeuge die Straße dorthin bewachten, unterstützt von Soldaten mit schweren Waffen. Mehrere Männer an der Rezeption hatten seinerzeit als Informanten für Abdul gearbeitet, einer von ihnen erkannte ihn gleich und begrüßte ihn überschwänglich. Abdul Dost hatte, obschon Polizist im Ruhestand, noch immer genügend Einfluss, um jeden Kabuler, der in den Drogenhandel verstrickt war – und das war die Hälfte der Hotelangestellten –, ins Gefängnis zu bringen. Die Liste der Gäste zu bekommen war somit ein Leichtes. Allerdings befand sich kein Lionel Milton darunter, und die einzigen Personen, die bei der Eingabe ›Mandrake‹ auftauchten, waren Geschäftsleute oder Journalisten. Der ehemalige Polizist schlug den Weg zum Golden Star ein, das jedermann in Kabul kannte, weil es das einzige Hochhaus der Stadt war. Auch dort geriet er direkt an einen ehemaligen Kontaktmann, der inzwischen zum stellvertretenden Geschäftsführer des Hotels aufgestiegen war. Hier dauerte die Überprüfung etwas länger, denn es gab drei Paare und zwei angeblich alleinreisende Männer, deren Beschreibung zu der von Osama passte. Doch nach einer Durchsuchung der Zimmer stellte sich heraus, dass die Gesuchten auch hier nicht zu finden waren. Davon nicht entmutigt, begab sich Abdul Dost anschließend ins Safi Landmark, ein elegantes, wenn auch weniger renommiertes Hotel als die beiden vorherigen. Bei einem Selbstmordattentat vor einigen Wochen war ein Teil der Fassade zerstört worden. Auch dort hatte er Pech. Daraufhin fragte er vier Stunden lang in den weniger guten Hotels und in den Guest Houses nach, jedoch ohne Ergebnis. Gegen Mittag sah er auf die Armbanduhr. Er hatte alle Möglichkeiten ausgeschöpft. Plötzlich fiel ihm ein, dass er das Serena am Rande des Zarnegar Parks vergessen hatte. Früher unter dem Namen Kabul Hotel bekannt, war es in den Besitz des Aga Khan übergegangen. Einige Suiten, so hieß es, übertrafen an Luxus alle anderen Hotels in Kabul, manche hatten sogar eine Privatsauna. Mehrere Monate zuvor war es von einem Kommando überfallen worden. Beinahe wäre der amerikanische Botschafter dabei ums Leben gekommen. War das Hotel wiedereröffnet worden? Abdul Dost hatte letzthin einige Zeit bei seiner Familie auf dem Land verbracht, dort waren Zeitungen Mangelware. Vielleicht war ihm diese Information entgangen. Er stieg wieder in seinen alten Toyota, der nur noch durch Eisendraht zusammengehalten wurde, und fuhr die Muhammad Jan Khan Watt auf der anderen Seite des Kabulflusses entlang, eine wichtige Verkehrsader, die zum Serena führte. Überall registrierte er Straßensperren, die von nervösen Polizisten bewacht wurden. Als er vor dem Hotel stand, stellte er fest, dass es sehr wohl in Betrieb war: Es herrschte ein geschäftiges Treiben aus an- und abfahrenden Taxis und Limousinen, Sicherheitspersonal, ANA-Soldaten und ein paar westliche Söldner mit Ohrstöpsel und M4-Karabinern am Schultergurt gingen auf und ab. Es bedurfte einiger Trickserei, bis er die doppelt gepanzerte Tür zum Schutz vor Attentaten passieren konnte. Die Eingangshalle war atemberaubend schön, eine Mischung aus traditioneller afghanischer Architektur, antiken Kunstwerken und moderner Technik. Abdul pfiff bewundernd durch die Zähne. Nie hätte er gedacht, dass in Kabul ein derart luxuriöses Hotel existierte. Lediglich die überall postierten Männer in schwarzem Anzug, die Jacken von den Waffen, die sie darunter trugen, ausgebeult, verdarben das Ambiente. Zu Abduls großer Erleichterung schien der Großteil des Personals aus dem Kabul Hotel übernommen worden zu sein. Der Portier strahlte ihn an. Abdul Dost hatte ihm einmal aus der Patsche geholfen, er würde sich sicher kooperativ zeigen.

»*Salamu alaikum, degarman.* Willkommen, *kouch aamadeyn.*«

»Guten Tag, guten Tag«, grüßte der Polizist. »Aber ich war nicht Oberstleutnant, das ist zu viel der Ehre, ich war nur Hauptmann.«

»Ich dachte, Sie wären schon in Rente, sind Sie wieder im Dienst?«

»Ja, in einer bestimmten Angelegenheit. Ich suche ein Paar, das sich möglicherweise hier versteckt hält. Ein Schweizer in Begleitung einer Afghanin. Sie kamen gemeinsam aus Europa. Er verwendet unter Umständen einen Pass auf den Namen Lionel Milton.«

Der Portier zog die Brauen zusammen.

»Milton, das sagt mir etwas.« Er suchte in seinem Computer. »Milton, hier habe ich ihn. Suite 308. Er kam vor fünf Tagen hier an, seitdem hat er keinen Schritt nach draußen getan. Ich habe ihn nie gesehen, kein einziges Mal. Nicht einmal für das Essen verlässt er seine Suite. Allerdings finde ich hier nichts von einer Frau.« Er sah von seinem Bildschirm auf. »Wenn sie mit ihm gekommen ist, hat er vermutlich einen der Rezeptionisten beim Einchecken bestochen. Manche Gäste machen das, wenn sie in Begleitung einer Geliebten kommen.«

Aufgeregt nickte Abdul. Er steckte ihm einen Zweihundert-Afghani-Schein zu und nahm ihm das Versprechen ab, Stillschweigen zu wahren. Dann hastete er zurück zum Auto.

Der Portier widmete sich wieder seiner Arbeit, ihm war entgangen, dass ein Kollege, ein junger Paschtune, der vor kurzem aus London zurückgekehrt war, das Gespräch belauscht hatte. Ihm vertraute der Portier einige der Nachtdienste an, bei ihm hatte der Fremde unter dem Namen Milton eingecheckt. Der Schweizer hatte ihm fünfhundert Dollar zugesteckt, damit er niemandem Auskunft über ihn erteilte. Nun schlüpfte er hinter dem Empfangstresen hervor.

»Ich bin in fünf Minuten wieder da.«

In der Halle nahm er die Treppe des Notausgangs, die zu den Zimmern führte, und eilte die Stufen hinauf zur ersten Etage. Dort fuhr er mit dem Fahrstuhl bis in den dritten Stock. Vor der Tür von Zimmer 308 machte er halt und klopfte.

»Wer ist da?«, fragte eine Männerstimme auf Englisch.

»Der Portier, der, bei dem Sie eingecheckt haben.«

Die Tür öffnete sich einen Spaltbreit. Der Schweizer musterte ihn mit besorgter Miene.

»Was ist los?«

»Jemand war da und hat sich nach Ihnen erkundigt. Ein Bulle.«

Der Mann machte die Tür ein Stück weiter auf. Der junge Portier erhaschte einen flüchtigen Blick auf eine wunderschöne Frau, bevor sie wie ein Schatten im Schlafzimmer verschwand.

»Erzählen Sie.«

»Ein Polizist im Ruhestand, mit dem der Empfangschef bekannt ist. Er wollte wissen, ob Sie hier sind, Sie und diese junge Frau.«

»Weiß er, wer ich bin?«

»Ja, er hat Ihren Namen genannt, Lionel Milton. Als mein Chef ihm bestätigte, dass Sie hier abgestiegen sind, hat er ihm zweihundert Afghanis gegeben, damit er Stillschweigen bewahrt, und ist wieder gegangen.«

Mandrake drückte ihm ein Bündel Dollarscheine in die Hand und schlug die Tür vor seinem Gesicht zu.

»Was ist los?«, erkundigte sich Zahra beunruhigt.

»Man hat uns gefunden.«

Entsetzt presste sie die Hand auf den Mund. Mandrake packte sie bei den Schultern.

»Wir können nicht hierbleiben, wir müssen abhauen.«

»Wann?«

»Auf der Stelle.«

»Ich bekomme meine Papiere erst in fünf Tagen!«

»Ich weiß, aber wenn wir fünf Tage warten, sind wir tot.«

»Sollen wir in ein anderes Hotel gehen?«

»Unmöglich, sie kennen meinen falschen Namen. Wir müssen aus Kabul fliehen!«

»Wohin?«

»Keine Ahnung. Aber wir sollten möglichst schnell eine Lösung finden.«

»Ich bin am Empfang nicht gemeldet«, überlegte Zahra laut. »Sie kennen also meinen Namen nicht. Wir könnten in mein Dorf fliehen.«

»Wo ist das?«

»Zweihundert Kilometer weit weg, im Nordosten, nahe der pakistanischen Grenze. Von dort aus können wir noch weiter nach Norden fahren, Richtung Tadschikistan oder in ein anderes Land der ehemaligen Sowjetunion.«

»Wären wir dort in Sicherheit? Was passiert, wenn die Polizisten in deinem Dorf anrufen, bei deiner Familie?«

Zahra legte ihre Hand in die seine.

»Liebling, es gibt dort kein Telefon, kein Internet, keinen Strom. Es gibt nichts. Es liegt in Nuristan, der wildesten Gegend Afghanistans. Weder die Polizei noch die Armee begeben sich jemals dorthin. Niemand wird uns dort finden.«

»Gibt es dort Taliban?«

»Bei meinem letzten Besuch war es eines der wenigen Gebiete, in denen die Taliban verjagt wurden, und zwar ohne die Hilfe der Amerikaner.«

Mandrake schwieg und sah zum Fenster hin. »Ist der Weg dorthin nicht zu gefährlich?«

»Ich weiß es nicht. Aber mit Geld könnte man durchkommen. Immerhin habe ich es auch alleine mit meiner Mutter geschafft … bevor sie umgebracht wurde.«

Mandrake nickte.

»Okay, wir versuchen es, wir haben keine andere Wahl. Ich werde uns einen Wagen besorgen. Lass uns keine Zeit verlieren.«

Wie ein Raubtier im Käfig ging Joseph in dem überhitzten Raum auf und ab, in dem die Internetspezialisten am Werk waren. Der Minister persönlich hatte den NDS davon in Kenntnis gesetzt, dass Kandar untergetaucht war, aller Wahrscheinkeit nach in Kabul. Die Stadt wimmelte von Spionen: Allein wegen seiner ungewöhnlichen Körpergröße konnte der afghanische Polizist nicht lange unerkannt bleiben. Es war nur eine Frage von Tagen, bis sie ihn ausfindig gemacht hatten. Seine IT-Experten arbeiteten seit dem Morgen unablässig, durchforsteten die Gästelisten der Hotels auf der Suche nach Ausländern, nach Daten, die auf Nick zutreffen konnten. Da sie nicht wussten, ob dieser unter seinem echten Namen eingereist war, kontrollierten sie jede Datei manuell. Waren sie mit den Übernachtungen in Kabul fertig, würden sie sich, mit Hilfe des NDS, den anderen Städten Afghanistans widmen. Das würde einige Zeit in Anspruch nehmen.

»Sir!«, rief plötzlich einer der Spezialisten. »Ich glaube, ich habe etwas gefunden. Es ist so unglaublich, das müssen Sie mit eigenen Augen sehen!«

»Nick?«

»Nein, Sir. Mandrake. Er hat sich unter dem Namen Lionel Milton angemeldet. Serena Hotel Kabul, Suite 308.«

»Was reden Sie da? Léonard Mandrake? Er ist hier, unter einem falschen Namen?«

»Ja, Sir. Sehen Sie selbst!«

»Joseph nahm den Ausdruck zur Hand. Er kannte Mandrakes Gesicht auswendig, kein Zweifel: Das war er. Was machte er hier, in Kabul, unter einem falschen Namen? Das war der letzte Ort, an dem er nach ihm gesucht hätte.

»Ist er das, Chef?«

»Ja.«

»Was treibt er hier?«

»Keine Ahnung. Seit zehn Jahren hat er mit diesem Scheißland zu tun, er muss Freunde hier haben, von denen uns nichts bekannt ist.«

»Was sollen wir tun?«

Ein warmer Schauer überlief Joseph, wie jedes Mal, wenn er einen Mann auf der Flucht aufgespürt hatte. Sein Jagdinstinkt. Alle hatten sie nach Mandrake gesucht, in Europa, in Asien, in den Vereinigten Staaten, aber er war der Erste, der ihn gefunden hatte.

Die Schlinge hatte sich zugezogen: Mandrake würde zur gleichen Zeit wie Nick und der afghanische Bulle sterben. Der Tod dieser drei Männer würde die Probleme, die er hatte, auf einen Schlag lösen. Endgültig.

»Macht euch fertig«, befahl er seinen Männern. »Waffen, schusssichere Westen. Wir greifen sofort ein.«

Hastig stieg Osama aus dem Wagen, gefolgt von Nick. Abdul Dost hatte ihnen Waffen geliehen, die sie jedoch im Auto an der Straßenecke zurücklassen mussten. Es war verboten, direkt gegenüber dem Hotel zu parken, und eine Waffe ins Innere des Hotels zu schmuggeln war ausgeschlossen, selbst dann, wenn man einen Polizeiausweis besaß. Das Hotel war wie ein Hochsicherheitstrakt bewacht. Am ersten Kontrollpunkt standen Wachposten mit Sturmgewehren. Osama zeigte seinen Ausweis vor. Der Wachposten salutierte und ließ sie aufs Gelände.

Im Inneren mussten sie erst die Röntgenschleuse passieren,

bevor sie in den von Bäumen gesäumten überdachten Innenhof gelangten. Sie gingen unbehelligt am Empfangstresen vorbei, als seien sie Gäste, bogen in den Gang ein, an dem die beiden Fahrstühle zu den Suiten lagen.

»Nehmen wir die Treppe«, schlug Osama vor.

Der Flur auf der dritten Etage bestand aus weißem Marmor, auf dem Boden lag ein schöner dicker Teppich. Die Wände waren mit kostbarem Holz vertäfelt. Man hörte Vogelgezwitscher aus dem Garten. Nick war sprachlos angesichts des Luxus, der hier herrschte. Schließlich standen sie vor der Tür zu Zimmer 308. Osama klopfte vorsichtig an.

»Room service.«

Als niemand antwortete, rief er ein Zimmermädchen und zückte seinen Polizeiausweis.

»Polizei. Öffnen Sie bitte diese Tür.«

Erschrocken gehorchte sie, um gleich darauf eilig das Weite zu suchen. Sie betraten die Suite.

»Leer«, sagte Osama.

Zeitungen lagen auf dem Nachttisch und im Schrank ein paar Kleidungsstücke. Dennoch war es offensichtlich, dass die Gäste dieses Zimmers überhastet das Weite gesucht hatten. Nick deutete auf den Safe.

»Sie haben sich nicht einmal die Mühe gemacht, ihn zu schließen. Es ist noch Geld drin.«

»Jemand hat ihnen gesteckt, dass wir uns für sie interessieren«, sagte Osama.

»Wir haben die Chance verpasst!«, rief Nick enttäuscht.

»Das ist nicht gesagt. Kommen Sie.«

Als sie ins Auto einstiegen, entdeckte Nick einen Konvoi aus drei mit Antennen gespickten Geländewagen, die ein Stück weiter weg parkten, direkt vor dem Hotel. Mehrere bewaffnete Männer stiegen aus, im Kampfanzug, und stürmten auf den Eingang zu. Nur einer von ihnen blieb am Straßenrand stehen und sah zu ihnen herüber. Joseph.

»Verdammt, wir müssen weg hier, schnell!«, brüllte Nick. »Das ist ein Mann von der Firma.«

Osama gab Gas. »Hat er uns erkannt?«

Die Antwort erfolgte prompt. Zwei Geländewagen setzten sich sofort mit quietschenden Reifen in Bewegung und nahmen ihre Verfolgung auf.

»Mit diesem Schrotthaufen schaffen wir es nie, denen zu entkommen, los, fahren Sie!«, rief Nick panisch.

Osama beschleunigte. Er bog in die Chirahi Pashtunistan ein und überholte mit halsbrecherischen Manövern mehrere Kleintransporter und Motorroller.

»Sie haben uns gleich eingeholt!«

Osama presste die Lippen aufeinander, fuhr zweimal rechts, raste so dicht an den parkenden Autos vorbei, dass er sie beinahe gestreift hätte. Nick sah die Kuppel einer großen Moschee vorbeifliegen.

»Das ist die Moschee Id Gah. Nicht weit davon liegt der Souk Shor«, sagte Osama. »Dort werden wir sie abhängen.«

Er bog in eine verstopfte Straße ein. Der Wagen begann zu schlingern. Gleich darauf gab es ein trockenes Klacken. Die Heckscheibe hatte ein Loch.

»Sie schießen auf uns!«, schrie Nick.

»Ich hab's bemerkt«, erwiderte Osama finster. »Nehmen Sie die Kalaschnikow!«, befahl er. »Verfeuern Sie, was das Magazin hergibt!«

Nick griff ungeschickt nach der Waffe. Er beugte sich zum Fenster hinaus und versuchte zu zielen. Der Wind blies ihm Staub in die Augen. Er drückte auf den Abzug, spürte, wie ihm die heißen Patronenhülsen ins Gesicht flogen und mit einem metallischen Klacken im Wagen landeten. Der Geländewagen, der sie verfolgte, ließ sich nicht von seinem Kurs abbringen.

»Verfluchte Scheiße, das Magazin ist leer.«

»Wir sind fast da.«

Osama trat heftig auf die Bremse und riss im selben Augenblick das Steuer scharf herum. Der Wagen schoss beinahe im rechten Winkel davon, schrammte an einer Mauer entlang, hinterließ eine Staubwolke. Das Beifahrerfenster zersprang. Die Straße war so schmal, dass der kleine Toyota kaum hindurchpasste. Die beiden Rückspiegel waren abgerissen. Die beiden Geländewagen waren ihnen dicht auf den Fersen, sie mähten die Mauern mit einem apokalyptischen Dröhnen, Bruchstücke flogen in alle Richtungen. Nur der Kühlergrill tauchte aus dem Staubchaos auf und kam mit jeder Sekunde näher.

»Gleich haben sie uns!«, keuchte Nick.

»Keine Sorge.«

Ein dumpfes Fauchen ertönte. Plötzlich sackte der erste Geländewagen ein, die Motorhaube verschwand im Boden, während die Hinterreifen mehr als einen Meter in die Luft ragten. Der zweite Jeep knallte mit voller Wucht auf das erste Fahrzeug. Unter dem Aufprall wurde der erste Wagen in die Senkrechte geschleudert. Es krachte, ein Wasserschwall schoss empor. Mit offenem Mund sah Nick, wie sich zwei Männer aus dem zweiten Fahrzeug befreiten, das Gesicht blutüberströmt, den mit einem Schalldämpfer verlängerten Revolver in der Hand. Joseph und einer seiner K-Männer. Osama bog in die nächste Straße ein, die ebenso eng war wie die vorhergehende, ihre Verfolger verschwanden aus ihrem Sichtfeld.

Osama atmete tief durch. »Vor drei Jahren haben meine beiden Assistenten und ich einen Mann verfolgt, der uns durch dieselbe List entkommen war. Er hatte ein kleines Auto, wir einen Ranger. In diesem Viertel wurde die Kanalisation von einem zwielichtigen Unternehmer saniert, der dem Bruder Präsident Karzais nahestand. Um Geld bei der Straßenrenovierung zu sparen, hatte er die Rohre unter Holzplanken verlegt und direkt darauf den Teer gegossen. Da der Boden locker ist, bricht die Straße ein, sobald ein schweres Fahrzeug darüber fährt. Die Stadtverwaltung wollte das Ganze erneuern lassen, doch das Geld dafür wurde entwendet.« Osama schüttelte den Kopf. »Ich sagte mir, sollte ich einmal verfolgt werden, würde ich hier meine Verfolger abschütteln. Um ehrlich zu sein, hätte ich nicht gedacht, dass es tatsächlich passieren würde.«

Der Kommissar schien kaum erschüttert durch die Tatsache, dass sie gerade dem Tod entronnen waren. Nick schloss die Augen, das Herz schlug ihm immer noch bis zum Hals. Sie fuhren eine Weile durch unbekannte Straßen, dann parkte Osama den Wagen. Er versteckte die Schlüssel unter der Fußmatte und winkte ein Taxi heran.

»Fahren wir zurück zu Ihrem Freund?«

»Unmöglich. Sie haben das Nummernschild notiert, der NDS muss bereits unterwegs zu ihm sein.«

»Und jetzt?«

»Im Augenblick können wir wohl bei Mullah Bakir unterkriechen.«

19

Im beruhigenden Halbschatten des Zimmers lag Osama auf der Matratze, die Mullah Bakir ihm zur Verfügung gestellt hatte, und dachte nach, während dieser sein Drei-Uhr-Nachmittagsgebet sprach. Wohin mochte Léonard Mandrake so überstürzt geflohen sein, in einem Land im Kriegszustand, das er nicht kannte? Jetzt, wo seine falsche Identität aufgedeckt war, brauchte er einen neuen Pass, um ein Flugzeug nehmen zu können – in Kabul unmöglich. Der Weg nach Iran war ausgeschlossen, nach Pakistan zu fliehen zu riskant: Die Geheimdienste waren zu mächtig. Aber Mandrake besaß Millionen Dollar auf Geheimkonten. Er könnte im Namen einer Briefkastenfirma ein Privatflugzeug mieten, von Tadschikistan oder Usbekistan aus. Die ehemaligen Sowjetrepubliken Zentralasiens waren beliebte Durchgangsstationen, mit Geld konnte man sich dort bei der örtlichen Mafia vermutlich auch einen Pass kaufen. Im Augenblick allerdings blieb

Léonard nichts anderes übrig, als ein, zwei Wochen irgendwo unterzutauchen, um seine Flucht zu organisieren. Osama dachte an Zahra, seine Freundin. Sie hatte ganz offenbar noch Verwandte hier, denn Nick hatte herausgefunden, dass sie 2002, nach dem Sturz der Taliban, in ihr Dorf zurückgekehrt war, zusammen mit ihrer Mutter. Sie musste sich zwangsläufig bei der Polizei gemeldet haben. Es bestand eine minimale Chance, dass sie damals eine Adresse in ihrem Heimatdorf angegeben hatte, und nicht die eines Hotels. Osama wartete, bis der Mullah von seinem Gebet zurückkam, um ihn darauf anzusprechen.

»Ich benötige Ihre Hilfe. Ich müsste eine Recherche bei der Grenzpolizei durchführen, es geht um eine Person, die 2002 eingereist ist. Die Freundin von Léonard Mandrake.«

»Das ist lange her, Bruder Osama. Glauben Sie, dass es diese Information immer noch gibt?«

»Ja. Die Russen hatten die Grenzpolizisten vor ihrem Abzug mit Rechnern ausgestattet, schon ab 1980. Ich kenne meine Kollegen, sie wurden vom KGB ausgebildet: Sie bewahren alles auf, werfen nichts weg. Diese Information muss irgendwo zu finden sein.«

»Geben Sie mir den Namen dieses Mädchens.«

Der Mullah rief einen kleinen Jungen zu sich. Er drückte ihm einen Zettel in die Hand und flüsterte ihm etwas ins Ohr. Gleich darauf lief der Junge davon.

»*Inshallah,* bald werden wir Ihre Information bekommen. Und bis dahin fühlen Sie sich ganz wie zu Hause.«

Zwei Tage später erhielten sie tatsächlich die gewünschte Information, am Morgen. Ein anderer Junge überbrachte dem Mullah einen Koran, in dem sich ein zusammengefalteter Zettel versteckte.

»Zahra Kimzi war tatsächlich im Mai 2002 in Afghanistan«, verkündete Mullah Bakir. »Sie kam am 14. Mai an, zusammen mit ihrer Mutter, und verließ das Land am 2. Juni wieder, alleine. Ihre Mutter wurde bei einer Bombardierung der ANA getötet. Ein Fehlschuss aus einem Mörser. Sie hat eine Adresse angegeben. Ein Dorf in Nuristan, es heißt Kir.«

»Kennen Sie es?«

»Nein. Aber ich verstehe jetzt, weshalb mir der Familienname dieser Frau so ungewöhnlich vorkam. Sie stammt aus Nuristan.«

Osamas Miene verfinsterte sich. Die Nuristani waren lange Zeit Heiden gewesen, erst Ende des 19. Jahrhunderts konvertierten sie zum Islam. Seither allerdings hingen sie einer besonders strengen Form des Islam an. Sie wurden sowohl von den Paschtunen wie auch von den Tadschiken schlecht behandelt und stellten eine Art Lumpenproletariat dar, den Unberührbaren in Indien vergleichbar. Dass ein Stamm sich dem allgemeinen Prozess der Islamisierung tausend Jahre lang entzogen hatte, mochte seltsam erscheinen. Nuristan aber war eine der unwegsamsten Gegenden der Welt. Beinahe entvölkert, lag es an den Ausläufern des Hindukusch. Die mittlere Höhe lag beinahe überall bei dreitausendfünfhundert Metern, und es gab mehrere Hochplateaus von viertausendfünfhundert Metern, dabei ungeheure Höhenunterschiede, selbst für ein gebirgiges Land wie Afghanistan. Ein Straßennetz war sozusagen nicht vorhanden, und im Winter war die Gegend schwer zugänglich. Ein idealer Ort, um sich zu verstecken.

»Ende März nach Nuristan zu fahren ist keine Vergnügungsreise«, bemerkte der Mullah. »Warten Sie, ich hole eine Karte.«

Es war mehr als bemerkenswert, dass ein Imam Generalstabskarten bei sich zu Hause aufbewahrte, doch bei Mullah Bakir wunderte sich Osama über nichts mehr. Sie breiteten die Karte auf dem Tisch aus, Hunderte Dörfer waren darauf abgebildet, manchmal stand etwas Handschriftliches daneben, auf Russisch. Osama entdeckte, dass der Ort Wama unterstrichen war, wo zwei Jahre zuvor ein entscheidender Angriff der Taliban gegen die ANA stattgefunden hatte. Nachdem sie einige Zeit gesucht hatten, stießen sie schließlich auf Kir, Zahras Dorf. Es lag gut hundert Kilometer nordwestlich von Arandu mitten in der Einöde. Die genaue Höhe war nicht angegeben, aber in unmittelbarer Nähe im Westen waren Gipfel von viertausendfünfhundert Metern verzeichnet, weitere, ebenso hohe, im Norden.

»Dieser Ort liegt in der Hölle. Keine Straßen, schrecklich hohe Berge. Eine echte Expedition. Außerdem wimmelt es in dieser Gegend nur so von Taliban.«

»Zahra hat es geschafft, mit ihrer Mutter dorthin zu fahren, ohne besonderen Schutz.«

»Das war 2002, die Taliban waren in Nuristan zu der Zeit nicht willkommen. Seit den Operationen der Internationalen Schutztruppe haben sich jedoch Tausende von Islamisten dorthin geflüchtet, weil die Region unzugänglicher ist als die Berge von Tora Bora. Die Situation hat sich in ihr komplettes Gegenteil verkehrt: Von einer sicheren hat sie sich nun zu einer der gefährlichsten Gegenden des Landes entwickelt.«

»Zahra scheint das nicht zu wissen«, bemerkte Nick finster.

Sie betrachteten nachdenklich die ausgebreitete Karte.

»Ich muss dorthin. Mir bleibt keine andere Wahl«, sagte Osama schließlich.

»Ich möchte mich nicht in Dinge einmischen, die mich nichts angehen«, sagte Mullah Bakir, »aber ich weiß nicht, wie Sie sich das vorstellen. Nicht einmal Sie, *Qoumaandaan,* nicht einmal Sie haben eine Chance. Und was Ihren reizenden Gefährten angeht … Mit einem Blondschopf wie ihm machen die Kämpfer dort kurzen Prozess. Außerdem gibt es ja nicht nur die Taliban. Sie werden verschneite Straßen in einer feindlichen Natur antreffen, dazu Temperaturen zwischen minus fünfzehn und minus dreißig Grad, Schneefälle, Gletscherspalten, Erdrutsche, Lawinen. Kein Westler begibt sich je dorthin, selbst die French Doctors während des Kriegs mit den Russen haben einen Bogen darum gemacht.«

»Ich bin an das Leben im Gebirge gewöhnt«, erwiderte Nick trotzig.

»Diese Gegend hat nichts mit den Alpen zu tun. Wir reden hier nicht übers Skifahren.«

»Ich bin ein Bergbewohner! Ich bin nicht hergekommen, ans Ende der Welt, um mich in einer Moschee begraben zu lassen. Ich werde die Sache durchziehen, versuchen Sie nicht, mir das auszureden – es hat keinen Sinn!«

»Das ist absurd!«, erwiderte Osama.

»Ich werde mitkommen«, verkündete der Mullah. »Allein werden Sie sofort massakriert!«

»Es ist zu gefährlich!«, widersprach Osama. »Sie haben keinen Grund, unseretwegen derartige Risiken auf sich zu nehmen.«

»Sie schaffen es vielleicht bis dorthin, aber wenn Sie dann vor Ort sind, wie wollen Sie die Dorfbewohner überzeugen, Sie am Leben zu lassen? Sie hassen die Machthaber. Mit Ihrem Aussehen und Ihrem Dari-Akzent aus der Hauptstadt wird man Sie für einen belutschischen Befehlshaber halten oder, schlimmer noch, für einen Freund des Regimes. Sie werden keine zwei Stunden überleben. Und von Ihrem Freund will ich gar nicht erst reden. Ich hingegen bin bei allen Afghanen bekannt. Jeder weiß, dass ich ein ehemaliges Mitglied des Geheimrats der Taliban bin. Die Leute ahnen ja nicht, dass Mullah Omar mich gegen Ende des Regimes einsperren oder töten wollte. Alle halten mich für seinen Freund. Und in diesen Gebieten nahe der pakistanischen Grenze wird er zutiefst verehrt.«

»Gut«, sagte Osama nach einem längeren Schweigen. »Ich kümmere ich mich um unsere Ausrüstung. Treffen wir uns hier in zwei Stunden wieder.«

Er war sich der Gefahr durchaus bewusst, als er sein Versteck verließ – doch er kannte einen verlässlichen Autohändler, einen Hazara, in der Nähe der Moulavi-Abdul-Mateen-Moschee, der in seiner Schuld stand. Vier Jahre zuvor hatte

Osama ihm die Anschuldigungen seines Schwagers widerlegen können, der ihn des Mordes bezichtigt hatte, um sich seines Geschäfts zu bemächtigen. Er hatte ihm das Leben gerettet, denn ein korrupter Richter hatte ihn bereits ins Gefängnis geworfen, in eine Gemeinschaftszelle mit lauter Paschtunen.

Der Werkstattbesitzer empfing ihn mit offenen Armen. Nach dem Austausch der üblichen Grußformeln und dem unvermeidlichen heißen Tee, kam Osama direkt aufs Thema zu sprechen.

»Ich brauche einen soliden Geländewagen, für den auch verschneite Gebirgshänge kein Hindernis sind. Könntest du mir einen Jeep Wolga oder einen Kamaz leihen?«

Der Mann musterte ihn eindringlich. »Ich weiß, dass Sie Feinde haben, aber Sie haben mir das Leben gerettet, *Qoumaandaan.* Sie können sich auf mich verlassen … Ich habe einen fast neuen Toyota, er gehörte einem Warlord, der von den Amerikanern getötet wurde. Er ist gepanzert und hat einen V8-Motor in einwandfreiem Zustand. Hier, sehen Sie!«

Der deutete auf einen Land Cruiser mit langem Chassis, der Wagen wirkte beeindruckend mit seinem Bullenfänger, den getönten Scheiben und den Winterreifen. Zwei große Antennen führten vom Dach bis zu einer Art Mast, der an den vorderen Stoßfängern festgeschweißt war.

»Eine ultramoderne Funkvorrichtung, mit der ferngesteuerte Bomben in die Irre geleitet werden können.« Der Autohändler klopfte gegen die Scheibe, die keinen Ton von sich gab. »Hier, das ist B7. Scheiben und Türen sind gepanzert, sie halten auch dem Kugelhagel einer Kalaschnikow stand. Dieser Geländewagen kann schneller als hundert Kilometer fahren, obwohl er so schwer ist. Der Warlord ließ vorne eine spezielle Seilwinde anbringen, um sich herausziehen zu lassen, wenn er in eine Gletscherspalte geraten war. Im Kofferraum ist ein fünfzig Meter langes Kabel. Genau diesen Wagen brauchen Sie.«

Er öffnete die Heckklappe und präsentierte stolz eine komplette Winterausrüstung für mehrere Personen, Anoraks, Handschuhe, Mützen, alles, was man brauchte, wenn man im Winter in den Bergen unterwegs war. Die Standardausrüstung für Drogenhändler. Zwei Kalaschnikows mit Klappkolben und sogar ein AKM-Gewehr ragten unter einer Decke hervor. In einer Kiste lagen Dutzende von Magazinen und mehrere Granaten.

»Ich habe den Geländewagen am Tag nach der Festnahme abgeholt, ich habe nichts daran verändert, weil ich hoffte, ihn einem anderen Warlord verkaufen zu können.«

»Warum hat der NDS dir diesen Wagen überlassen?«

Der Händler setzte ein verschlagenes Lächeln auf.

»Sie haben nur die Drogen beschlagnahmt und diesen Wagen gegen einen anderen ausgetauscht, einen alten Lada. Der wurde dann ins Register der beschlagnahmten Wagen eingetragen. Ich hab da so ein Abkommen mit dem Chefinspektor, einem Cousin meiner Zweitfrau. Er bekommt fünfzig Prozent vom Verkaufspreis.«

Osama nickte. Ein klassisches Bakschisch, so, wie er sie persönlich nie angenommen hatte.

»So viel Geld habe ich nicht. Wie viel würde er für eine Woche kosten?«, fragte Osama.

»*Qoumaandaan,* ich stehe tief in Ihrer Schuld! Ich wäre zu Tode beleidigt, wenn ich auch nur einen Afghani von Ihnen für diesen Wagen verlangte. Behalten Sie ihn zwei Wochen lang, wenn Sie wollen.«

Osama schüttelte ihm dankbar die Hand, und der Mann drückte sie, wie es Brauch bei den Hazara war.

»Viel Glück, *Qoumaandaan*. Möge Allah Ihnen helfen, Ihre Feinde und die Freunde Ihrer Feinde zu töten. Mögen Sie noch mächtiger von Ihrer Reise zurückkehren. Ich werde zu Allah für Sie beten.«

Als er zur Moschee zurückkehrte, waren Nick und Mullah Bakir bereits reisefertig. Sie hatten beide braune Wollmäntel an, und zu ihren Füßen standen Plastiktüten mit Wasserflaschen und Konservendosen. Mullah Bakir stieg vorne ein, Nick nahm auf der Rückbank Platz. Niemand sagte etwas zu den Waffen im Kofferraum. Als sie Kabul verließen, verschwand die Sonne hinter den Bergen und tauchte ihre scharfen Konturen in Purpur. Osama schaltete die Scheinwerfer ein und schlug den Weg nach Kunduz ein.

Erst im letzten Augenblick bemerkte Osama die Ziege, die inmitten der vereisten Straße Rast machte. Er bremste scharf und geriet ins Schleudern, doch schließlich kam der Geländewagen zum Stehen, ohne das Tier berührt zu haben. Seit fünf Tagen waren sie nun unterwegs, hatten ihre Wasservorräte und die Lebensmittel längst aufgebraucht, und allmählich ließ die Konzentration beim Fahren nach. Zunächst waren sie auf der großen Landstraße in Richtung Kunduz gefahren, hatten das Panschirtal durchquert, das weder die Russen noch die Taliban dem Kommandanten Massud je hatten entreißen können, waren dann hinüber zum Khawakpass auf fast viertausend Höhenmetern gefahren. Anschließend waren sie einer holprigen Schotterstraße an der Bergflanke gefolgt und nach Atiti gelangt, einem kleinen Marktflecken, schließlich in die Stadt Nuristan selbst, die der ganzen Region den Namen gegeben hatte. Zweimal hatten die Landbewohner bestätigt, einen großen Geländewagen mit Kabuler Kennzeichen gesehen zu haben, in dem ein Fremder und eine Frau saßen.

Die Straße, der sie nun folgten, war besonders gefährlich: ein schmales gefrorenes Asphaltband in erbärmlichem Zustand mit Schneeverwehungen und Glatteis, das sie immer wieder mit dem Pickel weghacken mussten. Wenn ihnen ein Lastwagen entgegenkam, mussten sie die Geschwindigkeit auf Schritttempo drosseln und im Millimeterabstand daran vorbeifahren, damit sie nicht in die Schluchten stürzten, die den Straßenrand säumten, manchmal Hunderte von Metern tief.

Obwohl er an ein hartes Leben gewöhnt war, überraschte Osama das Elend der Bewohner Nuristans, der Ärmsten ganz Afghanistans. Nur wenige Fahrzeuge begegneten ihnen, klapprige Wagen, von denen man fürchten musste, dass sie es nicht mehr hinter die nächste Kurve schafften – niemals aber ein moderner Geländewagen. Alles war schneebedeckt, es war, wie üblich für Ende März, noch sehr kalt, bis zu minus 25 Grad. Die Dorfbewohner, die ihren Weg kreuzten, waren in mehrere Schichten Kleidung und Decken gehüllt. Dennoch sprach aus ihrer Haltung Stolz und Würde. Die Nuristani, die aufgrund ihrer Abgeschiedenheit und ihrer heidnischen Kultur sehr für sich lebten, hatten sich mit dem Rest Afghanistans kaum vermischt. Mullah Bakir erzählte ihnen, der Legende nach seien sie direkte Abkömmlinge der Krieger von Alexander dem Großen, die sich nach der Auflösung seines Reiches in den Norden des Landes geflüchtet hatten. Dennoch konnte man sich nur schwer vorstellen, dass die Armee des größten Soldaten der Geschichte in diesen ärmlichen Tälern am Ende der Welt ihr Ende gefunden hatte.

Ein Stück vor Kamdesh machten sie in einem kleinen Dorf halt, an einer Abzweigung auf ihrer Route. Osama ging auf einen Bewohner zu und sprach ihn an.

»Möge Allah mit dir sein und dein Körper kräftig bleiben«, begann er. »Wie ist die Straße hier?«

»Man kann sie befahren«, erklärte der Dorfbewohner.

»Weißt du es genau?«

»Ein Lastwagen fuhr vergangene Woche in diese Richtung. Er stürzte in eine Schlucht, und alle Insassen kamen ums Leben, aber die Straße, die ist in gutem Zustand, die können Sie befahren. *Inshallah.*«

»Wie sicher ist die Route?«

»Es gibt dort viele bewaffnete Gruppen.«

»Taliban?«

»Banden, die aus Pakistan und der Gegend um Kabul stammen. Sie wurden von der Armee verjagt und sind hierher geflüchtet.«

»Also sind es Taliban?«

»Ja, Taliban. Sehr bösartig«, bestätigte der Dorfbewohner.

Osama fragte sich, ob er nur begriffsstutzig war oder ob es hier Sitte war, niemals direkt auf eine Frage zu antworten. Als ein anderer Dorfbewohner näher kam, fragte Osama, wo er etwas zu essen kaufen könne.

»Wir haben nichts. Es gibt hier nichts.«

»Auch keine Eier?«

»Nichts. Keine Eier, kein Fleisch, keinen Käse. Nichts.«

Osama zückte zwei Geldscheine.

»Wir haben Eier, Käse, Fleisch«, verkündete derselbe Dorfbewohner. »Kommen Sie mit.«

Osama kehrte zu seinen Freunden zurück und berichtete, dass sie im Dorf übernachten könnten. Seine beiden Gefährten waren ziemlich angeschlagen. Der Mullah hatte die Höhenkrankheit und Gliederschmerzen wegen der dünnen Luft. Mühsam stieg er aus dem Wagen und bewegte sich nur mit kleinen Schritten vorwärts, wie ein alter Mann. Nick dagegen hatte Durchfall, den auch Medikamente nicht stoppen konnten. In kurzen Abständen mussten sie anhalten, damit er sich am Straßenrand erleichtern konnte. Angesichts der schäbigen Häuser verzog Nick das Gesicht, doch er sagte nichts. Die beiden vorhergehenden Nächte hatten sie mit bis zu zehn Einheimischen in winzigen, schlecht beheizten Räumen geschlafen, in denen die Luft zum Schneiden war. Da sich ihre Zimmergenossen vermutlich seit dem Ende des vorigen Sommers nicht mehr gewaschen hatten, war Nicks Geruchssinn auf eine empfindliche Probe gestellt worden. Doch er ertrug diese Zumutungen, ohne zu murren. Osama war beeindruckt, wie sehr der Junge sich in den letzten Tagen verändert hatte, er zeigte eine Zähigkeit, die er bei einem Westler seiner Generation nicht für möglich gehalten hätte. Paradoxerweise fiel es Mullah Bakir viel schwerer, die Bedingungen dieses spartanischen Lebens zu ertragen, die verdorbene Nahrung, die strengen Gerüche. Über seinem Studium in Cambridge und den glorreichen Zeiten in der Talibanregierung hatte der feinsinnige Imam vergessen, was es bedeutete, ein entbehrungsreiches Leben zu führen. Jedenfalls versuchte er, sich wacker zu schlagen, und bewahrte in jeder Situation seinen Humor, welcher durch sein blumiges Vokabular und den unnachahmlichen Oxford-Akzent seiner Äußerungen noch pointierter erschien.

»Ah, wunderbar!«, rief er, als er die mit schmutzigem Schnee bedeckten Lehmhäuser sah. »Dieser Luftkurort übertrifft sicherlich alle bisherigen!«

Ihr Gastgeber führte sie in sein Haus. Mehrere Nachbarn waren dort versammelt. Ein Mann stellte das Essen auf den Boden, einzelne Teller gab es ebenso wenig wie Messer und Gabeln. Man aß mit einem schlichten Holzlöffel oder gleich mit den Fingern. Sie fingen mit den üblichen weichen Eiern an, ein Muss in jedem afghanischen Dorf.

»Ich glaube, ich werde nie mehr weichgekochte Eier essen können«, seufzte Nick.

Mullah Bakir kniete ungelenk auf einem abgewetzten Teppich nieder, ein beeindruckter Dorfbewohner, den Osama über die Identität ihres Gastes aufgeklärt hatte, half ihm dabei. Kurz darauf wurden Fladen und Joghurt serviert. Der Joghurt war trotz der Kälte schon sauer geworden. In Wahrheit war er ungenießbar, doch Osama schluckte ihn tapfer hinunter. Nick stürzte gleich nach dem ersten Löffel ins Freie, die Hände auf den Bauch gepresst. Einer der Männer begann zu lachen und entblößte dabei einen fast zahnlosen Mund, sein Nachbar stimmte in das Gelächter ein, schließlich lachte die ganze Versammlung. Auch Mullah Bakir lachte herzlich.

»Dieses Essen ist abscheulich, der Ort ist widerlich, und diese Leute, das sind Wilde. Wir sind hier wirklich am Ende der Welt. Wussten Sie, dass es noch Nuristani gibt, die heimlich

Götzen anbeten? Das ist umso erstaunlicher, als ihre Brüder oft die verbohrtesten Gläubigen sind, die man sich vorstellen kann.«

»Ich wusste nicht, dass ein Mullah Gläubige als ›verbohrt‹ bezeichnen darf«, bemerkte Osama, während er seinen Joghurt auslöffelte.

»Der Glaube darf nichts Starres sein. Er muss sich eine Form des existentiellen Zweifels an den veralteten und oft unverständlichen Vorschriften des Koran vorbehalten. Ich betrachte alles im Koran als interpretierbar, mit Ausnahme der Existenz Gottes und des Propheten natürlich. Meine Brüder, die Imame der Universität Kairo haben meine Theorie unter der Bezeichnung ›Rechtmäßiger Zweifel des aufgeklärten Gläubigen‹ populär gemacht, aber ich fürchte, dass diese komplizierten Konzepte einen *Gourbi* wie diesen hier überfordern.«

Er schluckte einen Löffel Joghurt hinunter und schnitt eine Grimasse.

»Die Bevölkerung in dieser abgelegenen Gegend zum Beispiel hat nie das neue Ehegesetz akzeptiert, das ich durchgesetzt habe, als Mullah Omar noch auf mich hörte. Diese Leute hier sind schlimmer als die schlimmsten Paschtunen!«

Osama entdeckte auf dieser Reise nach und nach, wie groß der Einfluss Mullah Bakirs zu Beginn der Talibanrevolution gewesen war. Die Episode, auf die er anspielte, war eine der wenigen Reformen der Taliban gewesen, die sich positiv für die Frauen auswirkten. Tatsächlich schloss das paschtunische Gesetz die Erbfolge der Frauen vollkommen aus, während der Koran ihnen traditionell die Hälfte des Anteils des Mannes zusicherte. Die Taliban hatten also die Zuteilung der Hälfte des Besitzes an die Frau gesetzlich festgelegt, was bei vielen Stämmen auf heftigen Widerstand stieß. Osama hatte in einer Zeitung gelesen, dass ebendiese Reform den endgültigen Bruch zwischen der gemäßigten und der konservativen Fraktion des Talibanregimes herbeigeführt hatte.

»Ich wusste nicht, dass Sie dieses Gesetz entworfen haben. Meine Frau hielt es für eine schlechte Reform, weil die Einführung eines halben Anteils doch bedeute, dass die Frau nur halb so viel wert ist wie der Mann.«

»Malalai irrt, Bruder Osama. Besser ein halbes Etwas als ein völliges Nichts. In diesem Land ist es schwierig, Reformen durchzuführen. Die Reaktionäre kämpfen stets erbitterter als die Kräfte des Fortschritts, und oft sind sie besser organisiert. Ich hätte niemals eine Gleichberechtigung von Mann und Frau durchsetzen können.«

»Aber wollten Sie die denn?«

»Was ich wollte, spielt gar keine Rolle, solange die Chancen, es durchzusetzen, gleich null sind. In der Politik zählt nur das, was man erreichen kann: lieber keine Debatte und ein kleiner Schritt in die richtige Richtung als eine große Debatte und überhaupt keine Bewegung.«

Sie schwiegen, denn es wurde abermals ein Gang weichgekochter Eier serviert. Nick war zurückgekommen, in kleinen Häppchen gelang es ihm, drei Eier zu verdrücken, zusammen mit ein wenig schimmeligem Brot. Er hustete. Die Luft war unerträglich, denn im Ofen verbrannten Kuhfladen – was den Fremden eine große Ehre sein musste, denn diese ekelerregenden Fladen mit dem hohen Heizwert waren selten und teuer.

»Habt ihr in den letzten beiden Tagen einen *Kāfir* in einem großen Auto mit einer afghanischen Frau gesehen?«, fragte Osama nach dem Essen.

Der Dorfbewohner nickte und lachte.

»Allerdings. Und man kann sagen, es ging ihm sehr schlecht. Die ganze Zeit am Straßenrand. Und immer wieder: ›*Tachnaab da koujaas? Tachnaab da koujaas?*‹«

Wo sind die Toiletten? Léonard Mandrakes Magen war es offenbar ebenso ergangen wie dem von Nick.

»Wisst ihr, wohin sie gefahren sind?«, erkundigte sich Mullah Bakir.

»In Richtung Kir. Aber die Taliban suchen nach ihnen. Wir haben sie davor gewarnt, weiterzufahren. Gefährlich. *Khaana bourou,* fahrt wieder zurück nach Hause. Aber sie haben nicht auf uns gehört. Sie werden große Probleme bekommen.«

»Haben die Taliban sie entführt?«, fragte Osama entsetzt.

»*Chaayad.* Vielleicht.«

Es war unmöglich, ihnen weitere Details zu entlocken, entweder weil sie nicht mehr wussten oder weil sie nichts sagen wollten.

Am nächsten Morgen hatte der Schnee sämtliche umliegenden Berge mit einer neuen makellosen Schicht überzuckert. Die Landschaft war großartig. Eine wilde, raue Natur, in der der Mensch keinen Platz hatte. Osama ging ein paar Schritte, um zu beten und das Panorama zu genießen. Als er von seinem Spaziergang wiederkam, waren Nick und Mullah Bakir bereit zur Weiterfahrt. Nicks Durchfall hatte sich in der Nacht beruhigt, endlich begannen die Medikamente Wirkung zu zeigen. Die Dorfbewohner lehnten die fünfhundert Afghanis vehement ab, die sie ihnen geben wollten. Es sei eine Ehre, so sagten sie, Mullah Bakir in ihrem Haus zu beherbergen. Doch der Mullah insistierte, bis das Dorfoberhaupt die Scheine annahm.

»Ich werde zwei Hammel kaufen, für meine zukünftige Frau«, sagte er mit einem Lächeln.

In vielen Dörfern musste man ein oder zwei Pferde und mehrere Hammel beibringen, außerdem Tausende Dollar zahlen, wenn man eine zweite, noch unberührte Frau wollte. Die ärmsten Dorfbewohner emigrierten in den Iran oder in die Golfstaaten, sie quälten sich bis aufs Blut, um absurde Mitgiften ranzuschaffen, die einen Gegenwert von mehreren Jahreslöhnen hatten. Wenn ein Mann von seiner Frau enttäuscht war, nachdem er so viel Geld für sie hingelegt hatte, verbrannte er sie oder schüttete ihr Säure ins Gesicht und verlangte die Rückgabe der Mitgift.

»Das Sparen für eine Mitgift ist das Einzige, was in diesem Land gut funktioniert, neben den Selbstmordattentaten und dem Bakschisch«, bemerkte Mullah Bakir launig.

Sie verbrachten den ganzen Tag im Auto, im Schnitt fuhren sie zwischen zwanzig und fünfundzwanzig Kilometern, inmitten von Schneeverwehungen und Gletscherspalten. Osama gab sein Bestes, doch der Geländewagen ließ sich schwer lenken, was an der Panzerung lag. Zweimal gerieten sie in eine Gletscherspalte und mussten den Wagen mit der Winde herausziehen. Am Abend hielten sie in einem anderen Dorf an, um dort zu übernachten, es war noch ärmlicher als das vorherige. Als der Dorfanführer hörte, wer unter den Gästen war, ergriff den Haushalt eine große Aufregung. Sämtliche Vorräte wurden gesichtet, um den Mullah gebührend bewirten zu können. Sie aßen weichgekochte Eier, aufgekochten Reis und ein Ragout aus mageren Kalbfleischstücken, die in einer Brühe schwammen. Der Dorfanführer war sehr stolz, Fleisch servieren zu können. Das Fleisch hatte einen strengen Beigeschmack, doch es zurückzuweisen hätte einen Affront bedeutet, und so würgte Osama es hinunter, zusammen mit dem übelriechenden Reis. Der unglückliche Gesichtsausdruck des verwöhnten Mullah angesichts dieses Gastmahls war beinahe komisch. Zum Abschluss gab es gezuckerte Kondensmilch aus Tetrapaks mit der amerikanischen Flagge darauf. Eines der Geschenke, welche die ISAF in den Dörfern verteilte. Osama wunderte sich, dass die Hilfsleistungen sogar bis hierher gelangten. Der Dorfanführer trank die Kondensmilch, dann trat er die Packung mit den Füßen zusammen und spuckte darauf.

»Amerikanisch«, sagte er. »Schlecht.«

Osama hütete sich davor, es ihm nachzutun. Zu seiner Zeit hätte kein Mudschaheddin, der etwas auf sich hielt, ein Geschenk der Russen angenommen, gegen die sie kämpften.

Am nächsten Morgen wachten sie frühzeitig auf, gegen fünf Uhr. Osama hätte gern eine oder zwei Stunden länger geschlafen, doch der Dorfanführer wollte unbedingt zusammen mit dem berühmten Mullah Bakir vor Sonnenaufgang das erste Gebet sprechen. Draußen herrschte beißende Kälte, Osama bestand dennoch darauf, zum Brunnen zu gehen. Er zog sich bis auf die Unterhose aus und wusch sich mit kaltem Wasser, der Dorfanführer hatte ihm ein kleines Stück Seife geliehen. Nach seiner Toilette fühlte er sich besser. Er zog Unterwäsche und ein sauberes Hemd an. Bevor sie losfahren konnten, musste Nick erst Benzin unter dem Motor verbrennen, um ihn anzuwärmen. Dann setzten sie ihren gefährlichen Weg fort. Es wurde wieder Abend und wieder Nacht, wieder machten sie Rast in einem armseligen Dorf, wieder folgte ein kalter Morgen. Im Kofferraum des Geländewagens klapperten während der Fahrt die leeren Benzinkanister gegeneinander. Osama hatte ausgerechnet, dass ihnen das Benzin noch drei Tage reichte. Als sie sich am Nachmittag über einen verschneiten Pass kämpften, deutete Nick auf etwas Schwarzes am Rande der Schlucht: Ein neuer Land Cruiser mit Kabuler Nummernschild lag im Straßengraben.

Der Wagen sah mitgenommen aus, er lag auf dem Dach, und es hatte bereits darauf geschneit. Eine der Türen stand offen, die Airbags, aus denen die Luft entwichen war, hingen schlaff herab. Die Vorderachse war völlig verbogen. Osama schaltete den Motor ab. Die Stille hüllte sie augenblicklich ein, sie wurde nur durch das Heulen des Windes unterbrochen. Kein Baum, kein Haus, kein Vogel, nichts Lebendiges weit und breit. Nur schwarze Steine, Schnee, Gletscher.

Osama kletterte ein paar Meter in die Schlucht hinab, um den Wagen zu inspizieren. Die beiden Hinterreifen waren zerfetzt. Er strich mit dem Finger über die Karosserie, untersuchte die Felgen.

»Jemand hat mit einem Jagdgewehr oder einer Shotgun auf sie geschossen. Die Schützen waren mindestens zu zweit, rechts und links sind Einschüsse zu sehen.«

Mühsam kletterte er wieder hinauf, der Hang war vereist. Nick musste ihn hochziehen.

»Jemand hat sich ihnen in den Weg gestellt«, fuhr er fort. »Mandrake muss versucht haben, daran vorbeizukommen, in dem Augenblick wurden sie von hinten beschossen. Das Fahrzeug stürzte in die Schlucht, wurde aber durch den Vorsprung dort aufgehalten. Sie hatten Glück, dass es genau an dieser Stelle zu dem Zwischenfall kam und nicht ein Stück weiter oben. Denn dann wären sie sofort drei-, vierhundert Meter hinabgestürzt.«

»Glauben Sie, sie sind verletzt?«

»Das Fahrzeug ist nicht so stark demoliert, wie man annehmen könnte. Und ich habe keine Blutspuren im Wageninneren bemerkt. Die Windschutzscheibe ist auch intakt. Wenn sie nicht erschlagen wurden, als man sie entdeckte, muss es ihnen gutgehen.«

Nick blickte sich um. Im Umkreis von dreihundertsechzig Grad erstreckte sich dieselbe grandiose Landschaft, unwirtlich und einsam.

»Wo können sie nur sein?«, murmelte er.

Sie stiegen wieder ins Auto und fuhren nun noch langsamer, jetzt, wo die Bedrohung auf einmal konkret geworden war. Die Straße schlängelte sich endlos um die Berge. Eine halbe Stunde darauf bremste Osama abrupt ab. Der Geländewagen geriet ins Schlingern, schlitterte über eine Eisfläche und blieb dann quer zur Straße stehen. Ein knappes Dutzend Männer versperrte ihnen den Weg, die Waffen auf sie gerichtet. Sie wirkten entschlossen und gefährlich, obschon sie lediglich verrostete Kalaschnikows und Repetiergewehre vom Beginn des letzten Jahrhunderts gezückt hatten. Zwar waren Osame und seine Begleiter durch ihr gepanzertes Fahrzeug geschützt, dennoch schaltete der Kommissar den Motor ab und beschloss, mit ihnen zu reden.

»Bleiben Sie mir ja im Wagen!«, befahl er Nick. »Verriegeln

Sie die Türen, sobald ich draußen bin. Falls es Probleme gibt, versuchen Sie, zu wenden und wegzufahren.«

Er stieg aus, mit erhobenen Händen.

»Allah sei mit dir«, sagte er und grüßte denjenigen, der ihr Anführer zu sein schien, »und mit deinen Männern. Ich grüße dich im Namen Allahs, des Allmächtigen und Barmherzigen.«

»Allah sei mit dir«, erwiderte der Talibananführer.

Er war jung, hatte intensive blaue, mit Kajal umrandete Augen und ein Gesicht, das unter dem struppigen, mit Henna gefärbten Bart sicherlich schön war. Sein Dari war mit einem starken paschtunischen Akzent gefärbt.

»Diese Berge sind für Soldaten und *Kuffār* verboten. Was habt ihr hier zu suchen?«

»Wir sind weder Soldaten noch *Kuffār*. Wir kommen in Frieden.«

»Dein Auto ist viel zu groß, nur *Kuffār* und Söldner von Karzai können sich so ein Ding leisten«, erwiderte der Anführer drohend.

»*Alhamdullilah,* ich bin mit dem großen Mullah Bakir hier, dem Freund und Vertrauten Mullah Omars. Er ist im Wagen. Du kannst ihn begrüßen, er wird dir gestatten, dich mit ihm zu unterhalten, aber senke deine Waffe, denn niemand darf Mullah Bakir bedrohen, außer den *Kuffār*, und Allah wird sie für ihre Verbrechen bestrafen«, verkündete Osama unbeirrt.

Ein Raunen ging durch die Reihe der Männer. Wie auf ein Zeichen öffnete Mullah Bakir die Wagentür und stieg, mit seinem Turban angetan, majestätisch aus. Er streckte die Hand aus, die der Anführer sofort küsste.

»Mullah Bakir! Mullah Bakir! Allahu Akbar!«, riefen die Männer einander aufgeregt zu und scharten sich um den Mullah.

Als sich die Aufregung ein wenig gelegt hatte, sagte Osama zu dem Talibananführer: »Wir sind in Begleitung eines Mannes aus dem Westen gekommen. Er ist ein *Dhimmy,* ein minderwertiger Christ, aber ein Freund des Islam und der Gotteskämpfer. Ich bitte dich, ihn freundlich zu empfangen.«

Er bedeutete Nick, auszusteigen. Der Anführer warf ihm einen finsteren Blick zu und wandte sich dann desinteressiert ab.

»Was führt Sie hierher?«, fragte der Taliban Mullah Bakir. »Können wir Ihnen behilflich sein?«

»Wir suchen einen Nazarener und seine Gefährtin. Die NATO sucht sie auch, sie wollen sie umbringen. Ich bin hier, um sie zurück nach Kabul zu bringen.«

»Die haben wir gestern gefangen genommen, im Morgengrauen. Sie hatten einen Wagen mit Kabuler Nummernschild, wie die Kollaborateure des Regimes, und viel Geld im Wagen. Wir haben ihnen ihre Dollars und Afghanis abgenommen. Außerdem hatten sie Decken dabei, Stiefel, Vorräte, Reis, Hammelfleisch, Fladenbrot, Zucker, Konservendosen, einen Kompass und ein Gewehr. Wir haben alles für unsere tapferen Krieger behalten, *Allahu Akbar*.«

»Und die beiden, wo sind die?«

Der Anführer nahm einen trotzigen Gesichtsausdruck an und antwortete nicht.

»Wo sind sie?«, wiederholte Osama. Er befürchtete bereits das Schlimmste.

»Im Dorf. Aber wir haben den *Kāfir* verkauft.«

»Verkauft?«, schrie Osama. »An wen?«

»An eine Gruppe großer Krieger. An die Herz-e-Islami.«

Osama bemerkte, dass Mullah Bakir bei der Erwähnung dieses Namens schluckte.

»Warum haben Sie ihn verkauft, um Himmels willen?«

»Wir sind nicht mächtig genug, um ein Lösegeld mit der ISAF auszuhandeln. Die Herz-e-Islami nimmt gerne Geiseln. Sie haben gesagt, sie würden uns fünfhundert Dollar geben, fünf Pferde, zwanzig Hammel und zweihundert Kilo Zwiebeln.«

»Sind sie schon im Dorf?«

»Vielleicht. Das werden wir nachher sehen. Solange wir nicht zurück sind, wird hier überhaupt nichts verhandelt.«

»Wir müssen mit dem Ausländer sprechen«, sagte Mullah Bakir. »Er hat einen großen Wert für uns. Wir geben dir mehr Dollar als die Herz-e-Islami. Viel mehr!«

»Und das Mädchen?«, fragte Osama. »Was hast du mit ihr gemacht?«

»Sich mit einem Nazarener zusammenzutun ist ein Verbrechen, sie ist eine Schlampe! Ich habe mit dem Imam aus dem Dorf darüber gesprochen, und er hat uns seinen Entschluss mitgeteilt, *Allahu Akbar*. Er ist ein weiser Mann, er kann lesen und bis zehn zählen!«

»Was hat er bestimmt?«

»Der Imam hat bestätigt, dass diese Frau den Islam und unsere Gesetze verraten hat, indem sie ohne ihren Vater oder Bruder mit einem Mann ausging. Der Koran, unser Heiliges Buch, untersagt die Ehe zwischen einer Muslima und einem *Kāfir*, wenn er nicht vor der Ehe zu unserem Glauben übergetreten ist. Die Frau musste bestraft werden.«

»Was haben Sie ihr angetan?«

»Der Imam hat in seiner großen Weisheit beschlossen, dass das Mädchen vor seinem Tod eine muslimische Ehe eingehen und die Krieger befriedigen muss, die für die Scharia und das Heilige Buch und gegen die *Kuffār* kämpfen. Wir sind dreißig Krieger in voller Manneskraft, und wir haben alle viel für Allah geopfert. Die Frau wurde mit jedem von uns verheiratet, bevor sie ihre Strafe nach den Vorschriften des Heiligen Buches fand.«

»Ihr habt sie vergewaltigt und dann gesteinigt!«, rief Mullah Bakir entsetzt.

»Nicht vergewaltigt, Mullah, sondern wir haben bei ihr gelegen nach den Regeln des Islam, Allah sei gepriesen – sie hatte großes Vergnügen daran. Wir sind alle jung und kräftig. Ich habe die Ehe als Erster vollzogen, gestern am frühen Nachmittag, und dann noch einmal vor dem Fünf-Uhr-Gebet und dann noch einmal danach. Den ganzen Abend habe ich die Ehe vollzogen, Allah ist mein Zeuge, dass ich meinen Mann gestanden habe! Dann hat Abdul die Ehe vollzogen, dann Mohammed, dann Hazrat, dann Younous. Die ganze Nacht. Abdullah, Zalmay, Bismullah, Wahid, Sebghatollah, Jarollah, Zarar. Alle haben sie durch ihre Manneskraft geehrt, und die war mächtig, Allah kann es bezeugen. Vielleicht wurde die Frau noch nicht gesteinigt, vielleicht sind auch noch ein paar Krieger dabei, die Ehe mit ihr zu vollziehen.«

»Fahren wir sofort dorthin«, befahl Mullah Bakir. »Zeigt uns den Weg. Ich werde mit eurem Imam sprechen.«

Mit unbewegtem Gesicht klatschte der Anführer in die Hände, und seine Truppe setzte sich in Bewegung. Mullah Bakirs Autorität war so groß, dass dem Taliban nicht einmal der Gedanke gekommen wäre, sie in Frage zu stellen. Zu der Gruppe stieß noch ein Kind mit drei Eseln. Der Anführer und zwei seiner Männer saßen auf den Eseln auf, gefolgt von ihren Kriegern und schließlich von dem Geländewagen. Die dicke Schneeschicht behinderte die Esel beim Gehen, sie kamen nur schleppend voran.

Sie waren am Boden zerstört. Osama hatte schon extreme Gewalt erfahren, aber das war im Krieg gewesen, und Kabul war eine große, im Vergleich hochzivilisierte Stadt. In diesem von der Welt vergessenen Hinterland wurde ihm allmählich bewusst, dass die Realität seines Landes weit von seiner Vorstellung entfernt war. Er dachte an Malalais Kampf für die Rechte der Frau. Es würde ihr nie und nimmer gelingen!

Sie fuhren im Schritttempo dahin, bis die Männer auf einmal abbogen, ihnen aber ein Zeichen machten, weiter geradeaus zu fahren. Osama beschleunigte.

»Herz-e-Islami – was für eine Gruppierung steckt dahinter?«, fragte Nick.

»Sie wurde von meinem schlimmsten Feind gegründet«, gab Mullah Bakir düster zurück.

Diese Neuigkeit trug nicht gerade zu großer Hoffnung bei. Hatten sich denn alle gegen sie verschworen? Was hatten sie dem Himmel angetan, dass ihnen solche Steine in den Weg gelegt wurden?

»Erzählen Sie uns mehr«, bat Nick, »dann wissen wir zumindest, worauf wir uns gefasst machen müssen.«

»Es gab in Afghanistan einen Warlord namens Gulbuddin Hekmatyar. Zusammen mit Massud und Dostom war er der wichtigste Mann im Kampf gegen die Rote Armee und einer derjenigen, die sich für den Rückzug der Kommunisten einsetzten. Als wir 1996 mit unserer Eroberung Afghanistans begannen, verriet Hekmatyar Dostom und Massud und schlug sich damit auf unsere Seite. Uns half er dadurch, an die Macht zu kommen. Wir haben zusammen im Obersten Rat der Taliban gesessen. Er ist ein glühender Islamist, der natürlich die Scharia propagiert und eine äußerst primitive Konzeption des Islam vertritt. Hekmatyar befürwortete die Auslöschung all derjenigen, die nicht dem ›wahren‹ Islam anhingen. Er war es, der die Massaker an den Hazara anstieß, weil sie Schiiten waren. Ich habe mich sofort zu Beginn unserer Regierungszeit gegen ihn positioniert. Hekmatyars rechte Hand hieß Emir Beg. Emir Beg war so grausam, dass alle ihn fürchteten, auch die Taliban selbst. Unzähligen Menschen ließ er die Hand abhacken, nur weil sie Toilettenpapier anstatt flacher Steine benutzten. Im Koran steht nichts von Toilettenpapier, sagte Emir Beg, also ist derjenige, der es benutzt, ein Gottloser, er begeht ein Verbrechen gegen den Koran. Dasselbe gilt für diejenigen, die sich den Bart rasieren, nirgendwo steht im Koran, der Prophet – er sei gepriesen – habe sich rasiert, also waren alle, die sich rasierten, seiner Meinung nach Verbrecher. Emir Beg ist Analphabet, ich vermute, er hat den Koran nie gelesen, aber er hatte viel Charisma, und die Leute beugten sich vor seiner Macht. Ich habe versucht, mich gegen ihn aufzulehnen. Zuerst, indem ich argumentierte, der Koran erwähne auch nirgendwo eine Kalaschnikow, einen Geländewagen oder Strom, dennoch würden wir sie benutzen, der Koran könne also nicht wortwörtlich genommen werden. Ich erhielt kein Gehör. Da beschloss ich, mich mit anderen Imams des Geheimrats der Taliban zusammenzutun, die ihrerseits entsetzt waren über die Gewaltbereitschaft Hekmatyars und Emir Begs. Der Terror, den sie in den von ihnen beherrschten Gebieten ausübten, kam uns zugute. Mullah Omar wagte nicht, Hekmatyar anzugreifen, aber dass er schließlich doch in Ungnade fiel, verdankten wir der Sache mit dem Sarg.«

»Inwiefern war er darin verwickelt?«

»Er war an jenem Tag zur Inspektion beim Zoll. Er war es, der die Peitschenhiebe angeordnet hatte.«

Osama kannte die Geschichte nur zu gut: »Im Jahr 2000 hatte ein reicher Emigrant verfügt, dass, wenn er gestorben sei, man seine Leiche nach Afghanistan zurückführen solle. Die Taliban kontrollierten den Sarg am Zoll. Als sie feststellten, dass der Leichnam keinen Bart trug, so, wie es in den heiligen Büchern festgeschrieben stand, packte sie blinde Wut, und sie bestimmten vierundzwanzig Peitschenhiebe als Bestrafung. Die Angelegenheit war publik geworden und hatte zum negativen Image des Regimes beigetragen, weil sie die ans Lächerliche grenzende Absurdität der Gesetzesauslegung der Taliban aufgezeigt hatte.«

»Was geschah dann?«, fragte Nick.

»Emir Beg hatte Wind davon bekommen, dass man ihn verhaften wollte, und flüchtete in die Berge. Ich wusste, dass er Nuristani war, aber ich dachte, er würde sich viel weiter nördlich verstecken, oberhalb von Barg-e-Matal.«

»Und Sie denken, er will Rache üben?«, fragte Osama. »Sie waren schließlich nicht der Einzige, der an der Entscheidung beteiligt war.«

»Ich war die treibende Kraft. Ich habe seine Karriere zerstört, habe ihn gezwungen, zusammen mit seinen Männern zu fliehen, wie ein Hund. Er hatte Macht, Mullah Omar hörte auf ihn, er besaß ein großes Haus in Kandahar mit Leibwächtern, jungen Tänzerinnen und verschiedenen Frauen, mit denen er sich dank nachsichtiger Imame für eine Nacht verheiraten ließ. Aber um auf Ihre Frage zu antworten: Ja, ich glaube, er hasst mich. Wenn er meiner habhaft wird, lässt er mir die Spezialbehandlung zukommen, die er seinen persönlichen Feinden vorbehält.«

»Und zwar?«

»Er wird mir die Augen ausstechen, mir Finger, Nase und Zunge abhacken und die Genitalien abreißen. Anschließend wird er mich ganz langsam sterben lassen. Es heißt, man stirbt anschließend an einer Infektion, es dauert zwei, drei Wochen, manchmal auch länger.« Er lachte bitter. »Meine Freunde, Bruder Osama, lieber Nick, wenn wir in seine Hände geraten, wird euch dieselbe Behandlung zuteil, fürchte ich.«

Als sie das Dorf erreichten, lief der Anführer auf sie zu.

»Sie sind bei den Obstbäumen, ein Stück weiter unten, zusammen mit dem Imam. Sie beginnen gleich mit der Steinigung!«

Sie hetzten hinunter zu der bezeichneten Stelle. Jenseits des letzten Hauses sahen sie die Dorfbewohner auf einer verschneiten Fläche. Eine Frau mit zerrissener Tunika und im Wind flatternden Haaren saß auf den Fersen, sie war mit einer Art Hanfleine festgebunden. Das war sie – Zahra. Diese Frau mit den zerzausten Haaren und dem glasigen Blick, die dort gedemütigt im Schnee kniete, hatte indes nicht mehr viel mit der Schönheit auf dem Foto gemein. Eine Frau in Burka zerrte an der Leine, doch Zahra reagierte nicht, starr sank sie in den Schnee. Ein Kind hob den Arm und warf den ersten Stein, dem bald ein zweiter folgte. Innerhalb weniger Augenblicke prasselten unzählige Steine auf Zahra nieder. Doch sie hatte nicht mehr die Kraft, zu reagieren.

»*Estaad cho!*«, brüllte Osama. »Hört sofort auf!«

Überrascht sanken die Arme, die gerade neue Steine werfen wollten, herab. Osama legte sein Gewehr auf den Boden und kniete neben Zahra nieder. Sie hatte am ganzen Körper Verletzungen, an der Innenseite ihrer Schenkel war das Blut schon verkrustet. Angesichts dieser geschändeten Frau hätte er am liebsten laut aufgeschrien.

»Wir werden euch retten«, flüsterte er auf Englisch.

»Zu spät«, stöhnte sie mühsam.

Osama hob Zahra auf seine Arme, während Mullah Bakir sich an die Versammelten wandte.

»Die Ungläubigen müssen bestraft werden, genau wie eine Muslima, die Beziehungen zu *Kuffār* hat, das stimmt, aber diese Frau hatte niemals etwas mit diesem Ausländer, was ihr nicht wissen könnt. Der Ausländer ist ein Feind von Bush und Obama, ein Feind der kleinen Satane, ein Freund des afghanischen Volkes. Ihr müsst sie freilassen!«

»Wer seid ihr, dass ihr glaubt, uns vorschreiben zu können, was wir zu tun haben?«, fragte plötzlich ein alter Mann, dessen mit Henna gefärbter Bart ihm fast bis zum Gürtel reichte.

»Und du, Bruder, wer bist du?«

»Ich bin der Imam dieses Dorfes, ich spreche Recht und Gesetz.«

»Kannst du lesen?«

»Nein, aber ich habe das Heilige Buch auswendig gelernt, ich kann es aufsagen, von der ersten bis zur letzten Sure. Und du, wer bist du?«

»Ich bin Mullah Bakir, der Freund Mullah Omars und ehemaliges Mitglied des Geheimrats der Taliban.«

Entsetzt über die eigenen forschen Worte und demutsvoll warf sich der Imam auf die Knie, während die Dorfbewohner einander in ehrfurchtsvollem Schweigen ansahen.

»Mullah Bakir, dir sei Ruhm! Mögest du viele Ungläubige töten!«, rief auf einmal laut ein Mann. »Tod den Juden, Tod den Christen!«

»Wir werden deinen Befehlen gehorchen, denn du bist der Freund von Scheich Bin Laden, dem heiligen Mann!«, rief ein anderer.

Einige Minuten lang hörte man nichts außer den ausgelassenen Rufen der Dorfbewohner, die sich um Mullah Bakir drängten, einige, um sein Gewand zu berühren, andere, um ihm die Hand zu küssen.

»Mullah, mögest du Scheich Bin Laden dabei helfen, alle Juden und die Kreuzfahrer zu vernichten!«, brüllte der Imam.

Mullah Bakir streckte ihm großmütig die Hand hin.

»Steh auf, denn alle Muslime sind Brüder, und kein Imam soll vor einem anderen als Allah niederknien. Und nun, mein Bruder, führe uns zu dem Ausländer.«

Osama blieb kurz beim Wagen stehen, um Zahra hineinzulegen, die ihn mit leerem Blick anstarrte, dann rannte er hinter Mullah Bakir, dem Imam und dem Dorfanführer her. Die Einheimischen machten ihm Platz, seine Statur und sein Heckenschützengewehr sorgten für eine gewisse Aufregung – noch nie hatten sie einen so großen Menschen wie ihn gesehen. Der Anführer blieb vor einer Lehmhütte stehen, der Schnee vor dem Eingang war weggefegt worden. Zwei Bärtige mit Gewehr bewachten den Eingang.

»Gehen Sie rein«, sagte Mullah Bakir auf Englisch zu Osama. »Ich bleibe lieber bei diesen reizenden Herren hier draußen, die sich derart liebenswürdig ihren Gästen zuwenden.«

Ein Kohlenbecken verströmte schwache Wärme. Ein Mann kauerte hinten im Halbdunkel auf dem Boden; er war an der Wade angekettet. Das andere Ende der Kette war an einem in die Wand gegipsten Ring befestigt. Der Gefangene hielt den Kopf gesenkt und atmete mühsam.

»Léonard Mandrake?«, fragte Osama.

Der Mann hob überrascht den Kopf. Osama schreckte zusammen, als er in ein furchtloses Augenpaar blickte, aus dem Gewaltbereitschaft funkelte. Mandrakes Gesicht war von getrockneten Blutkrusten bedeckt, seine Nase war gebrochen, die Lippe gespalten. Man hatte ihn offensichtlich wehrlos geschlagen, aber sein Wille war unbeugsam – ein Machtmensch, ja, der war er gewesen. Osama hatte erwartet, einen verzweifelten Mann auf der Flucht vorzufinden, stattdessen sah er sich einem Menschen gegenüber, der sehr bewusst eine Situation zu meistern versuchte, die ihm aus der Hand geglitten war. Mandrake musterte Osama.

»Wer sind Sie?«

»Das ist nicht leicht zu erklären, ich werde es Ihnen später erzählen, wenn wir hier heil herauskommen. Mein Name ist Osama Kandar, ich bin Polizist. Ich bin aus Kabul hergekommen, um sie zu retten.«

»Um mich zu retten?«, wiederholte Mandrake. »Was ist mit Zahra? Wie geht es ihr?«

»Wir haben sie in Sicherheit gebracht … Sie braucht medizinische Hilfe, aber sie ist am Leben, das ist die Hauptsache.«

Osama löste die eisernen Fesseln und half Mandrake auf. Er wankte, Osama musste ihn stützen, damit er nicht stürzte.

»Tut mir leid. Ich bin diese Höhenlage nicht gewohnt und habe Durchfall.«

Osama legte ihm den Arm um die Schultern. »Kommen Sie, ich stütze Sie.«

»Meine Tasche dort.«

»Dazu haben wir keine Zeit.«

»Es ist wichtig!«

»Der Bericht?«

»Ja.«

Osama griff nach der ledernen Umhängetasche. Als sie ins Freie traten, erhob sich ein empörtes Raunen unter den Dorfbewohnern. Mullah Bakir erkannte, dass es Zeit war, einzugreifen; er drückte dem Dorfanführer ein Bündel Geldscheine in die Hand und hob die Hände in die Höhe.

»Meine Brüder, ich habe eurem Anführer viele Afghanis

geschenkt, Geld, das mir Mullah Omar persönlich gegeben hat. Hunderttausend Afghanis!« Die Empörung schlug in Zustimmung um. »Mit diesem Geld«, fuhr Mullah Bakir fort, »könnt ihr euch Pferde und Schafe kaufen, außerdem Hühner und Ziegen, Zwiebeln und Knoblauch und Eier, so viele ihr wollt. *Alhamdullilah!*«

»*Allahu Akbar, Allahu Akbar!*«, skandierten die Männer zur Antwort.

Mullah Bakir, Osama und Mandrake gingen zum Wagen, begleitet von den ausgelassenen Dörflern, die unter ohrenbetäubendem Geschrei Gott, Bin Laden und den Sieg der Taliban beschworen. Nick stieg aus und lief ihnen entgegen. Vorsichtig half Nick dem angeschlagenen Mandrake auf die Rückbank des Toyotas.

»Liebste … Was haben sie dir bloß angetan?« Schluchzend schloss Mandrake Zahra in seine Arme.

Im selben Moment ließ sich ein leises Dröhnen in der Ferne vernehmen, das von Sekunde zu Sekunde lauter wurde.

»Was ist das?«, rief Nick und blickte zu Mullah Bakir.

»Das sind sie«, sagte Osama tonlos.

Ein riesiger Transporthubschrauber tauchte über ihnen auf, unmittelbar darauf ein zweiter, schließlich ein dritter. Die drei Maschinen schwirrten über das Dorf hinweg, wie überdimensionale Libellen, dann setzten sie sanft auf. Bevor die Rotorblätter stillstanden, sprangen gleichzeitig schwerbewaffnete Soldaten aus den Helikoptern. Trotz des ohrenbetäubenden Lärms der Motoren hörte Nick die martialischen Befehlsrufe der Offiziere. Ein Dorfbewohner legte sein Gewehr an, es traf ihn augenblicklich eine Gewehrsalve in den Brustkorb, und er brach zusammen. Einen anderen Mann ereilte das gleiche Schicksal. Die versammelten Dorfbewohner liefen durcheinander, doch gezielte Salven streckten sie nieder. Innerhalb weniger Sekunden war das Gelände leergefegt. Erst dann bemerkte Nick, dass die Soldaten keine normale Armeeuniform trugen, sondern schwarze Kampfanzüge. Ein schwarzer Riese und ein Mann mit weißem Haar, in Parka und elegantem dunklem Anzug kamen auf den Geländewagen zu.

»Das ist Joseph, der Chef der K-Truppen«, rief Nick. »Wir haben ausgespielt.«

»Bleiben Sie ruhig«, erwiderte Osama. »Es hat keinen Sinn, dass wir uns wie Hasen abknallen lassen. Sie sind in der Überzahl.«

Ein neuerliches Geräusch ließ sie nach oben blicken. Eine Drohne flog in niedriger Höhe über sie hinweg. Sie beschrieb eine Schleife über ihren Köpfen und stieg dann wieder zu den Wolken auf. Unterdessen fielen die Killer der Firma über das Dorf her. Joseph beobachtete die Szenerie mit kritischem Blick. Plötzlich entdeckte er Nick und Osama. Er stieß den Anzugträger im Parka mit dem Ellbogen an und wies mit dem Kinn auf den Geländewagen. Ein gefährliches Lächeln erhellte das Gesicht von Josephs Begleiter.

»Was ist los?«, fragte Mandrake aus dem Inneren des Toyotas.

»Es ist aus«, sagte Nick leise. »Sie haben uns gefunden.«

»Wer?«

»Meine ehemaligen Kollegen aus der Schweiz. Sie arbeiten für Willard Consulting.«

»Nein, für die arbeiten sie nicht«, warf Mandrake ein. »Sie arbeiten für die CIA.«

Joseph und der Anzugträger kamen näher. Mit beeindruckenden schwarzen Pumpguns bauten sie sich vor ihnen auf. Ihre Mienen ließen keinerlei Gefühlsregung erkennen. Nur leichten Überdruss.

»Du traust dich was, Nick.« Joseph lachte böse.

»Wie habt ihr uns gefunden?«

»Das interessiert dich, ja? Ein brandneuer Geländewagen mitten im Gebirge – der fällt auf. Wir haben ihn per Satellit ausfindig gemacht, nachdem der Mann, bei dem euer Freund

Mandrake den Wagen geliehen hat, uns wertvolle Hinweise gegeben hatte.« Verächtlich blickte Joseph auf Nick herab. »Anschließend haben wir die NATO um Hilfe gebeten, die Dutzende Überwachungsdrohnen schickte. Ein Operator bemerkte eine ungewöhnliche Betriebsamkeit in diesem Kaff hier, es war klar, dass hier etwas nicht Alltägliches vor sich ging. Wir haben deine Ankunft und die deines afghanischen Freundes leider verpasst, aber ich freue mich, Sie nun beide zum großen Finale begrüßen zu können.« Ein totes Lächeln. »Finale in jeder Hinsicht, für Sie und für dich, Nick. Schade, dass du alles verpfuschen musstest!«

»Ich soll alles verpfuscht haben? Ihr seid ja völlig durchgeknallt!«

Joseph schüttelte den Kopf. »Du verstehst rein gar nichts, du Vollidiot. Deshalb musst du auch sterben.«

»Mörder seid ihr! Ihr behauptet großspurig, für die Demokratie kämpfen zu wollen, dabei seid ihr genauso mies wie die Typen, in deren Auftrag ihr unterwegs seid.«

»Wenn du das glaubst, bist du wirklich naiv. Du hast keine Ahnung, in welcher Welt wir leben. Keine Ahnung, was hinter den Kulissen geschieht. Dein Komfort, dein erbärmliches kleines Leben, all das verdankst du Leuten wie mir.«

»Ihr habt Dutzende von Unschuldigen wegen dieses verfluchten Berichts getötet. Weshalb?«

»Nicht nur wegen des Berichts, Nick. Wegen der Leute, die danach suchen.«

»Wer soll das sein?«

In diesem Augenblick geschah etwas Seltsames. Für den Bruchteil einer Sekunde hatte Nick das Gefühl, dass sich das Gesicht des schwarzen Riesen mit der Shotgun verschob. Unmittelbar darauf explodierte sein Kopf, während ein heftiger Knall ertönte. Zwei andere Soldaten brachen zusammen. Joseph warf sich instinktiv zu Boden.

»Die Taliban!« Osama deutete auf die Männer mit Turbanen, die nun von allen Seiten auf sie zuströmten und unverständliche Parolen riefen.

Mehrere Gewehrsalven prasselten auf die K-Männer der Firma nieder, die mit ihren Sturmgewehren und ihren Granatwerfern darauf antworteten.

»Das sind die Vertreter der Herz-e-Islami«, stieß Mullah Bakir mit fahler Stimme hervor. »Schauen Sie, dort drüben: Das ist Emir Beg, ich erkenne ihn wieder.«

Ein Mann schritt majestätisch mitten durch den Pulverschnee den Berghang herab, umgeben von seinen Kriegern, die ins Dorf ausschwärmten. Eine veritable Armee. Eine Rakete bohrte sich in einen der Hubschrauber, zerstörte ihn auf der Stelle. Sehr rasch war der Kampf zwischen den Islamisten und den Geheimagenten, die zwar in der Unterzahl, aber besser ausgerüstet und trainiert waren, in vollem Gange. Binnen weniger Minuten lagen knapp zwei Dutzend tote Taliban auf der Erde.

»Weg hier!«, brüllte Nick. »Das ist unsere einzige Chance!«

»Duckt euch, bis ihr beim Wagen angekommen seid!«, befahl Osama.

In dem Augenblick, als er Mullah Bakir den Wagenschlag öffnete, prallte eine Kugel gegen die gepanzerte Karosserie – Joseph zielte mit einem Gewehr auf sie, das mit einem Zielfernrohr ausgestattet war. Ein zweiter Schuss. Im Inneren des Wagens schrie Mandrake vor Schmerz auf. Osama riss die Tür zu. Der Killer legte erneut an, diesmal zielte er auf Osama. Der Kommissar wuchtete sich hinter das Steuer, geschützt durch die gepanzerte Karosserie. Er ließ den Motor an und wendete brutal, er schaffte es zurück auf die Straße. Im Hagel der abgefeuerten Kugeln, die jedoch an den Scheiben abprallten, ohne sie zu zerstören, gelang es Osama, den Wagen aus der Gefahrenzone zu lenken.

»Wie geht es Mandrake?«, fragte Osama.

»Sie haben ihn mitten in die Brust getroffen, er ist bewusstlos und verliert ziemlich viel Blut.«

»Scheiße, Scheiße noch mal!«

»Verdammt!«, brüllte Nick. »Mandrake – er ist tot. Zahra wird ebenfalls sterben, wenn wir nicht schnell etwas unternehmen. Sie wird vor unseren Augen verbluten.«

»Ich habe kein Material für eine Bluttransfusion hier im Wagen, kein Morphin, nichts. Die nächste Stadt liegt zwei Tagesreisen von hier entfernt!«

Osama ließ die Scheibe herunterfahren. Sie hörten die Schüsse in der Ferne, der Kampf ging weiter.

»Es waren beinahe zweihundert Taliban, und ich habe nur zwanzig Soldaten der Firma gezählt. Sie haben keine Chance«, sagte der Mullah.

»Da bin ich nicht sicher«, widersprach Nick. »Die K-Männer, das sind ehemalige Elitesoldaten, die besten auf ihrem Gebiet. Ihr Freund Emir Beg sollte sich Sorgen machen. Er wird unzählige Männer verlieren. Haben die denn keine Angst vorm Tod?«

»Es ist Emir Begs innigster Wunsch, meiner habhaft zu werden«, erwiderte Mullah Bakir. »Dafür würde er jedes Risiko eingehen.«

Trotz Schnee und Glatteis fuhr Osama schneller.

»Vorhin haben wir eine Drohne gesehen, sie muss seit ein, zwei Stunden über uns kreisen, weit oben. Wie kann es sein, dass sie die Taliban nicht mit ihren Infrarotkameras ausfindig gemacht hat?«, fragte Nick.

»Die Taliban haben sie vielleicht mit dem Feldstecher entdeckt«, mutmaßte Osama. »Daraufhin werden sie einen Trick angewandt haben, der seit der russischen Besetzung zum Einsatz kam: Man legt eine Abdeckung auf das Fahrzeug und schaufelt sie mit Schnee und Eis zu. Auf einmal können die Infrarotsensoren der Drohne die Körperwärme nicht mehr wahrnehmen. Ich habe es mehrmals ausprobiert, die russischen Helikopter haben mich nie entdeckt. Diese Methode haben wir, also die Mudschaheddin, von französischen und englischen Elitetruppen übernommen, die uns ausgebildet haben.«

Einer plötzlichen düsteren Ahnung folgend, betastete Nick plötzlich Zahras Hals, ihre Handgelenke, beunruhigt legte er die Hand auf ihre Brust. »Ich spüre nichts mehr«, rief er entsetzt. »Sie ist tot.«

Osama fasste sich stöhnend an die Stirn, eine Weile sagte niemand ein Wort.

»Okay, Nick« sagte Osama schließlich. »Sehen Sie in der Ledertasche von Mandrake nach, ob Sie irgendwas finden.«

Zwei Sekunden später hielt Nick wortlos zwei CDs und eine dicke Aktenmappe, die in einer Plastikhülle steckte, in die Höhe.

»Die Akte Mandrake«, seufzte Osama.

20

Wer immer Sie sind – wenn Sie dieses Dokument lesen, bin ich tot.

Ich hoffe, Sie sind kein Mitglied der Trupps, die seit einigen Wochen im Auftrag der CIA hinter mir her sind, denn in dem Fall hätte ich auf der ganzen Linie verloren, sogar die Möglichkeit, die schlimmsten Gangster, die Europa und Amerika seit vielen, vielen Jahren gesehen hat, hinter Schloss und Riegel bringen zu lassen. Zivilisierte Gangster, die lange studiert haben, einen Markenanzug tragen und eine teure Krawatte, aber dennoch Gangster.

Mein Name ist Léonard Mandrake.

Ich bin zweiundfünfzig Jahre alt, bin Finanzvorstand und Mitglied des Aufsichtsrats von Willard Consulting. Ich stamme aus bescheidenen Verhältnissen. Früh verwaist, kam ich in eine Pflegefamilie. Meine überdurchschnittlichen Schulleistungen befähigten mich dazu, mittels Stipendien an Eliteuniversitäten zu studieren. Intelligent, clever, ohne Familie, begierig darauf, Geld zu verdienen, und von Natur aus verschwiegen, war ich der ideale Kandidat für die Firma Willard Consulting, die mich auch bald entdeckte. Schnell bekam ich die Möglichkeit, mich zu einem anerkannten Finanzspezialisten hochzuarbeiten. Ich kletterte sämt-

liche Stufen auf der Karriereleiter nach oben, bis ich schließlich Mitglied seines mächtigen und geheimen Direktionsrats wurde.

Nach der Invasion im Irak hielt Patrick Willard, der Sohn von Nestor Willard, dem Firmengründer, den Zeitpunkt für gekommen, von der Situation zu profitieren. Patrick ist ein mittelmäßig begabter Mensch, der einzig und allein auf Gewinn aus ist. Willard Consulting setzte eine ausgeklügelte Maschinerie in Gang, die das für den Wiederaufbau bestimmte Geld abzweigte; Patrick wandte diese Methode zuerst im Irak an, dann in Afghanistan.

Binnen fünf Jahren stiegen diese Summen auf ungefähr acht Milliarden Dollar an: fünf Milliarden im Irak und drei in Afghanistan.

In meiner Eigenschaft als Finanzvorstand von Willard Consulting habe ich die technische Basis geschaffen, die diese Veruntreuung der Gelder ermöglichte. Ich persönlich habe enorm davon profitiert, da ich in den letzten Jahren mehr als hundertzwanzig Millionen Dollar abzweigen und in Steuerparadiesen anlegen konnte. Jedes Verwaltungsratsmitglied von Willard Consulting hat ungefähr dieselbe Summe in die eigene Tasche gesteckt, Patrick Willard selbst fast vierhundert Millionen Dollar.

Der Bericht im Anhang erläutert die Methode, die angewandt wurde. Ich habe alle Beweise beigefügt, deren ich in den letzten sechs Monaten habhaft werden konnte: Bankauszüge von Konten auf den Kaimaninseln, den Bahamas, in Hongkong und natürlich auch in der Schweiz.

Gefälschte Erfüllungsgarantien für Briefkastenfirmen und nie errichtete Immobilien. Überzogene Bestellungen von Benzin, Trinkwasser und allen möglichen Grundnahrungsmitteln. Fingierte Waffenbestellungen, die für Phantasieregierungen bestimmt waren. Ingesamt enthält dieses Dossier zweihundert Originaldokumente, die als Beweis der Anschuldigungen dienen, die ich erhebe.

Die veruntreuten Summen mögen übertrieben erscheinen, aber es haben sich ja auch viele daran schadlos gehalten. Allein nach Afghanistan wurden in den vergangenen Jahren fünfunddreißig Milliarden Dollar für den Wiederaufbau gepumpt, doch ich nehme an, dass achtzig Prozent davon irgendwo versickert sind. Im Irak wurden sogar noch höhere Summen veruntreut.

Im Irak und in Afghanistan hatten windige Mittelsmänner den Auftrag, die örtlichen, offiziell Verantwortlichen anzuleiten, deren Schweigen wir uns erkauften. Ihre Namen: Ahmed Ben Gazi im Irak, Wali Wadi in Afghanistan. Beide wurden kürzlich im Auftrag eines Kommandos, das für Willard Consulting arbeitet, ermordet, aber ich vermute, dass die wahren Auftraggeber im unmittelbaren Dunstkreis des Weißen Hauses zu suchen sind, unter den engsten Mitarbeitern des vorigen Präsidenten, ihre Namen sind im Anhang aufgeführt. Denn es handelt sich um einen Skandal von internationaler Tragweite: Ohne die Mitwisserschaft von verantwortlichen Regierungsmitgliedern der USA und der UNO wäre dieser organisierte Diebstahl niemals möglich gewesen.

Insgesamt sind zwölf Firmen in diesen Geldtransfer verwickelt: eine Ingenieursfirma, drei Baufirmen, drei auf Wasser- und Leitungstechnologie spezialisierte Unternehmen, ein Handelsunternehmen, der Rest sind Reedereien. Allesamt bekannte Unternehmen mit bestem Leumund, neun davon sind an der Börse notiert, an der Wall Street, in London und in Frankfurt, sie sind milliardenschwer.

Der Geldtransfer läuft nach drei unterschiedlichen Mustern ab.

Das erste besteht darin, sich auf gefälschte Ausschreibungen für großangelegte zivile Bauvorhaben zu bewerben: Anlagen zur Wasseraufbereitung, zur Stromgewinnung, zur Erzeugung von Produkten, die der Deckung der Grundbedürfnisse dienen. Sobald das Konsortium den Zuschlag bekommen hat, löste sich die Immobilie in Luft auf, nachdem zuvor eine Skizze davon aus dem Hut gezaubert worden war. Sie wurde vor ihrer offiziellen Einweihung bei einem Attentat zerstört, das man irakischen oder afghanischen Rebellen in die Schuhe schob. So verschwand der Beweis für die Fehlinvestition von selbst, denn wer sollte überprüfen, ob ein Haufen Bauschutt gar nicht mit dem übereinstimmte, was er angeblich gewesen war? Mehr als zweihundert große Bauvorhaben waren davon betroffen, im Wert von insgesamt 1,9 Milliarden Dollar.

Die zweite Methode sind Phantomlieferungen verderblicher Güter: fingierte Benzinlieferungen, Trinkwasser, Lebensmittelrationen, Mehl, Grundnahrungsmittel. Diese Güter sind im Übrigen überteuert, es werden Aufschläge in einer Größenordnung von dreißig bis fünfzig Prozent veranschlagt; erklärt werden diese Probleme bei der Versorgung mit den in beiden Ländern marodierenden bewaffneten Banden. Zehntausende von angeblichen Transporten mit Sicherheitspersonal an Bord wurden den mit dem Wiederaufbau betrauten Behörden in Afghanistan und im Irak in Rechnung gestellt. Ich schätze, dass beinahe ein Viertel der Menge an Benzin, Trinkwasser, Düngemittel, Zucker und Mehl, die in den letzten drei Jahren von der afghanischen und irakischen Regierung gekauft wurden, reine Erfindung sind. Insgesamt wurde auf diese Weise ein Geldbetrag von 2,7 Milliarden Dollar veruntreut.

Die dritte Methode besteht darin, sich auf gefälschte militärische Ausschreibungen hin zu bewerben: Verträge mit Technikern und Spezialisten, denen man das Doppelte bis Dreifache von dem zahlte, was sie sonst erhielten; völlig überteuerte Gerätschaften allerneuster Machart, die bei der Lieferung durch veraltetes, beim Gebrauchthändler erstandenes Material ersetzt wurden; gefälschte Waffenlieferungen. Hunderte von Panzern, gepanzerten Fahrzeugen, von Munition, Apparaturen für elektronische Kriegsführung, Raketenwerfern, Jeeps … Sie wurden von den beiden Ländern geordert, kamen aber nie an, aus dem einfachen Grund, dass es die Einheiten, für die sie bestimmt waren, gar nicht gab. Mehrere offizielle Berichte, darunter einer vom US-Senat, stellten 2006 zweifelsfrei fest, dass circa zwanzig Prozent des Bestands der irakischen Armee nur auf dem Papier existierte. Aber niemand versuchte jemals herauszufinden, was hinter dieser Geisterzahl steckte. Die Mitglieder der Kommission für ausländische Angelegenheiten, die wir gekauft haben, verhinderten jegliche seriöse Untersuchung. Wären tatsächlich Untersuchungen angestrengt worden, hätte man entdeckt, dass mehr als achtzigtausend imaginäre irakische Soldaten Lebensmittelrationen verspeist, Wasser aus Flaschen getrunken, literweise Benzin verbraucht, Uniformen in Anspruch genommen und Kartuschen abgefeuert hätten … In Afghanistan ereignete sich dasselbe. Mittels dieser Art des Geldtransfers sind beinahe dreieinhalb Milliarden Dollar verschwunden.

Ich, Léonard Mandrake, bin der Erfinder dieser drei Grundmuster der Unterschlagung. Ich habe sie entworfen, umgesetzt und überwacht, ich habe die Aufträge erteilt.

Doch vor einem Jahr beschloss ich, diese illegalen Aktivitäten zu beenden. Kamen die Gewissensbisse zu spät? Ich will mich nicht entschuldigen oder beklagen. Von diesem Geldtransfer habe ich in hohem Maße profitiert, ich bin dadurch reich geworden. Anfangs dachte ich, Geld zu veruntreuen hätte keine Auswirkungen auf die lokale Bevölkerung. Zu spät begriff ich, dass mein Handeln tatsächlich Konsequenzen hatte. Menschen wurden nicht ärztlich behandelt, weil die Krankenhäuser, in die man sie einlieferte, gar nicht existierten, obwohl man doch für ihren Bau bezahlt hatte. Andere wurden krank, weil sie verdorbenes Wasser tranken, da die entsprechenden Kläranlagen niemals errichtet worden waren. Wieder andere, Frauen, Kinder, starben im Kugelhagel der Aufständischen, weil die Schutztruppen nur auf dem Papier existierten. Ich hielt mich nur für einen Dieb, in Wirklichkeit war ich ein Mörder. Ein Mörder, der seine Opfer nie sah, und dennoch: ein Mörder.

Die Begegnung mit Zahra hat mein Leben verändert.

Ich war zynisch, ein Menschenfeind, mein Herz war gefühllos, dann jedoch entdeckte ich, dass auch ich zu Gefühlen fähig war.

Ich entwarf ein komplettes Dossier, nicht um meine Veruntreuung anzuzeigen, sondern um mich reinzuwaschen. Ich gestehe meine Feigheit ein, aber ich wollte nur meine Schande loswerden und mein Glück mit Zahra genießen. Heimlich kaufte ich ein Weingut in Australien, einen friedlichen Ort in einer verschwiegenen Gegend, wo niemand nach mir suchen würde. Leider hat mich die Geldgier Wali Wadis verraten, der kompromittierende Dokumente über unsere Machenschaften entwendete. Er nahm Kontakt zu Patrick Willard auf, um ihn zum Reden zu bringen, denn er hielt es für ausgeschlossen, dass die Geldgeber in der Schweiz, Tausende von Kilometern von Afghanistan entfernt, ihn zur Rechenschaft ziehen würden. Er hatte jedoch nicht mit der Angst Patrick Willards, entdeckt zu werden, gerechnet. Und so führte Wali Wadis Vorgehen zu einem Zerstörungsprozess, dessen Opfer er beinahe unmittelbar darauf selbst wurde. Auch ich geriet in diesen Strudel: Willard begriff, dass diese Dokumente niemals hätten existieren dürfen. Und dass ich im Begriff stand, ein Dossier zusammenzutragen, um dann zu fliehen oder sie zum Reden zu bringen, wie Wali Wadi. Wenn ich den Betrug nicht mehr deckte, gehörte ich nicht mehr zu ihnen. Wenn ich nicht mehr zu ihnen gehörte, musste ich sterben.

Diese Zeilen schreibe ich in Kabul, wohin ich geflohen bin, während wir darauf warten, dass Zahra die Geburtsurkunde bekommt, welche die australische Einwanderungsbehörde von ihr verlangt. Ich dachte, ich wäre den Häschern fürs Erste entronnen, die sich an meine Fersen geheftet haben, aber wenn Sie diese Zeilen lesen, dann heißt das, ich habe einen Fehler begangen oder dass sie stärker sind, als ich gedacht hatte.

Wenn Sie diese Dokumente aufheben, werden Sie sich in Lebensgefahr bringen. Ich bitte Sie, schicken Sie sie an die UN, an die BBC, an CNN und an die internationalen Medien und Websites, die in der Liste im Anhang verzeichnet sind. Sorgen Sie für ihre größtmögliche Verbreitung, das ist die einzige Chance, nicht dasselbe Schicksal zu erleiden wie ich.

Stirbt Zahra vor mir, so bitte ich nur um eines: neben ihr begraben zu werden, auf immer und ewig. Keine Blumen und kein Grabstein, ich habe keinerlei Luxus verdient, nur eine schlichte kleine Skulptur neben der Frau, die meine Seele gerettet hat.

Ich wünsche Ihnen mehr Glück, als ich es am Ende meines Lebens hatte. Seien Sie versichert: Scham und Gewissensbisse waren in den vergangenen Monaten meine ständigen Begleiter.

Léonard Mandrake

Nick ließ die Akte auf die Rückbank sinken. Ihm war schwindlig.

Der Anhang, in dem Léonard Mandrake die Nutznießer verzeichnet hatte, umfasste die Namen von weltbekannten Firmen, aber auch von Einzelpersonen. Vierundzwanzig Initialenpaare, vierundzwanzig Namen, die Mehrzahl Amerikaner, aber auch zwei Briten, zwei Franzosen und ein Deutscher, ein Holländer und ein Italiener. Mehrere amerikanische Senatoren, Mitglieder der Kommission des Auswärtigen Amtes, Republikaner und Demokraten. Ein Vizedirektor der CIA. Drei ehemalige Mitarbeiter aus dem engsten Umkreis von George Bush, aus der Geschäftswelt. Drei europäische Ex-Außenminister. Ein ehemaliger Generalsekretär der UNO. Und …

… ein ganz besonderer Name. Einer der engsten Berater Präsident Clintons, einer seiner persönlichen Freunde, eine Persönlichkeit, die die ganze Welt kannte. Er hatte dreiunddreißig Millionen Dollar erhalten.

»Ich verstehe jetzt, weshalb der General so hartnäckig ist«, bemerkte Nick mit brüchiger Stimme. »Es wäre der Skandal des Jahrhunderts. Amerika und mehrere westliche Länder würden dadurch dauerhaft in den Schmutz gezogen. Ich bin nicht sicher, ob Präsident Obama einen derartigen Skandal überleben würde, obwohl er persönlich nicht haftbar ist.«

»Mandrake hat zu lange gewartet!«, rief Osama. »Man muss alles im Internet veröffentlichen, so schnell wie möglich. Sobald das Dossier öffentlich gemacht ist, kann uns niemand mehr deswegen angreifen.«

»Wir würden eine riesige Verantwortung auf uns nehmen«, erwiderte Nick. »Bedenken Sie: Das ist kein Skandal mehr, das ist ein Tsunami.« Er beugte sich zu Mullah Bakir vor, der seit dem Beginn ihres Gesprächs nichts mehr gesagt hatte. »Sie sagen gar nichts, weshalb? Woran denken Sie?«

Mullah Bakir seufzte, er lockerte den Sicherheitsgurt.

»Einen derartigen Skandal hatte ich nicht erwartet. Der amerikanische Einfluss in der Welt wäre durch diese Enthüllungen empfindlich beschädigt. Selbst wenn er nichts für die Verfehlungen seiner Umgebung kann, sähe Präsident Obama seine Popularität blitzschnell schwinden. Republikaner wie Demokraten wären betroffen, niemand hätte mehr Vertrauen in das politische System Amerikas. Ich will kein derartiges Szenario.«

»Ich verstehe Sie nicht, Mullah«, sagte Osama. »Wünschen Sie sich denn nicht viel eher, dass Amerika geschwächt wird, um aus der Position des Stärkeren heraus operieren zu können?«

Mullah Bakir legte seine Hand auf Osamas Arm.

»Ich wollte Informationen, Bruder, denn Information, das bedeutet Macht, aber diese Information hier ist nutzlos. Es ist, als hielte man ein Reagenzglas mit Nitroglyzerin und stünde auf den Bergen Russlands.«

»Ich verstehe Sie nicht«, wiederholte Osama.

»Ein Bericht liefert den Beweis, dass Afghanistan überreich an Bodenschätzen ist. Rare Metalle, Lithium, Uran. Dieses Land ist ein geologisches Wunder. Die Welt wird sich gegenseitig zerstückeln, um dessen habhaft zu werden. Jeder wird sein Tal, seine Mine kontrollieren wollen. Das Land riskiert, in die Luft zu fliegen. Man muss dafür sorgen, dass dieses Katastrophenszenario nicht Wirklichkeit wird. Um die Einheit des Landes garantieren zu können, braucht man eine starke politische Macht. Die Amerikaner haben verstanden, dass wir, die Taliban, die einzige Lösung sind.«

»Das ist absurd! Ich will nichts mehr davon hören!«

»Lassen Sie mich ausreden. Die Taliban werden die Schutztruppe der NATO hinwegfegen, Bruder Osama, es ist nur eine Frage der Zeit. Die Amerikaner haben das bereits begriffen und deshalb den Prozess der nationalen Wiedervereinigung in Gang gebracht, was nur ein Vorwand ist, damit wir, die gemäßigten Taliban, wieder das Ruder übernehmen können. Unsere Zeit ist da. Wir müssen die historischen Taliban aus dem Umkreis von Mullah Omar und seiner Häscher loswerden und eine neue Macht installieren, die wahre nationale und religiöse Revolution bewerkstelligen, die nach unseren Vorstellungen beschaffen sein muss. Nur die Vereinigten Staaten können uns dabei helfen, dieses Szenario in die Tat umzusetzen. Mit Hilfe ihrer Soldaten werden sie die Sicherheit in unseren Minen wiederherstellen und die besten Verträge für sich herausholen. Die anderen Länder, Pakistan, Indien, China, Russland hoffen allesamt, dass dieses Land zerbricht, um sich so unsere natürlichen Ressourcen zu sichern.«

»Und jetzt wollen Sie auf einmal den Amerikanern aus der Hand fressen? Und dieses Dossier einfach über Bord werfen?«, empörte sich Osama. »Wo so viele Leute gestorben sind, weil sie uns helfen wollten, es wiederzuerlangen?«

»Nein. Ich will, dass die Mörder, die sich auf Kosten meines Landes bereichert haben, bestraft werden und dass dieses System organisierten Diebstahls endlich aufhört. Ich will, dass Ihre Ehre wiederhergestellt wird und diejenigen, die Ihnen zusetzen, ins Gefängnis geworfen werden. Aber ich möchte Präsident Obama nicht schaden, denn Amerika zu schwächen bedeutet den sicheren Untergang Afghanistans.«

»Es gibt vielleicht einen Ausweg«, sagte Nick.

Epilog

Osama, Nick und Mullah Bakir ruhten auf abgewetzten Teppichen im Hinterzimmer von Kalkana, dem Schreiber der Unberührbaren. Niemand würde hier mitten im Slum nach ihnen suchen. Und tatsächlich fühlten sie sich in Sicherheit in diesem armseligen Haus, trotz der ständigen Stromausfälle, der Tatsache, dass es kein fließendes Wasser gab und es im ganzen Viertel bestialisch roch.

Fünf Tage hatten sie für die Rückfahrt gebraucht. Eine auf die Motorhaube des Geländewagens gelegte Decke, über die sie jede Viertelstunde Eiswasser gossen, hatte genügt, um die Wärmeabstrahlung des Wagens so stark zu verringern, dass er von den Drohnen, welche die NATO ihnen hinterhergeschickt hatte, nicht entdeckt wurde. Léonard Mandrake und Zahra hatten sie am Straßenrand in einem improvisierten Grab beerdigt. Mullah Bakir hatte eine kurze ökumenische Trauerzeremonie gehalten und sogar ein christliches Vaterunser gebetet. Sie hatten einige Steine auf dem Grab aufeinandergeschichtet.

Nun warteten sie ab. Nick hatte getan, was sie gemeinsam beschlossen hatten. Der Würfel war gefallen.

Am nächsten Tag, am frühen Nachmittag, setzte ein Privatjet in Bagram zur Landung an. Zwei Männer im Anzug stiegen aus, begleitet von einem Dutzend weiterer Männer im Kampfanzug. Sie stiegen in gepanzerte Jeeps ein, die auf der Stelle in Richtung Kabul losfuhren. Einer der Männer im Anzug wählte sich mit seinem Blackberry ins Internet ein. Er schickte eine SMS an die Adresse, die Nick angegeben hatte. Die Nachricht lautete: »Bin angekommen.« Einige Sekunden später erhielt er die Antwort, die lediglich aus einer Reihe von Ziffern bestand: eine Telefonnummer, die er unverzüglich anwählte.

»Nick, hier ist der Chef der CIA«, sagte er. »Ich bin soeben in Kabul gelandet.«

»Ich werde Ihnen die Adresse geben«, erwiderte Nick. »Ich brauche wohl nicht extra zu betonen, dass der Bericht in zwei Stunden im Internet steht, wenn Sie irgendwelche Dummheiten machen.

»Bleiben Sie ganz ruhig!«, rief der Direktor der CIA, und in seiner Stimme schwang Panik mit. »Tun Sie vor allem nichts, was die Situation verschlimmern könnte. Ich habe Ihnen gestern Abend mein Wort gegeben, dass nichts gegen Sie unternommen wird. Ich komme persönlich, um zu gewährleisten, dass dieses Problem aus der Welt geschafft wird, und zwar ohne erneutes Blutvergießen.«

»Ist mein Vater bei Ihnen?«

»Ich reiche ihm den Hörer.«

Nick hatte seinen Kameraden vorgeschlagen, eine Einigung mit dem neuen Chef der CIA zu erzielen, einem erfahrenen Mann, der von Präsident Obama selbst eingesetzt worden war. Die Anwesenheit seines Vaters war ihre Garantie: Vor seiner Tätigkeit als Rechtsanwalt war er jahrzehntelang als Diplomat im Foreign Office und als wichtiger englischer Geheimagent tätig gewesen. Nick hatte sich immer wieder die Frage gestellt, inwieweit das Geheimnis, das seinen Vater umgab, die großen Taten, von denen man sich hinter seinem Rücken erzählte, ihn bei seiner Entscheidung, in den Schweizer Geheimdienst einzutreten, beeinflusst hatten. Der Wunsch nach Kontinuität? Oder wollte er seinen Vater beeindrucken oder sogar überflügeln?

Er unterdrückte ein Lächeln. Konnte man sich eine bessere Lebensversicherung vorstellen? Einen englischen Bürger aus dem Weg zu räumen, noch dazu einen ehemaligen Agenten des Secret Intelligence Service, Anwalt der Krone, bekannt und respektiert, war ein Ding der Unmöglichkeit, selbst für die Firma. Zum ersten Mal seit mehreren Tagen entspannte er sich. Er hielt Osama und Mullah Bakir siegesgewiss den nach oben gereckten Daumen hin.

»Alles läuft nach Plan«, sagte er.

Eine Dreiviertelstunde später quälten sich zwei Fahrzeuge durch den dichten Verkehr in dem Elendsviertel. Sie schlängelten sich durch ein Gewirr aus verwinkelten Gässchen, bis sie vor dem Haus Kalkanas stehen blieben. Noch bevor die Motoren ausgeschaltet waren, sprang Osama aus dem Haus des Schreibers, die Kalaschnikow über der Schulter. Als einer der Bodyguards aussteigen wollte, hielt der Direktor der CIA ihn zurück.

»Nein. Nur Mr Snee und ich.«

Er stieg aus, Nicks Vater folgte ihm. Nick stand im Türrahmen und stieß einen Seufzer der Erleichterung aus. Endlich waren sie in Sicherheit.

»Jetzt ist es ausgestanden«, sagte Nicks Vater und umarmte seinen Sohn.

Osama trug seine Astrachanmütze und einen *Panchol* um die Schultern, die ihm das herrische Auftreten eines Mannes aus einem anderen Jahrhundert verliehen. Wenige Augenblicke später saßen sie zu fünft um einen Tisch. Die Anspannung war mit den Händen greifbar. Der Direktor der CIA stellte ein knisterndes eckiges Metallkästchen auf den Tisch.

»Dieses Gerät produziert intensive elektronische Geräusche, damit unsere Unterhaltung nicht aufgezeichnet werden kann. Das ist unabdingbar. Sind Sie einverstanden?«

»Ja«, sagte Osama.

Der Direktor der CIA wandte sich an Mullah Bakir.

»Wir haben eine ziemlich komplette Akte über Sie, Mullah. Wir betrachten Sie nicht als unseren Feind, sondern als akzeptablen Gesprächspartner.«

»Freut mich, zu hören. Soll das bedeuten, dass Sie mir das nächste Mal, wenn ich Kabul verlasse, keine Drohnen hinterherschicken?«

»Wir werden auch weiterhin die legitime Regierung Präsident Karzais unterstützen«, sagte der CIA-Direktor lächelnd, »zugleich aber die nationale Wiedervereinigung in Zusammenarbeit mit den gemäßigten Mitgliedern Ihrer Bewegung umsetzen. Wenn sich die politische Lage ändert, wird Amerika Sie sicher nicht vergessen, vorausgesetzt, dass Sie diesmal die Selbstmordattentate Ihrer Freunde in den Griff bekommen.«

»Mehr verlange ich gar nicht«, sagte der Mullah und deutete eine Verbeugung an. »Der gemäßigte Flügel unserer Bewegung hat seine Lektion verstanden. Wir werden die Dinge nicht aus dem Ruder laufen lassen.«

»Das Gespräch, das wir jetzt führen werden, erfordert die Preisgabe vertraulicher Daten. Ich habe vollstes Vertrauen zu Ihnen, aber …«

»Ich glaube, meine Loyalität in dieser Angelegenheit ausreichend unter Beweis gestellt zu haben«, schnitt Mullah Bakir ihm das Wort ab. »Darf ich Sie daran erinnern, dass Kommissar Kandar und Nick Snee ohne mich bereits tot wären? Sie verlangen ja wohl nicht, dass ich unten auf der Straße warte, während Sie hier untereinander ernste Dinge besprechen?«

Der Direktor der CIA antwortete nicht sofort. Nicks Vater legte ihm freundschaftlich eine Hand auf den Arm.

»Wir haben keine Wahl.«

»Gut. Gentlemen, einige Leute haben schwere Fehler begangen. Unentschuldbare Fehler. Mächtige Männer haben unter skandalösen Bedingungen Geld verdient, indem sie die Macht nutzten, die ihnen das Volk, vor allem das amerikanische Volk, anvertraut hatte. Sie haben gestohlen, gelogen und getötet. Bevor ich hierherkam, habe ich mit dem Präsidenten der Vereinigten Staaten gesprochen, er ist entsetzt über das, was hier passiert ist, umso mehr, als einer seiner wichtigsten Mitarbeiter glaubte, die Firma ermächtigen zu müssen, sich unter Missachtung aller Gesetze an die Verfolgung Léonard Mandrakes zu machen. Der Präsident hat mich gebeten, ich möge dem sinnlosen Gemetzel, das diese Affäre hervorgerufen hat, ein Ende bereiten. Meine Mission ist es, die bestmögliche Lösung der Situation zu finden. Dies bedeutet, die Schuldigen zu bestrafen, ohne jedoch einen Skandal zu provozieren, der uns alle in den Abgrund stürzen würde. Ich habe umfängliche Machtbefugnisse, um dies zu erwirken.«

»Lassen Sie hören.«

»Jeder, der sich persönlich bereichert hat, ist angehalten, das Geld zurückzuerstatten, wie der Präsident ausdrücklich betonte. Wer dies nicht tut, muss nicht mit einer Untersuchung durch den FBI oder die Geheimdienste der betroffenen westlichen Länder rechnen, sondern mit einer direkten, unwiderruflichen Handlung.«

»Was verstehen Sie unter einer direkten, unwiderruflichen Handlung?«, fragte Osama.

»Geld oder Leben. Der Präsident hat eine Verfügung unterzeichnet, der zufolge jegliche Aktion Vergeltungsmaßnahmen nach sich zieht, bis hin zu letalen Konsequenzen.«

»Das bedeutet im CIA-Jargon, dass jemand sterben muss«, erläuterte Nick Osama, für den Fall, dass dieser die sprachlichen Feinheiten nicht mitbekommen hatte.

»Unsere Freunde von der NATO, die ebenfalls in den Fall verwickelt sind, wünschen, dass jeglicher Skandal vermieden wird. Das Problem wird in allen betroffenen Hauptstädten auf ein und dieselbe Weise gelöst. Nur die holländische Regierungsbehörde wurde nicht informiert, da diese für die vorhergesehene Art von Entscheidung nicht … ausgerüstet ist. Wir werden an ihrer statt eingreifen. Die Rücktritte der entsprechenden Personen werden im Abstand von acht bis zehn Monaten vorgenommen, damit die Medien nicht den Zusammenhang wittern.«

»Das ist eine schwache Strafe«, bemerkte Osama.

»Diese Anweisungen gelten offensichtlich nicht für Patrick Willard. Er ist gestern Nacht im Schlaf gestorben.«

»Wie das?«

»Es gibt einige äußerst begabte Spezialisten für derartige Fälle. Der Arzt, der ihn untersuchte, stellte eine Hirnblutung fest, es wird keine Autopsie geben. Zur Stunde müsste die Einäscherung stattgefunden haben. In Ermangelung eines Erben hätte sein Unternehmen wohl verkauft werden müssen. Aber wir haben diskreten Einfluss auf die Schweizer Behörden ausgeübt. Willard Consulting wird aufgelöst, das Archiv zerstört werden. Eine Firma wird sich jenseits der Öffentlichkeit dieser Aufgabe annehmen, niemand wird etwas erfahren.«

»Wer bei dieser Unterhaltung bislang noch völlig unerwähnt blieb, das sind die Banken«, warf Mullah Bakir. »Natürlich haben sie sich nur indirekt bereichert, aber Sie können sich ja denken, dass die acht Milliarden Dollar, die da durch die Schweiz geflossen sind, Gebühren verursacht haben. Bestimmt hat man da geahnt, dass diese Geldströme illegal waren, oder?«

»Theoretisch haben Sie recht, aber es lässt sich nicht beweisen. Hunderte Milliarden fließen jährlich durch die Schweiz, da wird im guten Glauben gehandelt. Einige haben es sicher getan. Die Spreu vom Weizen zu trennen ist ohne eine eingehende gerichtliche Untersuchung unmöglich, man müsste dazu Verhöre in den betroffenen Banken durchführen, und zwar auf allen Ebenen. Diese Befragung kann aber nicht heimlich geschehen. Und daher fürchte ich, dass in dieser Hinsicht nichts passieren wird …«

»Wie üblich … Nick, Ihre Landsleute haben wirklich Dreck am Stecken!«

»Und die Unternehmen, die von dem Geld profitiert haben?«, fragte Osama. »Diejenigen, die falsche Dokumente ausgestellt haben? Was geschieht mit denen?«

»Die jeweiligen amerikanischen und europäischen Behörden haben die Entlassung der Verwaltungsräte der betroffenen Personen erwirkt.« Nicks Vater hatte nun das Wort ergriffen. »Vier der Aufsichtsratsvorsitzenden, die sich persönlich bereichert haben, werden in den kommenden Wochen ihr Amt aufgeben und dafür zum Ausgleich nicht strafrechtlich verfolgt werden. Sie müssen die Summen, die sie eingesteckt haben, wieder zurückgeben. Bei den anderen haben wir die Zusicherung, dass sie nur noch bis zum Ende der Laufzeit ihres derzeitigen Mandats im Amt bleiben werden, die Zeitspanne reicht da von sechs Monaten bis maximal drei Jahren. Abschließend möchte ich deine nächste Frage vorwegnehmen, Nick. Die Firma wurde aufgelöst, und zwar bereits gestern Nacht. Du hast es sicherlich bereits geahnt, nachdem du die Nachrichten vom Sieg der Taliban gehört hast, jedenfalls kann ich dir versichern, dass die Mitglieder der K-Truppen, die euch verfolgten, im afghanischen Bergland niedergemetzelt wurden. Wir haben ihre Leichen gefunden, es sind vierzehn, um genau zu sein. Wir gehen davon aus, dass sie vor ihrem Tod mehr als hundert Taliban erschossen haben, darunter auch Emir Beg, aber keiner von ihnen ist noch am Leben. Mit Ausnahme von Joseph. Seine Leiche wurde nicht gefunden.«

»Glauben Sie, dass er noch am Leben ist?«

»Möglicherweise. Ehrlich gesagt, wissen wir gar nichts über ihn, noch nicht einmal seinen richtigen Namen. Vermutlich wird das Rätsel nie gelüftet werden.«

»Und der General?«

»Der hat sich heute Morgen um drei Uhr von einer Brücke in die Aare gestürzt. Er ist ertrunken.«

»Nur damit ich Bescheid weiß: Hat man ihn dabei unterstützt?«

»Dazu bestand kein Anlass. Der General hatte gewiss Fehler, aber er war sich der Tragweite seiner Handlungen völlig bewusst. Er war davon überzeugt, dass ihm keine andere Wahl blieb, als seine Mission auszuführen: die Sicherheit des Westens zu garantieren, egal um welchen Preis. Seine Verbissenheit hat der Sache geschadet, aber ich respektiere seinen Mut. Sein Selbstmord ist nur die letzte Konsequenz seines Handelns.« Mr Snee senior wandte sich Osama zu. »Haben Sie weitere Fragen bezüglich der Organisatoren des Kartells?«

»Nein«, sagte Osama nach kurzem Zögern. »Aber ich finde

nicht, dass die Maßnahmen, die Sie gerade geschildert haben, dem Problem gerecht werden. Ich hoffte auf Gerechtigkeit, doch das hier ist eine Farce!«

»Wenn man den Fall im Kontext betrachtet, haben wir die richtigen Entscheidungen getroffen.«

»In welchem Kontext? Der Kontext ist eindeutig.«

»Ach ja?«, warf der CIA-Direktor ein. Sein ironischer Tonfall war kaum zu überhören. »War es also ein Zufall, dass Sie mit dem Fall zu tun hatten? Aus unserer Sicht bestehen da Zweifel.«

Da Osama nicht gleich antwortete, fuhr der Direktor der CIA fort. »Ich wiederhole meine Frage. War es normal, dass Sie selbst diesen Fall übernahmen? Gewisse Hinweise legen die Vermutung nahe, dass offenbar externe Personen ein Interesse daran hatten, Sie damit zu betrauen.«

»Glauben Sie, ich spiele ein doppeltes Spiel?«

»Nein. Wir fragen uns, ob Sie vielleicht manipuliert wurden. Ohne es zu wissen. Wer hat Sie auf den Fall angesetzt?«

»Ich weiß es nicht«, musste Osama zugeben. »Ich wurde von einem Polizisten informiert, dessen Spur ich aus Zeitgründen nicht mehr zurückverfolgt habe. Aber ich verstehe nicht, was das mit dieser Unterhaltung zu tun haben soll.«

Der Direktor der CIA legte Osama ein Foto vor.

»Ich glaube, ich kann zur Antwort beitragen. Erkennen Sie diesen Mann wieder?«

Auf dem Foto war ein junger Afghane zu sehen, der gerade die Straße entlangging. Eine Narbe quer über der Wange war deutlich zu erkennen.

»Natürlich!«, rief Osama. »Das ist er. Der Bursche, der mir vom Selbstmord Wali Wadis berichtet hat.«

»Sind Sie ganz sicher? Er hat Sie also an den Tatort geschickt?«

»Ja, ganz sicher. Wer ist dieser Mann?«

»Das ist Abdul Muhammad Kantor. Er arbeitet für den NDS, ist Mitglied der Unterabteilung Elektronische Gegenspionage, und zwar im Rang eines Hauptmanns. Aber in dieser Geschichte hat Kantor nicht für den NDS gearbeitet. Wir halten ihn für den heimlichen Verantwortlichen des afghanischen Netzes einer fremden Großmacht.«

Der CIA-Direktor legte ihnen weitere Fotos vor. Darauf sah man Kantor zusammen mit einem Asiaten, sie saßen gemeinsam an einem Tisch in einem Café.

»Wer ist der andere Mann?«, fragte Nick. »Ein Hazara?«

»Er heißt Zhao Lin. Offiziell ist er Kultureller Berater bei der chinesischen Botschaft, aber in Wirklichkeit ist er als Oberst in der Region für den Guoanbu zuständig, für den chinesischen Geheimdienst.«

»Ich verstehe gar nichts mehr. Was haben denn die Chinesen mit dieser Sache zu tun?«

»Die Chinesen engagieren sich immer mehr in Afghanistan und im Irak, nicht, um wie wir den Terrorismus in der Region zu bekämpfen, sondern um Fakten zu sammeln, die gegen uns sprechen. Sie wissen, dass alle Kriege finanzielle Umwälzungen oder Geldhinterziehung mit sich bringen. Sie engagieren sich bei der Suche nach kompromittierenden Informationen, damit sie etwas gegen die USA und die NATO in der Hand haben und sich dann das Lithium und die seltenen Metalle, die man im afghanischen Boden entdeckt hat, unter den Nagel reißen können. Wenn Sie die Akte Mandrake veröffentlichen, wäre die Legitimität unserer Arbeit hier zum Teufel. Sie würden dafür sorgen, dass man uns außer Landes jagt, und sich dann nehmen, worauf sie scharf sind: die Bodenschätze, die die chinesische Industrie so bitter nötig hat. Wir haben eine deutliche Zunahme der Intensität der elektronischen Signale zwischen der chinesischen Botschaft in Kabul und dem Sitz des Guoanbu kurz vor Wali Wadis Tod und auch in den Tagen danach registriert. Daraus haben wir gefolgert, dass sie irgendwie von der Affäre Wind bekommen hatten. Wali Wadi hatte die Chinesen vermutlich zur selben Zeit wie Willard kontaktiert, weil er dachte, er könnte den Preis für seine Informationen hochtreiben. Zum Glück kamen sie nicht dazu, das Geschäft abzuschließen. Da die Chinesen sich außerstande sahen, die Untersuchungen vor Ort durchzuführen, ohne ihre Deckung aufzugeben, beschlossen sie, einen Ermittler vor Ort einzusetzen, den sie aber, ohne dass er es merkte, aus der Ferne kontrollieren konnten. Und so fiel die Wahl auf Sie, Kommissar Kandar.«

»Ich bin keine Marionette. Niemals hätte ich Informationen über diesen Fall an Ausländer weitergegeben!«, rief Osama erbost. »Und außerdem, wie sollten die denn auf mich gekommen sein? Ich kenne keinen Abdul Muhammad Kantor. Und auch keine Chinesen.«

»Sie nicht, aber Ihr Kollege, der Chef der Nachrichtendienstlichen Abteilung in Kabul.«

Ein neues Foto wurde zu den bisherigen dazugelegt. Sein Freund Reza, in derselben Bar sitzend, in angeregtem Gespräch mit dem chinesischen Oberst.

»Sie kennen ihn, nicht wahr?«

Ungläubiges Staunen zeichnete sich auf Osamas Gesicht ab, und tiefe Enttäuschung.

»Als Sie Ihre Ausbildung in Moskau absolvierten, war er in Peking.«

Osama sah auf einmal ganz verloren aus. Als hätte ihm der Verrat seines Freundes, des Mannes, dem er während der ganzen Untersuchung blind vertraut hatte, einen tödlichen Schlag versetzt.

»Er war nur zwölf Monate dort, aber trotzdem hatte er einen bleibenden Eindruck hinterlassen. Seit einigen Jahren erhält er jeden Monat eine bescheidene Summe auf ein Konto bei der Bank of China in Macao. Als Gegenleistung hilft er ihnen. Ihr Freund kaufte sich eine Villa am Strand südlich von Shanghai. Dort möchte er sich auf seine alten Tage mit einer hübschen jungen Frau zur Ruhe setzen. Reza war die Geheimwaffe des Guoanbu. Bestimmt war es seine Idee, Sie ins Spiel zu bringen, ohne dass Sie es ahnten. Er überwachte Ihre Ermittlungen. Sobald Sie irgendetwas herausfanden, waren die Chinesen umgehend darüber informiert, Reza hatte ihnen den Bericht oder eine Kopie davon besorgt. Objektiv betrachtet: ein großartiger Coup, einer der besten der letzten Jahre, der ihnen auch beinahe gelungen wäre.«

Osama war zu schockiert, um etwas zu entgegnen. Er sah zu, wie der Spion die Fotos wieder in seine Brieftasche steckte.

»Das ist die große Story hinter der kleinen. Sie werden einsehen, dass wir kein Interesse daran haben, diese Leute die Kastanien aus dem Feuer holen zu lassen.«

Nick und Osama tauschten einen Blick aus. Der Kommissar hatte sich bereits wieder gefangen, seine Enttäuschung hatte der Wut Platz gemacht.

»Was für eine Bestrafung hat Reza zu erwarten?«

»Keine.«

»Wie meinen Sie das, keine?«

»Wir werden ihn beschatten, dadurch haben wir die Machenschaften des Guoanbu besser im Blick. Es sei denn, Sie wollen selbst etwas unternehmen, Kommissar. Moral, das ist nicht unser Metier. Wenn Sie ihn bestrafen wollen, so tun Sie das, wir haben vollstes Verständnis dafür. Das ist Ihre Entscheidung.«

Osama nickte mit unbeweglichem Gesicht. Unmöglich zu erahnen, welche Entscheidung er getroffen hatte.

»Selbstverständlich sind alle Anklagepunkte gegen Sie null und nichtig. Osama Kandar, Sie werden morgen wieder zu Ihrer Einheit zurückkehren. Präsident Obama hat bereits mit Präsident Karzai telefoniert, um ihn darum zu bitten, den Minister für Innere Sicherheit zu ersetzen und dafür zu sorgen, dass Sie nicht mehr belästigt werden. Und Sie, Nick, arbeiten Sie doch für mich, Leute wie Sie kann ich in dieser Organisation gut gebrauchen.«

»Tut mir leid, aber ich möchte für keinen Geheimdienst mehr arbeiten, egal für welchen. Das ist nicht mein Leben.«

»Verstehe«, erwiderte der Direktor der CIA. Er wirkte enttäuscht. Einige Sekunden lang herrschte Schweigen. »Ich weiß, dass all diese Entscheidungen kein befriedigendes Ganzes ergeben«, meinte er dann. »Dass sie nicht die Entbehrungen aufwiegen, die Sie erlitten haben. Aber im wirklichen Leben gibt es niemals ein perfektes Setting. Das wahre Leben ist grau, manchmal hellgrau, ein andermal dunkelgrau.« Er seufzte. »Das ist die eleganteste Art und Weise, auf die wir diesen Fall abschließen konnten. Eindeutig.«

Nicks Vater legte die Hand auf die Akte und sah Osama direkt an.

»Die Welt ist, wie sie nun einmal ist, wir können sie nicht ändern. Mir wäre ein anderes Ergebnis lieber gewesen, aber das hier ist das einzig denkbare. Das ist kein Zynismus, sondern Pragmatismus. Wir wissen außerdem, dass Sie alle Stillschweigen über diese Angelegenheit bewahren werden. Das ist unabdingbar, keinem von uns bleibt eine andere Wahl. Dürfen wir jetzt das hier … an uns nehmen?«

Osama starrte mit leerem Blick in die Ferne. Diese Komplotte zwischen den Großmächten, China, der NATO, diese geheimen Dossiers und offenen Rechnungen, der Verrat seiner Freunde, die Fallgruben, all dies war zu komplex für ihn. Er war nur ein einfacher Polizist, der versuchte, seine Arbeit anständig zu machen. Er schob die CD zu seinem Gesprächspartner hinüber.

Dann stand er auf und ging. Er wollte nur noch eines: zu Malalai.

Danksagung und Bibliographie

Anbei meine Literaturempfehlungen für diejenigen, die ihre soziologischen, geopolitischen und historischen Kenntnisse dieses außergewöhnlichen Landes vertiefen möchten.

Zwei Referenzwerke seien erwähnt: Doug Beattie, *An Ordinary Soldier: Afghanistan, a Ferocious Enemy* (New York: Simon & Schuster, 2008) und Jason Elliots wunderschönes Buch *Unerwartetes Licht. Reisen durch Afghanistan* (München: Piper 2002). Außerdem zwei weitere Bücher zum Verständnis der jüngeren Geschichte des Landes: Taliban. Afghanistans Gotteskämpfer und der neue Krieg am Hindukusch (München: Beck, 2. Auflage 2010) von Ahmed Rashid und *Nach Afghanistan kommt Gott nur noch zum Weinen* von Siba Shakib (München: Bertelsmann, 2001). Ich empfehle daneben den Reisebericht von Rory Stewart, *Soweit die Knie tragen. Mein Fußmarsch durch Afghanistan* (München: Malik, 2007) und *Hidden War, a Russian Journalist's Account of the Soviet War in Afghanistan* (New York: Grove/Atlantic, 1992) von Artem & Artyom Borovik, ein leider noch immer aktueller Zustandsbericht über den Krieg gegen die Aufständischen in Afghanistan. Lesenswert sind auch *Afghanistan: au cœur du chaos* von Ariane Quentier (Paris: Denoël, 2008) und *Femmes d'Afghanistan* (Paris: Phébus, 2002) von Isabelle Delloye.

Mein aufrichtiger Dank geht an das Verteidigungsministerium sowie die französische Botschaft von Kabul, insbesondere an den Botschafter und den Attaché für Innere Sicherheit. Der Zugang zu den Diensten des Criminal Investigation Department, den Ärzten des Gerichtsmedizinischen Instituts und den Technikern der Labors der Forensischen Abteilung der Polizei in Afghanistan war mir eine unschätzbare Hilfe. Dank schulde ich auch der Firmengruppe GEOS sowie allen, die meine Sicherheit gewährleistet haben, ganz besonders Mohamad Shaker, Khuda und Muhamad Esa und natürlich dem großen Mudschaheddin Ahmad Muselm Hayat, über den viel geschrieben wurde.

Meinen herzlichen Dank spreche ich auch Stéphane Nicolas aus, dem unermüdlichen Freund der Afghanen und besten Kenner dieses Landes, dem ich je begegnet bin, sowie allen, die mich tatkräftig unterstützt oder mir durch ihre Analysen behilflich waren und deren Namen hier nicht alle aufgeführt werden können: Sie werden sich selbst im Buch wiederfinden.

Dieser Roman wurde wie üblich von Orélie, Élisabeth und meiner Mutter aufmerksam gegengelesen, die enorm viel Zeit darauf verwendet haben – mein innigster Dank an sie. Nathalie Théry, meine Lektorin, begleitete mich über ein Jahr lang mit durchweg klugen Vorschlägen, die ich auch stets befolgte während der komplexen Korrekturphasen. Der Leitung und den Mitarbeitern des Verlagshauses Robert Laffont danke ich herzlich für ihre große Begeisterung und Professionalität.

Ein letzter Dank geht an meine Frau, die während der ganzen Zeit, in der ich dieses Buch verfasste, nicht von meiner Seite gewichen ist: Ich danke ihr für ihre Geduld, sie war vonnöten.

Anhang

ANA – kurz für: Afghanische Nationalarmee; sie wurde am 3. April 2002 gegründet. Angestrebt ist bis 2015 eine Truppenstärke von 260 000 Mann, dabei sollen alle Ethnien vertreten sein.

Dostom, Abdul Raschid – Afghanischer Milizenführer und Politiker. Während der sowjetischen Besatzung diente er sich zum General hoch, nach dem Abzug der Sowjets baute er seine eigene Miliz auf und kämpfte in wechselnden Bündnissen. Ende der 1990er Jahre, nach dem Vormarsch der Taliban in die von ihm kontrollierten nördlichen Provinzen, floh er ins türkische Exil. Seit dem Sturz der Taliban ist er Mitglied der von Präsident Karzai geführten Regierung.

Hadith *(Plural:* ***Ahadith****)* – Überlieferte Tat, Anweisung, Warnung, Nachricht, Ausspruch sowohl profanen als auch religiösen Charakters. Die Summe der Ahadith des Propheten Mohammed bildet die Sunna und ist Teil der religiösen Gesetze im Islam.

Hajj – Ehrentitel einer Person, die den *Hajj*, die islamische Pilgerfahrt nach Mekka, absolviert hat.

Hekmatyar, Gulbuddin – In den 1970er Jahren Mitglied der islamistischen Gruppierung »Muslimische Bruderschaft«, ab 1978 Anführer im bewaffneten Kampf gegen die prokommunistische Regierung Tarakis. Hekmatyars Gruppierung »Islamische Partei« gehörte in den 1980er Jahren zu den am stärksten von Pakistan, den USA und Saudi-Arabien finanziell, militärisch und logistisch unterstützten Mudschaheddin-Gruppen. 1993 war er kurzzeitig Minister. Heute kämpft er gegen die ISAF und ist mit al-Qaida verbündet.

IED – (engl. Improvised Explosive Device) Die unkonventionelle Spreng- oder Brandvorrichtung wird vor allem für politisch motivierte Anschläge genutzt. Sie kann aus verschiedenen Materialien zusammengesetzt sein, so zum Beispiel auch aus Dünger. Die Vorrichtung ist so klein, dass sie in einen Rucksack passt.

ISAF – (engl. International Security Assistance Force) Die Internationale Schutztruppe wurde auf der ersten Petersburger Konferenz (UN-Resolution vom 20. Dezember 2001) beschlossen, um in

Afghanistan für Sicherheit und Stabilität zu sorgen. Das Hauptquartier befindet sich in Kabul. Zu der Schutztruppe gehören über 100 000 Soldaten, die meisten von ihnen kommen aus den USA.

Kāfir (Plural: Kuffār) – (arab.) Bezeichnung im Koran für Ungläubige oder Gottesleugner (darunter fallen auch Anhänger anderer Religionen außerhalb des Islams).

Loja Dschirga – Die große Versammlung aller Stammesführer findet bis heute in der Mongolei, Usbekistan, Turkmenistan und Afghanistan in unregelmäßigen Abständen statt. Die Versammlung kann auf eine jahrhundertelange Tradition zurückblicken, und sie tagt immer so lange, wie es nötig ist, das aktuelle Problem zu besprechen.

Massud, Ahmed Shah – Massud (1953–2001) gehörte zu den bekanntesten Mudschaheddin-Kämpfern, außerdem war er der Anführer des afghanischen Widerstands gegen die Taliban. Am 9. September 2001 wurde er Opfer eines Selbstmordattentats. Karzai ernannte ihn im selben Jahr offiziell zum »Nationalhelden der afghanischen Nation«, 2002 wurde er posthum für den Friedensnobelpreis vorgeschlagen.

Mudschahed (Plural: Mudschaheddin) – (arab., abgeleitet von *dschihad,* Kampf, Anstrengung, Bemühung, Einsatz) bezeichnet allgemein jemanden, der sich um die Verbreitung oder Verteidigung des Islam bemüht. In Afghanistan kämpften die Mudschaheddin zwischen 1979 und 1988 gegen die Besetzung durch die sowjetische Armee. Dabei wurden sie durch die USA, Pakistan und Saudi-Arabien unterstützt. Massud und Hekmatyar waren Anführer der beiden wichtigsten Gruppen. 1996 schlossen sie sich gegen die Taliban zur Nordallianz zusammen.

NDS – (engl. National Directorate of Security) Afghanischer Inlandsgeheimdienst mit Hauptsitz in Kabul, auch unter dem Namen Khad bekannt. Seine Hauptaufgabe besteht derzeit in der nachrichtendienstlichen Unterstützung der afghanischen Regierung und der internationalen Afghanistan-Schutztruppe (ISAF) im Kampf gegen die radikal-islamischen Taliban und al-Qaida-Gruppierungen. Finanziert wird der NDS von Deutschland, Großbritannien und den USA.

Nordallianz – (Nationale Islamische Vereinigte Front zur Rettung Afghanistans, im Westen als »Nordallianz« bekannt) Die Nordallianz wurde von Ahmed Shah Massud militärisch und von Burhanudin Rabbani politisch geführt. Sie leistete Widerstand gegen die Taliban und war von der UNO während der Talibanregierung weiterhin als offizielle Regierung anerkannt. 2001 verbündete sie sich mit den Truppen der ISAF, um die Taliban aus Afghanistan zu vertreiben.

NSA – (engl. National Security Agency) Die Nationale Sicherheitsbehörde wurde 1952 gegründet und ist der größte und finanziell am besten ausgestattete US-amerikanische Militärnachrichtendienst. Er ist zuständig für die weltweite Überwachung und Entschlüsselung elektronischer Daten und Teil der *Intelligence Community,* die alle Nachrichtendienste der USA zusammenfasst.

RAWA – (engl. Revolutionary Association of the Women of Afghanistan) Die Revolutionäre Vereinigung der Frauen Afghanistans wurde 1977 in Kabul gegründet. Sie hat eine antifundamentalistische Grundeinstellung. Die Vereinigung kämpft für die Rechte der Frauen, die Ausbildung von Frauen und Kindern und für einen Abzug der ISAF-Truppen.

Sahib – Arabisch für »Herr«; in der Kolonialzeit allgemeine Bezeichnung für Europäer.

Shahid – Wörtlich aus dem Arabischen übersetzt bedeutet »Shahid« Zeuge. Inzwischen ist das Wort dem Begriff des Märtyrers gleichgesetzt, der für die Bezeugung des Islams stirbt. In jüngerer Zeit bezeichnet er auch Selbstmordattentäter.

Speznas – Spezialeinheit des russischen Nachrichtendienstes GRU. Die Schwerpunkte des Einsatzes sind Terrorismusbekämpfung, Aufklärung und Asymmetrische Kriegsführung.

Taliban – (arab., Plural von *talib:* Schüler, Student) Die Taliban sind eine radikal-islamische Milizengruppe, die mehrheitlich paschtunisch ist und an deren Spitze Mullah Mohammed Omar steht. Sie regierten Afghanistan von 1996 bis 2001, seit 2003 führen sie von Pakistan aus eine terroristisch-militärische Kampagne gegen die Islamische Republik Afghanistan und die ISAF-Truppen, der viele Zivilisten, häufig durch gezielte Anschläge, zum Opfer fallen.

Warlord – (engl., Kriegsherr) Heute bezeichnet Warlord jemanden, der militärisch und politisch in einer ausgewählten Region eine große Macht ausübt.

Zeittafel

2000–1500 v. Chr. Afghanistan wird durch die Einwanderung von Steppenvölkern besiedelt. Kabul wird gegründet.

6.–4. Jh. v. Chr. Afghanistan ist Teil des ersten persischen Großreiches, des Achämeniden-Reiches. Das Reich wird von Alexander dem Großen zerschlagen.

330–300 v. Chr. Alexander der Große erobert das Gebiet. Das nach seiner Regentschaft entstandene Griechisch-Baktrische Reich beherrscht die Region bis ins 1. Jahrhundert vor Christus.

1.–2. Jahrhundert Das Kuschana-Reich, das aus dem Griechisch-Baktrischen Reich zusammen mit dem Reich der Sassaniden und Parther hervorgeht, wird zur kulturellen Drehschreibe zwischen Römischem Reich, China und Indien.

3.–4. Jahrhundert Persische Sassaniden erobern einen Großteil Arabiens und somit auch des Kuschana-Reiches.

5.–15. Jahrhundert Nach dem Fall der Sassaniden und der Invasion der muslimischen Araber herrschen einzelne persische Dynastien über Afghanistan. Sie regieren jeweils nur über eine kurze Zeitspanne, dennoch wird Afghanistan nachhaltig muslimisch geprägt. Die Mongolenübergriffe im 13. und 14. Jahrhundert führen zu weitreichenden Zerstörungen, nur Herat erlebt eine kulturelle Blüte.

16.–18. Jahrhundert Afghanistan bildet das Grenzgebiet zwischen den Moguln in Nordindien, den Safawiden in Persien und den Schaibaniden in Zentralasien, wird aber von den jeweiligen Herrschern nur indirekt kontrolliert.

1747 Ahmad Shah Durrani, ein Paschtune, vereint das Reich, das, benannt nach seinem Stamm, als Durrani-Reich bekannt ist. Es umfasst eine deutlich größere Fläche als das heutige Afghanistan. Die ersten Jahre ist Kandahar die Hauptstadt, später wird es Kabul.

1826 Aus dem Durrani-Reich entsteht das Emirat Afghanistan, als sich Dost Mohammed mit Begründung der Baraksai-Dynastie durchsetzte.

1838–1842 Im ersten Anglo-Afghanischen Krieg wollte die britische Seite den ehemaligen afghanischen Herrscher Shoja Shah Durrani wieder an die Macht bringen, nachdem die britischen und russischen Interessen in einem Konflikt mit dem iranischen Schah und dem afghanischen Herrscher Dost Mohammed eskalierten. Nachdem der Widerstand 1841 zum Tod des britischen Heerführers William Elphinstone führte, gab Großbritannien den Krieg 1842 auf, und Dost Mohammed kehrte auf seinen Thron zurück. Die Anglo-Afghanischen Kriege sind auch unter der Bezeichnung The Great Game bekannt.

1878–1879 Der zweite Anglo-Afghanische Krieg wurde ausgelöst, als ein indischer Botschafter in Kabul verweigert wurde, es aber dennoch seit Juli 1878 einen russischen Botschafter gab. Daraufhin marschierten die britischen Truppen als Kolonialmacht Indiens im November 1878 in Afghanistan ein. Erfolgreich bekämpften sie die afghanischen Truppen. Im Juli 1879 zog dann der britische Gesandte in Kabul ein. Der Emir musste 1880 die Kontrolle über die Außenpolitik Afghanistans an die Briten abgeben. Wegen der hohen Kosten zog Großbritannien 1881 seine Truppen ab. Erst mit der Einführung der Durand-Linie 1893, der Grenze zwischen Afghanistan und Pakistan, gelang es, die britischen Kolonien gegen Afghanistan abzusichern.

1919 Amanullah Khan, der Herrscher Afghanistans, erklärt Großbritannien den Krieg, um Afghanistan vom britischen Einfluss zu befreien. Großbritannien gewährt angesichts der zunehmenden Spannungen in Britisch-Indien nach wenigen Monaten Afghanistan die Unabhängigkeit.

1919–1929 Amanullah Khan wird Herrscher über Afghanistan und erklärt sich 1926 selbst zum König. Nach der Durchsetzung der Unabhängigkeit plant er grundlegende Reformen für das Land, dazu gehört die Einführung einer allgemeinen Schulpflicht, die auch für Frauen gilt. Die Reformen finden keinen Rückhalt in der Bevölkerung, 1929 wird Amanullah Khan gestürzt. Nach kurzen Unruhen, angeführt von Habibullah Kalakāni, wurde Nadir Khan König.

1933 Mohammed Sahir Shah wird König, faktisch regieren aber seine Onkel und der Ministerpräsident bis zur Einführung der konstitutionellen Monarchie 1964.

1946 Afghanistan wird Mitglied der UNO.

1964 Eine Verfassung tritt in Kraft, Afghanistan wird eine konstitutionelle Monarchie. Alle Bürger genießen passives und aktives Wahlrecht. 1965 finden die ersten Parlamentswahlen für das Unterhaus statt; es dominieren Parlamentarier aus dem traditionellen Establishment, religiöse Würdenträger und Stammesführer. Allerdings ratifiziert König Mohammed Sahir das Parteiengesetz zur Gründung von politischen Parteien nicht, so dass die Parteien illegal bleiben und sich nicht an die Verfassung gebunden fühlen.

1973 Während eines Auslandsaufenthaltes von Mohammed Sahir putscht sich sein Cousin, der ehemalige Ministerpräsident Daoud Khan, mit Hilfe des Militärs an die Macht und gründet die Republik Afghanistan. Zunächst agiert Daoud prokommunistisch, bald jedoch entlässt er alle Kommunisten aus ihren Ämtern und regiert zunehmend diktatorisch.

1978 Im April wird Daoud Khan während eines Militärputschs ermordet, und die prosowjetische DVPA (Demokratische Volkspartei Afghanistan) übernimmt unter Leitung von Nur Mohammad Taraki die Macht. Afghanistan wird zur Demokratischen Republik Afghanistan – bis 1992.

1979 Im September wird Taraki durch seinen Stellvertreter Hafisullah Amin ermordet, der die Macht übernimmt und versucht, auf Distanz zur Sowjetunion zu gehen. Daraufhin marschiert im Dezember die sowjetische Armee in Afghanistan ein, der Krieg und die Besetzung beginnen.

1986 Mohammed Nadschibullah wird fünfter Präsident der Demokratischen Republik Afghanistans.

1988 Im April wird zwischen den USA, der Sowjetunion, Pakistan und Afghanistan ein Vertrag in Genf unterzeichnet, der den Abzug der sowjetischen Truppen beschließt und eine gegenseitige Intervention in innerstaatlichen Angelegenheiten zwischen Pakistan und Afghanistan untersagt. Der Abzug aller sowjetischen Truppen ist im Februar 1989 abgeschlossen.

1992 Nachdem Mohammed Nadschibullah 1990 einen Staatsstreich überstand und seine autokratische Herrschaft lockerte, wurde er im April 1992 endgültig gestürzt. Am 30.12.1992 wird Burhanuddin Rabbani zum Präsidenten gewählt; unter seiner Führung wird der Islamische Staat Afghanistan ausgerufen. Es entstehen Konflikte zwischen den einzelnen Regionen, in denen Warlords die Macht übernehmen. Die Zentralregierung kontrolliert nur wenige Gebiete, und es herrschen bürgerkriegsähnliche Zustände.

1996 Im Laufe des Jahres übernehmen die Taliban die Macht, nachdem sie Kabul zerstört hatten. Unter ihrer Herrschaft heißt das Land Islamisches Emirat Afghanistan. Im Zuge des Widerstands gegen die Taliban bildet sich die Nordallianz unter der militärischen Führung von Ahmad Shah Massud. Zwischen den Taliban und den Widerstandstruppen entbrennt ein Bürgerkrieg.

1997 Pakistan erkennt als erstes Land die Talibanregierung an.

1998 Die Taliban verhängen über die von ihnen kontrollierten Regionen ihre politische und juristische Interpretation des Islam – damit lebt die Hälfte der Bevölkerung, die Frauen, quasi unter Hausarrest. Sie erlassen darüber hinaus das Musik-, Radio- und Fernsehverbot und schließen mehr als tausend private Schulen.

1999 Im Juli verhängen die USA Wirtschaftssanktionen gegen Afghanistan, den Sanktionen schließt sich die UNO im November an.

2001 Im März zerstören die Taliban die Buddhastatuen in Baniyam, die zum Weltkulturerbe gehören, um den Widerstand gegen westliche Werte zu demonstrieren.

Ahmad Shah Massud, der militärische Anführer der Nordallianz, wird am 9. September ermordet.

Nach dem Attentat auf das World Trade Center in New York am 11. September und der Weigerung der Taliban, Osama bin Laden auszuliefern, marschieren die US-amerikanischen Truppen im Oktober in Afghanistan ein. Um über den politischen und wirtschaftlichen Aufbau in Afghanistan zu debattieren, findet vom 27. November bis zum 5. Dezember die erste Internationale Afghanistan-Konferenz auf dem Petersberg bei Bonn statt.

2002 Hamid Karzai wird Übergangspräsident der Islamischen Republik Afghanistan.

Die zweite (21./22. Januar) und dritte (2. Dezember) Afghanistan-Konferenz finden in Tokio und in Bonn statt. Es werden Hilfsgelder beschlossen und die Zuständigkeiten beim Aufbau werden verteilt. Außerdem wird darüber entschieden, wie die Afghanische Nationalarmee sich zukünftig zusammensetzen soll.

2003/2004 Die Loja Dschirga (Nationalversammlung) verabschiedet eine neue Verfassung, die u.a. die Gleichberechtigung von Mann und Frau garantiert und die besagt, dass Afghanistan eine islamische Republik mit präsidialem System ist.

2004 Karzai wird in einer demokratischen Wahl als Staatspräsident bestätigt.

2006 Bei der Afghanistan-Konferenz am 31. Januar und 1. Februar in London wird der Afghanistan-Pakt unterzeichnet, der die Verbesserung der allgemeinen Situation, der Menschenrechte, der Rechtsstaatlichkeit und der Sicherheit zum Ziel hat.

2007 Das umstrittene Amnestiegesetz wird verabschiedet, dem zufolge zwischen 1978 und 2001 begangene Verbrechen – dazu zählen auch Kriegsverbrechen und Menschenrechtsverletzungen – nicht mehr geahndet werden.

2009 Hamid Karzai wird in einer Wahl zum dritten Mal als Präsident bestätigt, wobei Wahlfälschungen stattgefunden haben sollen.

Im September erfolgt in Kunduz ein Luftangriff auf zwei von Taliban gestohlene Tanklastwagen, dabei sterben 142 Menschen. Ein deutscher Offizier soll falsche Informationen weitergegeben haben, die zur Tötung der Zivilisten führten.

2011 Im Oktober jährt sich der Angriff auf Afghanistan zum zehnten Mal, und eine elfte Afghanistan-Konferenz findet Anfang Dezember auf dem Petersberg bei Bonn statt. Es gibt keine erkennbaren Ergebnisse. Es wurde beschlossen, dass der größte Teil der ISAF-Truppen bis 2014 das Land verlassen soll.

In der geographischen Lage Afghanistans sind Ursachen für die heutigen Probleme des Landes zu finden. Es ist ein Vielvölkerstaat, der erst im 18. Jahrhundert in einem Königreich geeint wird. Bis heute wird das Land immer wieder von verschiedenen Seiten besetzt, geteilt und wiedervereint – ein wirtschaftliches und militärisches Durchgangsland. Die Durand-Linie, die 1893 vom British Empire mit Afghanistan verhandelt wurde, grenzt Afghanistan und Pakistan voneinander ab, durchschneidet aber auch das Stammesgebiet der Paschtunen. Deswegen wird die Grenze seit der Unabhängigkeit Pakistans 1947 bis heute von Afghanistan nicht anerkannt.

Die frühe kulturelle Entwicklung des Landes erklärt sich mit seiner Lage an der Seidenstraße, dem Handelsweg von Europa in den fernen Osten. Als die Entdeckung des Seeweges nach Indien und China gelang, nahm der Handel über die Seidenstraße rapide ab, und die Region verarmte zusehends. Der größte Flächenanteil Afghanistans liegt höher als 600 Meter, so dass Landwirtschaft nur bedingt stattfinden kann, außerdem haben die bestehenden Felder in den letzten Jahren durch Dürre und falsche Nutzung weniger Ertrag gebracht. Dennoch leben 80 Prozent der Einwohner auf dem Land; die Anzahl der Siedlungen und ihre genaue geographische Lage sind oft nicht bekannt.

Heute sind die meisten Afghanen sunnitische Muslime, während das Land bis vor etwa tausend Jahren noch buddhistisch war – die großen Buddhastatuen in Baniyam, 2001 von den Taliban zerstört, zeugten davon.

In Afghanistan werden etwa 50 Sprachen und über 200 verschiedene Dialekte gesprochen. Von diesen wurden 1964 Dari und Paschtu als offizielle Landes- und Regierungssprachen bestätigt. Afghanistan ist geprägt durch viele verschiedene Stämme, die untereinander wie eine erweiterte Familie agieren und zusammenhalten. Zu den in Afghanistan vertretenen Ethnien gehören u. a. Paschtunen (40–50%), Tadschiken (20–35%), Usbeken (8–15%), Hazara (7–20%), Aimak (3–6 %), Turkmenen (1–3%), Belutschen (< 1%), so dass die Stammeszugehörigkeit bedeutender ist als die Nationalität. Angeführt werden die Stämme von Warlords, die sich einer Wahl stellten, um ihre Herrschaft rechtlich abzusichern.

Afghanistan wurde als unabhängiges Land 1747 von Ahmad Shah Durrani als Königreich gegründet, damals flächenmäßig deutlich größer als das heutige Afghanistan. Die verschiedenen, sich gegenseitig bekämpfenden und unterdrückenden Ethnien haben demokratische Bewegungen und nationale Tendenzen erschwert. Erst unter der britischen Besetzung im 19. Jahrhundert entwickelten sich bürokratische Strukturen, die eine einzige stabile Regierung im gesamten Land festigte. Der starke Gegensatz zwischen Stadt und Land ist jedoch bis heute bestehen geblieben und verhindert tiefgreifende Veränderungen. Während in Kabul westliche Tendenzen bereits zu Beginn des 20. Jahrhunderts Anklang fanden, wehren sich die ländlichen Gegenden bis heute vehement gegen solche Einflüsse, auch aufgrund der starken Religiosität. Viele autonome Dörfer führen etwa keine Geburts- und Sterberegister, und nur wenige Afghanen besitzen Personaldokumente. Selbst die Verfassung von 2004 benennt lediglich die Provinz als administrative Einheit.

Amanullah regierte das Land von 1919 bis 1929. In dieser Zeit wollte er es umfassend reformieren, er wollte Religion und Staat trennen, die Frau dem Mann gleichstellen, eine Schulpflicht für alle und gleiche Rechte für jeden Bürger einführen. Diese Reformbewegungen erregten großes Missfallen und fanden keinen Rückhalt in der Bevölkerung, so dass Amanullah 1929 gestürzt wurde. Sahir Shah, der 1933 König wurde, machte die Reformen überwiegend rückgängig, nur die Schulpflicht für die Jungen behielt er bei. Die Gesellschaft wandelte sich langsam, und die Auflösung des Schleierzwangs für Frauen 1959 führte kaum noch zu Protesten. Erst unter den Taliban ab 1996 verschlechterte sich die Lage für alle Bewohner Afghanistans drastisch. Besonders die Frauen litten unter den neuen Herrschern, aber auch Männer waren von den restriktiven Gesetzen betroffen. So musste jeder Mann einen Vollbart tragen, Musik-, Fernseh- und Radiokonsum waren verboten. In einigen Regionen haben die Taliban wieder die Kontrolle übernommen, hier herrschen erneut die fundamentalistischen Gesetze.

Lage der Frau und der Menschenrechte

Dem großen Unterschied zwischen Land und Stadt treu bleibend, ist auch die rechtliche Situation der Frau regional bedingt sehr unterschiedlich. Nachdem die Reformen von Amanullah in den 1920er Jahren scheiterten, akzeptierte die Gesellschaft später kleine Wandel, etwa die Aufhebung des Schleierzwangs. In Kabul hatten sich die Frauen vor der Machtergreifung der Taliban daran gewöhnt, keinen Schleier zu tragen und zu arbeiten. Gerade unter der sowjetischen Besatzung besuchten Frauen die Schule und studierten ebenso wie die Männer. Auf dem Land hingegen haben sich die traditionellen Vorstellungen von der Rolle der Frau bis heute gehalten, und andere Ansichten werden oft als antiislamisch wahrgenommen. Diese Umstände wie auch die Tatsache, dass die meisten Afghanen keinen Zugang zu Bildung haben und Analphabeten sind (über 60% der Bevölkerung), spielen den Taliban in die Hände. Unter ihnen veränderte sich die Situation rapide zum Schlechteren. Zwischen 1997 und 2001 durften Frauen ausschließlich im Gesundheitswesen arbeiten und mussten sich wieder mit der Burka verhüllen. Geringe Vergehen hatten oft schwere Strafen zur Folge, das Auftragen von Nagellack konnte beispielsweise zum Abhacken der Hand führen. Ehebruch wurde mit Steinigung bestraft. Auch die Männer unterliegen strengen Regeln unter den Taliban, da die Frauen aber als minderwertig angesehen und möglichst nicht im öffentlichen Bereich aufzutreten haben, ist ihre Situation deutlich schwieriger. Besonders die etwa eine Million Witwen, die während der Zeit des Bürgerkrieges und nach 2001 während der ISAF-Angriffe ihre Männer verloren, dürfen und können kaum für sich selbst und ihre Kinder sorgen. Das Wiedererstarken der Taliban führt erneut zu massiven Menschenrechtsverletzungen.

Opiumanbau und Terror

Die Unterstützung des Terrors in Afghanistan hängt mit dem Anbau von Opium zusammen. Seit Beginn der 1990er Jahre steigen der Handel und der Anbau merklich an, was mit dem Eigenbedarf, aber auch mit dem global erhöhten Konsum zusammenhängt. Inzwischen dominiert die Drogenwirtschaft die afghanische Ökonomie: Etwa die Hälfte der gesamten wirtschaftlichen Leistung wird in Afghanistan über das Opium erreicht (etwa 90% der weltweiten Opiumproduktion finden in Afghanistan statt). Auch die Weiterverarbeitung von Rohopium zu Heroin oder Morphium wurde in den letzten Jahren vermehrt in Afghanistan selbst betrieben.

Nachdem Russland und die USA Anfang der 1990er Jahre einen Großteil ihrer Zahlungen einstellten, wandten sich einige ehemalige Milizenführer – darunter zum Beispiel Gulbuddin Hekmatyar – dem Anbau von Opium zu, um ihre militärischen Aktionen zu finanzieren.

2001 hatten die Taliban den Stopp des Drogenanbaus sehr effektiv durchzusetzen vermocht, da sie ihn unter hohe Strafe stellten. Die Bekämpfung des Anbaus und des Handels von Drogen nach der Talibanregierung ist wenig erfolgreich, obwohl Karzai 2001 ein Ministerium zur Drogenbekämpfung aufbaute und zum Kampf gegen den Missbrauch von Drogen aufrief. Behindert wird die Drogenbekämpfung durch die landesweite Korruption und die Beteiligung selbst hoher Regierungsmitglieder am Schmuggel. Wenn die Besatzungstruppen jetzt die Zerstörung der Felder als Maßnahmen gegen den Anbau propagieren, trifft dies vor allem die armen Bauern, die sich daraufhin wieder den Taliban zuwenden, da diese ihre Felder zumindest für den Moment schützen, um darüber ihre Waffengeschäfte zu finanzieren. Der Opiumanbau wird vor allem in Regionen praktiziert, die von anderen Erwerbsquellen abgeschnitten sind. Wenngleich diese Regionen nicht zahlreich sind, so hängen sie wirtschaftlich doch vollkommen davon ab und liegen in den Rückzugsgebieten der Taliban.